原典をめざして

古典文学のための書誌

新装普及版

橋本不美男

笠間書院

『原典をめざして——古典文学のための書誌』目次

原典をめざして——古典文学のための書誌

一、はじめに

1 作家と表現

昭和二十年代の前半、国語国字問題が最終段階に達した時（国語表記の公的な改訂）、いわゆる新かなづかい・当用漢字に対して、最も強く反撥したのは小説家・詩人達であった。このように作家達は、自分が使用する文字とか表現に、自らの美意識・創作感情をかけているわけである。たとえ文法的に適当でない表現をつかい、または独自の造語をつかったにしても、そこにはその作家独得の表現意識があり、極端にいえば、われわれはこれを認めなければならないのかも知れない。

このように作品は、汎時代性も勿論あるが、一面には作者の強烈な個我の凝集ともいえよう。近年の文学全集・文庫本で、近代作家の作品を読もうとすると、当用漢字・現代かなづかいに改められていることが多い。このことに、私も含めて、ある種のとまどい、抵抗感をもつ人は意外におおいと思われる。これは現在、広い意味で近代作家と類似的世代に属するものが多いことと、ある時点を画して公的に国語表記の方法が改められたという二点に主たる理由があろう。ともかくも、当用漢字・現代かなづかいでは、作品の表現とか作家のイメージが浮かばないという人々が相当いることは確かであるし、また一方、すこしも抵抗感なく、それなりに作品の理解・鑑賞に入っていける人々（現代表記ではじめから教育された）が、はるかに多いことも事実である。

では、この現代表記による近代作家の作品を、その作家の原作であり証本(原本的なもの)であると認めてよいのであろうか。やはり現代表記に改められた作品は、昭和五十年代なりの意識的な鑑賞のための本文(鑑賞本文)とも称すべきであって、原作・原本とは程遠いもの(内容的でなくて形態的に)というべきであろう。

この近代文学の作者と作品と現在の享受本文との関係は、質的な差違はあるが、図式的にはそのまま古典文学の場合にあてはまると思われる。近代文学の場合は、わずか数十年の歴史であって、表記の変化は専ら法的措置という不自然な理由による。これに対して古典文学の場合は、千年にもおよぶ時日の経過による、様々な原因のつみかさねがある。千年もしくは数百年の間には、国語史的な変化はあろうし、思想・文化・社会情勢も移っていく。また、各時代の属する階層によっても、個人個人でさえも教養の差はあろうし、古典を享受する(書写してそれを鑑賞する)理解の仕方にも微妙な相異があったと思われる。従って、歴史的にみて、異る時代、異る階層の人々によって享受され、継承されてきた現存する古典文学作品の本文は、成立当時の原本そのままで受けつがれていないことは、むしろ当然のことであるのかも知れない。

2　古典研究と原典溯源

さて、古典文学の作品を研究するためには、まずその作品を読むことからはじめなければならない。この作品を〝読む〟ということは、すなわち、作品を一応成立時点に引もどし、その上で〝正しく理解し鑑賞する〟という解釈作業(判断)を行うことである。従って、作品研究の第一歩である〝読む〟ことのためには、理想的にいえば、その作品の原本を探しだして、それをテキストにして読むのが最良であることは勿論である。

ところが、近世以降の文学作品の場合は、作者の稿本あるいは自筆本、または初版本に対する改版本等の発見によって、比較的創作過程も推定できるし、原本ないしは原本的なものをテキスト(影印ないし活字化されたものも含む）として読める可能性も少くない。これに対して、中世以前の作品に関しては、歌会・歌合・詠草などの和歌文学の少数作品を除くと、原本が現存するものは殆んどない。従って、中世以来、作品の原典遡源への努力が、今日に至るまでつづけられているわけである。

この原典遡源への努力は、作品内容の解釈（判断）をより正確にするための、作品本文への批判（テキスト・クリティーク）である。成立が極めて古く、原本などというものは、雲か霞のかなたにある『竹取物語』に対しても、

写本之外、又以両本校合、改誤了　（写本《しゃほん》のほか、また両本をもって校合し、誤りを改めおわんぬ）

〔御所本『竹取物語』奥書〕

のように、底本《ていほん》（書写する場合に、そのもとにした写本）のほかに、二部の写本を探し出し、それぞれと対校して底本の誤りを直している。これは少しでも、その本文に客観性をもたせようとする努力（この方法は一面、三本による合成本文を作るという危険もある）を示すものであって、たとえ無意識的ではあっても原典遡源へつながるものであろう。

また、

①写本未校歟、不審多之、以証本可校合也　（写本いまだ校《ただ》さざるか、不審これ多し、証本をもって校合すべきなり）

〔御所本『秋風和歌集』奥書〕

②すべてこの六帖いかにやらん、いづれも〳〵かくのみしどけなき物にて侍れば、本のまゝにしるしをく、のちに見ん人心えさせ給べし

〔『古今和歌六帖』本奥書〕

のように、いずれもが作品の証本を求める意識は強くあらわれているが、①は底本の証本性を疑い、後の人に証本との対校を期待したり、②は当時の伝本《でんぽん》（伝存している諸本）のいずれもが、全く証本性のないことに対して、自分の書写態度を示し、後人に注意を付記していることである。このように証本をもとめる気持は、享受＝書写

者の共通の願いであったのであろう。

そのティピカルな例として、つぎの奥書《おくがき》をあげてみよう。

①建長七年五月十六日、中風右筆、憖終書写之功　特進前亜相戸部尚書藤原（花押）（中風の右筆、なまじいに書写の功を終う　正二位前大納言民部卿藤原　右筆とは文章を書くこと）

②以校　奏覧之本、漸〻校合　（奏覧の本をもってただす、漸々校合す、　漸々とは急がずすること）

③中風筆跡、狼籍雖不被見解、撰者之自筆、何不備証本哉　融覚　（中風の筆跡、狼籍にして見解けられずといえども、撰者の自筆、なんぞ証本に備えざらんや　融覚は藤原為家の法名）

④文永二年四月付属大夫為相了　六十八 桑門（花押）　（大夫為相に付属しおわんぬ、　桑門は僧侶のこと）

以上の記載は桂宮本『続後撰和歌集』の本《もと》奥書《おくがき》（底本にあった奥書）にみられる。

これによると、『続後撰集』の撰者為家は、奏覧後四年目に手控え本を底本として、中風気味（五十八歳）のふるえる手で『続後撰集』を書写した①。②はその本を底本とし、後嵯峨上皇の御手許にあった自らの奏覧本（巻子本）を借り出し、丹念に校合しこの集の証本を作った。③は中風気味の乱筆で読みにくいかも知れないが、撰者（自分）が奏覧本と校合して自ら写した本だから立派な証本であろう。という為家みずからの証明である。④はこの証本を、その子冷泉為相にあたえた記事で、以後、冷泉家相伝の証本となる証明である。

勅撰集は奏覧（勅撰下命の天皇または上皇の御手許に差出し、御覧に入れる）の正本が原本であって、撰者自筆本であっても手控え本はあくまでも草稿である。従って為家は、手控え本を底本とし、奏覧本とゆっくり校合して、はじめて『続後撰集』の証本をつくり得たわけである。またなぜ証本をつくったかというと、歌道の家である二条家に対し、おなじ職掌の別家をつくるであろう末子の冷泉為相にあたえるためだったことが知られるのである。しかしこの桂宮本『続後撰集』は、冷泉家相伝本の近世初期の転写本であり、その間に幾度かの転写の可能性もあり、そのままでは証本と認めることは出来ない。しかしながら、この為家の冷泉家相伝証本を作成する意識は、とくに和歌の家としては、勅撰集の証本をもととして、すべての創作・指導・研究を行わねばならないとする、強い意図のあらわれとみることが出来よう。このように中世以来（三代集等の場合は中古から）、古典作品の原典を求め、あるいはそれにかわる証本を作成し、それによって研究・鑑賞することが第一義であるとする意識は強かったものと思われる。

3　最古の原本

さて古典文学作品の原典遡源の具体例はのちにのべることにして、果して奈良・平安時代の作品原本は現存しないのであろうか。いささか、こじつけ気味ではあるが、ここに稀有の例として、現存最古の原本と、参考のため最古写の例とを紹介しよう。

図版**1**が、その原本すなわち自筆の和歌詠草である。これは天平末から天平宝字年間にかけて、国営の写経所（諸国の国分寺等へくばるため経巻を写す役所）の書記兼写経生であった他田《おさだ》水主《のみぬし》（内藤乾吉氏説）が、勤務に倦んだ時か、控えの公文書の裏に書きつけたものである。

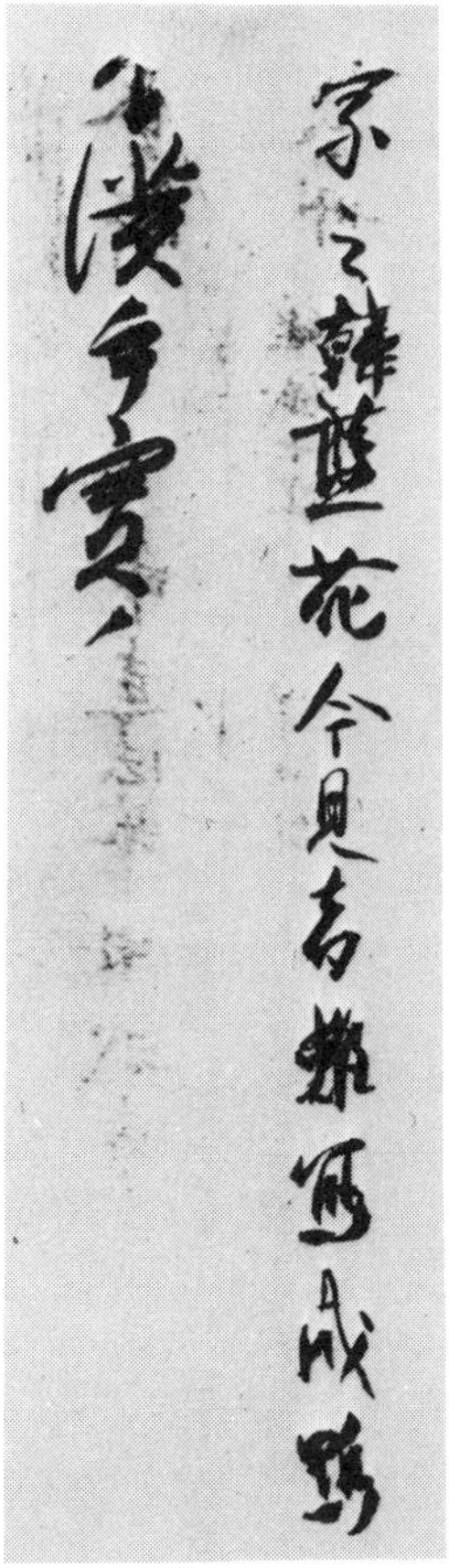

図版１

□家之韓藍花今見者難写成鴨
□潢手実

とよめる。左側は、裏の公文書の内容を示す端裏書《はしうらがき》（第一紙裏の左上に、書名・内容などを記す）で、〔装〕潢手実（経巻製本の実績報告書）と書かれてあったと思われる（正倉院文書続々集第五帙第二巻、写千部法華経経師等手実帳、天平勝宝元年（七四九）八月二十八日附紙背）。

右の和歌については、故武田祐吉博士は欠部に「妹」の字を推定され、

妹家《いもがいえ》の韓《から》藍《あい》の花今見ればうつし難くもなりにけるかも

と訓読されている。写経所の庭に咲く韓藍の花（『万葉集』三首とも女性に譬える）をふと見て、恋人を想い手許の反古に落書する、といった状況が眼にうかぶ。とにかく身分は低いが、八世紀の知識階級である一職業人の創作和歌の原本である。

つぎの図版**2**は、法隆寺五重塔の内部の組木の面に書かれた落書である。これは山崎一雄氏により赤外線写真で撮影され、はじめて判読が可能になったものである。左側の墨書をたどってみると、

奈尓波都尓佐久夜己　（なにはつにさくやこ）

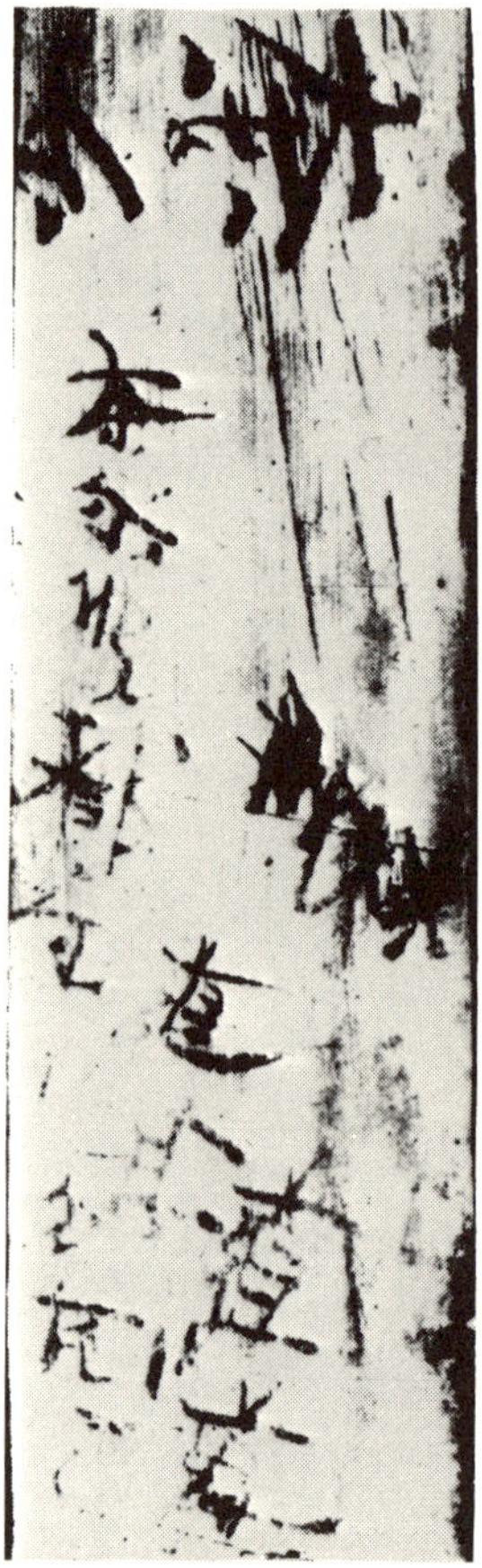

図版 2

とよめる。第二句の途中までではあるが、すぐ想起するのは、

難波津に咲くやこの
はな冬ごもり今は春
べと咲くやこの花

の一首である。この歌は古今集序に「あさか山」の歌とともに、歌の父母のようだと記述され、古注は仁徳天皇即位の際(三三)の王仁の詠としている。また法隆寺は、再建・非再建の両説があるが、いずれにしても七世紀初頭か八世紀はじめに書かれたことになる。万葉集には「なにはづに」の初句をもつ歌は三首あるが、二句以下は全く異る。以上からして、六・七世紀から著名な伝誦歌であったと思われる「なにはづにさくやこのはな」の歌を、五重塔造立のとき、屋根裏作業のあい間にふと思い出して、書きつけたものであろう。恐らく無名の工人の所為ではあろうが、これを現存する最古の伝写(写本とはいえないから)とみておこう。

二、古典作品の原典復原——『土左日記』の場合

4　古典享受とそのテキスト

現在われわれが古典を読む場合、どのようなテキストによっているであろうか。一般の社会人が趣味として、〝日本の古典とはどんなものか〟を知るためには、数種類出版されている口語訳の古典叢書をテキストとして読む場合も多いであろう。しかしながら、古典文学を生な本文で読みたいと思う人々は、朝日新聞社刊の「日本古典全書」とか、岩波書店版の「日本古典文学大系」、また口語訳もあるが小学館版「日本古典文学全集」などによる場合が多い。

さらに専門的に研究したい人、又は日本文学の専攻を志す学生諸君は、特殊のテキストを求めるものと思われる。この場合、写本なり版本なりを使うのはごく限られた専門研究者であって、他は活字本であろう。これらのテキストのほとんどは、その編者（校訂者）の学問的結論にもとづく、限定された一写本を底本とする活字翻刻本である。ところが『源氏物語』を例にとってみても、五十四帖完備した、あるいは数帖かけている写本だけでも、『国書総目録』によると百数十部の多きをかぞえ、版本にしても慶長古活字版以下幾種類もある。これに『国書総目録』にもれた個人の所有のもの、あるいは数冊、各帖単独のものを加えれば、莫大な量に達するであろう。これは、『古今和歌集』『枕草子』等の場合についても同様で、伝存本（現存している本）の量の相違はあっても多数の伝本が存在している事実に差はない。編者は、その多量の写本（鎌倉期から江戸期にいたる）の中から、一写本を撰

び——原典遡源のクリティークを行った上で——これを底本とし、他の数本により校訂して活字化するのが普通である。この編者が撰んだ一写本——日本古典文学大系を例とすると『源氏物語』（山岸徳平博士校注）の底本は書陵部蔵三条西実隆校訂青表紙本、『古今和歌集』（佐伯梅友・故西下経一両博士校注）は定家本のうち二条為明筆貞応二年本（二条家相伝本）、『枕草子』（故池田亀鑑・岸上慎二両博士校注）は岩瀬文庫蔵柳原紀光筆本（三巻本の一類本）を撰定されている——は、その編者が最も原典に近いもの、またはある伝来過程における証本であると実証認定されたものである。

ところが『枕草子』の例をあげると、同じ岸上博士の校訂によるテキストでも、底本は前記した柳原紀光筆本のみではない。系統としては同じ三巻本（一類）ではあるが、『校訂三巻本枕草子』（武蔵野書院版）では陽明文庫甲本、校注古典叢書本の『枕草子』（明治書院版）では書陵部蔵御所本を底本として使われている。また他の校訂者の場合をみると、故池田博士・田中重太郎博士などは三巻本（一類）を底本として用いられているが、故吉沢義則博士（河原書店版『校註枕草子』）・岡一男博士（学燈社版『枕草子精講』）・松尾聰博士（小学館版『枕草子』）は伝能因所持本を底本とされ、田中博士は類纂形態（三巻本・能因本は雑纂形態、なお『枕草子』については稿を改めて記す）の堺本の翻印をこころみられている（古典文庫版）。こうなってくると、田中博士の『校本枕冊子』（古典文庫版）を座右に置ける一部の専門家は別として、われわれは『枕草子』を読むためのテキストを、何によれば一番よいのか（2項参照）、さっぱり判らなくなってしまう。ということは、どのテキストが原本に最も近い位置にあるのか、どれが最も証本的な本文であるのか、われわれには判らないという意味である。これは、『源氏物語』にしても、『古今和歌集』の場合にしても、あるいは中世期の『新古今和歌集』『徒然草』『平家物語』等にしても同様のケースであろう。

このように、われわれは勿論どれがよいか判らないし、専門学者の研究の結果も一見まちまちに見えるということは、古典作品の原典遡源が結局不可能なためなのであろうか。あるいは『枕草子』の例もみても、その研究が現在ある過程で足ぶみをしているためなのであろうか。

5 原典復原への道程

『古今和歌集』の撰者紀貫之が、仮名文芸の創始を意図したといわれる『土左日記』(十世紀前半の作品)については、江戸時代以来、本文の研究がつづけられてきた。われわれが一般的に知っている知識は、鎌倉時代まで、皇室の宝庫であった蓮華《れんげ》王《おう》院《いん》(現三十三間堂)に著者紀貫之自筆の『土左日記』(原本)が秘蔵されており、藤原定家がそれを写した――その定家筆本が前田家尊経閣に現存しているということである。これは私も旧制中学の国語の時間に、その複製本(コロタイプ版)を見せられながら習った覚えがある。その定家筆本(図版3)の奥書を見ると、

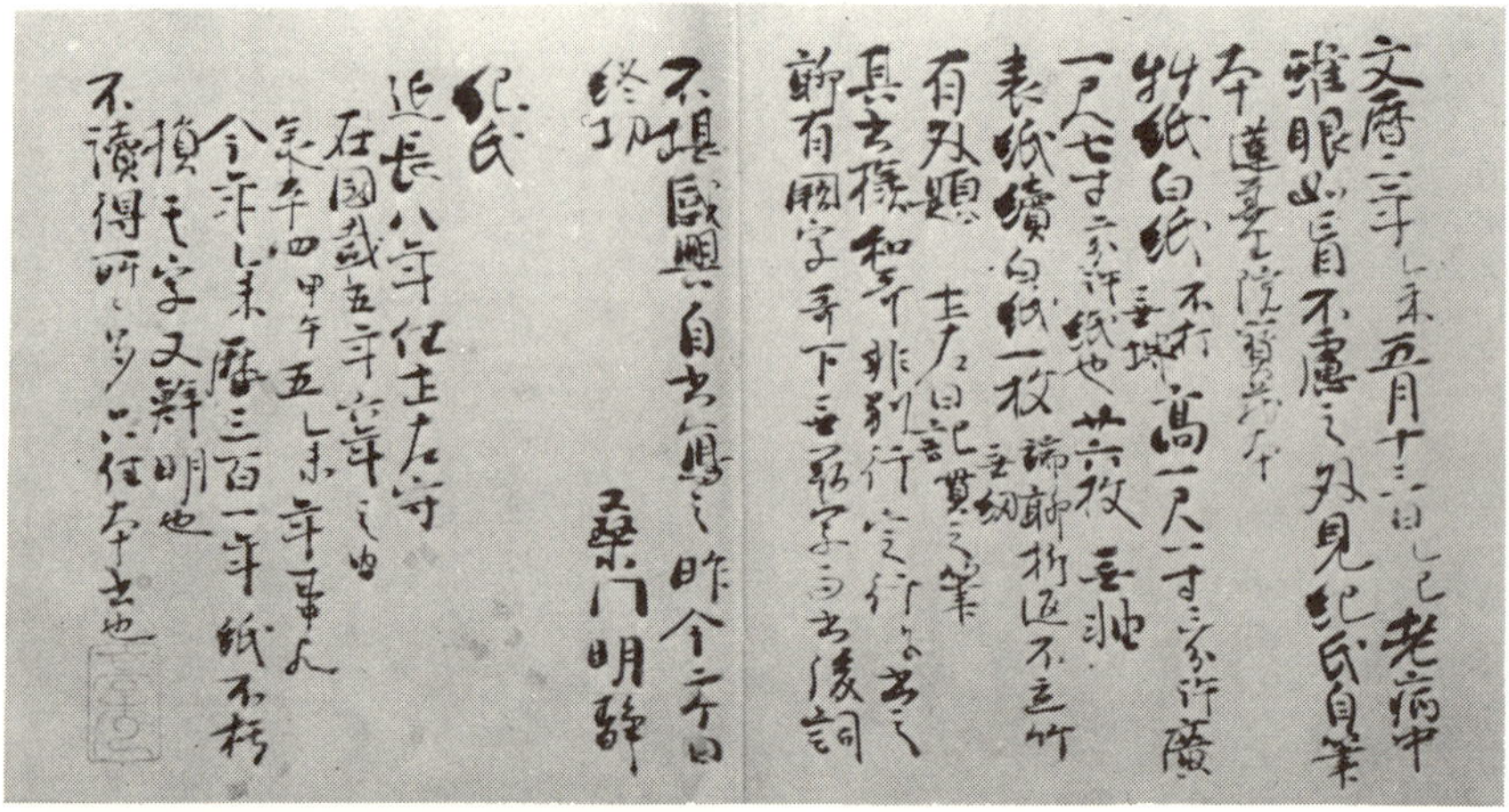

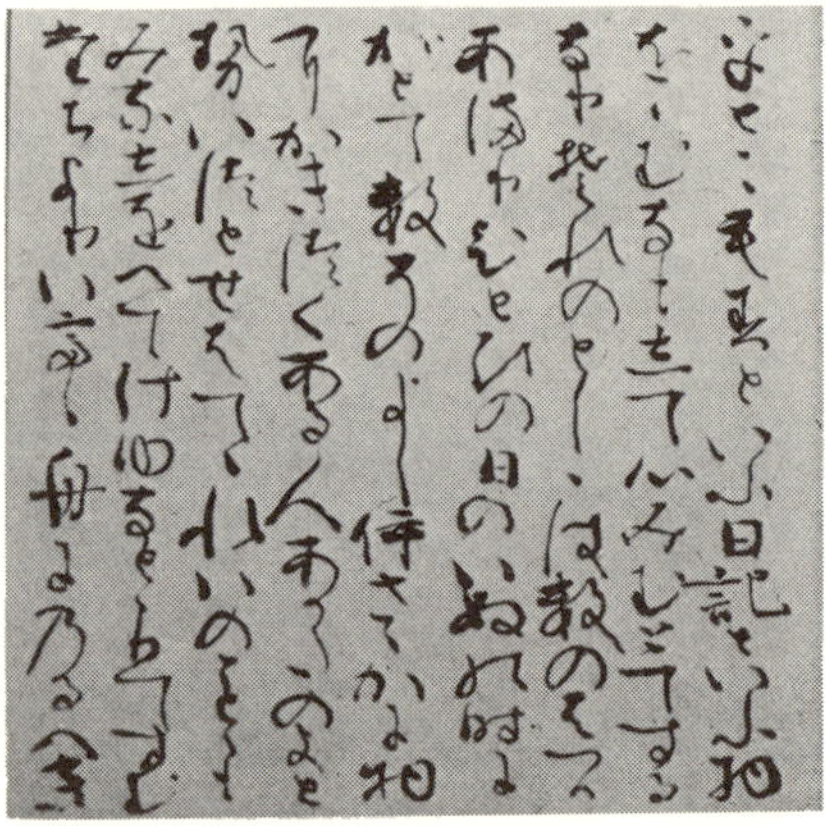

図版3－上・下

①文暦二年乙未五月十三日乙巳老病中」雖眼如盲、不慮之外見紀氏自筆」本蓮華王院宝蔵本

②―省略―

③―省略―

④不堪感興、自書写之、昨今二ヶ日」終功

桑門　明静

⑤⑥―省略―

①により、定家は七十四才の文暦二年(一二三五)に、思いがけなく蓮華王院に宝蔵されていた貫之自筆の『土左日記』を見ることが出来、老病中でしかも視力がはなはだしく衰えていたが、④あまりの珍しさに、感動して、自分自身で二日がかりで書きおえた、と記している。貫之筆の原本を、古今の碩学定家が自ら写したものであるから、一般的常識的にはこれにまさる証本はなく、不幸にして原本は室町中期以来その消息を明らかにしていないが、それを補って十分なものと考えられよう。

この定家筆本の存在は江戸時代から有名で、この転写本《てんしゃぼん》(また写しの本)も少なくないし(高松宮本・陽明文庫本・彰考館本等)、江戸時代の『土左日記』の研究書である『土左日記抄』(北村季吟)・『土佐日記燈』(富士谷御杖)・『土左日記創見』(香川景樹)などの主底本・主校合本はこの定家筆本系である。近年になってもその傾向は変らず、大正十四年の「校註日本文学大系」本(第三巻のうち、山岸徳平博士校訂)、昭和五年の「岩波文庫」本(故池田亀鑑博士校訂)も底本は定家筆本であった。

ところが現在、大学のテキスト用に市販されている影印本《えいいんぼん》(写真複製した本)をみると、武蔵野書院版は三条西家旧蔵三条西実隆筆本系天文二十二年書写本(松尾聡博士校訂、昭和二十四年初版)、新典社版は青谿書屋《せいけいしょおく》本といわれる藤原為家筆本系近世初期模写本(萩谷朴氏校訂、昭和四十三年初版)、笠間書院版は延徳本と通称される松

木宗綱筆本系慶長五年書写本（鈴木知太郎博士校訂、昭和四十四年初版）の三種類で、定家筆本はとりあげられていない。もともと、大学テキスト用の影印本は、本文が良いこと（原典に近い）を第一とし、つぎにはなるべく書写の古いものが撰ばれるのが通例である。常識的にはこの両者をかね備える定家筆『土左日記』がとりあげられていないのは、土左日記研究の専門学者から、定家筆本の価値が、三者に劣ると認定されたからであろう。

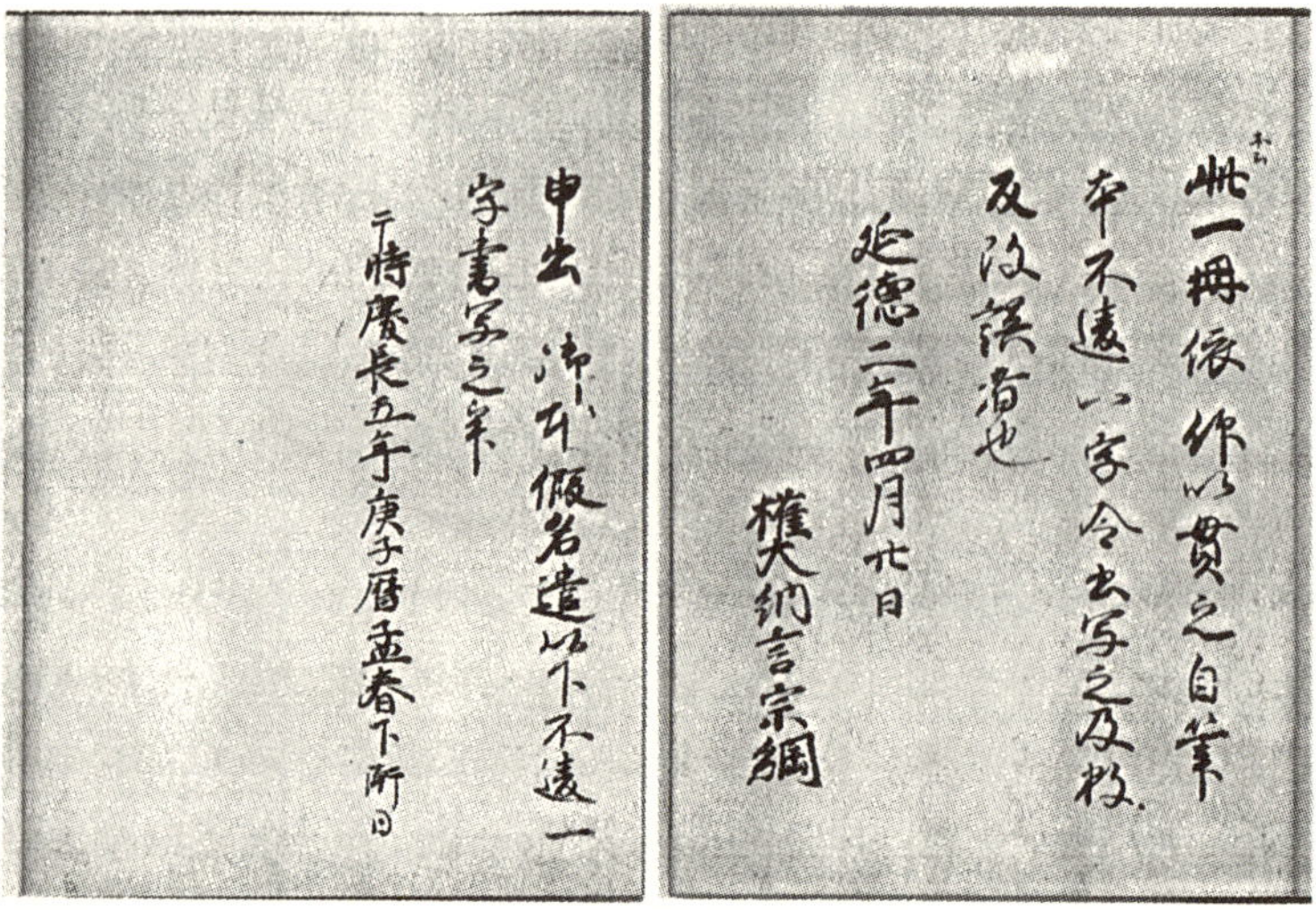

図版４－左・右

6　原典復原の漸進

『土左日記』本文の原典性に対して、昭和初期まであれ程の権威と証本性をもっていた定家筆本が、今日、実隆筆本系、為家筆本系、宗綱筆本系という三系統に位置をゆずってしまった。しかもこの三本ともに、定家筆本のように自筆原本からの直接写本ではなく、後述するように為家・実隆・宗綱の直接写本からの、それぞれ転写本である。この現象はわれわれに二つの事実を示してくれるものと思われる。一つは、定家筆本の価値をうすめる程、その後の新伝本の発見により『土左日記』の原典に近づき得たこと。また更には、原本から直接うつし、あるいは古い時代（原作により近い時点）の写本であっても、書写態度（書写者の教養・厳密さ・理解度・書写の目的・作品への価値判断等種々の要素がある）によっては証本性がうすれるということである。
まず、前者について、昭和初期以来の経過をたどり、主として新伝本の発見と、その本文批判に努力をそそがれた故橘純一・故池田亀鑑・中村（現姓河野）多麻・故鈴木知太郎等の諸氏を代表とする諸先学の労苦のあとをたどってみよう。

近年における『土左日記』の本文研究史は、昭和三年七月の定家筆本（前田家蔵）の複製刊行（尊経閣叢刊、故池田博士解題）にはじまる。これをうけて橘純一氏は、定家筆本を「現在土左日記中第一の証本たるべき」ものとされ、群書類従本と妙寿院本により亜槐本（類従本の奥書による命名）を、定家筆本と同じく貫之原本からの転写本と認定、この定家筆本と類従本との厳密な対校により、貫之原本の復原を試みられた（要註国文定本総聚『土佐日記』）。

つづいて昭和五年六月の故池田博士による岩波文庫版の刊行となる。岩波文庫版は定家筆本を底本とするが、橘氏と同じく第二の系統に亜槐本を示し、更に新しく貫之自筆本の系統ではない、貫之草稿本の系統として為家・為相の各筆本系をあげられ、為相筆本（土佐日記附注本）系統による対校を脚注で示された。昭和七年にいたると、定家筆本等とならぶ新しい系統本が紹介された。すなわち延徳本とよばれた、当時宮内省図書寮蔵本である（『大日本史料』第一編之六所収）。図書寮（現書陵部）本は、延徳二年松木宗綱書写→慶長十一年智仁親王転写→元和四年阿野実顕再転写のものを底本として書かれ、亜槐本をもって校合した近世初期の書写本であるが、智仁親王・阿野実顕ともに親本を「不違一字令書写、遂勘合了（一字もたがわず書写せしめ、勘合をとげおわんぬ）」という厳密な態度で写したものである。延徳本といわれたのは、その奥書（図版4、日大本参照）、

此一冊依　仰以貫之自筆本不違一字令書写之、及数反改誤者也

延徳二年四月廿日　　　　　　　　　　　　権大納言宗綱

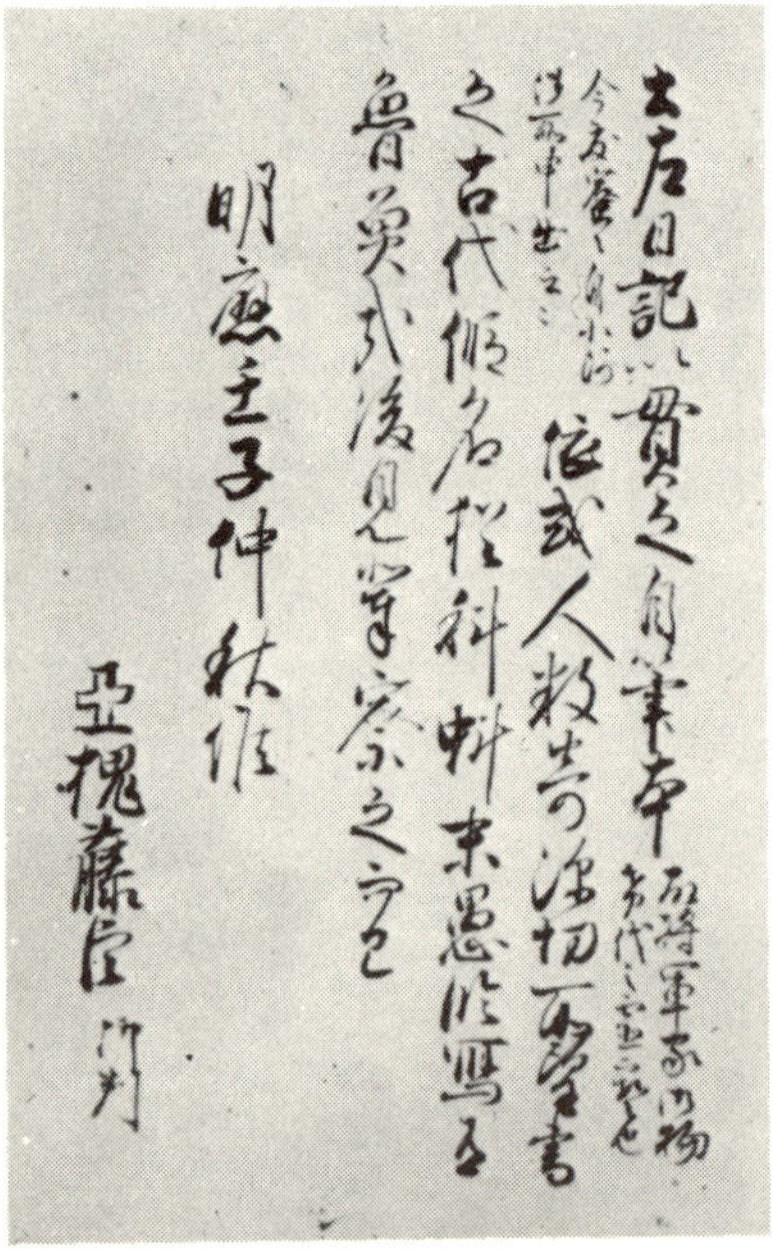

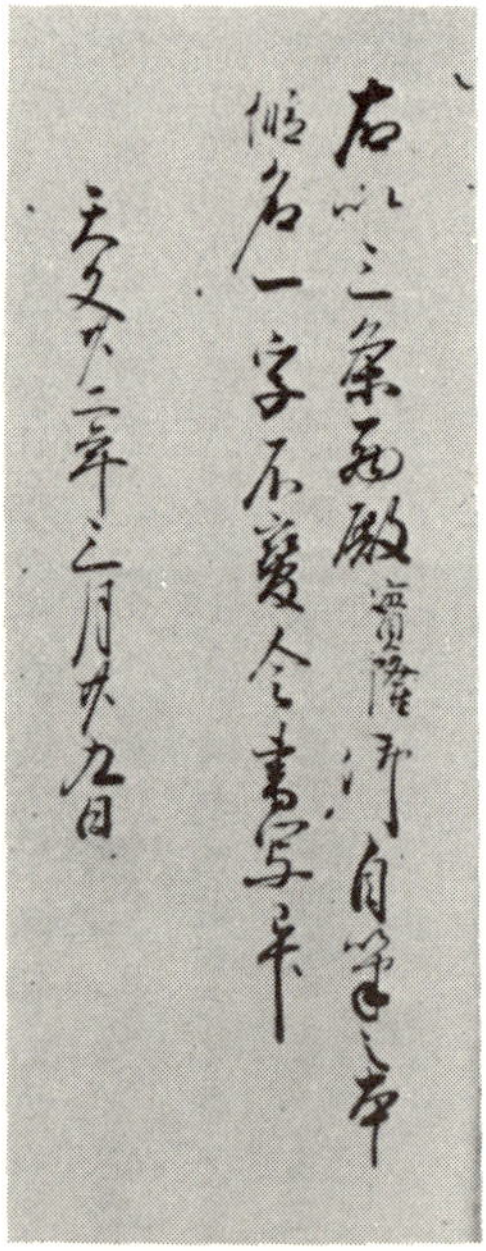

図版５－左・右

（この一冊は、おおせ――後土御門天皇の勅命――により貫之自筆本をもって一字もたがわず之を書写せしめ、数反《へん》におよび誤りを改めるものなり）

による命名である（現在は宗綱自筆本系統とよばれる）。この本の紹介により、定家筆本と同じく、貫之自筆原本から延徳二年（一四九〇）に松木宗綱が書写していたことが判ったのであり、いわば第四の系統の発見であった。

翌昭和八年九月、故池田博士は亜槐本の新資料――天文二十二年に亜槐本を忠実に転写した三条西家本――を発表され（『国語と国文学』）、この三条西家本が従来の亜槐本を代表する類従本より遥かに亜槐本の原型に近いこと、また前述の延徳本系統で陽明文庫蔵の宗綱自筆本を新たに紹介された（この陽明文庫本は宗綱筆本の転写本であることは、のちに中村・鈴木両氏等により指摘された）。この三条西家本は、翌昭和九年一月古典保存会により複製本が刊行されたが、奥書（図版５参照）をみると、

①土左日記以貫之自筆本（故将軍家御物 希代之霊宝也」）（今度蜜々自小河 御所申出云々）依或人数寄深切所望書」之、古代仮名猶科蚪、末愚臨写有」魯魚

哉、後見輩察之而已
明応壬子仲秋候」　亜槐藤臣 御判
（土左日記貫之自筆の本を以て 故将軍家の御物、希代の霊宝なり、この度蜜々に小河御所より申し出でしかじか ある人の数寄深くしきりなる所望によってこれを書く、古代の仮名なお科斗のごとし、末愚―私―臨み写すに魯魚あるか、後見の輩これを察するのみ。
明応元年八月の候　大納言藤臣 御判）

②右以三条西殿 実隆 御自筆之本、」仮名一字不変令書写畢
天文廿二年三月廿九日
（右は三条西殿 実隆 御自筆の本をもって、仮名一字もかえず書写せしめおわんぬ）

とある。亜槐本の原本は明応元年（一四九二）に貫之自筆本から三条西実隆が自ら書写したこと、また、ほぼ六十年後に仮名の一字もかえずに厳密に写したと記している。

この三条西家本は、定家筆本と比較しても本文の質がよく、昭和十年五月に刊行された中村多麻氏の『定本 土左日記 異本研究並に校註』（岩波書店刊）においても、三条西家本を底本とし、定家筆本、宮内省本・近衛家本（両本は宗綱筆本系）を主校合本として原型復原をはかられ、昭和十五年成稿の故山田孝雄博士『土左日記』（昭和十八年、宝文館版）もほぼ同じ底本・校合本の使い方をされている。この山田博士校訂本に附された、鈴木知太郎博士の詳しい諸本解説によると、『土左日記』の本文系統は四系統にわかれる。すなわち、第一に定家自筆本系統（定家筆本以下九本をあげる）、第二は宗綱自筆本系統（図書寮本以下三本）、第三実隆自筆本系統（三条西家本以下四本に妙寿院本系を附録解説）、第四為家為相本系統（池田博士の草稿本系統を否定し、後世の合成意改本文と認定）とされている。この時点における研究成果の到達点と代表的諸本を示したものであり、諸専門家ともに、実隆筆本（延徳本）の直接写本である天文廿二年写本が、土左日記の原本に最も近い本文をもつことを認めているわけである。

7　伝本新発見の価値

『土左日記』の本文は、前述したように実隆筆本系統の天文二十二年転写本を底本とし、その誤脱を他の系統本で校訂する方法で再建作業がつづけられていた。ところが、昭和十六年二月、故池田亀鑑博士は『古典の批判的処置に関する研究』と題する四六倍判（今のB５判にほぼ相当）三部三冊の大著を刊行（岩波書店）され、その第一部「土左日記原典の批判的研究」において、その研究の礎地とすべき底本として新発見の伝本を紹介され、第三部「資料・年表・索引」のはじめに、この全文を写真複製により提示した。即ち「青谿書屋本《せいけいしょおく》」であり、当時の研究者を驚嘆させた画期的な発見紹介であったようだ。

この「青谿書屋本」とは、故池田博士によって名付けられたもので、所蔵者大島雅太郎氏の文庫名による（現在は東海大学附属図書館蔵）ものであった。この伝本は、次の本奥書をもっている（図版6参照）。

嘉禎二年八月廿九日、以紀氏正本 蓮花王院本云々」書写之、一字不違、不読解事」少々在之、

権中納言（花押）

（嘉禎二年〈一二三六〉八月廿九日、紀氏正本〈紀貫之の原本〉――蓮花王院本しかじか――をもってこれを書写す、一字もたがえず、よみとけざる事少々これあり）

すなわち、定家が貫之自筆本を書写した翌年に、権中納言某が、同じ蓮華王院蔵の貫之正本を、一字も相違なく忠実に転写したこと、また読めない所が若干あったことを示している。この権中納言某は、あらゆる傍証から、定家の長子為家（当時新任権中納言）に間違いないと故池田博士は推定されたが、その後「花押」（図版6参照）が為家のものであることが実証され（星田良光氏）、為家が父定家書写の一年数箇月後に、再び貫之自筆本を書写したことが明らかとなった。

ただし青谿書屋本は、為家自筆本そのものではなく、宗綱筆本系（延徳本）の慶長五年書写本、実隆筆本系（亜槐本）の天文二十二年書写本等とおなじく、近世初期の複製本ともいうべき忠実かつ厳密な書写態度による臨模《りんぼ》《りんも》本（底本どおりにまねして書写した本）であるという。この青谿書屋本が、いかに忠実かつ厳密に親本である為家自筆本を臨模したか。この考証はそのまま、為家がいかに、貫之自筆本を同じ態度で書写したかに等式でつながるわけであるが、この点について故池田博士は、九項目にわたって綿密・詳細に実証された。そのうち、最も重要で、かつわれわれにも判りやすいのは、定家が特に後世研究者のため臨模して置いてくれた貫之自筆本の最末の所のパターン（図版7参照）との比較である。定家は、わざわざ、

　為令知其手跡之躰、如形写留之」謀詐之輩、以他手跡多称其筆、」可謂奇怪、

（その手跡＝貫之の筆跡―の躰を知らしむるため、形のごとくこれを写しとゞむ、謀詐のやから、他の手跡をもっておおく其の筆と称す、奇怪というべし）

と記し、当時意識的に他筆を貫之自筆と詐称することに反証するためにも、自筆本の字体・書風を書きとどめたのであった。『土左日記』の最末の文章であり、読み下すまでもないが、

む（无）まれしもか（可）へらぬも（毛）のを（乎）わが（可）やとにこまつのあるを（乎）みるが（可）、なしさ（散）とぞいへる、なほあかず（数）やあらん、また（多）か（可）くなん　みしひとのまつのちとせにみましか（可）ばとほくか（可）な（那）しき（支）わかれせましや　わす（数）れが（可）た（多）くゝちを（乎）しき（支）ことおほか（可）れど、え（衣）つくさ（佐）ず（数）、とまれか（可）うまれとくやり（利）てん

とある。仮名の字母の使用は、定家臨模貫之筆跡と、為家筆臨模（図版6）と全く同じである。このほか、後述するが定家の書き残した貫之自筆本の和歌の書き方に、この為家筆臨模本は一致し、また誤写した場合は、その文字を削り落して、その上に改めて書き直す（五十箇所）等、書写が極めて慎重・忠実に行われていることが指摘さ

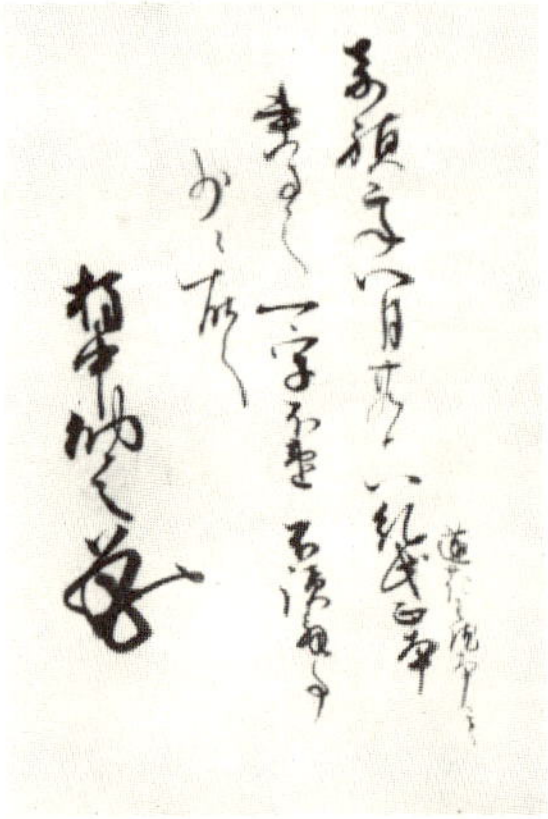

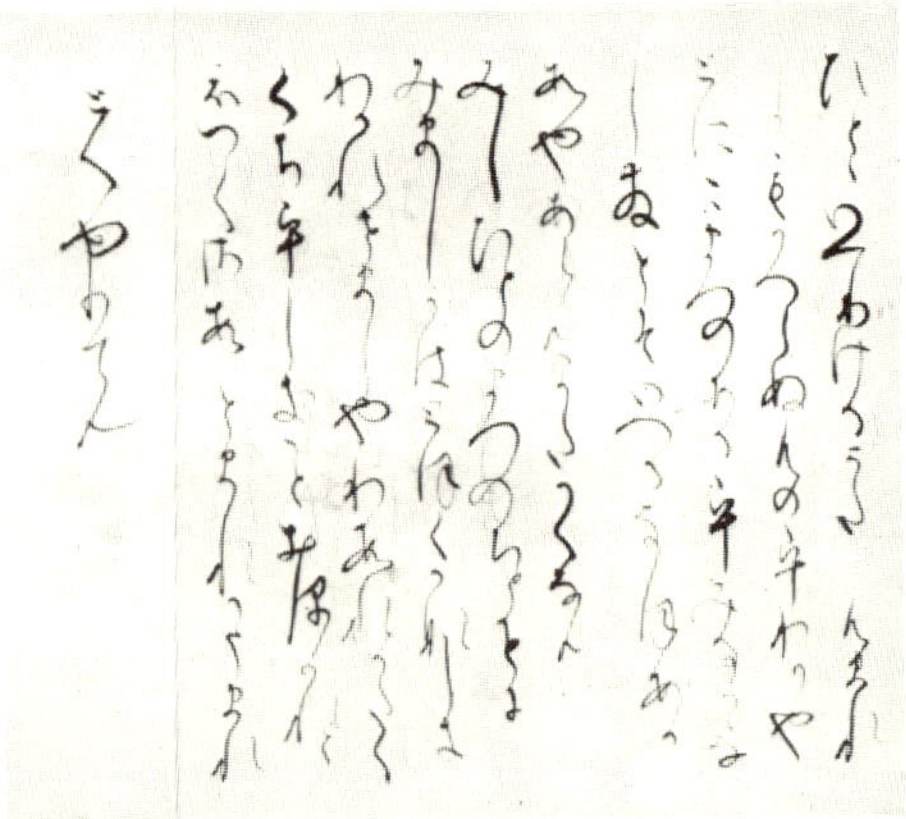

図版6－左・右

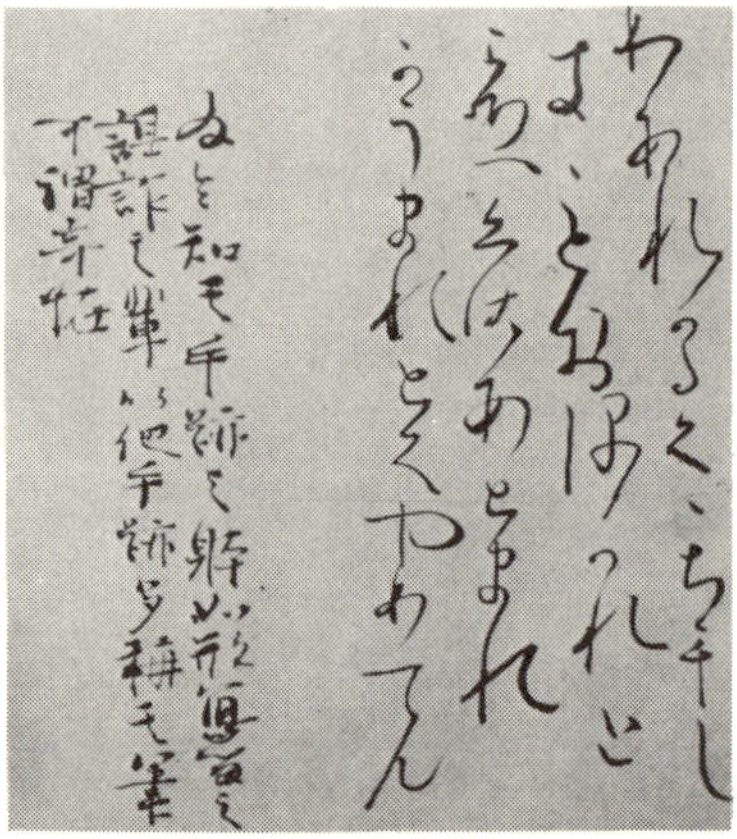

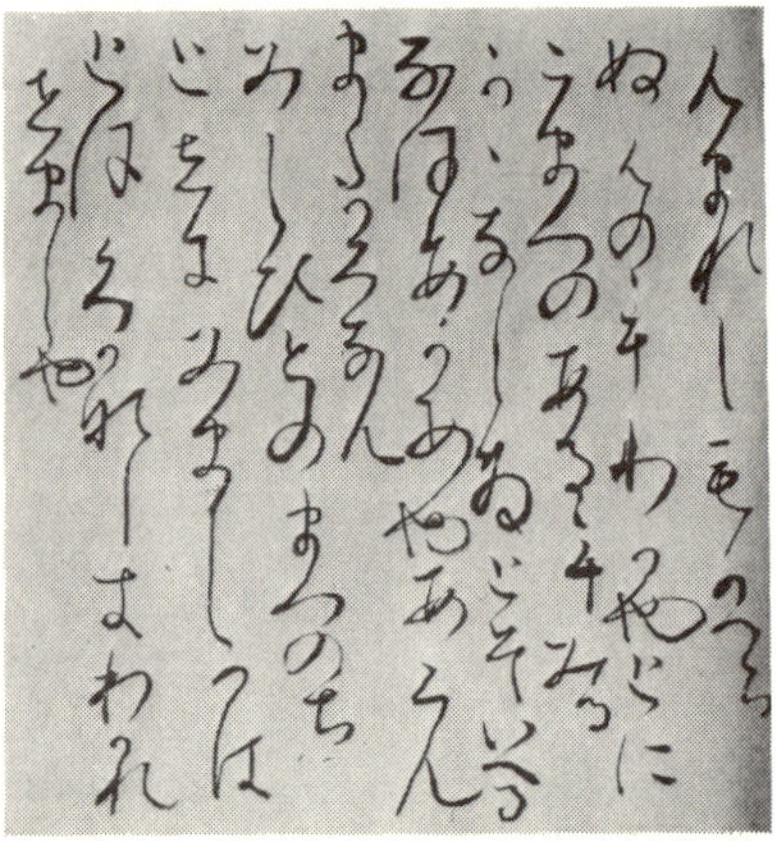

図版7－左・右

れる。かくしてこの青谿書屋本は、為家自筆臨模を通じて、貫之自筆本の原型に迫り得る随一の本文であろうと予想された。事実その誤写率は、わずかに仮名遣いの誤り十四、語句の誤写二十三の計三十七箇所にすぎないと、鈴木知太郎博士もいわれている。

8　原典の復原

以上にわたり略述してきたように、十世紀前半の古典作品である『土左日記』は、十五世紀末の三条西実隆の書写時点までは、作者貫之の自筆原本が存在していたわけである。藤原定家・為家父子の書写した鎌倉時代(十三世紀前半)までは、皇室の宝庫である蓮華王院に、室町時代(十五世紀)にはこれが歌僧尭孝(『新続古今集』の時の和歌所開闔＝撰歌事務局長)の手に帰し、尭孝より将軍足利義政に献上され、以後室町将軍家に伝来されたらしい。現在、この貫之自筆本が伝存されていれば問題はないが、それが伝わらない以上は、貫之自筆本を共通祖本《そほん》(諸種の伝本又はその系統の源となった本)とする各系統本の対照校訂によって、その原型を復原しなければならないわけである。

『土左日記』の場合は、幸いなことに、①文暦二年(一二三五)藤原定家・②嘉禎二年(一二三六)藤原為家・③延徳二年(一四九〇)松木宗綱・④明応元年(一四九二)三条西実隆の四度にわたる作者自筆正本《しょうほん》(著者の原本として準拠となる本)からの直接転写の事実が確認される。しかも意識的かどうかは判らないが、鎌倉期の定家父子の書写は一年数箇月しか間を置かず、室町期の後土御門天皇勅命による宗綱の書写と、或人の懇望による実隆の書写とは二年数箇月と近接している。

いずれの場合も、後者は前者の書写を熟知していたろうし、後者の書写態度はより厳密の度を加えたものと思われる。しかも①は定家筆本そのものが現存し、②③④はその転写本であるが、室町末から江戸初期にかけての、名筆・古典を転写する場合に共通してみられる没個性的な、親本《おやほん》(その伝本が直接よりどころとした本)を客観的に再現しようとする書写態度で転写されている。即ち「一字不違」の態度である。定家筆本の場合は、原本の形態上の状態を奥書に明記してあったが、「老病中雖如盲(老病中で視力が弱い)」の状態であり、「不読得所多只任本」即ち読めない所は自分の判断による読解書写が多分にあったらしい。

かくして同じ貫之自筆正本を親本ないし祖本とする四系統は、書写態度が厳密であれば理論的には同じ本文を持ち得るわけである。しかしながら前述したように、書写者の古典に対する姿勢、それをとらせる書写者の全人間像によっても書写態度は異なるし、属する時点の古典に対する享受意識によっても差は生じる。また生身の人間の所為という点からもミスは免れない。このような点を念頭において『土左日記』の巻頭《かんとう》(本文のはじめ)を、定家筆本をもととして、四系統を比較してみよう(図版3定家筆本および図版8青谿書屋本巻頭参照)。

定＝定家筆本　為＝為家筆臨模本　宗＝宗綱筆系慶長五年写本　実＝実隆筆系天文二十二年写本

お(宗)　すなる(為・宗・実)　もの(為・宗・実)　みん(為・宗)見ん(実)
をとこもすといふ日記といふ物を、むなもして心みむとてするなり

となり、定家筆本の二箇所の異文が目立っている。原型を再建するとすれば、

をとこもすなる日記といふものを、むなもしてみんとてするなり

となるのであろう。

このように、四系統本の本文を厳密にクリティークした結果、たとえば、仮名遣いの誤り・誤写・脱落・衍字等について、各系統本のおかしたミスを数字的に示すと、定家本百二十八箇所・為家本三十七箇所・宗綱本七十八箇所・実隆本四十一箇所という結果が示される（鈴木博士説）。これはクリティークの結果の一例であるが、あらゆる点から為家本(青谿書屋本)が原典に最も近いことが、故池田博士・鈴木博士等により実証された。そこでこの青谿書屋本を底本として、その欠陥を他の三系統本で相補えば、『土左日記』の原典が復原できるわけである。この再建作業(テキスト・クリティーク)は、低部批判(四系統の多数決の原理に従っ

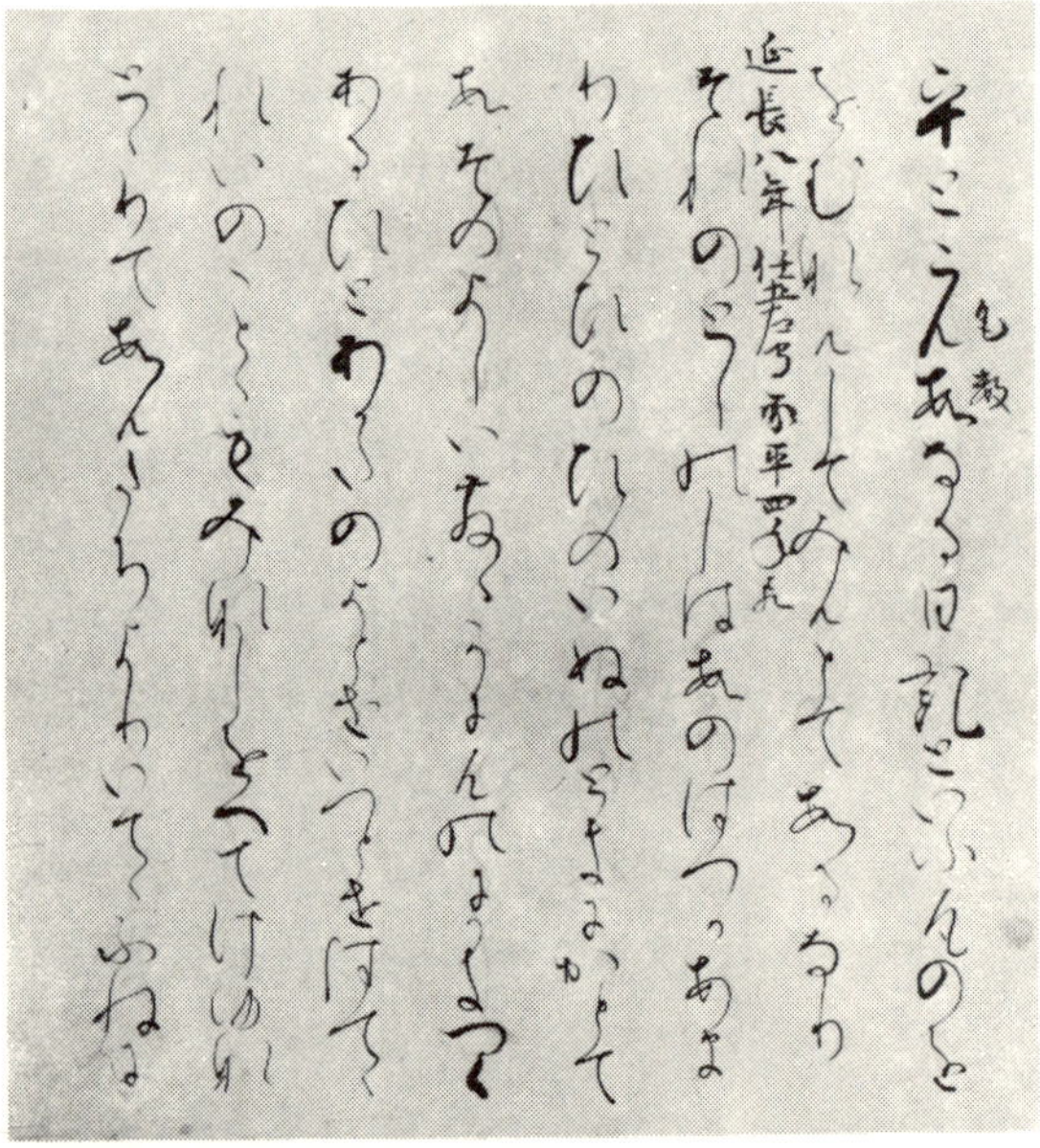

図版 8

て本文を定める）と高部批判（低部の適用できない所は、本文解釈の立場から定める）の両様によって決められるが、この原典を復原されたのが鈴木博士の中古文学選『土左日記』（昭和二十四年八月初版、現在笠間書院版）等であり、現在、数種類刊行されている活字翻刻本・注釈書（例えば萩谷朴氏『土左日記全注釈』角川書店版）等の大多数は、この青谿書屋本を底本とし、頭注等により再建本文を示している。かくして『土左日記』は、古典作品の稀有の例として、ほぼ一〇〇パーセント原典に溯源し得たのであった。これが可能となったのは、結果として恣意的な改訂を加えることの多かった定家筆本の他に、多くの研究者の努力により、宗綱本（延徳本）の数多くの諸伝本、実隆本（亜槐本）とひろく発見につとめた結果が、青谿書屋本（為家本）の新発見につながり、見事に至難事であった原典の復原に結びついた事を忘れてはならない。

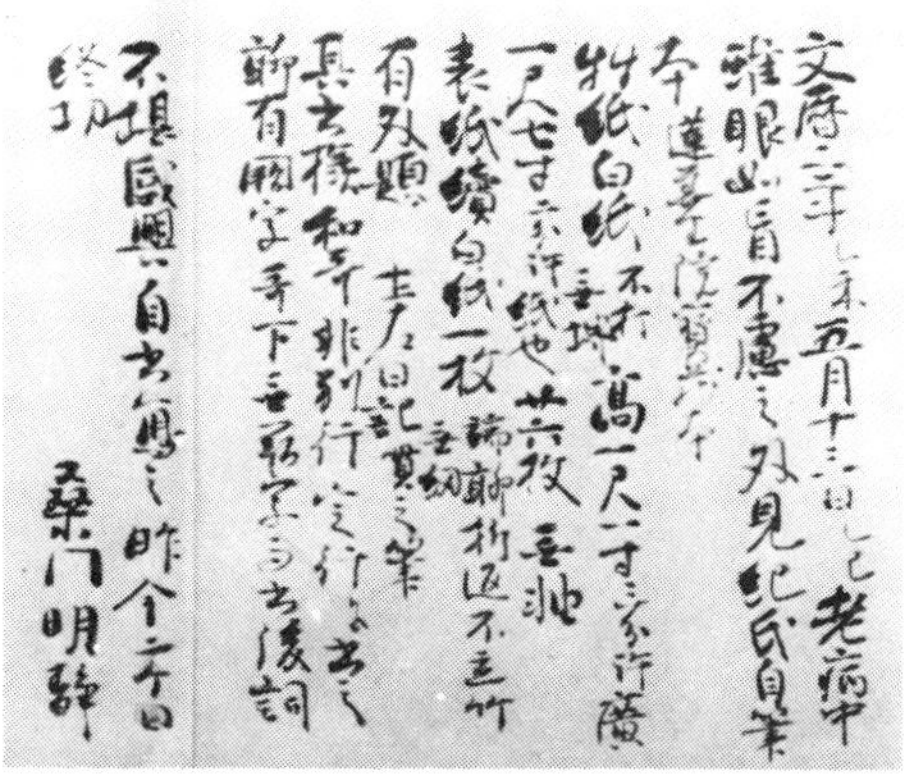

図版 9

9 『土左日記』原典の形態

定家筆本は、本文的には原典を改変した所が多かったが、その奥書（図版9参照）に貫之自筆本の形態を書き留めたのは大きな功績であった。すなわち、

②料紙白紙不打 無堺、高一尺一寸三分許、広」一尺七寸二分許紙也、廿六枚、無軸

表紙続白紙一枚端聊折返不、立竹無紐」有外題 土左日記貫之筆

③其書様、和哥非別行、定行に書之、」聊有闕字、哥下無闕字而書後詞

これによると、貫之自筆本の装幀は巻子本であった。本文用紙は、打って柔らかにしてない剛い白紙で、真名日記・歌合の料紙にみるような罫を引いてなかった。一枚の紙の大きさは、縦三十一センチ弱、横五十二センチ強の紙を二十六枚継いだ巻子で、軸もつけてなかった。表紙は恐らく本文用紙の共紙を一枚前につけたもので、端をすこし折込んであったが、普通の巻子本にみられるように、折込みの中に竹のおさえは入って居らず、従って巻く紐もつけてない。表紙の左端に『土左日記』と貫之筆で書名が書かれていた(外題《げだい》)。

本文の書き方は和歌を別行とせず、地の文につづけて書かれていたが、歌の書き出しは一字位あけてあり、歌の終りはあけずに後の地の文につづけてある、と説明している。「紙不朽損、其字又鮮明也」とあるのも、用紙が加工しない漉紙なので、定家書写時点まで約三百年、実隆時点まで五百五十余年の間、字体鮮明をたもったのであろう。なお故池田博士は、定家臨模の字の大きさと、原本の紙数から、貫之自筆原本は一紙に二十一、二行書きで、一行は二十二、三字であろうと推定されたが、故鈴木博士も、日大本(慶長五年写宗綱本)の書写形態をもととして池田博士の推定を裏づけられた。

かくして『土左日記』は、先学研究者のなみなみでない伝本発見の努力により、その本文内容はもとより、原本(自筆本)の形態までもが復原されたわけである。しかしこれは稀有な実例であって、他の古典作品については、この努力と忍耐を、長年月にわたり、重ねていかなければならないのが現状である。

三、古典本文と孤本

10　孤本《こほん》ということ

『土左日記』の場合は、紀貫之の自筆原本を共通祖本とした、四系統の証本によるテキスト・クリティークの結果、原典が復原できたことは前述したとおりである。また、原典復原のことは別としても、三代集(『古今』・『後撰』・『拾遺』の三勅撰和歌集)・『伊勢物語』・『源氏物語』など、むかしから愛読された古典作品には、多量の伝存本があることも前述した。ところが、古典作品のなかには、この世の中にたった一本しか伝わっていないものが意外におおいことに気がつく。このような作品を「孤本《こほん》」という。孤本とは、近年の書誌学・文献学の用語であって、ある書籍が、その本文内容をつたえる唯一の伝存本であることを意味する。この孤本のいくつかを、ほぼ作品の成立順にあげてみよう。

まず和歌文学の関係では、書かれた年代もきわめて古く、その成立も『古今集』より前ではないかと推定されている作品に、『秋萩歌巻』(文化庁文化財保護部現蔵、図版**10**・**11**参照)がある。この歌巻は〝古筆《こひつ》〟(主として鎌倉初期以前に書かれた写本をいう。その断簡が〝古筆切《こひつぎれ》〟としては『秋萩帖』とよばれている。もと有栖川宮家御本で、色変りの料紙二十枚をつぎあわせた巻子本《かんすぼん》である。図版にみられるように、いわゆる変体がなの初期の古態で書かれ、普通のかな古筆にみられる連綿遊糸体(つづけ書き)ではない。従って桂本『万葉集』・高野切『古今集』などよりも書写年代がふるく、『後撰集』成立時点（天暦五年〈九五一〉）に近い書写といわれている。
このように、かな文芸としては、とびぬけて古く書写されていながら（第一紙と第二紙以下は、紙の大きさも書風も異なり、第二紙以後は臨写―手本をみて書きうつす―されているので、原本ではないといわれている。図版**10・11**参照）、本文内容は、詞書も作者も記されていない和歌四十八首のみである。この歌は、部類してみると秋の歌（二首）からはじまり、冬（二十八首）・雑（十八首）と排列順にわけられる。これらは久曾神昇博士によると、『万葉集』以下に二十六首が見いだされるが、それらの直接引用とは考えられないという。また、独立した歌集、あるいはそれの抜き書きとしても、秋歌からはじまるので完本（本文が完備している本）ではない。また、現存のこの巻物だけしかないので、前後、あるいは途中に、どのくらい脱けた部分があるのか、これも判らない。このことは、孤本の宿命でもある。ただつぎの歌（図版11二首目参照）、

和可々見能美難之羅由幾爾奈利奴礼者於計留之毛耳所於東呂加礼奴流

（我が髪の皆白雪に成りぬれば置ける霜にぞ驚かれぬる）

は、『大江千里集』（句題和歌、ただし二句以下は〈皆白雪となりゆけばおける霜とも驚かれけり〉）の歌からの引用と思われるので、この『句題和歌』の成立年次である寛平六年（八九四、同序による）が、秋萩歌巻の成立などの年次の一つの目安となろう（それ以後の歌書にみられるのは、古今・後撰両集ともに〈読人しらず〉の古歌か、寛平以前の歌人の歌）。この点で、他に典拠がもとめられない二十二首の古歌とともに、『古今集』以前の和歌文学作品としてミクロ的には注目に価する。しかしながら作品の形態も、享受の状態もたしかではなく、これ一本だけでは、これ以上の文学史的位置づけは不可能であろう。このために、書道史的には有名な作品であったが、文学史的には、故佐佐木信綱博士により『安幾破起乃宇多万伎』と名づけられて影印刊行され（昭和六年）、久曾神博士によって『平安稀覯撰集』の一として翻刻（古典文庫版）紹介されたにすぎない。なお古筆として「秋萩帖」とよばれているの

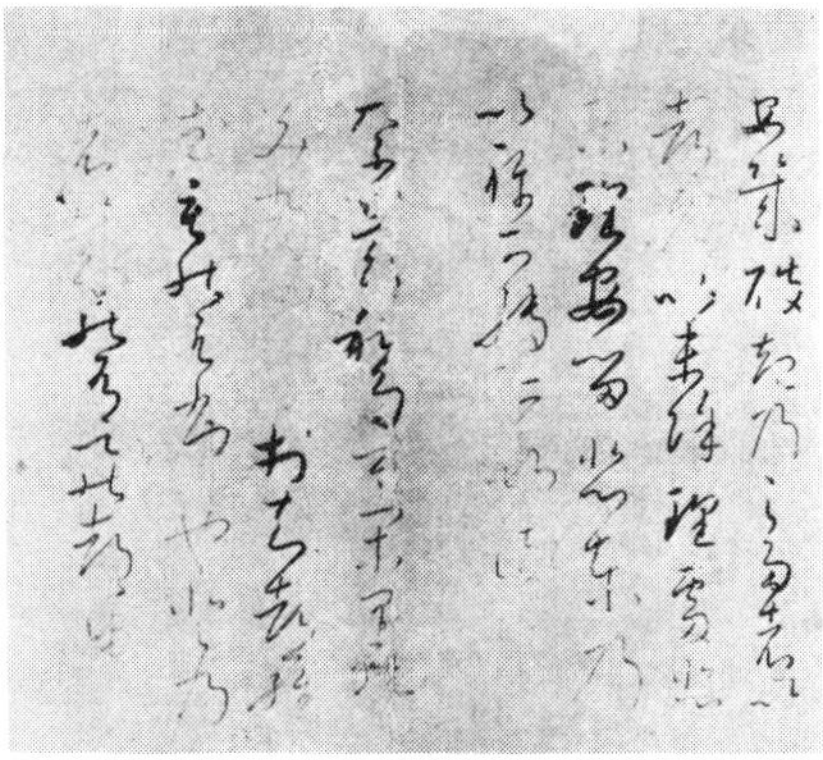

図版10

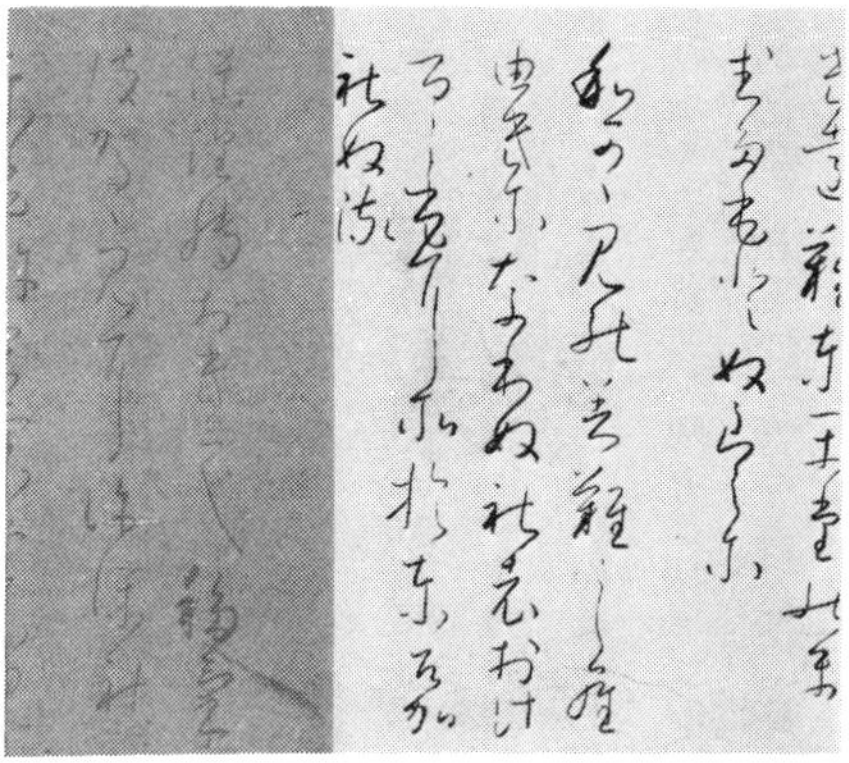

図版11

は、現在の巻頭歌（図版10参照）、

安幾破起乃之多者以（ろ脱カ）都久以末余理処悲東理安留悲東乃以禰可転仁数流

（秋萩の下葉色づく今よりぞ独りある人の寝ねがてにする

『古今集』秋上二二〇、読人知らず、三句〈今よりや〉）

の初句によっている。これは、書名のわからない古筆に対して、古筆家のもちいる一般的な命名法である。

11 孤本としての『継色紙《つぎしきし》』――『古今集』との関係

『継色紙《つぎしきし》』も孤本である。ところがこの色紙――古筆切の集成――は、「夏下」（近衛家蔵予楽院〈家熙〉臨写切）・「冬上」（住友家旧蔵一葉）・「恋三」（前田家旧蔵本、図版12参照）などの部立《ぶだて》（歌集を部類わけした標目）名をもつ切《きれ》が現存する。この点から「秋萩歌巻」のもつあいまいさと異なり、はっきり和歌の「撰集」の古筆切であることが認められる。この意味で、作品形態のあきらかな孤本作品として注目されるものであり、いささかこれをみていこう。

『継色紙』とは、料紙二枚をつぎあわせて、はじめの一枚に和歌の上《かみ》の句（五・七・五）を、つぎの一枚に下《しも》の句（七・七）を書写しているところから名づけられたものであり（図版13参照）、一枚の紙に和歌の半首を書くところから「半首切《はんしゅぎれ》」ともよばれた。古筆史上というより書道史的に、伝紀貫之筆『寸松庵《すんしょうあん》色紙』（『古今集』の四季歌）・伝藤原行成筆『升色紙《ますしきし》』（『深養父《ふかやぶ》集』断簡）とともに『三色紙《さんしきし》』とよばれ、かな古筆のうちの最高のものとされている。このうちとくに、この継色紙は書風に格調がたかく絶品とみられているが、書写年代は前項の秋萩歌巻とおなじく、高野切『古今集』より前の時代と推定されている。江戸時代初期には、紀貫之筆とみられていたこともあるが、江戸末期以後は伝小野道風筆といわれてきた。現存するものは三十六首（近衛家熙臨模などを含む）で、ほぼ一辺十三センチ強の桝形《ますがた》（正方形）斐紙《ひし》系（雁皮繊維の紙）の染紙《そめがみ》（白・茶・藍・草・紫・黄など）を料紙としている。ただし、かつてもと前田子爵家（旧加賀大聖寺藩主）に十六・五首が一帖にまとまっていたが——明治三十九年まで。現在は切となる——その装幀（とじ方）は粘葉装《でっちょうそう》（36項参照）であったという。従って現在は桝形の色紙二枚をついだ形（継色紙）になっているが、もとは縦十三センチ強、横二十七センチ弱の一枚の斐紙系染紙が料紙であったらしい。

さて今度は和歌文学的にみていこう。前にのべたように、夏下・冬上などの部立表記から、夏・冬おのおの上下二巻あてとしても、四季の部はほぼ十巻（春・秋の巻が夏・冬より巻数が多いのが勅撰集などの実態）、また図版**12**にみるように、

恋　三』

かつ見つゝなほや（夜）みな（難）む（無）おはらきのうきたのもりのしめな（那）らなくに（耳）

（『万葉集』巻十一、二八三九）

の二紙は、藍色の同一紙で「恋三」の巻頭とみられるので、恋歌を五巻ぐらいとみても、ほかに必ずある、賀・別・雑《ぞう》などの部立を予想すると、この『継色紙（集）』の完本は、もともと二十巻程度の撰集であろうと推定できよう。二十巻の歌集であったとすれば、比較的歌数の少ない『古今集』の場合でも一一〇〇首、おそらく『継色紙集』の原

型もそれに近い歌数をもっていたものと考えられる。しかしながら、現在知られているのはわずか三十六首にすぎない。この伝存歌切も、田中親美翁が苦心のすえに、集録して大正年間に複製刊行した時は二十四・五首であり、以後は翁・書道史研究家・久曾神博士などの努力により発見集録したものである(昭和四十一年、飯島春敬氏編複製版『継色紙』は三十四首)。また、たしかに部立名の存在からして撰集であろうとは思われるが、形態的には、『秋萩歌巻』とおなじく和歌本文のみで、詞書もなければ作者の注記もない。

ところが、この現存三十六首を他の歌集とくらべてみると、『万葉集』と一致する歌は六首、平安時代の作品である『伊勢物語』とか、個人の私家集・歌書類にもみられるが、平安初期の撰集との関係をみると(重複も当然ある)、『古今集』二十九首(作者は小野篁以下業平・躬恒・貫之ら十名におよぶ)・『新撰和歌』十三首・『古今和歌六帖』二十三首となる。この重複関係を整理すると、おおきな関係は万葉・古今の二集に限定される。『継色紙』の現存歌と『古今集』とが八十パーセントの一致をみ、『万葉集』十七パーセント、出典不明三パーセント(一首)という比率で、この『継色紙集』の構成がわりきれることになる。

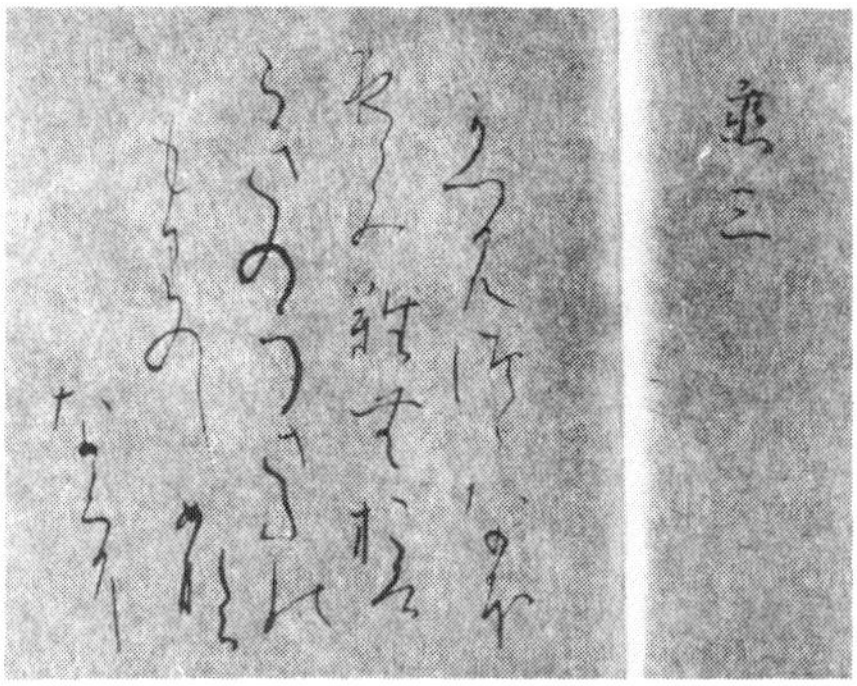

図版 12

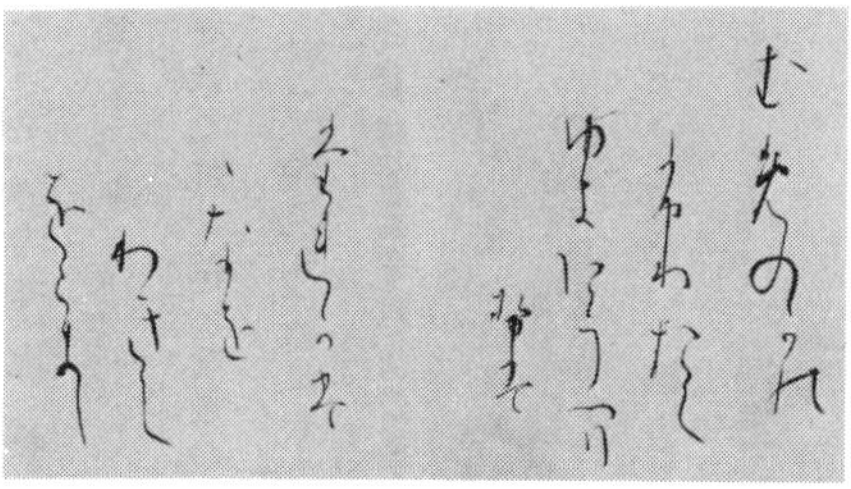

図版 13

こうみてくると、比率的にみて『継色紙』が古今・万葉の両集と密接な関係をもっていることは、誰しもが否定できない。久曾神博士は、この密接さから、この『継色紙』を、①『古今集』・『万葉集』など諸撰集からの抄出本、②『古今集』の一伝本、③『古今集』の初撰本的なもの、の三つの仮説をまずたてられた。そして『継色紙』のうち『古今集』と一致する歌二十九首について、『古今集』の本文と比較し、たとえば、図版13の紀貫之の歌(『古今集』巻六冬、三三六)、

むめのかのふりおくゆきにうつりせはたれかはことなをわきてをらまし

を例とすると、第二句「ふりおけるゆきに」、第四句「たれかことこと」のごとく、単純な誤写とはおもえない相違をもつもの九首、全く一致するもの二十首と分析され、この異文により、『継色紙』が単なる万葉・古今からの抄出集ではないこと、また、部立の相違(『古今集』は夏・冬おのおの一巻)、『古今集』にない歌が二十パーセント(七首)あることから、『古今集』のある系統の一つの伝本でもない。など、①②の仮説をつぎつぎと消去されていった。そして最後にどうしても残る、八十パーセントも『古今集』と一致するという、『継色紙』のもつ作品の性格的特有性から、この作品は、『古今集』の初撰本的なものの断簡集ではなかろうかと推定された(この項の論考的な面は主として久曾神博士説により、筆者の憶測もくわえた)。

12 孤本とその証本性

『古今集』すなわち十世紀はじめに成立した初代の勅撰和歌集の初撰本(はじめの段階の編集本)という位置づけは、われわれ古典愛好者にとって驚嘆すべきことである。われわれの日常にひき及ぼしてみて、あるテーマで何かを書くとしよう。まず下書き(草稿・初稿=初撰)をする。それを推敲して訂正する(再稿=再撰)。訂正した原稿をさらに補訂しながら清書する(定稿・清書=精撰)。といった段階は、途中の省略はあっても、だれしもが実際的・心理的におこなっている過程であろう。普通は最終段階のものだけが誰かの目にふれるのである。初代の勅撰集という重大な意識があったとしても、その最初の段階のものの片鱗が、千年後まで残っているとすれば、すばらしい事実である。

この事実の証明を、久曾神博士はされたわけであり、私もそれなりにダイジェストしてここに記したわけである。ところがそのためには、『古今集』の成立という、まだ定説のさだかでない重大問題が基本となる。しかしこの問題は本書にとっては本筋のことではない。簡単にいうと、『古今集』序に示された延喜五年(九〇五)四月十八日(真名序は十五日)が、『古今集』の完成奏覧の日をあらわしているか、いないかによって、古来説がわかれている。久曾神博士は、序については『古今集』二段階成立説をとり、延喜五年四月を第二次詔(後勅)の下命年次とする。わたしもこの説には賛成であるが、その根拠としては、真名序末尾の、

爰詔…忠岑等、各献家集幷古来旧歌、(曰続万葉集)、於是重有詔、部類所奉之歌、勒為二十巻、名曰古今和歌集、…于時延喜五年歳次乙丑四月十五日　臣貫之等謹序。(こゝに…忠岑らにみことのりして、おのおの家集ならびに古来の旧歌をたてまつらしむ、(続万葉集という=流布本にある)、ここにおいて重ねて詔あり、たてまつる所の歌を部類せしめ、名づけて古今和歌集という、…時に延喜五年歳《とし》きのと丑にやどる四月十五日　臣貫之らつつしみて序す)

により、家《いえ》の集および古来の旧歌を集めた『続万葉集』を第一次撰(初撰本)とみる。また、かな序の、

今もみそなはし、後のよにもつたはれとて、延喜五年四月十八日に、…忠岑らにおほせられて、…くさぐさの歌をなんえらばせたまひける、すべて千うた、はた巻、なづけて古今和歌集という、

から、延喜五年四月を第二次詔(部類の重詔)の下命年次とみる考え方である。この第一段階の撰集=流布本による『続万葉集』とこの『継色紙』とを、ほぼ等式にむすびつけたのが久曾神説である。これについては種々の考証があるが――貫之の第一次撰につけられた長歌(一〇〇二)に示された一次撰の部立と、『継色紙集』の推定された部類との近似。『古今集』以前の撰集としては大規模な二十巻仕立という特異性、『継色紙』三十六首の歌のうち、不明のものを除き延喜五年二月までの創作であること等(『古今和歌集成立論』)、極めて重大な位置づけである。このよう

に『継色紙』は、久曾神博士の古今集成立論における初撰本設定の、唯一の資料・根拠となっている（ただし、『継色紙』は初撰本そのものではなく、歌のみの抄出本という）。

きわめて卓抜な論であり、わたしも『古今集』を二次にわたる成立と考えているので、とびつきたい論旨でもある。しかしながら『古今集』再撰本（あるいは流布本というべきか）一一〇〇首の母胎としては、二十巻の初撰本ならば当然少なくても七、八百首程度を予想すべきであろう。そのうち現存『継色紙』はわずかに三十六首の断簡であり、全体の五パーセントにも足りないとみるべきであろう。五パーセント以下の残存本文では——それが一つの部立に集中していれば別の論証法もあろうが、どのような確率があっても、『継色紙』のみでは断定をためらわざるを得ない（この場合に似ているが、『拾遺抄』とその母胎としての孤本『如意宝集』の場合は、現存四十首の断簡であっても、『如意宝集目録』の存在によって、その構成と全歌数がわかり、さらに公任の諸秀歌撰→如意宝集→拾遺抄→拾遺集との関係により、「抄」の母胎は『如意宝集』であると認定できる）。かつは『継色紙』と同形式の歌のみの抄出古筆に、前述の『寸松庵色紙』、伝公任筆『堺色紙』（『古今集』の抄出）、伝公任筆『大色紙』（古今・拾遺両集よりの抄出）などが存在することを考えると、なお一層疑問がのころう。これは、『継色紙』が孤本であるためであり、たとえ転写本であっても、これと同類と証明できる類本が発見されれば、久曾神説はより確実となろう。『継色紙』を例としてみてきたが、孤本は、文学史上画期的な位置づけを予期できるとはいえ、いわば孤本たる故の致命的な弱点をもつわけである。これが断簡となればなる程、その位置づけは困難となるのであろう。

13　孤本の宿命

この世の中に、ただ一本しか伝わらないということは、他と比較もできず——歌が勅撰集に入集しているとか、注釈書や学書に一部分が引用されていれば、その部分は比較できようが——、その唯一の伝存本の書写者を一応信用して、その作品を鑑賞し研究するほかはない。その場合、書写者の素姓がわかればそれなりの判断が下せるが、おおくの場合は、書写年次のあらましが推定できるだけであって、誰が何によって書き写したかということは不明の場合がほとんどである。孤本のひとつであり、昭和三十二年にはじめて学界に紹介された作品に『大斎院前の御集』(日大本)がある。この作品は、大斎院とよばれた選子内親王(九六四〜一〇三五)個人の歌集ではなく、その前期斎院(九六四〜九六六)集団の歌日記ともいうべきユニークな作品である。この書は、上下両巻ともに巻頭部分を藤原定家が書写し、その他の部分を近親者に書かせて定家が校訂するという——古筆でいう定家・為家両筆、定家・民部卿局両筆というパターン——書写形態をとっている。しかも定家が、自分で編集した『新勅撰和歌集』に撰集資料として使ったものである(四首入集)。このように、親本はわからないが、鎌倉初期に、定家父子が書写したものとはっきりわかるこの書でも、その巻頭第一紙の表をみると(図版14参照)

正月」　我はさわかしくて人〳〵の　」わすれぬ、正月一日まて雪の」きえのこりたるを、梅花につけ」て
いたす、さふらひに
ものことにあらたまるけさ白雪のふるき物とてのこれるを見よ
返　し

とある。「返し」のあとは、すこし余白があるような形であるが、それにつづく、その紙のうらは(図版15参照)、

二月」　なまゆふくれに、山にかすみ(見セ消チ)」のいといみしうたちたり、かす」みかけふりか、なといへは、宰相
いつしかとかすみもさわく山へかな」のひのけふりのたつにやあるらむ
む　ま
かすかの、とふひの、もり心あらは」けふのかすみをため「　」はせよ

とあり、以下二月の詠とおもわれる和歌がつづいている。

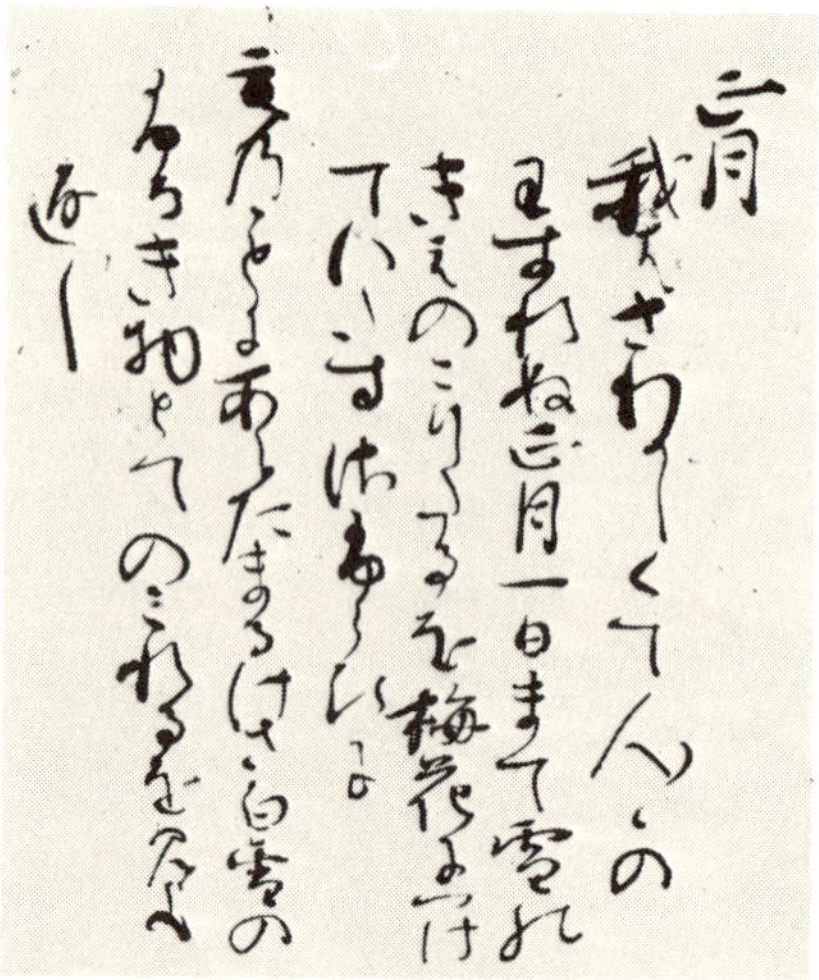

図版14

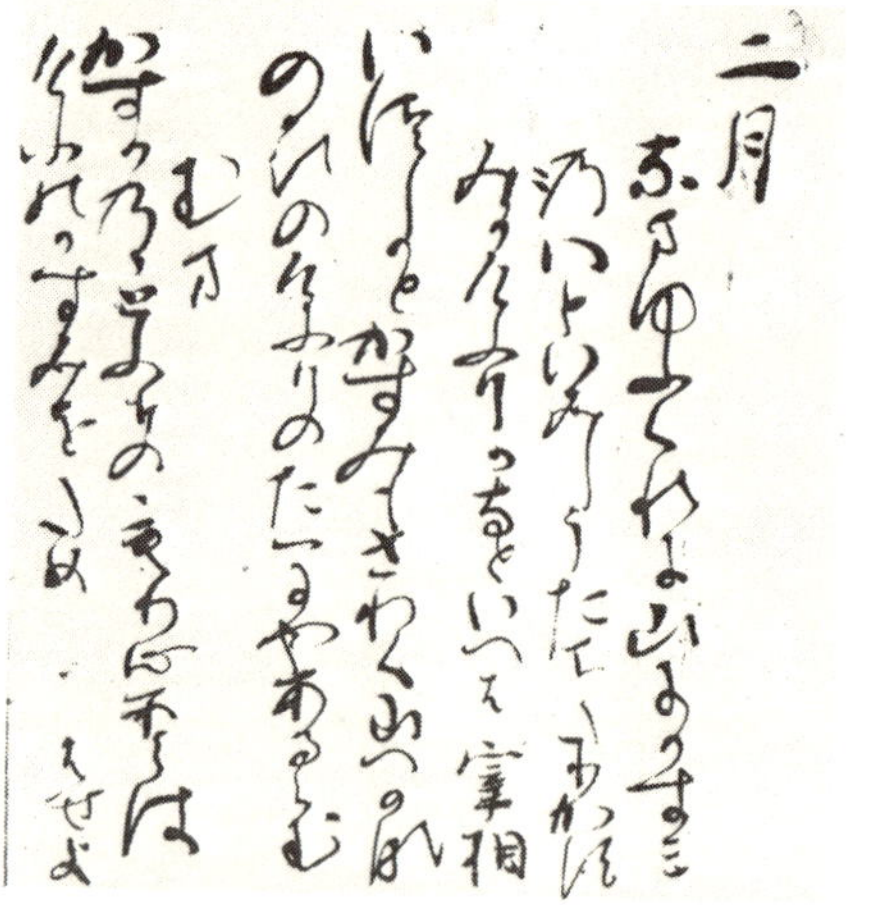

図版15

この上巻巻頭一紙の表裏だけをみても、いろいろな疑問がおころう。まず「返し」とあって、その歌がない。定家の筆はこのあと第二紙の表までの三面であるが、第一紙の裏(図版15)と第二紙の表は、一面九行書きであるのに対して、第一紙表(図版14)は八行書きである。この場合、第一紙表は書きはじめであるから余裕をもたせて八行書きとし、「返し」の歌を落したのは、親本から写すとき、表から裏にうつったための書写者の心理的なケアレス・ミスとも考えられよう。ところが、裏は「二月」と端作《はしづく》り(本文のはじめ、あるいは区分けのはじめの標注)があり、二月の和歌がある程度つづいている。

このことを考慮にいれると、書写者(定家)の単純なミスではなく、親本に大きな脱落があったのではないかという推定の方が強くなろう。しかも書写者は定家である(ここで書写者の素姓がわかった方が、本文の判断が容易になることが諒解されよう)。定家が第一紙表を八行で書き、「返し」のあとを余白にしたのは、親本の脱落を意識的に示したものとも考えられよう(事実、この書は錯簡・脱落と推定される箇所が相当ある)。これらの場合、親本の錯簡(とじ方の順序が狂っていること)をそのままうつし、この本のどこかに該当箇所があれば、内容をよく調べた上で、歌の内容の連続とか、詞書との関係などで、散文の場合よりも復原することはより可能性があると考えられる。しかしながら、親本がすでに脱落した状態であったとしたならば、この「返し」から「二月」につづくまでの部分の復原は不可能である。従って、われわれは完本でない状態で、この作品を享受せざるを得ないことになる。これが孤本の宿命のもっとも大きな点であろう。

また、こまかい点であるが、たとえば図版**14**の二行目「人〳〵の」の下が、ほぼ一字分空白となっている。この箇所も、親本の虫損(虫くい欠落)などによる欠脱を示すのか、あるいは書写者である定家が、つぎの独立した語句である「わすれ」を書くために、わざわざ改行したのか、われわれ享受者としてはまようことになろう。図版**15**の最後の行の、「むま」の歌の第五句の欠脱部は、この定家筆本の虫くいによる欠脱であるが、これも他の撰集にたまたま入集していれば復原の可能性もあろうが、現時点では「ためしにはせよ」などと鑑賞本文を仮説して、鑑賞するほかに方法はない。

14 孤本の種々

このような孤本は意外におおい。散文作品をみても『平中《へいちゅう》物語』がある。この歌物語は、一説によると『源氏物語』より古い成立といわれているが、平定文という〈色好みの伊達《だて》男《おとこ》〉を主人公とする三十余段の、伊勢物語風の物語である。この作品は『本朝書籍目録』の仮名部に平中日記、源氏の註釈書である『河海抄』に貞文日記として引用されているので、中世期には読まれた作品であろう。ところが、昭和初期に、静嘉堂文庫蔵伝冷泉為相筆本がはじめて学界に紹介され(コロタイプ複製は昭和十一年十二月)、その後四十年を経過したが、類本は発見されず孤本のままである。

前述した『大斎院前の御集』のなかに、物語のかみ・物語のすけという擬職掌をもった女房がいたことが記されている。このように、後宮における読み物として、新作物語の供給を担当する女房がいたわけである。他の作品に引用され、あるいは物語合・物語歌合などの存在、また物語中の和歌を編集した『風葉和歌集』などをみても、中古・中世にかけて、数おおくの物語が創作されたらしい。従って一部分のみ知られている散佚物語もおおいし、近代になって発見されたものも相当ある。専門外の私の記憶でも、昭和になってから書陵部蔵『むぐら』・天理図書館蔵『有明の別れ』などが紹介されたが、すべて平安末～鎌倉期成立の孤本物語である。これらの新発見作品のうち、孤本としての宿命を、いたいたしいまでに負っているのが『恋路ゆかしき大将』であると思われる。

『恋路ゆかしき大将』四巻は、昭和初期に金子武雄教授によって学界に紹介された。九条家旧蔵本(現金子氏蔵)で近世初期写一冊であるという。その後、昭和十一年に金子教授により全文翻刻されたが、同書の解説によると、鎌倉時代の作品で、王朝物語の系統をひき、三人の主人公をもつ恋愛物語であるといわれる。ところがこの書は、巻一の末尾を欠き、肝心の巻四は残存しているのは約三分の一で、後半の大部分を欠損している。金子教授はこの作品の研究について、「兎に角、巻四の後半を闕いてゐて構想の展開を全く知り得ない以上、果して四巻だけで終るべきものか、それとも猶二三巻あるべきものか如何かを確言することは全く不可能である。」、あるいは巻四の現存最末部の展開を説明されて、「物語の興味は将にこれより最高潮に達せんとする。その一歩手前で現存本は終ってゐるのである。すべては闕文中に秘められて、我々の窺知を許さない。されば私の此物語に対する見解も、果して真に妥当であるか、甚だ疑問とするべきである。とにかく巻四の後半を闕くが故に、研究上種々の大支障が生ずるのであるが、完全なる伝本の出現は、今後とても望めない事であろう。」(筑波書店版『恋路ゆかしき大将』解説)とのべられている。まさに研究者として、折角新作品を発見しながらも、肝心の部分を欠くための、焦慮・絶望・あきらめ等々、この孤本に対する真情がほとばしっているといえよう。

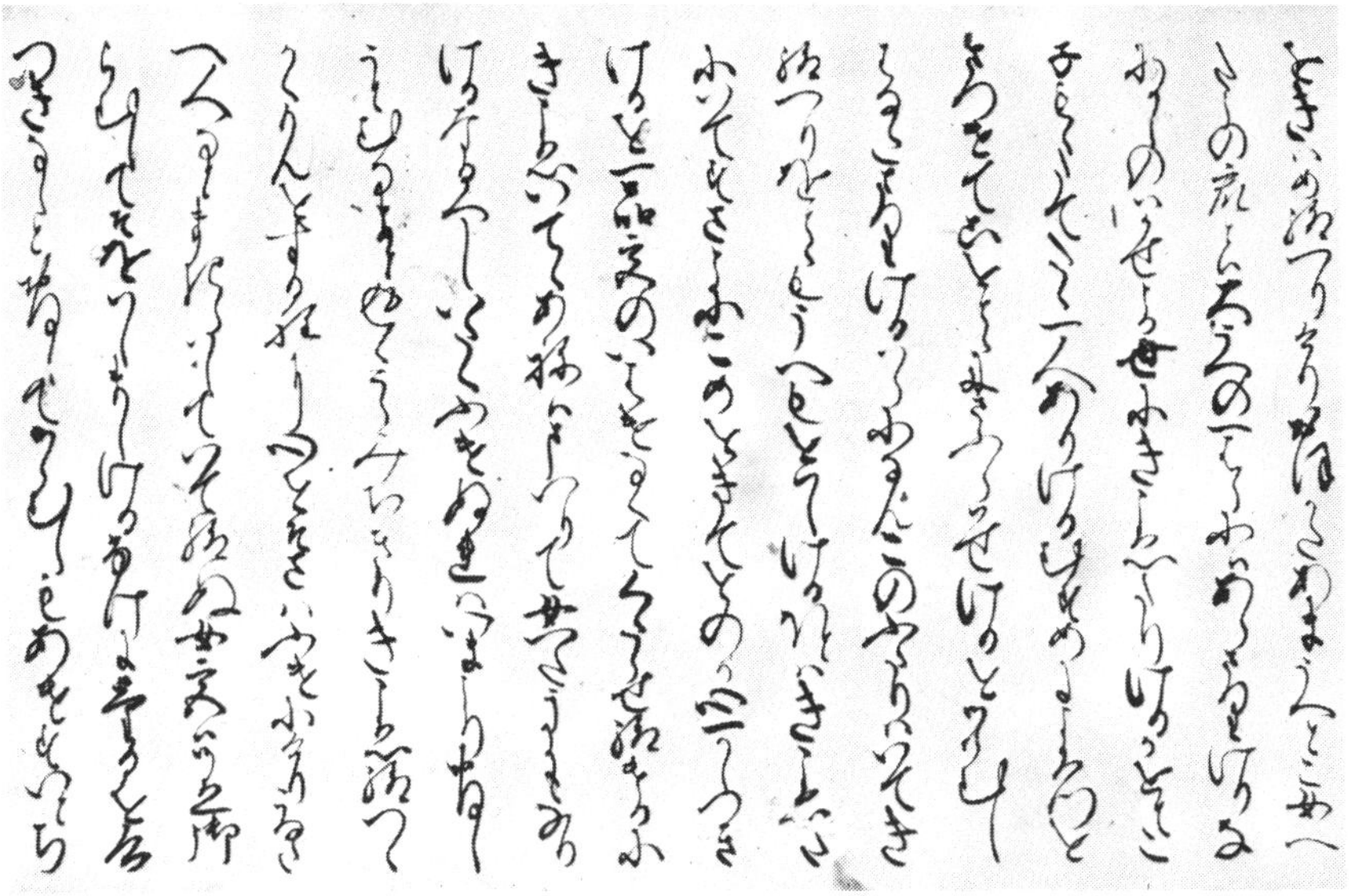

図版16

この金子教授の予言は不幸にも的中した。『恋路ゆかしき大将』の巻五に相当するものが、その後宮内庁書陵部に所蔵されていることがわかった。この書は、室町末期の書写で四十三紙からなるが桂宮家に伝存するうちに、袋綴の糸が切れてばらばらとなり、大正時代に旧宮内省図書寮で改装された時に、更にその紙の順序を入れ違えたらしい。巻頭（図版16参照）をみても、

をきはめ給へりけり、おほかた、あまうへと、こ女へたうの君とは、大うへの一はらにはあらさりけり…（以下略）

巻五の書き出しとはいえず、あきらかに途中からである。このように落丁も予想され、しかも桂宮家（脱落も予想される）・図書寮と二度にわたる錯簡が生じた結果、現存する書陵部本は十二箇所におよぶ内容・文脈上の非連続をうむことになった。現存の本文紙の順序にこだわらず、内容的にみて、これを整理すると（数字は現状本文紙の順序）、

A4～11・2　B12～16・1・17・18・19・28

C20・21・25・26・27・22・23・24　D29・30・31　E32〜44

の五つの断篇に分けられる。しかもAB間等は接続する可能性があり、他とは接続しないという程度の関係である(『桂宮本叢書』物語二解題)。もって、脱落・錯簡の作品におよぼす恐しさを知ることが出来ようし、折角この物語の巻五(あるいは巻四後半部をも含めて)該当部の本文が出現しながらも、物理的・人為的欠陥により、金子教授の願望を頂点とした、われわれ古典愛好者の期待をうらぎっていることを知るべきであろう。しかしながら発見されないより良いことは勿論である。

15　孤本と鑑賞本文

最近とくに深い関心がはらわれているのは、中世の女流日記であろう。これにも孤本作品がめだっている。まず、『建春門院中納言日記』(『たまきはる』藤原俊成女作)は金沢文庫旧蔵の乾元二年(一三〇三)写本が唯一のもの(ただし、その近世末期の模写本が宮内庁書陵部ほかに二本ある)。『竹むきが記』(日野資名女作)も国会図書館蔵本(近世初期写、旧御所本)が唯一の伝本で、宮内庁書陵部・京都大学文学部・東大史料編纂所などの蔵本は、いずれもが大正年間以降のこの模写本、あるいはその再転写本である。このような伝本の状況なので、これら二作品の研究は、金沢文庫旧蔵本、国会図書館蔵本が唯一の依拠本文とされており、他の伝本は全くかえりみられていない。これは当然のことであって、唯一の伝本ではないが、他はすべて最近これから派生したもので、証本とはならないからである。すなわち、作品が孤本と同様であるといえよう。

この数年というより、昭和四十年代にいたって、学者の研究が一斉に出そろい、一躍学界の注目をあびた女流日記に『とはずがたり』がある。この作品は書陵部蔵の文字通りの孤本である。『とはずがたり』は昭和初期から山岸徳平博士が重要視されていたが(「とはずがたり覚書」昭和十五年九月「国語と国文学」)、ひろく学界に紹介され

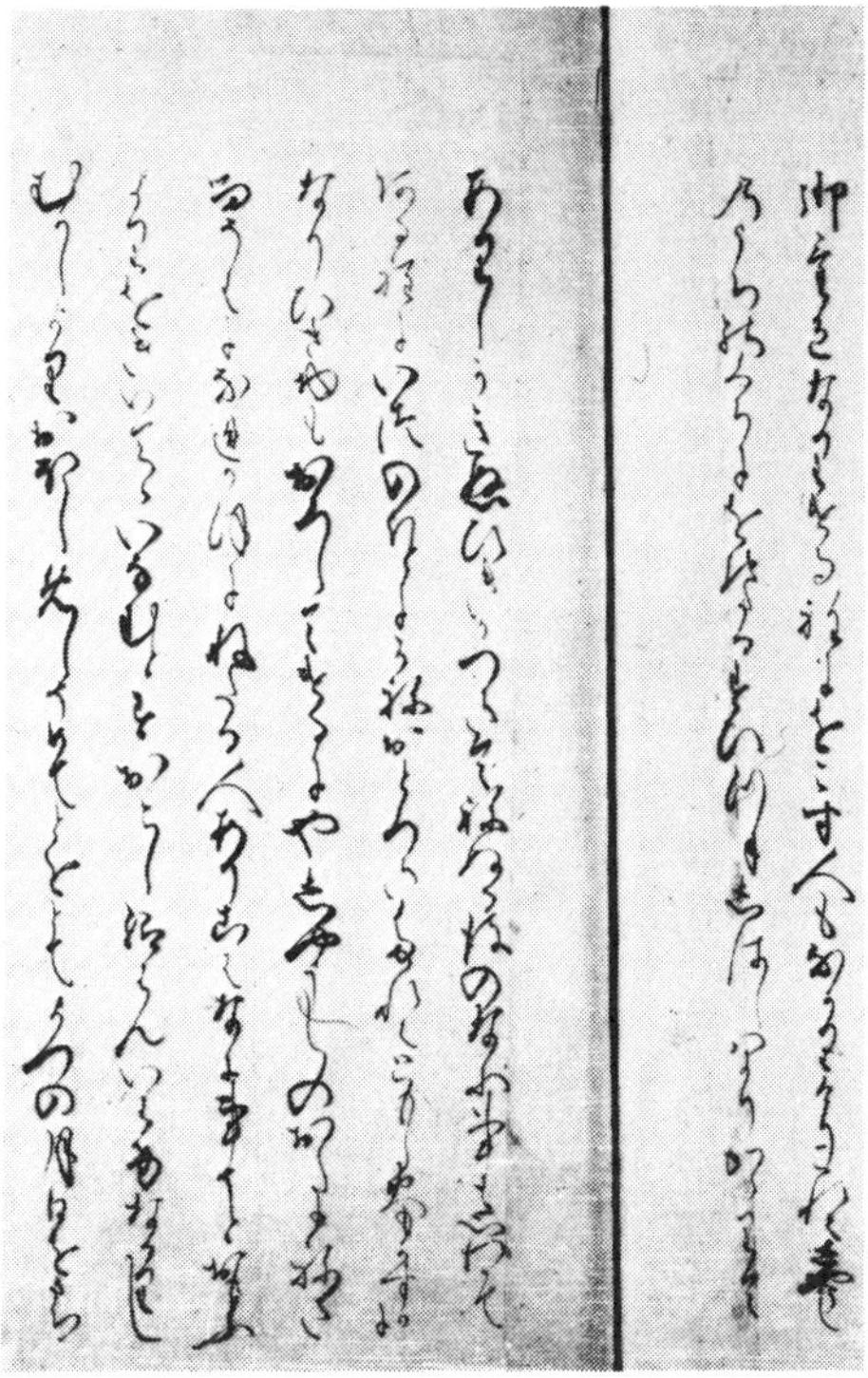
図版17

たのは、昭和二十五年三月、同博士監修・解題のもとに宮内庁書陵部より、『桂宮本叢書』第十五巻「物語一」に全文翻刻されたのがはじめてである。この刊行によって、昭和三十年代から、各大学の演習テキストに使われ、研究論文も数おおく発表され、今日の評価に達した作品である。近年、各大学国文学科の卒業論文題目をみると、この作品を対象としたものが珍しくない。この文学史的評価の急激なたかまりを示す一つの例をあげてみよう。久松潜一博士監修の『日本文学史 中世』(至文堂版)をみると、初版(昭和三十年)ではこの作品は、他の作品紹介の末尾に二行分の付記であった。ところが、昭和三十九年六月発行の改訂新版においては、第七章 日記紀行の増補訂正に、約一頁にわたって(『十六夜日記』と同格扱い)紹介されているのをみても、諒解できるとおもう。

さて、この『とはずがたり』は、冨倉徳次郎訳『とはずがたり』(昭和四十一年四月、筑摩書房)・呉竹同文会共著『とはずがたり全釈』(昭和四十一年七月、風間書房)・次田香澄校註『とはずがたり』(昭和四十一年十月、日本古典全書)・伊地知・桑原・福田共編『とはずがたり』(昭和四十二年四月、新典社)・松本寧至訳注『とはずがたり』(昭和四十三年八月、角川文庫)・故玉井幸助校訂『問はず語り』(昭和四十三年八月、岩波文庫)と、つぎつぎと口語訳・注釈・頭注・解説等とともに、本文に清濁・句読点・漢字をあてるなどした鑑賞本文が一般に提供された。

これら各氏の設定された本文を、はじめての翻刻本文である『桂宮本叢書』をもととして比較してみよう。巻一の、作者二条の新枕の条であるが、まず叢書本文を示してみよう（図版17が、書陵部蔵本の該当箇所）。

　これは、しやうしのうちのくちにをきたるすひつに、①しはしはかり、かゝりて』ありしか、きぬひきかつきて、ねぬる後の、なに事も思わかてある程に、いつのほとにか、ねおとろきたれは、ともし火もかすかになり、ひき物もおろしてけるにや、しやうしのおくにねたるそはに、なれかほにねたる人あり、こはなに事そとおもふより、をきいて、いなむとす、②おこし給はん、いはけなかりしむかしより…

まず①の箇所、叢書本とおなじく「しばしばかりかゝりて」とするもの→冨倉・次田・伊地知初版・玉井。「か（可）」を「よ」と読んで（図版17二行目下方参照）「しばしはよりかゝりて」とするもの→同文会・松本・伊地知再版の二様となる。②の箇所、叢書本とおなじく「起し給はん」とするもの→同文会。高部批判をおこない「起し給はで」とするもの→冨倉・伊地知・松本。おなじく「起し給はず」とするもの→次田・玉井の三様となっている（図版17七行目下方参照）。また「いはけなかりし…」以下を、後深草上皇の言葉と解釈するもの→次田・松本（同文会は、「起し給はん」以下を言葉とする）。言葉と解釈しないもの→冨倉・伊地知・玉井となり、これらをあわせると同じ鑑賞本文は一つもない。この現象は『とはずがたり』本文の諸所にみうけられることである。この理由としては、孤本本文の不備によるのが最大のものであろう。その具体的な例として、たとえば巻五には本文の途中に「こゝより紙をきられておぼつかなし、紙のきれたるところよりうつす」のような注記が、巻末も含めて三箇所もある。また「夜中はかりにしもくちのやりきをうちたゝく」の本文は、容易に「やりど」の誤写と考えられようが、前述の②の箇所のような場合は、研究者の解釈により三様の本文にわかれることになる。

　このような本文をもつ箇所が、新典社版によれば巻一だけでも八十箇所も存するという。単純な誤写と推定し得るところを除外しても、類本がなく、孤本の本文解釈による高部批判をすれば、研究者の解釈の相違によって、幾通りもの鑑賞本文が派生するのも自然であるともいえよう。山岸博士についで、はやくからこの日記の研究と注釈をされていた故玉井博士が、昭和三十年代の後半に、筆者に話された言葉がきわめて印象的である。〝橋本さん。『とはずがたり』はこれから異本がいくつも出来ますよ。わたしも一つつくりますがね。〟

四、古典作品と錯簡――『更級日記』の場合

16『更級日記』の夢

「あづまぢの道のはてよりも、猶おくつかた」で十三歳まで成長した『更級日記』の作者(菅原孝標の娘)にとっては、あこがれの〝物語の世界〟は、現実と区別できない、将来の夢でもあった。しかし、現在でも〝更級日記の夢〟はある。この夢は、作者の夢ではなく、享受者であるわれわれの夢を意味しているのである。さて、どのような夢を筆者は考えているのであろうか。それは本稿の叙述をとおして知っていただきたい。

『更級日記』は、いうまでもなく中古の女流日記文学の主要な作品である。ところが、『源氏物語』のように、全篇が書きおわらないうちから、愛読された作品かというと、そうではない。『更級日記』は、実は藤原定家が発掘した作品であった。この日記の名前が、他の文献に引かれているのは、定家の真名日記『明月記《めいげつき》』の寛喜二年(一二三〇)六月十七日の条に、源家長(『新古今集』撰集の時の和歌所開闔《わかどころかいこう》=事務局長)に『更級日記』等をとくに貸し出した記事が最もふるい。じじつ定家は、これ以前に『更級日記』を発見し、これを書きうつしたことが、定家筆本の奥書で知られる(後述)。また、『更級日記』から十三首の歌が勅撰集に入集しているが、この日記の成立後に撰進された『後拾遺集』から『千載集』までには採られてなく、定家が撰者の一人であった『新古今集』にいたってはじめて一首入集した(撰者注記によれば定家撰)。それ以後、『続後撰集』(為家撰)以下、定家の子孫が撰者となった勅撰集

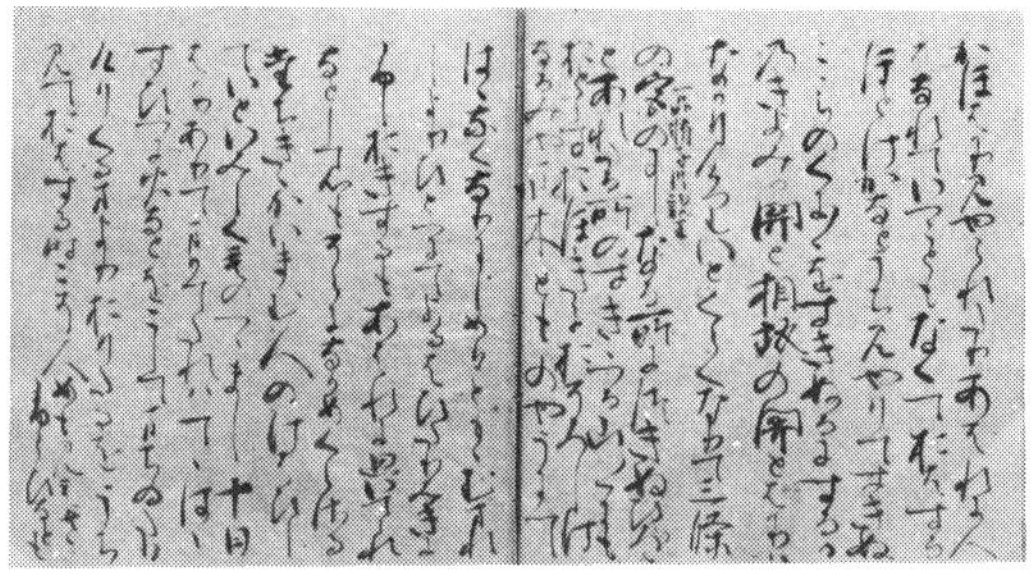
図版 18

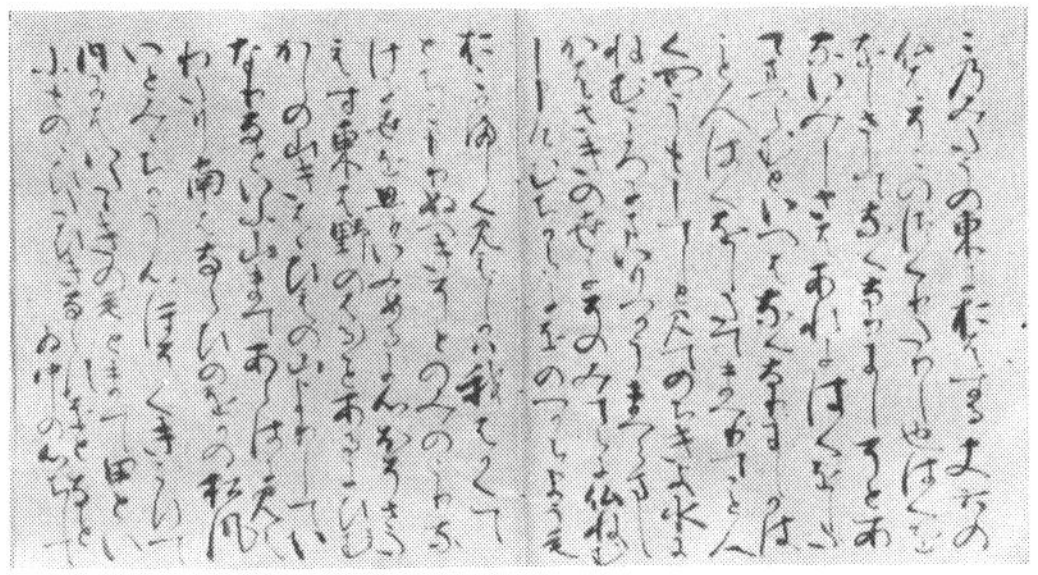
図版 19

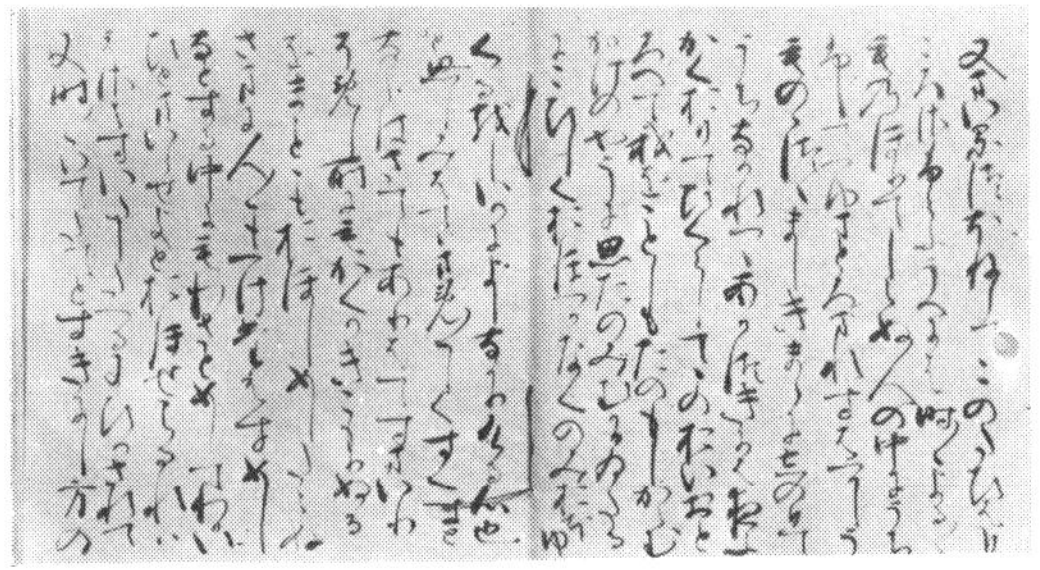
図版 20

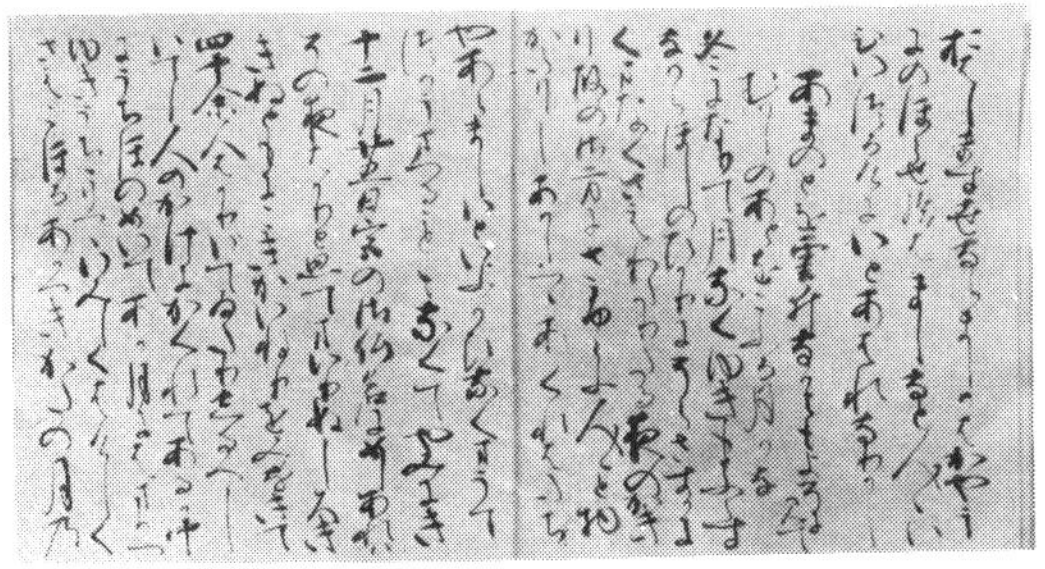
図版 21

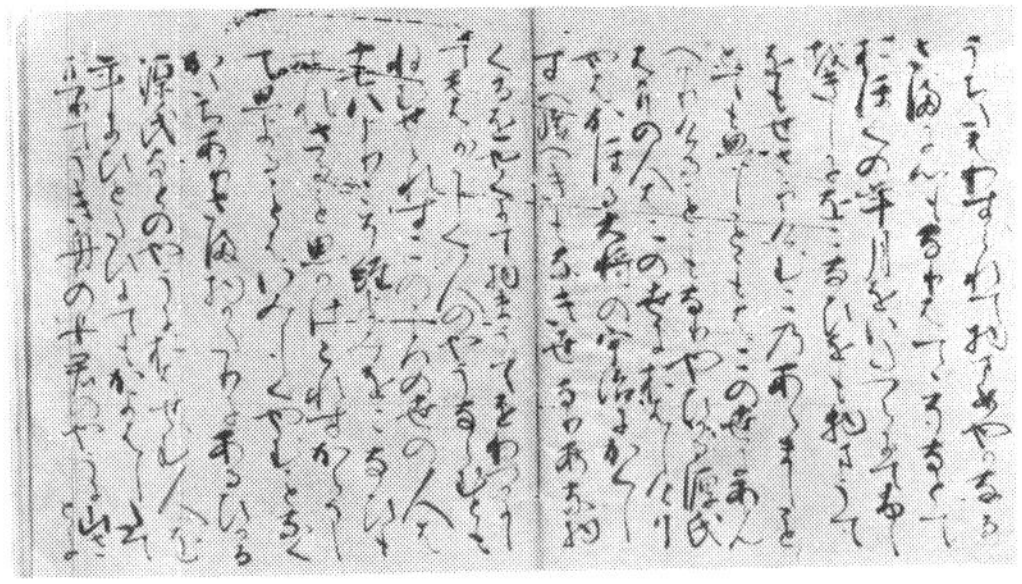
図版 22

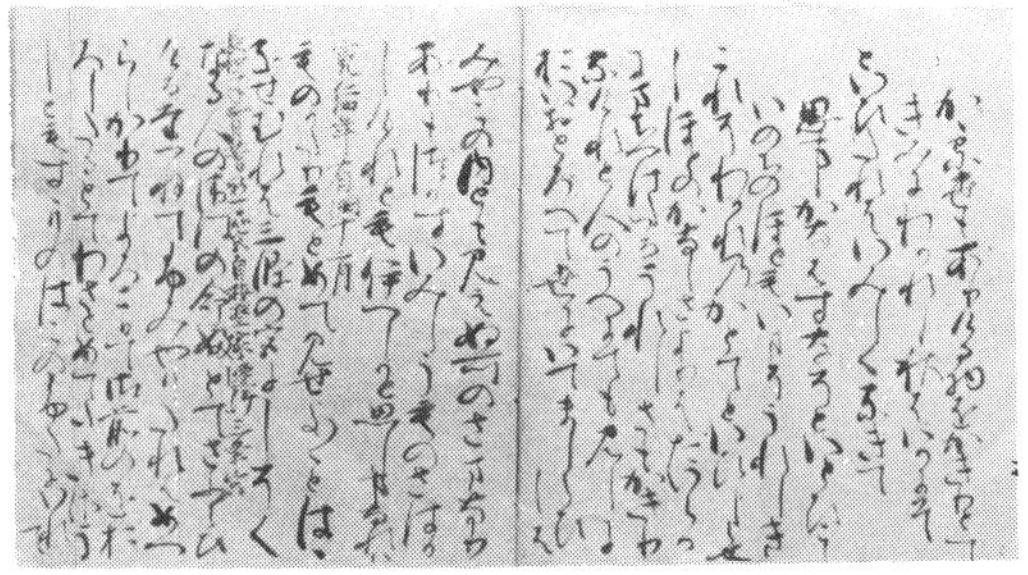
図版 23

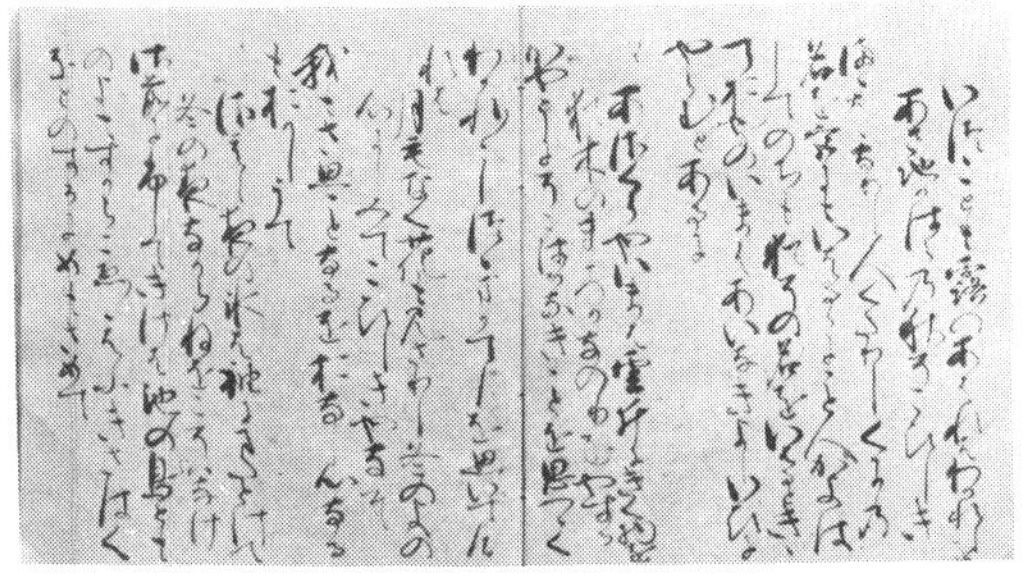
図版 24

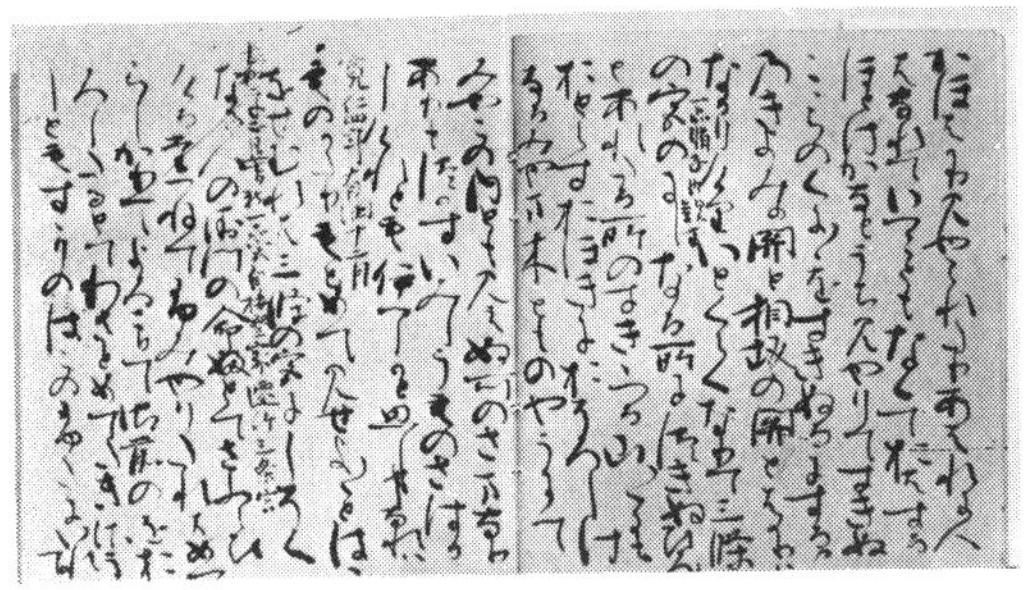
図版 25

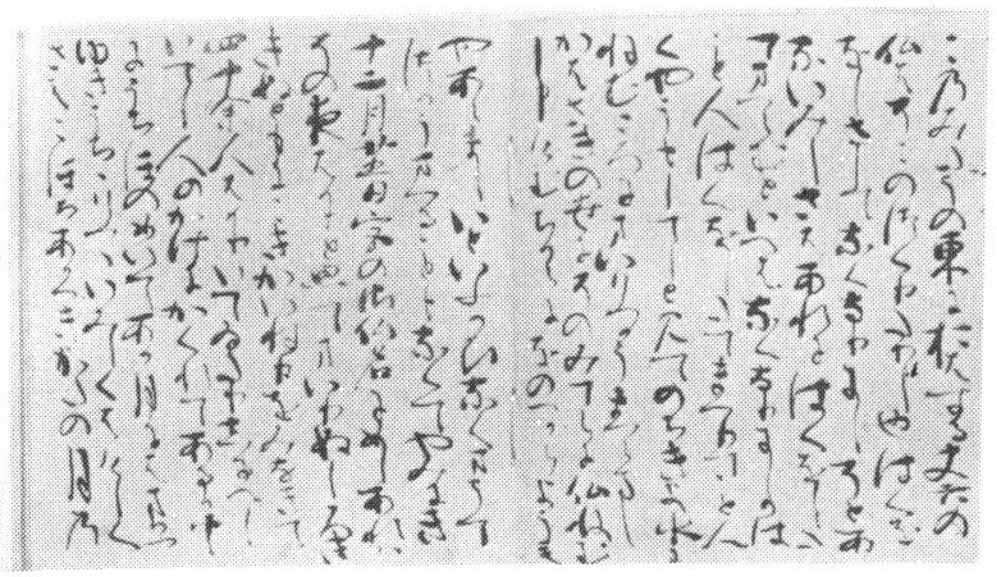
図版 26

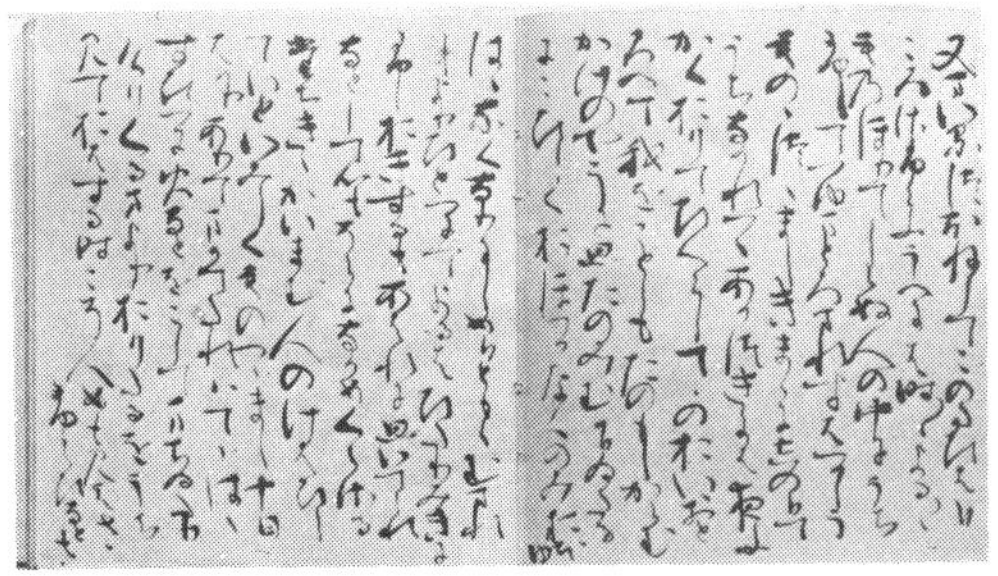
図版 27

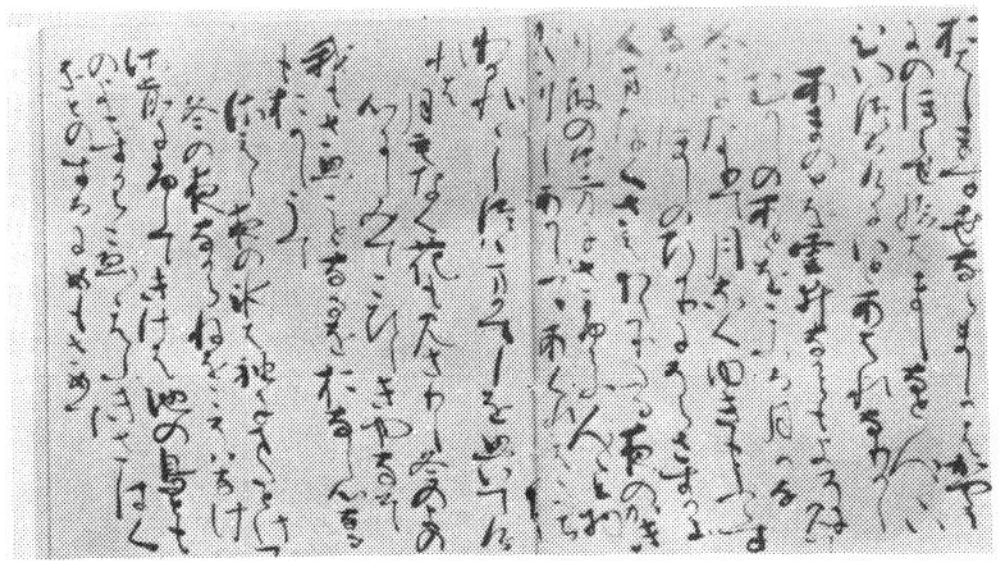
図版 28

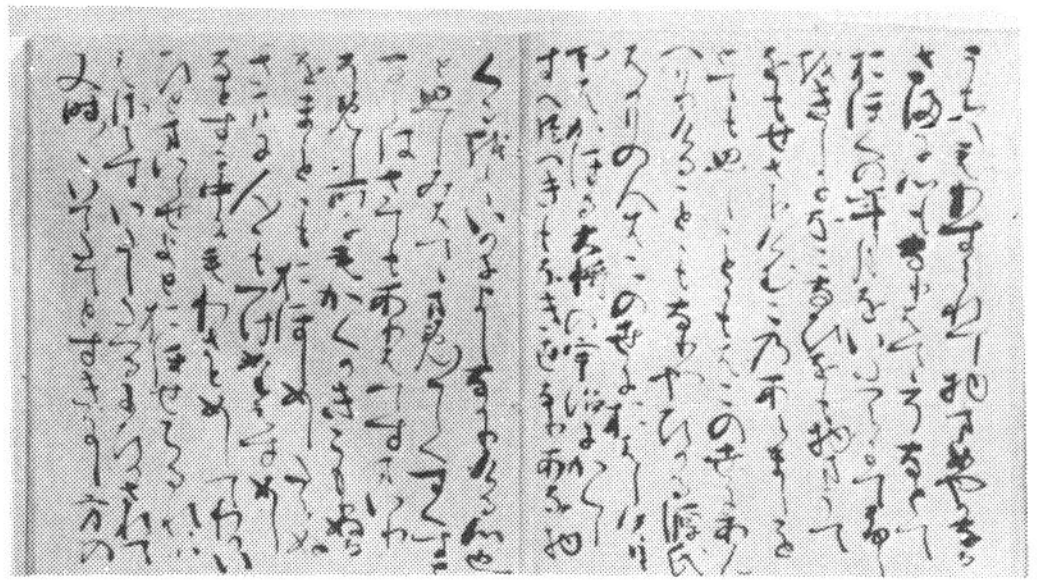
図版 29

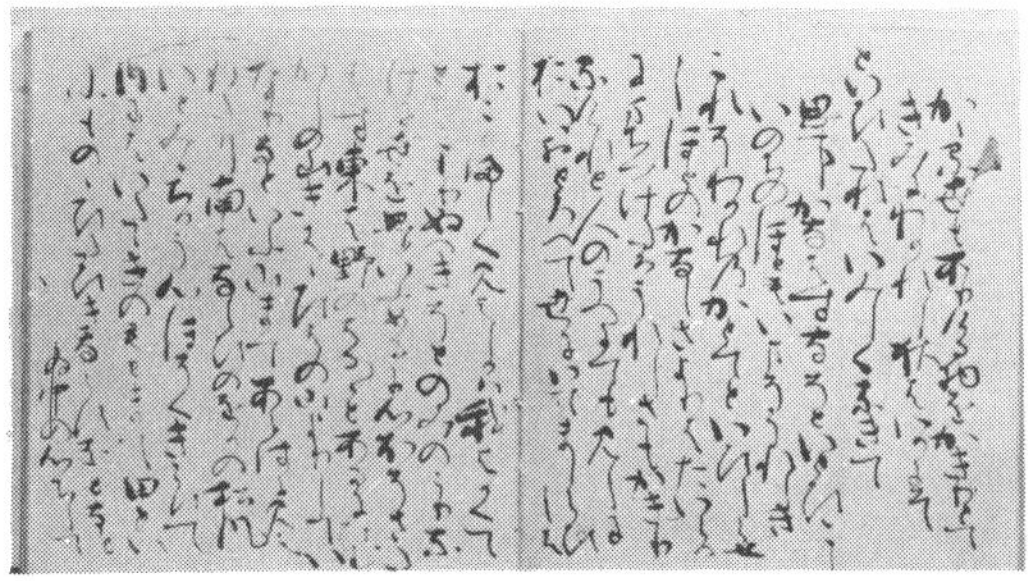
図版 30

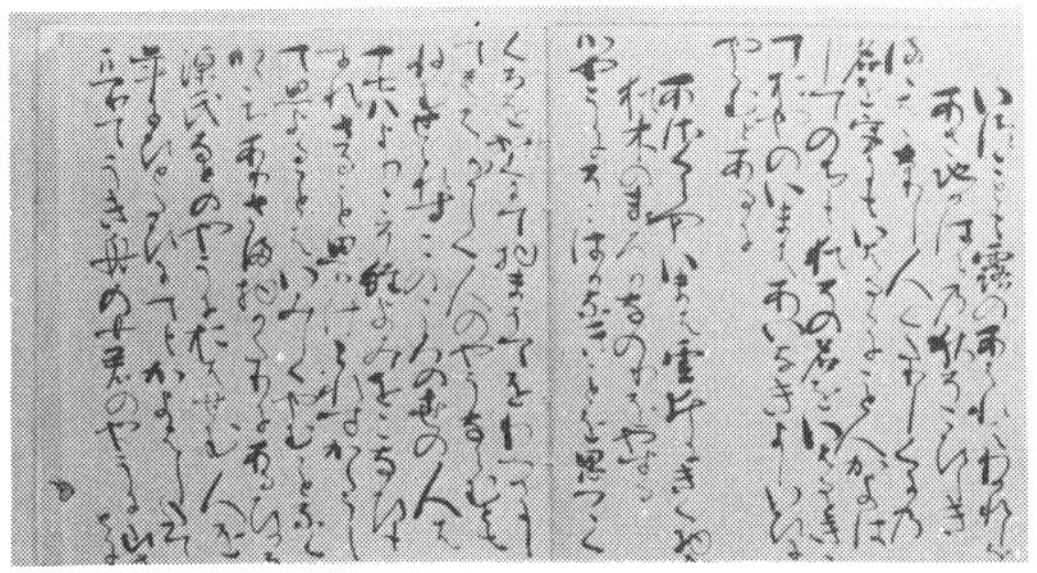
図版 31

には十二首採られているが、光厳天皇が撰ばれた『風雅集』には一首も入集していない。このことをみても、この日記が成立してから約一七〇年後に定家によって発掘され、定家の子孫だけが主として享受したことが知られるのである。

17 半世紀前の『更級日記』

しかし現在では、〝更級日記〟といえば、中・高校生でも教科書をとおして知っている。また大学の教養課程においても、この作品が講読されることがおおく、多数の『更級日記』のテキストが刊行されている。そのうち、一般的に簡単に入手できるものに、日本古典全書版(故玉井幸助博士校註)と日本古典文学大系版(故西下経一博士校注)、また日本古典文学全集版(犬養廉氏校註)等があるが、そのいずれもが「定家自筆本の複製(大正十四年刊)を底本」としている。また、他のテキスト類もすべてそうであるし、影印本として刊行されているもの(武蔵野書院版・新典社版等)も、この定家筆本の複製を、さらに複製したもので、笠間書院版御物『更級日記』が大正以来はじめて原本直写による影印本である。

従って、現在刊行されている『更級日記』のテキストは、編者による句読点・漢字のあて方・送り仮名のふり方などの相違はあっても、全く同一の本文から出たものといえる。ところが、わずか半世紀(五十年)さかのぼってみると、この日記の本文は、こんな簡単なものではない。当時の、もっともポピュラーなテキストであった、『群書類従』紀行部のなかの〝さらしな日記〟(巻三二八)の本文と、たとえば日本古典文学大系本とを読みくらべてみると、つぎのように大きな差異があることに気がつく(類従本の文章順に示す。なお類従本中の算用数字は、例えば**3**は**③**の古典大系本中の傍点箇所中の空き字の所に相当することを示す)。

①古典大系490ページ(梅の立枝)(図版**25**参照)

過ぎ来つる山〱にもおとらず、大きに恐ろしげなるみ山木どものやうにて　都の内とも見えぬ所のさまなり

群書類従901ページ上段（図版**18**参照）

過ぎつる山々にしもおとらずおほきに。恐ろしげなるみ山木どものやうにて[3]はゝなくなりにしめひともゝ。

②古典大系512ページ（宮仕へ）（図版**26**参照）

前の世にその御寺に仏念じ申けむ力に、をのづからようも　やあらまし、いとふかひなく、

群書類従901ページ下段（図版**19**参照）

さきの世にそのみてらに。仏ねんじ申けん力に。をのずからようも　[6]おこがましく見えしかば。

③古典大系511ページ（宮仕へ）（図版**27**参照）

向ひゐたるに、恋しくおぼつかなくのみおぼゆ　母なくなりにし姪どもも、

群書類従903ページ上段（図版**20**参照）

向ひゐたるに。恋しくおぼつかなくのみおぼゆ　[5]くちおし。いかによしなかりける心なりと。

④古典大系515ページ（宮仕へ）（図版**28**参照）

殿の御方にさぶらふ人〱と物語しあかしつゝ、明くればたち　わかれ〱しつゝ、まかでしを、

群書類従904ページ上下段（図版**21**参照）

殿の御かたに候ふ人々と物語し明しつゝ。あくれば。たち　[2]やあらまし。いといふ甲斐なくまうでつかうまつる

⑤古典大系514ページ（宮仕へ）（図版**29**参照）

かほる大将の宇治に隠しすへ給べきもなき世なり、あな物狂をし、いかによしなかりける心也と

群書類従905ページ上段（図版22参照）

かほる大将の宇治にかくしすへ玉べきもなき世なり。あな物[7]ぐるをや。くにゝて物まうでを僅かにしても。

⑥古典大系509ページ（鏡のかげ）（図版30参照）

老い衰へて世に出で交らひしは　おこがましく見えしかば、我はかくて

群書類従909ページ下段（図版23参照）

老衰へて。世にいでまじらひしは[1]　都のうちとも見えぬ所のさまなり。

⑦古典大系503ページ（子忍びの森）（図版31参照）

かやうに、そこはかなきことを思つゞく　るを役にて、物詣をわづかにしても、

群書類従918ページ上段（図版24参照）

かやうに。そこはかとなき事を思つゞく[4]　わかれ〳〵しつゝまかでしを。

のように、七箇所にわたって、おおきな相異があるわけである。

この群書類従本は、近世末期の国学者塙保己一《はなわほきのいち》（一七四六〜一八二一）が編集したものであり（引用は経済雑誌社版活字本による）、いまから百年以上まえに作られたテキストということになる。しかしながら、巻末には今日の証本である定家筆本と全くおなじ奥書・勘物の類がのせられ、定家筆本を祖本とすることは間違いない。しかも「右さらしなの日記、以古本書写、以屋代弘賢蔵本及扶桑拾葉集校合畢」の校合奥書から推しはかると、当時のすべての本文が、類従本と同類の本文であったらしい。この類従本「さらしな日記」に対する、明治大正期の学者の評価はどうであったかというと、藤岡作太郎の名著『国文学全史平安朝篇』には、つぎのように記されている。

更級日記一巻、扶桑拾葉集巻六および群書類従紀行部に収む。類従本は事実を傍註して、稗益少からず。単

行本には元禄十七年の刊本および天保五年の西門蘭溪が校本二冊あり。校本は文章の錯乱を正し、標註を施す。明治以後発刊の書には、文学全書本のほかに、二十五年、佐々木信綱氏の校註出で、三十二年、関根正直氏の略解成る、略解は重ねて錯乱の章を訂正せり。近頃また国文大観のうちに収む。

とあるように、基本的には諸本すべてが群書類従本の形態であったのであり、しかも類従本は研究に便利な本文であると評価している。ただ近世期から、『更級日記』には文章の錯乱があるものと見られており、これに対する学者の諸説があったことが知られる。

18 文献批判の試行錯誤

『更級日記』の内容は、おおきくわけると、**1**東海道の旅、**2**帰京後の家庭生活、**3**宮仕えの事、**4**結婚以後の事、と記述の順序をおって四つになると思われる。ところが、われわれが読んでいても、すぐ気がつくのは、はじめの方で(日本古典文学大系本四八一ページ)、

1そのつとめて、そこをたちて、しもつさの国と、武蔵との境にてあるふとゐがはといふがかみの瀬、まつさとのわたりの津にとまりて

また、武蔵国から相模国へわたる叙述をみると(同四八四ページ)、

2野山、あしおぎのなかをわくるよりほかのことなくて、武蔵と相模との中にゐてあすだ河といふ、在五中将の「いざこと問はむ」とよみけるわたりなり、中将の集にはすみだ河とあり、舟にて渡りぬれば、相模の国になりぬ、

という箇所である。下総・武蔵のさかいを「ふとゐ(太井)河」とし、武蔵・相模を区切る川を、業平(『伊勢物語』)で有名な「あすだ河(すみだ河)」としていることである。この記事をもとにして、近世期の国学者契沖(一六四〇〜一七〇一)、

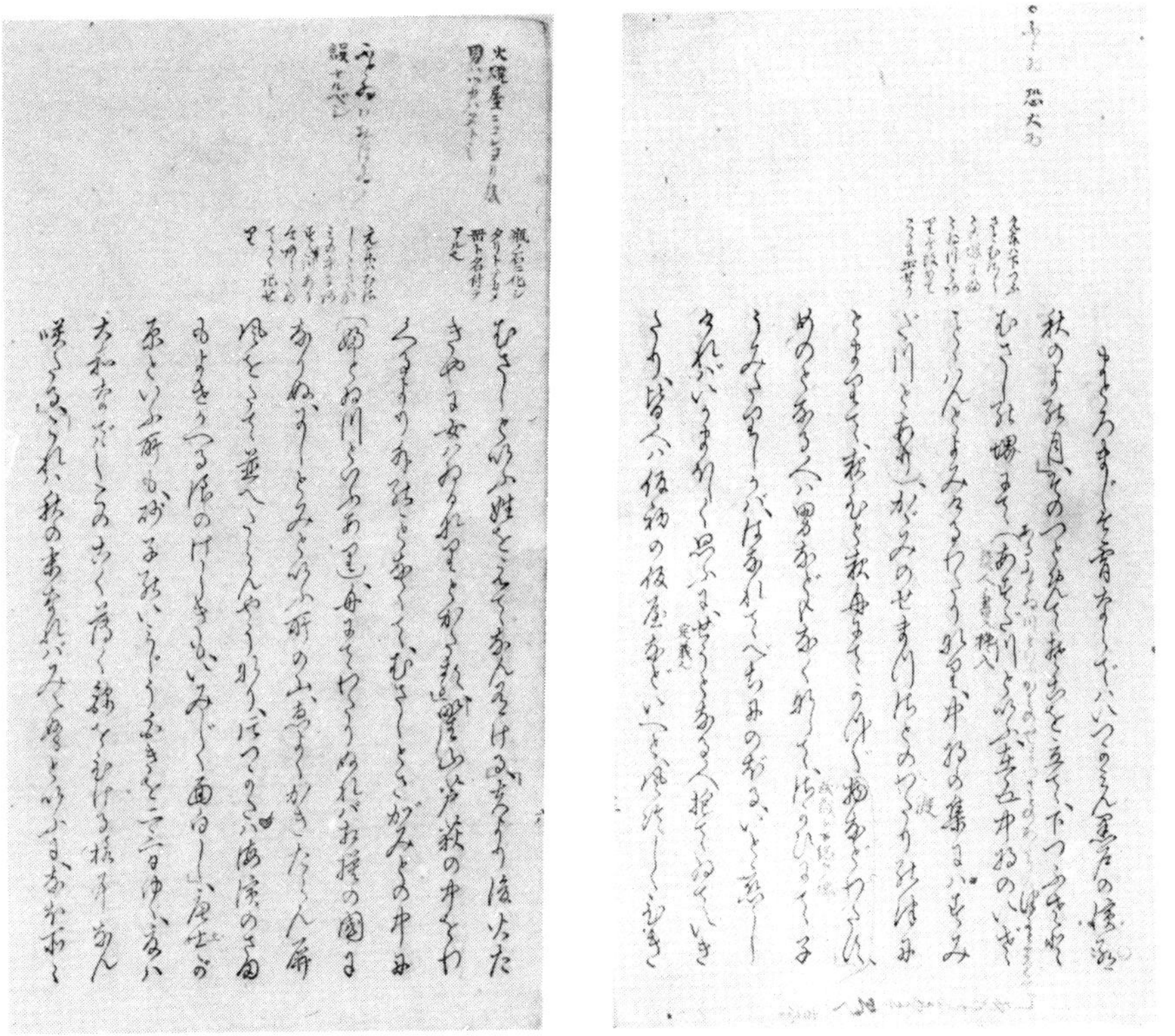

図版32－左・右

『勢語臆断』）と賀茂真淵（〈一六九七～一七六九〉、『伊勢物語古意』）は、いずれも『伊勢物語』の研究書のなかで、かえって『伊勢物語』の下総・武蔵のさかい「隅田河」を疑っている。このことは、フィクションのある物語よりも、ドキュメントとしての日記を重んずる態度として興味ふかい。ところが、これとは反対に、当時『更級日記』の古本があり、それには「武蔵と下総の間あすだ川」とあるとして、これを根拠に今本（当時の流布本）のこの箇所を錯簡と断定したのが、伴蒿溪（〈一七三三～一八〇六〉、『閑田次筆』）あるいは藤井高尚（〈一七六四～一八四〇〉、『伊勢物語新釈』）・石川雅望（〈一七五三～一八三〇〉、『ねざめのすさび』巻一）などの諸学者であった。

ことに、西門蘭溪(一七六六〜不詳)にいたっては、天保九年(一八三八)に出版した『更級日記』の校本に、この二箇所をつぎのように改作した。

(1)そのつとめてそこを立て下つふさとむさしの堺にて(あすだ川といふ、在五中将のいざことゝはんとよみけるわたりなり、中将の集にはすみだ川とあり)、かゞみのせまつさとのわたりのつにとまりて(図版32右側参照)

(2)野山、芦荻の中をわくるより外のことなくて、むさしとさがみとの中に(ふとゐ川といふあり)、舟にてわたりぬれば相模の国になりぬ。(図版32左側参照)

1・2とそれぞれ対照すれば一目瞭然であろうが、思いきった改作である。これについて蘭溪は、校本の序において、

此書元禄十七年板ノ半紙本ヲ正本ニシテ塙本古写本ニテ校合セシ也但京へ上ルマデノ処ハ錯乱多クシテヨミカタケレバ今カキ改メタリコハ呉臨川ガ書経ノ洪範ヲ改正セシ例ニヨレル也

と、中国の故事に従って、あえて改作して作者の正本にもどすのだと記している。事実このほかにも、日記で錯誤した東海道中の地名の順を、きよみかせき・たこのうら・おほ井河・ふし川・ぬましり(日記記載順)→ふし川・きよみが関・田子の浦・ぬましり・大ゐ川(校本改作)、やつはし・ふたむらの山・宮ちの山・参河と尾張なるしかすかのわたり・(おはりの国)→しかすがの渡・宮ちの山・二村の山・やつはし・(三川・尾張)と変更している。

このように、近世期の諸学者の錯簡説は、主として日記記載の地名と、実際の地理上の地名との矛盾、道中順序の錯乱に根拠があったのである。これが時には『伊勢物語』の記述を疑い、あるいは『更級日記』の錯簡説となり、ついには西門蘭溪の改悪にまで発展した。しかしながら、近世期の学者の中にも、この点を合理的に処理する態度をとらず、

されば大方に思ひたもちし事どもを記せしにて、地名の前後に乱れしなどはもとよりのわざなるを、ことわ

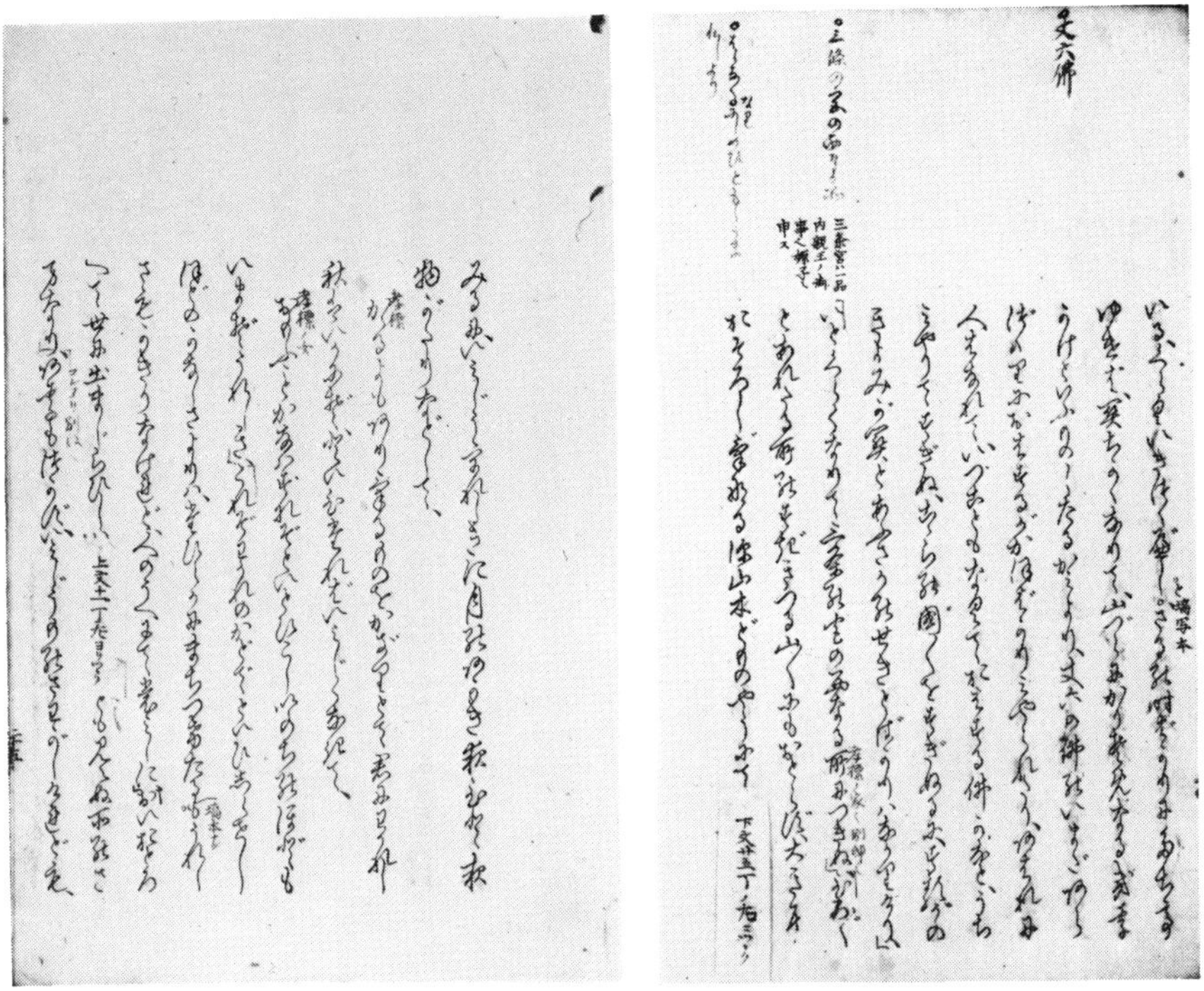

図版33－左・右

りかなへるやうに正せし写本あるは
後人のさかしらわざなり

作者の追憶なるが故の錯誤とし、きびしく改作をいましめた高田（小山田）与清（〈一七八三〜一八四七〉、手沢本書入）、これと同意見の斎藤彦麿（〈一七六八〜一八五四〉、『片廂』前篇）などがいた。これらの箇所は、実は錯簡ではなく、高田与清の考えたとおり、作者の記憶違いであったのである。

19 錯簡の発見

『国書総目録』（岩波書店版）によると『更級日記』の写本は二十五部におよぶ。しかし、御物本（定家筆本）・静嘉堂文庫本（松井博士旧蔵脇坂本）・書陵部蔵二本を除くと、そのほとんどが文化・文政期の書写本である。これに天保九年版の蘭溪校本を加えると、『更級日記』は近世末期から強い関心がもたれ、研究されたらしい。

事実、近世末期の諸学者の書入本はおおくみられる。そのうち、近世末明治にかけての考証学者黒川真頼（一八二九〜一九〇六）も、蘭溪校本に自説を朱で書き入れた。この真頼書入本をみると、前述の古典大系本と群書類従本とを比較した、群書類従本①3の前に該当する箇所（第十一丁裏）に「下文廿五丁ノ右ニツ、ク」と貼紙し（図版33右末行参照）、おなじく⑥1の箇所（第二十五丁表）に「上文十一丁左ヨリツ、ク」と付箋をつけている（図版33左九行目参照）。東海道中の記以外の、新しい錯簡の指摘であり、結果の判明した今日からみても正しい。つづいて明治・大正期の国文学者関根正直（一八六〇〜一九三二）は、『改訂更級日記略解』（明治三十二年、明治書院）において、この箇所とともに、他に十数箇所を錯簡と認め本文を改訂した。この十数箇所は実は錯簡ではなく、このため数字的には三倍の新しい錯簡を生むことになった。

　このような先人の幾多の試行錯誤のうちに、「是非此の錯簡を復旧したいと思ひたち」、詳しい日記の年表をつくり、「これを尺度として日記の本文を計り、且文章の連絡に心を潜めて精査した結果、大体の推定を作って」古本の捜索につとめておられたのが、いまから約六十年前の故玉井幸助博士であった。あたかもこの時期に、皇室御物の虫干しが宮殿でおこなわれ、そのなかに定家筆の『更級日記』があることがはじめてわかった。玉井博士は、故佐佐木信綱博士とともに、学者としてはじめて定家筆御物本『更級日記』をみることが出来たわけである。この玉井博士の御物本の調査によって、『更級日記』の意味不通の箇所は、この御物本の綴じ方である列帖装《れつじょうそう》（37項参照）の糸が切れ、各帖がばらばらに離れたのを、綴じ直すときに順序を間違えたことに原因することが、はじめて発見された。

20　錯簡の実状

御物本の『更級日記』は、紙数五枚（縦に二つに折るから十丁で二十ページとなる）の折が十折（ただし第九折だけは六紙)重ねあわせて綴じられている。これが糸切れでばらばらになり、綴じなおされたときに、一・二・六・五・三・四・七～十(数字は折の正しい順序)と綴じ順をあやまり、しかも第六の折は、重ねて折ってとじた紙もばらばらになったらしく、改めて重ね折った五枚の順序を、4・5(折の最も内側になるべき紙)・1(折の最も外側にあるべき紙で、折目の右側表ページのはじめは、正しくは第五折のおわりをうけ、左側裏ページのおわりは、第七折のはじめにつづくべき紙)・2・3の順に誤り綴じられてしまったわけである。この誤った綴じ方で読んでいくと、第二折第十丁裏(図版18右側)につづいて、第六折の第4紙右側表(図版18左側)裏・5表裏(図版19右側)・1表(図版19左側)裏・2同・3表裏(図版20右側)・第3′紙左側表(3 3′がこの折の最も内側になり、見ひらきで折目を界にして3裏と3′表となる)(図版20左側)裏・2′同・1′表裏(図版21右側)・5′表(図版21左側)裏・4′同の順となる(紙を折って重ね、番号をふって実験してみて下さい)。

この錯簡のままで転写されたのが、類従本以下の現存するすべての写本・版本の本文である。従って、前述した群書類従本の七箇所の相異のうち、①から④までは、第六折の順序と、そのなかの紙の順の綴じ誤りによるもので、①は4のはじめ、②は1、③は3′、④は5′のはじめにそれぞれ該当する。以下は各折のとじ誤りで、⑤は六・五(図版22参照)⑥は五・三(図版23参照)、⑦は四・七(図版24参照)の非連続箇所にそれぞれ相当することがわかる。この玉井博士の発見によって、約三世紀(あるいはそれ以上も)にわたって誤り伝えられてきた更級日記の本文が、正しい形に復原されたわけである。(以上の叙述は、主として玉井博士の『更級日記錯簡考』大正十四年五月、育英書院刊による)。

21 錯簡により知られる諸伝本の書写態度

現存する『更級日記』の写本・版本は、そのほとんどが定家筆本のもつ勘物・奥書をもっており、また、そのすべてが、類従本と同様の本文形態をとっている。このことは、『更級日記』の現存伝本は、すべて錯簡後の定家筆本から派生したことを示している。従って、『更級日記』は、現在約三十本におよぶ伝本があるが、実は定家筆本のみの孤本であるともいえるのである。さいわいにして定家筆御物本が伝存し、それにより錯簡が復原されたわけであるが、もしもこの定家筆本が伝わらなかったり、あるいは全く秘蔵されて人目にふれなかった場合は、この錯簡は発見されたであろうか。この仮説にたって、『更級日記』の現存諸本(定家筆本が紹介された以上、その派生諸本は現在まったく価値は少いが)を見なおしてみよう。

定家筆御物本は、後西天皇(一六五四～一六六三在位、一六八五崩)の御遺物のなかに明記されているので(『基量卿記』、貞享二〈一六八五〉年五月二十九日)、近世初期には既に皇室御物であったと思われる。また、定家筆本を除く最古写の写本である脇坂安元(八雲軒、一六五三没)旧蔵静嘉堂文庫本が錯簡本文をもつことからみても、皇室に入る前から錯簡を犯していたことが推定される。

さて、皇室に入ってから後、後西天皇はこの定家筆本を、大きさ・字数・行数・字体・書風、さらには列帖装の各折の枚数までも同様にして模写本をつくられた。「寛文二臘(十二月)六日一校了」と巻末に奥書があるが、恐らく定家筆本を尊重されるあまりに、万一のことを考えられ、献上をうけて(冷泉家からか)まもなく、冷泉家の当主に命ぜられて、今日の写真複製本と同じ目的で複本を作られたのであろう(後西・霊元天皇等が写本を二部づつ作成された例はおおい)。

従ってこの模写本は、御物本と寸分たがわず、現在も意識的に錯簡のままの姿をとどめ(図版18～24参照)、宮内庁書陵部に収蔵されている。この寛文二年書写本が現存しているので、たとえ御物本の発見がなくとも、いつかはその錯簡が発見されたものと思われる――事実、玉井博士の復原の実際の調査は、主としてこの寛文二年書写本によられた。ただし御物本の錯簡箇所は、各折はじめの紙のよごれ(特に第六折の場合)の差により、発見しやすかったという。

これに反して、脇坂本は勿論であるが、同じく定家筆本から、貞享二年以後に、霊元天皇の命により転写された御所本（現書陵部蔵）は、定家筆本の形態に対して、何の配慮もなく（錯簡本ということは夢にも考えないで）見とり転写されたため、錯簡箇所は本文中に埋没してしまっている（図版34最末の行、第一錯簡箇所参照）。他のほとんどの伝本も、これと同じ書写態度である。もしも定家筆本・寛文二年書写本が存在しなかったならば、われわれは、近世末期から大正末期にいたるまでの試行錯誤を、ほぼ永久的にくりかえしていたであろうと思われる。

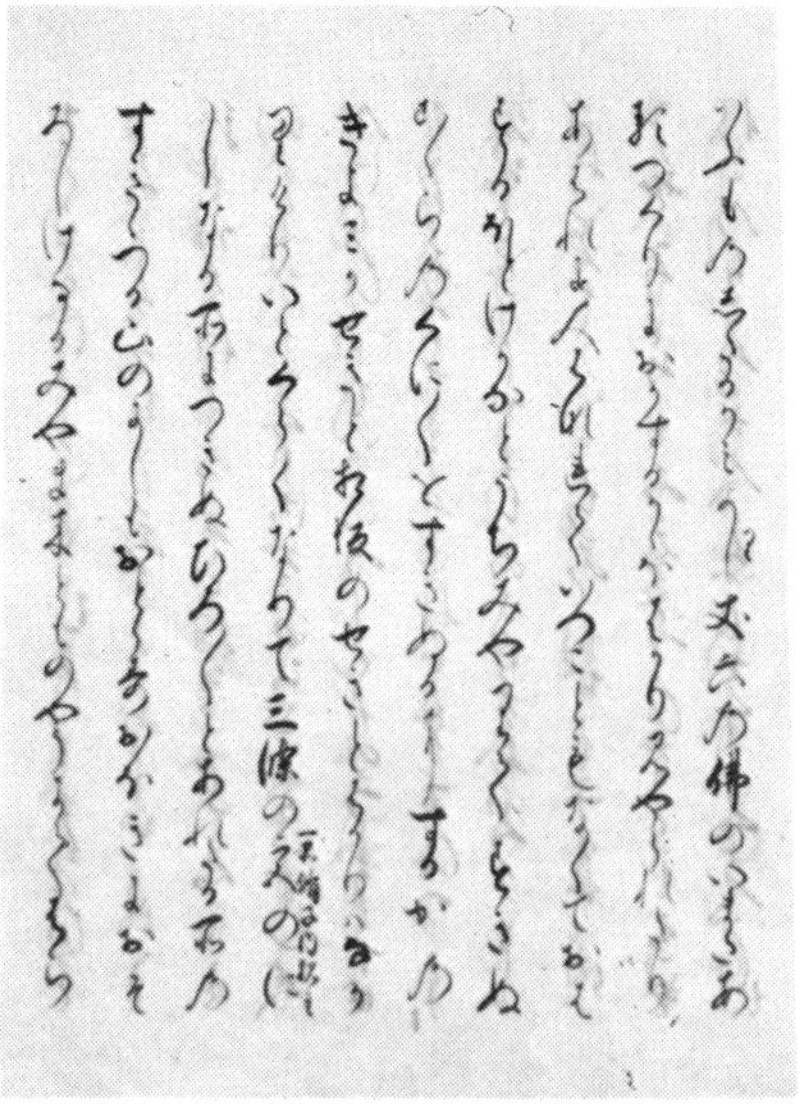
図版34

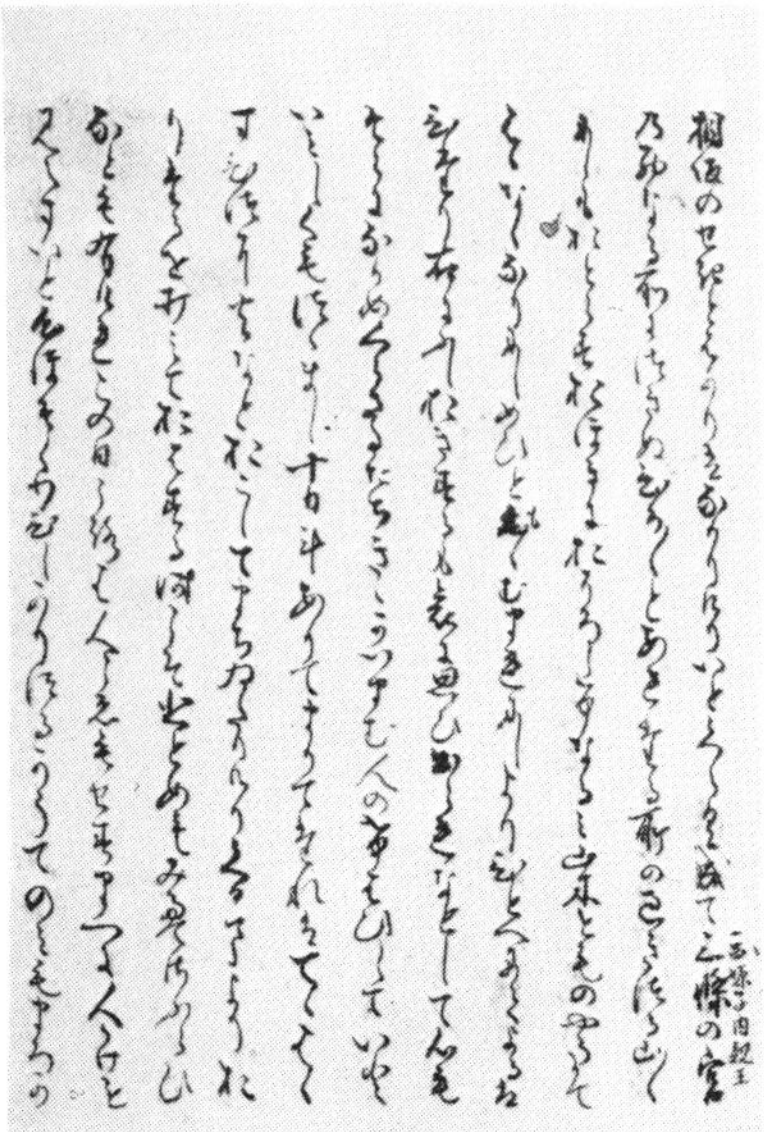
図版35

ここで興味がもたれるのは、この中間的な書写態度をもつ伝本が存在することである。すなわち、近世末期の国学者尾崎雅嘉（一七五五〜一八二七）旧蔵の近世末期写『さらしな日記』（現書陵部蔵）である。この本は十一行書き袋綴半紙判の本であるが、定家筆本（錯簡本として）と比較してみると、各折のはじめ、すなわち、第一・二・六・五・

三・四・七〜十の文頭が、必ず改行されていることである（図版35第四行目、第一錯簡箇所の該当改行参照）。このことは、もしも筆者を雅嘉とし、雅嘉が何かの便宜を得て、皇室御物である定家筆本から直接転写したとしたならば、極めて慎重な書写態度といえるであろう。かねがね『更級日記』の文章の錯乱に気づいていた筆者が、その祖本である定家筆本が列帖装であることを知り、錯簡発見の万一の場合の根拠として、各帖のはじめの部分を必ず改行した。と推理小説風にも考えられるが、他の配慮が余りみられないのも不思議である。しかしながら、十帖にわたって改行しているのは、偶然の一致とも思えない。

22 享受者の夢

『更級日記』は、本文的にみると定家筆本のみの孤本であることを知った。しかも定家筆本の巻末の奥書（図版36参照）をみると、

先年伝得此草子、件本」為人被借失、仍以件本書」写人本、更書留之、伝々之間」字誤甚多、不審事等付朱、」若得証本者、可見合之、」為見合時代勘付旧記等、

（先年この日記を入手した。ところがその本は人に借した所なくされてしまった。そこでその本からある人が写した本をかりてまた写しをした。何回もまた写しをしたため、字の誤りが非常に多く、不審の箇所は朱でしるしをつけた。もし証本がみつかったならば比較してほしい。そのため古い記録などにより時代考証を付載した。）

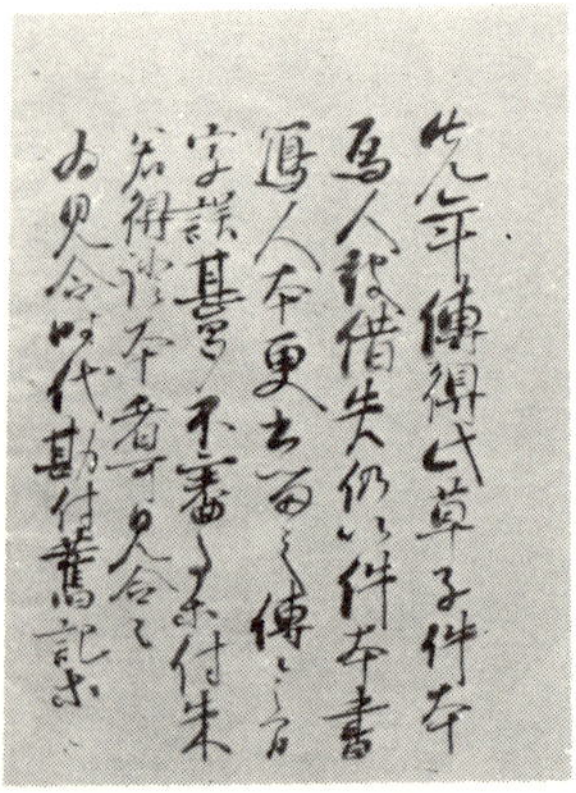

図版 36

この奥書に示されたとおり、定家筆本は二箇所の空白箇所、五箇所にわたり朱点不審箇所を明示している。このほか、たとえば巻頭に近い

〝門出〟の部分でも（第四丁裏から第五丁表にかけて）、

おなし月の十五日あめかきふらしふるにさかひをいてゝ[1]しも」[四ウ]つけのくにの[2]いかたといふ所にとまりぬ

の本文は、**1**はしもつさであろうし、**2**はいけたであろうと、現行テキストの編者・訳者の見解は一致している。これと同類の本文箇所は意外におおい。このほか定家筆本をみると、たとえば、いきほひ・いきおひ・いきをひ、にみられるような仮名づかいの不統一、拗音の表記をしたものと、しないものがある等、本文上の疑問は甚だおおい。

これらの本文上の疑問は、はじめから孝標娘の原本にあったものもあろう。また、定家がはじめに入手した『更級日記』にあったのかも知れない。あるいは定家のいうように、度かさなる転写のための誤写パーセンテージの増加によるのも事実であろう。また、第二章で記した定家筆『土左日記』の場合にみられるように、古典学者〝定家〟による鑑賞本文も少なくないことも予想しなければならない。このようにみてくると、現存唯一の証本である定家筆御物本は、この『更級日記』の最善の本文ではないことが理解されよう。しかし現在では、錯簡を復原したこの定家筆本によるほかはない。しかしながら、定家の奥書をみても、現在の定家筆本よりも正確度の高い、当初の定家所持本は確かに存在していた筈である。また、現定家筆本の親本にあたる、定家所持本の直接転写本（家長筆本か）も別にあったわけである。平安・鎌倉時代には、定家所持本以外の『更級日記』も当然あったであろう（原本も含めて）。こう考えれば、定家本以外の『更級日記』が、この日本の国のどこかに、ひっそりと発見者を待っている可能性は全くないわけではない。その本文には、『更級日記』の原典溯源のための無限の可能性を含んでいると考えたい。それが、われわれの夢である。

もしも、大正末期以前の『更級日記』の写本であって、本文的にみて錯簡本ではなく、現行の復原された定家筆本のような本文をもつ伝本が発見されたならば、と。それがわれわれの夢を現実化する貴重な伝本であるといえよう。この夢は、作者孝標の娘の夢のような非現実的なものであってはならない。かつての玉井博士の学問的執念が、御物本定家筆『更級日記』をこの世にみちびき出させたように、我々の『更級日記』に対するロマンが、この日記の原典的なものを、この広い空のどこかに存在させたいと切願する。

（図版**18**〜**24**は、寛文二年模写本により、順次七箇所の錯簡箇所を示し、図版**25**〜**31**は、定家筆複製本により、復原した綴じ方を示した）

五、古典作品の本文の混乱

23 本文混乱の一つの原因（造本）

単行本、とくに研究書・辞書などの奥付をみると、その左端か下の欄外に「乱丁・落丁本はお取り換え致します」と小さく印刷されていることに気がつく。実際、雑誌を買って読んでいくと、偶数ページから奇数ページにうつるときに、変だなと感じ、二、三行読んでいくうちに全く別の小説だったりして、改めてページをみるととんでいた。こんな経験は、誰しも何回かはあるものである。この原因は製本の最初の工程にある。現在の印刷方式は、校了になった組版を、ふつうはA判なりB判なりの全紙半分に、表に八ページ、裏に八ページの計十六ページを印刷する。この印刷した全紙の半分を、まず縦に二つ折りにし、つぎに二つ折りにしたものを横に二つ折りにして、更に縦に二つ折りにする。この十六ページの〝一折〟（〝一台《いちだい》〟という）が、右側の外側（奇数ページ）から左側の外側（偶数ページ）まで、ページ数が連続するように、組版の上下と位置を配分して印刷するわけである。また折りあがった一台が、製本の最少単位となるのであり、この一折一折を、順序正しく重ねあつめて（〝丁合《ちょうあい》〟）、糸で綴じるなり、針金でとおすなりして、製本の第一段階がおわるわけであろう。この丁合のとき、作業する人か機械のミスで、どの折かをとりそこなうと〝落丁〟本となり、折り間違えたり、ある折を二折とったり、とる順序を間違えると〝乱丁〟本になる。じじつ、なかなか全部をとおしてすぐは読めない、辞書・索引・校本類の場合は、たまたま数年後に、必要の箇所がなくて落丁・乱丁を発見するケースがおおい。お買いになったらすぐ、ページをおって転読することをおすすめしたい。

このように、現在の活字本の場合の本文の混乱は、著者の校正もれ・校正ミスをのぞくと、製本による落丁・乱丁の場合がほとんどである。一度完全な書籍に仕あがると、糸とじ・針金とじされた外側に、厚いボール紙をしんにして、クロースなどで丈夫な表紙がつけられ、さらには外箱に入れて保護される。従って、はげしく使用する辞書類とか、自分の座右に置く専攻のテキスト以外は、製本がこわれて、途中の本文紙が切れることは少ない。またこわれても、印刷部数が多いので、後世を誤らせる可能性も、古典作品にくらべるとはるかに少ないと思われる。

ところが古典作品の場合は、主として人から人へ転写するという写本の形で現在までつたわり、版木《はんぎ》なり活字(木活字・銅活字)なりで印刷されたのは(版本《はんぽん》)、特殊な例をのぞき近世期になってからである。またこの版本も、印刷部数はせいぜい三〇〇部どまりで、現在まで残っている部数ははなはだ少ない。平安朝以来一〇〇〇年にもおよぶ間、広くながく愛読されたと思われる「三代集」・『源氏物語』などにしても、鎌倉時代に写された写本はかぞえるほどしかなく、近世期の写本を入れても百数十部残っているにすぎないであろう。なかには一作品がただ一部——孤本《こほん》が意外におおいことも、いままでのべたとおりである。この古典作品の本文の混乱の原因について、いくつかのケースについてのべてきたが、案外おおいのが、きわめて物理的な、現在の活字本の落丁・乱丁に相当する、脱落・錯簡に由来する混乱である。

この典型的なケースを、『更級日記』を例としての、列帖装の糸ぎれによる、やや複雑な錯簡の結果について前述した。これも製本ミスによる本文の混乱である。このほか、祖本などの脱落・錯簡を予想できる作品も稀ではない。また、いくつかの作品を一緒に保存しておいて、それぞれが長い間に製本がこわれて、たがいにまじりあい、ある作品のなかに、他の作品の一部が混入したケースも、私家集などにみられている。これらは、写本・版本の製本法に原因しているのである。このように、本文を混乱させる物理的原因をつくる、かつての製本法はどのようなものであったか、この機会にふれてみようと思う。

24　和本の製本

現在、写本なり版本なりで残っている古典作品は、和紙をつかい（時には中国産紙をつかう）、幾種類かの和風の製本法により綴じられている（これらを概括的に〝和本〟と総称しよう）。たとえば現在伝わっている『古今集』の場合をみても、『伝紀貫之筆高野切古今集』（巻十九・前田育徳会）・『伝小野道風筆本阿弥切古今集』（巻十二・文化庁）・『伝藤原行成筆曼殊院本古今集』（巻十七・曼殊院）などは〝巻物《まきもの》仕立《したて》（巻子本《かんすぼん》）〟である。また『伝藤原佐理筆筋切本古今集』（上・関戸家）は糊で連接させた〝粘葉装《でっちょうそう》〟であり、『伝源俊頼筆元永本古今集』（完本・文化庁）以下おおくの古写本は、糸綴じの〝列帖装《れつじょうそう》〟である。

近世期に入ると明暦元年版八代集本以下の〝袋綴《ふくろとじ》〟本が多くなっている。このように、『古今集』の伝本だけをとりあげてみても、四種類の製本方法をとり、本文用紙を連接させる媒材も〝糊〟と〝糸〟の両様がある（このほか、『古今集』の古筆切《こひつぎれ》は、茶掛け用あるいは鑑賞用として、〝掛幅《かけふく》〟仕立のものもおおい）。この古今集の伝本の場合にみられるように、和本の幾種類もの製本法は、作品本文を書写する料紙の、質とか厚薄とかにも必然的に関連してくるわけである。しかしながら紙質の問題は、記述説明ではなかなか判りにくい。とりあえず、前述した幾種類かの和本の製本法（装幀《そうてい》という）を、歴史的にみてみようと思う。

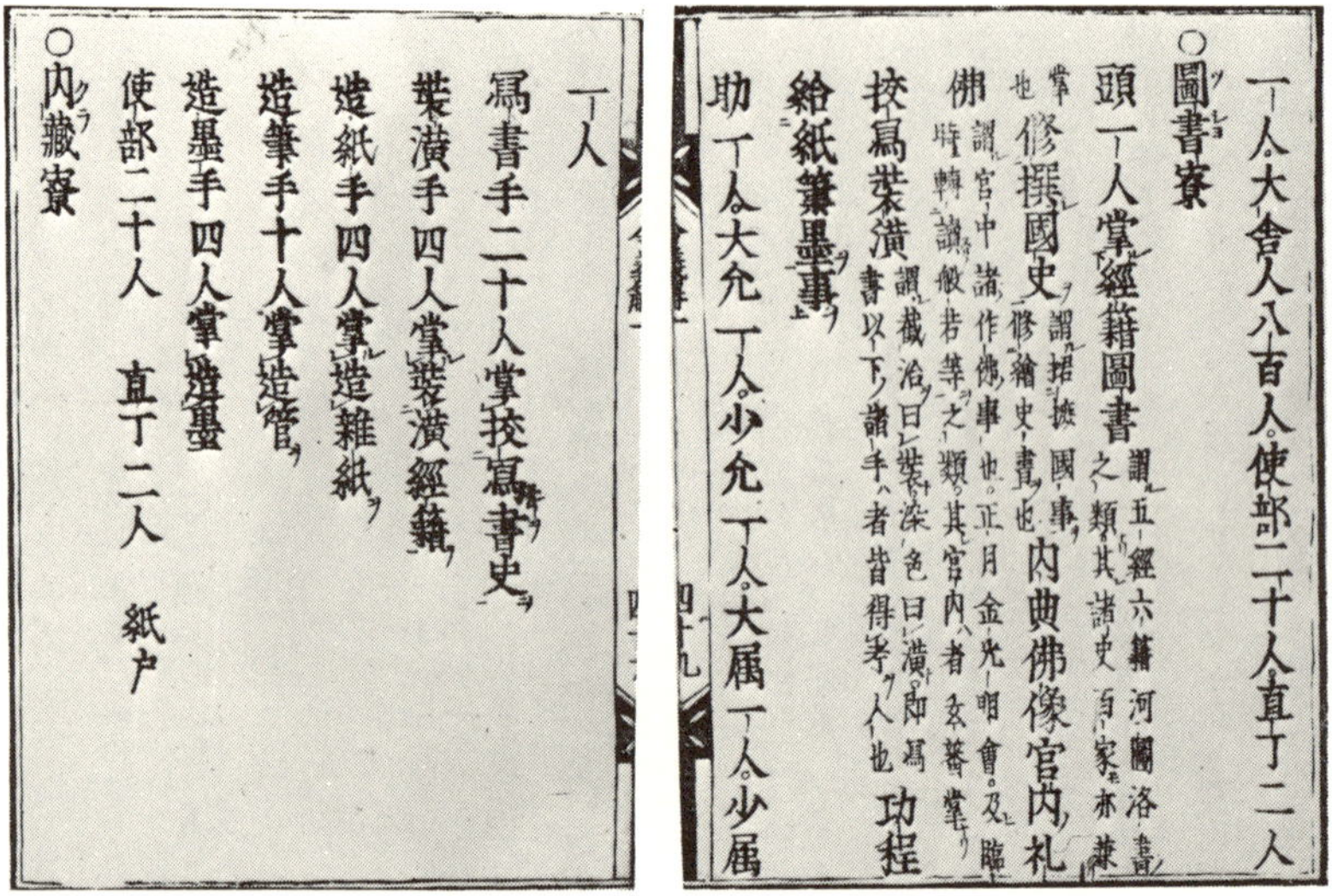
一人。大舍人八百人。使部二十人。直丁二人
○圖書寮
頭一人。掌經籍圖書 謂五經六籍河圖洛書之類。其諸史百家亦兼掌也。修撰國史 謂撰修國事。修緝史書也。內典佛像宮內礼佛 謂宮中諸作佛事也。正月金光明會。及臨時轉讀般若等之類。其宮內者亦蕃掌。校寫装潢 謂截治曰装。染色曰潢。即寫書以下諸手者。皆得考人也。功程
給紙筆墨事
助一人。大允一人。少允一人。大屬一人。少屬
一人
寫書手二十人。掌校寫書史。
装潢手四人。掌装潢經籍。
造紙手四人。掌造雜紙。
造筆手十人。掌造管。
造墨手四人。掌造墨。
使部二十人。直丁二人。紙戸
○內藏寮

図版37 −左・右

25 装幀《そうてい》のはじまり

わが国の書籍の基本的な要素である文字・紙・筆・墨などは、すべて中国文化を礎地としてつくられている。これらは、ほぼ六世紀末か七世紀はじめには、いずれも国産されるようになったものと思われる。中国から書籍が伝来した文献上の初見は、『古事記』の応神紀にしるされている。この時は朝鮮半島経由であるが、『論語』十巻・『千字文』一巻の計十一巻であったという。この表記からおしはかると、渡来した書籍の装幀は、巻物仕立であったものと思われる。

装幀の具体的な作業についての文献上の初見は、『養老令』(七一八年成立)にみえる。この官撰の注釈書である『令《りょう》義解《のぎげ》』(八三三年成立)の、巻一職員令の中務省図書寮の項によると(図版37参照)、

頭一人　掌経籍、図書、(注略)修撰国史、(注略)内典、仏像、宮内礼仏、(注略)校写、装潢、謂、截治曰装、染色曰潢即写書以下諸手者、皆得考人也功程、給紙筆墨事、助一人　大允一人　小允一人　大属一人　少属一人　写書手二十人　掌校写書史、装潢手四人　掌装潢経籍、造紙手四人　掌造雑紙、造筆手十人　掌造管、造墨手四人　掌造墨、

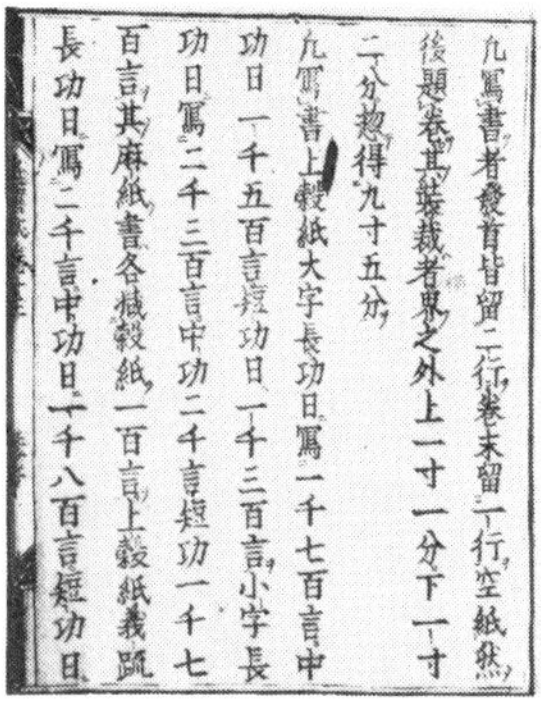

凡寫書者發首皆留二行、卷末留一行、空紙然
後題卷、其裝裁者界之外上一寸一分下一寸
二分、惣得九寸五分、
凡寫書上穀紙大字長功日寫一千七百言、中
功日一千五百言、短功日一千三百言、小字長
功日寫二千三百言、中功二千言、短功一千七
百言、其麻紙書各減穀紙一百言、上穀紙義疏
長功日寫二千言、中功日一千八百言、短功日

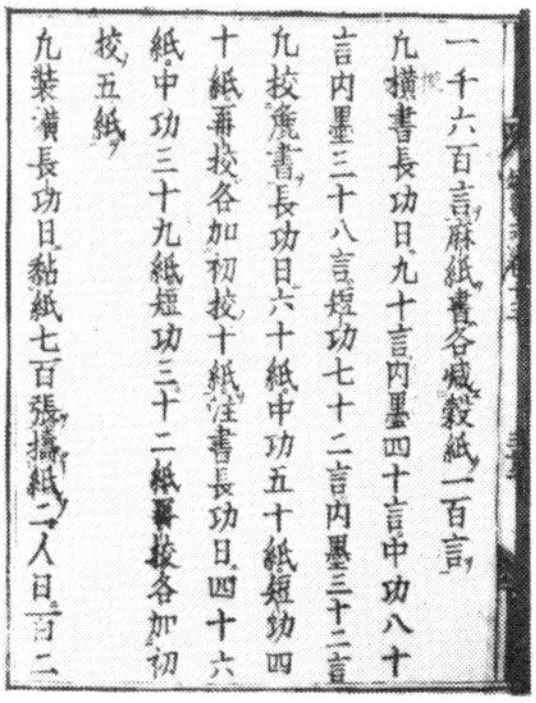

一千六百言、麻紙書各減穀紙一百言、
凡横書長功日九十言内墨四十言、中功八十
言内墨三十八言、短功七十二言内墨三十二言、
凡校麁書長功日六十紙、中功五十紙、短功四
十紙、再校各加初校十紙、注書長功日四十六
紙、中功三十九紙、短功三十二紙、再校各加初
校五紙、
凡裝潢長功日黏紙七百張、擣紙二人日百二

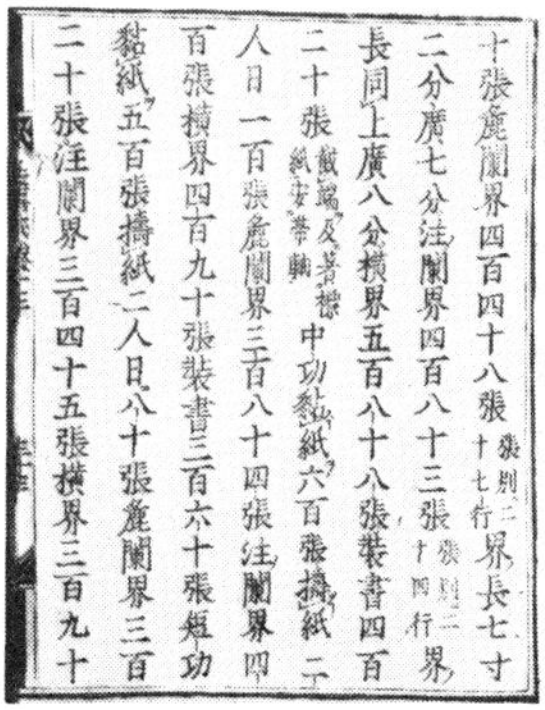

十張、麁閫界四百四十八張（張別二十七行）界長七寸
二分、廣七分、注閫界四百八十三張（張別二十四行）界
長同上、廣八分、横界五百八十八張、裝書四百
二十張（截端及著標紙安帯軸）中功黏紙六百張、擣紙二
人日一百張、麁閫界三百八十四張、注閫界四
百張、横界四百九十張、裝書三百六十張、短功
黏紙五百張、擣紙二人日八十張、麁閫界三百
二十張、注閫界三百四十五張、横界三百九十

図版38 ―上・中・下

使部二十人、直丁二人、紙戸、

とある。すなわち〃図書寮《ふみのつかさ》〃では、書籍の要素はすべて自製するし、また書写し、校合し、装幀までしたことがわかる。頭《かみ》の職掌に「装潢」があり、義解の注釈によると「装とは紙をたち切りととのえることをいう」「潢とは紙の色を染めることをいう」とある。これだけでは、紙を染色し（防虫・使用目的による）、紙を一定の大きさに揃えることだけはわかるが、製本法はわからない。ところが、『延喜式』（九〇七年成立）の巻十三図書寮の項には、各作業の工程がくわしくきめられている。それによると（図版38中下参照）、

凡装潢。長功日黏紙七百張。擣紙二人日百二十張。麁閫界四百四十八張。（張別二十七行）界長七寸二分。広七分。注閫界四百八十三張。（張別二十四行）界長同上。広八分。横界五百八十八張。装書四百二十張。（截端及著標紙安帯軸）中功…

とある。この解釈は専門外のことで正確にはわからないが、概略しるすとつぎのようになると思われる。

およそ装幀のノルマは、日のながい季節にあっては（長功）、紙を糊でつなぎあわせる仕事は一日一人七〇〇枚。紙をうって柔らかにする場合は二人で一日一二〇枚。普通の本文を書くための縦罫をひく仕事は一日四四八枚、一枚二七行どりで、罫の長さは七寸二分、罫と罫の間は七分。注のある本文を書くための縦罫を紙

に引く場合は一日四八三枚、一紙二四行どり、罫の長さは前と同じで、各行の幅が八分。横罫(上下各二線か)をひく場合は一日五八八枚。書籍の形を造る場合は四二〇枚、すなわち上下の端をそろえて切り、表紙をつけ、(表紙に)紐をつけ結べるようにし、紙のおわりに軸をつけまきやすくする。

大変な誤訳もあろうが、こう解釈すると、製本法は巻物仕立(巻子本)であったことがわかる。

26 奈良時代の装幀

この『養老令』および『延喜式』の記事により、八世紀から十世紀にかけて、官製の製本がおこなわれ、それは〝装潢〟というテクニックでよばれ、製本法は巻物仕立であったことがわかった。この〝装潢〟の文字は、奈良時代の他の文献にも相当みいだされる。すなわち、正倉院文書のうち写経所関係の文書には、数おおくみられるし、奈良時代に書写された古経の奥書にも時にはみいだされる。

たとえば、天平十八年(七四六)四月二日の「写後経所解案」(正倉院文書正集第一五巻所収、尾張国天平六年正税帳断簡紙背、図版39参照)をみると、

(経師二十八人)(校生六人)

秦息島　校紙一千張　布一端　絁三丈

文麻呂　校紙二千張　布二端　絁一匹

装潢参人

秦秋庭　作紙五千六百張　布十四端　絁七匹

治田石麻呂　継紙八百張　布二端　絁一匹

伊福部厚麻呂　作紙二千八百張　布七端　絁三匹三丈

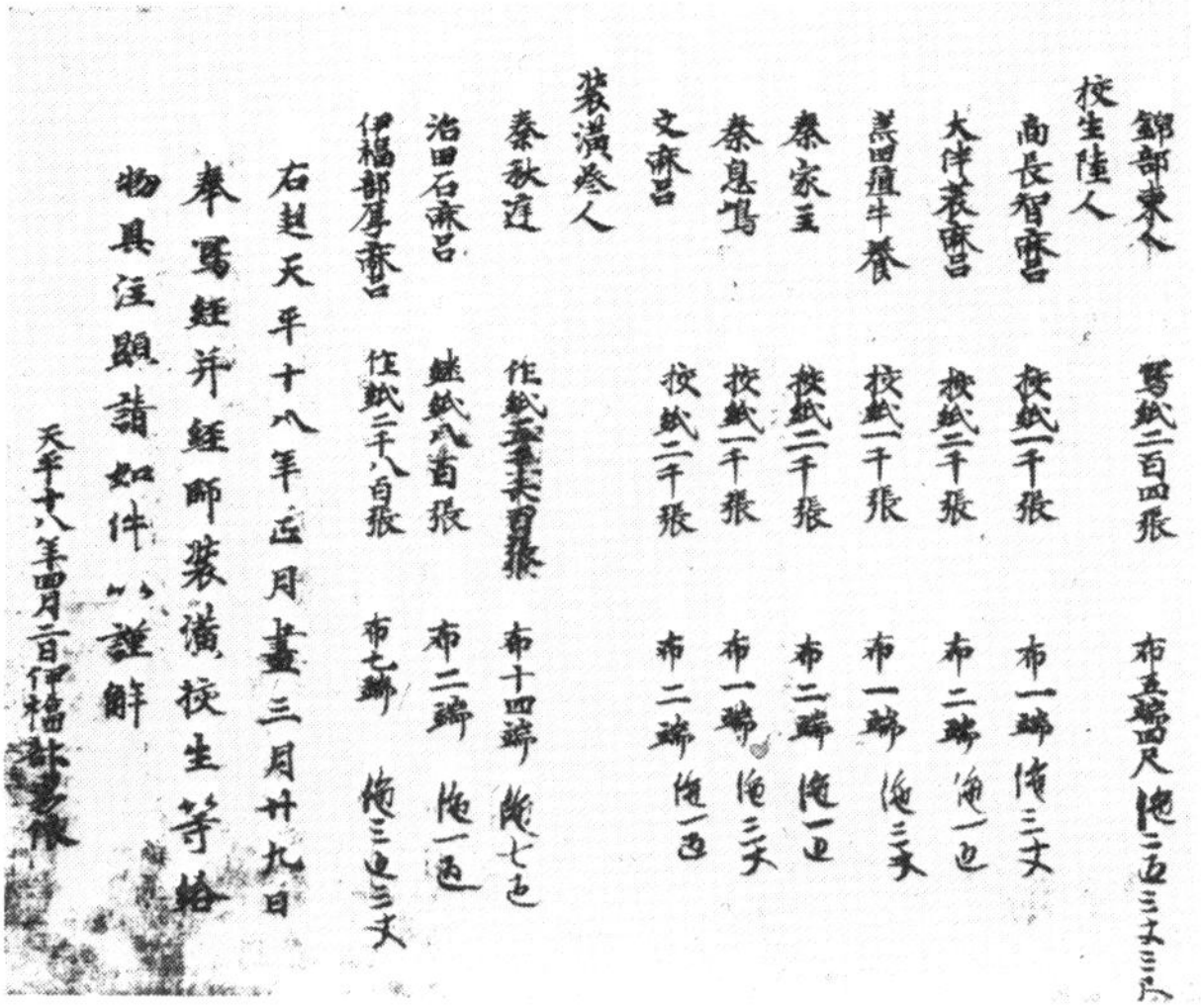
鋸部東人　写紙二百四張　布五端四尺　絁二疋三丈三尺
校生陸人
尚長智麻呂　校紙一千張　布一端　絁三丈
大伴裏麻呂　校紙二千張　布二端　絁一疋
義田猪牛養　校紙一千張　布一端　絁三丈
秦家主　校紙二千張　布二端　絁一疋
秦息嶋　校紙一千張　布一端　絁三丈
文麻呂　校紙二千張　布二端　絁一疋
装潢参人
秦秋庭　作紙五千七百張　布十四端　絁七疋
治田石麻呂　継紙八百張　布二端　絁一疋
伊福部厚麻呂　作紙二千八百張　布七端　絁三疋三丈
右起天平十八年正月尽三月廿九日
奉写経并経師装潢校生等給
物具注顕請如件以謹解
天平十八年四月二日伊福部男依

図版 39

右起天平十八年正月尽三月廿九日、奉写経并経師
・装潢・校生等給物、具注顕請如件、以謹解
　天平十八年四月二日　伊福部男依

とある。この〝写後経所〟は天平十八年正月にはじまった『一切経』書写のための臨時の役所であって、そこから、三月末までの、写経生・校生・装潢手の手当を申請した文書の草稿である。この文書でわかることは、経典を書写するもの――経師(経生)、経師の書写した経典の誤脱を校正するもの――校生、〝作紙〟〝継紙〟をするもの――装潢がいたことがわかる。

　この〝装潢〟の具体的な作業内容としては、正倉院文書続々集第四十六巻所収の天平勝宝三年(七五一)二月八日付「写経布施校生勘出装潢作物法例」のなかにある〝装潢作物法〟をみると(図版40下参照)、

一日継紙六百張　界三百張　打二百張　染一千張　端切四百張　竹削表紙著六十巻　軸緒著
八十巻　以黄蘗一斤染紙卅五張

とある。『延喜式』の記載よりも具体的であり、これによると装潢とは、紙を染めること(黄蘗染は防虫にもなる)、紙をうつこと、縦横の罫を引くこと(紙つぎをしたのちがおおい)、紙の寸法を規定通りにすること、紙を継ぐこと、ここまでが書写以前である。書写され、校正された写経に、竹を削った〝おさえ〟をはりこんだ表紙をつけ、

布施法　右側有廿言俯段司實付田邊國侍　追而

一經師
　源經以布一端充紙卅張　別一丈六尺
　經經以布一端充紙卅張　別一尺四寸
　律論及以經製法寫書類皆用經布施之
一校生以布一端充紙二百張　別八寸三分之四
一裝潢以布一端充紙四百張　別一寸五分
一題師以布一端充紙一百張
一正經人充布施法
　每一行隨折紙四法
　每五字隨折紙一張
　丸奉寫經者可正所誤若不丘軍
　經十日以上折寫人料与將正人
　上依之自今以後恆為例之
　不題一行隨　折一百張
　誤一字　　　折五張

右不題誤字折授人紙与勘出人
如上法之又為例之
一日繼紙六百張　早三百張
端切四百張　折百張　深紙千張
　黃蘗一丁深紙卅五張
　　　天平廿年貢辛青日

搜生勘法出
一行一連　　一項字二字
一誤字二處枝處二刀尔

食法
一經師并裝潢一日料
　米二升　　海藻一兩　滑海藻二兩

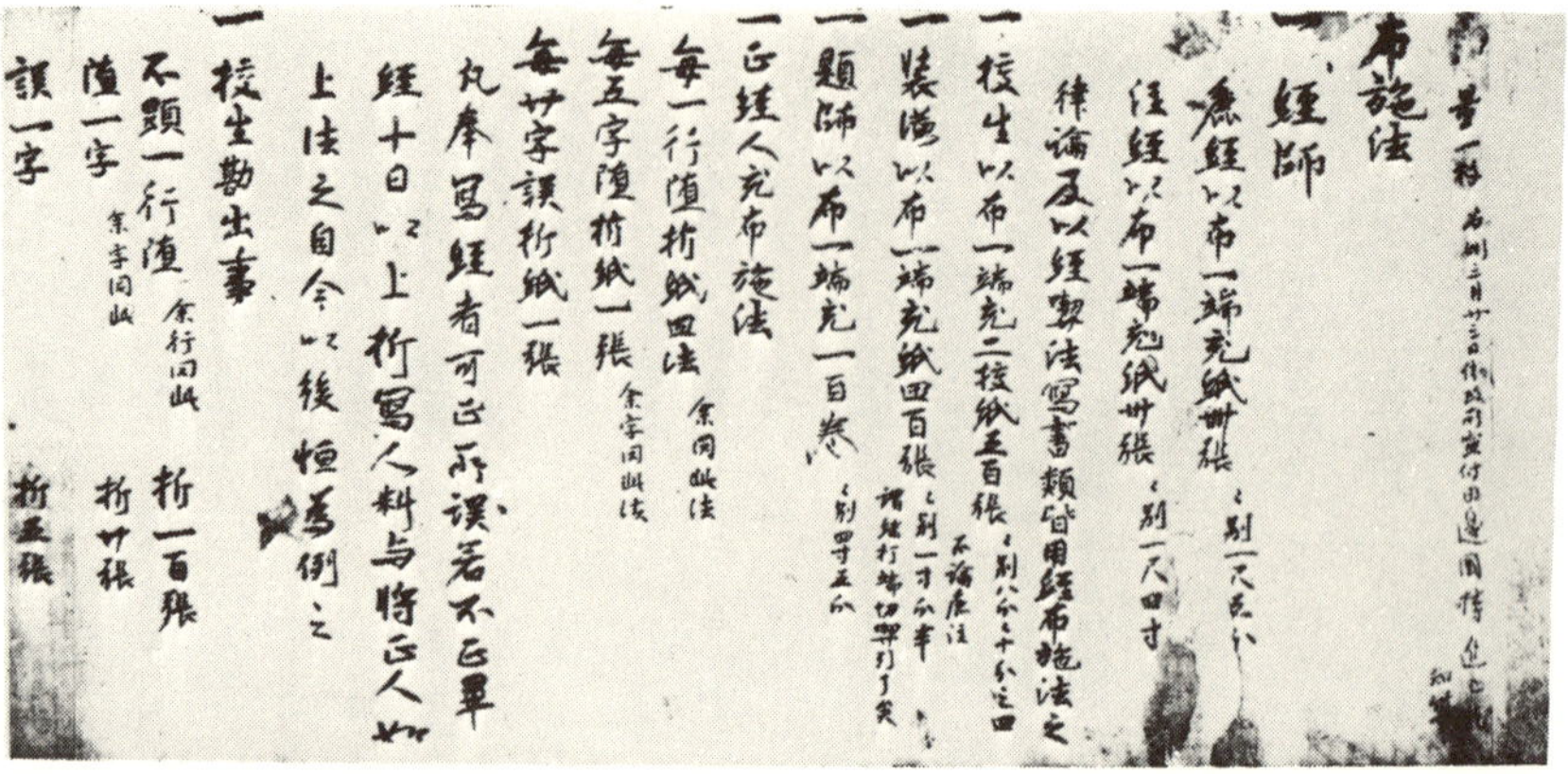

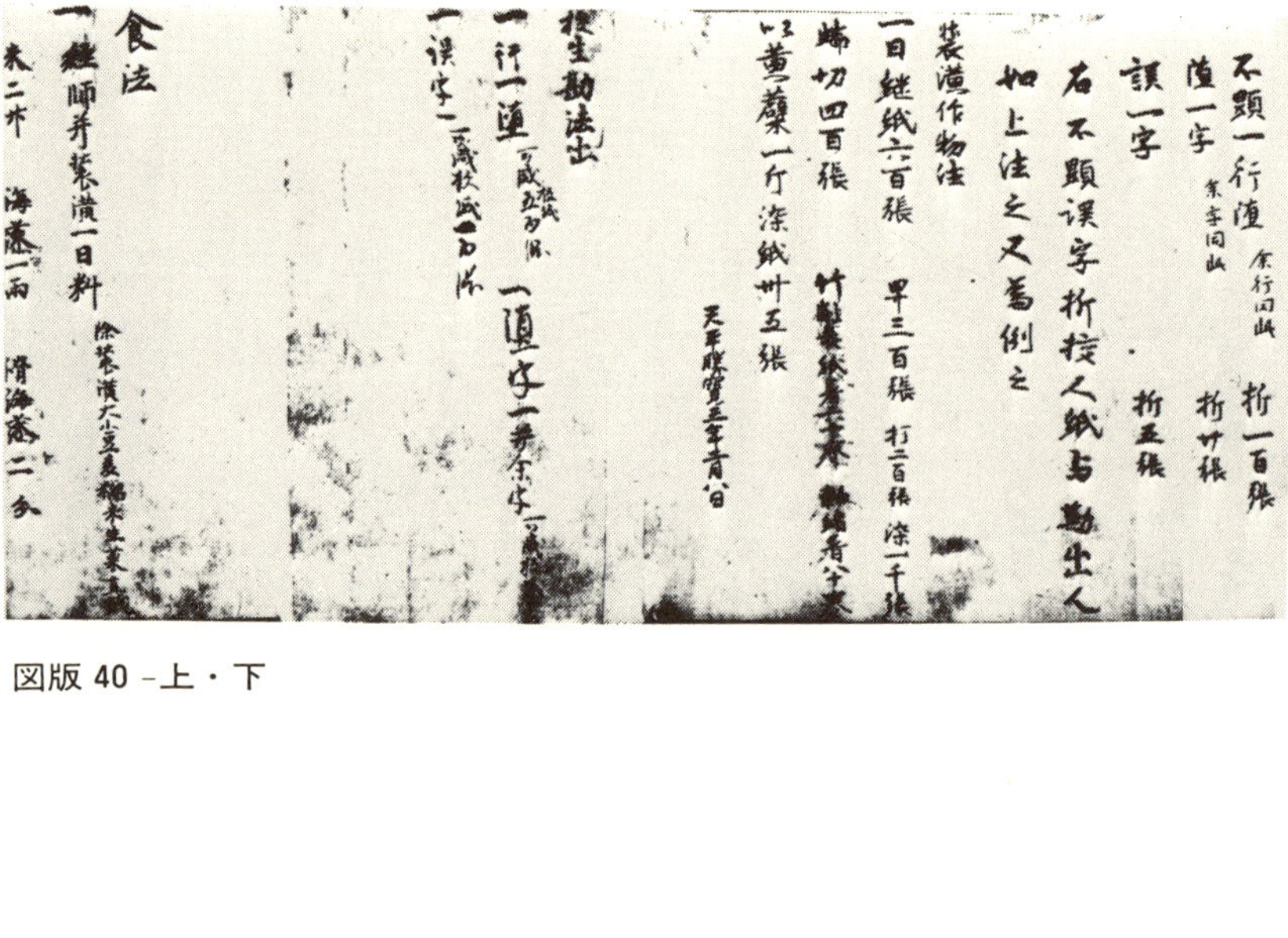

更に巻尾に軸をつけ、まき込んで表紙の〝おさえ〟に紐をつけ巻物を一まきに固定する。これが装潢の全工程であることがわかる。この写経所の制度については、まだ定説がないが、奈良時代の仏教興隆にともなって、朝廷・貴族間に大規模な写経事業が起り(この写後経所の時点でも、光明皇后の「五月一日経」、聖武天皇の「大官一切経」の写経が並行しておこなわれていたという)、その事業に関する一切の業務運営をおこなうため、設けられたという。官立のほか、公・私設のものもあったらしいが、史料的には神亀四年(七二七)までさかのぼれると考証されている。この写経所関係の文書で現存するものは、正倉院文書のなかにきわめておおい(『大日本古文書』巻一〜十七所収)。

以上のようにみてくると、わが国の製本は、すでに奈良時代からおこなわれていたことがわかる。中央官庁の中務省の一部局として、図書寮において一般図書および写経の製本がおこなわれ、写経にかぎって写経所において、官設による製本がおこなわれたわけである。ことに写経所においては、膨大な量の写経を製本するため、またそれに伴う事務公文書の製本の必要も生じ、多数の装潢手が必要となった。たとえば正倉院文書続集第一四巻所収の裏文書によれば、「装潢八十五人」とあり、その従事内容を「五十四人造大般若紙　廿四人造法花紙　六人造政所公文紙」と記している。この傾向は平城・平安の二都にとまらず、諸国へも影響をあたえたのであろう。九世紀になるが、『類聚三代格』六所収の弘仁十三年(八二二)閏九月廿日の太政官符によると、

装潢丁大国六人　上国五人　中国四人　下国三人(略)　右諸国言上、参差不同、仍折中所定如件

とあり、諸国の格により「装潢丁」の定員をさだめたことが知られる。相当に需要がおおく、諸国ともにこれを上まわる定員要求をしたことが推定できよう。これらのほか、民間にも、あるいは個人的に公務の余暇に製本もしたらしく、古写経の奥書には「装書匠散位少初位上秦忌寸東人装」などの記載もみえている。製本に従事する人は、公的には「装潢手(丁)」とよばれ、一般的には「装書匠」と称していたのであろう。

27　古代の書籍——書写・校合

ここで当然、巻子本などの装幀の各個について述べるべきであろう。しかしながら、のちの作品本文の書写態度とも関連するので、奈良・平安時代の製本にいたるまでの過程、すなわち書写・校合についてみてみたい。

前述したように『養老令』によると、国家で必要な書籍は図書寮でつくられたようだ。写書手は二十人おり、その仕事は「書史を校写することをつかさどる」とさだめられている。勿論写経がおおきなパーセンテージをしめようが、〝書史〟とは図書頭《ずしょのかみ》の職掌から判断すると、当時の政治行政運営および一般教養の基本であった、四書五経以下の各種の漢籍、また「国史を修撰し」とあるので正史の類、さらには奉勅撰の律・令・格・式等の法律の類、勅撰詩歌集などもここでつくられた(造本されたという意味)ものであろうか。造本のもとになる紙・筆・墨の類もここで自製されたことも前述したとおりである。

まずテキストを書写する場合、どのような底本がえらばれたのであろうか。親本《おやほん》がただ一つの場合もおおかったろうが、写経の場合は、たとえば『古経題跋』巻上にひかれている古経の奥書によると、

天平宝字二年三月二十七日覆位薬師寺沙門善牢勘本経

　覆位元興寺沙門善覚対校

天平宝字三年十一月四日散位大初位上三島県主岡麻呂写

(以下、初校・再校・参校とつづく)

とある。これによると、まず書写するまえに〝底本《ていほん》〟をきめ、その本文を調査(勘)する。さらに他に諸本のある場合は、別人がこれらと対校しあるいは対読(読みあわせ)する。一本しかない場合は「覆位興福寺沙門　行禅証」とあるように、これまた別人が再度本文を調べて証本たることを証明する。一部について一年数ヵ月もかけて厳

密な調査研究を経て底本をきめたものと思われる。つぎにはその底本にもとづき、写経手あるいは経生が新写するわけである。

まずテキストを書写する方法には〝写書〟（ふつうの見とり書き）と〝摸書〟（いまでいう影写・臨写か）の二様がある。写書の場合は、『延喜式』巻十三図書寮の項につぎのような書き方のきまりがある（図版38上参照）。

凡写書者。発首皆留二行。巻末留一行空紙。然後題巻。其装裁者。横界之外上一寸一分。下一寸二分。惣得九寸五分。

すなわち、一紙二七行か二四行の紙をつないで書くわけであろうが、書きはじめは二行を空白とし、巻末は最少限一行をあけるようにして、その後に経巻名を書け、という意味であろう。しかも装潢の場合、上は天の横罫から一寸一分をあけ、下は地の横罫から一寸二分をとって紙をたち、縦九寸五分（前述したように縦罫の長さは七寸五分）の長さにするときめられている（いわゆる曲尺《かねじゃく》の寸法であろう）。勿論これまでに、染色・擣紙・紙つぎ・罫ひき・紙たちなどの、装潢の前段階は終了していた継ぎ紙に書くわけであろう。

また、テキストを書写する進度はどうであったかというと、それにつづいて（図版38上中参照）、

凡写書。上穀紙大字長功日写一千七百言。中功日一千五百言。短功日一千三百言。小字長功日写二千三百言。中功二千言。短功一千七百言。其麻紙書各減穀紙一百言。上穀紙義疏長功日写二千言。中功日一千八百言。短功日一千六百言。麻紙書各減穀紙一百言。

とある。〝一言〟は一字に相当すると思われるが、料紙によって進度を考慮し——穀紙は楮《こうぞ》系の厚紙で、麻紙はこれに比べると薄く、墨がしみやすく書きにくい——、日の長短による季節を考慮し——長功は四・五・六・七月、中功は二・三・八・九月、短功は十・十一・十二・正月、太陰暦による——、字の大小で差をつけ、テキストの種類（本文のみと、割注の多いもの、または注釈書）によっても進度基準を変えている。これらは〝写書手〟のノ

ルマを規定したものであろうが、あらゆる要素を考慮して書写基準をさだめている点は注目されよう。〃摸書〃の場合は「凡摸書。長功日九十言。内墨四十言…」とあり、〃写書〃よりもはるかに慎重厳密さを要求している(図版38中参照)。

このような書写態度で写した結果はどうであるかというと、これも正倉院文書(続修巻三十所収)によると(天平十九年七月廿四日付)、

村山首麻呂解　申勘出事

合落字十四　誤字十八　余件一行

一校大弓削若麻呂、倶舎論記第十一 落字三 大弓削若麻呂一校、唯識論第五巻 落字一 誤字二 大弓削若麻呂一校、新倶舎論記第十三巻 落字一 誤二 刑部金綱一校、瑜伽抄十八巻 余件一行 落字二 誤二(以下略す)

のように、十部の経典の一校の結果をしるしている。現在のわれわれの「ひきうつし原稿」にくらべると、意外に誤字脱字の少ないことがわかる。厳密な書写態度も要求され、あるいは経典を写すという(一行十七字に固定し、横十七分割の下敷きを使用したという)敬虔さによるものと思われる。

かくして書写をおわった本文は、写書手あるいは校生によって底本と対校される。『延喜式』によるとこの〃校書〃は(図版38中参照)、

凡校麁書。長功日六十紙。中功五十紙。短功四十紙。再校各加初校十紙。注書長功日四十六紙。中功三十九紙。短功三十二紙。再校各加初校五紙。

とある。麁書すなわち十七字二十七行の単純な経典に換算すると、一紙は四七九字、現在の三、四月はむかしの〃中功〃に当るであろうから、五十紙として、四〇〇字詰原稿用紙六十枚分が一日の初校校正のノルマである。再校の場合は、一日さらに初校十紙分が加算されるわけである。図書寮の場合は、再校までしか記されていない

が、写経所の場合は、〝装書〟以前に書写した経生とは別の〝校生〟が、人をかえて三校までおこなったことが、写経の奥書に記されている（古経題跋）。

さてこのように、厳密丁寧に書写され、校正されたが、それに加えるに、書写・校合当事者が、細心にならざるを得ない大きな理由がある。それは直接収入にひびく罰金制度の存在である。正倉院文書の天平十六年七月廿日の「写疏所符」によれば、

　取書生書誤科与正人法
　毎一字堕、取銭一文　毎一行堕取銭廿文　毎五字誤、取銭一文（以下略）

とある。また前述の「写経布施校正勘出装潢作物法例」（天平勝宝三年）によると（図版40上参照）、経生にあっては、

　毎一行堕、折紙四張余同此法　毎五字堕、折紙一張余字同此法　毎廿字誤、折紙一張

と罰則がきめられ、校生についても、

　不顕一行堕余行同此、折一百張　堕一字余字同此、折廿張　誤一字、折五張

とある。「折《せつ》す」とは〝差引く〟意味であるという。従って経生が一行書き落すと、写経四枚分、銭にして廿文を収入から差引かれるわけである。当時の給与は月給制ではなく、出来高払いによる三ヵ月ごとの布・絁の現物支給であった。布一反（四丈二尺）が約二百文、絁一匹が四百文に相当したという。『延喜式』によると写書の給与は「以布一端、充紙四十張」とある。写書のノルマは、穀紙・大字・中功として、一日三枚強であろう。一ヵ月八十枚（張）として布二端（四百文）が概略の収入となる（宿舎・作業衣・食事は官給であろうが）。この罰則がいかに厳重であるか、したがって経生以下がいかに慎重に本文に対したかが推定できよう。

六、装幀の歴史と種類

28 紙と糊づけによる装幀の変化

紙が発明される以前は、東洋においても、西洋においても、獣皮・布・木片・竹片まれには専用の煉瓦などに文字を記した。紙が製造される前後まで、中国において広く用いられたのは〝簡策《かんさく》〟であるといわれている。簡策とは、まず適宜の大きさの竹の札をつくり、これを火にあぶって油気をとり書きやすくする。その札に漆《うるし》ないし墨で文章を書き、各札を〝なめし皮〟でとじつらねて(編)、一部の文書なり書籍なりにするわけである。従って、最末から巻き込んでゆけば竹片の巻物となるわけである。

BC一世紀(後漢和帝の時)に中国桂陽の人蔡倫《さいりん》が、樹皮・麻頭・敝布・魚網等を原料として、〝紙〟をはじめて作ったといわれている(蔡侯紙)。この中国で発達した製紙法(竹・稲・藁・楮・綿等が原料)は、西進してペルシャ・アラビヤからヨーロッパに伝わり、東進して、朝鮮・我が国に伝えられ、たちまちに文字を記す料は世界的に紙となったわけであろう。現在われわれが、一般的に使用する紙は、書籍・新聞・ノート・原稿用紙の類から塵紙にいたるまで、すべてが木材パルプを原料として、大量に機械漉きされたいわゆる〝洋紙〟である。ところが近世以前の紙は、楮《こうぞ》・雁皮《がんぴ》・三椏《みつまた》などを原料として、これに石灰等のアルカリ性漂白材を加えて煮沸し、さらにこれをつき砕いて繊維質のかたまりとする。それに糊性の接合材をくわえ、一定の大きさの簀《す》の中に入れ、水を加えた原料槽のなかで紙料を平均化しながら、一枚一枚漉いていくわけである(図版41参照)。従って人間が両手で簀の両端をもって漉くわけであり、一枚の紙の大きさにも自然限界があることになる。

図版 41

また、文字を書く場合、書きやすい紙の大きさは、縦は三十センチ前後、横は五十センチ前後が自然であろう。

このようにして紙の大きさ(簀の大きさも)も幾種類かに規格化され、近世期において楮系の紙は〝半紙〟(約二十五センチ×約三十三センチ)・〝美濃紙〟(約二十八センチ×約四十センチ)・〝西の内紙〟(約三十三センチ×約四十九センチ)・〝奉書紙〟(約四十センチ×約五十二センチ)の四類となった。勿論、産地や用途に従ってすこしずつ寸法はちがったであろうし、雁皮系の紙は、その二倍ないしは四倍の大きさで漉かれる場合がおおかったと思われる。

さて、この紙の大きさをもととして、われわれが古代に生活し、作品を書いたと仮定して、装幀の方法をプリミティブにかつ段階的に考えてみよう。

①一枚で完結した文書(〝一枚物《いちまいもの》〟)をあつめ、何かの類別で保存する場合、またはある作品を一枚一枚つぎつぎと書きついでいって、二十数枚で完結した場合を考えてみよう。完結したものを、他人に見せるにしても、また保存するにしても、順序に重ねただけではすぐばらばらになってしまうし、またなくなりやすい。そこで、順序に糊でつなぎ合わせ、最末から巻き込んで保存する方法がまず考えられよう。今は少なくなったが、障子紙とか手紙用の巻紙の形である。これが最もプリミティブな〝巻物仕立〟であり、中国でもはじめはこのようなものだったのであろう。前述したように、藤原定家筆『土左日記』の奥書によれば、紀貫之自筆の『土左日記』は(図版42参照)、

料紙白紙不打、無堺 高一尺一寸三分許、広一尺七寸二分許 紙也、

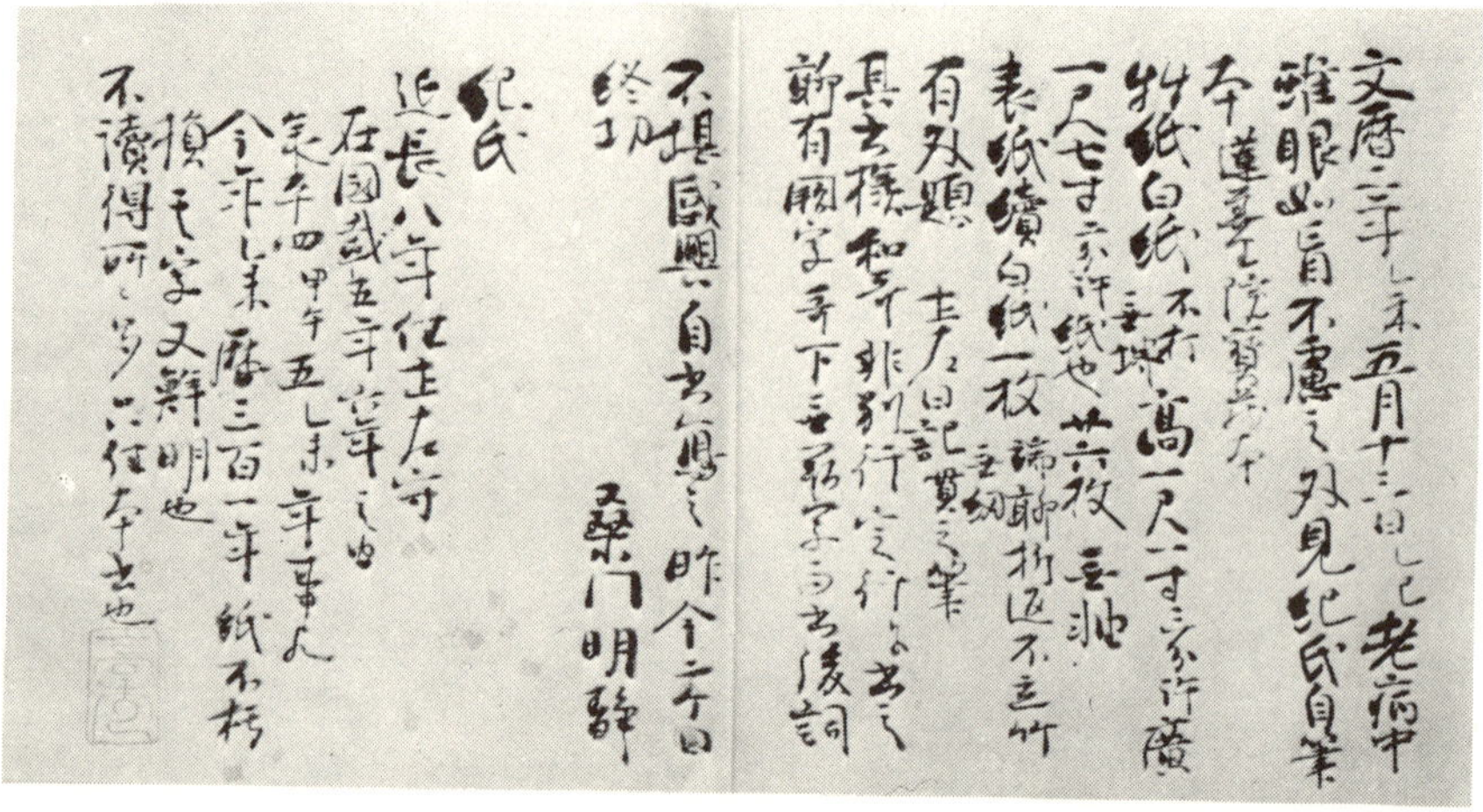

図版 42

廿六枚、無軸　表紙続白紙一枚端聊折返無紐、不立竹、　有外題

土左日記 貫之筆

とあるように、たて三十一センチ弱、横五十二センチ強の白紙に書かれ、それを二十六枚糊つぎして巻いただけで、表紙も共紙の白紙を前に一枚くわえただけだったことが記されている。個人の作品なり、文書なりは、当初はこの形でまとめられたものであろう。ただし、これを保存する場合、あるいは頻繁に使用する場合は、このままでは前後の紙が痛んでくるし、巻きにくい。一年間毎日使い、あるいは今日の当用日記のように、毎日の暦と暦の余白に日々の記事を書いた〝具注暦《ぐちゅうれき》〟などは、『栄花物語』（巻二十七、ころものたま）にみられるように、

はかなく十二月にもなりぬれば、暦の軸もと近うなりぬるを、あはれにも思ふ程に、

最末に軸をつけ、展読・巻き戻しが容易に出来るようにし、恐らく表紙をつけ、竹の〝おさえ〟を端に折り込み、紐をつけて結んであったものと思われる。経巻などもこのように装幀されていたことは、26・27項で述べた通りである。これが〝巻子本《かんすぼん》〟である。

②巻子本は一まきにまとまり、保存には便利であろう。しかしながら、頻繁に読まれるものは、その都度まきのべていき、

また読みおわれば巻き戻さなければならない。ことに途中だけが見たい時も、その箇所まで巻きのべていかなければ見られない。今日の一〇〇フィートまきのマイクロフィルムの途中を見ることの煩雑さと同じであろう。そこで巻子本の最末から適当な幅で縦に折りたたんでいき、表紙で包みこんで見るための便宜をはかった装幀法が、つぎに考えられよう。これが〝折本《おりほん》〟であり、帖《じょう》仕立ともいわれる。

③さて折本は巻子本にくらべると、たしかに閲読には便利である。しかしただ折り込んだだけであるから、見ているうちに他の箇所までひろがり開いてしまう。これを防ぐためには、あけなくてもよい右側の背の部分を固定すればよい。そこで背の部分を糊付けする。これを〝旋風葉《せんぷうよう》〟と称した。この折本と旋風葉とが、巻子本から冊子《さっし》本に移る過程にあるものであり、冊子本仕立を案出するための重要な橋渡しをしたものと思われる。

④さて旋風葉仕立にいたって、はじめて紙を連続するほかに、背を固定するために糊を使用した。しかしながら、旋風葉一帖の書籍ははじめからおわりまで本紙が連続している。この左側の小口《こぐち》の、袋になっているところを切り落とせば、完全な〝冊子本〟となるわけである。すなわち〝粘葉装《でっちょうそう》〟とよばれる装幀であり、糊付けによる装幀の完成した形態ともいえよう。この粘葉装仕立の工夫により、装幀は〝巻子本〟より〝冊子本〟に進化したといえよう。

以上の巻子本・折本・旋風葉・粘葉装は、いずれもが中国より渡来した書籍の装幀により、それを摂取してわが国で実施した装幀法である。またそのいずれもが、一部の書籍として編綴する媒材を〝糊〟にしているものである。糊は湿気にあうとはなれやすい。長い年月にわたって伝存されるあいだに、湿気によって各紙がばらばらになり、巻首とか途中がよそにまぎれこみ、あるいはそのまま亡失してしまうケースも多い。〝隆能源氏〟とよばれる『源氏物語絵巻』(現存四巻残欠)などは、その典型的な例であろう。

また糊は澱粉質であるため紙魚《しみ》の大好物である。このため虫害をうけ、本文の字の箇所が失われる例も数多い。

このため糊付けによる装幀は、比較的はやくいたんでしまうことは事実である。

なお、以上の装幀形態は、紙の表だけに書写する片面書写の形式をとっていることにも注意を要しよう。これは、わが国の装幀の母胎である中国の紙が、竹・麻等を原料とした薄漉きの紙であったことが大きな原因であろう。

29 巻子本《かんすぼん》——巻物仕立

わが国にはじめて渡来した中国の書籍は、巻物仕立《まきものしたて》であったことは前述した。そののち、奈良時代にわたって遣隋使《けんずいし》・遣唐使《けんとうし》などによってもたらされた中国文化の、主たる資料である書籍は、すべて〝巻物仕立〟によって装幀されていたものと思われる。これにならって、国産の書籍の装幀も巻物仕立であったことも〝図書寮〟あるいは〝写経所〟の装潢《そうこう》の内容から前述した。

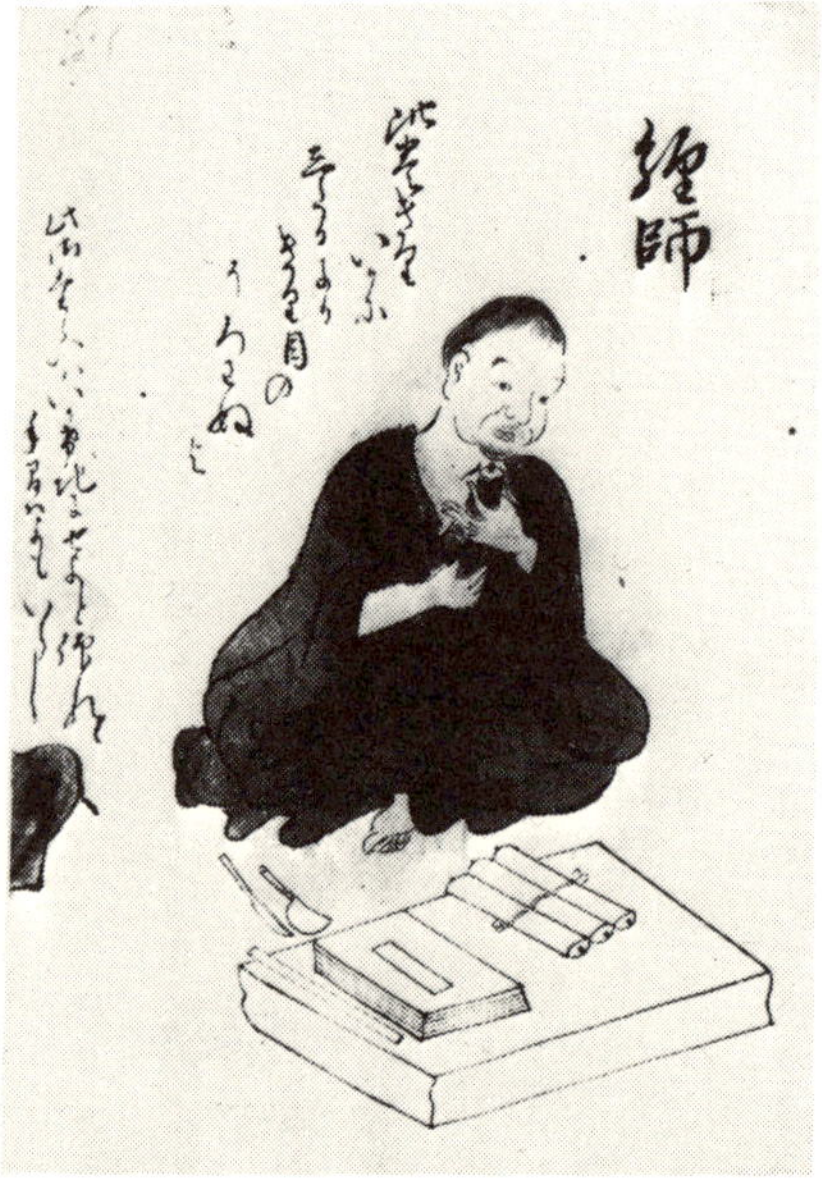

図版 43

さて、この巻物仕立の実際の仕様を調べてみよう。まず、26項の説明で、紙を一定の大きさに切り揃えて、それを糊で連接し、巻末を軸で固定し、巻くためのもととする。さらには巻首に表紙をつけ、表紙の端に竹の〝おさえ〟をはり込んで、それに紐を固着させ、その紐で巻物を結ぶ、と解説されている。その作業の仕上げの状況は、職人尽絵の経師——なおこの経師は、奈良時代の経典書写の経師(経生)ではなく、装潢にあたる装幀技術者である——(図版43参照)の絵で想像できよう。

この紙をつぐために使う〝糊〟は、現在のわれわれの

常識では、小麦粉を原料としたものと考えがちである。ところが、『延喜式』によると、

凡年料装潢用度絹五尺篩糊料。大豆五斗糊料。大竹廿株標紙料。小刀四枚切紙端料。砥一顆。

と、紙・筆・墨を除く装幀用の一年間の材料を規定している。表紙の〝おさえ〟にする竹、紙を裁断する小刀、それをとぐ砥石、煮た糊料を漉す〝ふるい〟用の絹まではよく理解されよう。しかしながら、糊の材料は大豆とある。大豆は、われわれが日常たべる豆腐・納豆の原料であり、調味料である味噌・醤油の主原料でもある。これらの食品は古くからあり、納豆のうち、現在の糸引納豆は確かにねばり気が強いが、この糸を使ったとは考えられない。現存する正倉院文書の継ぎ目を見ると、粒子の粗い黄味をおびた糊料が付着しており、確かに大豆を糊として使ったらしい。実験してみたが、豆腐の苦汁《にがり》を入れて固める前段階の豆汁《ご》は粘着力があり、紙をつぐことが可能である。奈良時代の大豆糊は、豆腐に似た製造工程であって、発酵させるのではなく、煮ることによって作られたものであろう。これに膠《にかわ》を加えれば更に粘着力を増す。奈良時代には、米も大麦も小麦も主食にされていた。何時ごろから小麦系の糊となったのかはわからない。

次は紙をつぐ方法である。現存している各時代の巻物仕立の書籍をみると、紙の右端の表側に糊をつけ、次の紙の左端の裏側と重ね合わせて糊づけし、つぎつぎと連続させているのが普通である。ところがまれに紙のつぎ方が逆の場合もある。これは、一度使用した紙を裏がえして使う場合にたまたまみうけられる（もとの表に書かれているのを裏文書という）。すなわち、もとの文書の方を表にして、普通のやり方で紙をつぎ、つぎおわって裏がえすと、逆の糊づけとなるわけである。しかしながら、軸のつけ方（左端）、表紙は右端となることは変わらない。

このほか、軸と表紙のつけ方が、普通の巻物仕立と全く逆のものがある。日々ふえていく文書を、つぎつぎと継ぎ合わせる必要から生じたものであろう。〝写経所〟の事務用文書などにままみられ、文書の右端に軸をつけ、日次順に左端にはりつけては巻き込み、完結すれば左端に表紙をつけて整理したのであろう。今日で言えば、事

務用の帳簿、あるいはファイルのような用途から自然に考えられた仕立方であろう。これは日々進行するものには当然考えられ、寺社あるいは武士の〝着到〟名簿、または百日のあいだ数人の人が毎日一首ずつ詠んでいく「着到和歌」の原本などは、当初の形態は、この逆巻きの巻物であったのかも知れない。ただし推定だけで実物は見たことがない。

なお、巻子本に附属するものについて、ついでに記しておこう。巻末につける〝軸〟は木製がほとんどである。まれには竹・金属が使われている。軸の上下の両端には、装飾として〝軸頭〟がつけられている。この軸頭は木・玉・石・牙・金属など種類が多い。軸は巻くために丸い棒状でなければならないが、軸頭は紙のはばより外にあるため、円形・角形などいろいろな形がある。また奈良時代の写経には、円形ではあるが外へ行くほどえぐって広がった〝撥《ばち》型(銀杏《いちょう》型)〟の軸頭が多いのが特色であろう。

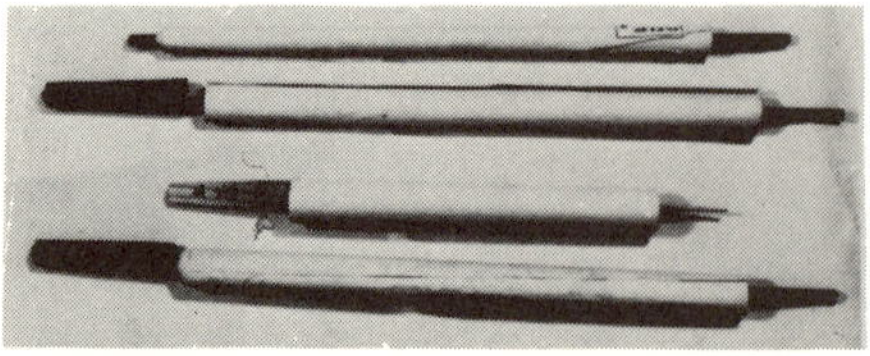
図版 44

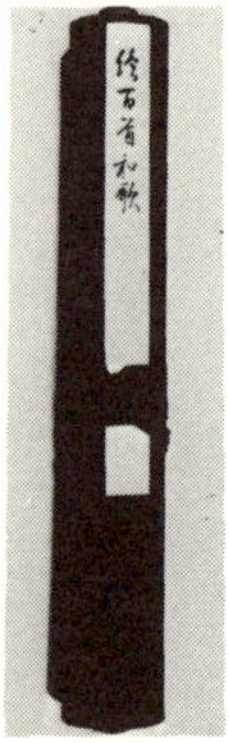
図版 45

また、事務用の巻子本については前述したが、この場合、軸棒の上を長くし、平面にしてそこに標題を書いて探しやすくしたり(〝立籤《りっせん》〟)、あるいは軸棒の下を延長させてとがらし、藁ずとなどにさせるようにしたものが、正倉院文書等に残されている(図版44参照)。〝おさえ〟は表紙の端にまき込んで、まき終った表紙を固定し、また結ぶ紐をつける心《しん》になるものであるが、竹籤が多くつかわれ、金属線が用いられる場合もある。

なお、〝表紙〟については、各装幀に共通することであるから後述しよう。かくして装幀の完成した巻子本は図版45のような形態となる。

30 巻子本の位相

奈良時代においては、巻物仕立が唯一の装幀法であった。したがって単に〝装潢〟あるいは〝装書〟といえば、巻子本を意味したものと思われる。ところが平安初期になって、同じ糊による編綴であるが、冊子《さっし》形態の〝粘葉装《でっちょうそう》〟が中国から渡来し、わが国でもこの装幀法がはじめられた。中国においては、唐末（九世紀後半）に葉子（冊子）装幀すなわち粘葉装が出現し、これに対する名称として〝巻子《かんす》〟という熟語が使われている。ところがわが国においては、冊子本に対する巻子本を意味する熟語は固定していない。わずかに『源氏物語』梅枝に一例だけ「わざと人のほど、品〳〵わかせ給ひつゝ、冊子・巻物、みなとゝのへ書かせ給へり。」と書かれているだけである。この巻物は、布の巻物をも意味する熟語で、巻子本のみをさすとは限らない。近世期にいたって〝巻本《まきほん》〟の名称があらわれるが、どうもテクニックとして巻子本を意味する言葉はなかったらしい。このことは、視点をかえて考えてみると、装幀の中における巻子本の位置を示しているのかも知れない。

糸とじの〝草子〟（冊子）が盛んにつくられた平安中期にあっても、『源氏物語』梅枝の、

　嵯峨の帝の、古万葉集をえらび書かせ給へる四巻、延喜の帝の、古今和歌集を、唐の浅縹の紙をつぎて、おなじ色の濃きこもんの綺の表紙、おなじき玉の軸、緂のから組の紐など、なまめかしくて、巻ごとに、御手の筋をかへつゝ、いみじく書きつくさせ給へり、

にみられるように、表だったものは巻物仕立であったようだ。また、『源氏物語』絵合の「竹取物語絵」を記した叙述は、

　ゑは巨勢の相覧、手は紀貫之書けり。かむ屋紙に唐の綺を陪して、赤紫の表紙、紫檀の軸、世の常のよそひなり、

とある。普通の装幀（世の常のよそひ）はなお巻物仕立であったものと理解される。これらは「須磨・明石の二巻は」のように、〝ひとまき〟（一巻）〝ふたまき〟（二巻）などの、数量的な呼び方が普通であった。ことに勅撰和歌

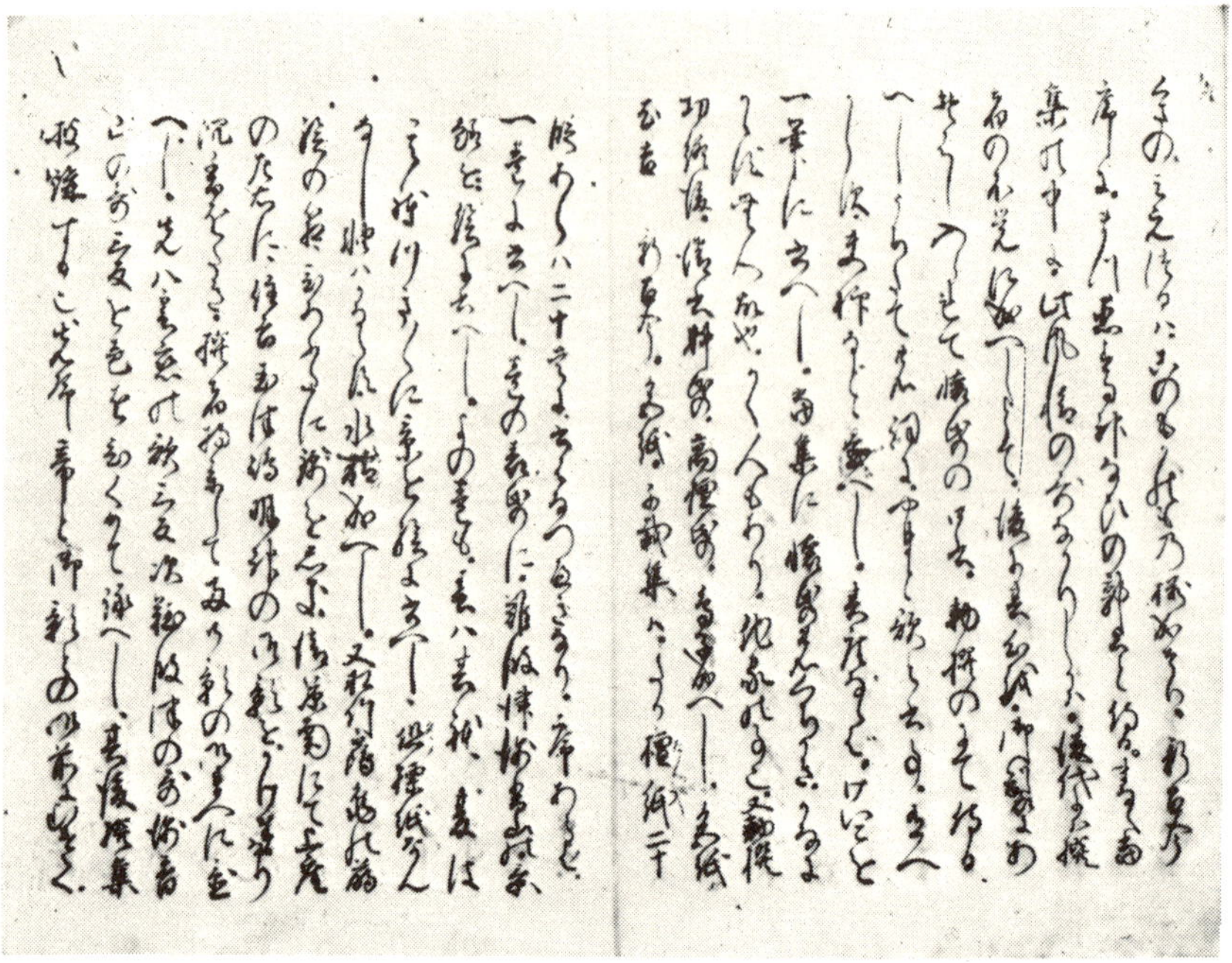

図版 46

集の場合は、奏覧本はかならず巻物仕立にしなければならなかった。『明月記』(藤原定家の日記)の文治四年(一一八八)四月二十二日に「入道殿(俊成)令参院、為勅撰集(千載集)奏覧也、日来自筆御清書、白色紙、紫檀軸貝鶴丸、羅表紙、紈紐、外題中務少輔伊経書之」、あるいは天福元年(一二三三)五月二十七日の条に「千載集正本廿巻、孝行於関東自武士手買取、」とあるのをみても、千載集の奏覧本は巻子本であったことがわかる。また『後宇多院勅撰口伝』によれば(図版46参照)、

又勅撰功修後、清書料紙、高檀紙鳥子成べし、色紙尤吉、新古今色紙、千載集はたか檀紙二十段あらば二十首に書はなつべきなり、序あらば一巻に書へし、巻の表紙に、難波津・浅香山の景趣を絵に書へし、よの巻も、春は其体、夏は其体、つぎ〳〵に景を絵に書へし、但《たゞの》標紙なんなし、軸はかならず水精成べし、

と、細かに奏覧本の様式故実を記している。

また、十三世紀末の成立といわれ、当時に現存していた国書四百九十三を分類目録した『本朝《ほんちょう》書籍《しょじゃく》目録《もくろく》』をみると、そのすべてが巻子本である。ただ、最末に「仮名」と分類して、

伊勢物語　二帖
大和物語　二巻
源氏物語　五十四帖
世継　四十巻

以下、「楽府和歌　二巻」にいたる、五十四部の散文作品をあげている。そのうち、引用したように『伊勢物語』と『源氏物語』のみが冊子形態であり、他はすべて巻子形態を念頭に置いて記述したものと思われる。さらに、現在まで伝わっている各時代の書籍をみてみると、公的なものの原本とみられるものは、そのほとんどが巻物仕立――巻子本である。

　このようにみてくると、翻読にはきわめて不便であるが、わが国に装幀が実施されて以来、巻子本が装幀の公式であり主流であったものとみてよいと思われる。勅撰和歌集の古写本の場合、撰進年次に近いと思われる書写で、もともとの巻子本であれば、奏覧本である可能性が大きい。ところが鎌倉時代写の『新古今集』以下の巻子本は少なくない。しかしながらこの巻子本は、かつて冊子本であったものを、のちに巻子本に改装したものがほとんどである。この改装の場合――厚漉きの鳥の子紙(雁皮繊維)に両面書写したものを、二枚にはがして行うケースがおおい――順序を間違えて巻子に仕立てた例も少なくないので、この点にも注意を要しよう。

　なお、冊子改装の巻子本は、たとえば前述のケースは列帖装であろうが、この場合は一枚の紙の幅が極端に狭くなる。また袋綴本の場合は、まま綴じ穴がみられるし、その箇所を切り落してあっても、紙の継目の所の行間

が不自然であり、紙幅が狭いなど、よくみれば誰にでも区別が出来ると思われる。

31 折本《おりほん》——帖

プリミティブに想定したように、巻子本の翻読の不便さから、これを折りたたんだ〝折本〟が考えられるのは自然であろう。中国ではすでに唐代から行われ、〝帖本《じょうほん》〟〝摺本《しょうほん》〟と呼ばれた。わが国ではいつ頃からかはわからないが、相当早い時期であろう。〝帖〟といわれ仏書や経典におおく、なかには巻子本からの改装もあり、装幀の段階を示している。仏書経典の折りはばは横十センチ前後であるが、中近世期の絵巻にまま見られる折本は三十センチ幅位のもある。表紙は前後に厚紙をつけるもの、裏表紙を延長して包み込む形態などがある。〝手鑑《てかがみ》〟〝習字の手本〟などはこの装幀であり、現在でもアルバムにままみうけられる（図版47参照）。

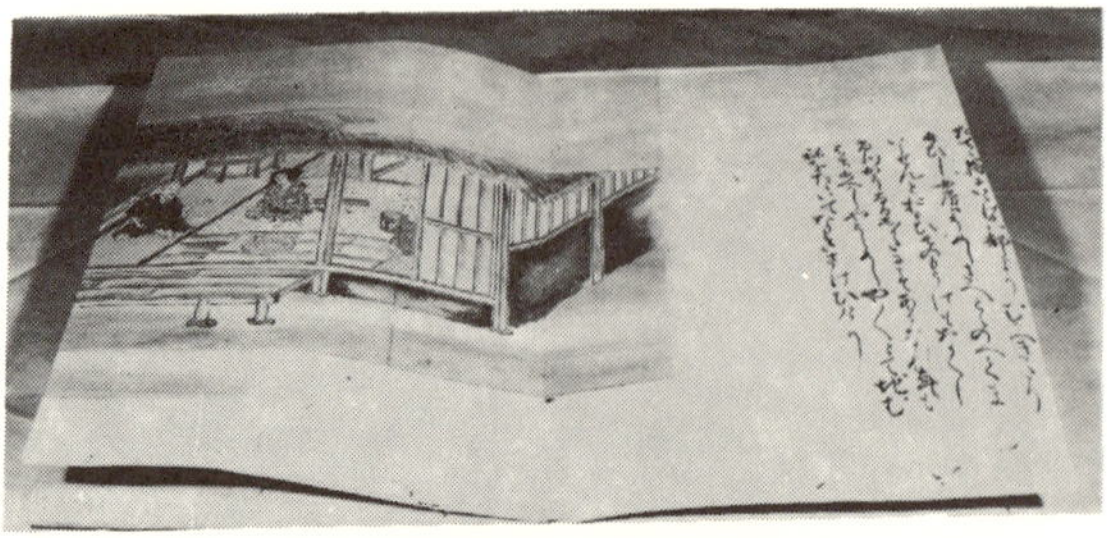

図版47－上・下

32 旋風葉《せんぷうよう》

巻物仕立(巻子本)から帖仕立(折本)が発生すれば、当然〝折本〟の本文がばらばらに翻展しないように、右端の背を糊で固定する装幀が考えられよう。これが〝旋風葉〟である。ところがこれには異説がある。長沢規矩也氏はその著『書誌学序説』において、中国の『読書敏求記』巻三所収の、

逐葉翻看展転至末、仍合為一巻、張邦基墨荘漫録云旋風葉者即此、

を引用され、〝旋風葉〟装とは、〝帖〟装のうち表紙が前後別々ではなく、一枚の表紙で前後および背を包んだものをいうとされている。たしかに字義から言えばこの通りである。しかしながら、装幀の段階的変化を予想すれば、当然〝帖〟装の背に糊づけすることは考えられる。また、この旋風葉の現存するものは少なく、かつもし背に糊づけしてあったとしても、数百年の間にはばらばらに離れ、糊の痕跡がうかがえる程度であろう。一応、書陵部蔵宋版『景文宋公集』等をこの装幀と認め、背に糊づけのあったものとして位置づけよう。旋風葉装は図版48のようである。

図版 48

以上の〝折本〟〝旋風葉〟は、装幀としては過渡的なものであった。わずかに折本の帖装が経典等のため後代にうけつがれ、用途にマッチしたため手鑑・手本等の装幀に使われた。しかしながら、巻子形態から冊子形態を生みだす過程を考えるときは、重要なポイントであったといえよう。

33 冊子《さつし》本《ぼん》、草子《そうし》ということ

〝冊子《さつし》〟は漢語すなわち古代中国の言葉である。〝冊《さく》〟はもともと国語の〝ふみ〟を意味し、転じて書物を数える単位の名称ともなった。〝冊子《さくし》〟という熟語の発生時点はわからないが、おそらく中国の唐末・宋初に、糊装の〝とじ本〟である「粘葉装《でっちょうそう》」がさかんにつくられてから、発生した熟語であろう。わが国において、はじめて文献にみられるのは、『日本紀略』の醍醐天皇延喜十九年（九一九、唐が亡んだ直後）である。すなわち、

十一月二日、詔以真言根本阿闍梨贈大僧正空海入唐求法諸文冊子卅帖、安置経蔵、

の記事である。これは百年以上前の九世紀はじめに(八〇六)、空海(弘法大師)が中国から持ち帰った仏教研究に関する〝冊子〟三十帖を、ながく保存するため、京都東寺(空海の開山した寺)の経蔵に安置せよとの勅命を下したことについての記事である。〝冊子《さくし》〟の文献上の初見であるが、これによると、冊子形態の書籍は、すでに九世紀のごくはじめに、我が国に渡来していたことがわかる。さいわいにして、この空海の『入唐求法諸文冊子』三十帖は、仁和寺に現存し、コロタイプ複製(図版49参照)もされている。有名な『三十帖策子《さんじゅうじょうさくし》』がこれであり、糊装の粘葉装としては、我が国最古のものである。

この〝冊子《さくし》〟は、『三十帖策子』にみられるように、音借して〝策子〟ともいわれた。ところが、男性の知識階級のあいだでは、冊子が普及したとおもわれる平安中期においても、『小右記』(小野宮右大臣藤原実資の日記)などをみると、

寛弘二年(一〇〇五)正月七日丙辰、経家朝臣来伝詔云、村上御時令筆削給年中行事節会巻可有御覧、只今可献者、件書三巻、書葉子一帖、即以献之

の記載がある。実資が一条天皇に、村上天皇御撰の『年中行事』を献上した記事であるが、その書籍は三巻からなっていたが、実資はこれを〝葉子〟一帖に書き写して、これを献上したと記されている。このほか同記の長和四年(一〇一五)四月十三日の、左衛門督教通家の火事による全焼を記した条にも、「又年中行事葉子二帖、韻抄二帖、同以焼亡」と書き記されている。また『御堂関白記』(御堂関白藤原道長の日記)にも、「参内、奉文集抄・扶桑集小葉子、是御手筥料也」(寛弘三年八月六日の条)と記されており、〝冊子〟と同義語で〝葉子〟というテクニカル・タームが使われていることがわかる。この〝葉子〟も古い中国の言葉で、〝葉〟とは、〝草木の葉〟の原義から転じて、紙・ふだを意味する字となり、さらには紙を数える単位の名称ともなった。従って〝葉子〟とは、漢籍に「古

書不以簡策縑帛、皆為巻軸、至唐始為葉子、今書冊也」とあるように、紙を一枚一枚綴りあわせた書籍の形態を意味した。〝とじ本〟は原義からいえば、〝冊子〟よりもむしろ〝葉子〟の方が妥当であろう。そこで漢文学の素養のある、道長・実資らの知識階級が、この言葉をつかったのであろう。

ところが、同時代の仮名文学の作品――いずれも女性が作者であるが――をみると、どれをみても、〝冊子〟に相当する言葉は〝さうし〟である。たとえば、『枕草子』(この名前自体が〝さうし〟であるが)の七十五段(日本古典文学大系本)の「ありがたきもの」の段に、

物語・集など書き写すに、本に墨つけぬ、よき草子などは、いみじう心して書けど、かならずこそきたなげになるめれ、

など、〝草子〟のあて字はともかくとして、〝さうし〟の名目で記されている。これは『枕草子』のみならず、『紫式部日記』『源氏物語』などを通じて、共通の表記法である。

余談になるが、この項を引用したのは、われわれの自戒のためである。清少納言がいうように、われわれが文庫・図書館などで写本(のみならず版本・活字本でも)を閲覧していると、たまたまインクのしみをみつけることがある。これは心ない閲覧者が、万年筆で本文を書き写したときについたものであろう。なかには墨とかインクによる指紋までついていることがある。図書、ことに写本・版本類をみるときの筆記具は、鉛筆を使うことが常識である。万年筆は勿論、すこしあたたまるとインクがにじみ出て、なかなか乾かないボールペンなどは絶対使用すべきではない。

ことに中古・中世にあっては、作品を鑑賞・研究する場合には、その作品を人から借りて、それを底本(『枕草子』にいう〝本〟)として、墨で書き写さなければならなかった。そこで清少納言の警告となったのであろう。見るだけでも度かさなれば、「いみじう心して」も、手ずれで書籍は汚れるものである。閲覧の場合、かならず手を

図版49

洗い、途中でもたびたびハンケチで手の脂をぬぐうぐらいの心がけはもってほしい。左側の丁(頁)をみるために、右側全体を折って下に入れてみるなどは、言語道断の態度である。古代から伝えられた文化財は、われわれの世代で損亡することなく、次の世代になるべく完全な姿で伝えるのが、われわれの義務であろう。

34　王朝の草子

さて、この〝さうし〟は、いうまでもなく冊子の音よみ〝さくし〟の音便による慣用であろう。『枕草子』以下の諸作品の、いろいろな写本には、これにあて字して冊子・草子・草紙・双紙・造紙など、同音の字により幾通りかに表記されているが、すべて同義である。ただし、もともとは〝とじ本〟〝とじふみ〟の意味であったと思われるが、たとえば、『源氏物語』玉鬘にみられるように(日本古典文学大系本三七三ページ、源氏の君の言葉の中で、歌評がみられる所)、

　よろづの草子・うた枕、よう案内知り、見つくして、その中の言葉を取り出づるに、詠みつきたる筋こそ、つよく変らざるべけれ、

と、一般的な歌書を意味する言葉に〝さうし〟が使われている。また初音の巻にも、末摘花の日常を叙述して(日本古典文学大系本三八四ページ)、

　仮名のよろづの草子の学問、心に入れたまはん人(末摘花)は、また、その願ひにしたがひ、物まめやかにはかゞ〳〵しきおきてにも、たゞ、心のねがひに従ひたるすまひなり、

と記している。この〝仮名のよろづの草子〟とは、末摘花の生活をのべた蓬生の巻によれば、「唐守・はこやの刀

自・かくや姫の物語」などの作り物語であり、もしくは古歌を「をかしきやうに撰り出で」た秀歌撰・歌書類であったと思われる。このようにして、十世紀末十一世紀はじめの頃には、〝さうし〟がさかんに造られ、かつはそれが一般的に仮名の書籍を意味する語となり、さらにいえば、物語・歌書類がおおく〝冊子仕立〟であったことが知られるのである。

このように、紫式部・清少納言などの女流が活躍した一条朝ころには、〝草子《そうし》〟仕立がさかんに造られ、かつは広く貴族社会に流布したことは、前述した『枕草子』・『源氏物語』の記述でわかると思われる。ところが、この草子仕立が、九世紀はじめにもたらされた空海の「三十帖策子」のような糊装の粘葉装(図版49参照)であったのか、それとも、すべてを糸で連接した列帖装《れつじょうそう》であったのかは、問題の残る点であろう。

現存する糸とじの列帖装の最古のものは、元永本『古今集』(図版50は同装幀のもの)であろう。この『古今集』は完本《かんぽん》(本文が全部完備している本)では最も古く、上巻の巻末に「元永三年(一一二〇)七月廿四日」と記してあるところから元永本『古今集』とよばれている。この装幀は十二世紀はじめのものであり、それ以前の列帖装については、今のところ発見できない。ところが、『枕草子』のうち、能因本のみにみられる本文であるが、「なまめかしきもの」の段に、

薄様の草子、むら濃の糸して、おかしくとぢたる、(三巻本はむら濃の糸以下がない)

とある。すなわち〝糸とじの草子〟の形態を示しているわけである。

また、『紫式部日記』にも注目すべき記述があるので引用してみよう。寛弘五年(一〇〇八)十一月の、彰子中宮が敦成親王の御五十日《いか》の儀(誕生して五十日目のお祝い)をおえ、内裏にお帰りになる準備をされていた時期である。中宮の後見であり父である道長からの贈り物について、つぎのように記されている。

よべの御おくり物、今朝ぞこまかに御覧ずる、御櫛の筥のうちの具ども、いひつくし見やらむかたもなし、

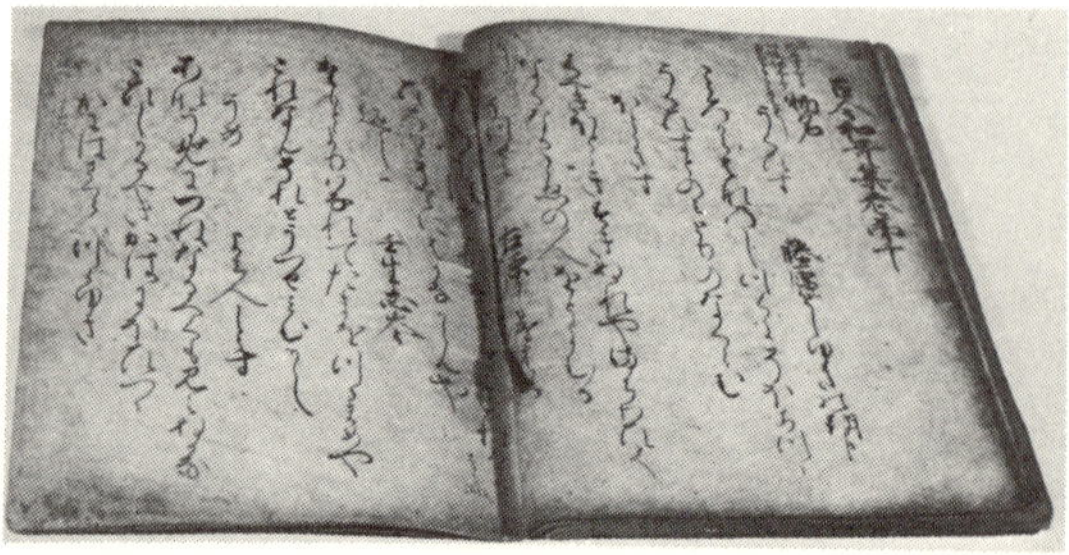

図版 50 −左・右

> 手筥一よろひ、かたつかたには白き色紙、つくりたる御草子ども、古今・後撰集・拾遺抄、その部どもは五帖につくりつつ、侍従の中納言と延幹と、おのおの冊子ひとつに、四巻をあてつつ、書かせ給へり、表紙は羅、紐おなじ唐の組、かけごの上に入れたり、下には能宣・元輔やうの、いにしへいまの歌よみどもの家々の集書きたり、延幹と近澄の君と書きたるはさるものにて、これはただけ近うもてつかはせ給ふべき、見しらぬものどもにしなせ給へる、いまめかしうさまことなり、

これによると、手筥の一つには、新しく書かれ製本された〝冊子〟類が入っていた。かけごの上の、「三代集」おのおの五帖（部立四巻を一帖にまとめて書く、いずれも二十巻）の計十五帖は、表紙は羅《ら》（薄く織った絹の布）で、〝とじ紐〟は、同じ薄絹であんだ唐風の組紐であったという。この三代集は、当時の名筆に書かせ、装幀も「さるものにて」とあるように、こったものであり、〝とじ紐〟が外側に見えていたことは記述で推量できると思われる。また、前述した枕草子の薄様の草子（うす漉きの鳥の子紙を綴じたもの）をとじた「むら濃の糸」は、清少納言が〝なまめかしきもの〟と、視覚的に感じたものであろうから、これも外側に見えていたものであろう。

以上のように、『枕草子』・『紫式部日記』にみられる冊子の〝糸とじ〟は、糸が視覚的にはっきり見られることがわかる。ところが、詳しくは後述するが、王朝時代から流行したといわれている糸とじの〝列帖装〟は、元永本『古今集』

の例にみられるように、冊子の各帖の見開き部分をあけない限りは（図版50左側参照）、とじ糸が外から見えないことを注意すべきであろう。この点から考えると、前述の『紫式部日記』の最末部は、興味をそそる記述である。この王朝時代の〝草子〟が、〝糊装〟であったのか、または〝糸とじ〟であったのかは、当時の具体的な〝草子造り〟から想定するほかはないであろう。

35 王朝の草子造り——目的・料紙・書写と綴じ

十一世紀初頭の貴族社会における——といっても主体は後宮生活集団であるが——具体的な〝草子造り〟は、『紫式部日記』に記されている。前述した道長よりの諸歌集の贈り物を記した箇所よりも前の記事で、同じく寛弘五年十一月はじめ、内裏還御準備のための〝草子造り〟を、中宮彰子のおいいつけでおこなう箇所である。

（内裏に）入らせ給ふべきことも近うなりぬれど、人々はうちつぎつつ心のどかならぬに、御前（彰子中宮）には、御草子つくりいとなませ給ふとて、明けたてば、まづむかひさぶらひて（御前に伺候して）、色々の紙選りととのへて、物語の本（源氏物語の原本）どもそへつつ、所々にふみ書きくばる（書写の依頼状を届ける）。かつは、（清書されてきた巻々を）綴ぢ集めしたたむるを役にて明かし暮らす、「何の子持ちか冷きにかかるわざはせさせ給ふ」と（中宮に）聞こえ給ふものから、（中宮が）よき薄様ども、筆・墨など持てまいり給ひつつ、御硯をさへ持てまゐり給へれば、（中宮が女房達に）とらせ給へるを、（女房達は）惜しみののしりて、もののくまにむかひさぶらひて、かゝるわざしいづとさいなむなれど、書くべき墨筆など給はせたり、

この記事は、中宮彰子が内裏後宮に帰られてからお読みになるための、『源氏物語』の写本造りであると思われる。その当時、現在のように五十四帖あったかどうかはわからないが、とにかく大部の物語である。従って、能筆の公卿・殿上人に書写を依頼し、また筆のたつ女房達も分担執筆するわけである。このような書写の仕方を〝寄《より》

合書《あいがき》〃と書誌的にはいわれている。

料紙のこと

まず、「色々の紙選りととのへて」（料紙の準備）が第一段階であろう。どうも実用としてだけではなく、身分の高い女性の使う〃草子〃は、数奇をこらしたらしく、紙も一種類ではなかったらしい。この段章にも「よき薄様ども」とあり、枕草子の一本にも（日本古典文学大系本三二五ページ）、「薄様の色紙は、白き、むらさき、赤き、刈安染、青きもよし」とあるように、色とりどりの薄様（鳥の子紙のうす漉き）を用いたものであろう。〃巻子本〃の場合も、数奇をこらしたものは「さまざまなる継紙の本ども、古き新しきとりいで給へる」（『源氏物語』梅枝）にみられるように、各種各色の継紙であったらしい。従って巻子本を継承した〃冊子〃の場合も、この意匠をうけついだものと思われる。この具体的な叙述としては、比喩ではあるが、『源氏物語』若菜上（日本古典文学大系本三〇七ページ）に、

袿姿にて立ち給へる人あり、階より西の二の間の東のそばなれば、まぎれ所なく、あらはに見入れらる。紅梅（紅梅襲、表が蘇芳色で裏が縹色）にやあらん、（その下に）濃き、薄き、すぎ〳〵に（いろいろな色の濃い色薄い色が次々と）、あまた重なりたる（衣の色の）けじめ、花やかに、草子のつま（小口）のやうに見えて…

と、袿姿の襟や裾の色目の重なり方の花やかさを、とじた草子の小口《こぐち》（書籍の背をのぞいた三方の端をいう）にたとえている。この色々の紙を重ね綴じた小口（草子の）の美しさは、当時の一般的な感覚であったらしく、『栄花物語』若枝の巻にも「衣のつま重なりてうち出したるは、色々の錦を枕の冊子（身辺に置く備忘帳）につくりて、うちおきたらんやうなり」と叙述されている。

以上のように、〃草子造り〃の料紙が、薄様だけに限られると、紙の表側だけに書写が可能であり、両面書きはまず不可能であろう。ところが『源氏物語』梅枝の、明石姫君のための、源氏の君の冊子執筆の項によると、

唐の紙の、いとすぐれたるに、草に書き給へる、「いとすぐれて、めでたし」と、見給ふに、高麗の紙の、はだこまかに、なごうなつかしきが、色など花やかならず、なまめきたるに、おほどかなる女手の…ここの紙屋の色紙の、色あい花やかなるに、みだれたる草の歌を、…

とある。すなわち、〝唐《から》の紙〟(中国産)・〝高麗《こま》の紙〟(朝鮮産)のような外国産の紙と、〝紙屋の色紙〟(図書寮の紙《かみ》屋《や》院《いん》で漉いた紙)をとりまぜて使ったらしい。〝唐の紙〟は前述したように、紙料(麻・竹等)の関係で薄様であろう。ところが、〝高麗の紙〟は、きめが細かく、柔軟で、色も花やかでなく上品な紙であったという。『源氏物語』梅枝にも「高麗の紙の、薄様だちたるが、せちになまめかしきを」と、薄様をとくに選びわけた叙述があるので、厚様もあったものと思われる。現存する経典類の高麗紙をみると、色は〝くるみ色〟で、厚手の雁皮紙系統の紙である。紙屋の色紙は、厚薄いずれにも漉けたはずである。こうみてくると、〝草子の料紙〟は、数奇をこらせばこらすほど、各国産の各種の紙、色とりどりの厚薄両様の紙を、とりまぜて使ったものと思われる。

書写と綴じ

『紫式部日記』によると、「色々の紙選りととのへて」それに書写する底本をそえて、人々の所へ依頼状とともに送りとどけると記している。紙を選ぶのはわかるが、その「ととのへ」方は記していない。ばらばらの紙なのか、折って一端をなにかでとめてあるのかも不詳である。書写の失敗を考慮すれば、ばらばらの方が親切であろうが、せめて一端をとじるなり、順序をわからせるような方法をとらないと、清書が完了してから「綴ぢ集めしたたむる」すなわち製本する場合に困ることになろう。ところが、『源氏物語』梅枝の巻の〝草子造り〟の叙述によると、名筆の古い草子のほかに、

まだ書かぬ冊子ども、つくり加へて、表紙・紐など、いみじくせさせ給ふ、「兵部卿宮、左衛門督などに物せん、みづからも一よろひは書くべし、…」と、われ(源氏の君)ぼめし給ふ、墨・筆ならびなく選りいでて、

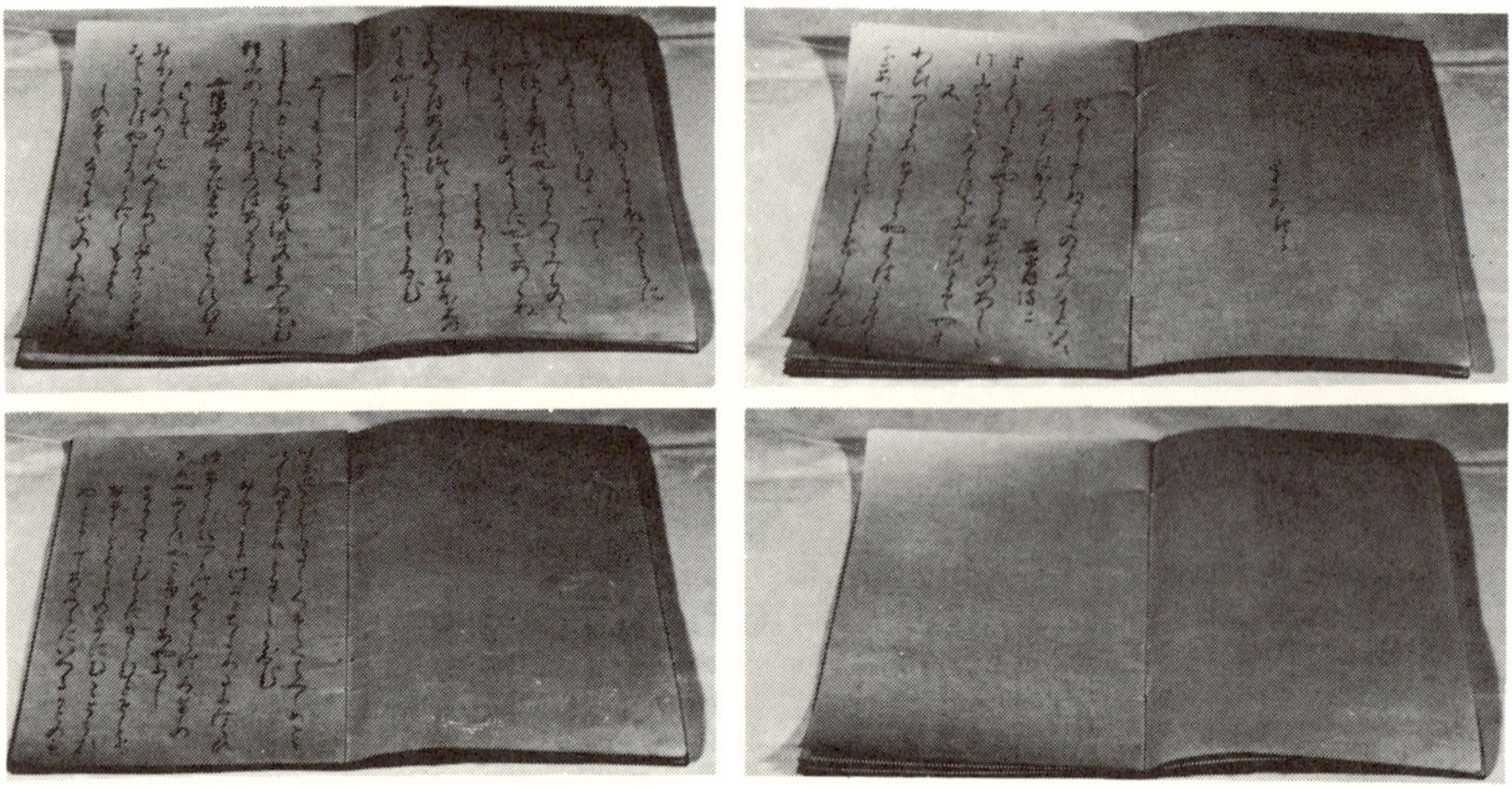

図版51－3・1
　　　4・2

例のところ〴〵に御消息あれば…

と、やはりおおくの人々に書写の依頼をしている。その場合は、表紙、紐などを美しく製本した未書写の〝冊子〟を新調し、これを渡して依頼したとある。この〝草子造り〟は、「やがて手本にもし給ふべき」と明記されているように、明石姫君の入内後の習字の手本としてが目的であった。『紫式部日記』の場合は、『源氏物語』を中宮の読本《よみぼん》として書写したのである。この目的の差が、未製本のまま書写を依頼するのと、製本済の冊子に書写させるのとの相違になったのかもしれない。いってみれば、『紫式部日記』の〝草子造り〟は本文中心であり、梅枝の巻の〝草子造り〟は筆跡・書風が中心であったのであろう。

また、未製本の選りととのえられた紙、あるいは製本済の草紙は、前述したように厚薄さまざまの、色とりどりの色紙の集成の場合がおおい。唐紙・紙屋紙の薄様などは、書写する場合は紙の表しか書けない。それに対して、厚様の紙は紙の両面に書けるわけである。従って、これらの料紙に書写する場合、片面書き(裏白)と両面書きがまじることになる。図版51の『時明集』(書陵部蔵)は平安期の写本の忠実な転写本であるが、厚薄いりまじった親本の書写形態をよくあらわしている。すなわち図版の右から、①の左葉は、②が見開き白紙の状態であるので、③の右葉とともに薄葉であったことを示し、④により③の左葉も薄様、④の左葉は裏に書写されているので厚様であったろうと推定される。

なお、料紙の色と書体・墨色の映りにも神経を使ったらしい。「白き・赤きなど、掲焉《けちえん》なる枚《ひら》(特にめだつ紙面)は、筆とりなほし、用意し給へるさまさへ」(『源氏物語』梅枝)の叙述がこれを示していよう。また、とくにこの期の書写態度は、いままでの引用諸文で知られるように、本文に忠実ということよりも、名筆・能筆本位であり、〝草子〟の外見・展読の状態そのものが、調度・生活と適合して、一つの美的世界を形成するよう意識して造本されていたと思われる。この点を、作品本文の批判をおこなう場合は留意すべきであろう。従って手本の場合は、書体は行・草いりみだれ、散らし書き、三行がき、あるいは葦手・歌絵・水手など、さまざまの技法を用いたことも『源氏物語』に記述されている。

また、前述した書写されていない、または書きつがれていく〝草子〟は、現在のノートブック、あるいは一綴りの原稿用紙のような用途で、相当使われたらしい。前述した『栄花物語』にみえる〝枕の草子〟もそれであろうし、『枕草子』のいわゆる跋文といわれている巻末の文章、

この草子、目に見え心に思ふ事を、人やは見んとすると思ひて、つれづれなる里居のほどに書き集めたるを、

…

の〝草子〟もこれであろう。さてこの草子は、おなじく『枕草子』(二七七段、日本古典文学大系本)に記されているように、「めでたき紙二十を包みて賜はせたり…まことに、この紙を草子に作りなどもてさわぐに」、紙の貴重な時代であったので、主人からの賜わり品、あるいは趣味にあわせて紙を選び造られたのであろう。これらの備

忘録的な草子が、

円融院の御時に、草子に歌ひとつ書けと殿上人におほせられければ（『枕草子』一三段）

をかしと思ふ歌を草子などに書きて置きたるに、…（『枕草子』三一〇段）

のように、日常の貴族生活の間に使われていたわけであり、それらの書きとめが、『源氏物語』となり、『枕草子』・『紫式部日記』をうんだのであろう。

このように王朝時代に、とくに〝仮名〟の書写にひろく使われた〝草子〟は、『枕草子』・『紫式部日記』・『源氏物語』等の叙述にしたがえば、視覚的にはつぎのように分けられる。

すなわち、①表紙の表側に綴じ糸ないし綴じ紐が見えるもの。②『紫式部日記』に見られる『源氏物語』の草子のように「綴ぢ集めしたたむる」で、糸とか紐とかが表に出ていないと思われるもの。③には前述した『紫式部日記』の、道長の中宮に対する贈物の草子にみられるもの等であろう。

③のうち、①の装幀である「三代集」に対して、手筥の下段にあった能宣・元輔などの家集の装幀が注意をひく。これらについての具体的な記述はないが、家集類は中宮の座右において、日常お使いになるものであるから、「見知らぬものどもにしなせ給へる、いまめかしうさまことなり」とある。奇な体裁の装幀で、現代風で様式が変わっているという、紫式部の観察が問題になろう。当然「三代集」の装幀とは変わっていたわけで、私は、この十一世紀初頭の現代風といわれた草子の綴じ方を糸とじの〝列帖装〟と推定したい。

また①の、『枕草子』の〝薄様の草子〟や、『紫式部日記』の〝三代集〟は、糊装の〝粘葉装〟の糊付けの部分（冊子の右端）に、数本あわせてよった糸とか、組紐とかで飾り綴じしたもの（後世のいわゆる大和《やまと》綴《とじ》）であろうと思われる。②の『紫式部日記』にみられる、『源氏物語』の写本造りの草子が、糊装の〝粘葉装〟であろう。

以上はすべて想定であるが、粘葉装は中世にいたるまで実用的に装幀されており、綴じ紐（糸）が表に出る装幀は列帖装ではあり得ないし、①②二者に対する当代風の綴じ方が当時あったとすれば、そのような想定も可能であると思われる。以上のように、糊か糸かを追求したのは、これにより紙の折り方、重ね方がことなり、本文混乱の場合の推定におおきな影響を及ぼすからである。

36 粘《でっ》葉《ちょう》装《そう》

前述したように、はじめての〝冊子本《さっしぼん》〟が粘葉装である。中国の唐時代に考案され、唐末・宋初（九世紀から十世紀）に流行した装幀法であったようだ。わが国にも、八世紀末から九世紀はじめごろには、遣唐使等によってもたらされたものと思われる。現に大同元年（八〇六）に、僧空海が唐からもちかえった「三十帖策子」は粘葉装である。この〝粘〟は〝黏〟の通字であり、ねばる・のり・つぐなどという意味をもつ。〝葉〟は前述したように、紙、を意味する。すなわち、字義からいっても、紙を糊で綴じた装幀という意味である。もともと粘・黏の音は〝デン・ネン〟であり、葉の〝エフ〟と熟して、デンエフが慣用されてデツエフ・デツテフと発音表記されたのであろう。通行かなづかいではデッチョウと表記される。

綴じ方は簡単である。中国書籍の製本でいうと、書写され、あるいは印刷された紙面を内側にして、紙をたてに真二つに折る。その折った紙の外側、すなわち中国産の紙は薄様であるから（片面書写・印刷）書写・印刷されてない方の、折り目にそって約一センチ幅ぐらいに糊づけをし、つぎつぎに重ねていくとこの装幀になる。表紙は、「三十帖策子」にみられるような帖装・旋風葉装のごとく裏表紙を左右に延長して、表で重ねあわせて紐をまわし結ぶものとか、背の部分をつつんで一枚の厚様紙で表・裏の表紙とするもの（書陵部蔵天治本『新撰字鏡』・『類聚名義抄』など）、あるいは、西本願寺本『三十六人集』のように、前後に表紙を糊でつけ、背の部分を別の裂（きれ）とか紙ではりつけたもの等がある。この粘葉装を展読すると、平面に開けられる見開き（一枚の紙の表）と、糊

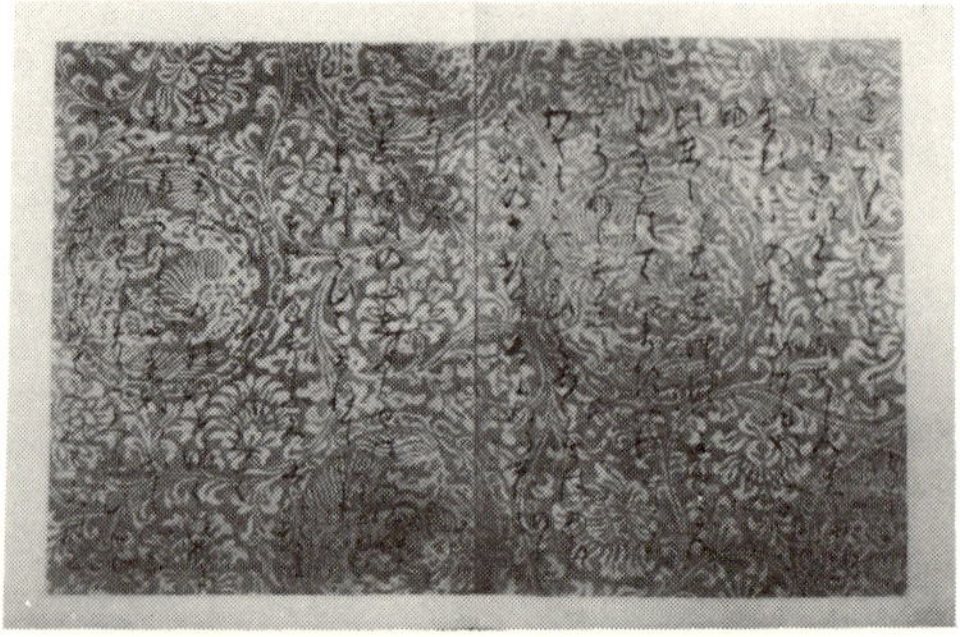

図版 52 −上・下

しろの部分約一センチ弱が見開きの中央にたち、左右のページが開かれる部分（紙の裏と裏とをはりあわせた箇所）とが交互にくりかえされるわけである（図版52参照）。

　これを中国の粘葉装でみると、平面の見開きの箇所、すなわち一枚の紙の表の部分に書写・印刷された本文があり、つぎの中央からつき出たつぎあわせた見開きの箇所は、両面とも白紙となるわけである（この白紙の部分が、〝折本〟〝旋風葉装〟の場合の裏に該当する）。従って、丁をくるごとに、書写・印刷面と、白紙の面とが、交互に出てくることになる。ところが国産の紙（紙屋紙など）は、原料の関係で厚薄両様に漉ける。高麗《こま》の紙（朝鮮産）も同じであった。前項の〝王朝の草子造り〟でのべたように、外国産・国産の厚薄色とりどりの紙を使って作品を書き、これを粘葉装に仕立てると、両面書写・片面書写があいまじり、ページをくっていくと、見開き書写の所、見開き白紙の所、右側白紙、左側白紙とバラエティーに富んだページ展開がくりひろげられる。その痕跡は前項の『時明集』の例で示したとおりである。ところが現存する天治本『新撰字鏡』・西本願寺本『三十六人集』（図版52はその複製本）・金沢本『万葉集』・元暦校本『万葉集』などは、すべて平安後期書写の粘葉装仕立であるが、両面書写の厚様紙に書かれ、白紙の部分は、文様部分のほかはない。

　このように〝粘葉装〟は、九世期ごくはじめにはわが国にもたらされ、冊子仕立のはじめとして、製本の

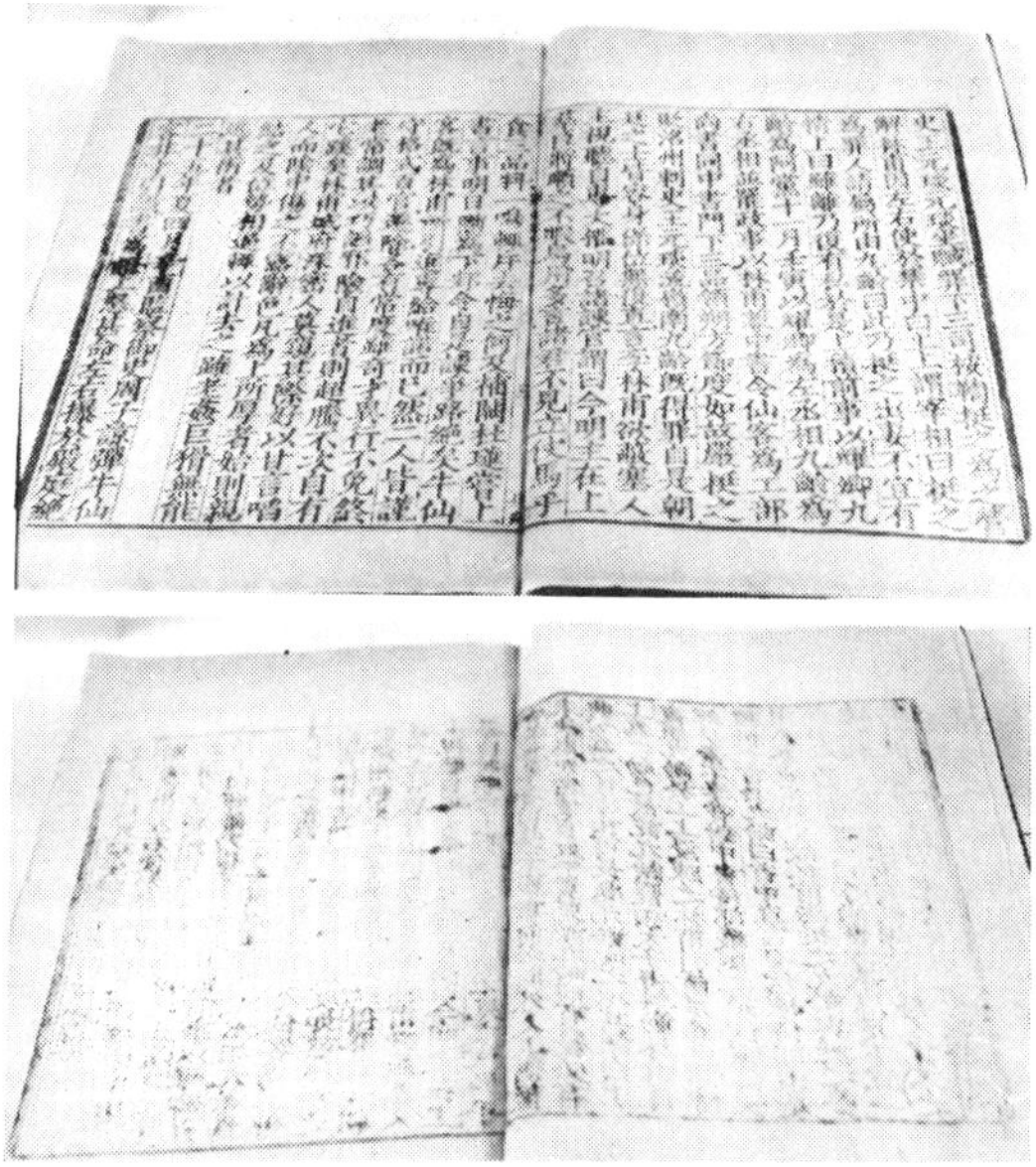

図版 53

簡易さもあって広く普及した。平安・鎌倉・室町の各時代を通じて、はじめは各分野の書籍に、のちには仏典、あるいは〝五山版《ござんばん》〟などの版本の装幀におおく使われた製本法である。

ところがこの粘葉装は、のべたとおり糊で各紙を連接する製本法である。この〝糊〟は、中国明《みん》時代の方以智の著作である『通雅』によると、普通の小麦粉を原料とする〝正麩糊《しょうふのり》〟とことなり、非常に堅固であると記している。他の漢籍『疑燿』によると、楮《こうぞ》の木の汁と、小麦の細かい粉末と、紫蘭の根の粉末とを調合して作ったもので、その糊は数百年を経ても脱落しないと記している。しかしながら現実的には、中国の宋・元版の粘葉装で、原装を保っているものはほとんどない。五山版の粘葉装でも、宋・元版とともに、今日ではほとんど〝袋綴〟に改装されてしまっている。この改装本は、版心部の裏(すなわち袋綴の折り目の内側)をよくみると、糊の痕跡部が一定の幅で変色していることで判定することができる。

ともかく我が国ではどのような糊を使ったのか、正確にはわからない。恐らく大豆・小麦粉系統のものであろう。この系統の糊の場合は、湿気にあうと連接部が離れることがおおい。また糊は紙魚《しみ》による虫害をうけやすく、ことに粘葉装の場合は、肝心の連接部が虫害でばらばらになる例がおおい。あわせて本文脱落・散佚の大きな原因をなしている。国語辞典のはじめとされている『類聚名義抄』の原形を残している図書寮本『類聚名義抄』は、判読不能の箇所あるいは本文が欠落している箇所がままある。その大部分は、この粘葉装の糊づけ部(のど)の虫害によるものであることでもその点はわかろう。

なお、前述の『通雅』によると、「粘葉、謂蝴蝶装」と記している。『通雅』だけではなく、『疑燿』巻五など、明代の漢籍によると、粘葉装は〝蝴蝶装〟と一般的に呼ばれていたようだ、これは、粘葉装を一枚づつあけていくと、ちょうど、胡蝶が羽根をひらいたようになるからであろう。とくに、連接部の両面白紙の部分は、中央にうきあがった部分をふくめて、白い胡蝶がとまっているような状態に見える。図版53はその状態で、数少ない原装形態を残す宋版粘葉装『通鑑記事本末』巻三十一(慶応大学斯道文庫蔵)である。慶応大学教授阿部隆一氏の御厚意により、特に掲載させていただいた。

37 列帖装《れつじょうそう》(綴葉装《てつちょうそう》)——一帖の紙数と大きさ・書き方・綴じ方

わが国独自の製本方法であり、しかも糸綴じの〝冊子本〟のはじめと思われる。35項において、『紫式部日記』の記事を引用し、能宣・元輔らの家集の装幀は、中宮彰子が日常手近に置いて使用するものであったので、伝統的な〝草子〟の綴じ方である粘葉装ではなく、その仕立を「見しらぬものどもにしなせ給へる、いまめかしうさまことなり」としたことを指摘した。すなわち当時(十一世紀初頭)において斬新で現代的な装幀こそ、この〝列帖装〟であろうと推定したわけである。

すなわち、現存最古の完全形態の列帖装と思われる元永本『古今集』(十二世紀はじめ)によると、数枚の紙を重ねて、それを縦に二つ折りにし(これを一帖と見よう。粘葉装は一枚づつ折る)、この幾折か(数帖を)を互いに糸で連接して(粘葉装は糊で)、表紙をつけ、一冊の冊子に仕立てる装幀法である。〝草子造り〟がさかんに行なわれた十世紀末・十一世紀はじめは、というよりもこの期をふくめて以後近世期にいたるまで、冊子本仕立は、糊装の粘葉装であろうと、糸とじの列帖装、袋綴あるいは大和綴であっても、すべてが〝草子《そうし》〟であって、装幀・製本上の区別したよび方はない。この列帖装も、山岸徳平博士が提唱されたテクニカル・タームであり、これとおなじ概念を規定する日本書誌学会の用語である綴葉装とともに、一般に周知固定はされていない。しかしながら、鎌倉時代の古写本以下、現存する『源氏物語』の写本類のほとんどがこの装幀であり、また勅撰集・歌書などをはじめ、室町期以前の物語・日記類の古写本も、大部分がこの製本法で現存している。これをみると、平安中期以降、かな文芸作品の書籍の、最もポピュラーな製本法であったと思われる。

この装幀は、料紙が厚様で紙の両面に書けることが可能であることを基本にしなければ、案出されなかったであろう。従って、中国では粘葉装からすぐに袋綴が考案され、わが国では粘葉装形態の屈折として、この製本様式が独創されたものと考えられよう。そこで、主として、室町・江戸期の完成・未完成（書きさし）の遺品（主として『源氏物語』）の形態から推定し、この装幀による書写・製本の過程を考えてみよう。

まず料紙は、斐紙（雁皮繊維）系の厚様すなわち〝鳥の子紙〟が普通である。

一帖（一折・一くくり）の紙数と大きさ

現存する列帖装の一帖の紙数は、三枚から一〇枚におよぶが、普通は五枚前後である（二つ折りにするから丁数にすると倍、ページ数では四倍となる）。この枚数は、針穴をあけるための物理的な自然数にも規制されようが、他にも二つの要因が考えられる。これは粘葉装にも通じていえることでもあろう。

①には35項でのべたように、王朝女性の袿姿《うちきすがた》が、つねに〝草子のつま（小口）〟を連想させるという、『源氏物語』若菜上・『栄花物語』若枝の叙述がこれである。この連想は、もともと草子の各種各色の料紙のとりあわせが、襲《かさね》の色目《いろめ》（袿の色あい）から出たことを示していよう。重袿《かさねうちき》の場合は、五衣《いつつぎぬ》に示されるように、五枚（五色）ないし七枚が普通であろう。〝襲の色目〟はそれぞれ表裏の色の配合によってきまるものであるから、五枚ないし七枚の

色紙を二つ折りにすれば、ちょうど袿姿の襟《えり》や裾《すそ》の色目の重なり方を想像させるわけである。たしかに王朝時代の〝草子造り〟には、この期全般についていえる生活の情趣化が、実用のすみずみにまでも行きとどいていることを感じる。こんなところから、五枚とか七枚とかが、列帖装の一帖(一折)の基準となったのではなかろうか。これらの染色紙のとりあわせによる、〝五色紙〟〝七色紙〟は各時代を通じて流行したらしく、現在、室町期・江戸期の列帖装写本類におおくの例をみることが出来る。カラー写真で例示できないのは残念であるが、色はほぼ青(緑・藍・縹)・赤(紅・桃)・黄・白・黒(紫)などがおおい。これは染色加工紙が、染料の関係で、黄色系・紅色系・藍色系の三系統にほぼ限られたことにもよろう。『枕草子』・『源氏物語』等をみると、平安時代には、赤・紅・紅梅・紫・縹《はなだ》・青鈍・青・空色・鈍色・緑・浅緑・檜皮《ひはだ》・黒など、濃淡厚薄さまざまの紙を、用途にしたがって愛用したことが記されている。

②には、料紙の漉紙全紙からの切り方に影響されると思われる。ふるくから、草子の大きさをあらわす言葉に〝四半《しはん》紙草子〟(『玉葉』、治承四年十二月二十七日条)あるいは〝六半葉子本〟〝八半本〟などがある これは王朝以来、粘葉装・列帖装をとわず、鳥の子紙の漉紙全紙を、四半分・六半分(たて二半、よこ三半)・八半分(たて二半・よこ四半)して裁断し、それぞれの紙を縦に二つ折りにした大きさの冊子(もちろん、化粧だちするので大分小さくなる)をいう名称である。西本願寺本『三十六人集』は〝四半の草子〟といわれているが、たて長の(二十センチ×十五・八センチ)粘葉装で、この大きさ(たては二十~二十五センチ、よこは十五~十八センチ)の草子がもっともおおい。ちなみに六半の草子(証本『源氏物語』・御物本『更級日記』など)は、四半草子のよこの長さを一辺としたほぼ正方形であるので、〝枡《ます》型本《がたほん》〟(枡は正方形)とよばれ、八半本は横長(たて十二センチ前後、よこ十六センチ前後)の冊子である。この四半草子の場合は、一枚の原紙から四枚とれ、六半のときは六枚となる。これが列帖装の一帖(一折)の紙数の基準となるものと、原則的には考えられる。

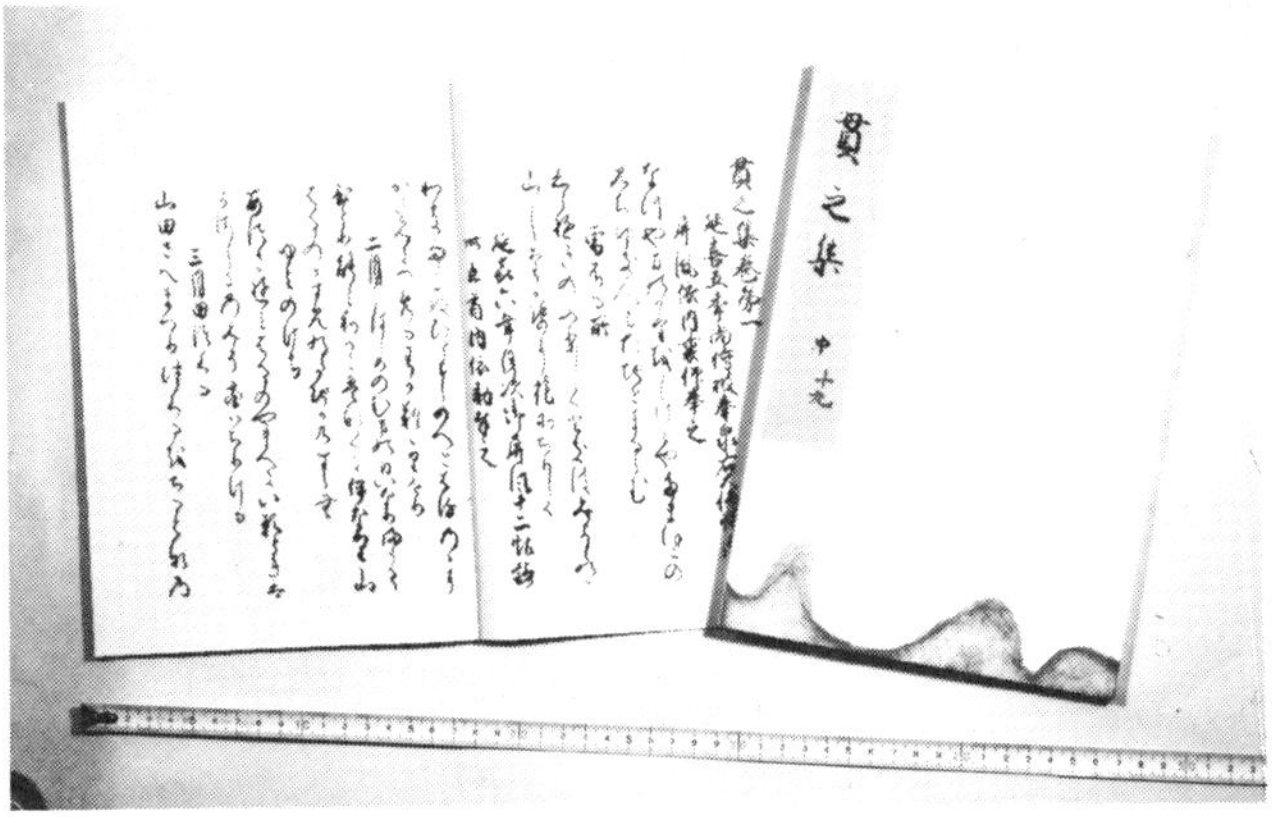

図版 54

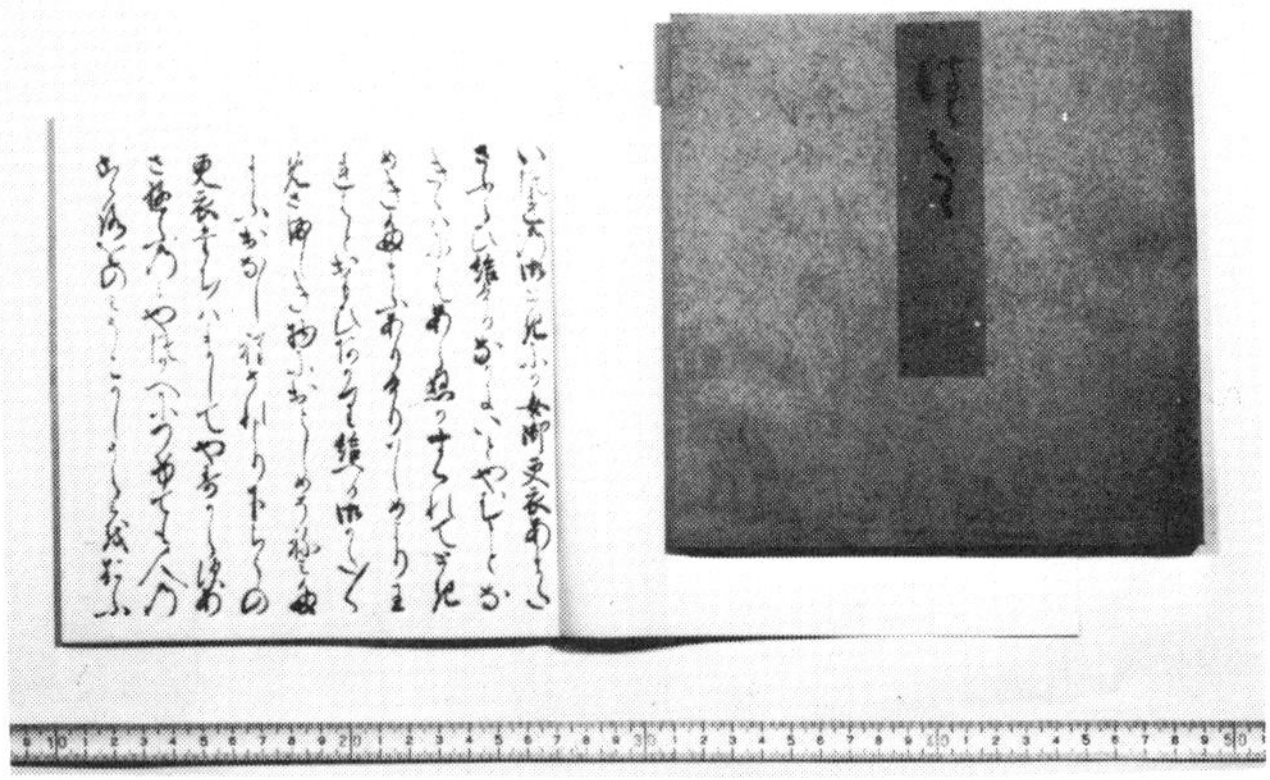

図版 55

これらの紙数が、一帖の枚数の基本的な数となったものと考えられるが、現実的にはこれを完全に裏づける遺品は少ない。たとえば、定家筆の御物本『更級日記』は十帖からなる六半の列帖装であるが、第九帖が六紙で他の九帖は五紙、ほぼ①の原則にあてはまるが、色変わりの紙ではない。また、量的に多い勅撰和歌集などは、十紙ないしはそれに近い紙数を一帖としている。しかしながら、この①②が無意識的に一帖の紙数の基準となり、これに書くべき作品の予想分量とがあいまって、一帖の紙数をきめたものであろう(図版54は〝四半の草子〟55は〝六半の草子〟)。

書き方

現在のノートブックとか、一綴りの原稿用紙のように、筆録のためにあらかじめ製本された〝まだ書かぬ草子ども〟もあったろうが、列帖装の場合は、簡単に増加できない装幀のため、書かれてから製本されたものと思わ

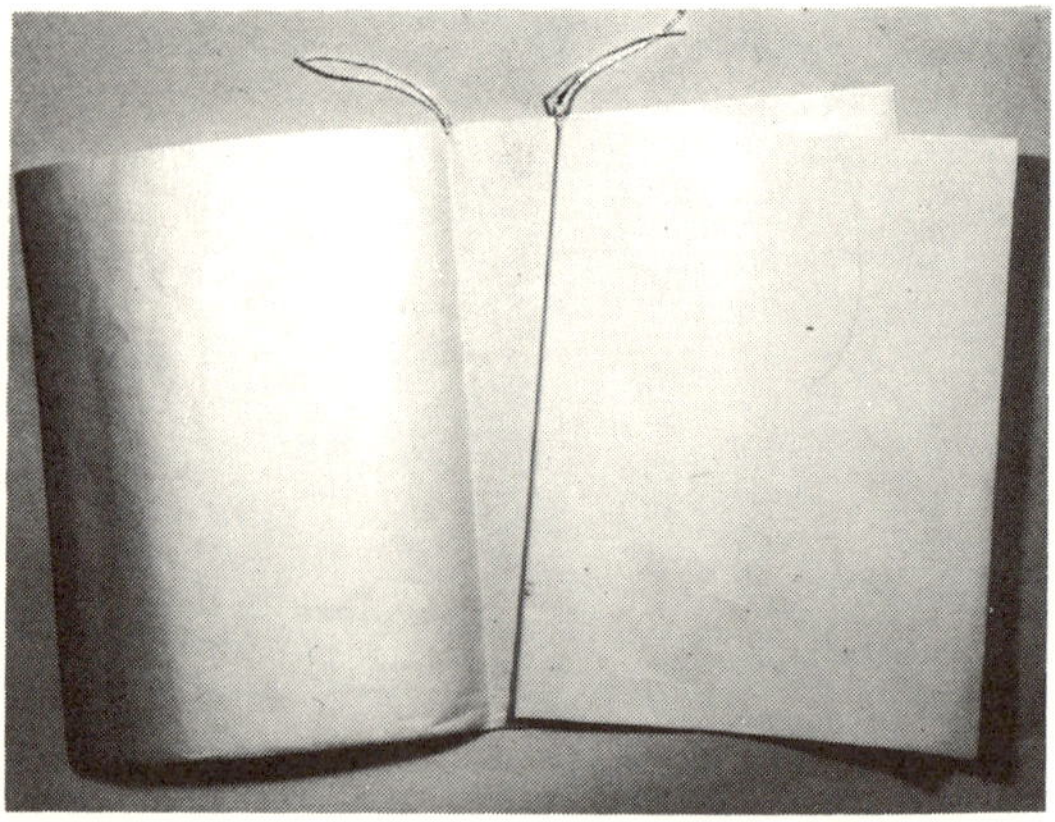

図版 56

れる（なお、おなじ製本法であるが、〝大福帳〟は多量の紙数を準備し、あらかじめ製本された）。まず、五、六枚の料紙を重ねて縦に二つ折りにし、折り目の上の箇所を糸でとめたもの（一帖・一折・一くくり図版56参照）を、作品の分量に従い、幾くくりか、あらかじめ準備する。さてそれが、原稿用紙に該当するわけであるが、最初の一くくり（第一帖）の書き方にすこし注意を要する。もちろんのこと右からの縦書きであるから、折り目を右にして書きはじめる。第一帖の最初の〝丁〟は、前表紙と見返し（表紙の裏にはる紙）のあいだに入る芯となるので書かない。ただし、この丁は装幀後は表にあらわれないので、作品名とか巻名とかを覚えのため記す場合がおおい。第二丁目も、〝遊び紙〟（遊紙）として書かない場合がおおい。第三丁目から書きはじめるわけであるが、この場合、二条家流（藤原定家の嫡流）の故実として、散文作品は紙の表側から（図版55参照）。和歌作品は裏側から（図版54参照）書きはじめている例がおおい。どのような装幀法でも通じる書き方であって、御手許に写本があったならば、『源氏物語』と『古今集』の書きはじめをくらべてみて下さい。ただし、平安・鎌倉初期の古写本にはこの原則は適用されないし、冷泉家流（定家の庶流）ではことなることもある。このようにして一丁の行数を、十行前後に一定させて書いていくわけである。現存写本の字間行間は非常に整然としている。おそらく紙面の大きさにあわせ、行数をきめ、行間を切りぬいた紙のわくでも使って書写したのであろう。書きおわると底本と校合する。巻末に小さく「一校了」とよくあるのはそのしるしである。最後の帖の最終の丁が、後表紙とその見返しの芯になることも、第一帖の場合とおなじである。この書かれた各帖の順序は、製本にそなえて、糸でかりにくくったそばに数字で書かれている場合が多い(この部分は製本の際化粧断ちされる)。

綴じ方

さて製本である。書きおわった各帖(くくり)を順序にそろえ、折り目をのぞく三方の小口を化粧断ちして、各帖を同じ大きさにそろえる。また、前後に紙なり裂(きれ)なりの表紙をつけ、見返しをはる。この見返しは、表紙とともに書籍の装飾となり、金銀泥で模様を書いたり、あるいは砂子散らし箔おきの美しい紙を使う場合が多い。表紙は第一帖および最終帖に少し折り込むようにつける。ここまで準備がととのうと、糸とじにかかるわけである。まず各帖を折り目から開き、折り目の所に糸をとおす穴をうがつ。穴は上部に二つ、下部に二つである。この二つの穴が綴じ方の単位となる。冊子の大きさにより、また時代により穴の位置は若干ずれるが、上部の穴をA・Bとし、下部の穴をC・D、これを六半の草子(枡型本)の例でみると、A・Dの穴は、上・下の小口から四センチ前後のところ、A・B間とC・D間は等間隔で約三センチぐらい、B・C間がもっとも長く五センチ前後ある。四半の草子の場合もA・B、C・Dの約三センチは変わらず、他の長さがそれぞれ長くなる。これは、A・B、C・Dの各二穴で糸を締める関係からであろう。三帖(三くくり)一綴りのもっとも簡単な列帖装を例として、具体的な綴じ方を説明しよう。

まず上部の二穴A・Bを第一帖から第三帖まで、それぞれAⅠ～AⅢ、BⅠ～BⅢとする。糸を二本なり三本なりあわせて針にとおす。針は最後の帖の穴からとおしはじめる。その針をAⅢ穴から通しても、BⅢ穴からはじめても結果としては同じであるが、現在はおおくBⅢ穴からはじめている。まず折り目の内側のBⅢ穴からとおした針は、そのまま第二帖のBⅡ穴にはいり、ここで折り目の内側のAⅡ穴にうつりそのままAⅠ穴に入れる。AⅠ穴から第一帖の折り目の内側でBⅠ穴にうつり、今度は順序を逆に第二帖のBⅡ穴からAⅡ穴、さらにAⅢ

図版57 列帖装の綴じ方

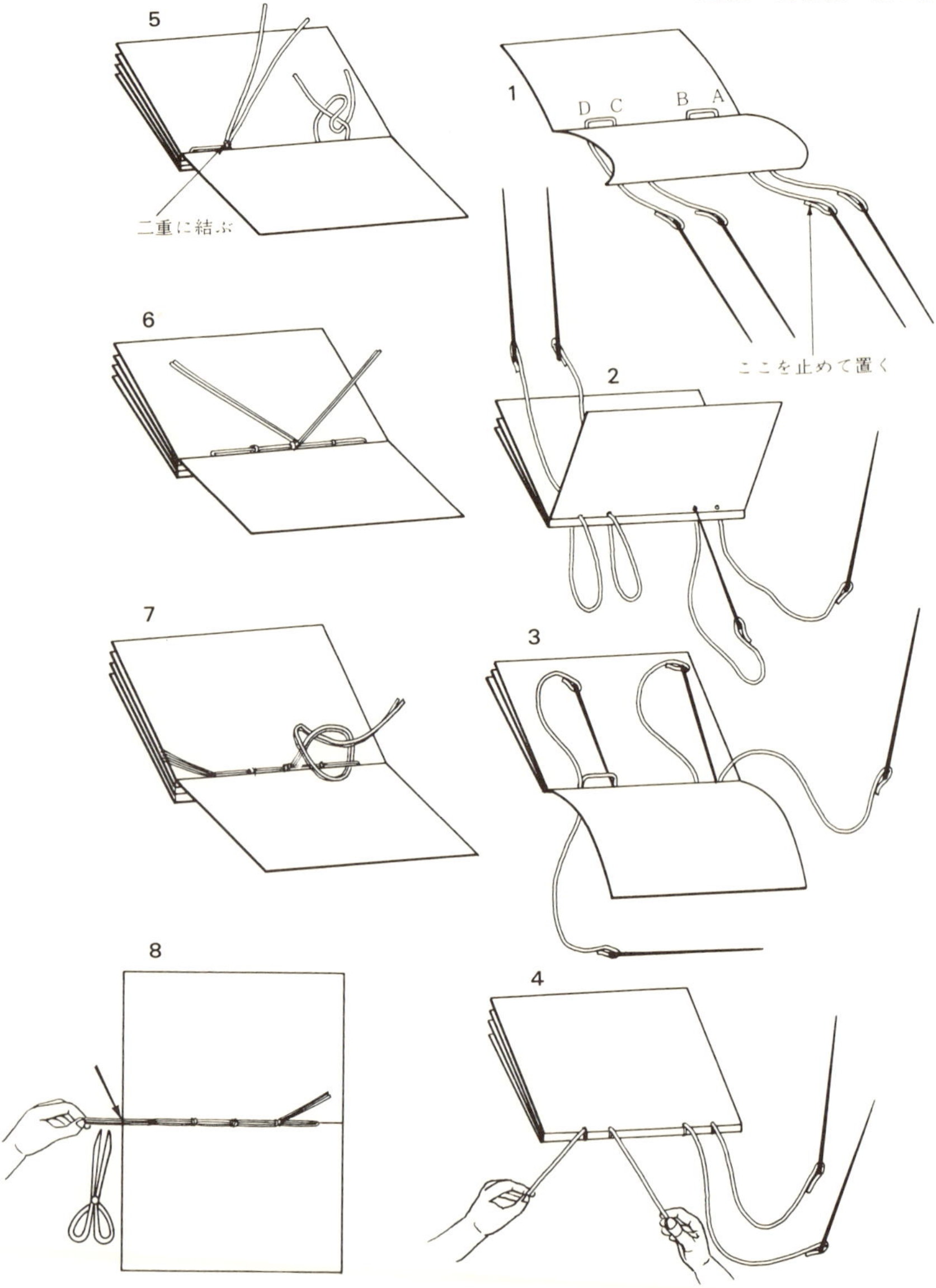

穴と糸が通り、第三帖にもどってくるわけである。ちょうど8字運動をくりかえして糸を綴じるわけで、糸は各帖の折り目の内側だけでA・B間をわたり（従ってこの場合は、AⅡ・BⅡ間――中間の帖――は二度とおる）、折り目の外側ではBⅢ・BⅡ、AⅡ・AⅠ、BⅠ・BⅡ、AⅡ・AⅢと糸がわたるだけで、綴じを締めれば外側からは糸は全く見えない。かくしてAⅢにもどってきた糸は、BⅢに残された糸と結ぶ（BⅢのところで）わけである。この場合、BⅢの糸もCⅢの糸も、ここで結ぶだけでないので十分の長さを用意しておく。CⅢ～CⅠ・DⅢ～DⅠの間でも同じ綴じがくりかえされ（A・B間とは連続しない）CⅢで結ぶ。BⅢ、CⅢでそれぞれ結ばれた糸を、さらにBⅢ・CⅢの中央で結ぶ。この中央で結ばれた糸を上・下にそれぞれのばし、BⅢとCⅢでさらに結び、上下の小口の内側でそろえて切る。

これで列帖装の綴じが完了したわけである。（図版57は現在の綴じ方）

『広辞苑』（岩波書店刊）第二版の〔綴葉装〕の項に、

和本の綴じ方の一、数枚の料紙を重ね合わせ、半分に折って一括りとし、数括りを重ね、前後に表紙を添えて糸でかがったもの。かがり糸の結びを多量に括りの中に残してあるのが普通。

とあるのが、この最終帖の糸の結びを示すわけである（以上は図版58・59参照）。

このように、列帖装は最終帖にかがり

図版 58

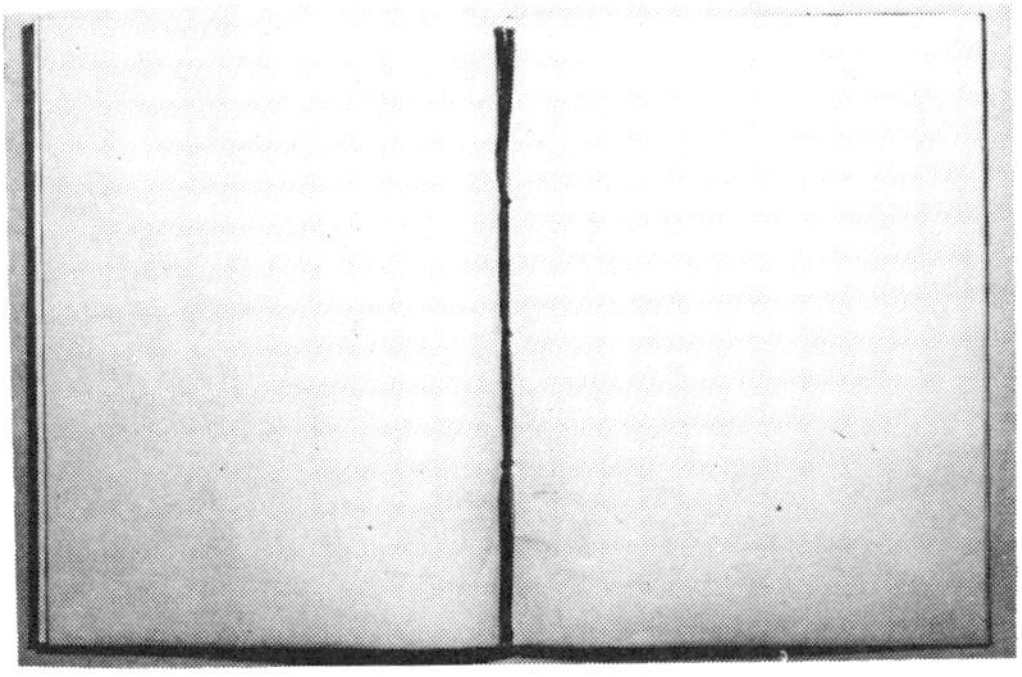
図版 59

糸の結びを残しているのが普通である。しかしながら、一綴りにすべき帖(一折)がおおい場合は、最終帖では綴り糸全般の締めがききにくい。このような場合は、中間の帖から綴じはじめて、前後を綴じて中間へかえり、そこで糸を締めて、綴じ糸の結びをつくる例もある。『源氏物語』若菜巻とか、勅撰集でも『後撰集』とか『新古今集』のように、本文内容の多量な作品の列帖装にはよく見られる製本である。

以上のように〃列帖装〃は、綴じ糸が二箇所にわかれ、さらにそれを一箇所で一かがりにしている。この点は糊装の〃粘葉装〃よりも、装幀は堅固である。しかしながら、更級日記の例にみたように、これも数百年を経るものではない。現存する鎌倉・室町期の列帖装にしても、原装そのままのものはほとんどなく、裂表紙の場合は大多数が消亡し、綴じ糸も何回か綴じ直された形跡を残すものがおおい。とくに列帖装の場合、各帖の順序と、各帖内の紙の順序とがからみあっている。これが糸切れ錯簡した場合は大混乱が生じるのであって、御物本『更級日記』のみならず、親本錯簡のものをそのまま書写した転写本も少なくなく、研究者をまどわしていることは既述のとおりである。なおこの装幀は、現在でも〃列帖装〃あるいは〃綴葉装〃、または人により〃大和綴〃ともいわれ、名称が固定しない。わずか十数年前までは、多くの人は誤用して〃胡蝶装〃とよんだ(筆者もその一人である)。これらの名義の混乱の詮索は本稿の目的ではないが、今日ですら混用されているので、41項で若干解説してみよう。

38 大和綴《やまととじ》

この名称は荒木田守武(室町末期の人)の『守武千句』のうち第六唐何に記されているが、どのような綴じ方かはっきりしない。また現在も、前述の〃列帖装〃のことをいう学者もいるし、諸橋轍次博士の『大漢和辞典』は、〃粘葉装〃を「大和とぢ」と説明している。これらの混乱は41項で調べることにして、文献的には、『枕草子』

図版60

・『源氏物語』に記されている（35項参照）組紐あるいは数本よりあわせた糸を綴じ糸とし、表紙の右端に綴じ糸があらわれる装幀、現存の書籍としては、蓬左文庫蔵河内本『源氏物語』のような体裁のものを〝大和綴〟とみることにしたい。この場合は、粘葉装・列帖装・袋綴の区分はなく、綴じられた上に表紙をつけ、表紙の右端から約一センチぐらい内側のところを、縦に穴を二つずつ上下にあけ、紐とか、数本の糸とかで飾り綴じをしたものである（図版60参照）。この装幀は近世・明治期の歌集などに意外におおい。

39　糸綴じ——線《せん》装《そう》への過程

わが国においては、厚漉きの斐紙系紙（鳥の子紙——ただしこの名称は鎌倉末頃から）が早くから漉造され、紙の表裏にわたる両面書写が奈良朝期から行なわれていた（正倉院文書の紙背文書——これは楮系紙が多いが——とか、延喜十二年の公文書の裏に、同十九年に大江朝綱が漢文作品を記した『紀家集』などがある）。この両面書写が可能の厚様紙が、自由につかえるわが国にあっては、糊装の冊子である〝粘葉装〟においても、36項でのべたように両面書写がおおかった。従って、この粘葉装を飾りとじしたいわゆる〝大和綴〟が、すでに十世紀後半にはつくられたのであろうし、この粘葉装と大和綴を屈折させて、新奇な当代風装幀として、糸とじの〝列帖装〟が、たいした苦労することなく案出されたのであろう。この列帖装が、わが国独自の綴じ方として、主として仮名文芸作品の装幀にあてられ、長く近世期まで伝えられたのであった。

ところが中国にあっては、薄様の、紙質のもろい紙に書かれ印刷されたため、紙の両面を使うことは不可能であった。そこで冊子とじは糊装の〝粘葉装(胡蝶装)〟にたよった。粘葉装の糊は、前述したように特殊の強化された糊であり、長年たっても剝落しないと伝えられている。しかし、現在つたわっている粘葉装の中国書籍(漢籍)で原装のものはきわめて少ない。これらのほとんどが線装(糸とじ)に改装されていることは、この案出された強化糊も数百年はもたなかったことを示している。しかも一度粘葉装に仕立てられ、薄様のため紙と紙との糊つぎしたあわせ目が破れると、書籍の形態が簡単にくずれ、また同時に書籍の糊で連接した部分(背)がこわれると、一枚一枚が散佚しやすくなる。残っていたにしても、一紙の中央の部分(版本では版心)が読みにくくなる。

我が国の厚様の粘葉装であっても、たとえば書陵部蔵の『類聚名義抄』『玉葉』(九条兼実の日記)などは、いずれも鎌倉初期の仕立であるが、背の部分が虫害・湿害でこわれ、入手した時はほぼ一枚一枚ばらばらの状態であった。これらは家の秘宝として、他に見せることなく、桐箱に入れて厳重に保存してあったから散佚しなかったもので、もし利用のおおい〝かな文芸作品〟であったならば、現在まで伝わらなかったかも知れない。我が国に伝来した中国の宋時代の印刷作品(宋版の漢籍)も、この運命はまぬがれ得ない。ただし貴重な書籍であるから、入紙して〝袋綴〟に、あるいは帖装などに改装して保存した。この改装本をみると、かならず版心部(糊付け部の表)のいたみのはげしいことに気がつく(図版61宋版『大平寰宇記』帖装に改装、版心部参照)。

そこで、外形とか表紙などは、一見して粘葉装とは変わらないが、紙の折り方がまったく逆の装幀法が考案された。すなわち、書写または印刷面を外側にして、たてに真二つに折って、それを順序にかさねていく。かさねおわったものをそろえて、粘葉装とは逆に、折り目の反対がわの所(折る前の紙でいえば左右のはし)に近い箇所を、上下二箇所ぐらい〝紙捻《こより》〟などで下とじする。この下とじした書籍に背をくるんで上下の表紙を糊ではりつける。この装幀、すなわち〝包背装(くるみ表紙)〟が粘葉装の欠を補って考案されたのであった。粘葉装にくら

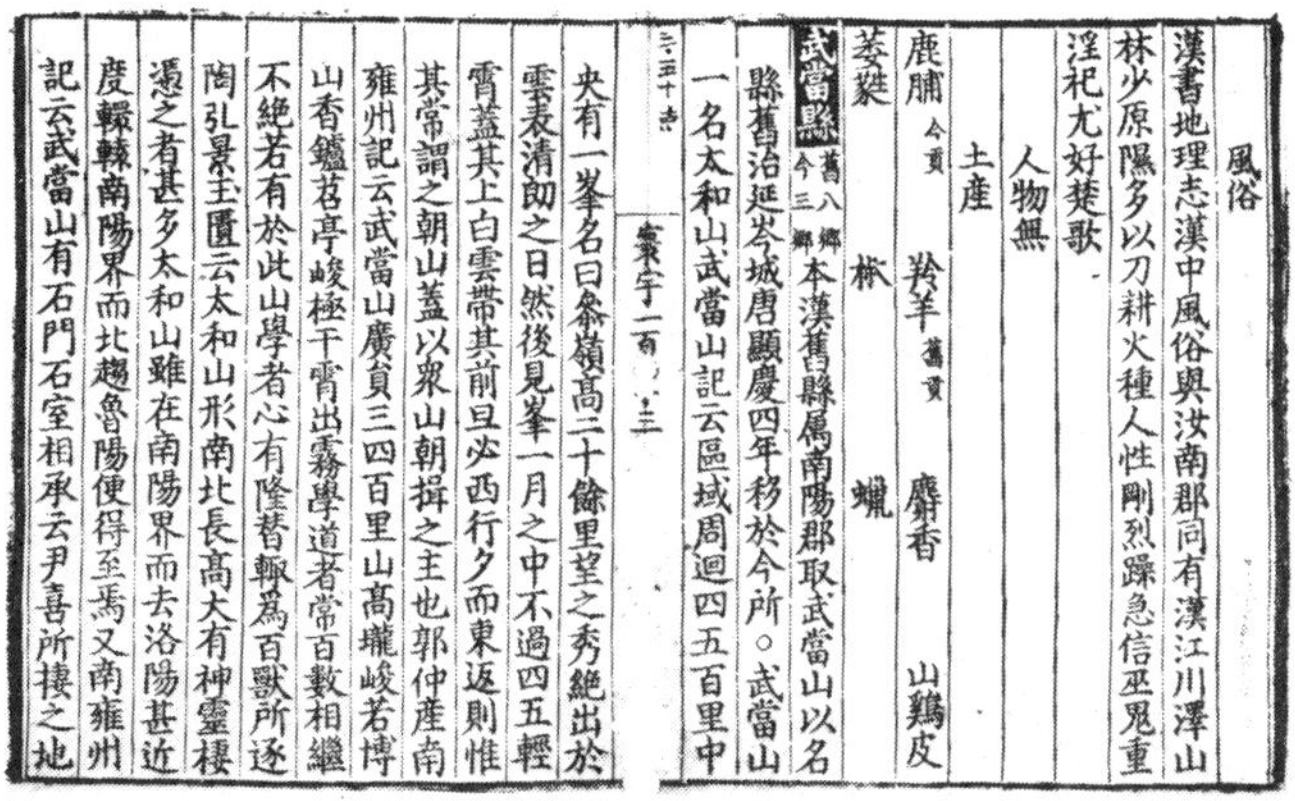

風俗
漢書地理志漢中風俗與汝南郡同有漢江川澤山
林少原隰多以刀耕火種人性剛烈躁急信巫鬼重
淫祀尤好楚歌
人物無
土産
鹿脯 今貢 羚羊 舊貢 麝香 山鷄皮
萎蕤 椒 蠟
武當縣 舊八鄉 今三鄉 本漢舊縣屬南陽郡取武當山以名
縣舊治延岑城唐顯慶四年移於今所。武當山
一名太和山武當山記云區域周迴四五百里中
央有一峯名曰參嶺高二十餘里望之秀絶出於
雲表清朗之日然後見峯一月之中不過四五輕
霄蓋其上白雲帶其前旦必西行夕而東返則惟
其常謂之朝山蓋以衆山朝揖之主也郭仲產南
雍州記云武當山廣員三四百里山高壠峻若博
山香鑪苕亭峻極干霄出雲霧學道者常百數相繼
不絶若有於此山學者心有隆替輙爲百獸所逐
陶弘景王匱云太和山形南北長高大有神靈棲
憑之者甚多太和山雖在南陽界而去洛陽甚近
度轘轅南陽界而北趨魯陽便得至焉又南雍州
記云武當山有石門石室相承云尹喜所棲之地

図版 61

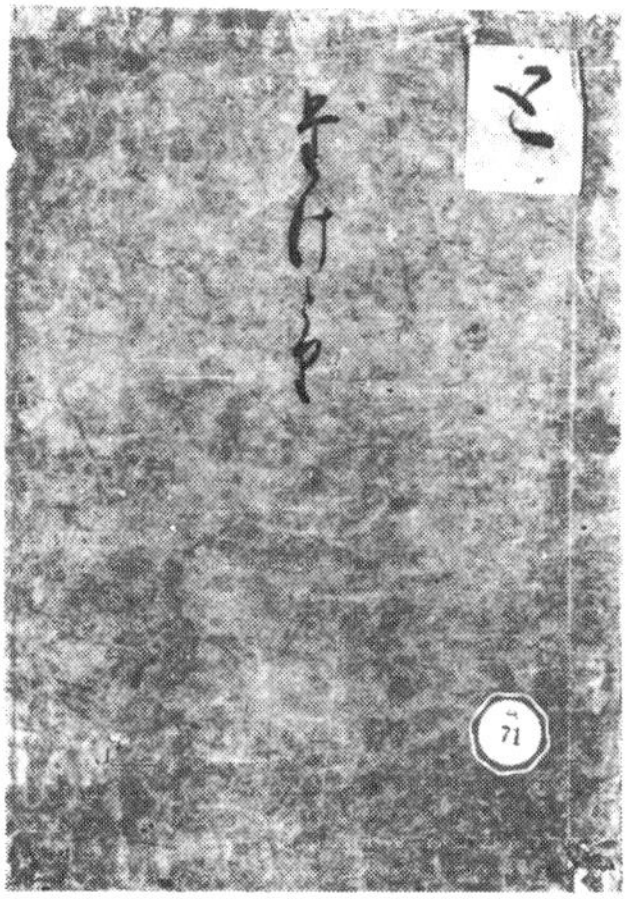

図版 63

図版 62

べて、形態的には折り目が外側に出て、一紙一紙底ぬけの袋状となり、糊は表紙をつけるだけで、紙と紙の連綴には〝こより〟などを使った点がおおきく相違する。この下とじで装幀は非常に強化され、糊の使用が少ないことで虫害からもまぬがれることになる(図版62「下とじ」および図版63「包背装」参照)。この包背装《ほうはいそう》は、中国の元《げん》時代(十四世紀はじめ)ころからはじまったといわれるが、実物としては明《みん》時代(十四世紀後半頃)の版本・写本にみられている。

明の時代も万暦期(十六世紀末)以後になると、下とじの上に、上下に表紙をあて、表紙の上からさらに糸でとじるという〝線装〟(わが国の袋綴)が一般的となった。この線装は、粘葉装・包背装のように、書籍の背の部分がいたむことが少ない。また、〝下とじ〟と〝糸とじ〟とで製本的には強化されるし、糸がきれても改装が簡単であるという長所がある。このため、それ以前の粘葉装・包背装の書籍も、おおくこの装幀に改装されたらしい。しかしながら欠点もある。それは下とじの穴、糸とじの穴と、書籍の〝のど(背)〟に近い部分に穴がおおくあけられ、改装・合冊をくりかえすと、この部分がこわれやすいことであろう。

40 袋綴《ふくろとじ》(和装・和綴《わとじ》)——紙釘装・くるみ表紙・糸綴じ

中国の明《みん》万暦期に流行した〝線装《せんそう》〟〝線訂《せんてい》〟とよばれた糸とじの装幀法は、たちまち我が国に伝わった。〝唐閉《からとじ》(綴)〟と称せられた〝袋綴〟がこれである。もっとも、袋綴は平安末期からあったという説もある。あったとすれば、前述の下とじに類する仮とじの袋綴であろう。この古形の袋綴を連想させるものに、藤原清輔(一一〇四～一一七七)著の歌学書『袋草紙』がある。その下巻(遺篇・和歌合次第)の巻頭に、

嚢字四義籠(袋の字に四つの意味がある)
一者其形嚢也　一者智嚢也
一者物納嚢随身也　一者多僻事故虚言袋之義也
縦法花之妙字中如無量之義籠
和歌旧儒藤原在判(清輔)

と、清輔みずからが袋草紙の袋の意義を記している。このうち、第一の「其形嚢《ふくろ》也」は、この草子の形態をいったとみてよいだろう。そうみてくると、糸とじではないにしても、折り目が外側にでて、底ぬけの袋のような形をした一紙一紙を、紙か何かで綴じあわせた装幀は、中国のまねをしなくとも、当然考えられるわけである。

紙釘装《していそう》(図版64・65参照)

これが糸とじ以前にあったという意味ではない。しかし仮とじ形式の袋綴とともに、その前段階にあっても不思議ではない装幀法であろう。とじ料の部分に穴を何箇所かあけ、その穴に〝こより〟か何か太目のものを通す。上下を若干はみ出させて切り、その箇所を堅いものでたたけば、はみ出た部分がひろがり表紙に固着して(糊をつければ一番よい)綴じが固定するわけである。これは紙数の少ない小冊子には適しているし、袋綴でなくても出来る。図版64は室町期写の『鈴木三郎重家物語』で鳥の子紙袋綴の小本(12cm×8.5cm)であり、穴は四つある。また安南版本の『大越史記全書』(図版65参照)もこの綴じ方で、二十九センチ×十七センチの大きさであるが、上下の小口から三センチぐらいの所に各一つと、書籍の中央に一つ穴をあけ、こよりで通してたたき、その上に厚様表紙をはってある。いずこも発想はおなじといえよう。

くるみ表紙(図版63参照)

室町時代にさかんにつくられた装幀法である。中国の〝包背装《ほうはいそう》〟とおなじであり、おそらくこれの影響であろう。下とじした冊子(図版62参照)を、脊を中心にして前後の表紙でくるみ込むわけである(図版63参照)。この装幀は、袋綴以外でも可能であるが、袋綴がおおい。

図版 64

図版 65

図版66

図版67

図版63は、近世期寛文・元禄ごろ書かれた『竹取物語』である。また、この変形として、表紙は前後にわかれてはりつけるが、それ以前に、背を別の紙なり裂（きれ）なりで包む装幀もある（図版66、室町期写『新古今和歌集』）。このように室町期から近世期、また明治に入ってもみられる装幀法であったが、糸とじに改装されたものもおおいと思われる。

糸とじ（図版67・68参照）

いわゆる普通に〝袋綴〟といわれているもので、室町中期以降に書写された古典作品にはこの装幀がおおい。とくに近世期に入ると、一部の飾り本・嫁《よめ》入《い》り本（八代集・二十一代集、『源氏物語』以下の物語類がおおく、これらは列帖装がほとんど）をのぞくと、大多数はこの装幀である。普通みられるのは、下とじにした袋綴に、その大きさに従って、あらかじめ準備された表紙を前後にあてる。その表紙と中身を通して、右の片側の端（勿論、折り目と反対側）に適当な間隔をおき、目打ちで四つの穴をうがつ。図版67はそれであるが、穴を上から**A**（うらの穴を**a**とする。以下同じ）・**B**・**C**・**D**とする。上下の小口と**A**、**D**との間はせまく、**A**・**B**、**B**・**C**、**C**・**D**間の間隔は等分なのが一般的である。

綴じ方は、まず糸の末に結び目をつくり、**C**・**c**間の背から本体を通して**c**に針を入れ、背をまわして**C**に入

図版68 袋綴の綴じ方

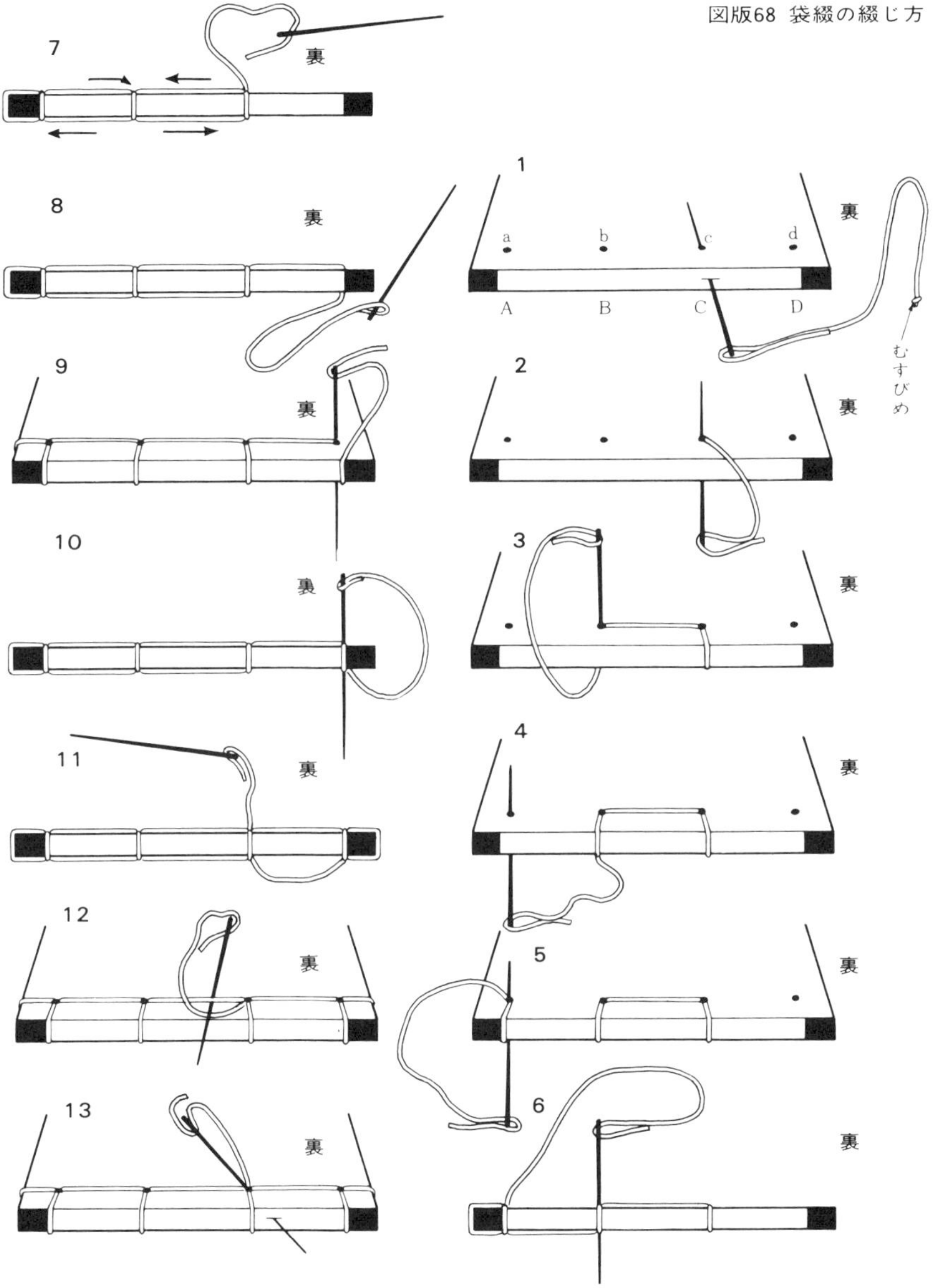

れる（cC間に背をまわって糸がかかる）。Cからcに針をとおし、bに入れ（cb間に糸が通る）、Bにぬけた針をまわしてふたたびbに入れ、Bにもどったものを Aに入れる。aから背をまわしてA、aから上小口をまわしてA（a）、a↓b（B）、B↓C（c）、c↓d（D）と糸をはこび、Dから背をまわしてd（D）、Dから下小口をまわしてd（D）、D↓C（c）と、四穴間と背四箇所・上下小口の外側を一巡して糸とじが完結する。このcの箇所で糸をむすべば、袋綴の糸とじが完了するわけである（図版68参照）。この糸とじ（糸は綴じ本の縦の長さの約三倍を必要とする）がおわると、下とじした冊子の第一紙を前表紙に、最終紙を後表紙にはりつけ、〃見返し〃とするわけである。従って下とじの冊子は、最少限度前後に一枚ずつは白紙をとじ込む必要がある。

この四穴による綴じ方をわが国では〃四つ目綴じ〃といい、中国では〃四《し》針《しん》眼《がん》訂《てい》法《ほう》〃という。なお、漢籍（中国の書籍）ではAと書籍の上かどの中間、Dと下かどの中間にそれぞれ一穴をあけ（Ⓐ、Ⓓとすると）、A・Ⓐ、D・Ⓓ間と背・小口にかけて、Y字形の糸をかける〃六針眼訂法〃がある。漢籍の場合は、この六針眼訂法を〃康熙《こうき》綴《とじ》〃、四針眼訂法を〃明朝綴《みんちょうとじ》〃と、わが国では通称している（いずれも和綴本にくらべて縦長であるのが特徴）が、呼び方の根拠はうすい。室町期から近世初期にかけて、美濃判もしくはそれ以上の大型の袋綴本には、五穴の装幀法がおおく見られる（図版69参照）。朝鮮の書籍（たて長の大型本がおおい）によく見られる装幀で、これを〃朝鮮綴〃と通称している。

この綴じ方は、穴をA・B・C・D・Eとすれば、〃四つ目綴じ〃とおなじく、まん中のcからはじまり、またcにもどって完結すればよい。このように、表面は糸とじであるが、その基礎は紙（こより等）による下とじで保たれていることは、〃紙釘装〃―〃くるみ表紙〃―〃糸とじ〃と段階的にみてきたとおりである。この、こより等による下とじにより、作品本文の書かれた各紙の編綴は格段に強化されたといえよう。正倉院御物の今日における伝存状況を例にするまでもなく、植物性繊維による紙は動物性繊維による裂（きれ）・糸の類よりはるかに強い。

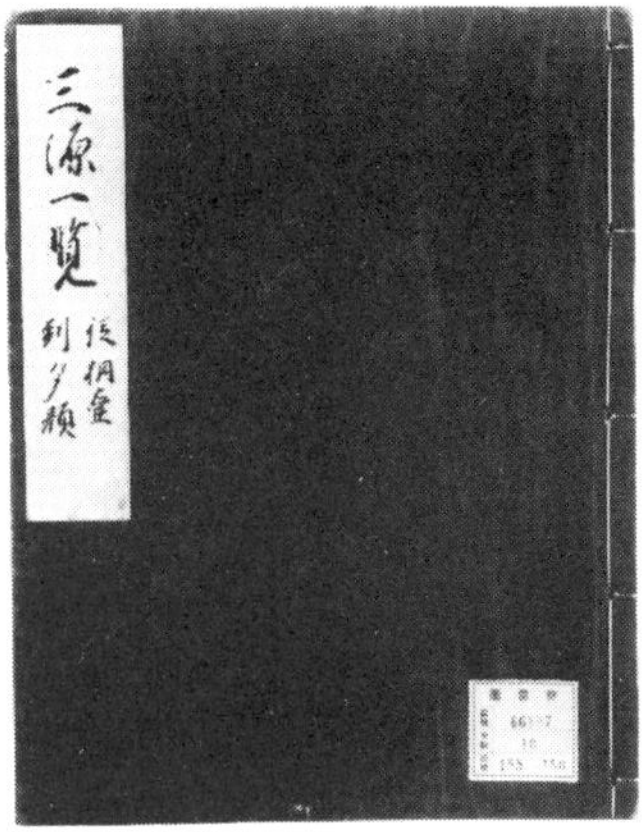

図版 69

図版 70

奈良時代の紙は、今日なお使用に堪えるが、裂・糸の類は室町時代のそれでも使用に堪えないことを知るべきであろう。紙は、火気と水気によわいが、耐用年限はきわめて長い。下とじのため、袋綴は、最も強化された冊子本となったといいえよう。

なお、粘葉装・列帖装の冊子本を主として、その大きさをあらわす名称に四半草子・六半草子・八半草子などがあったことは37項でのべた。〝袋綴〟の冊子を主としても、既述の一枚の紙の大きさを基準とした名称がある。すなわち、美濃紙二つ折りのものを〝美濃《みの》(判)本《ぼん》〟、それ以上大きいものを、〝大本《おおほん》〟、美濃本の半分のものを〝中本《ちゅうほん》〟、半紙二つ折りのものを〝半(判)紙本〟半紙本の半分以下のものを〝小本《こほん》〟、それより小さいものを〝豆本《まめほん》〟あるいは〝袖珍本《しゅうちんほん》〟〝懐中本《ふところほん》〟という。横綴じのものを〝横本《よこほん》〟というが、このうち美濃紙(または半紙)の二分の一・三分の一・四分の一のものを、それぞれ〝二切本《ふたつぎりぼん》〟〝三切《みつぎり》本〟〝四切《よつぎり》本〟という。すべて現在の書籍が、**A**判・**B**判の用紙に則して、**A**5判とか**B**6判とかよばれるのとおなじよび方である。

41　粘葉装・胡蝶装《こちょうそう》・列帖装・大和綴、名称混乱の実状

〝巻子本〟と〝冊子本〟との区別が生じた王朝期以来、巻子本は巻物あるいは近世にいたって巻本であり、冊

子本は単に〝さうし〟と称せられて近世期に至った。既述のように、〝さうし〟のなかには、粘葉装あり、列帖装あるいは室町中期以降の袋綴も含まれるわけである。わずかにこの間に、装幀区分を明示した用語としては〝車《くるま》草子〟（くるみ表紙か）があるにすぎない。これに対して、わが国の製本法の親もとである中国においては、〝胡蝶装（粘葉装）〟〝線装（線訂）〟などと、冊子（葉子）形態の綴じ方を区別している。この両者の相違が、ようやく書籍の装幀について関心がはらわれはじめた近世中・末期にいたり、諸学者のさまざまな解説となり、現在にいたるまでの名称の混乱をおこさせたものと考えられる。

もっとも混乱している一つの例としては、〝胡蝶装〟と〝列帖装〟がある。胡蝶装（粘葉装）は明《みん》以来のきわめて純粋な中国の称呼であり、また中国で発明された、はじめての冊子装幀様式である。列帖装（糸とじの草子）はわが国独自の製本型態であり、冊子本としては同一であるが、前者は糊とじであり、後者は糸とじである。このように、きわだたしい相違がありながら、現在なお混淆されているのである。諸橋轍次博士の『大漢和辞典』（昭和四十二年七月、縮写版第一版）によると、胡蝶装の項目はなく、これとおなじ装幀である粘葉について（巻八、米部5画）、

　書物の装幀の一。紙の折目を糊づけにして重ね、外から表紙を以て包んだもの。デッテフはデンエフの急呼。
　大和とぢ。

と解説している。綴じ方は正確であるが、これを大和とぢとし、さらに同辞典の〔大和《やまと》綴《とじ》〕の項をみると（巻一、大部）、

　書物・帳簿等の綴方の一種。紙を中央から折り、其の折目に孔を穿ち、糸を貫いて綴ぢる綴方。又、このやうに綴ぢたもの。胡蝶装・粘葉の総称。

とある。この説明では綴じ方の具体的な点はわからないが（列帖装に近い）、両者を総合すると、袋綴のように折

り目を外側にださず、折り目が内側にあるものは、糊装と糸とじとを問わず、そのすべてを、粘葉装・胡蝶装・大和とじ(列帖装)とし、しかも〝大和とぢ〟をこれらの総称としていることがわかる。事実、列帖装を胡蝶装と誤用している例はおおく、私の所属する宮内庁書陵部においても、約二十年前まではそう通称してきた(『図書寮典籍解題』四冊、『桂宮本叢書』二十三巻など)し、専門の辞典でも新訂新版された春名好重氏の『古筆大辞典』(昭和五四年一二月)は、いまだに列帖装(綴葉装)に対して胡蝶装の名称を使用している。また、各文庫・図書館における、これらについてのテクニカル・タームは実にさまざまである。

その原因と経過については、田中敬氏の『粘葉考(胡蝶装と大和綴)』(一冊、昭和七年)に詳説されている。その要をぬくと、これらの混乱の原因は、近世末期の考証学者岡本保孝が、その著『難波江』に「藤井貞幹ノ好古小録雑考第二十二下ニ粘葉ハ蝴蝶装也トアルハワロシ」と反対したことにあるという。これをうけて、明治期の鉱物学者・書史学者である和田維四郎が、胡蝶装と大和綴とを混同し、粘葉装を全くこれからひきはなした。この岡本・和田説が、明治以来刊行された、百科辞典、辞書類にうけつがれて現在に至っているわけである。

前述した大漢和辞典の記述もそれであり、現在、百科項目入りの辞書で広くつかわれている『広辞苑』(岩波書店版)をみても、一版(昭和三十年五月初刷)の〝胡蝶装〟では、和本の綴じ方の一とはじめに説明し、〝大和綴〟では曖昧な説明と、説明にあわない図版を出し、最後に「即ち胡蝶綴・粘葉の総称。結綴。」と結んでいる。二版(昭和四十四年五月初刷)にいたって、はじめてこれらが訂正された。なお、『広辞苑』は、本書の列帖装に相当する項目については〝綴葉装〟として一版からかかげ、大和綴と区分してあるのはすぐれている。この綴葉装の名目は日本書誌学会の用語に従ったのであろう。

以上は本書とは直接関係はないが、用語の混乱は理解のさまたげになろうし、また辞書の誤りを指摘することにより、学生諸君に、辞書でさえも必ずしも正確とは限らないという事実をも知ってほしかったからである(ゼミなどで、論拠や解釈の誤りを指摘しても、辞書とか参考書にでていることを強調し、当方の指摘をむしろ不当と考えているようなケースをまま経験する)。

42 表紙、書名

表紙(標紙とも書かれる)は、作品のかかれた本体を保護するため、つけられたものである。従ってはじめは、巻子本にしても、冊子本にしても、本文の共紙《ともがみ》を一枚余分に前後にあてるという程度であったのであろう(貫之自筆の『土左日記』がそうであったという。9項参照)。ところが、その保護を強化するために、厚紙とか裂《きれ》をはって表紙としたり、また装幀の上では、書籍のもっとも外側に露われるため、装飾にも意をもちいるようになった。

とくに生活の情趣化を重んじた王朝期にあっては、『源氏物語』(絵合)の諸例にみられるように、

かう絵どもあつめらるときゝ給て、権中納言、いと心をつくして、軸・表紙・紐のかざり、いよ〳〵とゝのへ給ふ、

と、巻子絵巻の例ではあるが、外装に意をつくす様を叙述している。このため〝布《ぬの》表紙〟(裂《きれ》表紙)の材料も、錦・繍・羅・緞子など各種にわたっている。有名な平安末期につくられた『西本願寺本三十六人集』は羅《うすもの》表紙であり、近世期の歌書・物語などには緞子《どんす》表紙がつかわれる場合もおおかった(図版70参照)。

これらの布表紙は、実用としてよりも、むしろ飾《かざ》り本(贈り本・嫁入り本)として作られることがおおかったと思われる。布表紙、とくに羅表紙については、『徒然草』(八二段)の、

「羅の表紙は、とく損ずるはわびしき」と人のいひしに、頓阿が、「羅は上下はづれ、螺鈿の軸は、貝落ちて後こそいみじけれ」と申侍りしこそ、心まさりて覚えしか、

をみれば、すぐ上下の部分がすり切れて、全体がほつれてくることがわかる。
また〝紙表紙〟は、ふつう薄様の鳥の子紙を加工（染色・文様等）し、それに裏打ち補強して用いるが、なかには、布目・水玉・墨流し・打曇りなど、漉きかけで文様をだした厚様の鳥の子紙を使うこともおおい。冊子本の紙表紙について、概括的にいうと、鎌倉期から近世初期までは、色表紙であっても無地のものがおおく、近世初期からは、いろいろの文様表紙（漉き・染め・押し）がみられるようになった。

この表紙に、普通、作品内容をあらわす〝書名〟が標題として書かれる。この場合、表紙に直接墨で書く〝直《じか》書《か》き〟（図版63・64・67参照）と、小短冊形の紙に書名を書いて、はりつける場合（図版66・69・70参照）とがある。前者の書名を〝外題《げだい》〟といい、後者を〝題簽《だいせん》（箋）〟といって区別している。この外題ないし題簽の位置も、37項でのべた本文の書きはじめと同じように、二条流の故実がある。すなわち、物語など散文作品の場合は、書名は表紙の中央上に（図版63・64・67参照）、和歌の作品は左上に（図版66・70参照）書くということである。近世中期以降、国学者の古典研究がさかんになると、この定式もくずれるようになった。

なお、表紙にかかれた書名と、作品内容とが、正しく一致しない例が少なくないので注意を要しよう。時には全く異なる作品名が書名とされていたり、また内容の類似から、類似作品の書名を誤記することもある。とくに巻序の場合は、製本後書名を書くために誤りがおおい。『枕草子』三巻本一類の陽明文庫本、書陵部本が、上を中とし、中を上としていることは有名である。

七、古典作品の本文異同 I ——編集過程における異同

43 作品の本文形成（なぜ本文の異同がおこるのか）

ある作家の一つの作品は、定稿となり印刷されれば、その本文《ほんもん》は一つに固定され、原則としてゆれうごくものではない。しかしながら、現存作家の一つの作品を、初版本（単行本）・全集本・文庫本と、各版別にこまかく比較してみると、漢字かなの表記のちがい、あるいは叙述の訂正もいくらかみられることも時にはある（この場合、戦前の作品を当用漢字・現代かなづかいに改変したものは、除外して）。

さらには、近頃はやりの古書展へいってみると、作家の自筆原稿（印刷原稿）が高値で即売されているが、それをみると、消したり、書き入れたり、それをまた訂正したりして、定稿になるまでの創作過程が原稿用紙一面に示されている。この一枚の原稿用紙が、恐らく初稿から再稿、三稿などをへて定稿にいたるまでをかねそなえているわけであろう。几帳面な作家であれば、一つの作品について、草稿・定稿の原稿、印刷のゲラ刷の各校、初版本、その誤説を訂正した書入れ本などを、一括して保存しているかも知れない。このように、作品の本文は、創作の過程において相当の相違があることが普通である。しかしながら近代文芸作品においては、定稿（印刷された作品）以前の段階のもの、すなわち、作者の草稿本ないしは途中段階の原稿が、一般に流布することはほとんどない。

このように、近代の文芸作品の場合は、作家の創作過程の意識を追求するなどの研究は別として、普通に作品を鑑賞し享受するときは、定稿の印刷された作品によっている。従って作品本文の異同（誤植とか、各版による訂

正は別)について考慮することはほとんどないといえよう。

ところが古典作品の場合は、これと非常にことなるケースの方がおおい。そこで、古典作品の本文が、なぜ現在われわれがみるように、本文の異同(相異)がおおいのか、ここであらためて考えてみたいと思う。

第一には単純な享受の際におこる。現在の作品享受は、印刷された本文を読むことにはじまる。しかしながら、近世以前の場合は、少数の版本による享受のほかは、その作品を自分で書写しなければ享受できなかった。その場合、そのもとにした本文が必ずしも簡単に読みとけるとは限らない。『土左日記』を例としても、作者紀貫之自筆本による享受という、稀有の幸運にめぐりあいながらも、博学の藤原定家・為家の父子にしても「不読解事少々在之」(読みとけない所が少しあります)、また三条西実隆も「古代仮名猶科蚪」(古代のかなはおたまじゃくしのようで読みにくい)と嘆いていた。もとにする本文が読みにくければ、各人は自分の学識にしたがい、正しいと判断した字をあてて、読みとき書写するほかはない。その結果、いずれもが貫之自筆本をもとにした土左日記でありながら、定家筆本・為家本・実隆本・宗綱本のそれぞれが、本文に相当の相異ができたことは、5項以下に述べたとおりである。

このようにして、いわば作者書きおろしの作品原本を享受する場合でも、享受者の作品に対する態度・個人の学識の差によって、ことなる享受のしかた——異なる本文の読解がなされるわけである。もとにした本文(底本)を「一字不違」(一字もちがえず)厳密に書写しても、写本の字のわきに「本ノマヽ」「マヽ」とよく注記されているように、読めない字は少なくなかったらしい。これを享受する人の判断で読んでしまうと、他の享受者と異なる本文がうまれることになる。これらの作業が、いくつかの本文をもとにして、数百年間も反復されるわけであるから、本文の多少の異同は、むしろ必然的といってもよいのであろう。いわば、作品享受のはじめにおかされる、誤写・誤読・誤脱の類である。

第二には、これに重なり、単純享受から本文に疑問を生じ、意識的な本文研究によって生ずる異同であろう。現在、『源氏物語』の本文を大別すると、青表紙本系統・河内本系統・別本系統にわかれるといわれている。このうち、現存伝本の大部分をしめている〝青表紙本系統〟のもとは、藤原定家が十三世紀前半に校訂して、家の証本とした源氏物語であり、〝河内本系統〟とは、河内守源親行が、ほぼ定家と同じころ校訂した源氏物語がその源流である。ほぼ同時代に研究校訂がおこなわれた源氏物語の本文であるが、青表紙本系と河内本系とは、非常に本文の異同があり、同一本文から派生した物語とは思えない位の享受の差がみられる。これは、定家・親行の主としてもととした祖本本文の違いもあろうが、二人の研究視点の相違によって生じた源氏物語本文の異同ということができよう。このような各人の研究視点の相違のみではない。たとえば『後撰和歌集』の定家本の場合をみてみよう。後撰集の定家本は、無年号本(書写年号の記されていない定家本)から承久三年五月書写本↓貞応元年七月書写本↓貞応元年九月書写本↓貞応二年九月書写本↓寛喜元年四月書写本↓天福二年三月書写本↓嘉禎二年十一月書写本と、年次をおって本文に変化がみられている。この変化は、定家の後撰集本文研究の進行と成果を段階的に示すものであり、ことに最後の嘉禎二年奥書本は、行成筆後撰集本文の研究導入によって、従来の定家本本文を大幅に改訂したといわれている。このように、作品本文に対する研究視点の相違、研究過程の成果の差が、本文の異同をうんでいる。

以上の二つの場合は、作者をはなれた所でおこる本文異同の原因である。それ以上に本質的な原因は、作品の成立過程においてうまれる本文の異同であろう。近代作家の場合は、印刷された作品以外は流布しにくいから、この問題はあまりおこらない。しかしながら『紫式部日記』によると、

局に、物語の本どもとりにやりて隠しおきたるを、御前にあるほどに、やをらおはしまいて、あさらせ給ひて、みな内侍の督の殿に奉り給ひてけり、よろしう書きかへたりしは、みなひき失ひて、心もとなき名をぞ

とり侍りけむかし、

紫式部が、自分の局《つぼね》に隠して置いた『源氏物語』の草稿本を、中宮の御前に祗候していた留守に道長に持ちさられ、内侍督に献上されてしまったいきさつを記している。「よろしう書きかへ」た定稿本のほか、草稿本もこれから流布するわけであり、当然、本文の異なる『源氏物語』が二者ともに世間に流布されるわけである。この成立過程による本文の相違も、紫式部日記にみられる、『源氏物語』の草稿本と定稿本のように簡単に区別できるものとは限らない。それは、ことに平安時代の作品享受には、現在では考えられないほどの、作品への密接なふれあい、または特殊な作品享受の方法をとらざるを得ない事情があったからである。このことについては別項で記したい。(56項参照)

44 編集された作品

『源氏物語』とか、『枕草子』などの散文作品で、しかも一人の作者の手になるものは、35王朝の草子づくりの項でのべたように〝まだ書かぬ草子〟(現在のノート・原稿用紙の綴りに相当)に、想をねっては書きとめかきつぎ(草稿本)、のちに推敲し補訂して「よろしう書きかへ」た(定稿本・清書本)ものを世間に発表したのであろう。少なくとも作者は、途中の段階の作品を人眼にさらしたいとは思わなかったであろう。それすらも、無理に人手に渡された例は、『源氏物語』について前述したように紫式部自身が日記にかきとどめている。ところが『枕草子』の場合をみると、その現存する本文形態は、〝雑纂形態〟(章段が雑多に排列されている形、三巻本と伝能因所持本がこれに属する)と〝類纂形態〟(同じ種類の章段がまとめて集められている形、堺本と前田本がこれに属する)に二大別できる。『枕草子』の成立と、この両形態の先後関係については諸説あるが、現在のところ雑纂形態が清少納言の原作に近く、類纂形態は後世の編集であろうとされている。

このように、雑纂形態から類纂形態に編集された例は、ほかにもある。たとえば『赤染衛門集』は、自撰とみられるほぼ年代順に排列した六一一首（流布本）を、四季・離別・行旅・哀傷・仏事・無常・雑の四一三首六句に類纂した異本が存在する。作者自らが編集しなおしたものかどうかはわからないが、ほとんどが共通歌でありながら、本文形態は編集により全く異なった形になっている。

このように、編集もしくは編集過程により、本文の異同ははげしくなる。ことに〝歌集〟の場合は、はじめから編集することによって作品を成立させるわけである。たとえば、勅撰第一代の和歌集である『古今和歌集』の巻第一（春哥上）の第一二首目から第一五首までをみると、

寛平御時きさいの宮の哥合のうた　源　まさずみ

12谷風にとくる氷のひまごとに打ち出づるなみやはるのはつ花

紀　とものり

13花のかを風のたよりにたぐへてぞ鶯さそふしるべにはやる

大江千里

14鶯のたによりいづるこゑなくは春くることをたれかしらまし

在原棟梁

15春たてど花もにほはぬ山ざとは物うかるねにうぐひすぞなく

の四首がある。詞書《ことばがき》がなく連続する歌は、直前の詞書につつまれるのが歌集を編集するときのきまりである。これを寛平御時后宮歌合（寛平五年九月以前皇太夫人班子女王歌合）にあたってみると、12源当純の歌は春一番右、13紀友則歌は春一番左、14大江千里は春十一番右、15棟梁は春九番左の歌であることがわかる。ちなみに、古今集にはこの歌合から六〇首近くが入集し（古今集総歌数の五パーセント強）ている。このように『古今集』は寛平

御時后宮歌合などおおくの資料を集めて歌をえらび、部立（春上とか恋一とか）をたて集成排列して成立したわけである。この『古今和歌集』も、久曽神昇博士によると、編集過程により本文が異なり、まず初撰本と再撰本に区分され、再撰本も私稿本→公稿本→奏覧本に三別される。現存伝本のおおくは公稿本であるが、この中も多岐にわかれるという。このように編集の結果でなければ成立しない歌集は、必然的に編集過程に即して、本文の異同（増減・変更）があるわけであり、逆に、本文の異同からその歌集の成立過程を推定することも可能となる。いま、この具体的な例を『拾遺和歌集』にもとめ、この問題を例示してみたいとおもう。

45『拾遺和歌集』の場合――『如意宝集』と『拾遺抄』

『如意宝集《にょいほうしゅう》』とは、藤原公任が、長徳二年（九九六）ごろに編集したといわれる秀歌撰で、『如意宝集目録』（近衛家旧蔵）によれば、八巻（四季・賀・別・恋・雑）七七五首の撰集であったらしい。現在は断簡四〇首が残るだけの散佚《さんいつ》歌集（完本の残っていない歌集）である。『拾遺抄《しゅういしょう》』は、おなじ藤原公任の編集といわれ、平安時代には勅撰第三代の和歌集と考えられていた。この歌集は十巻（四季・賀・別・恋上下・雑上下）五八四首。ふるくから公任撰の先行諸秀歌撰――『前十五番歌合』『三十六人撰』『和漢朗詠集』『金玉和歌集』『深窓秘抄』等との、密接な関係が説かれているが、事実、これらの秀歌撰二〇九首（五集の総歌数から重複歌・古今・後撰歌を除いた数）のなかから四一パーセントにあたる八五首が『拾遺抄』に入集している。

このような「公任撰秀歌撰」と『拾遺抄』との密接な関係から（もちろん他の理由も相当ある）、〝抄〟は、公任が自撰の秀歌撰を主資料として、花山院の命によって編集したとみられてきた。この〝抄〟公任撰を決定的としたのが、この『如意宝集』との関係である。『如意宝集』の現存断簡四〇首のうち、『古今集』所出の一〇首を除く三〇首はすべて〝抄〟に入集している。すなわち現存断簡からは一〇〇パーセントの入集である。しかも

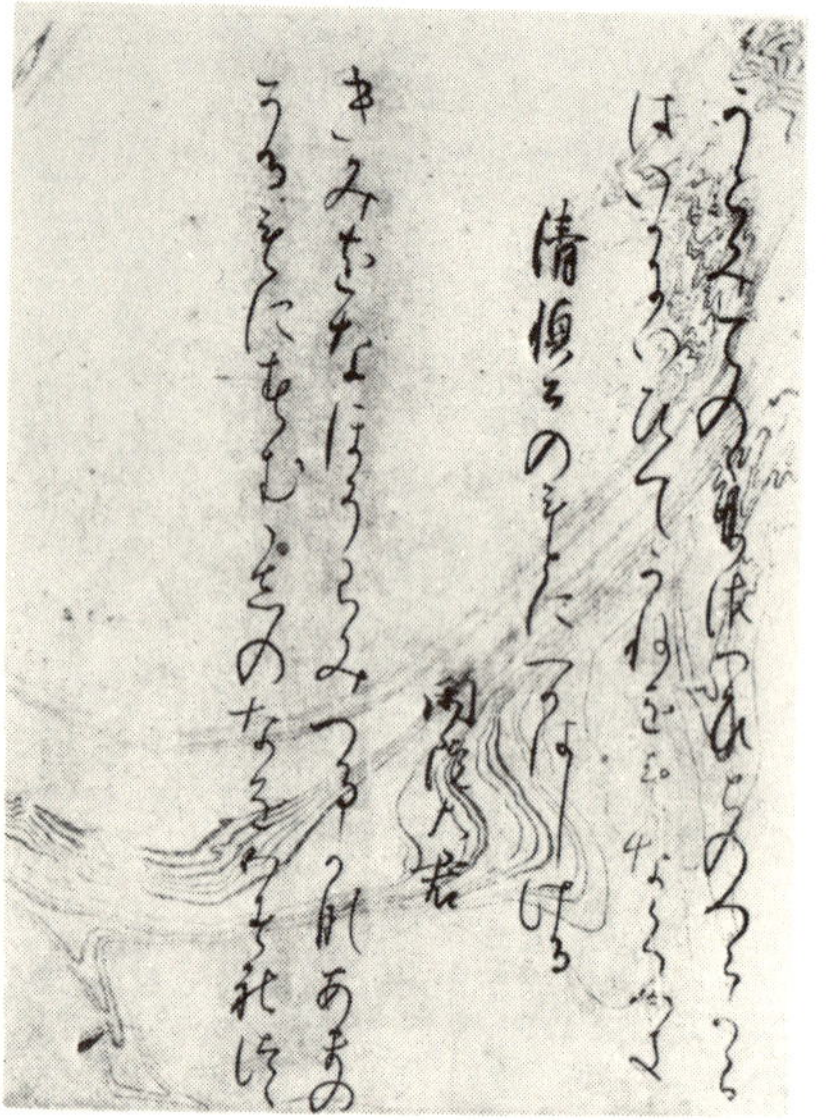

図版71

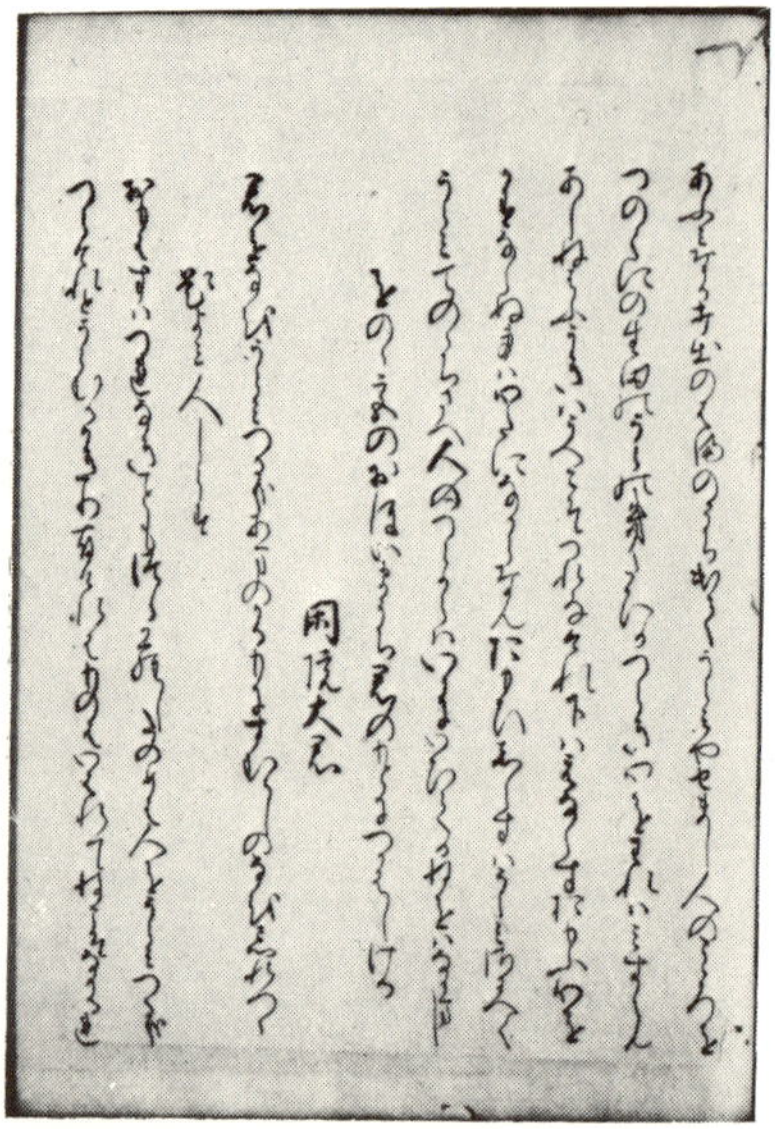

図版72

二首以上連続して現存する切《きれ》(断簡)二三首八組のうち七組までが、〝抄〟の排列順序と一致し、〝抄〟の場合、あいだに一首他の歌が入るのは一組だけであるという事実が証明された。図版71は二首連続した如意宝集切の具体例であるが、

うらみての丶ちさへひとのつらから」はいかにいひてかねをもなくへき

清慎公のもとにつかはしける」閑院大君

きみをなほうらみつるかなあまの」かるもにすむ丶しのなをわすれつ丶

の二首は、〝抄〟巻第八恋部下に(三四〇・三四一)、排列もそのまま、語句に若干の異同はあるが入集していることがわかる(図版72参照)。このような事実は、現存四〇首の例を、完本であった七七五首の場合におしおよぼしても、大きな相違はあるまいと推定される。そこで『拾遺抄』は、公任が最新の自撰秀歌撰である『如意宝集』を下じきとして、自撰秀歌撰その他で補訂をおこない、十巻約六〇〇首の歌集に改編して花山院にたてまっつたという推定が、きわめて確実性をお

びてくるわけである。

46『拾遺抄』の諸本の関係

このようにして成立した『拾遺抄』であったが、これもただちに成稿本が完成したとは考えられない。しかしながら、前述したように、平安時代には〝抄〟の方が勅撰集と考えられ、広く流布していたらしいが（切《きれ》が相当現存している）、鎌倉時代にはいり、藤原定家の『拾遺集』尊重の態度が原因して〝抄〟は「三代集」からはずされ、しだいに伝本が少なくなっていったものと思われる。現存する〝抄〟の伝本はわずかであるが、かつて三好英二氏は、当時現存した六本を、『拾遺抄目録』を根拠として、三系統にわけ、その成立過程を、貞和三年書写本（静嘉堂文庫蔵）→宮内庁書陵部蔵御所本→群書類従本と推定された（『校本拾遺抄とその研究』）。しかしながら、近年の片桐洋一・平田喜信氏等の研究によると、そう簡単には推定できないようである。そこで、その過程の推定はともあれ、三好氏の立論後発見された伝本を加えて、少し具体的に例示してみよう。その後発見された伝本とは、秋・冬・賀を主とする鎌倉期写の残欠本（書陵部蔵）であるので、このうち秋部を中心としてみてみよう。

まず歌数は『拾遺抄目録』によれば秋部は四十九首であるが、三好氏の成立過程に従ってみると、貞和三年書写本四十九首、宮内庁書陵部蔵本四十七首、群書類従本四十七首であり、残欠本は五十首であってもっとも歌数がおおい。この四系統（四本）を比較する場合、本来ならば歌数・歌序の相違のみならず、詞書・歌にわたって本文の異同をみるべきである。しかしながら紙数の関係上、もっとも相違のはげしい秋部の末尾に近い箇所をあげてみよう。まず残欠本を示してみよう（数字は残欠本の秋部の歌序）。

題　よみ人しらす

35こてすこす秋はなけれとはつかりのすくたひことにめつらしきかな

36つゆけくてわかころもてはぬれぬともおもてをゆかむ秋はきのはな　躬恒

斎院の屏風に

37うつろはむことたにをしき秋はきにをれぬはかりもをけるつゆかな　伊勢

九月九日

38なか月のこゝぬかことにつむきくのはなもかひなくおひにけるかな　躬恒

東山に紅葉見にまかりてまたのひつとめてかへるとて　恵慶法師

39きのふよりけふはまされるもみちはのあすのいろをはみてやかへらん

竹生島にまうて侍けるときに紅葉のいとをもしろく水うみにうつりて侍けれは　法橋観教

40水海に秋のやまへをうつしてははたはりひろきにしきとやみむ

（以下図版73参照）

しくれ侍けるひよみ侍ける　貫之

41かきくらしゝくるゝそらをなかめつゝ思こそやれ神なひのもり

題　読人不知

42秋きりのたゝまくをしき山ちかなもみちのにしきをりつゝもみむ

延喜の御時の中宮の屏風に　貫之

43ちりぬへき山のもみちを秋きりのやすくもみせすたちかくすらん

題不知　僧正遍照

44秋山のあらしのこゑをきくときはこのはならねとわれそかなしき　貫之

45秋のよに雨ときこえてふりつるは風にみたるゝもみちなりけり
46こゝろとてちらむたにこそをしからめなとかもみちに風のふくらん
　あらしの山のもとをまかりける紅葉のいたくちり侍ければ　右衛門督公任朝臣
47あさまたきあらしの山のさむけれはちるもみちはをきぬ人そなき

以上あげた一三首を、貞和本・書陵部本・類従本と比較してみると（後半部、図版73は残欠本、図版74は書陵部蔵御所本、図版75は類従本系谷森本）、たとえば、38番歌の詞書は、類従本系はなく、貞和本・書陵部本は「題不知」とあるなど、語句の相違は相当あるが、概して貞和本が残欠本に近いと簡単にのべておこう。おおきなちが

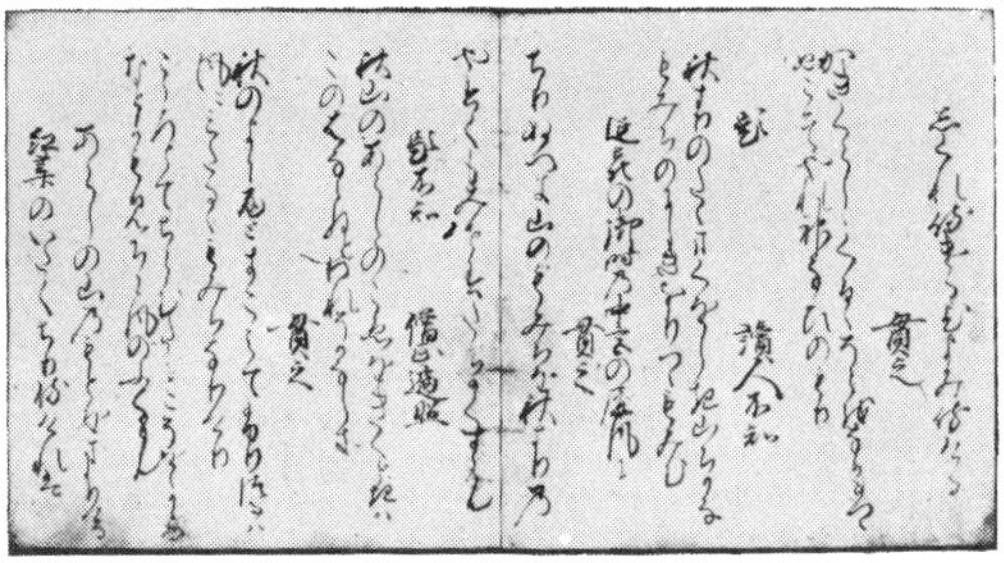
図版 73

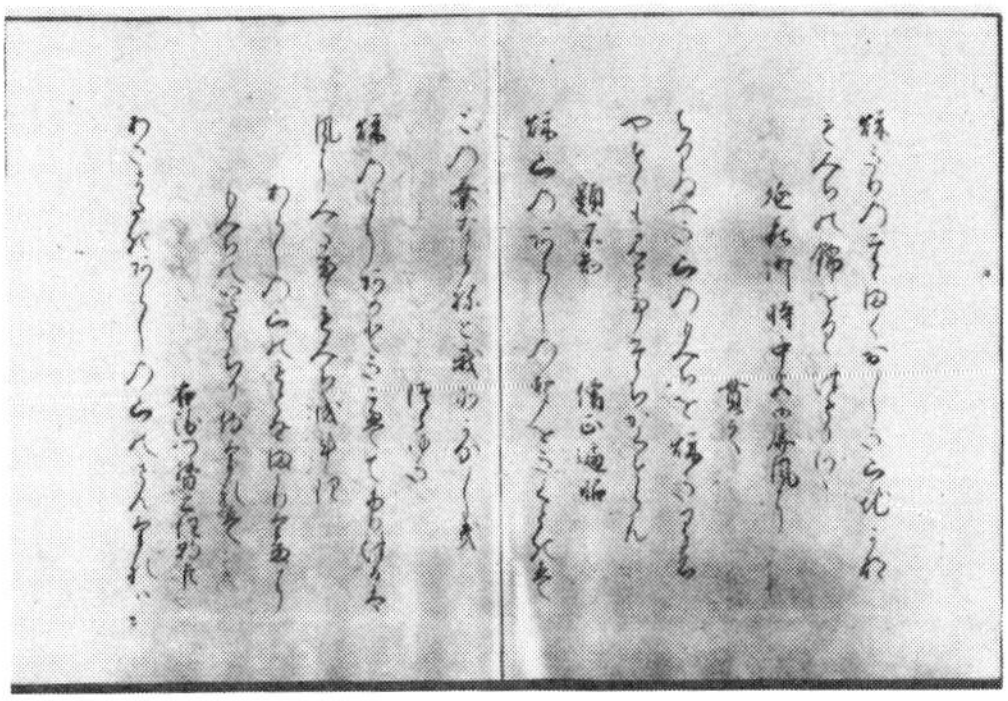
図版 74

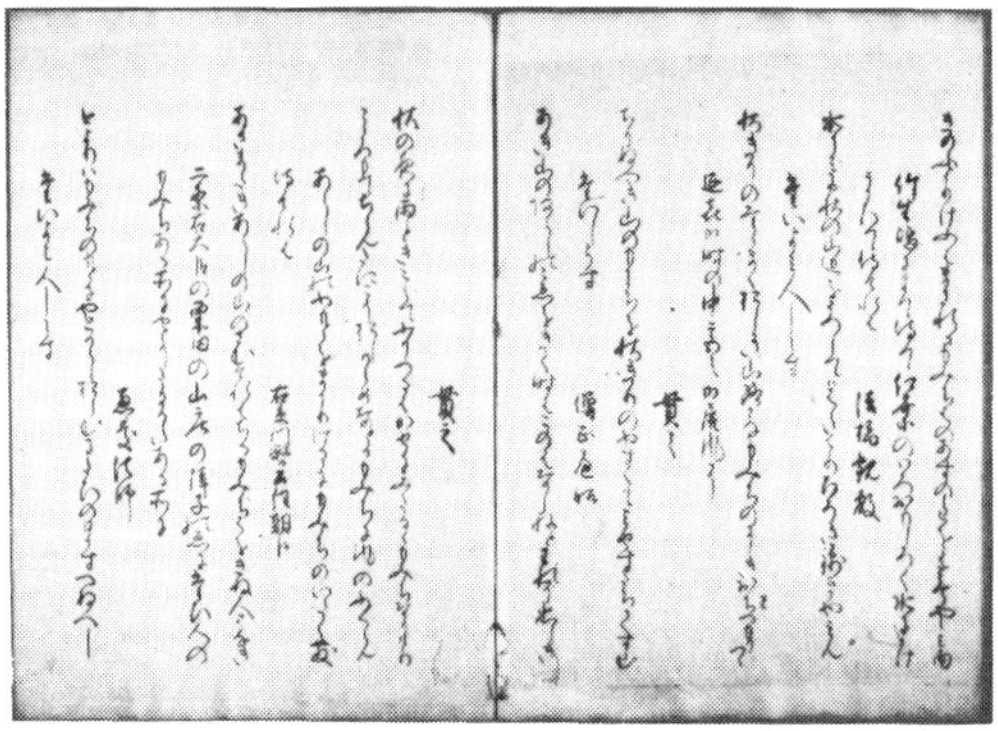
図版 75

いは、歌の増減である。まず41番歌は残欠本のみにある歌であり、36・37番は類従本のみがない（巻末に後人の手により補入されている）。また46番は書陵部本のみがないという結果がでてくる。このうち、類従本系の36・37二首の欠脱は（同系の谷森本・神宮文庫本も同じ）、36・38両首の作者が〝躬恒〟であることと、類従本38番歌に全く詞書が記されていないことなどから、類従本系の祖本を書写する際の眼うつりによる脱落ミスと考えられよう。

　このようにみると、〝抄〟のもっとも広本は〝残欠本〟であり、貞和本がそれにつぎ、類従本は欠脱本、書陵部本がもっとも歌数が少ない。三好氏は類従本を精撰本としておられる。秋部のみで暴論であるが、三好説に準ずれば、成立過程は残欠本→貞和本→類従本→書陵部本となろう。従って〝抄〟として完成された形は、脱落を補った類従本もしくは書陵部本ということになろう。

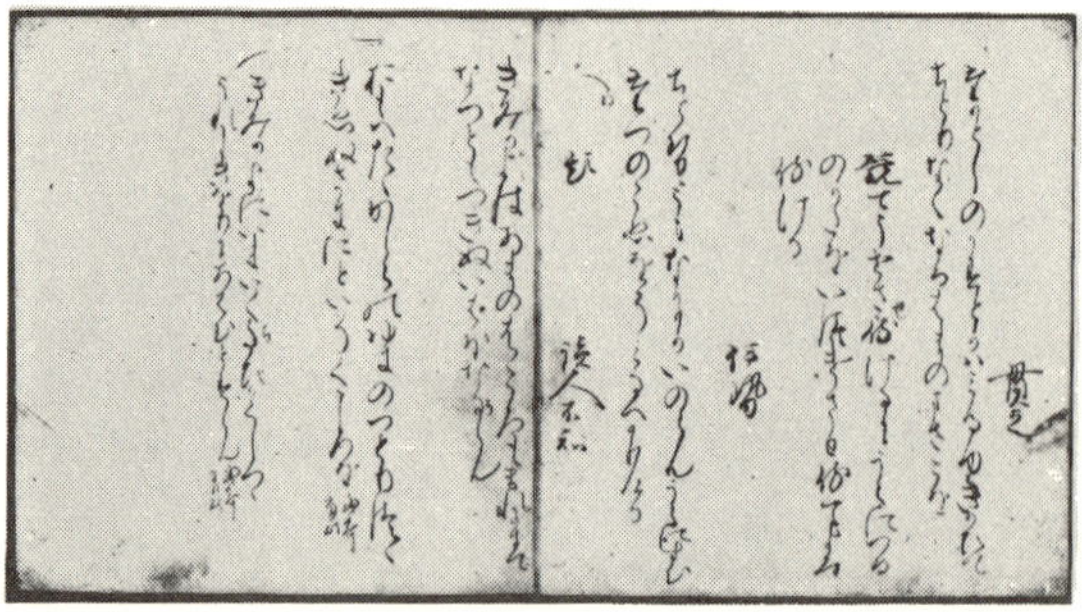

図版 76

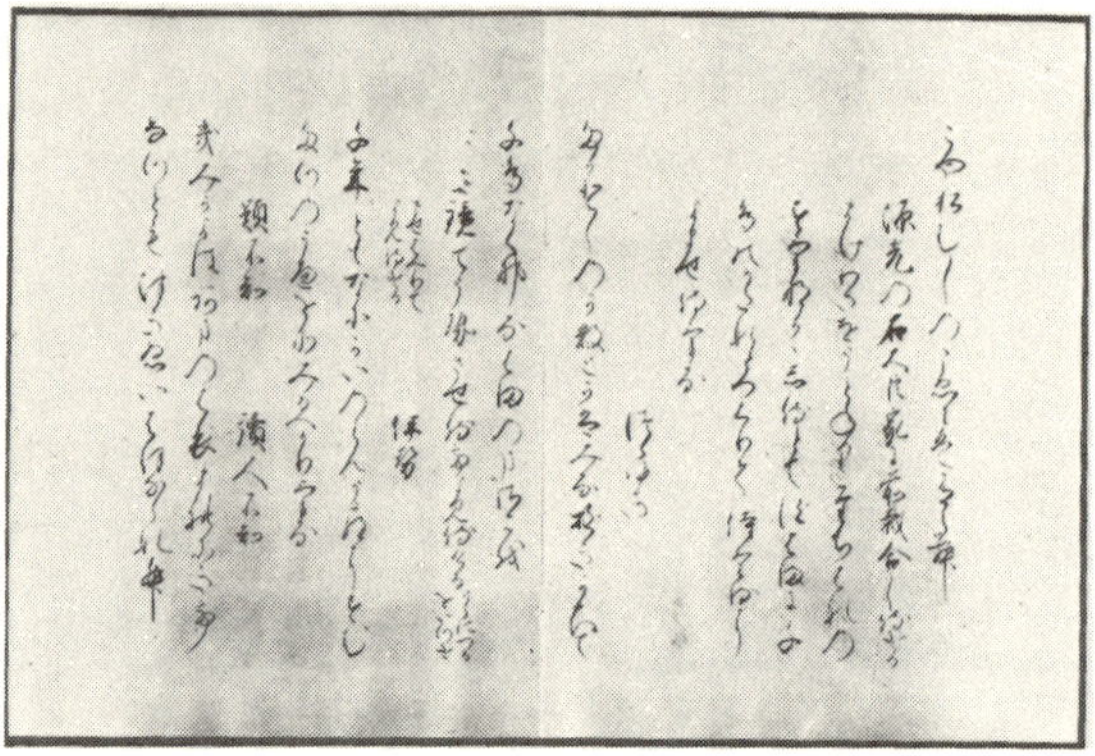

図版 77

　ところが、定家の天福元年本『拾遺集』によると、定家所持の〝抄〟の証本により、集と算合《さんごう》（相互対照する）し、その結果を集の歌の上に「少」とか「少恋下」という形で注記している。この定家の算合の注とくらべてみると、残欠本の歌はすべて「少」と注記されている（ただし特有歌41は集では冬部)。こうみてくると、定家所持の〝抄〟証本と残欠本抄は、他の三本より形態的に近いとも考えられよう。また後述する異本拾遺集との関係から〝抄〟の成立過程に視点をあてると、必ずしも『拾遺抄目録』にいう五八四首本(三好氏は類従本がもっとも近いという)が、〝抄〟最終段階の精撰本とはいえないかもしれない。

とにかく簡単には成立過程はわからないが、〝抄〟の秋部をわずか四本により表面的な比較をしただけでも、本文異同がおおいことに気づかれよう。なお、参考のため残欠本のいま一つの特色をあげておこう。図版76に示した巻第五賀部の末尾にある同筆による補入である。他本の巻末歌(図版77参照)の前に入るという記号をつけ、

おもへたゝかしらのゆきのつもりつゝきゑぬさきにといそくこゝろを 或本有此

きみかよにいまいくちたひかくしつゝうれしきをりにあはむとすらん 或本有此

の二首を付載する。前歌は『今昔物語』巻二十四に類歌があるだけであるが、後歌は〝集〟巻十八雑賀にある公任の歌である。これには天福本にも〝抄〟の算合注記はない。しかしながら、〝抄〟の残欠本より更に歌数のおおい〝抄〟の一本が、鎌倉時代には存在していたことが推定できよう。『拾遺抄』は『如意宝集』を下じきとして成立したことはたしかであろう。ただ〝抄〟だけの存在におわらず、編集者をかえて『拾遺集』に展開していったところに、その成立過程を複雑にしているものと思われる。本文の異同と、成立過程とのからみあいも、長い年月に他本と接触して本文が混合するので、とくことは非常に困難なことである。

わずかな伝本しか今日に伝えられていない『拾遺抄』を相互に比較してみても、このように本文にかなりの相違があることがわかった。その本文の異同も、語句の相違、排列順序のことなり、収載された歌数の増減などが目だつ。そしてこれらの相違が、数百年にわたる転写享受のあいだの、物理的人為的の誤字・誤脱とか、他本との読みあわせによる無分別な書きこみ増補――享受の間の成長変化とのみはいいきれないことも判明した。〝抄〟の完成時点をさかいにして、切り出し精撰の方向にむかったのか、切りつぎ増補されたのかの判断は別として、

それぞれの系統伝本は、〃抄〃の成立過程、あるいは別の作品への進行過程を示すものであろうと推定できるわけである。この〃抄〃と『拾遺集』との関係の密接さは、従来からいわれてきたとおりであるが、まず〃集〃の検討からはじめてみよう。

47　『拾遺集』の伝本系統

現在では古典的名著ともいうべき故松田武夫博士の『勅撰和歌集の研究』(昭和十九年、電通出版部)によれば、その〃拾遺和歌集伝本考〃の冒頭に「今まで見得た拾遺集の伝本中には、殆ど異本なく、僅に図書寮所蔵の通村の奥書を持つ八代集中の一本を異本として数へ得るに過ぎない。その他は全部定家の天福本で、少異こそあれ極めて異同少きものである。」と記されている。最近の約二十年間にわたる拾遺集新伝本の探求発見とその研究は、じつに目ざましいものである。そのことは後述するとして、一〇〇本におよぶ〃集〃伝本が調査された今日でも、異本の少ないことは三十余年前と大勢はかわらない。

この松田博士が名づけて〃集〃の異本とした現書陵部蔵「八代集」本は、室町中期写の列帖装《れつじょうそう》二冊本である。下冊の巻末に、

此八代集堀河宰相具世卿筆」跡無疑者也　　羽林源通村

(この八代集は、堀河参議具世卿の筆跡に間違いないものです。近衛中将中院通村)

と中院通村(一五八八～一六五三)の加証奥書があるので〃堀河本〃もしくは〃具世筆本〃といわれている〃集〃である。この堀河本が、流布本《るふぼん》である〃定家本〃に対して、なぜ異本《いほん》といわれるのか、実際にためしてみたいとおもう。

作業は、古典作品諸本の、初歩的な〃校合《きょうごう》〃さらには本文批判の実施でもある。従って稿者の孤独な作業でおわったならば、何ら読者に益するところはない。校合の底本は読者それぞれが持ってほしい。さいわいにして

（原典溯源のためには不幸なことであるが、この場合にかぎり）、『拾遺集』の流布本《るふぼん》は、三十年前まではすべてが藤原定家の天福二年書写本の系統であり、現在でも活字化されたもののほとんどが天福本系統である。理想的にいえば、片桐洋一氏校の〝古典文庫〟版天福本か『拾遺和歌集の研究』中の天福本を使ってほしいが、『国歌大観』本でも小異があるだけである。稿者としては、読者各位が『国歌大観』本を御手許において、それを底本とすると仮定して作業にかかろう。稿者の手許には堀河本『拾遺集』がある。これとの異同を一つ一つお見せするので、各自の底本の右わきにお書き入れいただきたい。ただし、二十巻全部をおこなうことは紙数の関係で不可能なので、〝抄〟の場合とおなじく、巻三秋部のみについて実施してみよう。

48　流布本《るふぼん》と堀河本の対校（本文批判の第一歩）

古典作品の諸本をたがいに比較して、その相違をあげる場合、もっとも目立つのは本文の増減である。歌集でいうと、歌の有無・総数と排列の順の相違であろう。ところがこれだけでは、享受の段階の他本との対校による増補改訂があり得るので危険である。歌集の場合、もっとも肝心なのは和歌本文の異同であろう。この流布本と堀河本との対校は、専門家のそれではなく、初歩としての対校であるから、きわめてオーソドックスに、すべての相違、すなわち和歌の本文・作者名の表記・詞書・秋部立内の排列・歌の有無などにわたっておこないたい。ただし、漢字と仮名の相違・仮名遣いのちがい・送り仮名の有無などは、煩雑にわたるので記さないことにしよう。一首一首の和歌の区分は、国歌大観番号（国歌大観本『拾遺集』の歌の頭につけられた番号）によることとする。なお、お見せして異同を指摘する順序を、〝集〟の記載順により、(1)詞書・(2)作者・(3)和歌の本文・(4)歌の有無・排列としよう。巻三秋は、国歌大観本によると「一三七」番からはじまり、「二一四」番におわる七八首がこの作業の対象となるわけである。

まず端作《はしづく》りは「拾遺和歌集巻第三」とあり底本である流布本(国歌大観本)と同じである。部立は、御覧のとおり底本が「秋」であるのに対して、堀河本は「秋部」とある。堀河本は巻三のみならず、各巻ともに部立名の下に〝部〟がついている。それでは本文に入ろう。

一三七 (1)は異同ない。(2)は「安保法師」です。(3)も異同はない。

一三八 (1)「題不知」。(2)「読人不知」。堀河本は「題しらず よみ人しらず」を、ほとんどがこの表記で統一されている。(3)第四句は「しくれぬときに」とある。

一三九 (1)「延喜、御時の御屛風に」とある。しかしながら古典文庫版のように「延喜御時御屛風に」とあっても、読むときには「延喜の御時の御屛風に」と読まれる。従って表記の相違はあっても、表現意識の相違はないといえる。伝本の系統わけの場合に、その表記の相違は祖本とか親子姉妹関係の一つの傍証にはなろうが、この対校ではこの類は考慮しないことにしよう。(2)「紀貫之」とフルネームで表記される。歌集の作者表記の場合、その集に多出する歌人は、二回目以後は姓を略す方が普通である。堀河本は各巻ほとんどフルネームである。従って作者名は真名で表記されている。(3)初句「おきの葉に」とある。天福本「荻の葉の」。

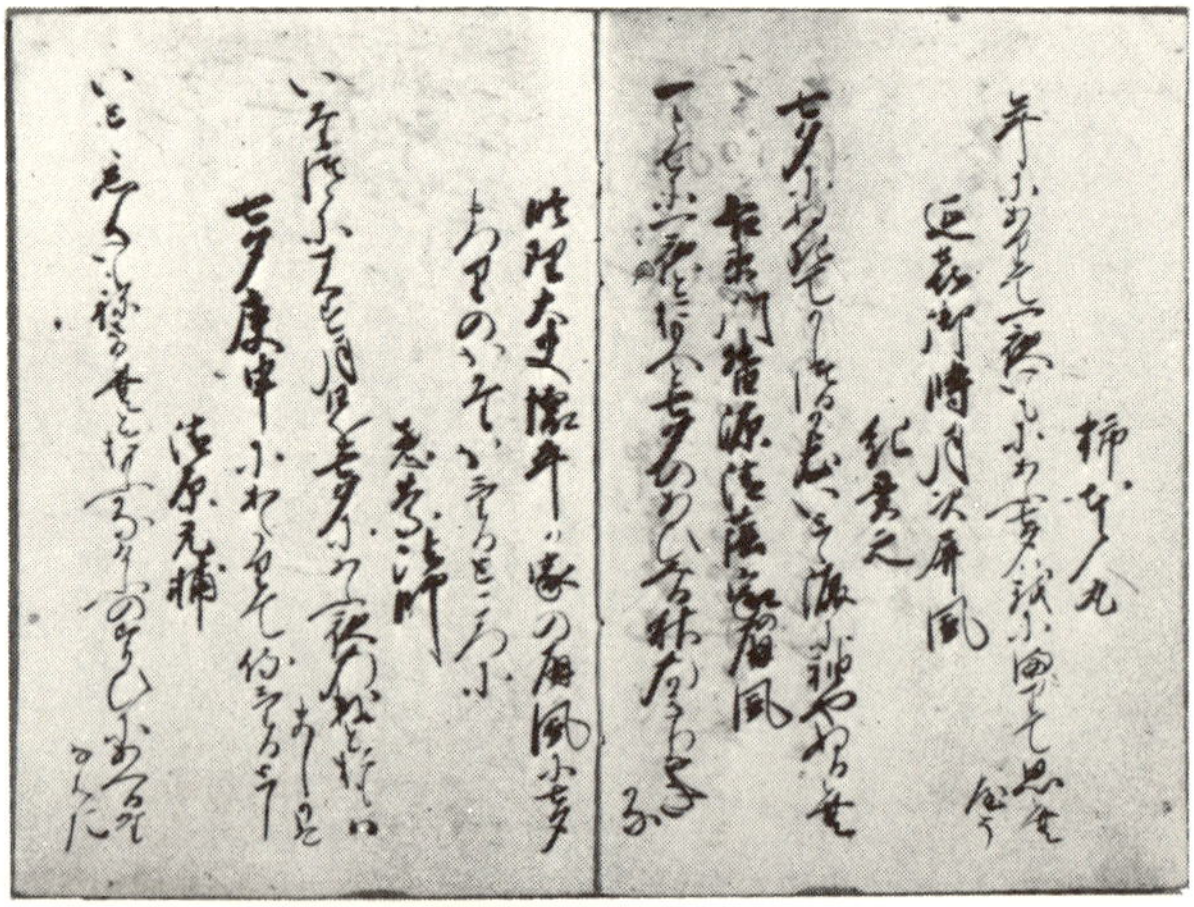

図版 78

一四〇　(1)最後の助詞「に」がない。

一四一　(3)第五句「たもとさむ（左横に「へすヽ」と注記）しも」とある。

一四二　(1)最後の「に」はない。これは諸本ともない方がおおい。(2)珍しく「躬恒」とフルネームではない。(3)第五句「つまそこひしき」とある。

一四三　(2)フルネーム。(3)第四句「かはせの波の」。

一四四　(1)記載がない。堀河本の形態からすると、この歌から一四八まで五首が、歌集詞書表記の原則により一四二の延喜御時屏風歌に包括されることになる。従ってここは明らかに堀河本の脱落といえよう。

一四五〜一四七異同はない。

一四八　(2)フルネーム。(3)第三句「七夕は」とある（図版78第一首参照）。定家本系統はすべて底本のように「ひこほしも」であって、おおきな異同といえよう。

一四九　(1)最後の「に」がない。(2)フルネーム。

一五〇　(3)第四句「あひみる秋の」。

一五一　(1)「修理大夫懐平か家の屏風に七夕まつりのかたかけるところに」（図版78第四首参照）とおおきく相違する。とくに修理大夫（天福本のおおくは左兵衛督）の官職表記と七夕以下の記述は定家本にはない（図版79第二首参照）。(3)第二・三句「すくす月日を七夕に」（図版78・79参照）。

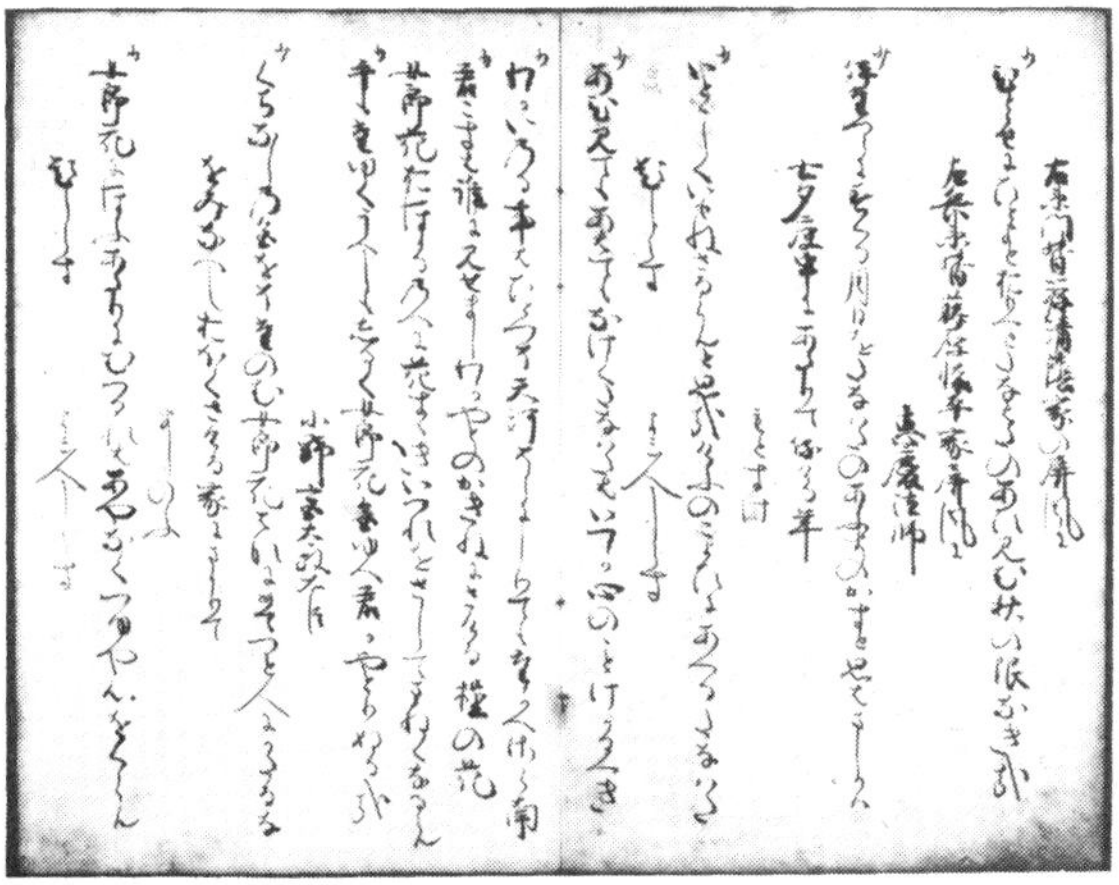

図版 79

一五二　(2)フルネーム
一五三　(3)第二・三句「ありぬもなけく七夕の」。
一五四　(3)初句「我おもふ」、これも定家本系統にはない異同である。
一五五　異同なし。
一五六　(3)第四句「いつれとしりて」、これも定家本系統にみられない異同。
一五七・一五八　異同なし。
一五九　(1)「女郎花おほくさける家のにはにたゝすみ侍りて」とある。これも定家本にはない。(2)フルネーム。
一六一　(1)「さかのに」。(3)第二句「みれともあかす」。
一六二　(1)「かりのこゑをまつ心の哥」。(3)第三句「ほとなるを」、これは他の天福本にもおおい。
一六三　(3)第二句「くへかりけるや」、第五句「日も暮にけり」これも定家本にはない。
一六四　(3)第四・五句「かりにのみこむ人に折すな」
一六五　異同なし。
一六六　(1)「小鷹かりのところに」。(3)第二句「人にみゆれは」。
一六七・一六八　異同なし。
一六九　(1)「少将にて侍ける」。(2)「大弐高遠卿」この卿も定家本にはみられない。
一七〇　(2)フルネーム。
一七一　(1)「屛風の絵に八月十五夜にいけあるいゑに人々あそひたるかたかける所に」
一七二　(1)「水に月のうつりたるをみ侍て」。(2)フルネーム。(3)第二句「みつのそこにそ」(1)とともに定家本にはみられない。

一七三 (1)「月おもしろき所のいけある家のかたある所に」。(2)「源高明」、これも定家本系統にはみられない。(3)第二句「西とあると」、第四・五句「深ゆく夜半の影にそある覧(右傍に「りける」)、夜半は他の定家本系にもおおいが、ある覧はみられない。

一七四 (1)「八月十五夜のかたかけるところ」。(2)フルネーム。

一七五 (1)「八月十五夜弘徽殿のはさまにて蔵人所の」。

一七六 (2)フルネーム。

一七七 (2)フルネーム。(3)第二句「見つゝあかさむ」、第四句「こよひは空に」、いずれも定家本にはみられない。

一七八 (1)「むしといへる事をよませ侍ける」。(3)第三句「虫の音は」。

一七九 (1)「す、むし、はなちて侍りて」。(3)初句「いつくゑも」。

一八〇 (2)フルネーム。(3)第四句「からにしきとも」

一八一 題・作者名の表記法のほか異同なし。

一八二 (2)フルネーム。(3)第四句「折てそゆかむ」。

一八三 (3)第三・四句「秋萩に折れぬはかりに」。

一八四 (1)三条の中宮のしきに侍ける…の所に」。(2)フルネーム。

一八五 (1)「題しらす」がない。(2)フルネーム。

(一八五の2) (4)一八五と一八六との間に、流布本巻四冬二三八に収載されているつぎの歌がある(図版80第二首参照)。

紀友則

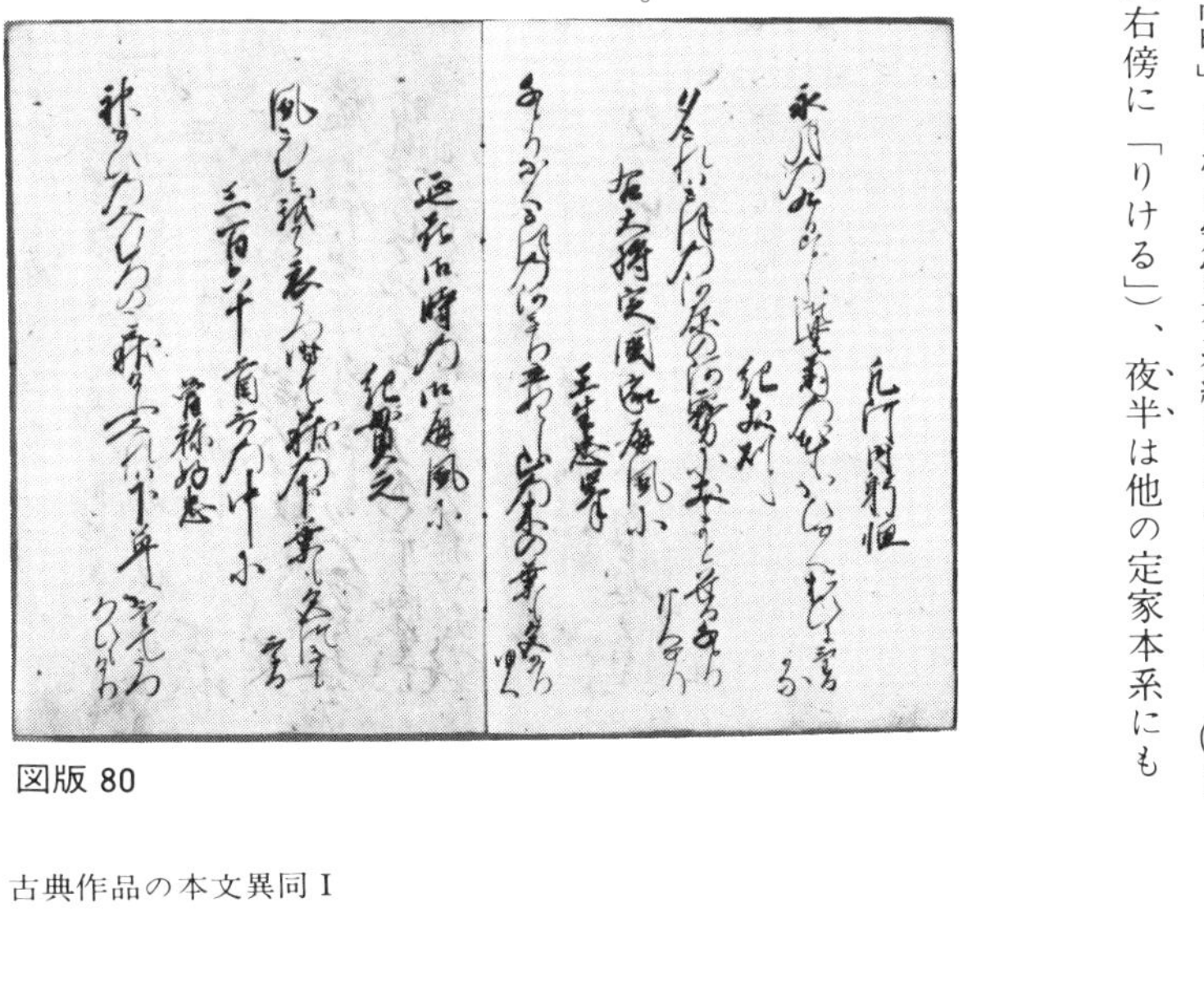

図版 80

夕されはさほの河原の河霧に友まとはせる千とりなくなり

なおこの歌は堀河本の冬部にも重出している。(1)(冬三六と比較)なし。

一八六 (2)フルネーム。(3)この歌も「千とりなくさほの河きり」ではじまる。堀河本は千鳥と佐保川の共通素材でこの歌の前に「夕されは」の前歌を入れたのであろうし、流布本段階では、余りに重複しているので冬に移したのであろうか。

一八七 (2)フルネーム。(3)第五句「色つきにける」(図版80第四首参照)、これも定家本にはない異文。

一八八 (1)「三百六十首哥の中に」。(3)第二句「みむろのこ萩」第五句「うつろひにけり」、いずれもどの定家本にもない(図版80第五首参照)。

一八九 (3)第二句「ときはの山の(のの右にはと注記)」。

一九〇・一九一・一九二 異同なし。

一九三 (1)「はせに…みちに山のふもとにやとりて侍けるあしたにきりのたちれりて」

一九四 (3)第五句「秋の山かは」、定家本系とまったく異なる。

一九五 (2)フルネーム。

一九六 (3)第五句「ちりつもりつゝ」

一九七 (1)「み侍りて」

一九八 (1)「左大臣源高明家屏風に」。(2)フルネーム。(3)上句「名をきけとむかしなからの山なれは」

一九九 (1)「東山にもみちにまかりて又の日つとめてかへらむとよみ侍りける」。(3)第五句「みてや帰らむ」。

二〇〇 (1)「天暦御時殿上人〳〵もみちみに大井にまかりて侍りけるときに」。(2)「源延光」、朝臣・注記なし。
(3)第五句「うしろめたきを」。

二〇一　(2)作者注記なし。

二〇二　(2)フルネーム。

二〇三　(1)「侍ける時にもみちのかけの水海に」。(2)「視教法師」、これは堀河本の誤写であって観教が正しいのであろう。

二〇四　(1)二条左大臣の家のあれかの山里…やとりたるかたあるをみて」。(3)第三句「やとからし」、これも定家本にはない。

二〇五　題・作者の表記法のほか異同なし。

二〇六　(1)最末の「に」なし。(2)フルネーム。(3)第四句「やすくもみせて」。

二〇七　(3)第五句「我そかなしき」。

二〇八　(2)フルネーム。(3)第三～五句「秋の夜に雨ときこえて降つるは風にみたるゝ紅葉なりけり」、これは

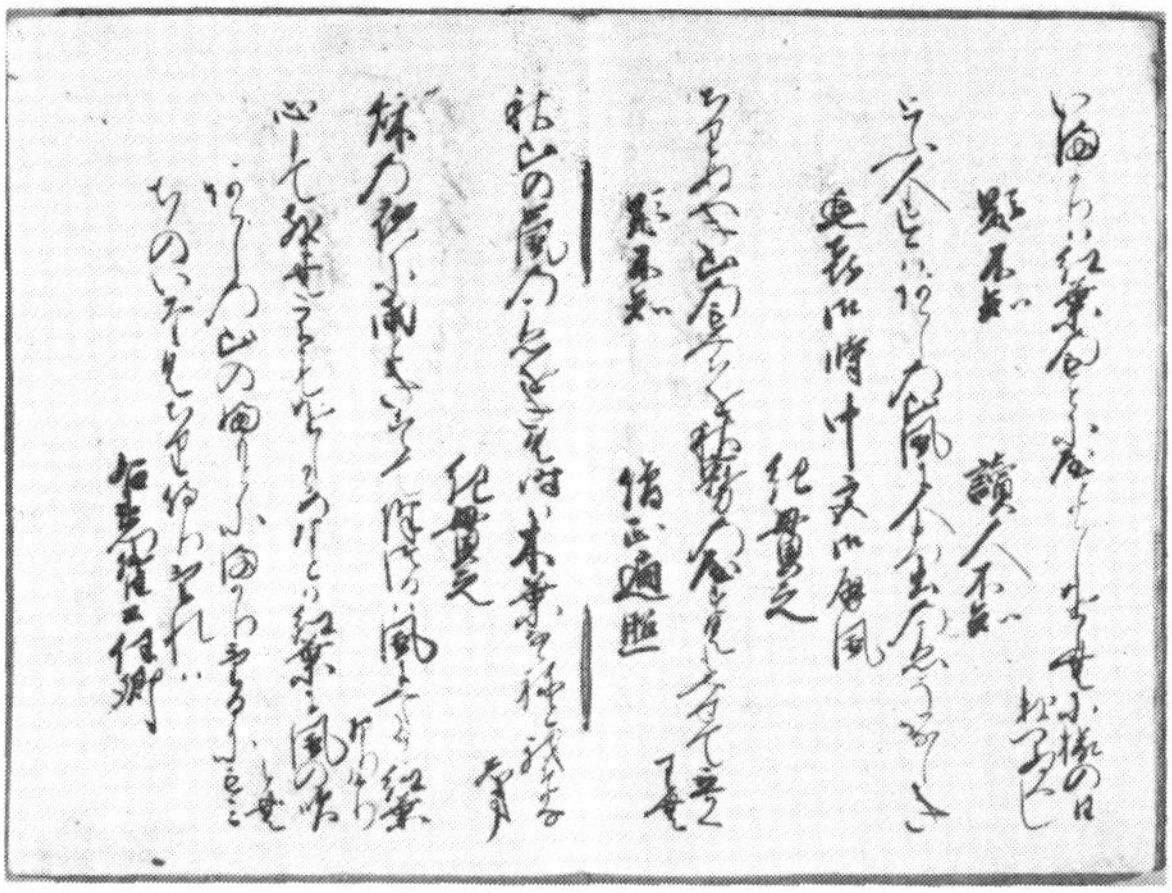

図版 81

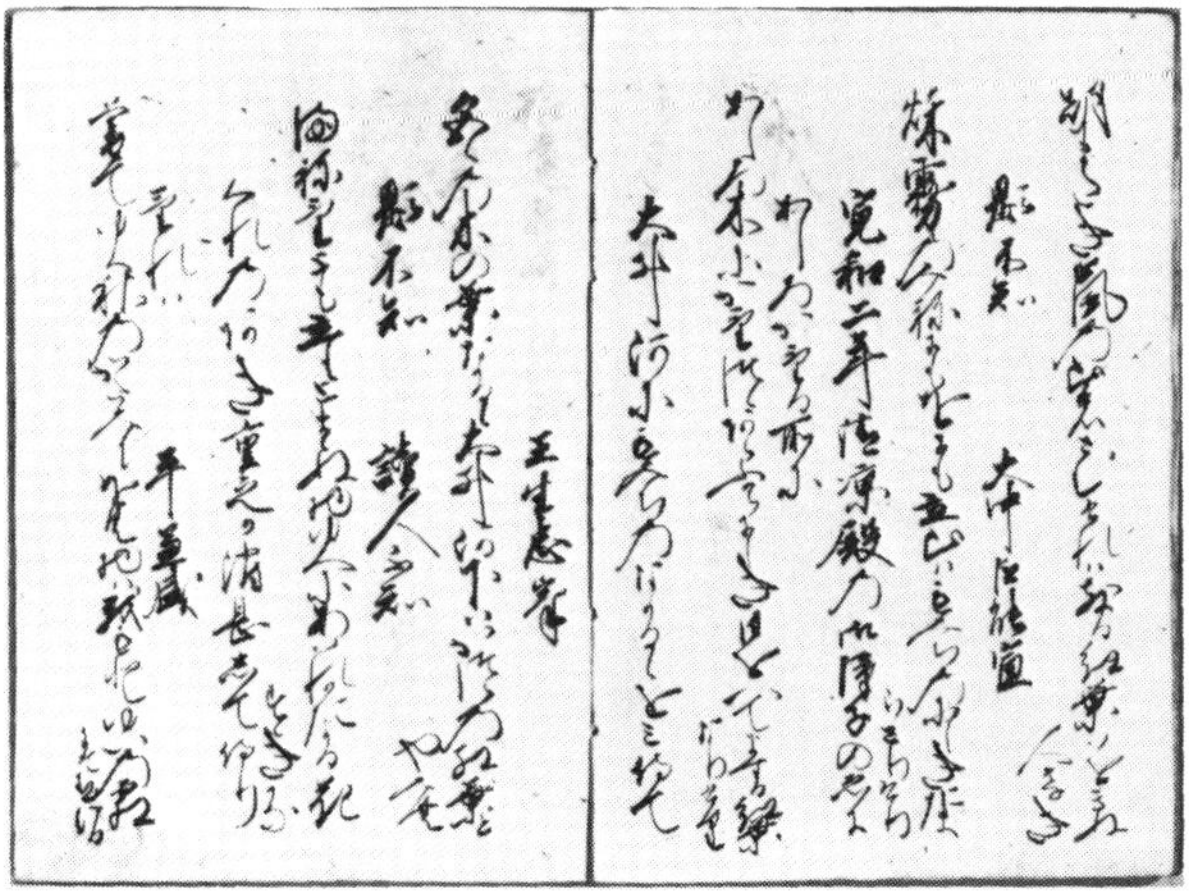

図版 82

〝抄〟と同本文であり〝抄〟と〝堀河本〟〝集〟との関係を考える場合、重要な異文といえよう(図版81第五首参照)。

二〇九　異同なし。

二一〇　(1)「あらしの山のふもとに」。(2)「右衛門督公任卿」。(3)第四句「朝またき嵐の山のさむければ散る紅葉はをきぬ人ぞなき」、これも〝抄〟と同文であり、〝集〟流布本と異なっている。この異文箇所は(図版82第一首参照)、古来〝抄〟と〝集〟との関係が論ぜられる場合、かならず言及された点でもある。二〇八の貫之の歌と同様に、〝抄〟〝堀河本〟〝流布本集〟の三者の関係を考える上では重要な異同であろう。

二一一　(2)フルネーム。

(二一二の2)(4)二一一と二一二との間に、流布本巻四冬二二六に収載されてい

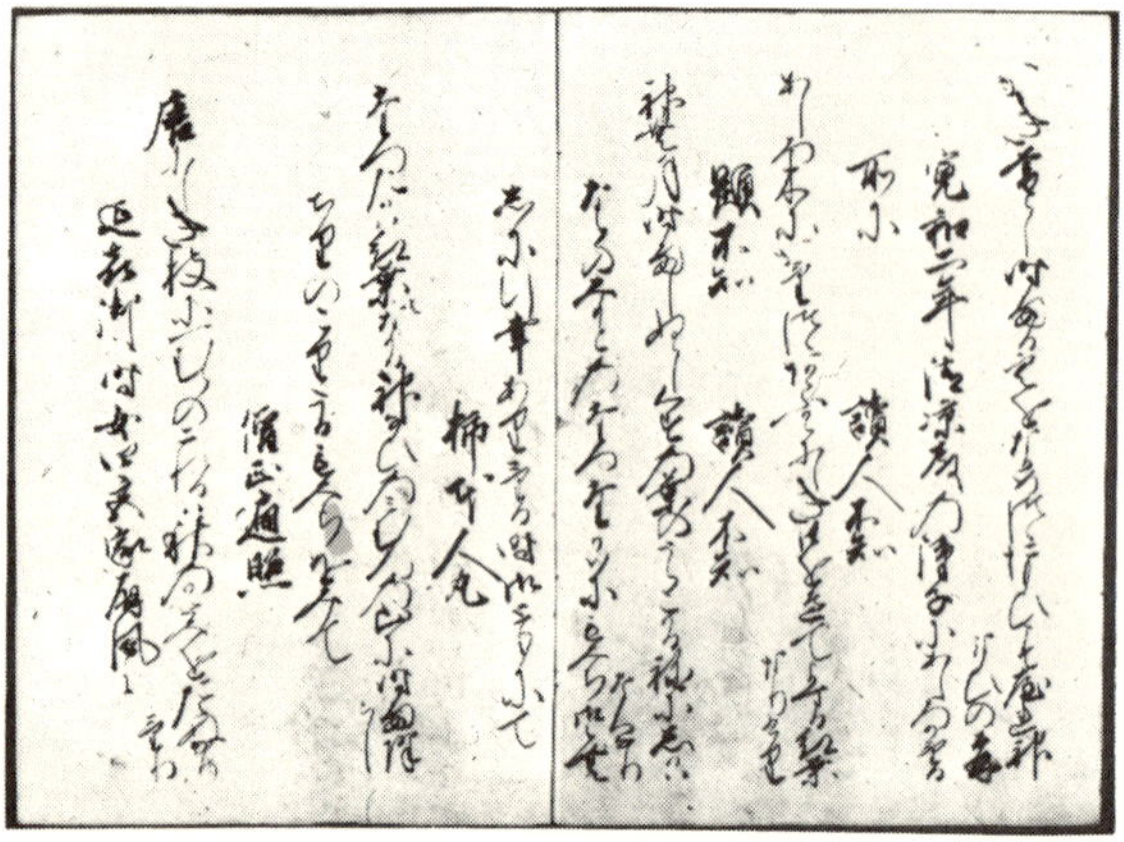

図版 83

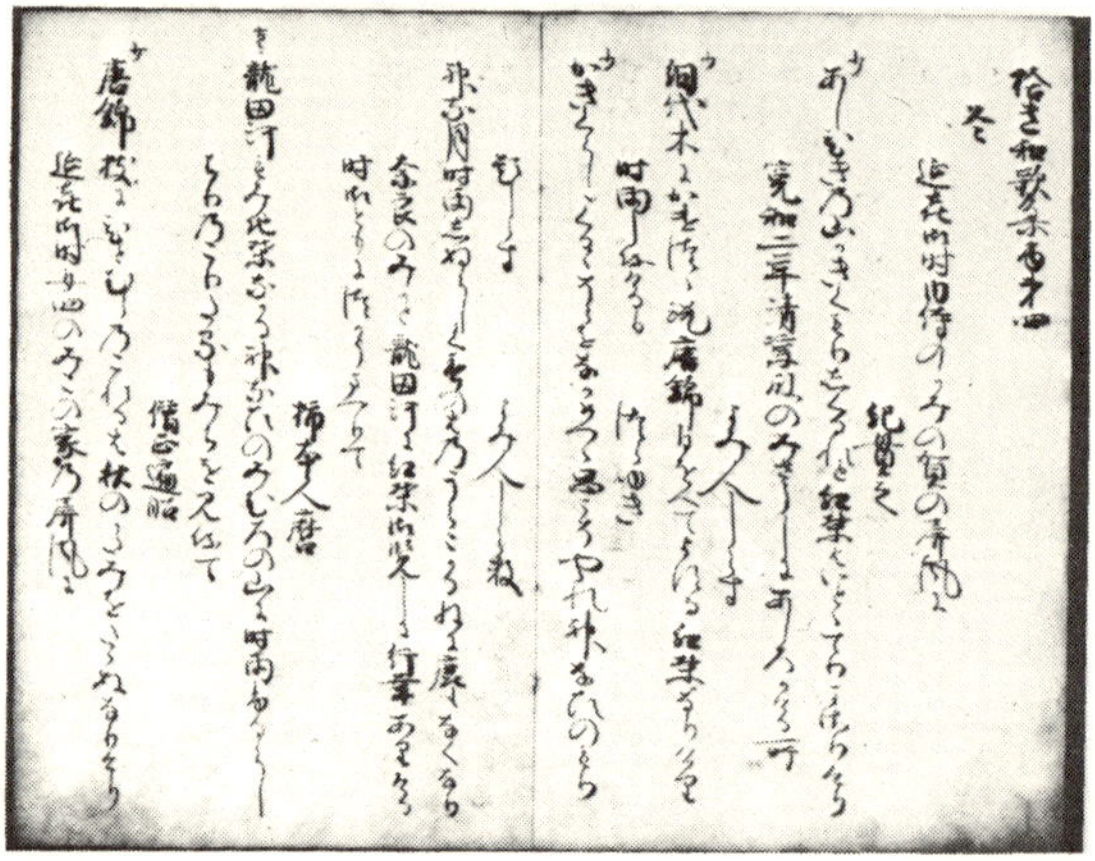

図版 84

るつぎの歌がある。（図版82第三首）

寛和二年清涼殿の御障子のゑにあしろかける所に

あしろ木にかけつゝあらふからにしき日をへてよする紅葉なりけり

なおこの歌は、図版83に示したように堀河本の冬部第三首に重複してのせられている。秋部に作者表記はないが、冬部の作者は「読人不知」であり、流布本も同じである。なお、流布本冬の巻頭部は図版84に示したように、この歌は第二首目となっている。秋部にはみられなかったが、堀河本は流布本と歌の排列の異なる箇所が相当ある。

二二 (1)底本（国歌大観）・堀河本ともに「大井河に」とあるが、「大井に」とある定家本の方がおおい。

二三 (2)「読人不知」とある。(3)初句「まねけとも」、第三句「物ゆへに」、いずれも定家本にはみられない。

二四 (1)「消息して侍りければ」。

以上で、『拾遺集』巻三秋のすべてにわたって、流布本（国歌大観本）を底本として各自がもち、稿者が堀河本の異同箇所を示しながらの対校はおわった。その結果、相当興味の深い異同の結果がでていると思われる。その結果の検討については、次項で読者の方々とともに行なってみたいと思う。各自の底本に対する堀河本の異同の書きこみを、今一度たしかめていただきたい。

なお、対校を行なう場合は、底本の右側は十分に白紙の部分を準備し（たとえば原稿用紙をつかう場合は、一行おきとか二行おきに底本本文を書く）、異同は赤鉛筆で該当箇所の右傍に記していく。なお数本対校の場合は鉛筆の色を変えていくと便利であり、何色は何本とあらかじめきめておいた方がよい。

49 『拾遺集』の流布本と堀河本の相違の検討

前項では、古典作品の二本対校の、初歩的具体的な作業として、『拾遺集』の流布本（国歌大観本）を底本《ていほん》（書写・校合・校訂・注釈などをする場合に、もととした本をいう）とし、ふるくから異本といわれてきた、宮内庁書陵部蔵堀河具世筆「八代集」本（堀河本）を校合してみた。巻三秋の約八十首のみに限っておこなったが、相当興味ある対校結果がでたわけである。そこで、この結果を読者の方々とともに検討してみよう。これが文献批判（テキスト・クリティーク）の実行である。ただし、ある作品の文献批判をするには、各系統本ごとの何回かにわたる作業をへてその系統本の最善本文をさだめ、さらに確定された各系統本文による文献批判をおこなうわけである。したがって、今回の検討は、第一段階の、単純な二本間の検討とあらかじめ知っておいてほしい。では、それぞれが前項で御自分で書き入れをした底本をだしていただきたい。

さてこの検討も、前回の対校の時に用いた順序、すなわち、(1)詞書、(2)作者、(3)和歌の本文、(4)歌の有無・排列に区分し、ほぼ歌序をおって行なってみよう。

(1) 詞書の相違

一三八・一四一・一五三・一六〇・一六四・一六八・一七七・一八一・一八九・一九四・一九六・二〇二・二〇五・二〇七・二一一・二一三を通じて、流布本、「題しらず」は堀河本「題不知」と表記されている。両者ともに表現意識の差はないが、堀河本の表記上の特色といえよう。

詞書最末の接続助詞の有無――詞書の最末に、意味的に歌本文につづかせる接続助詞「に」「を」「が」等（この場合は「に」がほとんど）があるかないかの差がめだつ。たとえば、流布本にあって堀河本にはない例は、一四〇・一四二・一四九・一七四・二〇六などであり、逆に流布本になくて堀河本にある場合は、一六六・一七一・一七三・一八四などである。最末の助詞の有無は、平安朝期における名筆による鑑賞用の本文などの場合は、古今集の例をみても、無意識にはぶかれたり、つけられたりしたとしか思えないケースがおおい。また詞書と歌との連接を考えてみても、あってもなくても大きな相違はおこらない。こんなところから、書写者の関心はうすく無意識的な省略・加筆のありうることは確かであろう。この点を念頭においてみてみよう。まず流布本になくて堀河本にある場合は、詞書に堀河本のもつ異文をともなう例がおおいので、流布本にあって堀河本にない場合を考えてみよう。

一四〇詞書の最末「に」は、他の代表的な定家本は流布本と同じであり、逆にこの十五年間に片桐洋一・島津忠夫氏等により発見された他の異本をみると、天理図書館乙本・多久図書館本などは堀河本とおなじく無い。これとほぼ同じ傾向を示すのが、一四九・二〇六であり、一四三の場合は最末に「に」のある定家本の方がすくないし、一七四の場合は堀河本だけが「に」がない。すなわち、詞書の最末に接続助詞があるかないかの相違は、その系統の特徴を示す場合もあるが、そうではなくて、各書写本に共通する、ある意味の低関心の省略・加筆が

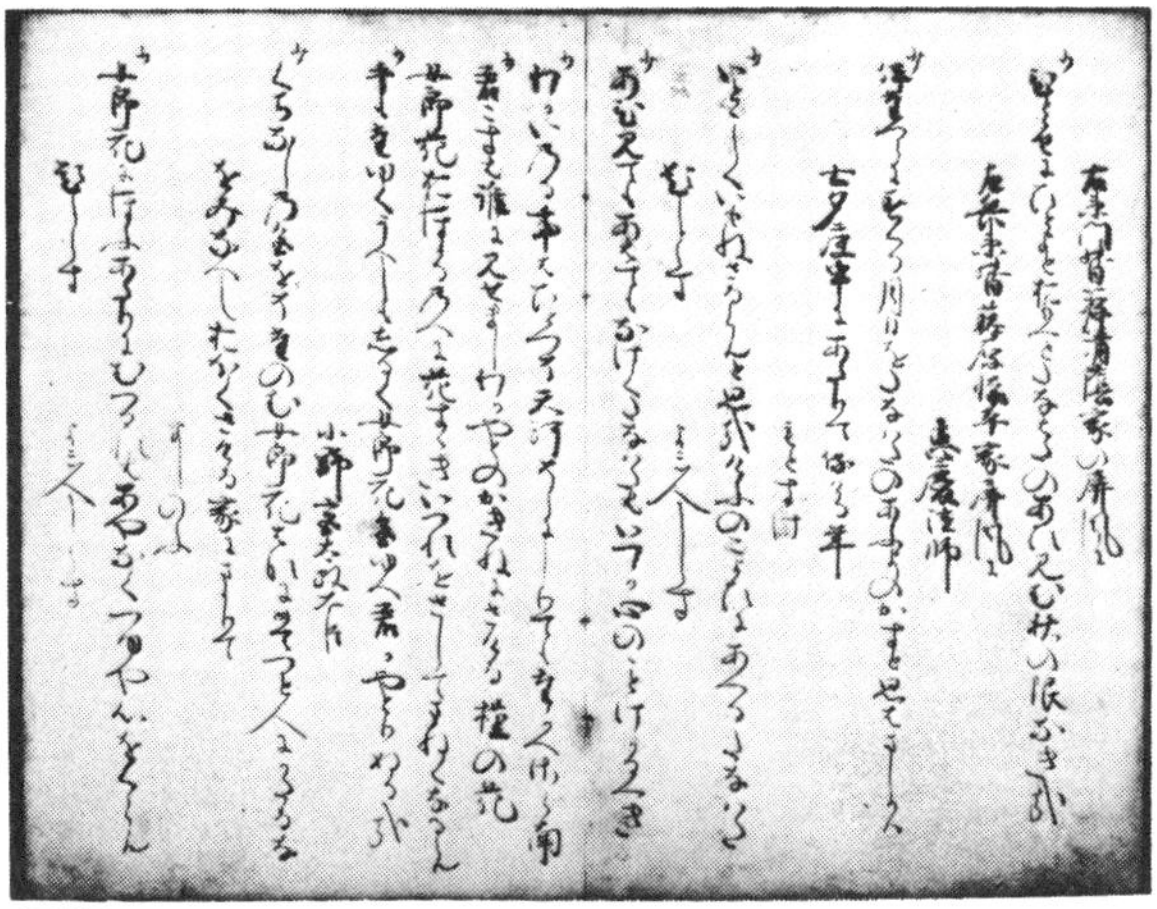
図版 85

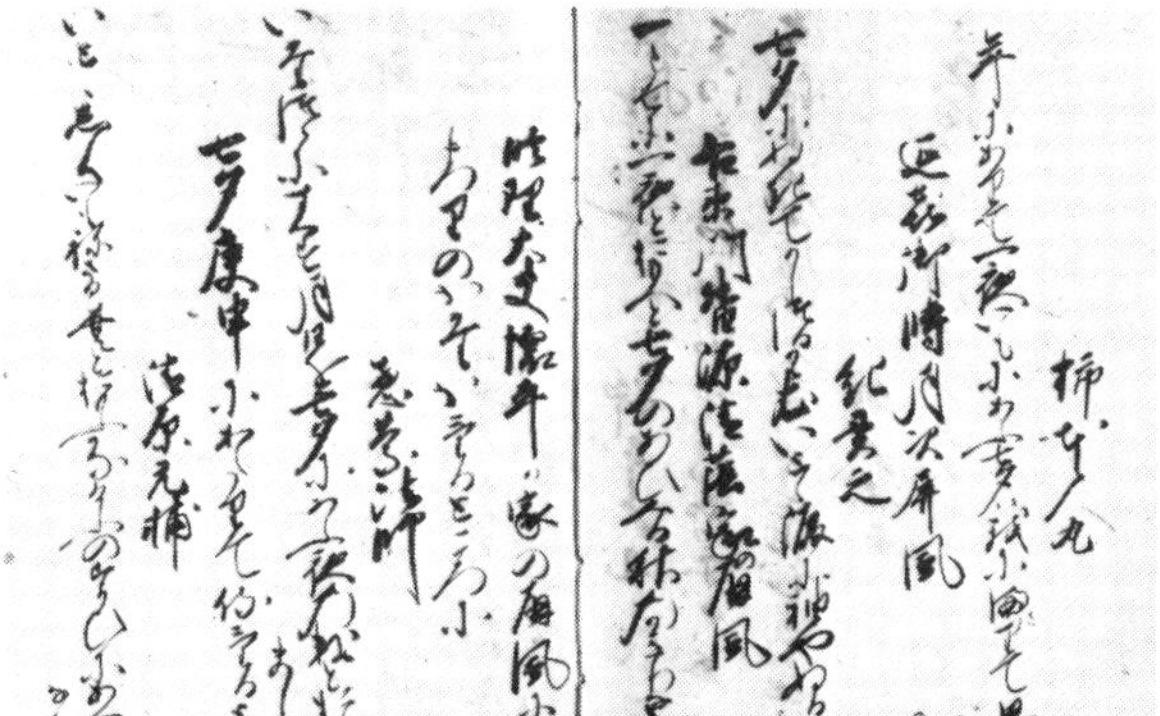
図版 86

ありうることも示している。このことは、詞書の本文批判に際しては念頭におくべきことであろう。

官職名表記の相違 ——一五一の詞書は大きく相違する。この箇所は底本にした流布本(国歌大観本)が、はじめの「左」を「右」と誤写しているので、底本を天福元年の定家筆本系にかえてみよう。まず底本(流布本)は(図版85二首目参照)、

　左兵衛督藤原懐平家屏風に

とある。これに対して堀河本は(図版86四首目参照)、

　修理大夫懐平か家の屏風に七夕まつりのかたかけるところに

と記されている。懐平の官職名が、流布本は〝左兵衛督〟であり堀河本は〝修理大夫〟と異なる。またこの一五一歌は屏風歌であるが、堀河本は屏風絵の内容を記していることに大きな相違がある。堀河本の流布本に対してもっているこの大きな相違は、他の異本類もほぼ同様にもっていることは片桐氏の調査であきらかにされている。とすると、この流布本と異本との相違は、それぞれの成立過程をあらわすポイントの一つになるかもしれないことがわかる。なぜかというと、懐平の官職表記に、このような相違があるからである。

勅撰和歌集の場合というよりも、ひろく整頓された撰集の場合は、作者名の表記法にいくつかのきまりがある。そのうちの大原則は、①現存の人は現在すなわち撰集完了時点の官位にもとづいて表記され、②故人は没した時の、また僧以外の人で出家(入道)した人は出家直前の官位によって記されるということである。これは詞書の中の人名表記にも準用される。『拾遺集』は寛弘二年(一〇〇五)六月から同四年一月までの間に成立したという故堀部正二氏説がほぼ定説となっている。一方、藤原懐平《かねひら》は寛仁元年(一〇一七)四月十八日に正二位権中納言の現職で没している(六五歳)。すなわち『拾遺集』編集時点では、五十歳台で活躍していた人である。したがって大原則の①が準用できるわけである。そこで、『公卿補任《くぎょうぶにん》』(国史大系本)によって、懐平の官歴をしらべてみよう。

まず索引で〝懐平《かいへい》〟をひくと「寛和二年非参議従三位――寛仁元年薨権中納言正二位」（初出年の官位と最終年の以後登録しない理由と極官極位を示す）とある。『公卿補任』は官は参議以上、位は従三位以上（非参議）の公卿の各年ごとの官職位階の異動現状を記している古代の職員録である。そして、ある人が、ある年に参議なり三位なりになると、その年のその項にはじめて名前が登録され、と同時にそれ以前の官位歴が付記されているのが普通である。〝修理大夫〟は従四位下相当官であるから（『官職要解』等参照）、懐平の初出年の官歴をみなければわからない。そこで索引に従って、従三位になった寛和二年（九八六）をみると（この時は改名前の懐遠ででている）「修理大夫如元」とあり、この時点でも修理大夫であったことがわかる。付記された官歴によると、修理大夫になったのは三年前の永観元年（九八三）十二月十三日であり、公卿補任を各年おって見ていくと長徳四年（九九八）十月の任参議で修理大夫は源俊賢にうつる。したがって、懐平の修理大夫在任は九八三年から九九八年十月にいたる間である。流布本にみられる〝左兵衛督〟は修理大夫と同じく従四位下相当官ではあるが、六衛府の督・中将は参議がかねる例がおおい。そこで懐平の官歴を補任をおってみていくと、寛弘元年（一〇〇四）十二月二十九日に兼任し寛弘六年（一〇〇九）三月四日に右衛門督に転じている。すなわち左兵衛督在任期間は一〇〇四年末から一〇〇九年三月までとなり、修理大夫在任より六年後からとなるわけである。

このように、懐平の修理大夫（九八三～九九八）と左兵衛督（一〇〇四～一〇〇九）との在任期間をしらべ、また『拾遺集』の成立時点（一〇〇五～一〇〇七）を念頭において、勅撰集の人名表記の原則を適用させると、流布本（左兵衛督藤原懐平）の表記は少しも矛盾しないが、堀河本（異本、修理大夫懐平）の表記は、整頓された同じ拾遺集としてはおかしいということになる。このことだけをとりあげてみると、堀河本（異本）は流布本より少なくとも六、七年前に成立した前段階の撰集であるか、またはきわめて未整頓の『拾遺集』であるということができよう。いずれにしても成立過程からいって、複雑な混入現象がない限りは、堀河本は流布本より前段階の撰集であることは確かであろう。

詞書の繁簡の相違――前述したように、堀河本の一五一の詞書には、懐平の官職表記の相違のほかに、屏風絵を説明した「七夕まつりのかたかけるところに」（図版86参照）が加えられている。屏風歌の場合はこのほかにも一七一の（本行は堀河本、右わきが流布本）、

屏風の絵《に》に八月十五夜に《ナシ》いけあるいゑに人《人》々あそひた《し》るか《た》た《る》かける所《所》に

あるいは読者の方々の底本への校合をみてもおわかりのとおり、一七三・一七四・二〇四と堀河本のほうが説明がくわしい。また屏風歌以外でも、たとえば一七五の（傍点は堀河本に加わった表記）、

延喜御時八月十五夜弘徽殿のはさまにて蔵人所のをのことも…

にみるように場所を加えて表記するなど、一五九・一六三・一六六・二〇〇と堀河本の方が説明が丁寧であることがわかろう。説明が丁寧であるということは、一面繁雑であるともいえるのであって、こういう視点でみれば流布本の方が整理されて簡にして要を得ているともいえよう。そのほか一九八の流布本「西宮左大臣家」に対して、同一人ではあるが堀河本は「左大臣源高明家」としたり、各箇所にわたる相違をふくめて、流布本と堀河本とでは、詞書の表記についての、編集時点における意識の差があきらかにみとられると思われる。詞書の相違の検討の結果だけでも、〝堀河本〟は流布本に対して、はっきりした異本の位置にあるといえるのではなかろうか。

堀河本の欠点――また詞書を流布本と対校した結果をみて、堀河本の欠点と明らかにみられる点も少なくない。一四四の柿本人まろの歌には、流布本にある「題しらす」の詞書が堀河本にはない。詞書のない歌は、その直前の詞書をその歌の詞書とするというのが、ひろく編集された歌集の大原則である。堀河本のように、ここに「題不知」がないと、一四一の「延喜御時屏風歌」が一四二（躬恒）・一四三（貫之）の両首とともに、以下一四八にいたる柿本人丸・読人不知・湯原王など五首の万葉歌人等の詠が醍醐天皇の時代の歌になってしまう。これは一八五の「題しらす」がないこととともに、堀河本書写の際の書きおとし（誤脱）であろう。

また六四の「三条の中宮」(堀河本)は「三条のきさいの宮」(流布本)と表現意識は変わらないが、異本系がすべて中宮と表記している現状をみると、異本系(堀河本)の表記的な特徴といえよう。これはよいが、つぎのことばが堀河本は「もきに侍ける」とある。これは「裳」の草体を、草仮名「も」と誤読した堀河本のみのミスである。誤読の例はほかにもある。二〇四の堀河本詞書、

二条左大臣の家のあれかの山里の…

「左大臣」は他の異本にもあるので異本の特徴とも考えられるが(左と右の草体は誤りやすい)、つぎの「あれか」は明らかに誤読である。堀河本祖本の表記「あわ〻」を、どこかの段階の書写の際に、「わ」を「れ」に、「〻」を「か」に誤読書写したものと考えられる。他は、流布本・異本をとわず「あわた」あるいは「粟田」であり、地名である。

(2) 作者名表記の相違

一般的にいって、作者名の表記は諸本によって相違は少なくない。書写の際には、作者の実名に最も関心が強く、官職とか氏とかには比較的注意がうすれるからであろう。しかしながら、一定の方式で他とことなる表記法をとっていれば、そこにその伝本の特色がみられることになる。

まず眼につくのは、堀河本が詞書の「題不知」に対応して、「よみ人しらず」を「読人不知」と真名書きにすることである。これは前回みたように三八にはじまり、一二箇所の作者不詳歌人の表記に共通する。これは堀河本の表記上の特徴といえよう。

また勅撰集の作者表記として、五位以下の作者には氏と名だけを記して官職をつけない。また、その層にすぐれた歌人がおおいので、数十首も作者名として表記する場合は、はじめはフルネームで記すが、のちには名のみ表記するのが一つの慣例である。『拾遺集』の場合をみても、紀貫之一〇七首・柿本人麿一〇四首・大中臣能宣五

九首・清原元輔四七首・平兼盛三八首・凡河内躬恒三四首・源順二七首と(他に輔相三七首)、圧倒的に、五位以下の歌人層の、集に占める位置がたかい。この場合、流布本は巻一のはじめから「つらゆき」「みつね」等と大部分が仮名書きの名のみである。ところが堀河本は、一三九の「紀貫之」にはじまり、このクラスの歌人全部が真名書きのフルネームである。これは他の異本系諸本もほぼおなじであり、流布本系に対する堀河本系の、作者表記上の大きな特徴といえよう。

そのほか堀河本と流布本との表記の差でめだつのは、堀河本が一六九「大弐高遠」、二一〇「右衛門督公任」の下に「卿」を付記すること、一七三「源景明」を「源高明」、また二二三「よした丶」を「読人不知」とあやまること、二〇〇「源延光朝臣」の朝臣をはぶくこと(勅撰集の作者表記の原則からいうと、参議を除く四位の歌人には、氏名の下に朝臣をつける。ただしこの原則は後拾遺集ごろから固定)、流布本「法橋観教」を「観教法師」(ただし堀河本は観を視とあやまる)とするなどである。これらは堀河本のみにみられる相違ではなく、他の異本系にも共通しているので、流布本と対立する相違ということができよう。

なお、巻三はじめの一三七の作者を「安保法師」としたのは、堀河本独自の表記であり、法と保(ホウ)の音通から借字したものと考えられる。また流布本には、作者名の下(あるいは横)に作者の経歴などを注記しているが、これは後代の(たとえば天福本は藤原定家の)研究書き入れである。この相違はおなじ定家本あるいは系統本では比較検討の必要はあろうが、異系統本の間では、有無の区別により、他系統の本文が混入しているかどうかの判別に役立つわけである。

(3) 和歌本文の相違

歌集の場合、諸本系統の差をはっきり示すのは和歌本文の相違である。しかしながら、伝存本が少ないと、おたがいに影響しあったり、家集の場合は勅撰入集歌を調べた後世の人によって、勅撰集の形になおされたり、ま

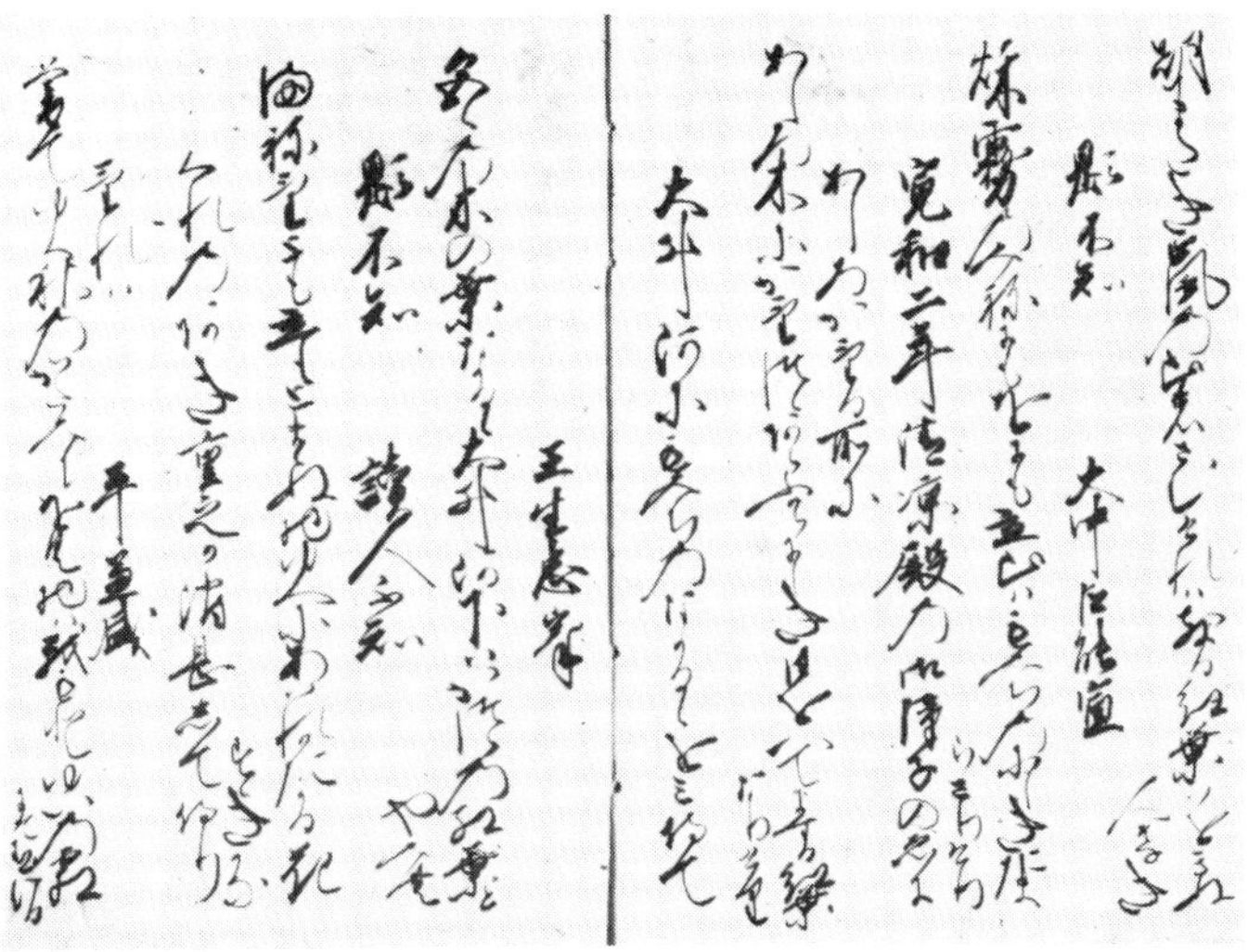

図版87

た逆に勅撰集の出典資料をしらべた人により、勅撰集の本文が共通した歌合や私家集によって訂正される場合もある。伝本がおおい場合も、ある時期に校合された他系統の本文が互いにまじりあったりして、純粋なその系統の本文を求めるのは簡単なことではないことをまず念頭にいれておこう。したがって、この和歌本文の相違を検討するため、もっともわかりやすい例として、有名な歌をまず検討してみたいと思う。

二〇の公任の歌は、下句（第四句）が大きく相違する。堀河本の本文をあげると（図版87第一首参照）、

朝まだき嵐の山のさむければ散る紅葉をきぬ人そなき

とある。これに対して流布本は、「紅葉の錦きぬ人そなき」とあるのは、ごらんのとおりである。この公任の歌は、『袋草紙』上巻によると、

御堂（道長）大井河遊覧之時、詩歌之船分て各被乗堪能之人、而御堂被仰云、四条大納言（公任）何船可被乗哉、大納言云、可乗和歌之船云々、此度ちる紅葉ばをきぬ人ぞなきとはよむ也、…

とある。すなわち、道長が大井河で三船（詩・和歌・管絃）の遊びをした時に、道長が三船の才を兼備していた公任に、どの船に乗るのかと質問したところ、今回は和歌の船にのると答えたという。そのわけは公任が「ちる紅

葉ばをきぬ人ぞなき」という秀歌を、あらかじめ作っておいた（擬作という）からだといった、という説話である。
この説話の真偽は別として、公任の家集にも、

　　ほうりんしにまうて給ふる、あらし山にて
拾朝朗《またきィ》嵐の山のさむければちる紅葉ゝをきぬ人そなき

とある。袋草紙・公任集をとおしてみると、この歌は創作当時より有名な歌であり、かつは公任の創作意図は上句よりも、むしろ下句の「散る紅葉ばをきぬ人ぞなき」にあったのであろうと推定できる。堀河本は、詞書は袋草紙・家集とはことなるが（撰集の場合は、編集者により詞書も編集される）、和歌本文はこれに準じている。なお、家集は第一句を「朝ぼらけ」としている。創作時点に朝ぼらけであったのか朝まだきであったのかは不詳であるが、家集の「朗」のわきに「またきィ」と校合されているのは、前にのべたケースの、勅撰入集歌を調べた時点における異本系『拾遺集』本文による校異注記であろう（歌頭にある「拾」の字を集付《しゅうづけ》という）。

これに対して、底本をふくめて流布本といわれる定家本はすべて、下句は「紅葉の錦きぬ人ぞなき」となっている。この相違は古来有名な問題であったらしく、おなじく袋草紙上巻に、つぎの説話を記している。

　拾遺撰之時、公任卿ちる紅葉ゝをきぬ人ぞなきと云歌をば、花山院紅葉の錦きぬ人ぞなきと直して可入之由有勅定、……

説明をくわえるまでもなく、『拾遺集』を編集する時に撰者の花山院（『袋草紙』の著者藤原清輔の説）が流布本のように直そうとしたとする説である。もちろん下句に自信のあった公任は、「不可然之由被申」たと説話はつづく。この下句の改訂の問題は、『袋草紙』の説話が示すことがほぼ正しく、『拾遺集』の編集過程において直されたものであろう。これは拾遺集の他の歌句の改訂の例をみてもいえることである。

さてそれで堀河本の問題にたちもどって考えてみよう。堀河本の本文が、公任の原作歌によっていることはみ

るとおりである。このことについてこの歌本文のみに限って考えると、本文批判的には二つの意味をもつものと思われる。一つには、堀河本が流布本と別系統の、しかも流布本より前段階の編集過程のものであろうということ、一つには、後世になって家集なり、説話なりと接触した結果、公任の原作と思われる「散る紅葉ばを」に再改訂された、という二つの見方である。このいずれをとるかは、流布本と堀河本との全体的な相違点の特徴、さらには『拾遺抄』と堀河本との関係などから決められなくてはならない。

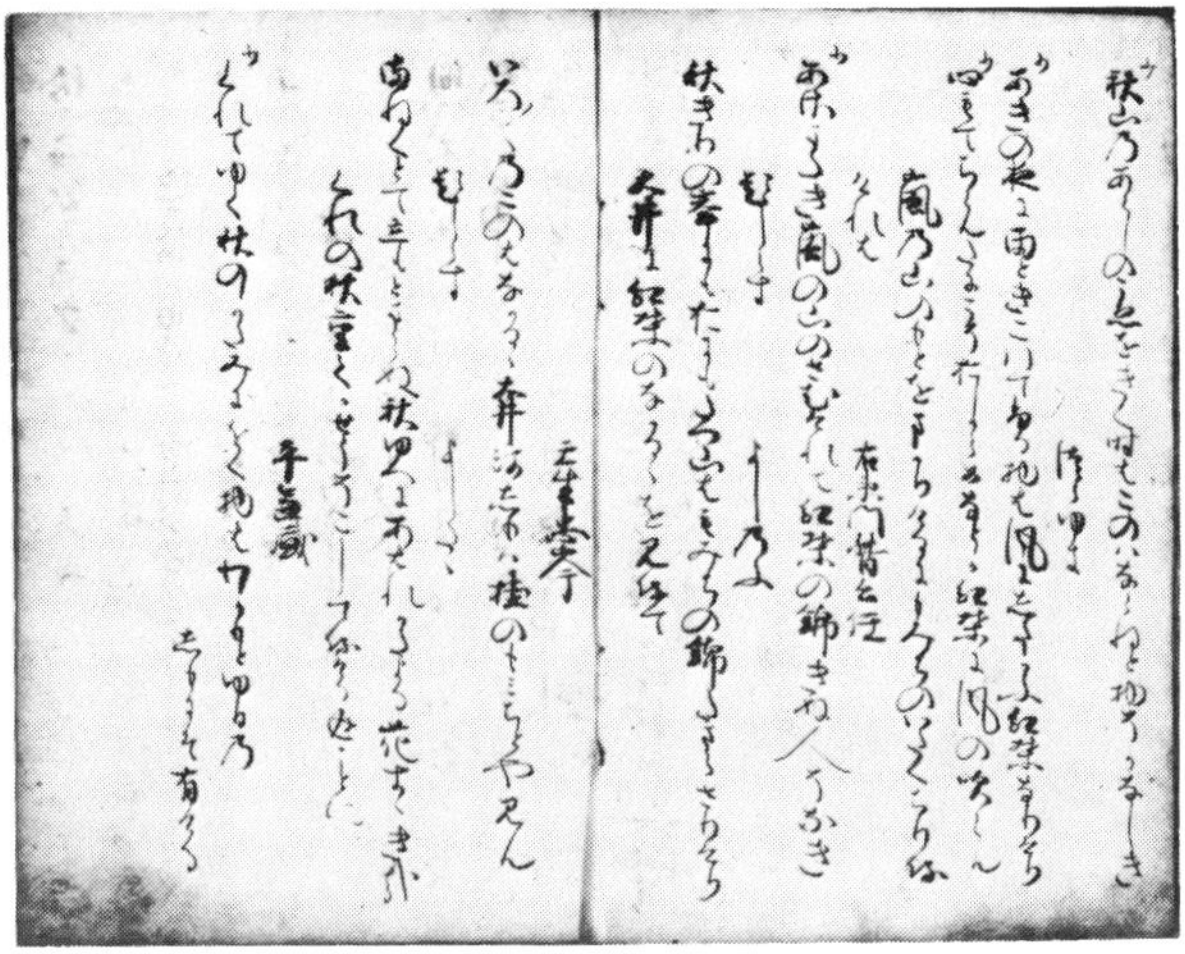

図版 88

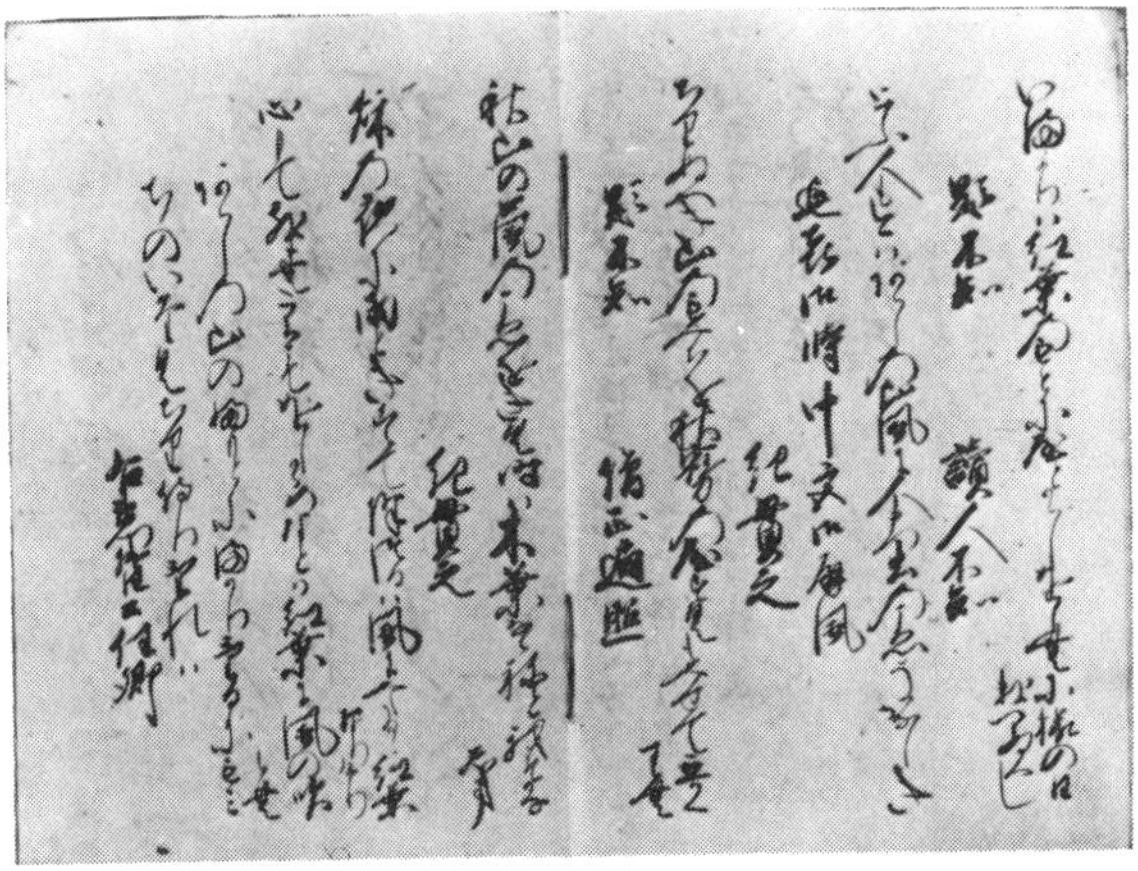

図版 89

この公任の有名な二〇の歌の場合以上に、流布本と堀河本とに相違があるのは二〇八の紀貫之の歌である。この歌は流布本によると(図版88参照)、

あきの夜に雨ときこえてふる物は風にしたかふ紅葉なりけり

とある。ところが

堀河本によると、読者の方々が底本に相違を記入したように(図版89参照)、

　秋の夜に雨ときこえて降つるは風にみたる、紅葉なりけり

と大きく相違する。この場合、貫之のもとの歌がどうであったか、的確にわからなければ批判の正確は期せないが、現存の『貫之集』(西本願寺本・歌仙本・伝為氏筆本とも)には見当たらない。しかしながら、「降つるは風にみだるる→ふる物は風にしたがふ」の変化は、前述した公任歌の場合の「散る紅葉ばをきぬ→紅葉の錦きぬ」の改訂に共通する、詞の強さ・あざやかな創作印象から、伝統的な歌語による一首全体の流れるような調べへの改変とみてとれないことはない。だがしかし、このような印象批評は、本文批判には禁止される方法であることを記憶しておいてほしい。だがこの疑問は、後述する堀河本と『拾遺抄』との比較によって解決されようし、二〇八・二一〇とともに、堀河本と流布本との本文の相違は、堀河本を含む異本系すべてのもつ相違でもある。改めていうまでもなく、この点でも堀河本は流布本とは系統を異にすることが確認できよう。

流布本の改訂(しかしながら、以上のことが、堀河本系統が作者の原歌を採用し、流布本がその編集方針に従って、当代風にすべて改変したと思ったら大間違いである。堀河本系統が、あやまった本文を採用しているのを、流布本にいたって訂正したと思われる相違も少なくない)と断定したが、作者の原歌はどういう形であったかを認定することははなはだ困難な作業である。簡単に活字化されている歌人の家集とか、歌合とかと比較してきめるわけにはいかない。それぞれが第二次の編集物であり、しかも現在まで何回もの転写とか他本との接触をへてきているからである。したがって、比較する資料一つ一つに文献批判が必要なわけであり、かつは直接の撰集資料が何であったかも判定しなければならない。本書ではとてもそれができないので　比較の資料として西本願寺本『三十六人集』を使うことにする。この家集叢書は、京都西本願寺に大部分現蔵され、十二世紀初めの書写とされている。これ自身編集されたものであり、しかも書写の古さは本文の正確さと必ずしも正比例しないが、現在

の段階では比較的信用できるものと認定して使うこととしよう。さてその例をいくつかあげてみよう。

一四八の柿本人麿の歌は、堀河本には、

年にありて一夜いもにあふ七夕は我にまさりて思覧やそ

とある。流布本の第三句は「ひこほしも」であり、異本系はすべて「たなばたも」か「七夕は」である。ところが西本願寺本(以下『三十六人集』の場合は西本と略称する)『人麿集』の下巻によると、

としにありて一よ妹にあふ彦星も我にまさりておもふらんやそ

とあり、流布本と同形である。一三二の大中臣能宣の歌の第二句「秋の月みつのそこにそ」(堀河本)に対して、流布本は「浪のそこ」であるが、西本『能宣集』も流布本と同じである。これらと同様のケースは、一七九(伊勢の歌)の初句・一八〇(貫之)第四句・一八七(貫之)第五句等にもみられ、また曾禰好忠の歌を、その家集(伝為相筆本)と比較してみても、一八六の第五句あるいは三三の初句・第三句などは流布本の表記と一致している。しかしながら、一七七の平兼盛の歌をみても、西本をもとにすると、

よもすから見てを(流布本同、堀河本見つゝ)あかさんあまのはら(流布本・堀河本秋の月)こよひのつきは(堀河本同・流布本のゝ)ともなかりしに(流布本・堀河本なからなん)

となり、三本三様の相違がある。相違のある歌本文と、その出典と思われる資料とを比較してみると、おおくの場合は、この兼盛の歌のようになることが普通である。これは、第一には編集された歌集には当然編集者(自他ともに)の改変が考えられようし、また、流布本・堀河本・西本願寺本(その他の資料も)の三者が、成立から現状にいたるまでの間に、書写の前後にかけて、いろいろな原因で本文の変化がおこった、と考える方が自然であるからである。

堀河本の誤写――一四二の凡河内躬恒の歌は、堀河本によると、

ひこほしのつま待よひの秋風に我さへあやなつまそこひしき

とある。第五句は、流布本・異本すべてが「人ぞこひしき」である。これを念のため西本『躬恒集』にみると、

（七月七日）

ひこほしのつま、つよひのあきかぜにわれさへあやなひとぞこひしき

とある。恐らく「ひとぞこひしき」が正しい本文であり、堀河本は、第二句の「つま待」に影響された誤写であろうと思われる。

また、比較的推定しやすい誤写もある。一三八の第四句は、堀河本のみ「時雨ぬときに」とある。他はすべて「しぐれぬさきに」である。これはさの草体「さ」がくずれ「と」と誤認した誤りであろう。これに類する堀河本独自の誤認と思われるものに、一五三第二句・一九六第五句などがあり、またなんらかの理由で、助詞の表記を誤った例として一三九初句・一五三第三句・一六六第二句・一八二第四句・一九八初句第三句などをあげてもよいと思う。

以上で、流布本と堀河本との和歌本文の、相違についての検討はおわろう。すべての箇所にはおよばなかったが(ちなみに、用例としてあげなかった流布本との相違箇所は、他の異本と傾向をおなじくする相違である)、その相違の特徴はおわかりいただけたものと思う。流布本巻三秋の七八首のうち、相違の多少とその質の差はあるが、実に三六首約半数の歌が相違箇所をもっているわけである。これでは流布本と堀河本との関係を、同一系統内の伝写間の本文の相違として考えるわけにはいかないであろう。

(4) 歌数・歌序の相違

歌集を対校する場合に、きわめて簡単でしかも明瞭に相違がわかるのは、歌数と歌序の相違である。遠方に所在する本で、でかけて行って短時間のうちにその本の性質をみわける方法によく使われる。しかしながら、その場合でも、せめて巻頭巻末各数首ぐらいは詳しい対校をすべきであろう。念のため。

流布本と堀河本とを対校した結果、堀河本の方が二首多かったことは、前にみた通りである。さてその二首が

どのような意味をもつのか、検討してみよう。まず第一は流布本一八五と一八六との間にある一首である(図版90参照)。

凡河内躬恒

一八五　永月の九日ことにつむ菊の花もかひなくおひにけるかな

紀　友　則

○　夕されはさほの河原の河霧に友まとはせる千とりなくなり

右大将定国家屏風に　壬生忠峯

一八六　千とりなくさほの河きり立ぬらし山の木の葉も色かはりゆく

延喜御時の御屏風に　紀　貫　之

一八七　風さむみ我から衣うつ時そ萩の下葉も色つきにける

すなわち○印の歌であるが、この四首は晩秋初期の歌で、しかも古今歌人が一群をなしていることに気がつく。○印の友則の歌は、夕方の佐保の川霧のなかに鳴く千鳥が主題である。『古今六帖』などにより、十世紀前後の四季別の歌の素材(歌語・歌材)をみると、霧は秋に多く、鳴く千鳥は、秋・冬の歌に詠まれている。この点で、○印友則の歌が〝秋〟部にあることに矛盾はない。また、勅撰集はじめ撰集の四季部立のなかの歌の排列は、季の移りとともに、歌語の連接によって次から次へとならべられている場合が多い。そこで、この前後の歌のおもな歌語(歌材)を底本でみてみると、一八二(霧と萩の花)・一八三(萩と露)・一八四(菊と白露)・一八五(移ろう菊)・○印(佐保の川霧と鳴く千鳥)・一八六(立つ川霧と

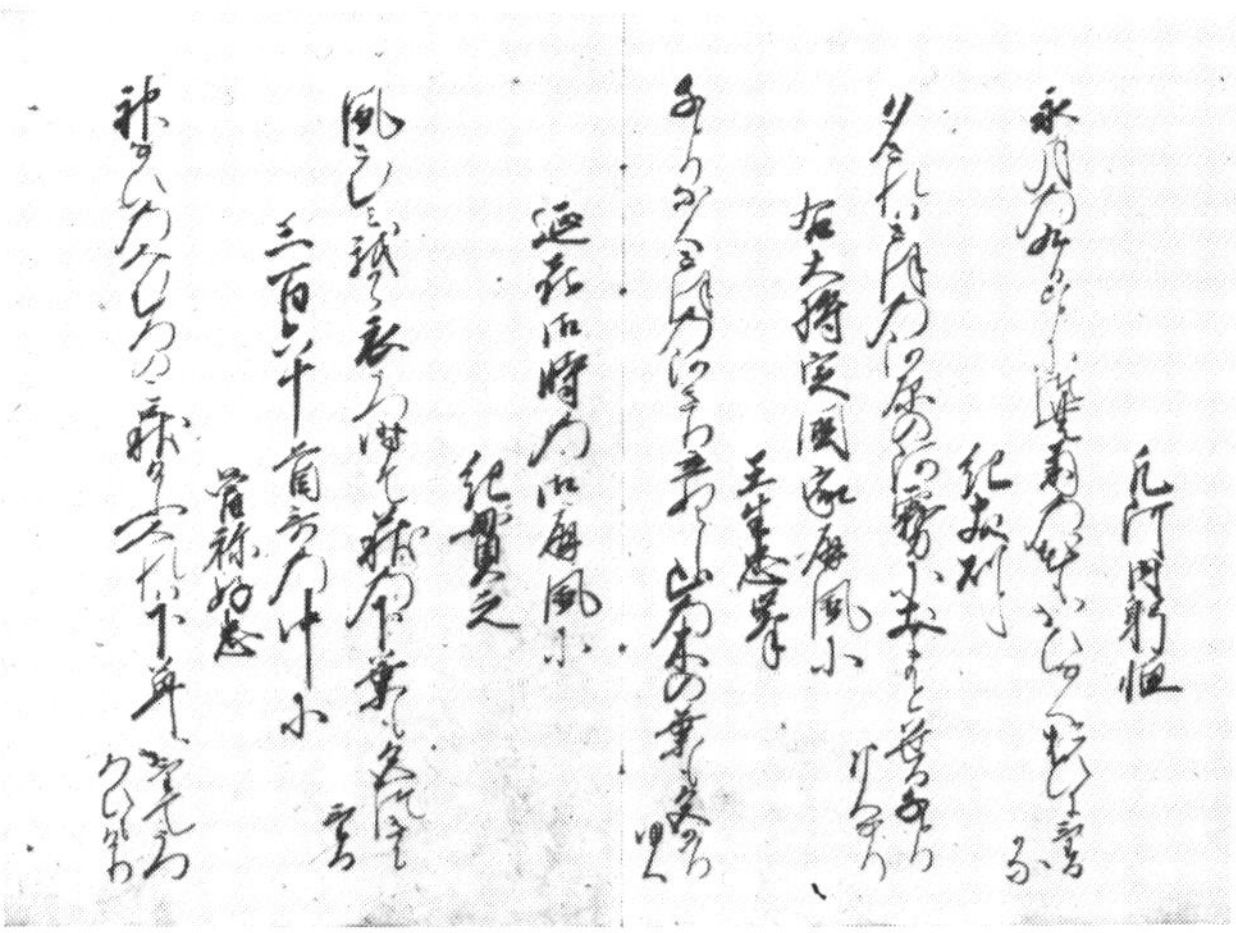

図版90

色変わる木の葉）・一八七（寒風と色づく萩の下葉）と連続している。みるとおり、この連続におおきな破綻はないが、よくみると、一八五の〝移ろう菊〟から一八六の〝色変わる木の葉〟につなぐ方がスムーズであって、○印は、一八六の主題ではない序詞的な初二句の「千鳥なくさほの河ぎり」の縁によってこの所に位置したような形である。

　事実この○印の友則の歌は、堀河本の重複歌であり、前にみたように、堀河本冬部（流布本三三八）——この箇所は三三七（松に住む鶴と尾上の霜）・三三八（○印歌、河霧と鳴く千鳥）・三三九（浦近く降る雪）の連続で、山・川・浦、霜・霧・雪とリズミカルに移り、○印を秋におくよりも無理はないと思われる——にも排列されている。このように堀河本の○印友則の歌が、秋・冬の両部立に重複している現象を検討してみると、○印歌は、やはり秋部の一八五と一八六の間に排列するよりも、冬部の三三七と三三九との間においた方が、より妥当であり、季の矛盾もないと考えられる。では、なぜ堀河本が、この歌を秋と冬とに重出させているのであろうかという問題が残る。これは、今まで詞書・作者・本文についておのおの相違で検討してきたように、堀河本は、流布本より前段階の成立であろうとする見方を裏づける現象と解釈できよう。すなわち、拾遺集の精撰された形態——流布本では、○印のこの歌は、冬部の該当位置に固定する歌であり、事実、堀河本にもこの位置にある。ところが秋の部にも存在しているのは、はじめは秋部に入れられ、冬に移して切出《きりだ》さるべきものが、そこに残った未精撰の本文を書写したのが堀河本であるということになろう。勅撰集の場合、撰者の第一稿本が出来てから、精撰されて奏覧されるまでの間には、大なり小なり増減改訂（切継《きりつぎ》・切出《きりだし》・本文の訂正・歌序の変更）が当然おこなわれるわけである。

　さてつぎの一首は、秋の巻末に近い二二一と二二二との間におかれている（図版87参照）。これも冬部にも排列されている重出歌で（流布本は第二首目二二六、堀河本は第三首目で二二七の次）、あらためて和歌本文をみてみると、

　　あしろ木にかけつゝあらふからにしき日をへてよする紅葉なりけり

落ちた紅葉が日を経て網代に寄せるのが主題であるから、最晩秋でも初冬でもよい。これは、冬部の巻頭歌を念

頭において、秋部の二〇六から二二三にいたる一連の紅葉の歌をみていくと、この歌は、秋部から切出して(二二三を考えて)、冬部に、しかも流布本のように二二五につづけた方が排列上よいと私は思う。読者の方々の御意見はどうでしょうか。底本をみながら前歌の例に従って、撰者のつもりで検討してみて下さい。

50　流布本と堀河本との関係

以上にわたって検討してみたが、流布本と堀河本との関係は、いまさらいうまでもなく、系統の大きく異なるものであることはあきらかであろう。堀河本は、研究者の間で〝流布本〟(定家本)に対して、『拾遺集』の〝異本〟であるといわれる理由は諒解されたと思う。同時に、相違間のいろいろな現象から、堀河本(異本)は流布本と比較して未精撰であり、流布本にいたる過程の、いわば『拾遺集』の一稿本(中間的な)であるということも、おわかりいただけたかと思う。ではつぎには、『拾遺集』の母胎であるといわれている『拾遺抄』(鎌倉期写残欠本)と、〝集〟の中間的稿本である〝異本〟(堀河本)とを比較してみよう。

51　異本(堀河本)と抄との関係

今までの対校と検討とによって、堀河本(異本)と流布本との関係はほぼはっきりした。そこで、未精撰の堀河本と、〝集〟の母胎である〝抄〟(抄の歌はすべて集に含まれている。なお、抄は集の抄出本であるという説の方が、鎌倉時代以降つよかった。あわせてこの点もみてみよう)との関係をたしかめることにより、『拾遺集』の編集成立過程があきらかになると思われるからである。また〝抄〟の伝本についての、あらましの検討は46項においておこなった。そこで、現存の〝抄〟のうち、もっとも広本《こうほん》(本文の多い本、歌集では歌数の多い本)である鎌倉期写の残欠本(秋・冬・賀が主体)と堀河本とを比較してみよう。なお比較部分は、今までとおなじく秋部のみを対象とすることにしよう。

残欠本の秋部は他の抄より多く五〇首の和歌がある。この五〇首を堀河本の八〇首とまず照合してみよう（各自の底本参照。堀河本の歌番号は流布本の番号を準用する）。上段を堀河本、下段を残欠本（秋部巻頭からの一連番号）とすると、次のような関係となる。

一三七―1　一三九―2　一四〇―3　一四一―4　一四二―5　一四三―6　一四七―7
一四八―8　一四九―9　一五〇―10　一五一―11　一五二―12　（雑秋一〇八―13）
一五三―15　一五四―14　一五五―18　一五七―19　一五八―20　一五九―21　一六一―22
一六二―23　（雑秋二〇三―24）　一六六―34　一六七―25　一六八―35　一六九―28
一七〇―29　一七一―30　一七五―31　一七六―32　一七七―33　一七九―26　一八〇―27
一八二―36　一八三―37　一八五―38　一九〇―17　一九一―16　一九六―42　一九九―39
二〇三―40　（冬二二七―41）　二〇四―48　二〇五―49　二〇六―43　二〇七―44　二〇八―45
二〇九―46　二一〇―47　二一四―50

すなわち①には残欠本五〇首のうち、巻四冬部に一首、巻十七雑秋に二首の計三首が、堀河本の他の部立にみられるが、他の四七首はすべて堀河本秋部にふくまれていることがわかる。また②には、〝抄〟（残欠本）のはじめ一二首までは、歌序をたがえず〝集〟（堀河本）巻頭の一六首のなかにみられ、残りの二五首は、ほぼ抄（残欠本）の歌序の一群（数首）の単位に、歌序をかえて堀河本（集）中に存在していることに気がつく。この現象からは、〝抄〟が〝集〟の母胎であるとも、抄出本であるともみられるわけであろう。

つぎに堀河本と流布本とが、和歌本文で大きく相違した箇所をみてみよう。例の二〇八（貫之歌）と二一〇（公任歌）の所は（一四七頁以下参照）、幸いにも堀河本二〇六～二一〇・残欠本43～47と、両者歌序をかえず五首ともに同じ排列で

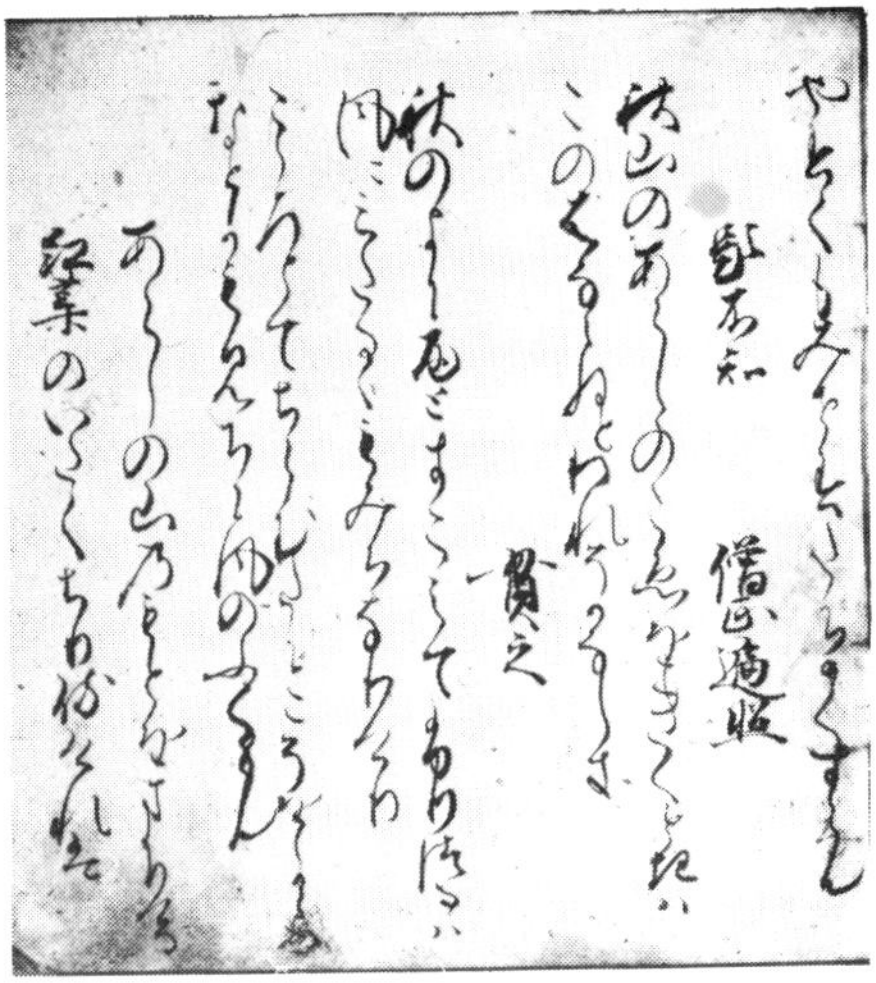

図版91

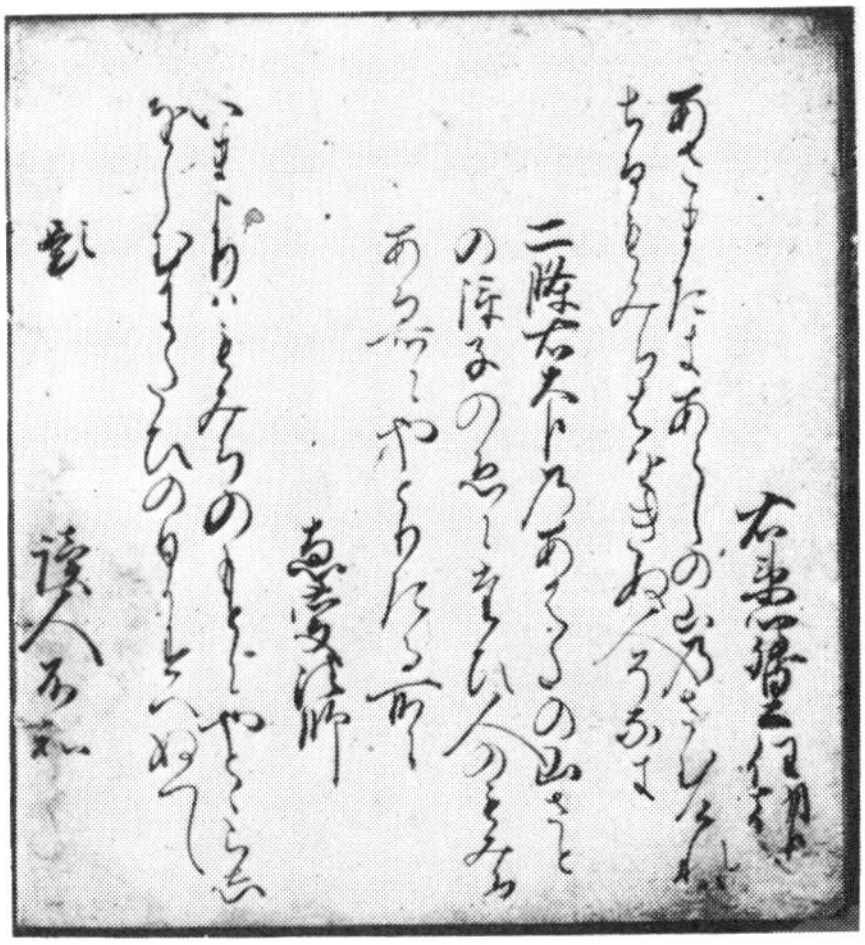

図版92

ある。残欠本の該当歌45と47とをあげると（図版91第三首・92第一首目参照）。

45秋のよに雨ときこえてふりつるは風にみたるゝもみちなりけり

47あさまたきあらしの山のさむけれはちるもみちはをきぬ人そなき

とある。すなわち、残欠本（他の抄も）の本文は、流布本とことなり、その前段階の堀河本（異本）とおなじことがわかる。また、流布本と堀河本と和歌本文が大きく相違する8（一四八）第三句「たなはたも」・39（一六九）第五句「みてやかへらん」であって、堀河本と同類である。

つぎに問題の（一四三頁参照）詞書11（一五一）は「修理大夫懐平か家の」にはじまり、全く堀河本と同文であることにも注目したい。もちろん。こまかく両者を比較してみると、詞書・作者表記・和歌本文ともに、三者三様の箇所もあり、かならずしも堀河本とは等式でむすばれない。しかしながら詞書の表記は、傾向として堀河本より詳しく——たとえば21（一五九）の詞書は「女郎花さきて侍ける家に人〱まてきて前栽のあたりにたゝすみ侍て」（底本参照）、三者共通の四七首の詞書を比べてみると、残欠本（抄）→堀河本（異本）→流布本の順に簡略化されていることが推定できる。また、作者表記で相違するのは28（一六九）の「右兵衛督高遠」（堀河本・流布本とも大弐高遠）である（貞和本と同じ。他の抄は左衛門督）。高遠は正暦元年（九九〇）正月には元右兵衛督、長徳二年（九九六）九月には左兵衛督、寛弘元年（一〇〇四）十一月に大宰大弐に任ぜられている。この高遠の官職表記は、あきらかに〝抄〟→〝異本〟→〝流布本〟の成立過程を示す傍証になると思われる。残欠本（抄）と堀河本（異本）との比較は、きわめて粗雑・かけ足になり不十分である。しかしながら、堀河本は①抄の性質を多分に残し、②抄と流布本との中間的な存在であって、③もちろん抄より流布本に近い〝集〟の未精撰のものである、ということは動かないと思われる。

52　『拾遺集』における抄と異本と流布本

以上にわたって、編集された作品の、編集過程による本文のゆれと異同を、『拾遺集』を例としてみてきたわけである。『拾遺集』の場合は、〝抄〟がある程度本文が増加していき、〝集〟に編集がえを行なう時に、まず異本に近い形態となり、これを精撰して流布本形態になったのであろうと推定できるわけである。その間には現存しないいくつかのおのおのの中間形態も存在した可能性もあるし、流布本が最後の精撰本（奏覧本）であるとも断定できない。

右のような結論を出したのであるが、これは幾多の研究のつみ重ねがあったからこそ私が安心していえたわけである。比較の範囲が秋部だけで、しかも使った諸本が、抄が残欠本、異本が堀河本、流布本が国歌大観本の三本だけというのは、実際では結果は夢物語である。片桐氏が主として発見された伝本に、〝抄〟は堀部氏の六本のほかに、島根大学本・高松宮本・某文庫本の三本と残欠本が加わる。異本はめざましく、多久図書館本（島津忠夫氏発見）のほか、天理図書館甲乙二本・北野天満宮本・伝為忠筆本等があり、流布本にしても、天福元年本のほかに、同じ定家本ではあるが貞応二年本・無年号本などを加えて一〇〇本をこす現状である。そのうち、天理乙本が巻十までが異本、以下は流布本であるように、流布本・異本が相互に接触しているし、〃抄〃の本文でも〃集〃の影響が強い。〃抄〃〃異本〃〃集〃、それぞれの系統間のふれあい、また三者間の相互影響をふくめて、現在の抄・異本・集の伝本が存在すると思わなければならない。これを各系統にわけ、それぞれの純粋本文を確定する——各編集時点の本文をさだめるのは、至難のわざであることはおわかりと思う。

八、古典作品の編集

前章で資料的に編集過程のわからない作品を、『拾遺集』を例とし、その現存伝本の内容を検討することにより、『如意宝集』↓『拾遺抄』↓異本『拾遺集』↓流布本『拾遺集』と編集されていった事実をみてきた。本章はその締めくくりとして、編集過程が文献的にあきらかにされている作品と、現存している伝本との関係をみてみたいと思う。

53 『金葉集』の場合

編集された作品には撰集《せんじゅう》とか家集《いえのしゅう》とか、いわゆる〝歌集〟が圧倒的におおい。編集過程が当時の文献に明示されていなくとも、たとえば第五代の勅撰集である『金葉和歌集』には、明らかに内容のことなる三種類の伝本があって、初度↓二度↓三奏の過程が位置づけられている。『金葉集』は白河法皇の院宣により、源俊頼が撰者となり編集したものである。その編集過程は、後代の人の記載とか、または伝本に付載した奥書類で推定できる。たとえば伝後京極良経筆『金葉集』(三奏本、大治二年〈一一二七〉はじめころ成立、鎌倉写)の鎌倉期の奥書をあげてみると、つぎのように記されている。

抑此集者、白河院御譲位之末、俊頼」朝臣奉　院宣撰之、天治元年奉　勅、」大治元二之間　奏之、此集本不定也、」奏覧之処、再度返給之、初度進覧本、」一番三宮御歌也、

としの中にはるたちくれはひと、せにふたたひまたるうくひすのこゑ

第二度進覧本、一番顕季卿哥也

うちなびきはるはきにけりやまかはのいはまのこほりけふやとくらん

此本等世間流布也、以上二ヶ度被返下了、」第三度奏覧本、一番哥源重之哥也、

よしの山みねのしらゆきいつきえてけさはかすみのたちかはるらん

今度奏覧本無左右被納了、以』撰者之自筆書造帋云々、件本者拾遺」集玄々集哥等多以入之、当本即是也、」可指南歟、

（」は改行を、』は改丁を示す）

この奥書の記載は、「初度進覧本一番三宮御歌也」を除くと、ほぼ藤原清輔の『袋草子』（保元元年〈一一五六〉ごろ成立）の記事に似ており、また順徳天皇の『八雲御抄』（文暦元年〈一二三四〉ごろ成立）とも大きな矛盾はない。これに『今鏡』（嘉応二年〈一一七〇〉ごろ成立）の記事を参照して、『金葉集』の〝編集過程〟をみるとつぎのようになろう。

天治元年（一一二四、崇徳天皇御代）に白河法皇の院宣《いんぜん》をうけた俊頼は、①その年内に撰歌編集をおえ、法皇にお目にかけたが却下された。その理由は、前記の奥書のように巻頭歌は「としの中に」の紀貫之（三宮ではない）であり、二首目には法皇のきらいな覚雅法師の歌があった。しかも〝三宮〟（後三条天皇皇子）をあらわに「輔仁のみこ」と書いてあった（このことと巻頭歌作者を、三奏本の奥書は間違えたのであろう）。また全般的に三代集作者がおおく、当代的な歌人として撰者に任命した俊頼の撰としては、ものふりているというのであった――〝初度本〟。②そこで俊頼は、これを改訂して、巻頭歌を現存歌人の藤原顕季の「うちなびき」という堀河百首の歌とし、翌天治二年四月に二度目の改訂本を奏覧したが、これまた返却された。今度は当代歌人の詠ばかりで、三代集歌人をほとんど採択しなかったからであるという。まさに過ぎたるは及びがたしであろう――〝二度本〟。③そこで初度本で省いた拾遺・後撰歌人を復活させ精撰し、巻頭を源重之の「よしの山」の歌として、大治元年（一一二六）末か

翌年はじめころ、清書もしないで、俊頼筆の草稿のまま法皇に御覧に入れたところ、即座に受納されたという。したがって、金葉集の最終的な〝証本〟である〝奏覧本(三奏本)〟は、撰者の手もとの控えもなく、二度本が世間に流布したのだ、とこう後世の文献は伝えている。

事実、貫之歌を巻頭とする伝本——〝初度本〟は、ただ一本であるが静嘉堂文庫に伝為相筆本(巻五まで、複製本あり)が存在しているし、前述したように、源重之を巻頭歌とする最終的な〝奏覧本(三奏本)〟系統は伝後京極良経筆本およびその転写本(ノートルダム清心女子大学より翻刻本あり)が数本ある。世間に流布した〝二度本〟にいたっては伝本の数がきわめておおい。しかもそれが一様ではなく、初度本から最初に改訂したと思われるノートルダム清心女子大学蔵橋本公夏筆『金葉集』(同大学より翻刻本あり、なお続群書類従所収の初度本は二度本でこれに近い)にはじまり、二度本の最終精撰段階と思われる吉田幸一博士蔵伝兼好筆本・宮内庁書陵部蔵伝為家筆本にいたるまで、ほぼ五過程にわたる改訂本文に区分できる。われわれが日常使用する流布本(正保版本・八代集抄・国歌大観本等)はその第2段階のものであり、第1段階の公夏本の特有歌(第2段階以後切り出されたもの)をみると、俊頼の歌一二首をはじめ、当代歌人の歌二一首にのぼり、二度本の最初段階は、いかに当代歌人中心であったかがわかろう。

このように、『金葉集』の場合は、当時の正確な記録はないが、数十年後の歌学書をはじめとする文献資料と、現存伝本の内容・形態から俊頼の編集過程がたどれるし、二度本が世間に流布したという記述も裏づけられる(三奏本は流布していなかったので、つぎの『詞花和歌集』の撰集資料ともなった)。

54 『新古今集』の場合

『金葉集』のケースと対照的なのは『新古今集』の場合である。『新古今集』編集の第一段階は、建仁元年(一二〇一)

七月二十七日の「和歌所」の設置であろう。この和歌所の設置、寄人《よりゅうど》(和歌の撰定をする人)の任命については、寄人の一人である藤原定家の日記(明月記)の、建仁元年七月二十六日(前日)の記事に、

巳時許参上、此間右中弁奉書到来、明日可被始和歌所事、為寄人、酉刻可令参仕給、追仰初可被講和歌、以松月夜涼為題、凝風情可令参入給、人々布衣、今遇此事、可謂尭幸、聞人々説、寄人十一人云々、左大臣殿(良経)・内大臣(通親)・座主(慈円)・三位入道殿(俊成)・頭中将(通具)・有家朝臣・予・家隆朝臣・雅経・具親・寂蓮云々、

と、当事者の手により記録されている。これと『明月記』の当日(二十七日)の記事、および源家長(八月五日和歌所年預《ねんよ》=事務局長となる)の日記とをあわせると、当日の歌会の次第から舗設・服装、人の配置あるいは歌会を開いた和歌所そのものの場所(後鳥羽院御所二条殿の弘御所北面《きたおもて》)までも詳細に記されている。

そののち、同年十一月三日の「上古以後和歌可撰進者、此事被仰御所寄人云々」(明月記)の勅撰撰進の〝院宣〟、寄人のうちから撰者(通具・有家・定家・家隆・雅経・寂蓮)六人の〝下命〟。撰歌に入ってから二年後の〝撰歌の進上〟(建仁三年四月二十日)。後鳥羽院の〝再撰歌〟(御点)。元久元年(一二〇四)七月二十二日「撰歌可致部類始」の〝部類下命〟、切継の状況と、院と撰者間、撰者相互の交渉。元久二年三月六日に一応完了した『新古今集』を荒目録を添えての〝奏覧〟。また切継があり、真名序をつけた中書本の段階での三月二十六日の撰集完了の〝竟宴〟。竟宴の二日後からはじまる〝切継〟。その後具体的に示すのは省略するが、いくたびもにわたる〝改訂〟の結果、建保四年(一二一六)十二月二十六日の源家長による〝切継完了本の清書〟で一応完結し、一九七八首の新古今集となった。この間、実に十数年の歳月をついやしているわけである。

これらの編集経緯は、主として編集の当事者である定家・家長などの日記、時には伝本の奥書などにより、相当詳細に過程を知ることができる。『明月記』によれば、切継の結果、経師をよんで、台本の切りばりをさせた記事

までもが記されているのである。こののち、後鳥羽院が北条政権により隠岐に遷され、ふたたび新古今集の再改修に着手されるわけである。これらの、編集過程を示す文献資料を詳細に調べて、『新古今集』の過程の証本を推定すると、次の八過程が考えられよう。

一次本　元久二年三月六日荒目録添加奏覧本
二次本　同年三月二十六日竟宴の中書本
三次本　同年三月二十九日摂政良経(仮名序執筆者)意見による改訂本
四次本　建永元年六月十九日以後の良経遺稿(同年三月七日薨)の押紙による大訂正本
五次本　承元元年四、五月の後鳥羽院御下命による藤原定家清書本
六次本　承元三年六、七月の御下命による定家書写およびその改訂本
七次本　建保四年十二月二十六日切継完了にともなう源家長清書本(一九七八首)
八次本　嘉禎元、二年頃の後鳥羽院の隠岐御撰抄本(約一六〇〇首)

これらが、文献資料をもととして、理論的には存在すべき『新古今集』の各系統本である。これを、『金葉集』の初度・二度・三奏と類似の〃証本〃にわければ、〃二次〃の元久二年三月二十六日竟宴の中書本、〃七次〃の整理された建保四年十二月二十六日の家長清書本、最終段階としての後鳥羽院の〃隠岐御撰抄〃本の三系統をとるべきであろう。

ところが、今日伝存する多数の新古今和歌集の伝本を調べてみると、各過程の純粋のものもなければ、直系のものもない。その系統の奥書をもつものはあるが、他系統の本文と複雑に校合されていて、底本はどの系統であるかを判別するのも至難のことである。後藤重郎博士によれば、現存諸本の大部分は三次本から六次本(切継時代、後藤博士による第二類本)に属する本文であるが、その直系に属するものはきわめて少なく、おおくは校合に

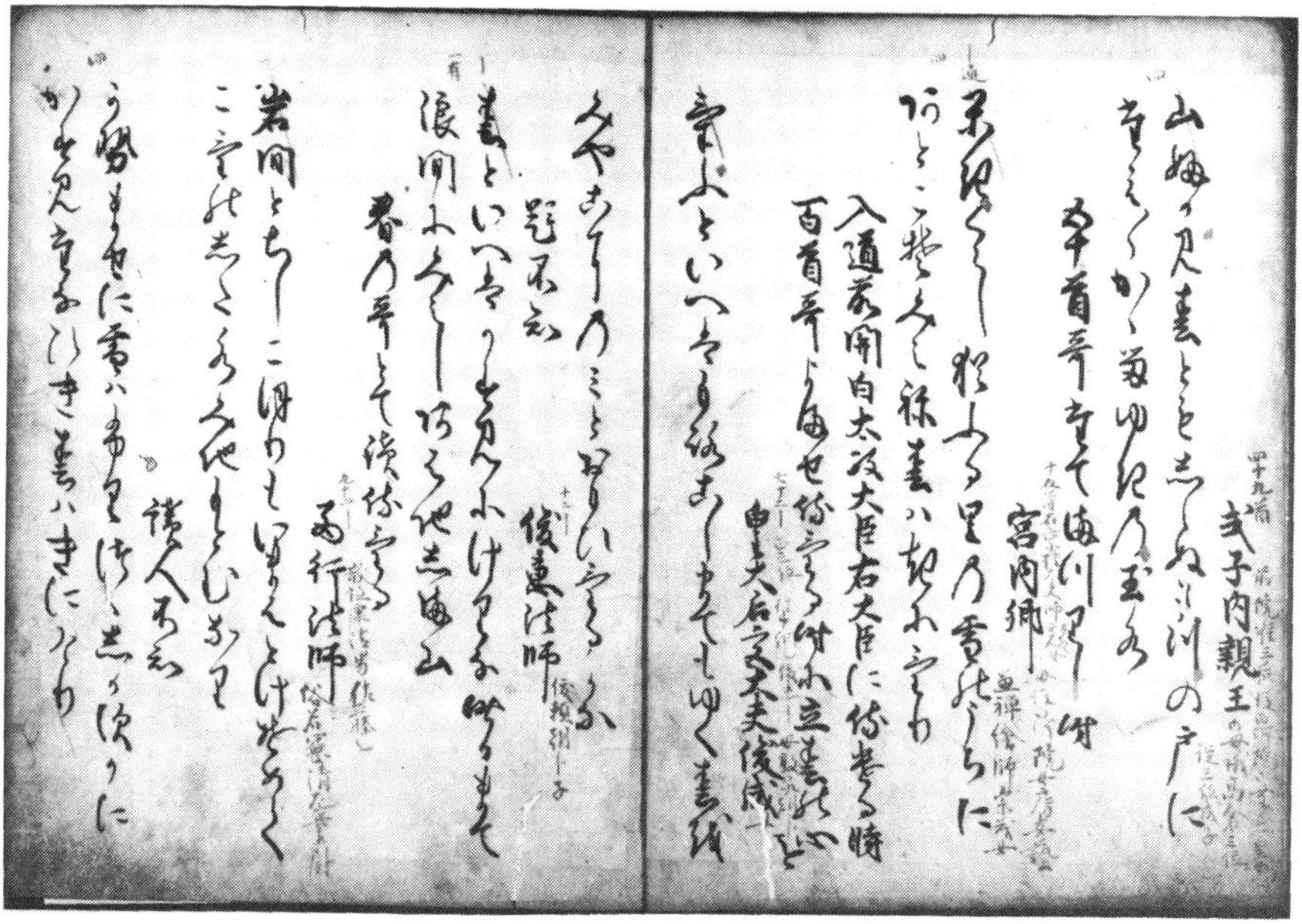
図版 93

より間接にそのおもかげを伝えるか、あるいは全くその姿の知られないものであるとされている。このように『新古今和歌集』は、『金葉和歌集』の場合とちがって、当時の直接資料によって八次にわたる編集過程と、その系統本文を明らかに推定されながらも、今日その純粋な本文を伝えるものは一本もないのが現状である。この点は、二次の〝竟宴本〟にしても、七次の〝家長本〟、八次の〝隠岐本〟にしても同様である。

つぎに具体的な本文を示してみよう。図版93にかかげた『新古今集』は「鷹司城南館本」といわれる宮内庁書陵部蔵本である。図版の部分は、巻頭春歌上の第三首から第八首目である。墨筆の本文と、朱書(図版でうすく見える部分)の校合本文・注記類との二要素をもっている。墨筆の本文は切出歌からその系統をみても、いわゆる切継時代(三次～六次)の一過程に成立した本文をもち、複雑な校合関係で成立したとしか位置づけられない。朱書の本文および注記類は、一般に〝隠岐本〟と概称されている性質をもっている。すなわち、歌頭に、―(通具)・一(有家)・二(定家)・三(家隆)・四(雅経)と朱書された数字記号は、その歌は括孤内の撰者が撰んだという〝撰者注記〟(定家本の特色)である。また歌頭の右鉤点は、隠岐における後鳥羽院の〝撰抄歌〟、歌尾の左鉤点は隠岐における〝削除歌〟といわれている。作者の右わき、あるいは下につけられているのは定家の研究による〝作者勘注〟である。この図版のみでも、『新古今和歌集』の本文の複雑さを表わしていよう。

55 作品編集の実態――私家集の草稿本と清書本

有名な藤原定家の『近代秀歌《きんだいしゅうか》』に、鎌倉将軍源実朝に送った〝遣送本〟(流布本)の系統と、昭和になって発見された定家の〝自筆本〟(コロタイプ複製あり)の系統があり、最後の秀歌例が全く改められているのは著名なことである。しかしこれには、改編の経緯が記されていない。定家の父俊成の歌論書『古来風体抄《こらいふうていしょう》』にも〝初撰本〟と〝再撰本〟とがあり、またその中間に位置する、〝中稿本〟ともいうべき内容のものが、宮内庁書陵部に所蔵されている。これらの相違は、歌論本文にも少異はあるが、主として下巻の秀歌抄出のちがいで、傾向として精撰されるほど用例が少なくなっている。『古来風体抄』の編集過程は、著者俊成の自記によってほぼわかる。すなわち三本とも序文の末尾に、

建久と聞ゆる年の八とせふんづきのなかのとをかころ、…おいのふでのあともいとゞみだれながら、しるしをはりぬるになむ、この集をば、名づけて古来風体抄と名づくといふことしかり、

とあり、跋文は「生年已八十四にて」にはじまるところから、〝初撰本〟は、序文中に明らかにされているように、歌道に習熟したある高貴の方よりの依頼により、建久八年(一一九七)七月二十日ごろ、俊成八十四歳のときに成立したことがわかる。また〝再撰本〟の識語によると、

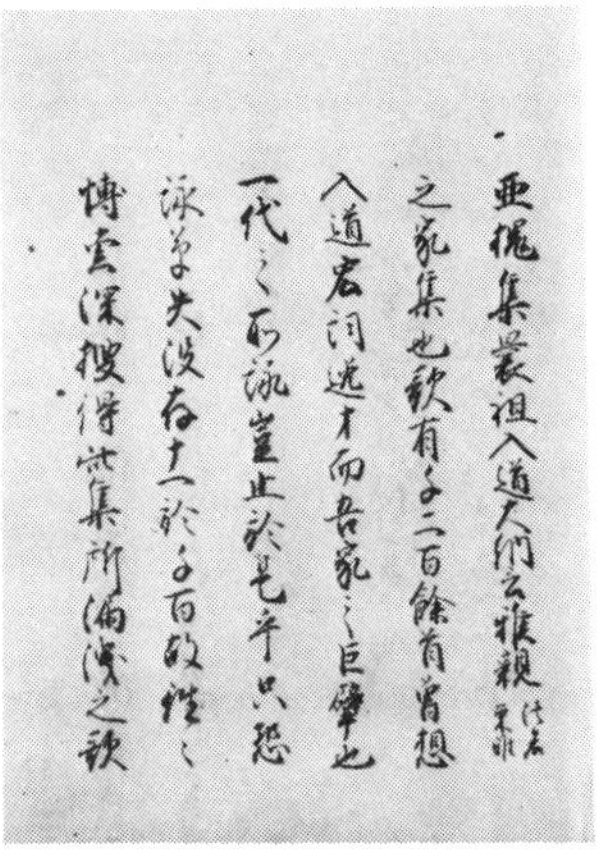

亜槐集者曩祖入道大納言雅親（法名栄雅）之家集也歌有千二百餘首曽想
入道君詞述才而吾家々巨擘也
一代之所詠豈止於千乎只恐
詠草失没存十一於千百故
博雲深捜得家集所漏之歌

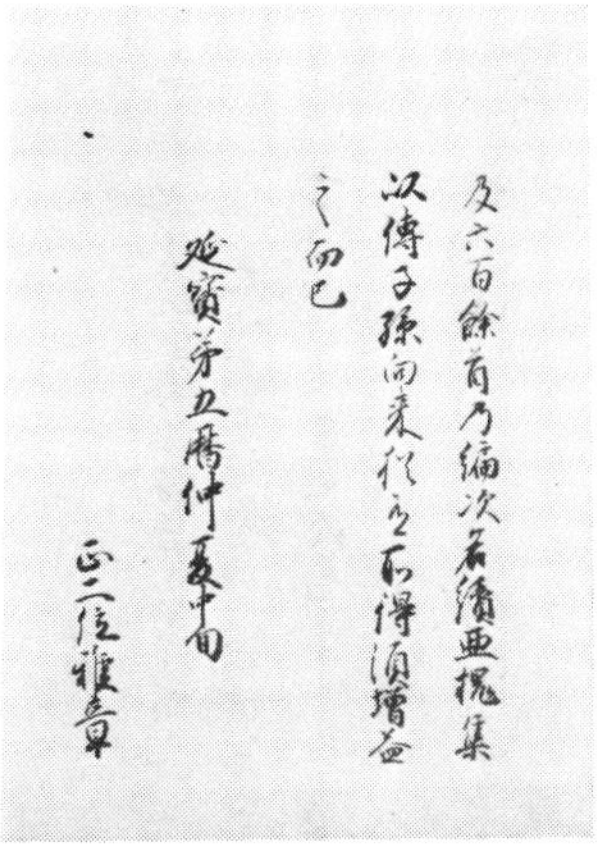

及六百餘首乃編次名續亜槐集
以傳子孫而来 後之所得須増益
之而已
延宝第五暦仲夏中旬
正二位雅章

図版94－左・右

此草紙の本体は、かのみやよりおほきなる草紙をたまひて、かやうの事かきて奉れと侍りしかば…又御覧ぜむと侍れば、今更になほすべきにあらで…これかきしるしいで侍りし事も、又五年にまかりなりにけり、建仁元年五月　日

とある。また再撰本の一本には、このあとに「依式子内親王仰被進之」とあるので、初撰本は式子内親王より原稿用の〝草紙《そうし》〟をたまわり、建久八年七月に執筆をおわり、再撰本はその後五年をへた建仁元年（一二〇一）五月（『新古今集』和歌所設置の二箇月前）に、ある高貴な人の依頼で、中稿本をもとにして、部分的な改稿と秀歌例を精撰して奉ったことになる。したがって中稿本の成立は建久八年から建仁元年の間で、俊成はこの間主として秀歌例の精撰に気をかけていたことがわかる。

さてつぎには、具体的な編集の例を示そう。飛鳥井雅親（一四一六～一四九〇）は『新続古今集』の歌人であり、室町中期文明年間を中心として、一条兼良（一四〇二～一四八一）とならぶ歌人歌学者であった。法号〝栄雅〟も著名。雅親は生前十巻一二〇〇首余りの家集を自撰し『亜槐集』（亜槐は大納言の唐名、雅親は出家前正二位大納言であった）となづけた（『群書類従』巻二四〇）。ところが孤本であるが、おなじ雅親家集に『続亜槐集』がある。亜槐集と同形式で、はじめに法楽二十首、詠十首をおき、つぎに四季・恋・雑等の部類歌、おわりに文明十四年七月八日雅親判

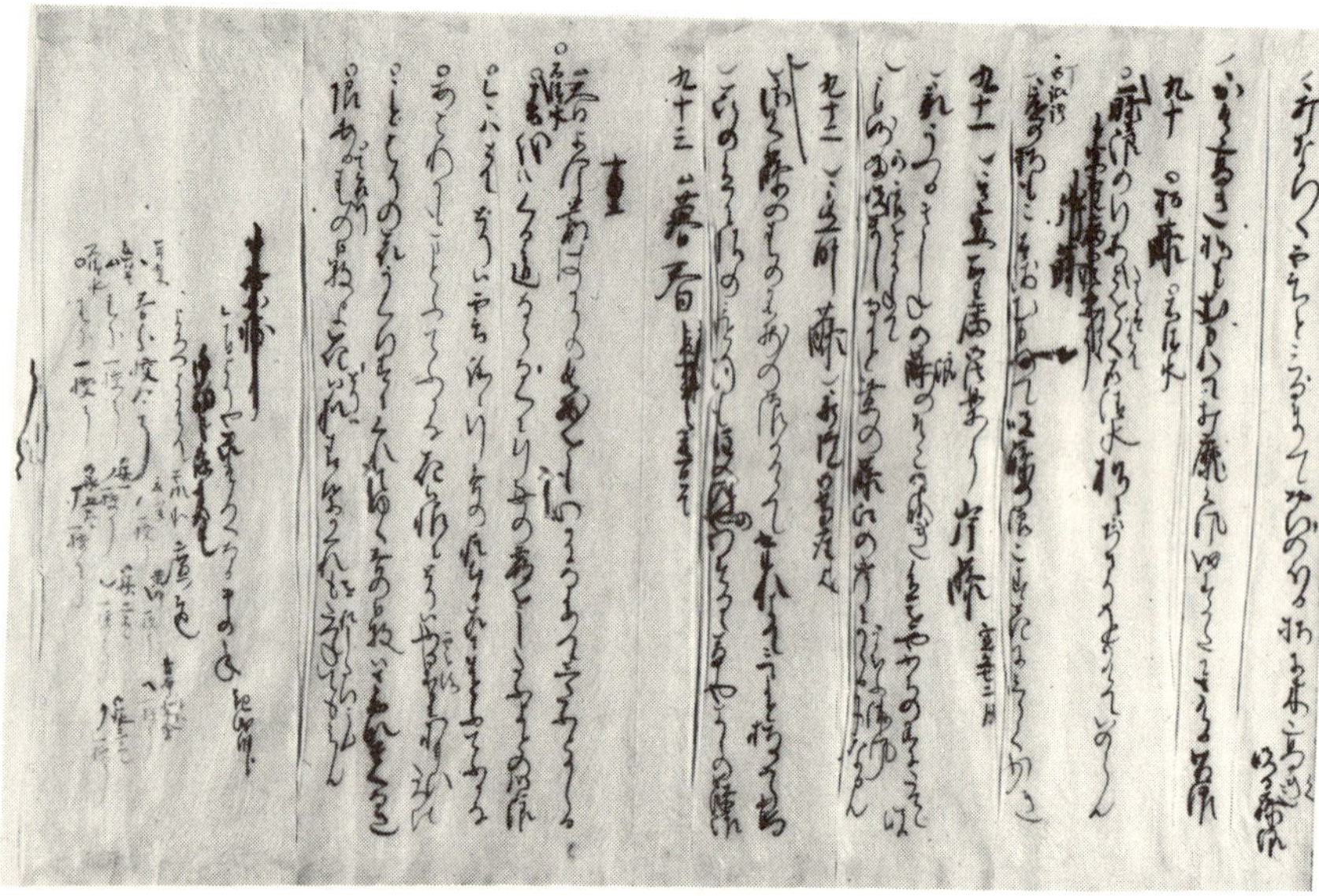

図版 95

の将軍家歌合を配した六〇〇首余りの家集である。
これには末孫である飛鳥井雅章(一六一一〜一六七九)の識語(図版94参照)がつけられている。

亜槐集曩祖入道大納言雅親法名栄雅」之家集也、歌有千二百余首、曾想」入道宏詞逸才而吾家之巨擘也」

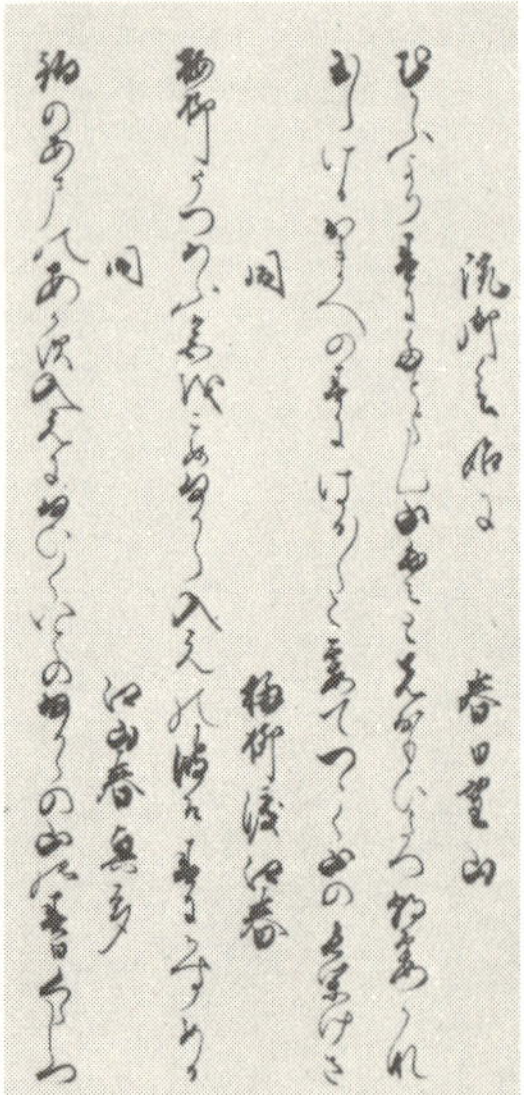

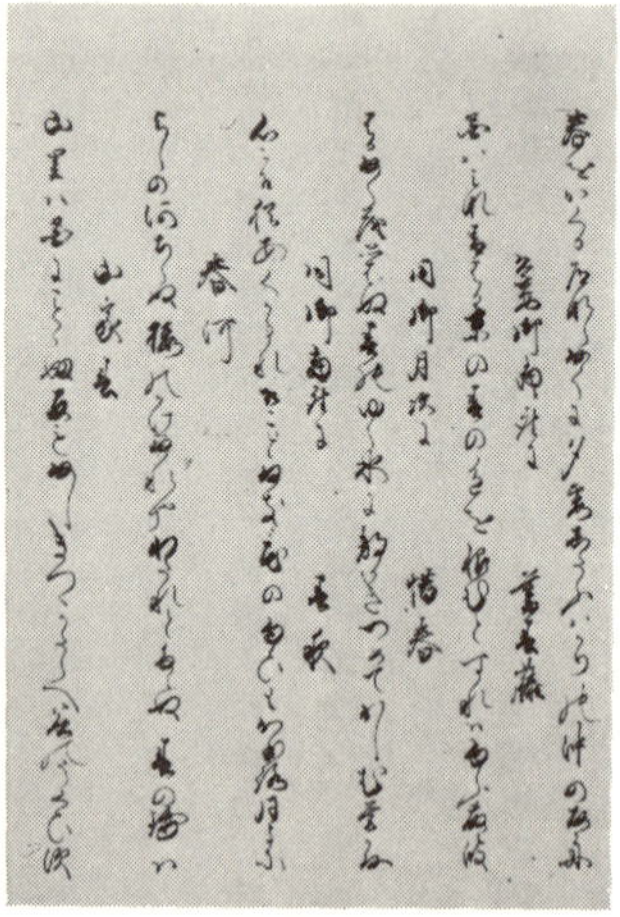

図版 96 - 左・右

一代之所詠豈止於是乎、只恐」詠草失没存十一於千百、故往々」博索深捜得此集、所漏洩之歌」及六百余首、乃編次名続亜槐集、」以伝子孫、向来猶有所得須増益」之而已、

延宝第五暦仲夏中旬　正二位雅章

すなわち、雅親自撰『亜槐集』にもれた家相伝の詠草をあつめ、雅章が中興の祖を顕彰するため延宝五年(一六七七)に編集したことを明らかにしている。なお『続亜槐集』は書陵部蔵雅章自筆の清書原本である。

自筆本・清書本は数少ないが、鎌倉期以後の作品で現存するものも若干ある。ところが編集作業を示す草稿本はほとんどない。その稀有な切継を示す草稿本を示してみよう。図版95・97にかかげた『秀葉集』の草稿本である。『秀葉集』は、近世初期の歌学者歌人烏丸資慶(一六二二～一六六九)の家集である。伝本は少ないが、四季・恋・雑・羇旅・祝・神祇・釈教に部立した部分と、百首以下の定数歌七ヶ度と紀行を付け、巻末に曾孫光栄の長文の漢文体識語がある。その識語によると、この集は霊元法皇の勅命により光栄が編集したものであり、『秀葉集』の集名も法皇の御命名という。識語の日付は「享保十三年季春中浣　曾孫権大納言光栄」とあるが、この享保十三年(一七二八)清書本は中山家に収蔵されている由である。

この編集の実態を示すのが光栄の草稿本である。図版95・97に見られるとおり、各詠草をまず薄様紙に書きうつし、考えられた部類に区分して切りとり、季のおおまかな順(春部は各断片に一～九三の番号をつけている)に各部類ごとの台紙にはりつけてある。はりつけてある断片の上に、更に紙片を二重三重にはってある箇所もおおい。これは二次の増補であろう。歌頭に朱書で○△、等の符号を付けてあるが、これは春部末の編集注記によると(朱書、図版95参照)、

草案、春分校合了　夏八半／一校了　黄本、一校了　青本外題和哥会〈一校了　夏百首△春分一校了　御集一ノ一校了　御集二巻〉一校了　御詠三巻ク一校了　石清水○春分一校了　御詠五巻厂一校了

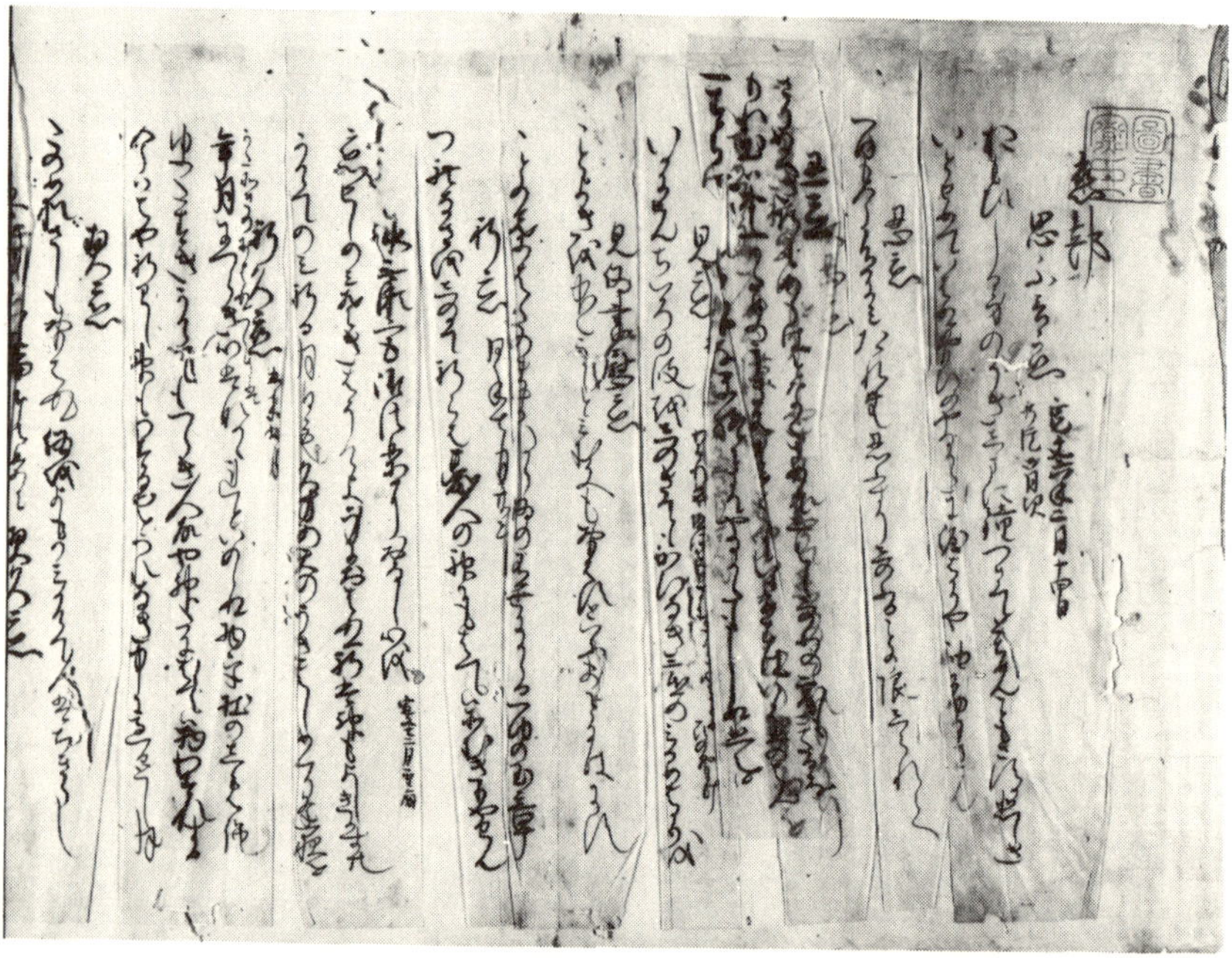

図版 97

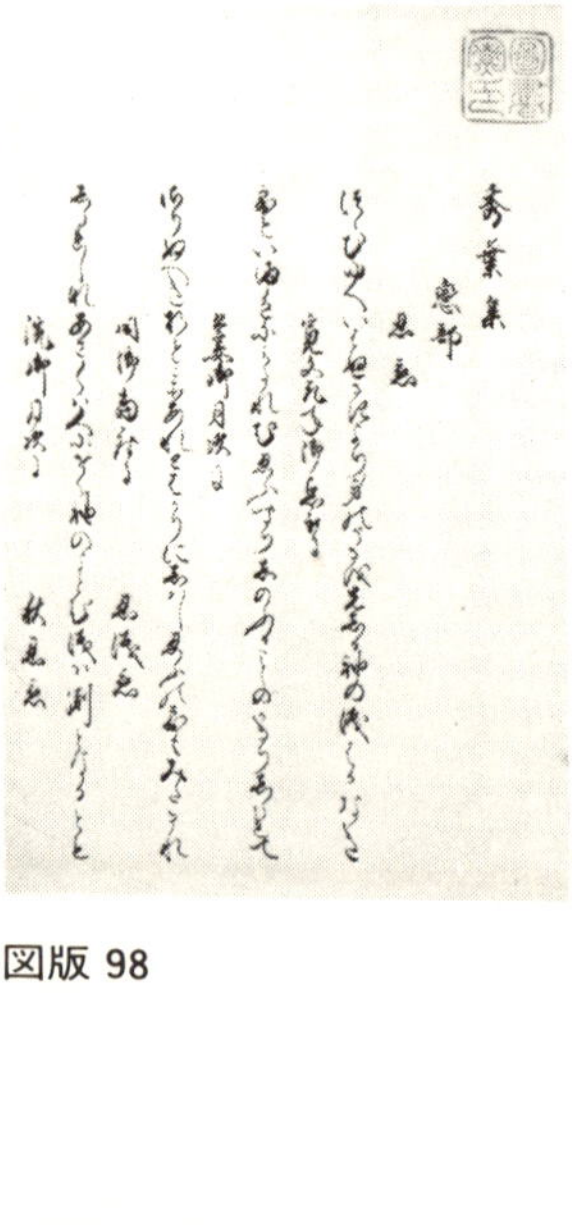

図版 98

とある。すなわち歌頭の記号は撰集資料を示すことがわかり、撰集資料も、夏八半本・黄本・青本・夏百首・御集一巻本・御集二巻本・御詠三巻本・石清水(法楽か)本・御詠五巻本と家相伝の資慶のあらゆる詠草を使用したことがわかる。

　また草案の巻末歌は、「九三　暮春」と記した六首であるが、清書本巻末は「院御会始に」四首であり全然ことなる(図版95・96参照)。院御会始の詠は草稿本にはなく、また草稿本の暮春六首は、清書本系では分散されて、たとえば巻末から五首目の「春をかくる」は清書本系では巻末から第一〇首目に配置されているのは図版96にみるとおりである。このように草稿本と清書本との間には、排列はもとより、歌そのものに出入がある。念のため、恋部の巻頭を草稿本と清書本系とを比較すると（図版97・98）、清書本巻頭の忍恋の一連は、第一首は草稿本になく、第二首は草稿本の第3首、第三首は草稿本の二重はりがみの第5首、第四首は草稿本になく、第五首が二重はり紙の下の第4首となっている。なお『秀葉集』の〝草稿本〟は、鳥丸光栄の自筆で四季・恋・雑・羇旅・祝・釈教・連歌の一〇巻である。清書本系の部立と比較すると、最終的には連歌をぬかし、神祇をたて、更に独立した作品群である百首以下の定数歌と紀行を加えて精撰成立したことがわかる。もちろん、この草稿本と清書本系との中間には、編者光栄の過程稿本があったことは確かであろう。

以上の比較から推定すると、『秀葉集』は曾孫光栄による単なる資慶の部類別全歌集ではなく、和歌の撰択もなされ、部類・排列にも細密な考慮がはらわれた、個人詠の撰集ということができよう。ここに、第一次の原作者のほかに、たとえ子孫とはいえ、編集者の文学形成と解釈のおよぶ範囲の、いかにおおきいかを知るべきであろう。

九、古典作品の本文異同II——享受過程における異同

56 平安時代における作品享受と本文（片桐洋一）

1

平安時代の文学作品に、異本・異文が多いのは何ゆえか。また、それはどのようにして生じたのか。私はこれを、

I 無意識に生じた本文異同
II 意識的になされた本文異同

に大別して考えている。

Iの無意識に生じた本文異同は、具体的に言えば、誤写・脱丁・錯簡などのことであり、本書においてもすでに実例に則して具体的な詳述がなされていて、もはや、贅言の要はない。

それに対して、IIの意識的になされた本文異同の場合は、さらに、

a 創作過程に生じた本文異同
b 享受過程に生じた本文異同
c 研究過程に生じた本文異同

の三つに分けて考えるべきだと思うが、**a**については、『古今集』の数多くの伝本をその立場から整理された久曾神昇博士の『古今和歌集成立論』（全四冊）がその代表的業績であるほか、本書53項で述べられている『金葉集』

の初度本から三奏本までの過程、また47項から50項にくわしい『拾遺集』の異本系本文から定家本本文に至る過程での本文改変なども、その好例である。

歌集の例ばかり並ぶので、物語文学の場合についていえば、『うつほ物語』の嵯峨院の巻の一部と菊の宴の巻の一部との関係なども、これに加えるべきであろう。嵯峨院の巻の(「角川文庫」上、一九七ページ)、

かくて、春宮、九月二十日詩作り給ひしに、人々なんど例の上達部あまた参り給へり。左大将は参り給はず。博士どもなどあまたありて、いとかしこく文《ぶん》作らせ給ふ。御遊びなどし給ふ。事しづまりて、これかれ御物語のついでに、春宮、「けふここに物し給ふ人々の中に、こともなきむすめ、誰《たれ》、持《も》たうびたらむ」。左のおとど「この中にはけしう侍らずや侍らむ。正明の中納言にや持《も》たうびたらむ。それもまだちひさくなむ聞こえ侍る。…(以下略)

からあとの十九ページが、菊の宴の巻の(中、一一ページ)の、

かくて、しも月の朔日ごろ、残れる菊の宴きこしめしけるに、親王《みこ》たち上達部参り給ふ。博士・文人ら召して文作らせ、御遊びなどし給ふ。大将のおとどのみ参り給はず。かくて夜深くなりて、春宮御遊びなどし給ふついでに「ここに物せらるるなかに、こともなき娘、誰《たれ》多く物せらるらむ。賭物《かけもの》にして娘競《くら》べなどせられよや」。左のおとど「この中には聞えずなん。平中納言ばかりや。これもちひさくなん聞こえ侍る…(以下略)

からの十四ページほどと、右のごとくおおむね一致するのである。

これについて、古い研究者は、「無意識に生じた本文異同」の錯簡、つまり同じものを誤って二箇所に綴じこんでしまったせいと解し、一方を省いてしまうのであるが、よろしくない。同じものを二箇所に綴じこむようなミスがあり得るかどうか疑問であるに加えて、右に掲出した部分だけでもわかるように、「九月二十日」と「しも月の朔日ごろ」の相違をはじめ、内容においても異なっている部分が多い。第一、分量も前者が十九ページを要して

書いているのを後者は十四ページで書いているし、提出した部分では明らかではないが、人物の官位も、菊の宴の巻のほうが昇進した形になっていて、錯簡でありえようはずがない。これは、作者自身が『うつほ物語』を拡大し、長編化するために、一度書いたものを一年後の位置におきなおし、先に書いた部分は削除するつもりであったのに、すでに流布していた本の系統ではそれが思うようにならず、そのまま残って両者ともに併存することになってしまったと見て、創作過程に生じた本文異同の例とすべきだと思うのである。

bの「享受過程に生じた本文異同」については後にくわしく述べることにして、**c**の「研究過程における本文異同」の場合にふれておこう。

私は、かつて、藤原定家が古今集の本文をいかに改訂していったかを論じ明らめたことがあるが(「古今和歌集本文臆見」『国語国文』昭和四十四年六月号)、定家にかぎらず平安時代から鎌倉時代にかけての歌学者たちは、みずからの本文研究の成果を生かす形で、みずからがしかるべしと思う本文に整定しようと努めていたのである。本文の校訂だけではない。他系統の伝本によって増補したりするのも、やはり「研究過程における本文の異同」に入るであろう。61～63項において、本書の著者がすでに論ぜられた『異本業平集』の場合がその好例である。すなわち、「雅平本業平集」に「三条三位入道本」を校合してその異同をチェックし、雅平本にない歌のみを巻末に付加し、さらに「小相公本」を校合して、「雅平本」「三条三位入道本」にない歌を巻末に付け加えているのである。もっとも、この場合は、奥書によって、断りを言って増補しているのであるが、『三十六人集』をはじめとする平安時代の私家集では、断らないで他本による増補を行なうのが、むしろ普通である。だから、研究過程において加えられた部分か否かの判断が、私家集伝本の系統研究にはぜひ必要なのである。

2

「意識的になされた本文異同」のうち、創作過程に生じたものと研究過程に生じたものについては、本書の著者がすでに述べておられるので、私が問題としたいのは、主として「享受過程に生じた本文異同」の場合である。だが、この課題はむずかしい。というのは、平安時代においては、創作・享受・研究の区別がはなはだ困難だからである。たとえば、先に掲げた『うつほ物語』の嵯峨院と菊の宴の巻の関係についても、すでに存在している物語に不満をいだいた享受者が、異なった巻の異なった位置に、すでに書かれている巻の一部を改作して置きなおしたとしたらどうだろう。創作過程における本文の改変が享受過程における本文の改変になってしまうのである。

『狭衣物語』、この異本の多い物語の伝本は、混合本を除けば、(A)岩波・日本古典文学大系に翻刻された系統、(B)朝日・日本古典全書に翻刻された系統、(C)未刊国文資料に翻刻された系統に三分される。三者は文章の表現においてはなはだしく異なっているが、注意すべきはストーリーは全く変わらないことである。三者の間には互いに関係があり(その前後関係については説が対立しているが)、他本を座右に置いて、それを部分的に利用しつつ新しい本文を形成していったことは確かである。別の本文を形成した人が作者自身であれば創作過程における本文の改変、つまり草稿本と清書本の関係になるが、種々の徴証から見て、そうではないと思う。享受者が楽しみつつ表現を変えた本文を作っているという感じである。享受過程における本文の改変なのである。

平安時代においては、歌集でもそうだが、特に物語の場合、享受者もまた第一・第二の作者であった。印刷がないから筆で書写するわけだが、元の本をそのまま写すとはかぎらない。物語は、「昔、××ありけり」とか「いづれの御時にか、××ありけり」というような書き出しではじまることによってもわかるように、過去に実際にいたある人物の事蹟を語るというたてまえになっている。過去のある人物の事蹟を事実として語り伝えるのであるから、その事蹟を勝手に変えることはできない。先の『狭衣物語』の場合のように、ストーリーは絶対に変更しない。だが、語り方、つまり文章表現はかなり自由に変えられる。平安時代の物語に作者の署名がないことによってもわかるように(『源氏物語』の場合も『紫式部日記』がなかったら作者を紫式部となしえたかどうか)、享受者のだれもが第二・第三の作者になりえたわけである。『竹取』『伊勢』『大和』『うつほ』などの初期物語の大半が、現存のそれよりもかなり小さい原初形態を核に、増補をくりかえして今のような形になったと言われているのは、とりもなおさず、ここに述べた「物語の本性」がしからしめるものだったのである。

3

すでに『狭衣物語』の場合に感じられたと思うが、限られた紙数で、分量の多い物語文学を対象にこのような問題を論じようとすると、具体的事例をあげる余裕がないので、話が大ざっぱになる。また物語の場合は、古写本がなく、『竹取』『うつほ』『落窪』などは、平安時代の作品と言いつつ、室町時代末期以後の写本しか伝存せず、材料に乏しい。だから、私も本書の著者と同様に平安時代和歌のほうに素材を求めることにおのずからなってしまうのである。

藤原定家が嘉禎二年に書写した『後撰集』の奥書には、当時の歌学者たちは(『袋草紙』参照)、『古今』は「題しらず・よみ人しらず」と表記するのに対し、『後撰』は「題しらず　よみ人も」、『拾遺抄』は「題よみ人しらず」と表記する本が正しいと主張しているが、『後撰集』の写本を実際に見ると『古今集』と同じ形になっていると通説に対する批判をしるしている。

実際『後撰集』の表記が「題しらず　よみ人も」の形に必ずしも一定していないのと同じく、『古今集』の場合も、たとえば、六二九番の歌について大江切が、六四七番について久海切が、八六二番について荒木切が、それぞれ「だいよみ人しらず」とし、六四七について大江切が、一二四五番について元永本が「題不知　読人も」としているように、「題しらず　読人しらず」の形に一致しているわけでは必ずしもないのである。しかし一方、久海切・荒木切・大江切・元永本などにも「題しらず　よみ人しらず」の形もある。特に元永本の場合、他の切《きれ》(本の一部を切りとって書跡として鑑賞する形）とは異なって、二十巻そろった完本であるが、「題不知　読人も」はこの二四五の一か所であり、他はすべて「題しらず　よみ人しらず」の形なのである。しかも注意すべきは、この二四五番の場合は、久曾神昇博士が（『古今和歌集成立論』）公稿本に先立つと言われる私稿本も、第一次本かとされる基俊本も、そしてまた、この元永本とまったく同じ本をまったく同じ人が書写した筋切《すじぎれ》本と唐紙《からかみ》巻子本《かんすぼん》も「題しらず　読人しらず」というふつうの形になっているのであって、成立過程における本文の改訂ではなく、元永本だけの恣意的な表記としか考えようがないのである。

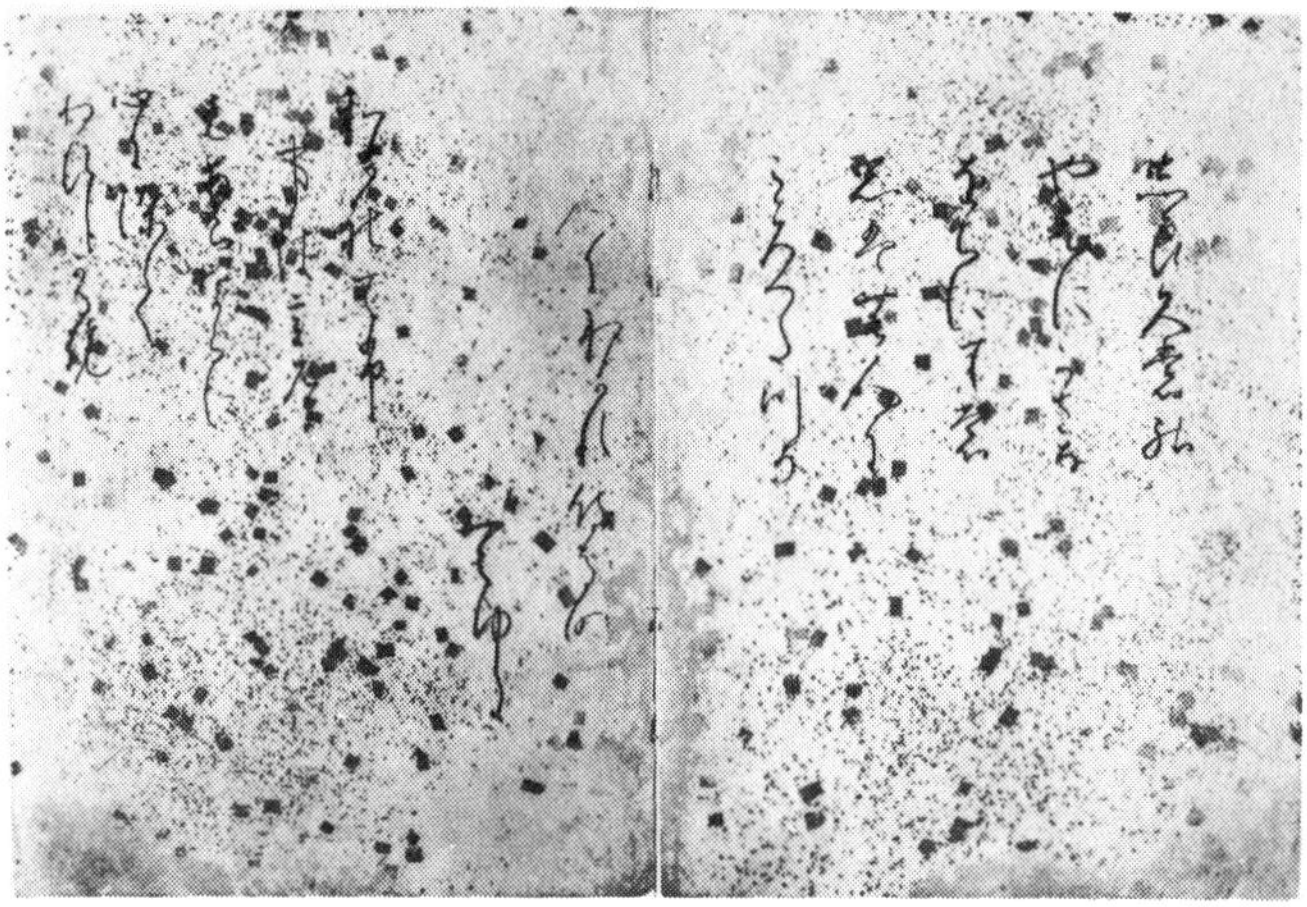

図版 99

元永本は、元永三年（一一二〇）に書写したと奥書にあるのでかく呼ばれている。紫・赤・草・黄・茶・白などで具引した唐紙に、数色の雲母でもって、重ね唐草・芥子唐草・獅子丸唐草・菱唐草・孔雀・大波・花襷・七宝・亀甲などの文様を摺ったすばらしい本である。それに古今集の本文を書いた人を、古くは俊頼と伝称していたが、伝佐理筆筋切本《すじぎれぼん》・伝俊頼筆唐紙巻子本と同じく藤原定実の筆だと今では言われている（飯島春敬氏説）。定実は世尊寺家第四代、行成の曾孫にあたる。

このように由緒ある名筆家が、これほどまでに美しい料紙に書写するのであるから、当時最高の貴紳が美術品・宝物を作るべく注文したものであることは間違いなかろう。だから、書写者にとっては、いかにして底本に厳密に書写するかということよりも、いかにして

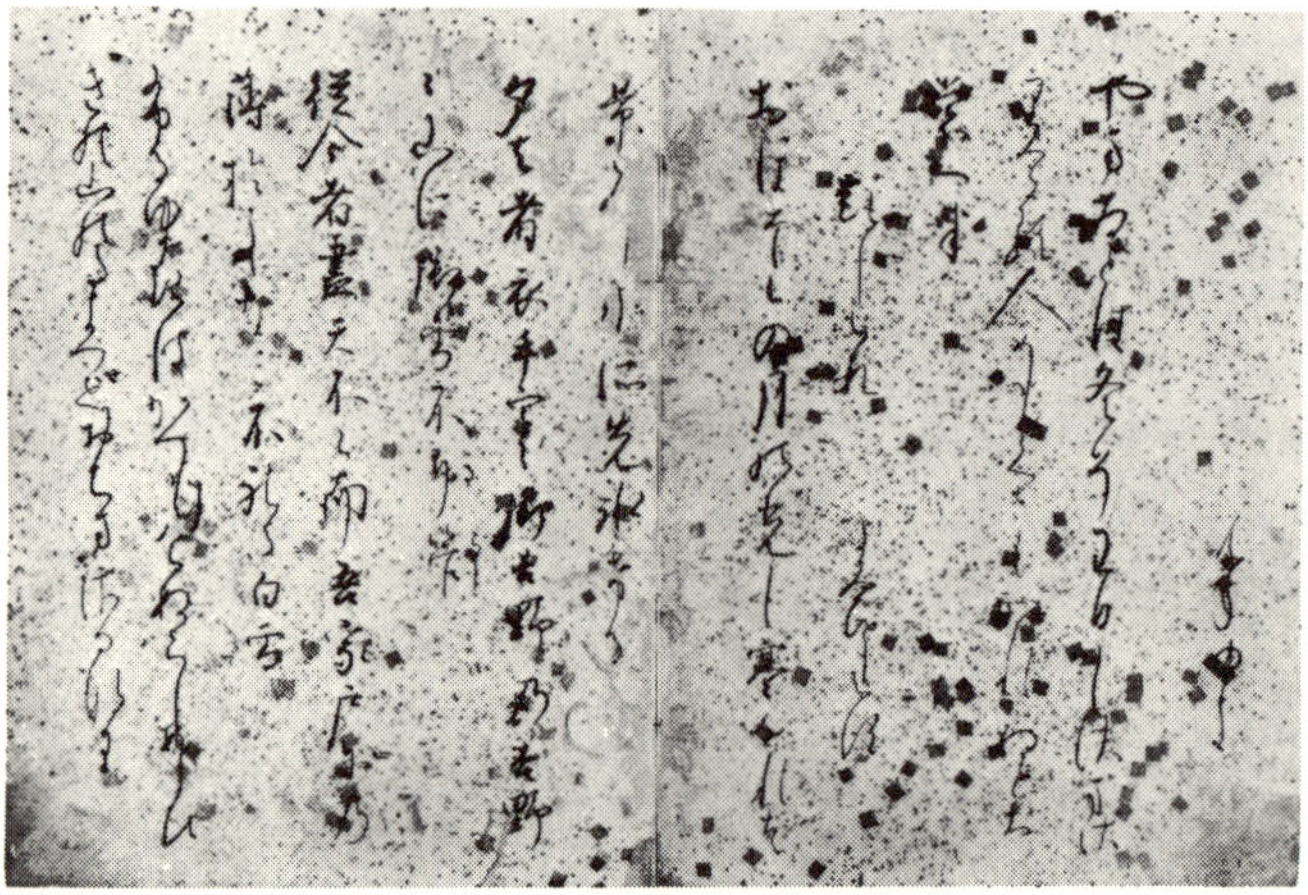

図版 100

美しく書くかということに神経がそそがれるのは当然であろう。図版99を見よう。元永本は、見開きの二ページに五首から七首、行数にして十三行から十七行ぐらいを書くのが普通であるが、ここでは三八〇番・三八一番の二首が書かれているだけである。いかに美しく書くかという配慮がそうさせたのであろう。

書家としての配慮は字の配置だけにかぎらない。用字法にまで及んでいる。図版100の左ページを見よう。三一七と三一八の歌が、万葉仮名を一部用いて書かれている。

夕去者衣手寒御吉野乃吉野々山に御雪不り管《るらし》

従今者尽天不ら南吾家戸に《止》の薄おしなみ不礼る白雪

同じ定実が同一の親本を書写した筋切《すじぎれ》本では、三一七は普通の仮名で書かれている。三一八のほうは「吾家戸」が「吾家」となり「薄」の右傍に「をばな」と付記されているほかは用字法も一致している。この三一八が両本ともに万葉仮名風になっているのは偶然でなく親本の影響によるのであろうが、三一七の相違は、隣接する歌との調和を考えて書家が書体を変えたことを示している。

同じ親本を用いながら、字の配置を変えたり書体を変えたりする。この程度であれば、国文学の本文研究には大した影響を与えぬが、実は作者名の表記などにも、大きな違いが生まれうるのである。

一七七から一八一までの作者を筋切本は「紀友則・藤原興風・凡河内躬恒・素性法師」と表記しているが、元永本では「友則・興風・躬恒・素性」と簡略化している。一九三から一九五も同じで「大江千里・在原元方」とある筋切本に対して元永本は「千里・元方」としている。同じような事例は、ほかにも随所に見られるのである。元永本と筋切本が、同じ親本を用いていることは種々の点からして明らかであるのに、書家の芸術的感興によって、このように簡略にしたり、あるいは親本のままにしたりしたのであろう。「題しらず　よみ人しらず」を「題しらず　よみ人も」とした先の例と、まったく同じことだと思うのである。

『八雲御抄』の作法部や定家の承久三年本『後撰集』の奥書などを持ち出すまでもなく、『古今集』以下の勅撰集では、四位になると作者名の下に「朝臣」がつく。そして、誰の名の下に「朝臣」がつけられているかを調査して『古今集』や『後撰集』の完成年月日を確定しようとする研究も発表されている。しかし、実際に『古今集』の古写本を見ると、それが必ずしも守られていないのである。

唐紙巻子本の巻十三の冒頭、六二からの三首の作者名は「なりひら」「藤原としゆき」「なりひら」とのみあって、「朝臣」はついていない。あの有名な、そして人々が親近感を持っている業平は、「なりひら」で十分という気持ちであろう。元永本・筋切本では「業平朝臣」「藤原敏行朝臣」と「朝臣」を付したものの、三首目は「なりひら」とのみ記している。もうわかっているではないかとの省略であろう。その他の本では、大江切が「ありはらのなりひら・藤原のとしゆき・なりひら」として「朝臣」をつけていないが、その他の本は、久曾神博士が第一次本だとされる久海切・志香須賀本・基俊本をも含めて、三首ともどもに「朝臣」を付しているのである。

元永本が「朝臣」をつけない例は他にも多い。五三番、筋切本は「在原業平」、元永本は「業平」とあって「朝臣」をつけない。業平以外の例を一つ示す。七八、元永本では「源宗于」として「朝臣」を付さぬ。しかし、近くにある八〇一では「宗于朝臣」と「朝臣」を付している。兼輔を「藤原兼輔朝臣」「兼輔朝臣」「中納言兼輔」「兼輔中納言」などとさまざまに呼んでいるのと同様、不統一なのである。

これを要するに、「躬恒」を「三常」と書いたりするのと、また漢字で書いたり仮名で書いたり、二行に書いたり五行に書いたりするのとあまり違いがない。書家の芸術的感興が本文のあり方を変えているのである。広義の「享受段階における本文異同」に入るかと思うのである。

4

文屋康秀、小町を年来云侍けれど、不聞なりにけるを、やうやくわるくなりにける時に、やすひで三河属になりて、「あがたみにはえいでたたじや」といひたりける返事によめる

右は、雑下九三八の「わびぬれば身をうき草の」という有名な小町の歌の詞書を元永本によって記したのであるが（筋切本・唐紙巻子本はこの部分を欠脱）、他の本文、たとえば、定家の嘉禄本の、

文屋のやすひで、みかはのぞうになりて、「あがた見にはえいでた丶じや」といひやれりける返事によめる

と比較するとき、「小町を年来云侍けれど不聞なりにけるを」「やうやくわるくなりにける時に」などとある元永本の独自異文は、まことに説明的・物語的である。久曾神昇博士が元永本よりも古い本文を持つと言われる本阿弥切・志香須賀文庫本・基俊本なども定家本とほとんど同じであることを考えても、享受段階における加筆とするほかはなかろう。

同じような例は、雑下九六六にも見られる。

つかさとけて侍ける時よめる　　平　定　文
うき世には門《かど》させりとも見えなくになどかわが身のいでがてにする

諸本おおむね、この定家の嘉禄本と変わりないが、元永本と筋切本だけが（唐紙巻子本はこの部分を欠脱）異なった詞書を持つ。元永本で記すと、

つかさとけて侍りける時、人の国へまかりなんとていでたちけるを、おやのせちにとゞめ侍りければ、とゞ

まりてよめる

とある。「門《かど》させりとも見えなくになどかわが身のいでがてにする」という歌詞から、あるいは「父母のいみじくかなしくしたまふ人」（『平中物語』初段）という平中（定文）像からかような詞書が作られたのではあるまいか。

もう一例あげておこう。羇旅の四一〇・四一一に並んで存在する業平の東下りの歌「唐衣きつつなれにし」「名にしおはばいざ言問はむ」において、後者の詞書の冒頭が、ふつうの本では、「武蔵の国と下総の国との中にあるすみだ川のほとりにいたりて」という形で始まるのに対し、元永本・筋切本・唐紙巻子本では「おなじひと、むさし・しもつふさのなかにあるすみだがはのほとりにいたりて」という書き出しをとっている。歌集の詞書が歌を伝えるためのものであるのに対し、物語の文章は人物の事蹟を伝えるためのものであることを思えば（拙著『伊勢物語の研究〈研究篇〉』）、元永本などの「おなじひと」は、わずかな付加ながら、物語的姿勢からの付加であるということになろう。小町・定文・業平という説話的人物の和歌に付けられた詞書が物語的姿勢による加筆を含んでいるのは、はなはだ興味深いことである。

ところで、詞書に比べて「左注」が、より物語的であるとは、すでに先学の説くところであるが、他本で左注として書かれていることが元永本では詞書になっているケースに注意される。すなわち、定家筆嘉禄本をはじめふつうの本では、

もろこしにて月を見てよみける　　　安倍仲麿

あまの原ふりさけ見ればかすがなるみかさの山にいでし月かも

この歌は、むかしなかまろをもろこしに物ならはしにつかはしたりけるに、あまたの年をへてえかへりまうでこざりけるを、このくにより、又つかひまかりいたりけるにたぐひてまうできなむとていでたちけるに、めいしうといふ所のうみべにて、かのくにの人、むまのはなむけしけり。よるになりて、

月のいとおもしろくさしいでたりけるを見てよめるとなむ、かたりつたふる。（羇旅・四〇六）

とある。末尾に「かたりつたふる」とあるように伝承を歌の後に付記したという形であるのに、元永本・筋切本・唐紙巻子本では、これを伝承としてではなく真正面から歌を説明する詞書としている。逆に言えば、歌全体が物語的になったというわけである。すなわち、

もろこしへ安倍の仲丸を物ならはしにつかはしたりけるを、あまたのとしをへてかへりまうでこざりければ、これかれまたつかゐまかりけるにたぐひてまうできなむとていでたちけるに、明州といふ海のほとりにて、かのくに人も、むまのはなむけしたりけり。夜になりて、月のいとあかくいでたるをみて

と、明らかに左注を詞書化した文体である。他本が左注にしているのに、元永本が詞書に変えているのは、他に六三九の次の墨滅歌「いぬかみのとこの山なる」「山しなの音羽の滝の」の贈答があるが、これも天《あめ》の帝《みかど》と近江の采女のラブ・ロマンスが背景にある物語的なものである。

左注として付加的に語られる物語が歌の前の詞書となって歌全体を物語的にするというこの傾向は、前項の、「書家の芸術的感興による本文改変」とは異なって、元永本・筋切本・唐紙巻子本の同系三本に、したがってそれらの親本以前からすでに存在していたものであるが、「享受段階における本文改変」の事例としては、もっともふさわしい例だと言えるであろう。

5

従来の伝本研究・本文研究は、完全な形、完全な本文を追求するものであった。矛盾のない本文、論理の通る本をよしとする価値観を前提にしたものであった。だから、同じ方法に立ってなされた「研究過程において論理的に作りあげられた本文」を尊び、「享受段階において恣意的に作られた本文」を否定する傾向があった。しかし、「整っている」のは、整えるべく努力した結果であって、整っているのが当然だとも言えるのである。考えても

見たまえ、『古今集』の作者名表記は、「題しらず　よみ人しらず」とあるのが正しくて「題しらず　よみ人も」「題よみ人しらず」とあるのは邪悪な本文なのだから訂正すべきだとか、四位以上の作者名には、大臣を除いて、「朝臣」をつけるのが正しく、「兼輔中納言」とか「なりひら」とあるのは正しくないのだから無視してしまえというように、基準からはずれた本文をしだいに締《し》め出してしまうことだけが学問的なのかどうかを。

文学作品の創作は文学活動の最たるものであるが、文学作品の享受もまた文学活動の一環である。作者が人間であるのと同じく、そして人間である作者が完全でないのと同じく、享受者・書写者も人間である。享受者・書写者の、姿勢・目的・気分・教養・身体的条件等々によって本文は変動するのである。享受者・書写者の加えた要素を除いて作者の作ったままを復原するというのは、一つの見識であり大きな理想ではあるが、じっさいは不可能に近いことである。『古今集』の場合は平安時代に書写された資料が多いので、まだこのような問題が考えられるのである。中世・近世の写本しか伝わらない多くの平安時代文学、そして一つの系統の本しか今に伝わっていない場合には、それをどのようにこねまわしたところで、作者が書いた「原典」にまで復原できるはずがない。それがすばらしく、多くの享受者によって愛読された作品であればあるほど、後人の手が多く入っているとも言えるのである。

原典を目ざすという姿勢が何よりも基本になるべきだが、享受した当代と後代の人々の心をも含めた形、つまり民族の心の中に生きた姿のままの作品を把握するために、享受史の研究とともに本文研究・伝本研究はあるべきだと思うのである。

一〇、古典の本文と奥書

57 古典作品の本文現状

これまで何項かにわたって、古典作品の本文が、未定稿から定稿に成長していく過程を調べてきた。この操作として、当時の確実な文献資料からその過程を予測し、それに現存本文をあてはめていく方法と、文献資料はないけれども、現存伝本を比較クリティークすることによって、その過程を定着させていく方法の、簡単な作業も行なったわけである。その結果は、文献的に何次かの成立過程は図式化できるが、現存伝本はそれらの混合本文であるという場合(『新古今集』など)、平安時代の特殊な作品享受により——とくに作り物語などの本文のように、読者が鑑賞本文の形成に積極的に参加したと思われる場合(『伊勢物語』『狭衣物語』等)、文献的には確かな資料はないが、現存諸本の分析により何次かの成立過程の本文に区分できる場合(『拾遺集』『金葉集』など)、あるいは後代の本文研究によって、かえって本文の古態がくずれている場合(『源氏物語』定家筆本『土佐日記』等)など、種々のケースがあることがわかった。

しかもこれらはおおまかな原則であって、それが純粋に、現存伝本のうちの具体的なある本文になっている例は少ない。たとえば昭和四十五年末に刊行された片桐洋一氏の『拾遺和歌集の研究』によると、『拾遺抄』から『拾遺集』に展開するあいだにある『拾遺集』異本は、本書にもとりあげた堀河本を異本第一系統とし、北野天満宮本を異本第二系統として区別してある。しかしながら、それぞれの校異をみると、異本第一と異本第二との本文のふれあい影響があきらかに示されているし、異本第一・第二と流布本『拾遺集』との影響もみられている。

これらはむしろ当然のことであろう。ある時点で、ある人がある作品を書写享受する場合、その底本にまったく疑問点がないことはない。その場合、身辺の縁故で借りられる同じ作品の写本をとりよせ、見合わせて疑問をとこうと思うのは自然であろう。その場合、見あわした伝本が、同系統の善本であれば問題はないが、異系統であったり、意改のはなはだしい本文であれば、それを見あわした書写者が両者の相違に対して、解釈し判断して第三の本文をつくることになる。現存する古典作品の本文には、大なり小なり、こういった混合本文・創作本文がまじっているわけである。それにケアレスの誤りが加算されることになる。この判別は、できるだけ多数の伝本による対校クリティーク、いわば多数決主義(低部批判)による本文復原が第一歩であることは既述したとおりである。

一般的に言って、このような性質をもっている現存本文でも、たとえば書陵部蔵『和歌一字抄』(藤原清輔原撰、近世初期写、御所本)の巻末にある、

此抄借左近少将済俊健筆、令書写之、可秘蔵之

大永二年臘月上澣　　桑門堯空

の本《もと》奥書《おくがき》(底本にあった奥書)をみると、一応の見当がつくわけである。すなわち、室町期の定家といわれる三条西実隆が、和歌手爾葉(和歌の文法)の家学をもつ姉小路家の済俊に依頼して書写した本を親本にしているわけである。くわえてこの本は旧禁裏本であるから、近世初期に写した人も古典的教養が深い公卿であろうと推定できる。このように、本奥書の存在と、禁裏本という伝来から、内容を精査するいとまがなくとも、一応の安心が得られるわけである。また『小夜衣』の前半を独立させて成立した『異本堤中納言物語』の清水浜臣本をみると、巻末に、

此一冊大納言為明以本令校合畢、

貞治三甲辰年二月　日

と本奥書がある。浜臣本は近世末期の書写本であるが、この本奥書の存在によって、この本の祖本は単一の書写

継承ではなく、南北朝期に二条為明本によって校合をくわえられていることがわかるし、あわせて成立年次未詳のこの物語の成立下限をも示すことにもなる。

このように、現存伝本につけられている奥書類は、少なからず本文の性質について、その内容を示している場合がおおい。だからといって、奥書の記載が、そのまま本文の性質を物語っているとは限らない。これには種々のケースがある。ともかくも、本文の性質を判定するためには、本文そのものの検討が第一であることは言うまでもない。しかしながら奥書の存在とその検討が、本文価値の認定にとって、有力な傍証となることもまた事実である。この作品本文と、現存伝本に付けられている奥書との関係をみてみよう。

58　本文と奥書との関係1――三巻本『枕草子』の奥書

現存する古典作品の伝本に、すべて奥書があるわけではない。むしろない伝本の方がおおいかもしれない。ただし傾向として、勅撰和歌集のように本文の正確さを要求される作品、また身分の高い人に依頼されて書写する場合、作品本文そのものにおおくの疑問点が存在する場合、家の証本として子孫にながく伝えたいと希望するとき、書写者、収集者が古典の研究者であって、本文の正確さ位置づけを無意識に心得ている場合などには、いろいろな意味の奥書が記されている。その奥書が、どのように本文とかかわるか、まず周知の作品をてがかりにしてみていこう。

『枕草子』の本文の系統は別として、われわれがいちばん手近に使っているのは、三巻本一類の本文に、冒頭部を同じ二類本で補ったテキストであろう。現在完本でもっとも一般的に使われている日本古典全書本『枕草子』・日本古典文学大系本『枕草子』も、また武蔵野書院版『校訂三巻本枕草子』も、底本こそちがうがこの形である。この三巻本一類の本奥書を、書陵部蔵本(近世初期写、御所本)によって示すと、つぎのようである(図版101・

102参照。図版101右側は源経房の勘注の末尾、左側の橘則季の勘注のつぎからはじまる）。

(1)本云
往事所持之荒本紛失年久、更借出一両之本令」書留之、依無証本不散不審、但管見之所及、勘合」旧記等注付時代年月等、是亦謬案歟、

安貞二年三月　　　　耄及愚翁在判」

(2)古哥本文等、雖尋勘時代、久隔和哥等、多以不尋」得、纔見事等在別紙、

(3)自文安四年冬比、仰面々令書写之、同五年中夏」事終、校合再移朱点了、

秀隆兵衛督大徳書之」

(4)文明乙未之仲夏、広橋亜槐送実相院准后」本下之本末両冊、見示曰、余書写所希也、厳命」弗獲點(黙カ)馳禿毫、彼旧本不及切句、此新写読而」欲容易、故比校之次加朱点畢、

正二位行権大納言藤原朝臣教秀

(5)右本切句勘文為証本之由見于奥書矣、家伝之」本紛失、仍拭老眼染禿筆令書写、貽後昆者乎、

正三位清原朝臣枝賢法名道白

以上の五項にわたる本奥書からなっている。書陵部本は近世初期写の旧禁裏本であるが、「枝賢」の本奥書にとどまり、書写奥書などはない。したがって、枝賢筆本から派生したものと考えられよう。この五つの奥書の記載に従って、本文内容を参照することなく、この三巻本一類の成立過程と本文の伝流とを考えてみよう。あくまでも一筆で書かれた本奥書だけによる解釈であることを心得ていただきたい。

まず書陵部本の祖本は、(5)によって船橋枝賢(明経道の家、清原氏)筆本であることがわかる。また枝賢の位署をみると、「正三位…法名道白」とあるので、『公卿補任』によると、枝賢が正三位となった天正九年(一五八一)四月九日、また出家した同月十一日以後で、死去した天正十八年十一月十五日以前に書写したことになる。ところが(5)

の本奥書は、書陵部本と同類の高松宮蔵本（近世初期写）によると、枝賢の署名はないかわりに「天正十一年二月八日令校合畢」とある。また岸上慎二博士の日本古典文学大系本の解説によれば、同類の富岡家旧蔵本（現吉田幸一博士蔵）には、本奥書記文のあとに、

正三位清原朝（臣脱カ）枝賢法名道白

中請楊明御本写之

天正十一年二月八日令校合畢

とあると記されている。おそらく(5)はこれが完全な形で、書陵部本・高松宮本等は、これがくずれた形で記されたのであろう。したがって両本ともに、枝賢筆本からの直接転写本ではないと推定できる。この富岡本の本奥書に従って枝賢筆本の成立をみてみると、天正十一年の年初に、家伝の本が紛失したため、五摂家の近衛家本（楊明御本）を借り、老眼（時に六十五歳）をぬぐいながら書写したものである。ただ記文のはじめに、〝切句〟（本文の句読点）・〝勘文〟（本文中の研究注記）が証本である旨が底本の奥書にかかれてあると記していることは注目すべきであろう。ともかく、枝賢筆本の親本は近衛家本であることが判明した。

(4)の本奥書は文明七年（乙未）五月（中夏）の勧修寺教秀のものである。これによると教秀（当時五十歳）は、同僚である正二位権大納言広橋綱光（当時四十五歳）から実相院准后本である枕草子下巻の本末二冊の書写を依頼され、断わることができず書いた。この底本である実相院准后本は〝切句〟がついていなかったが、依頼者綱光の希望により、教秀が書きあげて底本と読みあわせる際に朱で句読点を入れた。とこの二点が記されている。教秀・綱光ともにこの期の著名な宮廷歌人であり、しかもともに儒門の文筆家の家柄（教秀は勧修寺流、綱光は日野流）である。この点で(5)の「切句勘文為証本之由見于奥書」は、(1)の「勘合旧記等注付時代年月等」と(4)の「此新写読而欲容易、故比校次加朱点」とに照応し、(5)枝賢筆本の親本（楊明御本）は(1)の本奥書を含む(4)の教秀筆本かその

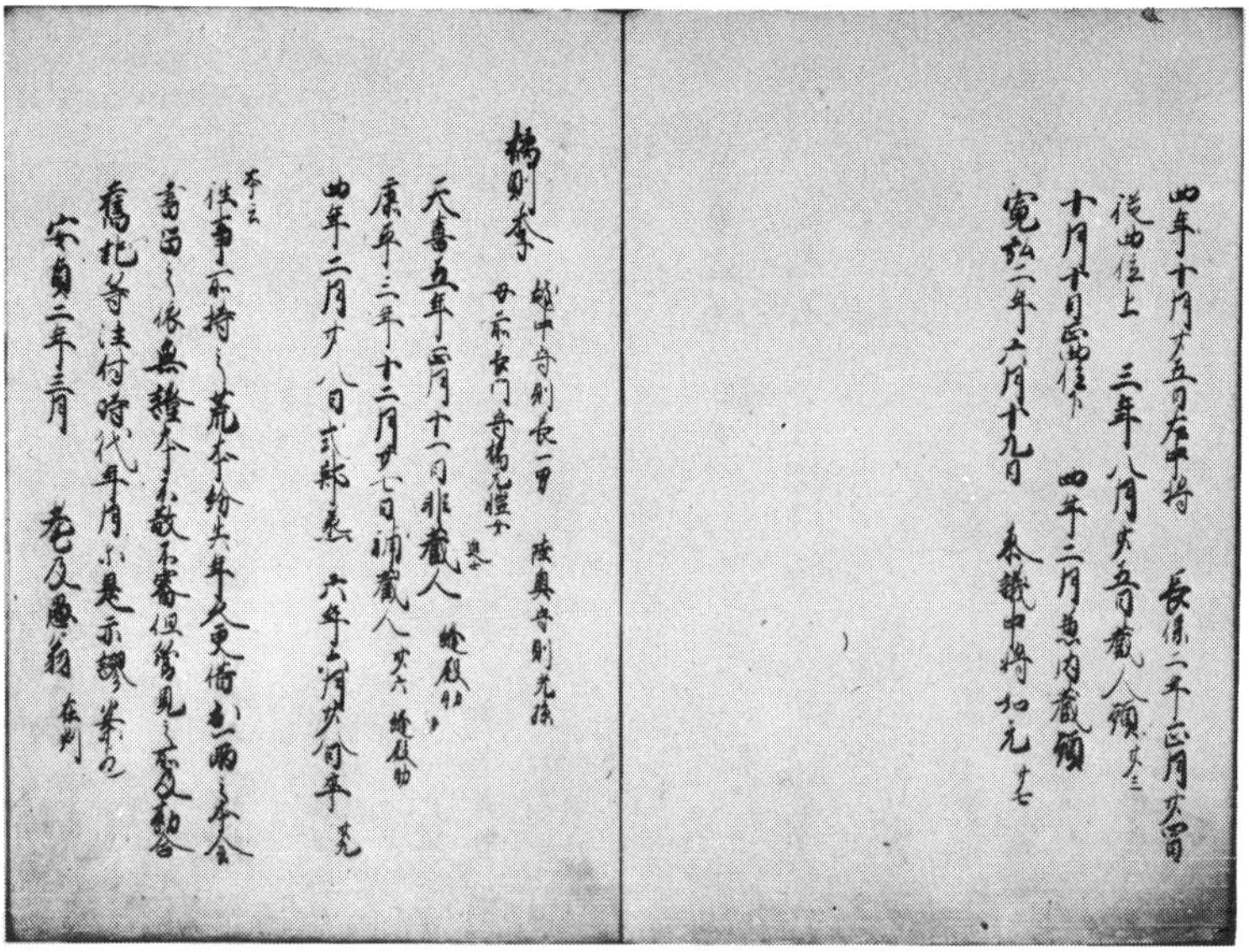

図版 101

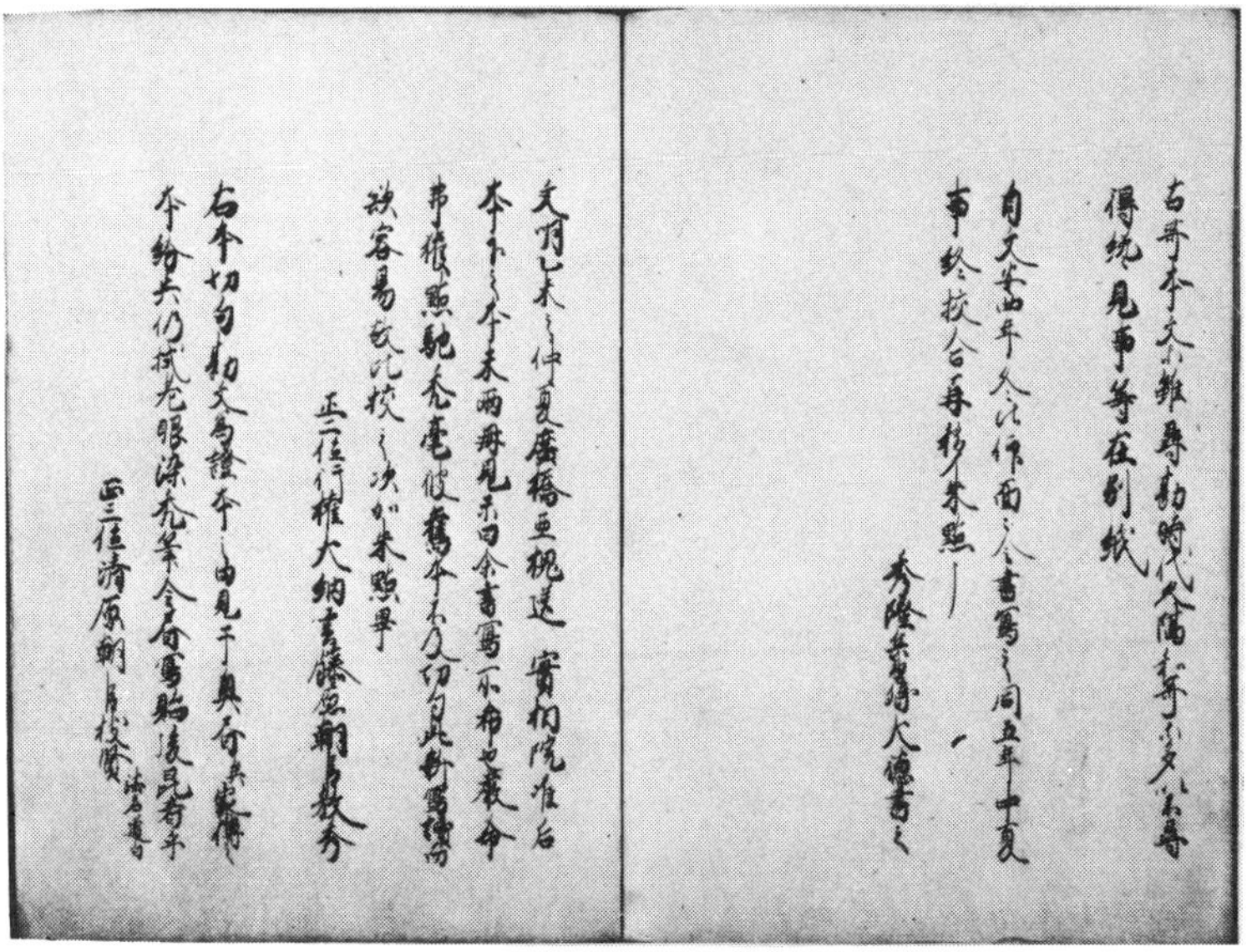

図版 102

転写本であろうと推定できる。ただし教秀筆は下巻の本末二冊であったことに注意を要しよう。すなわち現存三巻本一類は上・中・下三冊からなっているが、この中・下二冊にあたる(日本古典文学大系本の一三二段「二月官の司に」以下)本文のみである。ちなみにこの表記により、現在〝三巻本〟とよばれているが、実は上巻〝本・末〟二冊、下巻〝本・末〟二冊の計四冊本であったらしいこともわかる。一類本は上巻の〝本〟が散佚し、上巻の〝末〟すなわち「心ちよけなる物」(日本古典文学大系本八〇段)からはじまる。この書陵部本・高松宮本等の三巻本一類が、教秀筆本を祖本とするとすれば現在の形の中・下の二冊のみであって、上の一冊は祖本を異にすることになろう。

なお現在勧修寺家に伝存している伝教秀筆本(室町中期写、依頼された勧修寺家に伝存されているので、(4)の教秀筆本そのものではないと思われる)は、(1)・(2)・(3)・(4)の奥書をもっている。本文は上巻は二類で〝本・末〟そろったもので中・下とは別筆、中・下は一類であるといわれている。

(3)は教秀書写時点より約三十年前の文安四年(一四四七)からの書写校合を示している。この本奥書記文は多分に問題をふくんでいるので口語訳してみよう。

文安四年の冬のころ(十、十一月ころ)から、人々にいいつけてこの枕草子を書写させた。同五年の五月に写しおわったので、私(この奥書の執筆者)が底本と各人の書写本とを見合わせ校合し、(各人も朱点を入れてあったが)私も見合わせて朱点の補正をおわりました。

秀隆兵衛督大徳がこれを書いた。

この解釈に従うと、文安五年の書写本は、数人の人が分担書写して、約半年の日時を費やしたわけである。したがって、教秀筆本のような下の本末二冊ではなく、三巻本であれば上下本末四冊の完本、少なくとも現存一類のような三冊本ではなかろうかと推定できる。またこの親本にはすでに朱点がうたれていたことがわかり、さらに、各冊の書写者が朱点をうつし、校合者がふたたび補正移点していることを考えると、章段を区分する朱〇点、項目のはじめを示す朱鉤点のみではなく（図版103参照）、切句すなわち朱の句読点をも意味しているものであろうと思われる。こう見てくると、この(3)の文安の書写校合〝本奥書〟は、(4)の教秀筆本の親本すなわち実相院准后本ではないということになる。では何を示しているのであろうか。(4)を本文伝流の主体としてプリミティブに考えれば奥書の位置が問題にはなるが、(4)に欠けた部分すなわち補充した上巻部の、底本を示す奥書の転載とみられよう。前述した伝教秀筆の勧修寺家本を、(4)教秀筆本の時代をへだてない転写本と考えると、この本は(3)の奥書をもち、上巻は本末そろいの二類であるという。このことから(3)の奥書は、勧修寺家本の上巻補充に際して、その底本とした二類の奥書を転記した、上巻の補充であったので、中・下の底本を示す(4)の教秀奥書よりも前に書きくわえた、とも考え

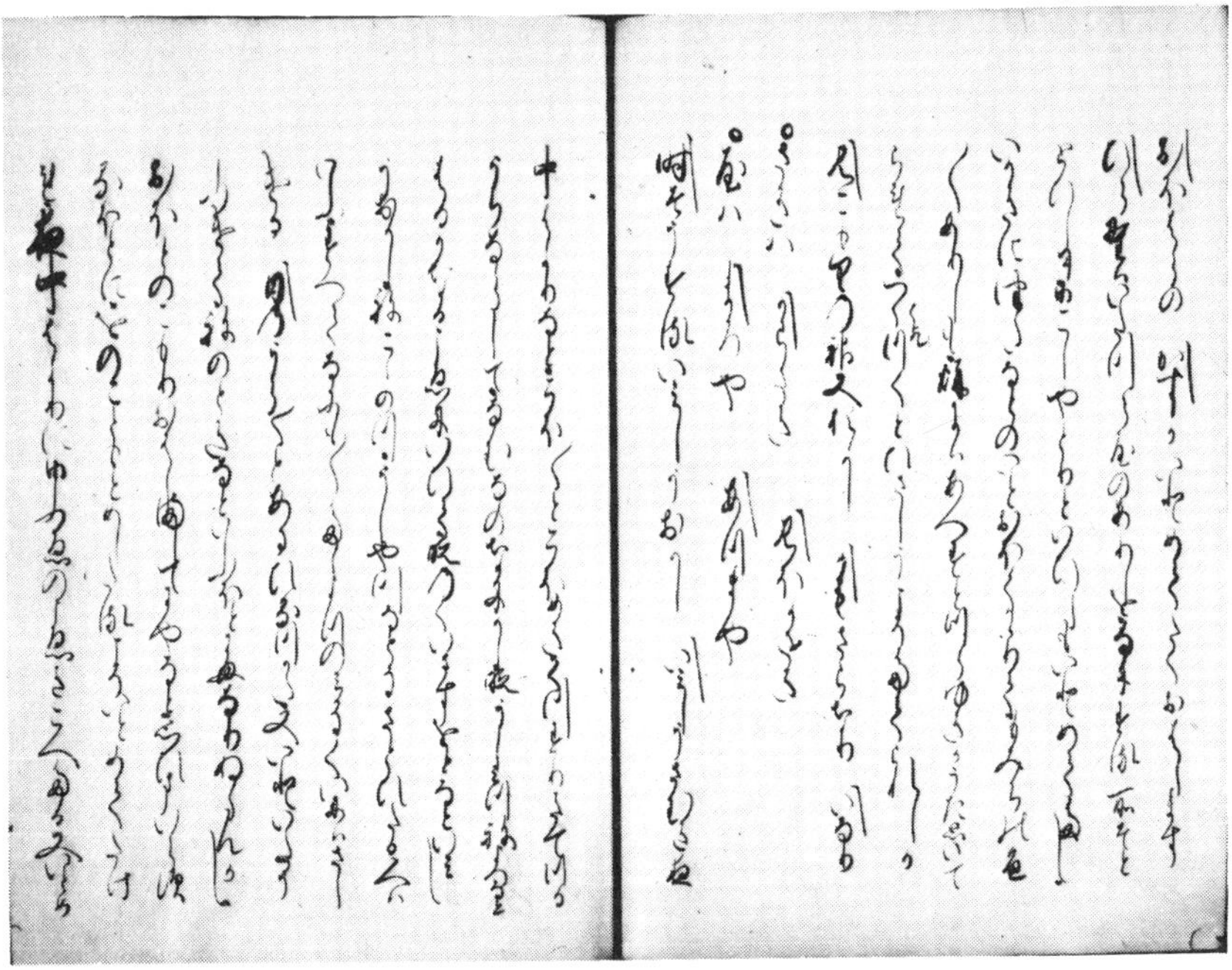

図版 103

られよう。ところが勧修寺家本の上巻は、奥書をもつ下巻(中巻も)とは別筆であるという。また現存三巻本一類の諸本は、書陵部本などのように、上巻は本末の末のみであるが一類系の本文をもつものがおおい。この二点から、(3)は補充の二類本の奥書ともいえない。では(5)により書陵部本等の祖本〝楊明御本〟の上巻も一類系と推定し、(3)をその奥書と考えると、勧修寺家本以外の(3)の奥書をもつ上巻を二類とする諸本(岸上博士蔵武藤本等)の存在が問題となる。

このように(3)の解釈については、(4)を本文伝流の主体と考えれば(一・二類のすべてが(4)をもつのでこうみるべきであろう)、上巻補充底本の奥書転載と考えられる。その補充本が、一類か二類かとなると、一類が有利であると諸本形態の上から判断できよう。

(2)は『枕草子』の中に引用されている〝古歌〟(詩句等も含むのであろう)に対する勘注の奥書と思われる。別紙に勘注したと記してあるとおり、現存本文の和歌・詩句等には勘注がみられない。この勘注奥書は(1)の奥書をもつ本文に対してなされたものと思われる。この奥書を記した時点は、(1)の〝耄及愚翁〟が勘注したとも考えられるし、二類にこの本奥書がなく、わざわざ別紙としたのであるから別人で、安貞二年三月以後、最終的には実相院准后本と文安書写祖本の分離する以前と推定してもよいわけであろう。

(1)は三巻本の源流となる安貞二年耄及愚翁の書写勘注奥書である。三巻本本文の基本となるので口語訳してみよう。

私がかつて持っていた(枕草子の)粗雑な写本をなくしてから長年たった。そこでふたたび二部の写本を借りてこれを書き留めた。この枕草子はきめてになる本文がないため、(二部の本を見合わせても)不審の箇所はなくならない。ただし私の気のつく範囲は、古い記録などと照合して事柄などの時代や年月日等を書き入れた。しかしこの考証も違っているかもしれない。

これによると、安貞二年(一二二八)に、〝耄及愚翁〟が、二本を使用してこの三巻本の源流をつくった時も、これといった〝証本〟はなかったし、以前に所持していたテキストも〝荒本〟であったという。校本をつくった耄及愚翁自身も、これを証本とする自信もなかったのであろう。また、旧記等で時代年月等を注付したとあるが、現存三巻本の本文には、人物の考証・事件の年月などが、本文の行間に書き込まれている。巻末につけられた源経房・橘則季の経歴勘注までが耄及愚翁の勘文であろう。この耄及愚翁が誰であるかわからないが、勘注のつけ方、奥書の記し方などは定家筆『更級日記』の場合とよく似ている。

この(1)・(2)の本奥書は、直接どの本奥書に継承されるのかを考えてみよう。(1)・(2)の記文の内容を直接うけている本奥書はない。ただし(5)の「右本切句勘文為証本之由見于奥書」の記載は、天正十一年の枝賢書写時点では、(1)・(4)の奥書が具備されていたことを示していよう。したがって(1)・(2)は、勧修寺本の奥書により(4)実相院准后本にあったものと考えられるし、また(3)の文安書写本の親本にもあったかもしれない。少なくとも(1)は(4)実相院准后本・(3)文安書写親本に共通してあったと推定してもよいと思われる。

以上にわたって『枕草子』の三巻本一類のもっている本奥書を、一筆がきの書陵部本の記載を中心としてとりあげ、奥書の解釈だけによる――それもかなり私流の曲解であるかもしれないが――本文の伝流分析をこころみたわけである。その結果を要約して記してみると、三巻本一類の本文源流は、(1)安貞二年の耄及愚翁による二本校訂のいわば研究本文にある。この研究本文にはなお不審の箇所があり、また校訂者は本文中および巻末に研究注記をほどこした(これは現存本文に継承されている)。(4)文明七年に勧修寺教秀は、〝耄及愚翁本〟もしくはその転写本と思われる実相院准后本を書写したが、それは下巻の本末二冊(現存本の中・下にあたる)しかなく、勘文はあったが切句がなかったので、新しく朱点をくわえた。またその後、欠けていた上巻を補ったが、その補充本が(3)文安四、五年の寄《より》合《あい》書《がき》本であり、それには勘文も朱点もあり、おそらく一類系の本文であった。この(4)・(3)の取り合わせ本系統(楊明御本)を天正十一年に船橋枝賢が書写した(この時はすでに上巻の〃本〃にあたる部分は欠脱していたのであろう)。この天正十一年枝賢書写本が、書陵部本・高松宮本・旧富岡本等の共通祖本である。というのが、5次にわたる奥書記文の解釈と、その関連を推定しての本文伝流の分析である。その解釈が、現存する諸本の実態、本文内容のクリティークの結果と、どのぐらいくい違うのであろうか。またどの程度一致するのであろうか。この回答は、枕草子研究の権威である岸上慎二博士をわずらわし、特に次項に御執筆いただくことにした。

59 三巻本『枕草子』の奥書と本文との対応(岸上慎二)

橋本不美男氏が伝本の奥書問題で『枕草子』をとりあげ、三巻本の奥書事実の解釈とその信憑性を追求されて、その本文との対応の回答者に、私が指名されてしまった。橋本氏も言っておられるが、奥書は、自己の行為を事実を重んじる立場において書記したはずのものであって、それはすべて事実であるはずである。しかしながら、人おのおの個性があったり、第三者の無意識あるいは有意的な行為も加わって著しく乱されるものである。

その例が、歌書類における藤原定家の手を経たという奥書類である。『後撰集』を例に取ってみても、定家はしばしば証本を書写する労を惜しまないが、天福二年書写の証本は、二条家と冷泉家とにおのおの相伝されていたというのである。これはありうべからざることである。筆者はかつてこれらの問題を冷泉家伝来の「此本付属大夫為相　頽齢六十八桑門融覚」の書本を一類とし、この部分をもたず他の部分に「為伝授鍾愛之孫姫也」とする二条家伝襲本を二類と区別したことがある(68項参照)。歌学の宗匠家としてはその証本は複雑な効用がからみあっていて、混乱を起こさしめるもとになるのであろう。『枕草子』はその点そのような外的条件に煩わされることはなかったはずである。しかし、奥書と本文とはそのとおりに現在は対応しないで、その点を可能なかぎり合理的に考えねばならない。
三巻本本文はこのたびの橋本氏発言により「研究本文」であるという評価を与えられた。ギクリとする言葉である。しかし、このことについて筆者にもすでにふれた論文（「三巻本枕草子の本文史上の一、二の点について」『国語と国文学』昭和三十五年九月）があり、そう驚かなくともよいことにしておこう。『枕草子』の現存諸本のうち、もっとも本文伝来に詳細な奥書類を保持する三巻本としては、あるいはそうならざるをえない宿命を担っていたとも見なすべきであろう。しかし現存三巻本の本文は原三巻本とでもいうべき一つの柱があり、安貞二年時の一両之本のいわゆる「一」に当たるものと、それに他系統本文、――同「両」に当たる――とくに堺本系の本文が一度ならず校勘に使用されているという別系統汚染をこうむっているのだ。

三巻本諸本については、池田博士が一類二類の類別をされ（『国語と国文学』昭和三年一月）、その理由を、一、本文に多少異同のあること、二、巻の立て方に異同のあること、三、条目の順序に異同のあることと説明しておられる。なお、秀隆・教秀の書写の分野については明確な説明はされていない。その点、この度の橋本氏の解釈は一つの筋として通ったものである。さてそれが本文と対応してどのように処理して考えねばならぬかを述べなければならないわけである。まず、「この草子」云々の跋文の部分の三巻本諸本の実態から紹介しよう。

底本　勧修寺家本（本文右傍のアラビア数字はその語に異文あり、最後に校異を掲げる。校合は陽明甲本。」はその行末を示す。）

このさうしめに見[1]え心に思ふ事を人やハミんとするとお」[一]もひてつれ〳〵なるさとゐのほとにかきあ[2]つめたるをあひな」[二]う人のためにひんなきいひすくしもしつへき所〳〵もあ」[三]れはようか[＊く]へしをきた[3]りと思しを心よりほかにこそもり」[四]いてにけれ宮のおまへに内の[4]おと、のたてまつりたまへりけ」[五]るをこれになにをか、ましうへのおまへにはしきといふふみ」[六]をなんか、せ[5]給へるなとのたまハせしを枕にこそは侍らめ」[七]と申しかハさはえてよとてたまはせたりしをあやしき」[八]をこよやなにやとつきせすおほかるかみをかきつくさんとせ」[九]

しにいと物おほえぬ事そおほかるやおほかたこれは世中におか」[一〇]しきこと人のめてたしなとおもふへきなをえりいてゝうたなと」[一一]をも木草鳥虫をもいひいたしたらはこそおもふほとよりハ」[一二]わろし心見えなりとそしられめたゝ心ひとつにをのつから思ふ事」[一三]をたハふれにかきつけたれハ物にたちましり人なみ〳〵なる」[一四]へきみ[6]ゝをもきくへき[7]物かハと思しに[8]はつかしきなんとも」[一五]そみる人はし給なれハいと[9]あやしう。そ甲[10]あるやけにそもこと」[一六]はり人のにくむをよしといひほむるをもあしといふ人は心のほ」[一七]とこそ[11]をしはからるれたゝ[12]人に見えけんそねたき／左中将ま」[一八]た伊勢の[13]かみときこえし時さとにおはしたりしにはしのかた」[一九]なりし[14]たゝみ。を甲さしいてしものハこのさうしのりて出にけり」[二〇]まとひとりいれしかとやかてもておはしていとひさしくあり」[二一]てそかへりたりしそれより[15]ありきそめたるなめり[16]とそ」[二二]ほんに[二三]

校合校異

1 見え―前・古・京「みえぬ」
2 あつめ―中「つめ」
3 たり―刈・内「たりし」
4 かゝせ―弥・刈・内ナシ
5 こよ―京ナシ
6 みゝをも―内「みゝとも」
7 物―静・伊「物に」
8 はつかしき―古「はつかしさ」
9 あやしう(二類モ)―甲・宮・中・明・富・高・天「あやしうそ」
10 あるや―刈・内「あるなり」
11 をしはからるれ―前「をしはかるれ」
12 人に―前「人は」
13 かみ―前「あみ」
14 たゝみ(二類モ)―甲・宮・明・中・富・高・天「たゝみを」
15 ありき―京「あかき」
16 とそほんに―諸本ハ本行ニ書ク、前ハ左傍ニ寄セテ書ク

＊底本「かへし」。「へ」ヲミセケチシテ「く」傍書。陽甲ノミ「かへし」他本ミナ「かくし」。

底本を勧修寺家の伝教秀筆本によった。三巻本の自分の手もと資料をすべて校勘しての相違である。しかし表現

用字の差は校異としなかった。校勘本は陽明甲、同乙(明)、宮内庁本、中邨秋香本、高松宮家本、富岡本、天理図書館宝玲本(下巻のみ)以上一類七本、弥富本(校本による)、刈谷本、前田家五冊本、古梓堂本、静嘉堂本、伊達家本、内閣文庫本以上二類七本である。

一類本と二類本とのこの有名部分の文章には著しい差点はない。二類の一本のみ、あるいは二、三本の誤りの類型から各本の系列が自然とでている。一類本は、陽明系本と、勧修寺家本の対立であり、それはまた一類と二類との差点にもつながる。校異の9と14である。これはいずれが正しいと即断はこの場では無理であろう。しかしその他の場面における一類二類の差、および勧修寺家本の一、二類本の接点の地位は相変わらず時折出てくる。その時、いずれが正しそうかというと、陽明系の一類のほうが妥当性の率が高い。これらの一類二類のより正しさについてはかつて「枕草子の三巻本の所謂上巻下冊について」(『日本大学文学部研究年報』昭和三十三年)にその比率を計算して示したことがある。この部分の相違状況を集計整理すると次のようである。

前　1・11・12・13・16
古　1・8
京　1・5・15
中　2
刈　3・4・10

表I　下巻末尾一本書き加え部分の表

頭部の数字は校本枕冊子のその段の行数である

	本文(陽明甲本)	その所属諸本	異本文	その所属諸本
	あれたるいへの(校本附巻逸文三九段)			
1	はいたる	他ミナ	はたる	中
2	あらうは	他ミナ	あかうは	古
3	あはれなれ	他ミナ	あはれ	勧
3	おひこりて△	宮・明・勧・中・富	おひひろこりて	弥・刈・前・古・静・伊・内
4	みとりなるにはも	他ミナ	みとりなるにはも	古
6	へきにも	他ミナ	へきも	前
8	見えたる	他ミナ	みえ	古
8	月かけ	他ミナ	かけ	弥・刈・内

初瀬にまうて（校本三〇八段）

2	ゐなみたりしこそ	他ミナ	ゐなみたりしを	中
2	ねたかりしか	他ミナ	ねたりしか	静
3	ほとなと	他ミナ	｛ほとなる ほと	勧 刈
4	とく見	他ミナ	と見	中
6	たちゐ	他ミナ	たち	前・古
8	それはさそ＊	他ミナ	｛それさそ それは ナシ	中・富 勧・弥・京・前・古・静・内 刈
9	御つほね	他ミナ	御	京
10	なからも	他ミナ	なから	前

女はうのまいりまかて（校本三一六段）

1	かるおり	他ミナ	かりおり	宮・明
2	しもし	宮・明・中・勧・前・古	しりし	弥・刈・静・伊・内
6	人の、る	他ミナ	人のくる	中
7	さる事	他ミナ	｛なる事 なることも	宮・明 刈
7	なかりけれ	他ミナ	なかりけり	前
7	それ	他ミナ	ナシ	中
9	すさして	他ミナ	すさしく	前・京
9	いましめ＊	宮・明・中・高・富・刈・内	いましいましめ	勧・弥・前・古・京・静・伊

内　3・4・6・10
弥　4
静　7
伊　7
陽明系　9・14

陽明系の二箇所を勧修寺家本をはじめ二類系の誤りとすると全体の計算がその2だけ増加することになる。前田家五冊本がもっとも悪本文の見本である。しかし16の箇所の文章表記の形式は根元本文を示唆するもののようにも思われ、はなはだ貴重な面もありそうである。その他二類の本文の親疎関係は、この短い部分からも判断できる資料である。「前田家五冊本・古梓堂本・京大本」「弥・刈・内」「静・伊」陽明系は「中」の一箇所を除きそのあとはみな一つの誤りもない緊密な関係にある。このよ

表II　下巻部における勧修寺家本の二類への接点現象表

本文箇所の頭部の数字はその段と校本の行数を示す

本文（陽明甲本）	その所属諸本	異本文	その所属諸本
よろつのことより（校本枕冊子二一四段）			
18　くちとり	宮・明・中・高・富	くち	勧→二類
御乳母の（校本九九段）			
6　さるきみをみをきたてまつり	宮・明・中・高・富	さるきみをたてまつり	勧→二類
社は（校本二二五段）			
4　やませ給	宮・明・中・高・富	やまさせ給	勧→二類
9　心なとも	宮・明・中・高・富	心とも	勧→二類
28　これはいつれか	宮・明・中・高・富	これか	勧→二類
30　はたらかさらん	宮・明・高	はたらかさん	（勧→二類 中・富）
35　そこらの	宮・明	（そこ、の そこ、の（カ）	（勧→二類 中・富） 高
雲は（校本二三〇段）			
3　ふみにも	宮・明・中・高・富	ふみも	勧→二類
さかしきもの（校本二三四段）			
10　それしも	宮・明・中・高・富	そひしも	勧→二類
世の中に猶（逸文一二）			
4　ほとにも	宮・明・中・高・富	ほとも	勧→二類

うに近接本文のグループが知られる。

この跋文に接した部分の安貞二年時の書き加え本文と思われる部分の三章段の本文を同様方法で比較した表を上にかかげる。

表Ⅰは陽明甲本を底本にしてある。一類二類の差は、本文用例下に△印を付し、勧修寺家本が一、二類の接点の場合には＊印をつけた（△は一、＊は二例ある）。その他は一本又はグループによる本文損傷の箇所と考えていい。跋文につづいてやはり勧修寺家本は両類の接点にあるようである。さらに下巻すべてにわたってこのような勧修寺家本の両類の接点にある箇所を抜き書きしてみる（一類二類の対立点も少しあげた）。

表IIは一、二類内の個々の変化は除外して、一類内部の問題、とくに

男こそ猶（逸文一三）				
2	いりたちたる	宮・明・中・高・富	いりたちする	勧→二類
十月十よ日の（校本二一七段）				
1	みんとて	宮・明・中・高・富	ナシ	勧→二類
2	ひきかへしつ、＊		ひきかくしつ、 ひきかくし	弥・刈・内 古
うれしきもの（校本二五四段）				
22	いかてかは	宮・明・中・高・富	いかてか いかて	勧・中・弥・刈 古・内・静 伊
御前にて人々とも（校本二五五段）				
20	とらせ	宮・明・中・高・富	ナシ	勧→二類
22	心うちにも	宮・明・中・高・富	心のうちに	勧→二類
関白殿（校本二五六段）				
47	なと	宮・明・中・高・富	なとに	勧→二類
106	おりはて、そ	宮・明・中・高・富	おりはて、め	勧→二類
131	のせさせ	宮・明・中・高・富	のせ	勧→二類
215	なかさまに	宮・明・中・高・富	なかさへに なかさいに	勧 二類
220	さはいれとてめしあくるをしもにゐたる人々は	宮・明・中・高・富	ナシ	勧→二類
227	しはしありてここにまいらせ給へり	一類ミナ	ナシ	二類

勧修寺家本の性格にしぼって現象をみようとしたものである。そのような現象がかくも多数存在するのである。すでにみてきた跋文、一本書加の表の結果をも基にして、勧修寺家本文の現象をみるとその性格は、一、二類の接点に位置しているというべきであろう。そこでこれらの本文異同現象により二類本本文は勧修寺家本からわかれたことは誤りない事実であろう。そのときに勧修寺家本が一類本の中央的位置をとり、陽明家本系と二類本系とにわかれたとみるか、それとも陽明家本を根元的位置と判定して、その位置から勧修寺家本がまず誕生し、そこからさらに二類へと移行していったという考え方をとるか二つある。この両見解中では、陽明家系統の本文誤脱の少量と

神は（校本二六六段）

行	本文	諸本	異文	諸本
239	にはかに	宮・明・中・高・富	にはかな	勧→二類
253	まいなとす	一類ミナ	舞なと	二類

崎は（校本二六七段）

行	本文	諸本	異文	諸本
2	なと	宮・明・高・富	ナシ	勧・中→二類
7	つゝつ〳〵と	中・高・富	つゝつく つく〳〵と	宮・明 勧→二類

成信の中将は（校本二七一段）

行	本文	諸本	異文	諸本
1	ナシ	一類ミナ	いかゝさき	二類

神のいたうなるをり（校本二七五段）

行	本文	諸本	異文	諸本
36	時には	宮・明・中・高・富	時に	勧→二類
38	所とも	宮・明・中・高・富	所と	勧→二類

節分たかえなと（校本二七七段）

行	本文	諸本	異文	諸本
2	大将中少将など	宮・明・中・高・富	大将なと	勧→二類

三月はかり（校本二八〇段）

行	本文	諸本	異文	諸本
2	もみな	宮・明・中・高・富	ナシ	勧→二類
5	めゝり	中・高	めくり	宮・明・富・勧 二類
11	わたくしには	宮・明・中・高・富	わたくしに	勧→二類

十二月二十四日（校本二八二段）

行	本文	諸本	異文	諸本
3	ぬきたれられて	宮・明・中・高・富	ぬきたれられ	勧→二類

いう観点から、後者を取る立場を有利とみておこう。しかし陽明家本系がより研究本文であることも事実である。

現存勧修寺家本中・下冊と陽明家本中・下冊とは、書写年時には隔たりはそうないようである。陽明家の上巻下冊は三藐院信尹の筆で時代がやや下る。一方勧修寺家本の上巻は書写時代は陽明家本より古いが二類本で、両者ともマイナス箇所である。陽明甲本を基本に陽明系の宮内庁本・陽明乙本・富岡本・高松宮本・中邨本・本田本の一系の伝本が生じ、一方現勧修寺家本からは岩瀬文庫の柳原紀光本が存在する。勧修寺家本の影響力はあまり表にあらわれていない。近衛家本を中心に一類本は伝流したというのが現状である。

うちとくましきもの（校本二八八段）

3	あさみとりの	宮・明・中・高・富	あさみとり	勧→二類

僧都の御乳母（校本二九三段）

13	うちみて	宮・明・中・高・富	ナシ	勧→二類

さて以上のような本文現況を保持する一類本として、これと奥書と対比してどう考えるかということに進めたい（以下58項の奥書区分参照）。

一類本がもつ(1)から(4)、又は(5)を付加するもののうち、(3)と(4)に問題点がある。(3)は文安の秀隆、(4)は文明の教秀でその間二十数年の隔たりがある。三巻本本文にどのような役割を占めているかというのである。池田博士は『国語と国文学』昭和三年一月の特別号において、今日の宮内庁本を基にして、「これ(4)の教秀の部分）は後人が異本によってまとめたのであらう」と言って、一類については秀隆を大きく買っておられる。その理由は説明しておられないが、文安の秀隆の三巻本本文への業績を奥書通り認めると、その二十数年後の教秀の行為はあるはずがなくなるので、この時間的に遅れた事実を否定されたのであろう。この点あるいは別に、陽明甲本をごらんになった印象を基にして言っていらっしゃったとすればそこには一つの根拠は認められる。それは、陽明甲本は、図版104・105に見るように(1)・(2)・(3)の奥書部分は字形が小さく、(4)の部分になると特に大字に転換している。あたかも別人が後日紙を改めて丁の裏を白紙にして次の丁に書写するという態度がとられている。このように後人のしわざと考えても当然の書き様である。この事実が頭の中にあって、宮内庁本を基にして解説していらっしゃる中にこの発言をされているのかもわからない。陽明甲本の(4)の字詰行立ては今日の勧修寺家本のとおりである。しかし(1)・(2)・(3)は陽明甲本の書写形式は勧修寺家本とは相違して著しく圧縮して書記されている（図版106・107参照）。そのために、富岡本・本田本・中邨本には曖昧なうけつがれ方をしている現象もある。それなのに(4)の奥書は大字でのびのびと書かれたその原形は勧修寺家本にあるとすべきだ。しかし今日の勧修寺家本の奥書にも弱点がある。それは(3)の部分の秀隆大徳

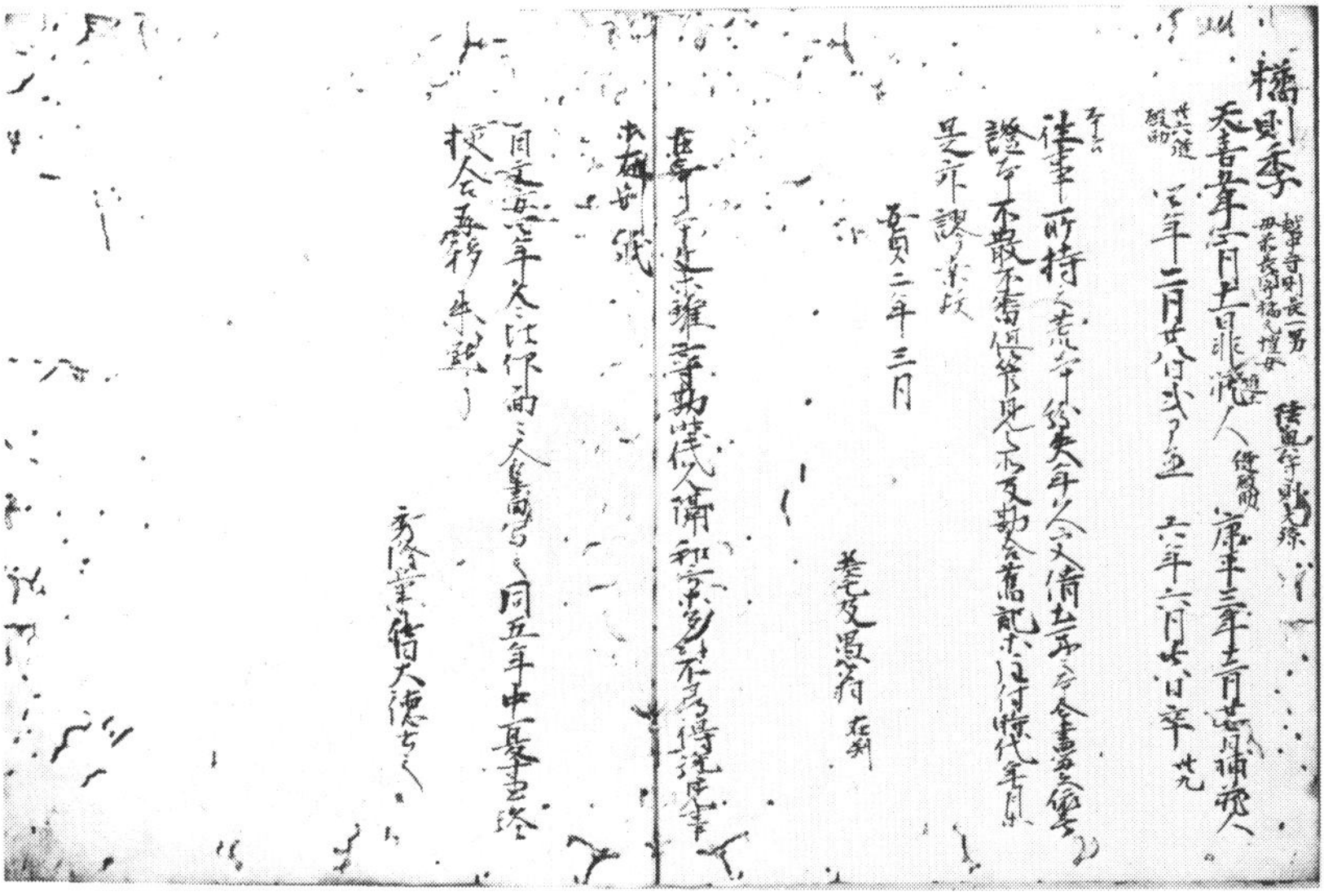

図版 104

文明六年之仲夏、廣橋亜槐送賚相傳
准后本下之本未南州見示曰、余書寫所
希也、嚴命弗獲黙、馳禿毫被着書本不
及切句如新、寫讀而欲容易哉、比校之次
加朱點畢
正二位行権大納言藤原朝臣教秀

図版 105

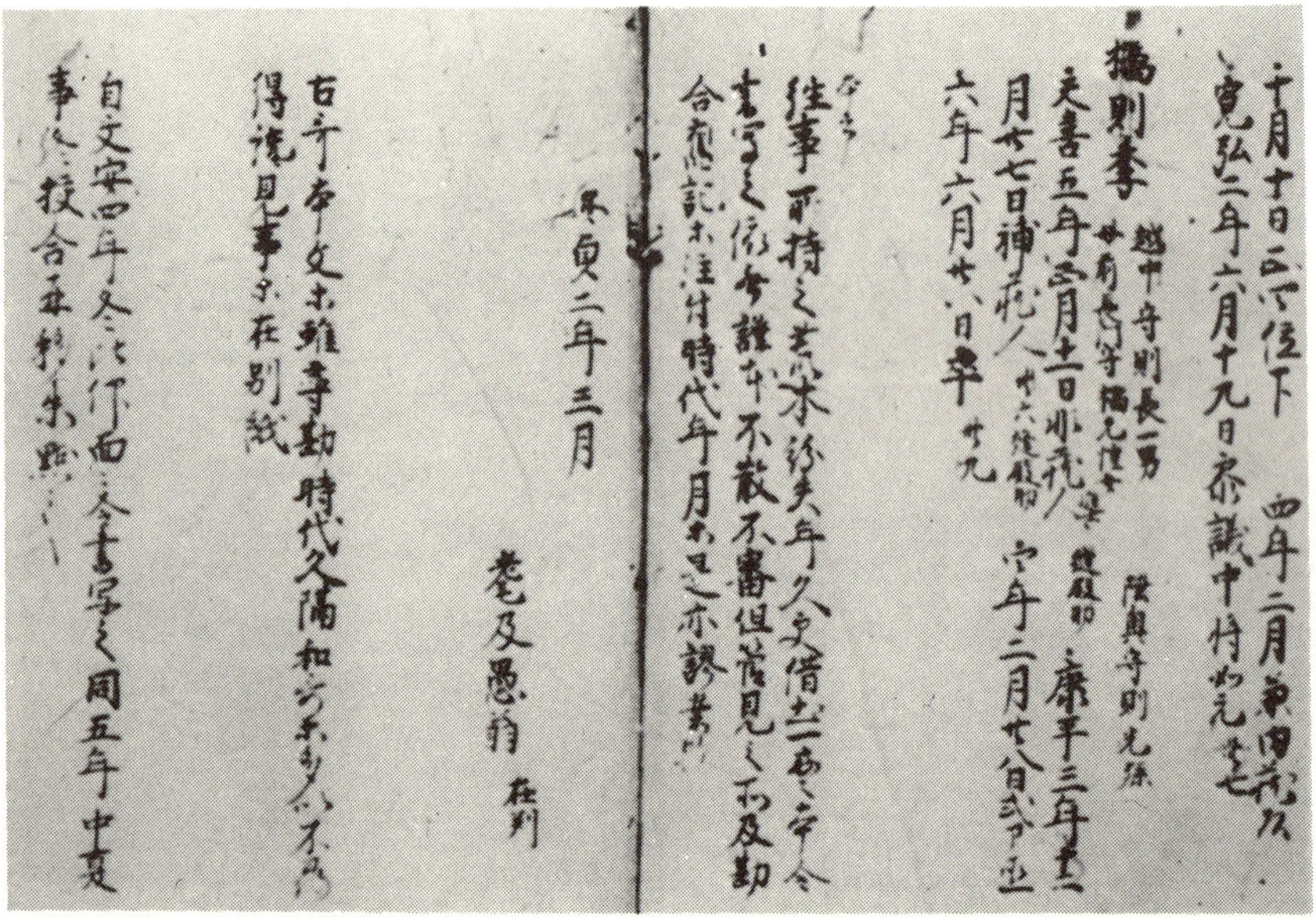

図版106

の大事な書記者の氏名の行を一行欠いているのである。紙の終わりで丁の代わりめということはあっても、書写者として犯してはならぬ脱落である。今日の二類本の奥書が(1)と(4)との記載しかもたないのはこの(3)の署名者脱落ということがその(3)の奥書をすべて省略するという事態に導いているのではないかとも想像せられる。このような疑問点のある両本の奥書状況から、陽明甲本も勧修寺家本も教秀自身の筆記でないための現象と考えるより手はないのではないか。両本の祖本がお互いに教秀筆で、両者ともそれを書記するに当たってそれぞれの態度で筆記し、陽明甲本は教秀の部分をとくに原本に忠実にと願って原本どおりに臨写し、現勧修寺家本はなぜかわからぬが(3)の署々をおとしたのであろう。

次に「秀隆本」の役割については橋本氏の言われるように、それが一類の上巻部の伝流に関係するのであろうことはもっとも穏当な見解であるが、本文からの実証は不可能事であり、さらに一類の

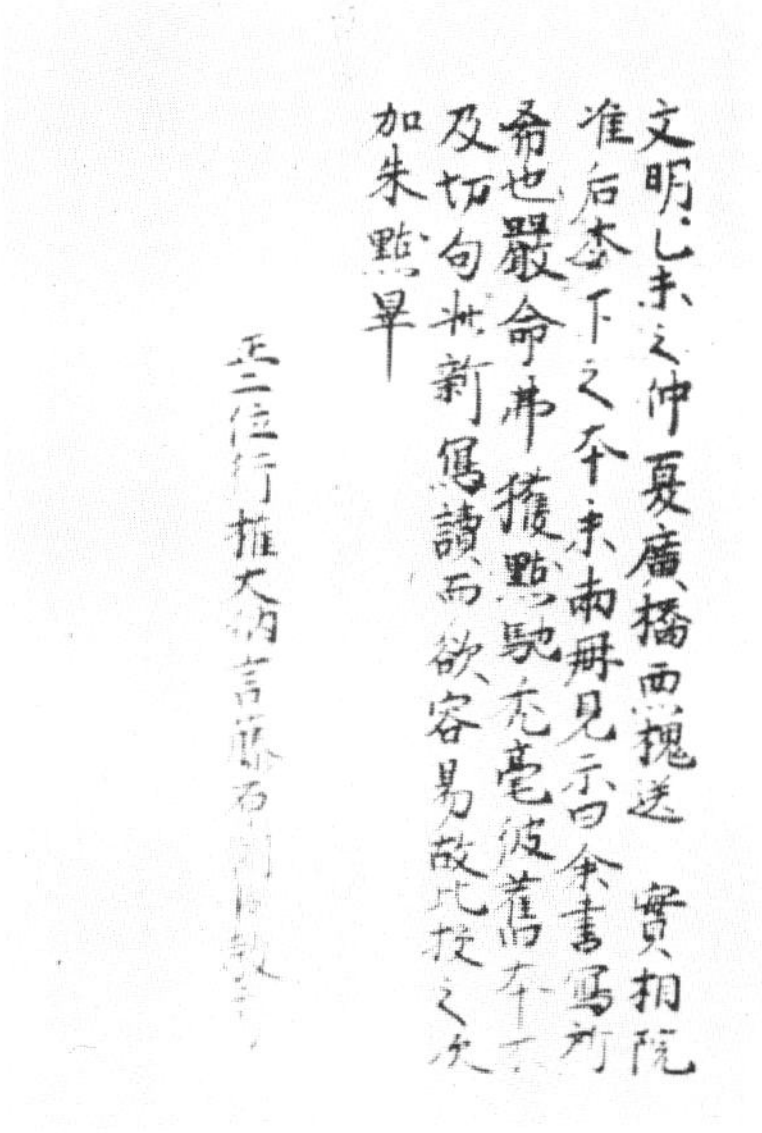

図版 107

みに関係ありとするのもいまだ断言できないところである。それは、今日の勧修寺家本にこの部分の奥書をもち、しかも勧修寺家本は上巻二類本である。すると二類本の方に秀隆の関与を考えないわけにはゆかず、秀隆の三巻本寄与の役割は判定しようがない。三巻本伝流の一部の役割というにとどめたい。加藤磐斎の『清少納言枕草紙抄』の解説によると、「或古本の奥書云」として「寛正二年長月中旬」の年紀をもつ本の記事や、延徳二年五月下旬、三井寺正般筆本などの記録も見えるので、『枕草子』書写の事実は三巻本とは限らぬが、『枕草子』伝流に関与した多くの人々があった事実はいなめない。これら埋没した『枕草子』校勘書写事実をすべて掘り起こして組み立てなくては真実としての辻褄は合わぬはずである。そのための不明部分としておこう。

なお(5)の船橋枝賢の陽明系御本の書写は、それが天正十一年という時点であるので付記したいのだが、天正十年に信長の本能寺における変事があって、それは近衛家としては重大な事件であった。天正十年三藐院信尹の父前久は五月太政大臣の現職を辞任し、六月二日落飾、同十四日出奔とある。その理由は『公卿補任』によると、「依違武命也」と注されている。六月二日本能寺の変があり、十四日光秀は斬首になった。この事件に前久がまきこまれているのであろう。その子供、のちの三藐院信尹は当時十八歳内大臣であった。天正十一年はその翌年である。船橋枝賢（当後六十四歳）は出家して道白と称しており（天正四年従三位、同九年四月十一日出家、天正十八年十一月十五日卒七十一歳）、陽明家の誰から『枕草子』を借り出したか。前年出奔している前久か、内大臣十九歳の信尹(当時信基)からか。そして今日枝賢の署名をもつ本は一部ではない。一類本のみの三冊本(富岡本と称す)と、一類中・下巻、二類上巻という取り合わせ本(中邨本・本田本)という基本形を異にする伝流があるが、これは、富岡本の形式が初出で、取り合わせ形式は後日の完本を希求しての改良と考える本田義彦氏の説を正しいと考えたい。なお、この枝賢を二類本分出の原動力者と考えようとする池田・楠氏説に対して、本文のほうからは、枝賢は陽明系の本文をうける者であって、二類本は今日の勧修寺家本の本文をうけるものであり、その点難点を持つことを加えたい。答えにならない文章で終わったことをお詫びしたい。それにしても奥書はそれ自体完全であるべきでありながら疑問点多く、本文と対比して十分検討されなくてはならぬという事実の認定資料にはなろう。

60 奥書と本文との関係2

前述したように古典作品のおおくの伝本には巻末に〝奥書〟が記されている。その奥書の記文を読むと、底本の性格・状態、書写の態度・目的、あるいはそのほかに本文内容の証明・研究注記の書き入れなど、いろいろなことが記され、あわせてその伝本の伝来系統・本文内容が判断できる場合がおおい。古典作品の本文を研究する場合、この奥書類の存在は大きな傍証資料となる。ただ、奥書——主として本《もと》奥書《おくがき》の記されかたには種々のケースがあり、単純に見あわせた照合本の奥書を転載することも珍らしくない。転載した人はもちろん経緯はわかるし、他の奥書と墨色なり筆跡なりが異なれば判別することができようが、転写されて一筆がきとなると、奥書と本文との関係がわからなくなってしまう。この奥書記文の本文に対する関係の密疎、すなわち奥書の本文性質に対する信憑性の判断が、その作品の本文内容の価値認定におおきく影響することが相当あることは、前項・前々項の『枕草子』の場合でみた通りである。

さてこのように、古典作品の本文伝流の遡源、また享受間の諸本の相互影響を分析明確化することはむずかしいことである。筆者はかつて、在原業平の家集を軸として、『伊勢物語』『古今和歌集』『後撰和歌集』等との相互享受をテーマとした演習をおこなったことがある。がらにもないことであるが意欲的にとりくむつもりであった。

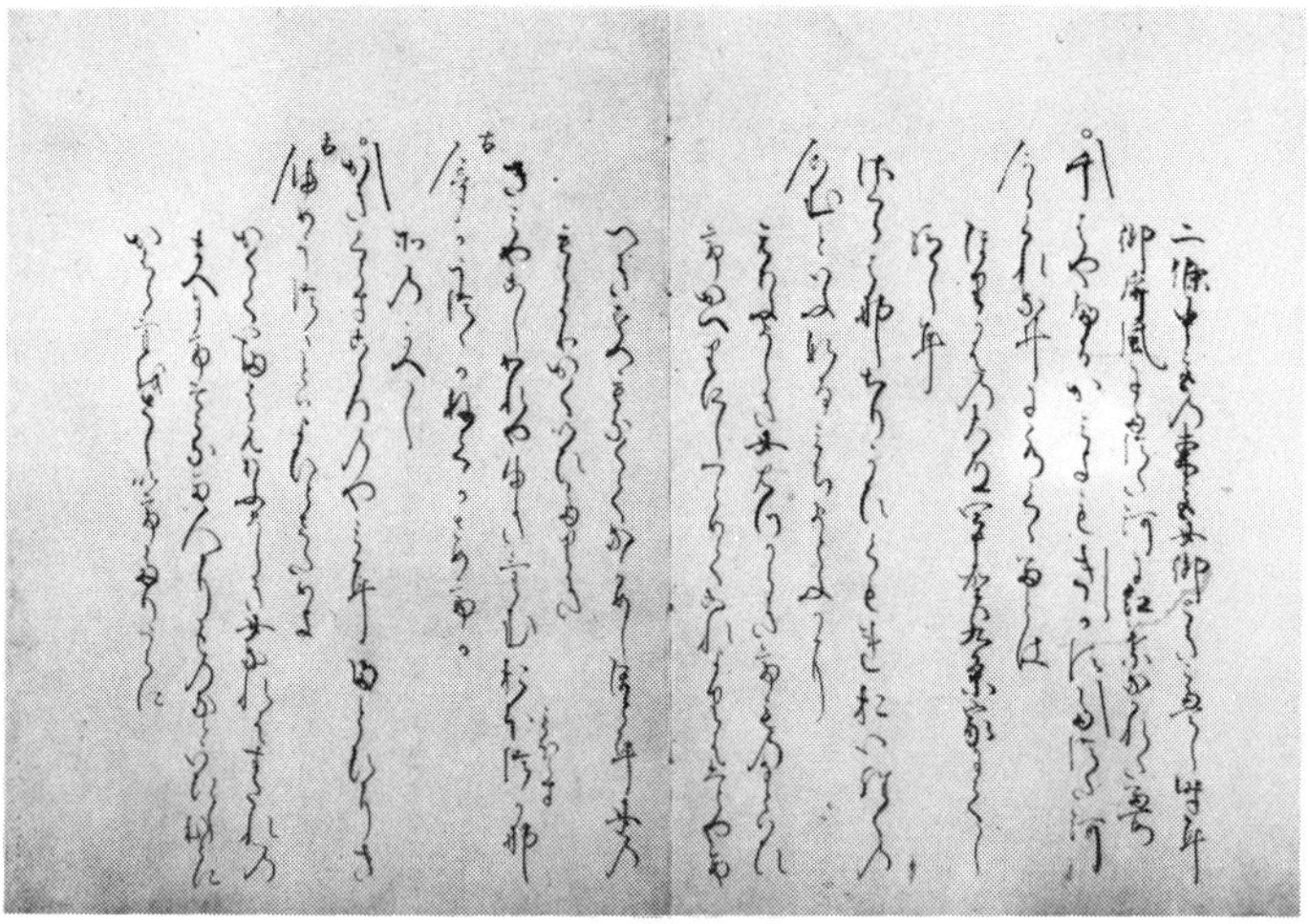

図版 108

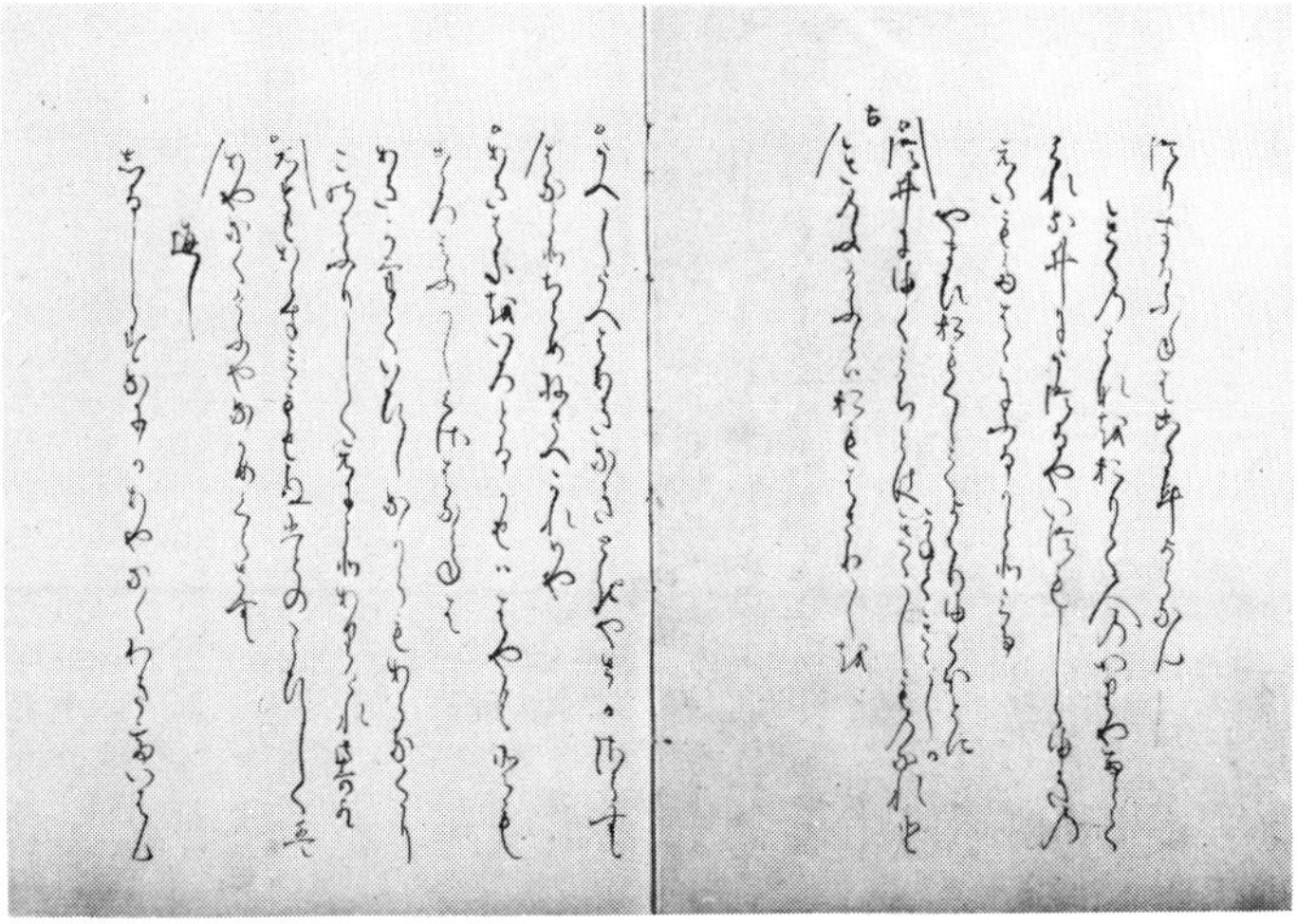

図版 109

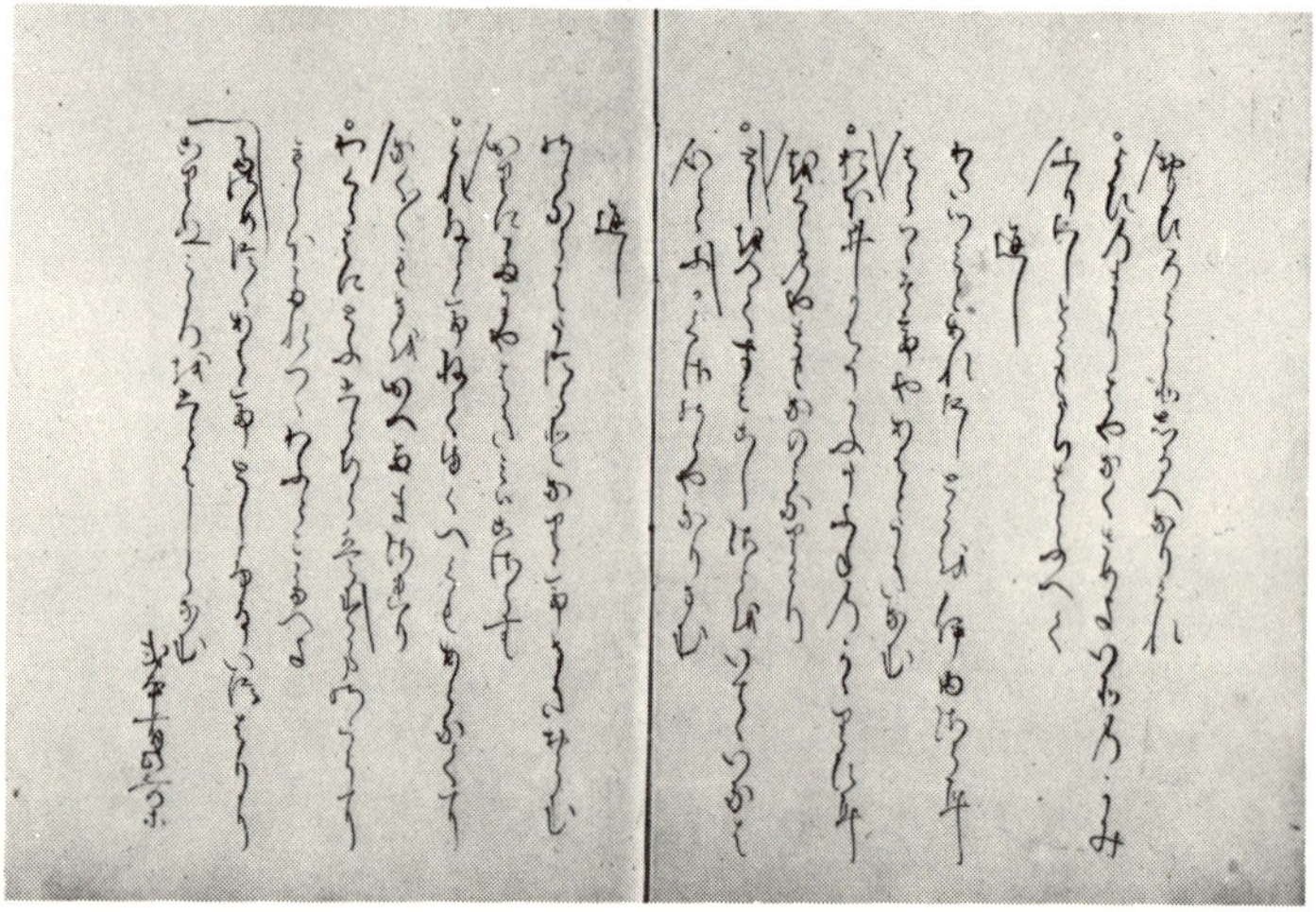

図版 110

ところが演習の前半からこれが失敗であることを深く自覚した。それは、学生諸君が『業平集』(テキストは『異本業平集』を用いた)と活字化された『伊勢物語』(流布本)とを、あまりにも直接的にむすびつけてしまったこと。また『業平集』諸本間の関係が納得できなかったこと。したがって『古今集』はじめ他の関係資料が浮いてしまい、テキストの一組の贈答歌が、同類の雑然たる傍証資料の海にただよう結果となってしまった。これは一にかかって筆者の学力不足と指導能力の欠除に原因しているが、ただ一つ、学生諸君が全面的に納得してくれたのは、テキストである、『異本業平集』の本文伝流・校合関係の客観的事実であった。それは、『異本業平集』のもつ本奥書と、その本文形態および本文のもつ記号・注記等との関係からであった。

ここで『異本業平集』というのは、宮内庁書陵部蔵御所本『三十六人集』のうちの『業平集』をさしている。

ここで業平集についてすこしふれておこう。業平家集の現存伝本は四系統に区別できよう。それは、1歌仙家集本(続国歌大観)四十七首・2西本願寺本(群書類従)五十八首・3尊経閣文庫蔵『在中将集』八十三首・4ここでいう『異本業平集』百十首連歌一組の四本に代表される。これらの内容とか、『伊勢物語』等とをふくめての相互関係などは、すべて専門研究書をみていただくことにして、

〝本文と奥書との関係〟のみに焦点をしぼろう。

61 『異本業平集』の本文現状

まず『異本業平集』の本文形態がどのようになっているかをみてみよう。この『業平集』は、図版108にみられるように、

　二条中宮の東宮女御ときこえし時に、」御屛風にたつた河に紅葉なかれたる所

○千はやふるかみよもきか《しら》すたつた河」からくれなゐに水くゝるとは

の歌にはじまる。1流布本である『続国歌大観』本(歌仙家集本)の巻頭は「世の中に」であり、おなじ2『群書類従』本(西本願寺本)が「大原や」ではじまる(3『在中将集』の巻頭も「おほはらや」)のと異なる。この歌を第一首にして、詞書をもちまた贈答歌のおおい六六首と短連歌一組をふくむグループのおわりが、図版109右側の、「つゐにゆくみちとはきゝしものなれどきのふけふとはおもはざりしを」の歌である。図版109にみるように、このあと三行ほどの余白があり、また『群書類従』本もこの歌でおわっているので、ここで一区切りとみることができよう。

つぎに紙(丁)をかえて「うへしうへは」の歌から、ほとんど詞書のない歌がつづき、次丁の表までに一三首が記される。その最末「たのめつゝ」の歌のおわりに「或本有此哥等」と注記がある(以上図版110参照)。

この注記のある丁(紙)の裏は、図版111右側にみられるように、はじめに五、六行分の余白があり、「他本」と標記して「ちりぬれは」の歌にはじまる。この部分は、みられるようにほとんど詞書をもっており、「わするなよ」の歌でおわる三一首で、おわりに「都合百十首」とある(図版112参照)。この丁のうらが、図版113の右側にある「業平朝臣」の作者経歴勘注となるわけである。

以上みてきた結果をまとめてみると、この『異本業平集』は、㈠「千はやふる」の歌から「つゐにゆく」の歌までの六六首連歌一組（図版108・109）と、㈡「うへしうへは」から「或本有此哥等」の注記箇所までの一三首の歌群（図版109・110）、㈢「他本」の見出しにはじまり「わするなよ」の歌までの三一首の部分（図版111・112）の三

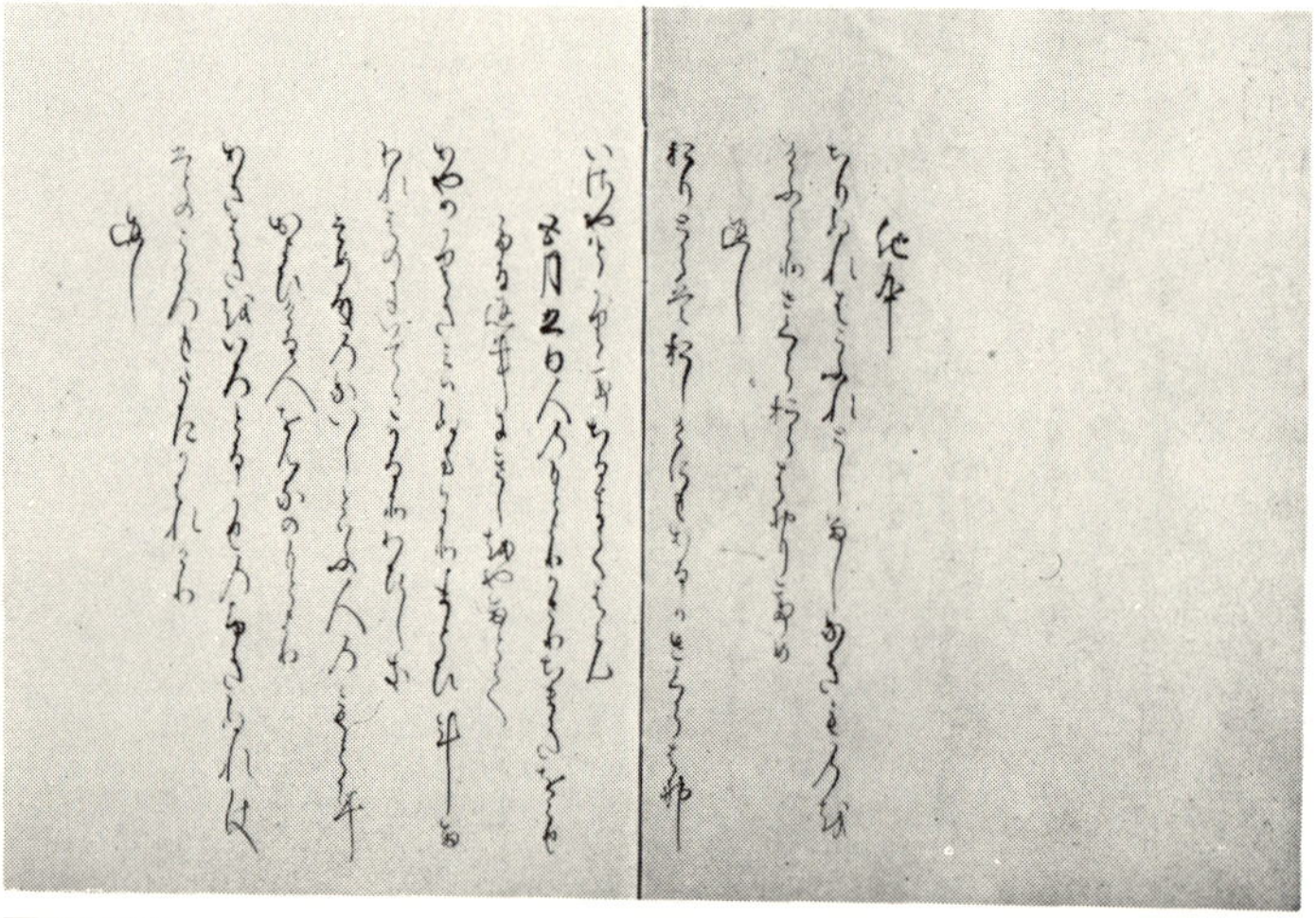
図版 111

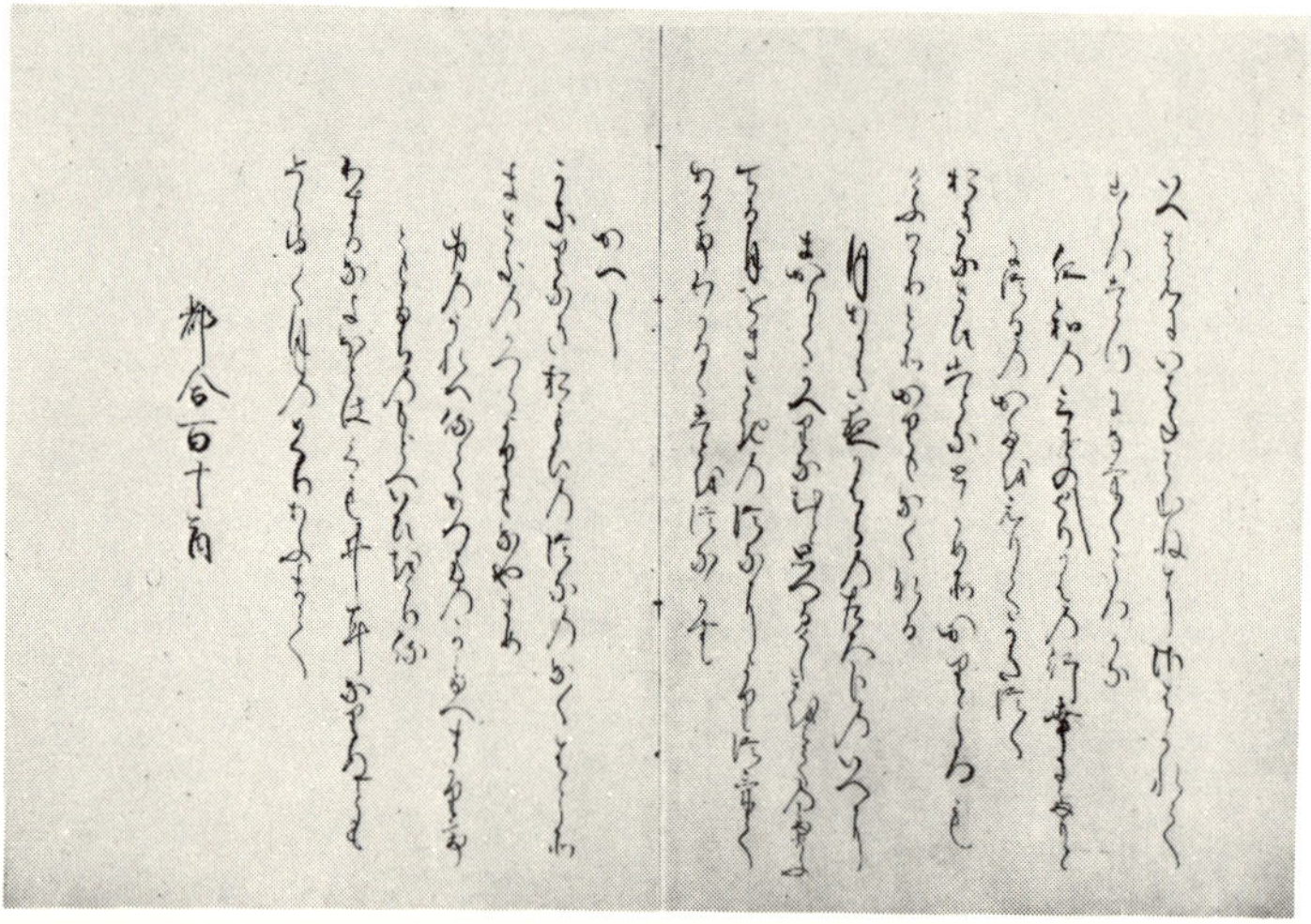
図版 112

つの要素からなりたっていることがわかる。合計一一〇首連歌一組となるが㈢の最末には一行余白をおいて「都合百十首」とある。これは図版110にみられるように㈡の最末歌「たのめつゝ」には切り出し符号がついており（㈢の部分に贈答歌一組の贈歌としてあるため）、㈢までの編集をおえたこの本の編者が、短連歌一組を一首と数え、最終的な歌数注記をほどこしたとみることができよう。

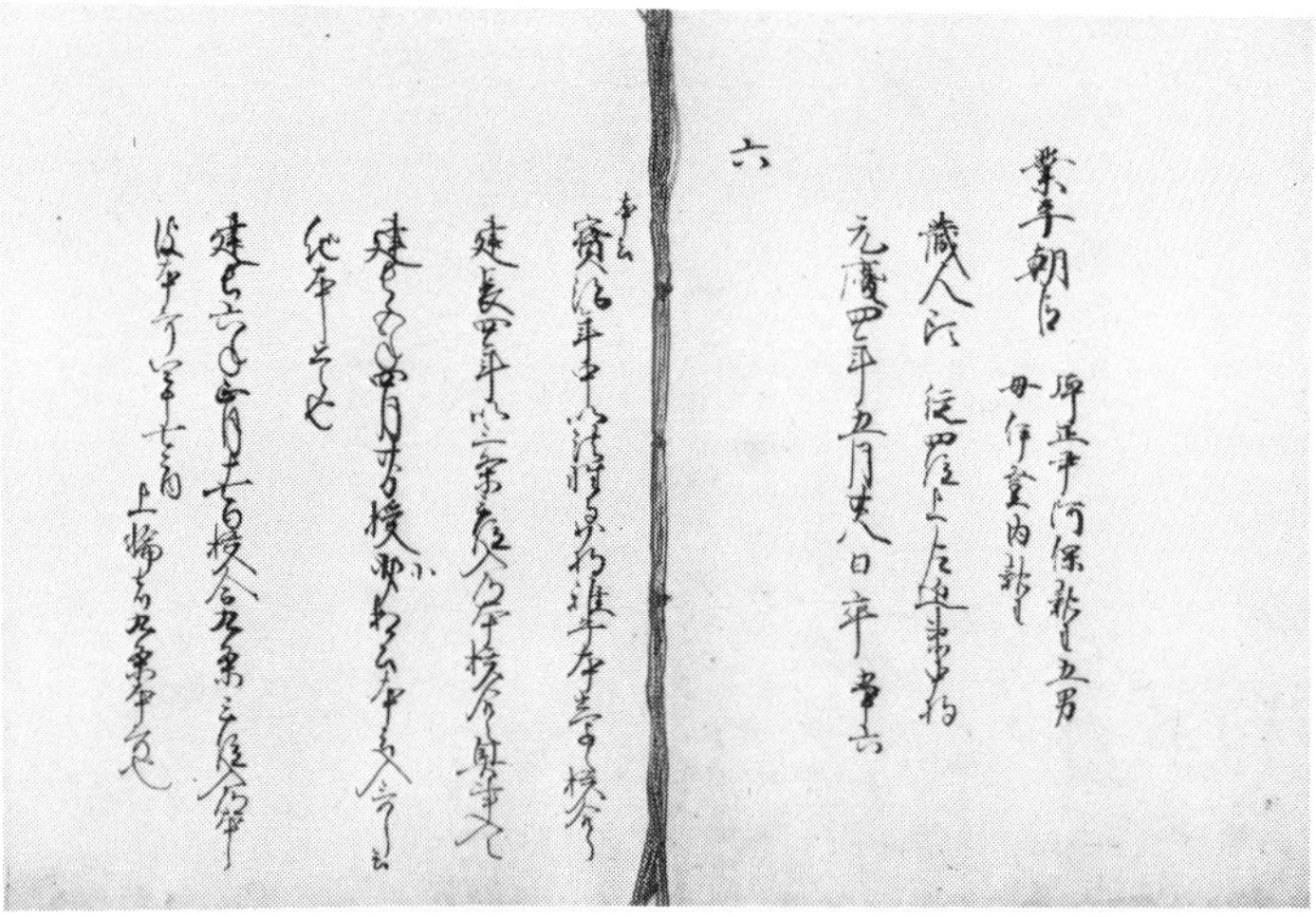

図版 113

　さらにあらためて、この異本業平集の本文をみてみると、前述した㈠の巻頭歌に記されているような①歌頭の右鉤点・②歌頭の○記号・③歌頭の左鉤点、④第二句「かみよもきかす」の右わきにある「しら」の校異書き入れ・⑤第三句「たつた河」の句頭右につけた名所《などころ》（歌枕）の記号と思われる鉤点（図版108）、さらには図版108左側の二首にみられるような⑥歌頭の「古」という（『古今集』の略）勅撰集と照合してその有無をしらべた〝集付《しゅうづけ》〟、また図版の部分にはみられないが、たとえば㈠の部分第三二首などには、

○「いとわ《ひては》ひて《てゝいなは》たれかわかれのか《おし》たからすありしにまさる
けふはかなしな《もイ》

のように①～⑤のほかに、⑦歌の左側にも校合書き入れがほどこされている。この左側の校異注記は、右傍の校異ほどおおくはないが全般的にいって少なくもない。

　これらの①から⑦にいたる記号・校異の書き入れが、こ

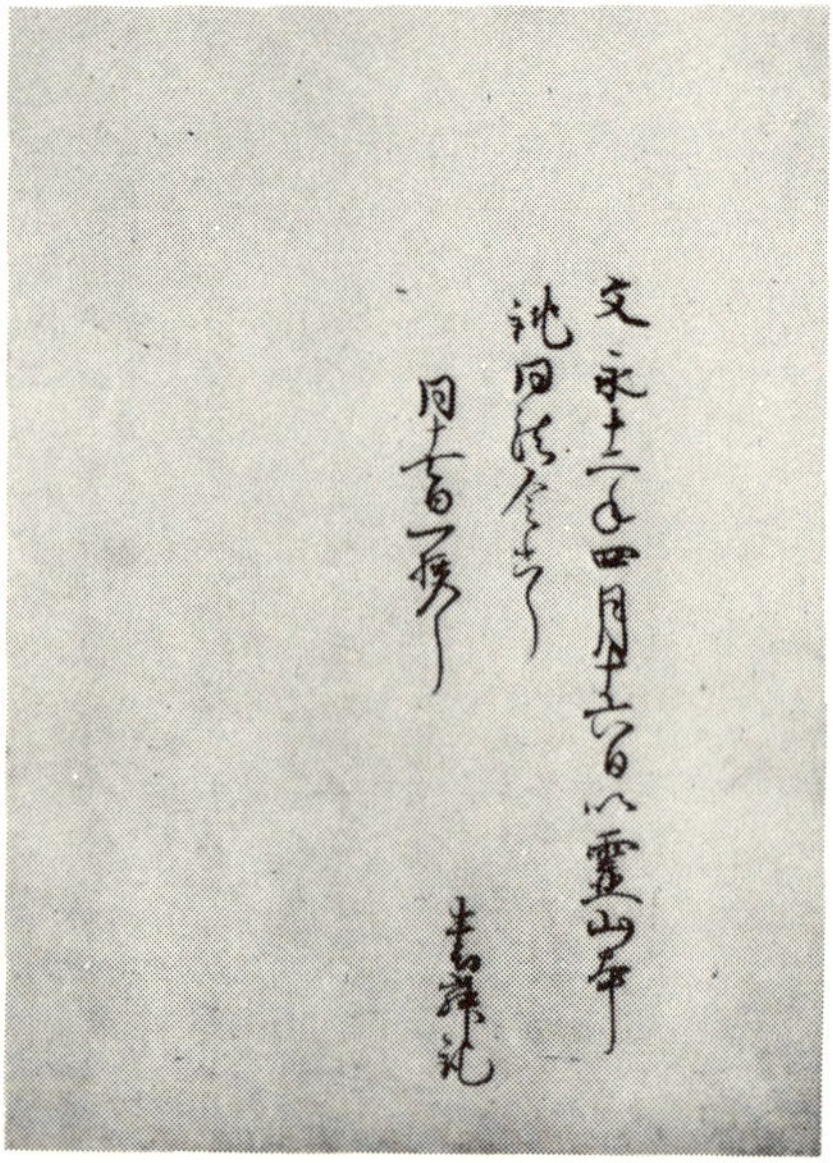

図版 114

の集を構成する㈠〜㈢の三部分に一様に記されているかというと、そうではない。まず㈠の部分には歌頭の①右鉤点・②丸点・③左鉤点・⑥集付、本文中の④右わき書き入れ、・⑤名所の鉤点・⑦左傍の校異と、すべての現象がみいだされる。

㈡の部分(一三首)は、歌頭の②丸点(八首)・③左鉤点(八首)が主体で、⑤名所の右鉤点三箇所、③歌頭の右鉤点は二首に記されている(図版109・110参照)。集付・右左の校異はない。

㈢の部分(三一首)には、②丸点一首(「たのめつゝ」の歌)・⑤名所鉤点五箇所・⑥集付一首のみで他はない。

以上が『異本業平集』の本文現状ともいうべき本文の形態上の実状である。このことを念頭において、巻末の本奥書をみてみよう。

62 『異本業平集』の本奥書

前述したように、図版113の「業平朝臣」の作者注記につづいて本奥書が記されている。この一項ごとに便宜番号をつけて活字化してみよう。

(1) 本云宝治年中、以法性寺少将雅平本書写之、校合了、
(2) 建長四年、以三条三位入道本校合之、奥書入之、
(3) 建長五年四月廿日、授(校北ヵ)小相公本云入(書ヵ)哥了、云」他本是也、

(4)建長六年正月十七日、校合九条三位入道本了、」彼本哥四十七首、」上輪者九条本哥也、(以上図版113参照)

(5)文永十二年四月十六日、以霊山本」誂同法令書了、」素寂記」同十七日一校了、(図版114参照)

なおこの『異本業平集』は近世初期の書写本である。したがってこの五項の奥書は、近世初期に書写した〝底本〟にあった本《もと》奥書《おくがき》であり、もちろん本文と一筆である。

右の本奥書の(1)によると、本書の根幹部は宝治年中(一二四七～一二四九)に法性寺少将雅平(北家師通流の藤原家信男、当時二十歳くらい)の所持本を底本として書き写し、親本との校正をおえたものであることがわかる。なお〝雅平〟は藤原定家の女婿にもあたり、他の歌書類の奥書にも記され、相当量の歌書類を書写所持していたらしい。また(1)の奥書により、この『異本業平集』全体を『雅平本業平集』とよんでいるが、正確な呼称ではない。

(2)によると、数年後の建長四年(一二五二)に三条三位入道本により(1)本を校合し、また奥にこの歌を書き入れたとある。この書き入れた歌とは(1)本になく(2)本だけにあった歌であろう。〝三条三位入道〟とは御所本三十六人集の『友則集』の本奥書によると、『続後撰集』初出歌人である三条(または九条)伊成(寛元元年〈一二四三〉出家)であることがわかる。

(3)の奥書記文は、(2)の翌年四月二十日にさらに北相公本で校合し、(2)のやりかたとおなじく(1)・(2)にない歌を書き入れた、「他本」と標記したのがこの歌である、と記している。〝北相公〟は誰かわからない。当時の参議か前参議であった人であろう。

(4)によると、(3)の翌年の建長六年正月十七日に、さらに九条三位入道本と校合した。この本は四七首の本文で、恐らく(1)・(2)・(3)以外の歌はなかったのであろう。「上輪者九条本哥也」の記述によると、歌頭に○記号をつけたものと思われる。なお当時の〝九条三位入道〟とは、六条家の知家(顕家の子、暦仁元年〈一二三八〉出家)であろうと思われる。顕家は本流の六条に対して九条と号し、家称としているので、知家(大宮と号す)も九条とよばれたものと思われる。

(5)は素寂(『紫明抄』〈源氏物語注釈書〉の著者、歌人)による(4)より約二十年後の文永十二年(一二七五)四月に書写・校合した時の本奥書である。この素寂が書写させ自ら校合した本が、この『異本業平集』の親本ないしは祖本にあたるわけである。

このように、『異本業平集』の本奥書の記文を、記載順序に従って検討すると、(5)素寂以前の書写者すなわち「霊山本」を編成した人の、『業平集』に対する強い研究意欲が認められよう。十三世紀なかば(鎌倉中期)にあって、当時でも本文的に珍しかったと思われる業平集を書写享受した――雅平本。このことによって『業平集』の本文(諸本)に対して興味をいだいた書写者は、数年がかりで諸本を探索し、〃三条伊成本〃〃北相公本〃〃九条知家本〃と異本を発見し、校合し、つぎつぎとそれらの特有歌を巻末に追補していったと読解することができる。当時の歌学家としての二条家本を底本とし、対立する六条家本などの異本で対校した、今日でいうと〃業平集校訂本文〃を作成したことになろう。

63 『異本業平集』の本文と奥書との関係

以上のように、異本業平集について、その本文の現状・形態と、本奥書の種別・記載とを、べつべつに分析検討してみた。この二つの検討結果が、どのようにむすびつけられるかをみてみよう。

まず、本文(一)の六六首連歌一組は、本奥書(1)に記載されているように、宝治年中法性寺雅平本を書写した『業平集』であろう。この(一)の部分が『異本業平集』の根幹部をなし、この部分から後述するように記号・校異をとりのぞいたものが、正確にいうと『雅平本業平集』である。

本文の(二)の部分、すなわち最末に「或本有此哥等」の注記をもつ一三首は、本奥書の順序からいうと(2)に該当する。この一三首は(2)に「奥に書き入る」とあるように、建長四年に校合した〃三条伊成本〃にあった歌で、しかも底本の㈠雅平本になかった歌であろう。

㈢の「他本」の見出しにはじまる三一首は、(3)建長五年〃北相公本〃による校合書き入れ、すなわち(3)記文の「云他本是也」にぴったり一致する。

本奥書(4)の建長六年に校合した〃九条知家本〃は、三回目の照合のためか、本文の㈠〜㈢からはみ出る歌、すなわち(4)知家本の特有歌はなかったらしい。ただしそのため校合者は特に注記して、他の校合のときには記さなかった総歌数と校合記号を明示した。「彼本哥四十七首、上輪者九条本也」がそれである。前述した㈠㈡㈢の歌頭にほどこされた②○印がこの「上輪」に該当しようし、この○印は、㈠雅平本に三四首、㈡三条伊成本のはみでた一三首のなかに八首、㈢の北相公本の追補三一首のなかに一首と、計四十三首につけられている(図版108〜110参照)。

ちなみに現在の『業平集』諸本のなかで、ちょうど四十七首のものは〃歌仙家集本〃である。これとこの○印の歌とを照合してみると、四三首はすべて歌仙本にふくまれる(とくに流布本に欠けた「わくらはに」の一首も○印歌)。なお、○印が脱落したのが四首あるわけであるが、この四首がもし歌仙本と同じ歌であればすべて㈠雅平本の中にあり、しかも「古」「新古」と集付された歌である。この集付と○印とが見あやまられて、現存の『異本業平集』にはつけおとされたとも考えられよう。

さてそれでは、校合本の各特有歌は巻末に追加書き入れされたとして、㈠根幹部以下につぎつぎと校合された校異と、各校合本別の校合歌は区別されているであろうか。ここで前述した㈠雅平本の巻頭歌あるいはその第三二首等にみられる、歌頭の①右鉤点・③左鉤点、本文中の④右傍の校異書き入れ・⑦左傍の書き入れを思いだしていただきたい(図版108〜110参照)。何かの必要で本文にしるしをつける場合は、慣例的に右であり、つぎには左に記している。したがって㈠雅平本にみられる歌頭の①右鉤点が、⑵三条伊成本による校合歌であり、④右わきの書き入れがその校合結果であると思われる。この①右鉤点は㈠雅平本に四〇首あり、この推定によると⑵三条伊成本は㈡一三首をくわえて五十三首の業平集となろう。ただこの原則によれば㈡三条伊成本特有歌一三首の中には①右鉤点がないはずである。ところが二首(「見すもあらす」「としをへて」、図版109・110参照)にわたって歌頭に右鉤点がつけられている。これを⑷九条知家本の○点の脱落とおなじく、前ページの左鉤点の墨うつりとか、隣行の地名鉤点(「としをへて」の前行は「をくらのやまも」)の誤記などと考えれば解決できないことはない。

⑶北相公本の校合は、この原則を適用すれば③左鉤点・⑦左校異であろう。この③左鉤点は㈠雅平本に五四首(①右鉤点と共通する歌は四〇首)と㈡三条伊成本追補(一三首)部に八首と計六十二首であって、㈢北相公本による追加三一首中には一首もない。したがって⑶北相公本についてはこの原則はぴったりあてはまり、北相公本は一〇〇首に近い業平集ということになろう。なお⑷○印にみられるように、この①右鉤点・③左鉤点はかならずしも正確に転記されていないと考えるべきであろう。

ちなみに歌数の近似から、この㈡⑵三条伊成本を『群書類従』本(西本願寺本)、㈢⑶北相公本を尊経閣文庫本『在中将集』の膨張した形と考えられなくもない。しかしながら現存二系統と比較してみると必ずしも一致せず、また㈡・㈢の特有歌の歌序をみても、類従本・尊経閣本に相当するとも言えない。この点、筆者の新典社版『御所本三十六人集』解説は勇み足であったといえよう。御所持の方には謹んでおわび申し上げ訂正致したい。

このようにみてくると、この『異本業平集』の本文形態・性質は、その本奥書に示されたとおりに分析しうることになる。くりかえすまでもないが本奥書の⑴は本文㈠であり、⑵は①・④と㈡を示し、⑶は③・⑦と㈢、⑷は㈠・㈡・㈢歌頭の○点歌をあらわしている。五項におよぶ本奥書の記載が、これほど本文内容と一致する例は少ない。これは前述したように、この『異本業平集』の祖本を編成した雅平本の書写者の、研究者としての識見のおかげであろう。それにしても今日からみれば、四本間の照合が主であり、校合本の歌序は示されず、これらの本文の復元はできない。しかしながら近代以前の校合・校訂態度としては最良に属するものといえよう。またこの異本業平集が近世初期の書写であり、(5)素寂による霊山本の転写から約四百年経過していることも注意すべきであろう。この間ただ一回の転写とは考えられず、前述したようにすべてにわたって(4)建長六年(一二五四)時点そのままの本文とはいえない。しかしながら伝来が御所本であるということは、近世初期における最高の古典的教養の持ち主である堂上公卿により書写されていることを示している。このことは本文価値の判定には有利とみるべきであろう。

二、奥書の諸相

64 河内本『源氏物語』の奥書

前項まで数項にわたって、奥書に示された事実と、その奥書をもつ本文の内容との関係をみてきたわけである。とくに三巻本『枕草子』の場合は岸上博士の明解な御論にあるとおり、必ずしも現存伝本の奥書記文と本文内容とは一致するものではない。そこで、奥書とはどのような意識で本文に付記されるのか、また奥書にはどのようなことが記されているのか、ここで改めてみてみよう。

京都御所内に皇室伝来の図書文書類を収蔵している〝東山御文庫《ひがしやまごぶんこ》〟がある。御所内にはほかにも御文庫があり、これらにも書籍等が保管されているので、この東山御文庫に収納されている図書・文書類は特に〝東山御文庫本〟と別称されている。東山御文庫本は中世以来の皇室相伝御物で、著名な古写本がおおい。その中でも有名なのは「各筆源氏」と通称される、鎌倉末期から南北朝初期にかけての寄合書《よりあいがき》(一つの書籍を分担して書く)による河内本『源氏物語』であろう。五十四帖そろった完本(河内本系統のみによる完本ではない)であるが、「夢浮橋」の巻末にはつぎの奥書が記されている(図版115〜118参照)。

1本奥云、」亡父奥書云、」和語旧説真偽舛雑、而抜廿」一部之本殆散千万端之蒙、其」中二条都督伊房卿冷泉黄門」朝隆卿五条三品俊成卿京極黄門定家卿」以彼自筆等所擬証本也、又」堀河左府俊房公被書外題本者、表紙黄唐紙以浅黄平組閉之」唐折小葉子法性寺尚侍殿御本、唐紙両面書之、権中納言」局被申、下之但往代之風雖難是非、」以義理之相叶切句点、或為和」字之読、付疑字、是則被催」多年之宿執、所遂数度之校」合也、爰比校之本清書以前」九帖遭回禄令焼失、六帖為権」威被借失、其後重校加畢、」抑一部之内始巻者綾小路」三品行能卿終巻者清範朝臣」女所書写也、嘉禎二年丙申二月」三日始校書、建長七年七月七日」果其篇、于時鴈字終点之朝」也、更暗紫式部之往情、牛女結」交之夜也、遙思驪山宮之昔契、」染翰操儀慨然而記」

朝議大夫源親行

2正和第三之暦大簇上弦之」候、以亡父之証本不違一字」終書写之功畢、就中於夢浮」橋者依為終巻、自染短筆、加』之凌七旬之老眼、遂一部之」校合畢、而愚息知行依為」器用譲与之、頗足後昆之」証鑒矣、」

桑門聖覚在判

3元徳第二暦林鐘上弦之候」人定於燈本書写了、此本者」河内兵衛大夫入道聖覚自筆」本也、尤為証本歟、

この三項にわたる奥書のうち、冒頭に「本奥云」とあるとおり、1・2は〝本奥書《もとおくがき》〟(親本にあった奥書)である。3は元徳二年(一三三〇)六月上旬(七、八日)時点における各筆源氏「夢浮橋」巻の〝書写奥書〟である。奥書はこのように、親本にすでにあった〝本奥書〟と、その〝書写時点の奥書〟とに大別できる。また〝本奥書〟だけの書写本もおおいので、書写年次を判定する場合は、この点に注意を要しよう。

この〝本奥書〟のうち、1の記述内容をみてみるとつぎのようになろう。

①源氏物語伝本には本文の乱れが多く、真偽のほどもわからない。
②そこで二十一部の古写本を比較して、ようやく疑問をとくことができた。
③そのうち伊房・朝隆・俊成・定家の所持本が、おのおの自筆であり証本というべき本文であろう。
④また堀河左府本・唐折小葉子本も代表的な本文であろう(主として以上の本文で比校した)。
⑤しかしながら古典は、現時点で簡単には解読できないものであるが、文意を通じさせるための句点を加え、あるいは仮名を読みやすくするため該当する漢字を補った。
⑥この作業は多年の宿願をとげるためであり、何度も校合した結果である。

⑦ところがこの校訂本は、清書以前に九帖は火災のため焼失し、六帖はある権門のため借り失われてしまったので、その後にまた校合を加えて補充した。
⑧この源氏物語一部五十四帖のうち、はじめの巻は綾小路三位行能卿が書き、終わりの巻は清範朝臣の娘が書写した。
⑨これを嘉禎二年(一二三六)二月三日に校合しはじめ建長七年(一二五五)七月七日朝にその作業を終わった。
(以下略)

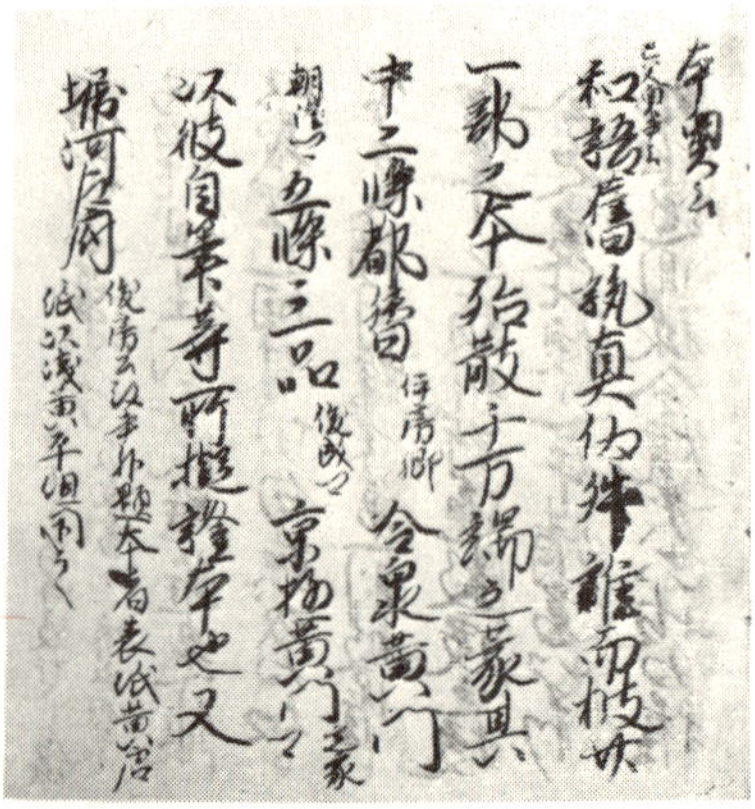
図版 115

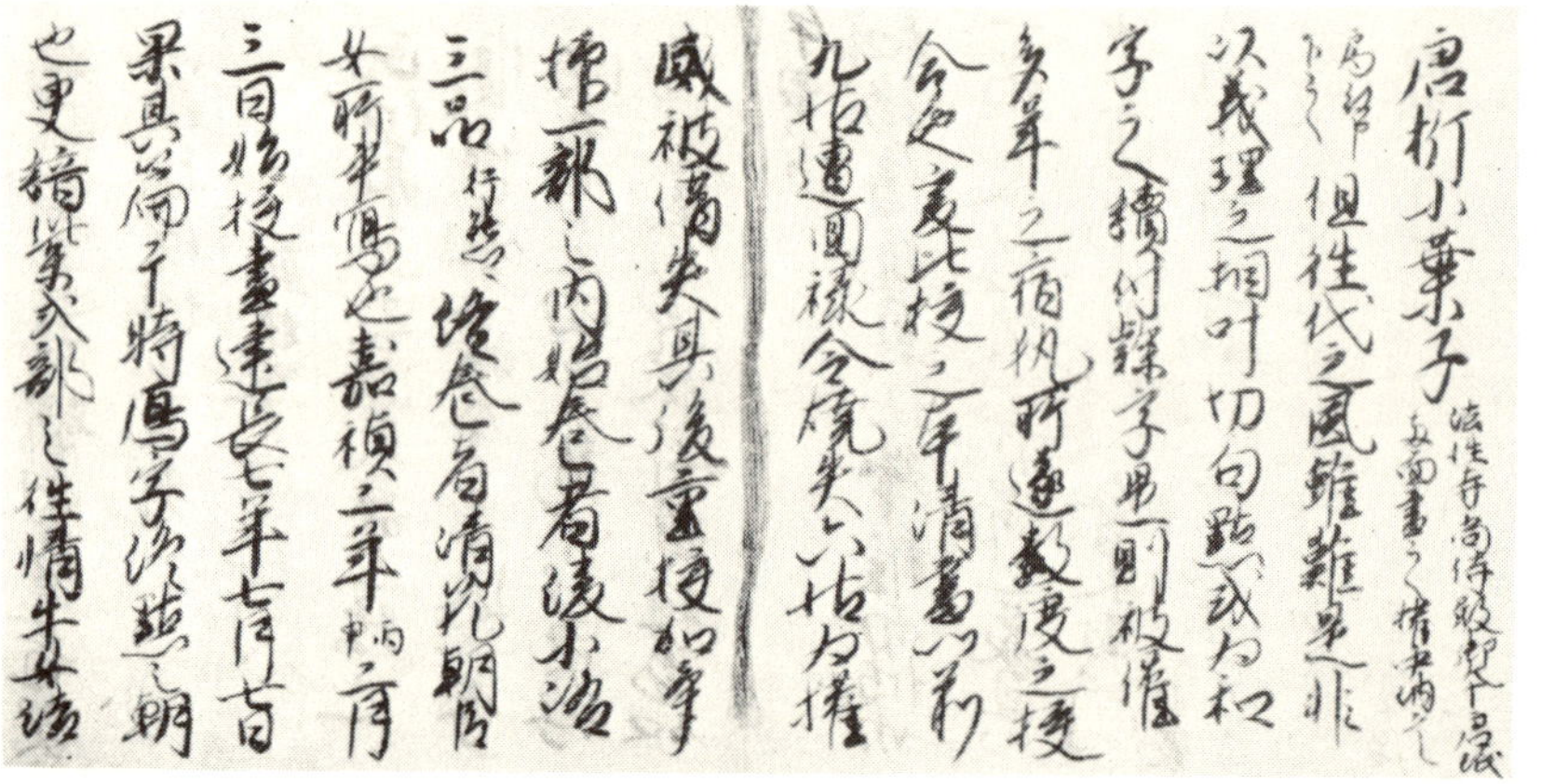
図版 116

の、ほぼ主として九項にわたる、内容をもつものと思われる。この〝本奥書〟は、源親行による源氏物語校訂本(河内本)の成立についての、識語的な奥書であると思われる。
　まず、①において鎌倉初期における源氏物語本文の現状をのべ、本文の乱れが多く、古典研究者である源親行にとっても、任意の一本のみでは意味が通じなかった。

そこで⑥読解できる『源氏物語』の本文に校訂することが親行の長年の宿願であった(目的)。②この目的のため、二十一部におよぶ古写本(コミュニケーションの少ない当時にとっては、望外の部数であり、それだけ親行の異常な執心が了解される)により対校し、ようやく意味が通るようになった(対校校訂作業)。③④このうち伊房等の自筆本四本と堀河左府本以下二本が対校の代表的伝本である(依拠した諸本)。⑤古典を現代的に解釈するのは危険性もあるが、読みやすくするため句読を切り、漢字もあてた。⑦一部は稿本の過程で欠損したが、さらに補充して完成した(校訂本の完了)。⑧校訂本の書写者、⑨約二十年間におよぶ校訂本の校合。と校訂本の完成過程をすべて記しているわけである。この校訂本を、一つの作品の成立の場合におきかえて考えても同様であって、成立した作品あるいは書写する古典が、対社会的に、また作者(書写者)の家にとって、文学的に、重要なものであればあるほど、成立・書写の過程

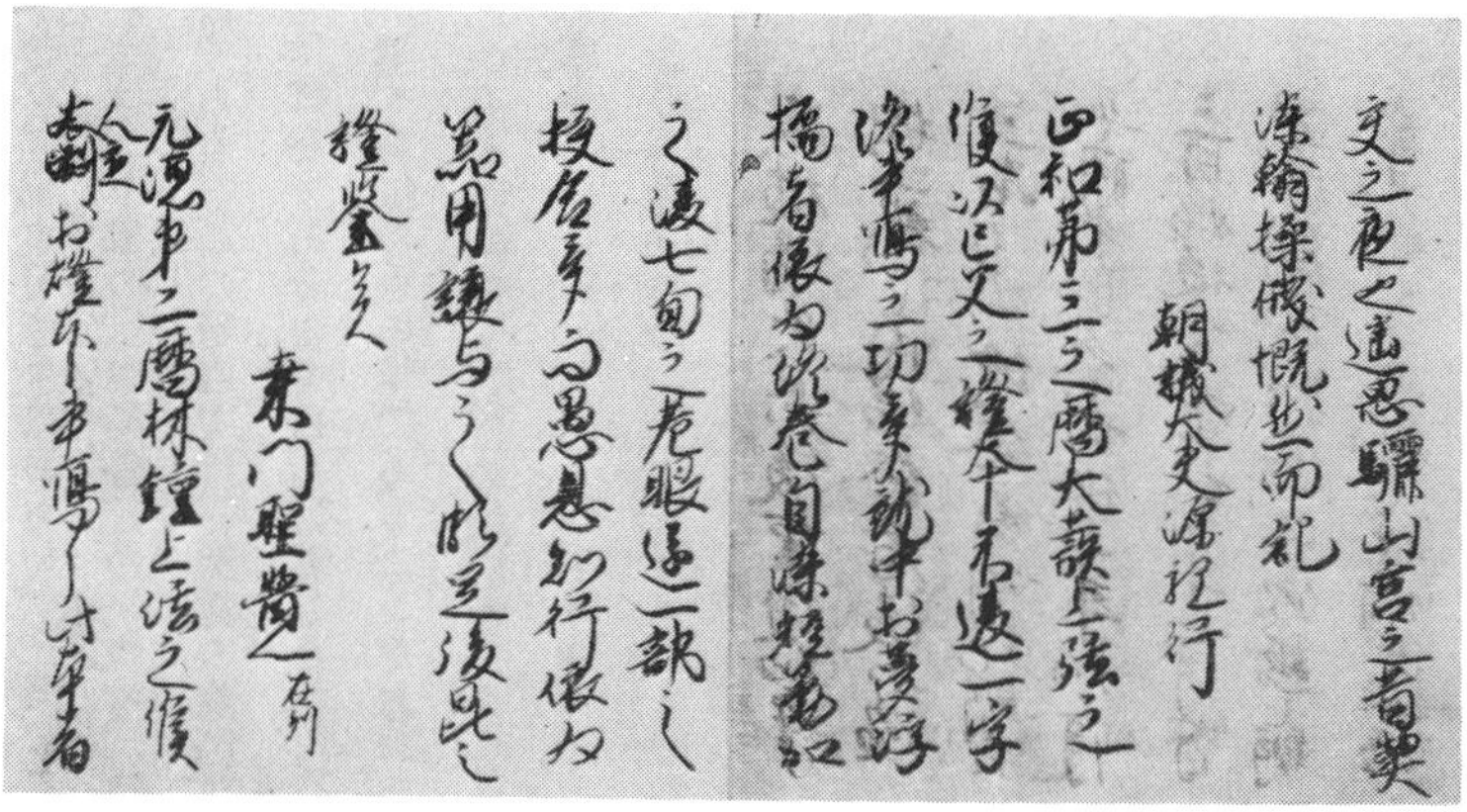
図版 117

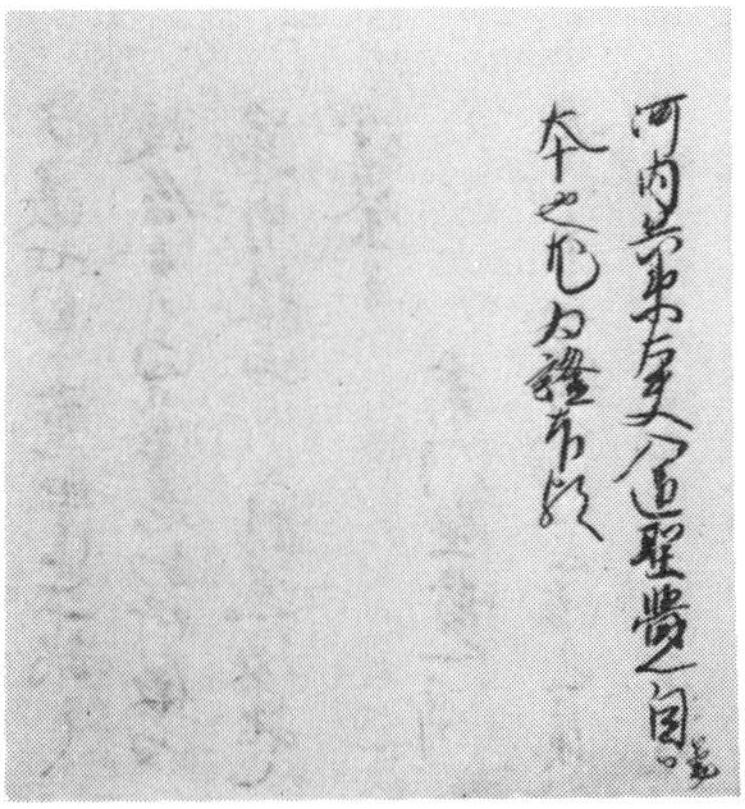
図版 118

を巻末に記す可能性はおおい。

2は、本書の〝本奥書〟の一つで、親行の子聖覚が正和三年(一三一四)一月上旬に「夢浮橋」巻を書写した時の奥書である。この時点では、聖覚の意図により、父親行校訂の五十四帖を書写したもので(依拠底本)、とくにこの巻は終巻であるので自ら書写した(書写においても首尾は尊重され、後世にいたっても桐壺・夢浮橋は、宸筆・御筆・高位の人の筆であることがおおい)。子息知行はこの道の才能があるのでこの五十四帖を譲渡する(伝授)。この五十四帖は父親行の校訂本を自分の監督下に写したものであるから、後世長く証本となるものである(証明)。と底本・書写者・伝授・証本証明の四項を含んでいるといえよう。

3の〝書写奥書〟も、書写年次と底本を明示し、この底本たるがゆえの書写本の信頼性を記している。この三項の奥書を見ると、奥書の内容が、いかに書写本文の証本性の証明を意図しているかがわかるし、また家の証本として次代に伝える場合の厳粛慎重な態度も知られると思われる。なお、冒頭の「本奥云」とは、元徳二年の書写者が加えたものであろうし、「亡父奥書云」とは正和三年聖覚が付したものであろう。これらの奥書の対社会的な意味を考えてみると、2奥書は1をつけることによって家本としての証本性を後継者に示し、3は1・2の〝本奥書〟を示すことにより、依拠した親本の伝来の確実さと信憑性とを客観的に示し、自身の書写本の証本性についての証明行為を行なっているわけである(なお、現存する東山御文庫本各筆源氏五十四帖が、すべて聖覚本を底本にしているという意味ではない。青表紙本・別本も入りまじっているので、各筆源氏の時点では、すでに取り合わせ本となっている)。

65 古写経の奥書

前項でみてきたような、奥書に一貫して流れている書写本の証本性の証明行為のみなもとは、古写経にあると思われる。27項で〝書写〟に関連してのべたことであるが、写経の場合はまず依拠底本の撰択からはじまる。これが勘本経であり、依拠すべき経文が一本のみでなく、諸本があれば、更に人をかえて対校が行なわれる。その作業に一年ないし数年かかる場合もある。底本が唯一本の場合は、対校にかわって証の行為が別人によってなされ、はじめて依拠底本がきまるわけである。それから書写される。書写の厳密さも27項でのべたとおりであり、初校・再校・参校（この参校は、三校の意味だけではなく、文字通り、最終的に〝くらべしらべる〟意か）を経て、はじめて装幀され成巻の経文となるわけである。また校正のシビアのことも前述した。この過程を『古経題跋』によって引用してみよう。

中阿鋡経巻第十一

天平宝字元年潤八月二十五日式部位子少位下上毛野君大河勘本経

覆位興福寺沙門行禅証

天平宝字三年九月十日文部書生大初位上高赤麿写

左大舎人少初位上大隅忌寸君足初校

坤宮舎人少初位上秦忌寸忍国再校

散位従八位下大綱君広道参校

装書匠散位少初位上秦忌寸東人装

増一阿鋡経巻第廿三

天平宝字二年三月二十七日覆位薬師寺沙門善牢勘本経

覆位元興寺沙門善覚対校

天平宝字三年十一月四日散位大初位上三島県主岡麿写

左大舎人少初位上大隅忌寸君足初校

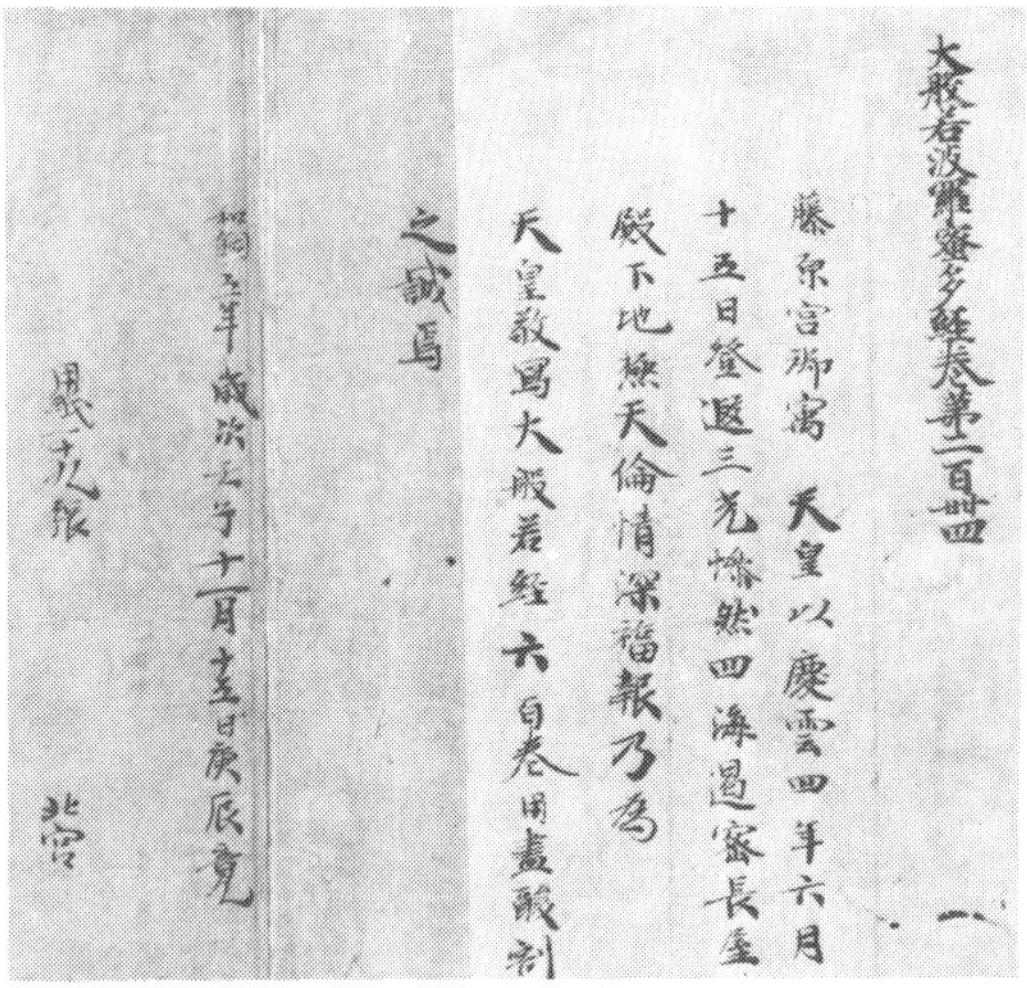

図版 119

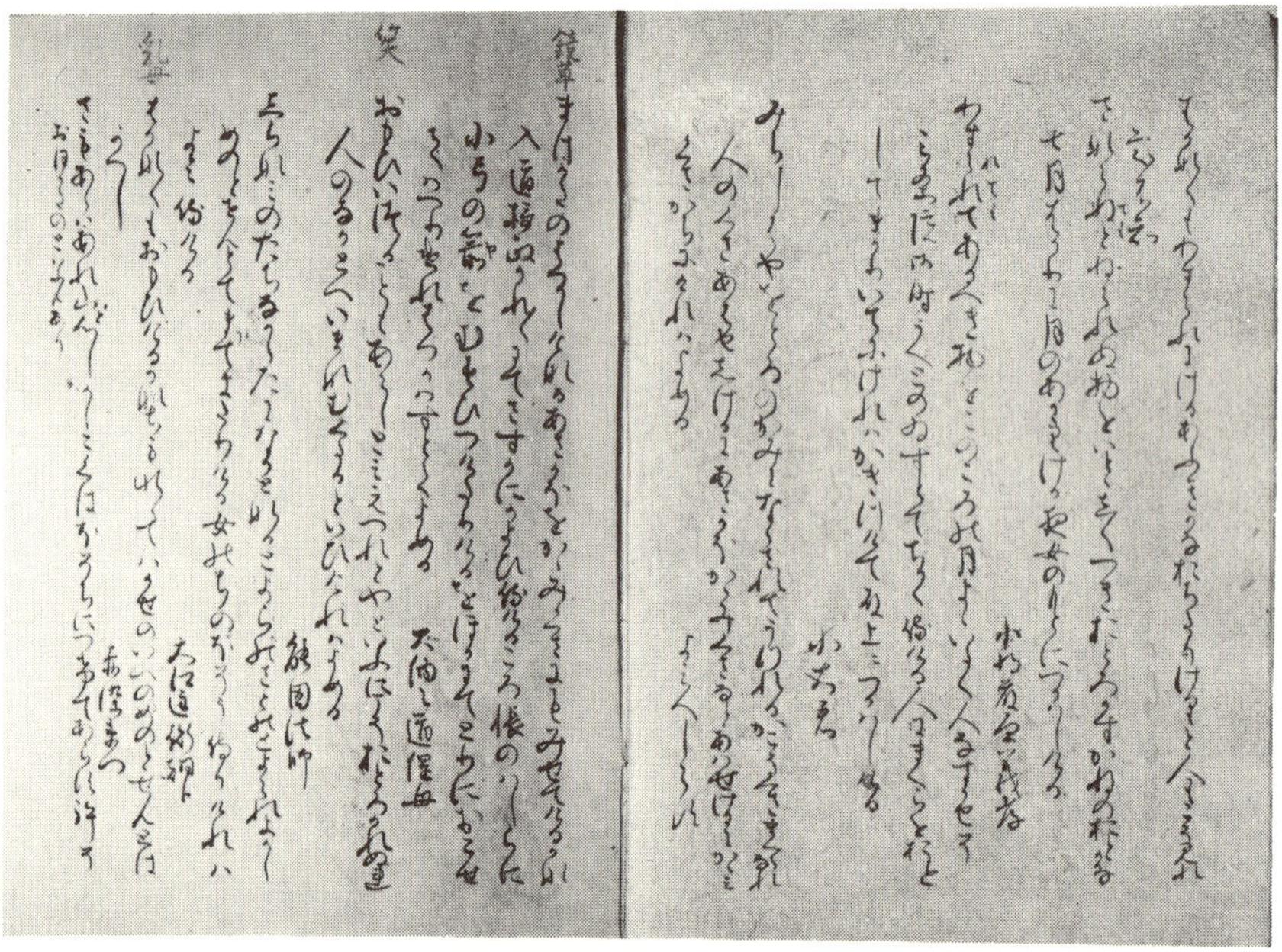

図版 120

坤宮舎人少初位上秦忌寸忍国再校
散位従八位下大綱公広道参校
内史装書匠少初位上長江臣多古志麿装

これらの経巻は、「写経所」によって写経される、いわば諸国国分寺等に備えられる経文テキストとして用いられるものであろう。この類のもののほか、故人の冥福を祈願して写経される〝願経〟がある。天平十二年(七四〇)五月一日の記文をもつ、光明皇后が故父母の冥福のために写経せしめられた「五月一日経」は有名である。このような願経には、図版119にみられるように、発願の趣旨が明記されている。

藤原宮御寓　天皇、以慶雲四年六月」十五日登遐、三光惨然、四海遏密、長屋」殿下、地極天倫、情深福報、乃為」　天皇、敬写大般若経六百巻、用尽酸割」之誠焉
和銅五年歳次壬子十一月十五日庚辰竟
用紙一十九張　　北宮

すなわち故文武天皇の遺徳を記し、発願者の供

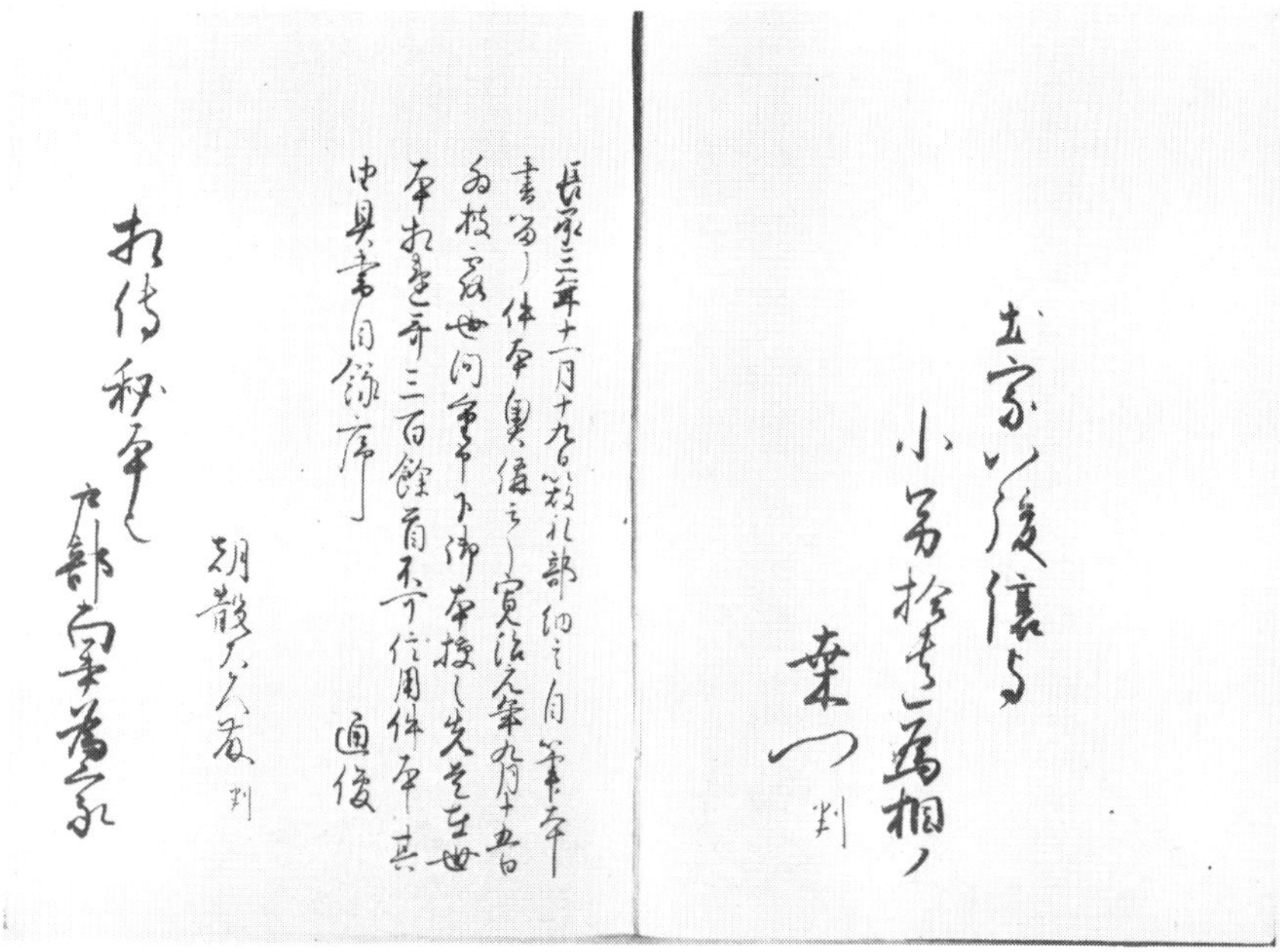

図版121

養の趣旨を述べている、長屋王の願経である。このような写経の目的の記載が、やがては作品成立の経緯、あるいは書写する目的を奥書に記載することにつながるものとも考えられよう。

66　家の証本の奥書

宮内庁書陵部には、数おおくの図書類が収蔵されている。そのうちには近世初中期に、各家職の公卿家が秘蔵する、家の証本を転写したものもおおい。中・近世の家職としては、和歌における冷泉・飛鳥井・三条西家等が著名であるが、書陵部蔵勅撰和歌集の一つで、冷泉家相伝本を近世初期に書写したと思われる『後拾遺和歌抄』一冊（四〇五・八七、外題後西天皇宸筆）がある。これはつぎの奥書をもっている（図版121参照）。

1出家以後譲与」小男拾遺為相了、」桑門判」
2長承三年十一月十九日、以故礼部納言自筆本」書留了、件本奥称云之、寛治元年九月

十五日、」為披露世間、重申下御本校之、先是在世」本相違歌三百余首、不可信用、件本其」由具書目録序、

通俊」　朝散大夫藤判」

戸部尚書為家

3相伝秘本也、」

この奥書は、1・2・3の順序で書き注されたものではないと思われる。

1は「小男拾遺為相」とあるので、この桑門は父為家であり、彼の出家した建長八年(一二五六)二月二十九日以後であり、かつは為相が、為輔から為相と改名した弘安二年(一二七九)八月以後のこととなろう。2は長承三年(一一三四)の「朝散大夫(従五位下)藤」某の書写奥書である。また3は為家が戸部尚書(民部卿)であった建長二年(一二五〇)九月から出家に至る間に記された、家相伝の秘本であるという証明奥書である。この書写本自体が近世初期の書写であるから、以上の1・2・3の奥書すべてが〝本奥書〟であることはいうまでもない。また、1・3が大字で書かれ、2が小字で書かれていること、1のあとが改丁されている点にも注意を要しよう。

さて2の奥書から検討してみよう。まずこれを口語訳すると、つぎのようになろうか。

長承三年十一月十九日に、故治部卿中納言通俊自筆本を底本として書き留めた。その自筆本の奥にはこう書いてあった。「寛治元年九月十五日に、世間に公式に発表するため、改めて奏覧した御本をお借りして校合した。これ以前に流布した本(すなわち撰者通俊の未精撰本がもとになったものか)とは、三百余首も相違がある。したがってこれらは今後使ってほしくない。この未精撰本の経緯は、奏覧の時の目録序に詳しく書いてある。通俊」

従五位下藤原判

すなわち、長承三年に従五位下藤原某が、撰者自筆本を親本として書写した〝書写奥書〟ということになる。ただし藤原某は、自分の書写した親本の性質(精撰した奏覧本という)を具体的に明示するため、親本の成立奥書をすっかり書写奥書のなかにとりこんでしまったわけである。

また図版120は本書本文の末尾であり、その左丁の裏に奥書1が書かれている。図版120と奥書1・2・3（図版121参照）とを比べてみると、本文（図版120）と奥書2（図版121）とは、同時点の書写であることを示そうとしているものと見られよう。その点でこの近世初期書写本は、親本の現状を表わすことに注意して書写したものといえる。3において、為家が相伝の秘本と証明したのであるから、従五位下藤原某とは御子左家の人であろう。これにピタリと相当するのが俊成である。俊成は大治二年（一一二七）正月十九日十四歳で叙爵従五位下となり、久安元年（一一四五）従五位上となった。長承三年（一一三四）は二十一歳でいまだに従五位下、唐名で朝散大夫の位にあった。恐らく本書の祖本は御子左俊成の書写本であろう。したがって、はじめから本文に付けられていたのは奥書2であり、これは俊成の長承三年書写奥書であるといえる。

奥書3は、仁治二年（一二四一）八月父定家の死去によって、家伝の歌書を相続した為家が、御子左（二条）家の当主として、家相伝本であることを確証した奥書であろう。いわば〝加証奥書〟または〝相伝奥書〟とも称すべきものである。この時点は前述したように為家の民部卿在任中（建長二年〈一二五〇〉〜建長八年〈一二五六〉）と思われるが、恐らく1奥書とも関連し、晩年の室、阿仏尼と配偶関係の生ずる前の建長初年のものと思われる。奥書1はしたがって時点的には最も遅れて書き加えられたものである。阿仏尼との結婚により弘長三年（一二六三）為相が生まれ、為家の晩年は愛人とその子への溺愛にはじまる。このため嫡流への家本の相伝もゆがめられ、御子左家相伝本は、嫡流二条家相伝本と、庶流冷泉家相伝本に二分される。奥書1はその冷泉家相伝本を示す奥書である。為家はこの家伝の証本を為相に相伝するにあたり、俊成の書写奥書と自らの相伝奥書とにならべて、たまたま空白であった本文末尾の裏の白紙に、為相に対する伝授奥書を記したものであろう。このように、奥書の記載順序は前述もしたことであるが、必ずしもその本文の伝流過程の時点的順序をあらわすものではない。またそれが、本書のように、後代を意識して注意深く書写されている例も少ないといえる。奥書により伝本の性格を判断する場合は、この点を重々留意すべきであろう。

67 伝来の証本の実態

前項では〝家の証本の奥書〟として、『後拾遺集』の冷泉家相伝本についてふれた。冷泉家の相伝した家本とは、もちろん本流〝御子左《みこひだり》家〟の証本である。この〝家の証本〟の意識は、文学関係ではすでに、平安朝以来、家職（その公卿家が代々世襲する職務）として固定していた明経道《みょうぎょうどう》・文章道《もんじょうどう》（紀伝道）の儒家の家本に見えている。われわれが普通気がつくのは、鎌倉期以降の歌道の家本であり、とくに和歌宗匠家で最も尊重した勅撰和歌集の伝本に著しく現われている。前述した御子左家は、平安末以来、顕輔・清輔・顕昭とつづく六条家に対立した和歌宗匠家であり、歌学家としては藤原俊成を祖とし、その子定家によって体系化された家である。したがって、その〝家の証本〟は俊成から伝えられたものが基本となり、定家が校訂したものが相伝本となっている。

家本のうち、重要なものの相伝のしかたは厳重である。たとえば、俊成の家集『長秋詠藻』の場合をあげてみよう。書陵部本（五〇一・一七三）によると、『続国歌大観』本第四七九首にあたる「おもひきやわかれし秋に」の歌で一応おわり（巻頭からそれまでは続大観本とほぼ同じ）、つぎの奥書がある（図版122参照）。

此三局（巻）、治承二年夏依仁和寺宮召」所被書進也、件草自筆近年」依貴所召進覧、未返給之間、」為備忽忘、更申請竹園御本」令書留之、以件本又書之、

寛喜元年四月廿二日　正二位（花押）

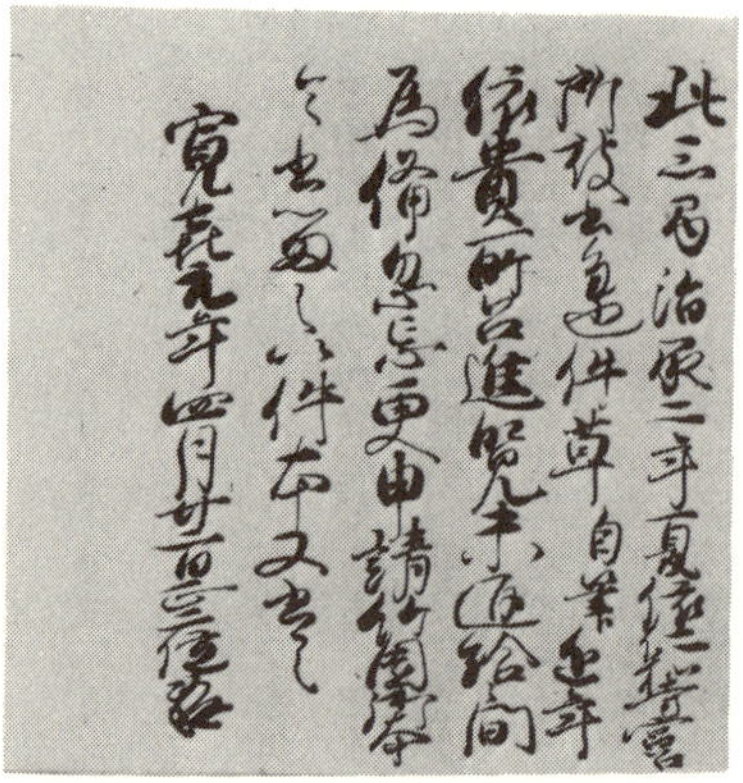
此三局治承二年夏依仁和寺宮召
所被書進也件草自筆近年
依貴所召進覧未返給之間
為備忽忘更申請竹園御本令
書留之以件本又書之
寛喜元年四月廿二日正二位

図版 122

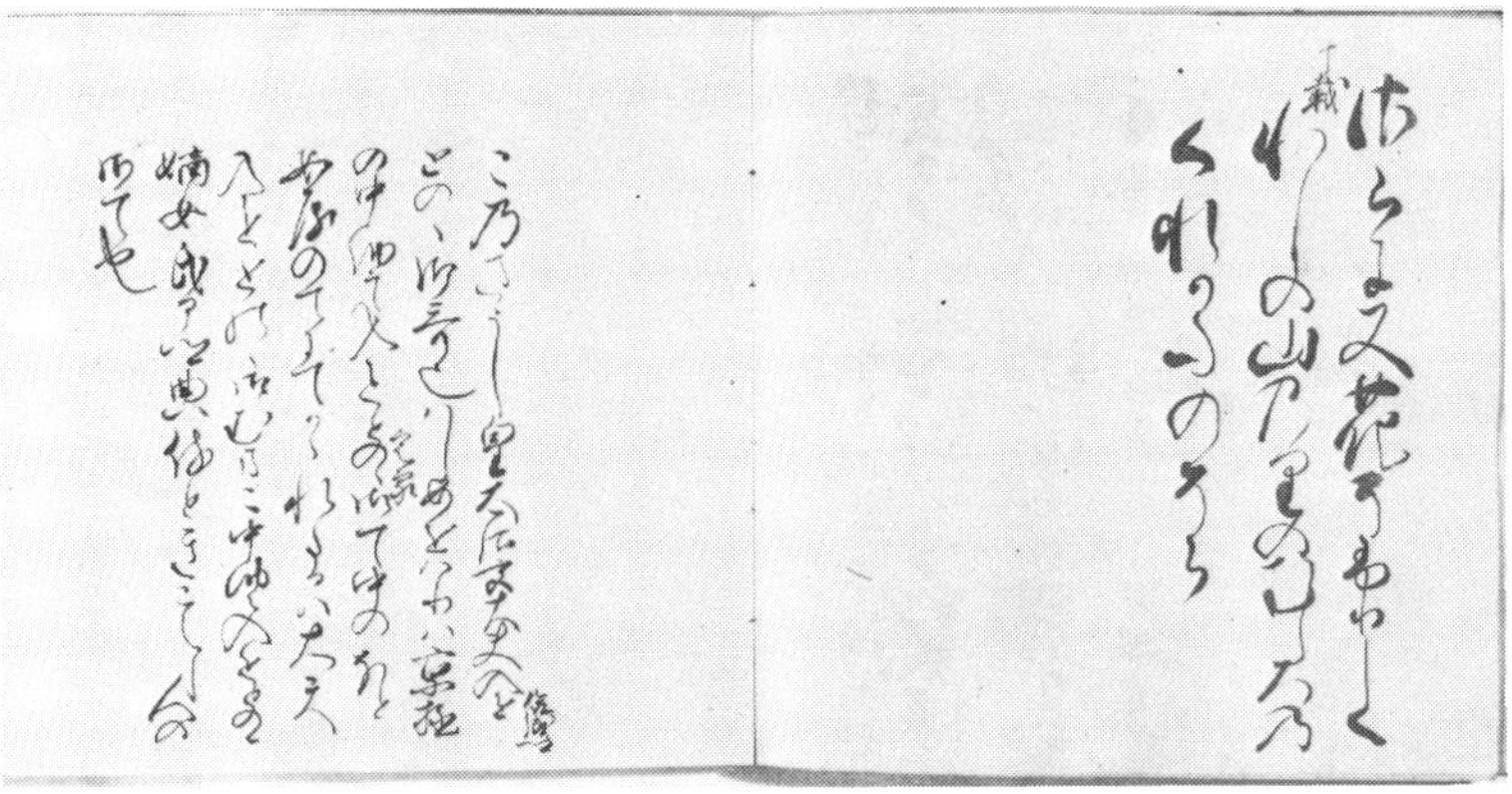

図版 123

これは定家（正二位花押）の識語的書写奥書である。『長秋詠藻』三巻は父俊成が治承二年（一一七八）夏、仁和寺宮守覚法親王の召により自撰進上した集であるが、家にあった父自筆の草稿本も、ある貴所にお貸ししたところが未返還であった。そこで家本として存置するため、仁和寺宮に進上した清書本を借りうけて新写本を作った。この新写本を『長秋詠藻』の原形としてとどめ、更に新写本によってこの複本を作った、というのである。定家がなぜ、原形本のほかに複本を作ったかというと、治承二年時点の父の詠草を増補したかったからであろう。この奥書のあとには、治承二年五月末給題、同七月詠進の「右大臣家百首」（兼実家、続大観本第四八〇〜五七九）が定家の手により増補されている。そのあとに、つぎの奥書がある（図版123左側参照）。

このさうし、皇太后宮大夫入道俊成卿」どの、御哥也、はじめをはりは京極」の中納言入道《定家》どの、御て、中のほど」女房のてにてか、れたるは、大夫」入道どの、御むまご、中納言入道どの、こ」嫡女民部卿典侍ときこえし人の」御て也、

いつのころかわからないが、末孫の者による加証奥書である。これにつづいて、図版124に見られる書写奥書がある（実は本奥書）。

這一冊、京極黄門弁嫡女」民部卿局両筆以本、不違」一字、亡父卿予交筆令」書写之畢、尤可為証本」者也

元和七年小春中旬　（花押）

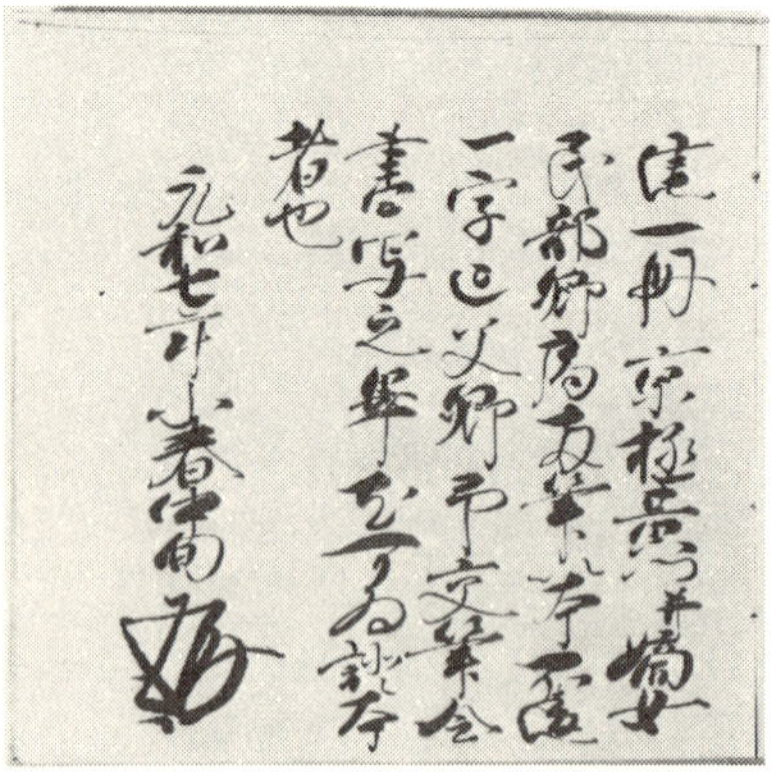

図版124

これは花押によると上冷泉為頼の記述である。この奥書により、定家・民部卿局両筆の複本は冷泉家に相伝されたことがわかる。また、流布本『長秋詠藻』は、この後に「千五百番歌合之百首」以下一七〇首弱が追補され、その間の区分は全くない。書陵部本のもつ三つの奥書と流布本の現状から推定してみると、和歌宗匠家として相伝すべき始祖俊成の家集は、①自撰集の原形のまま。②その複本をとり定家が追補したもの。③さらにはこの追補本の複本を作り、全歌集的に追加する。というような丁寧な方法で、その過程が明らかになるように相伝されたものと思われる。これがいわゆる家本であり、俊成が伝え、定家が校訂し、それが歴世にうけつがれる〝伝来之証本〟の具体例である。

ところが前項でも述べたように、この御子左家は為家(定家の子)のあと、嫡流為氏の「二条家」、三男為教の「京極家」、これらと異母弟(母阿仏尼)為相の「冷泉家」の三家に分立した。本来ならば、御子左家相伝の歌書類は、嫡流の為氏に相伝されるはずであったが、為氏は為教また為相の母阿仏尼とは仲が悪く、加えて為家にとって阿仏尼は晩年の愛人であり、為相も六十六歳の時の子であったため溺愛した。この結果、ついに文永九年(一二七二、為家七十五歳・為相十歳)には、為相に対して相伝の歌に関する文書の譲渡さえ約した。このため為家没後の御子左家相伝本の所属は複雑さを増した。とくにこれが和歌宗匠家として最も基本となる定家の校訂にかかる「三代集」の相伝本に現われ、定家本系伝本の多くが、二条家相伝本と冷泉家相伝本の二つの系統にわけられる原因となった。また三代集および勅撰集に限らず、『源氏物語』『伊勢物語』等の物語草子類についても、とくに中世においては歌の風情を学ぶための歌書として享受されたので、定家の校訂した物語日記等も証本として流布した。こういった意味で、二条家および冷泉家の相伝本は、本文研究史的にも重要な意味をもつものと思われる。

68　二条家および冷泉家の相伝本奥書――『古今集』『後撰集』『拾遺集』

『古今集』の場合

現存する『古今集』の伝本の大部分は定家本（定家の校訂を経た本）であるといわれている。定家は父俊成より「家秘本」を相伝したが、墨滅歌《すみけちうた》十一首を一括して巻末にまとめ（定家本の特徴の一）、諸本を校勘しながら「家証本」の確定に努力した。久曾神昇博士によれば、定家が古今集を書写したのは、承元三年（一二〇九）六月から嘉禎三年（一二三七）十月にいたる間に十六度におよぶといわれている。現存する多数の定家本古今集のうち、貞応二年七月書写本の系統が最もおおく、嘉禄二年四月書写本の系統がこれについでいる。すなわち鎌倉期以降、この両系統が流布本の位置を占めていたことを示すものであり、このことはまた、定家以後に、この両本が古今集の証本として世に認められていた事実をも示している。

これは貞応二年（一二二三）七月書写本が二条家相伝本といわれ、嘉禄二年（一二二六）四月書写本は冷泉家相伝本であるから、この両本が流布したのは当然であろう。この二条家相伝本といわれる貞応二年七月本（ただし定家筆本は現存していない）は、つぎの基本的な奥書を持っている。

1此集家々所称雖説々多、但任師説、又加了見、為備後学之証本、不顧老眼之不堪、手自書之、近代僻案之好士、以書生之失錯、称有識之秘事、可謂道之魔姓、不可用之、但如此用捨只随其身之所好、不可存自他之差別、志同者可随之、

貞応二年七月廿二日癸亥　　戸部尚書藤判

同廿八日令読合訖、書入落字了、

2伝于嫡孫、可為将来之証本、

これに対して、現在なお冷泉家に定家筆本が伝存しているといわれている冷泉家相伝本は、高松宮蔵近世期臨模本によれば、つぎの奥書がある。

①此集家々所称雖説々多、且任師説、又加了見、為備後学之証本、手自書之、近代僻案之輩、以書生之失錯、称有識之秘事、可謂道之魔姓、不可用之、但如此用捨只可随其身之所好、不可存自他之差別、志同者可用之、

嘉禄二年四月九日　戸部尚書(花押)

于時頽齢六十五、寧堪右筆哉』

②　此本付属大夫為相

于時頽齢六十八桑門融覚(花押)

この両家の相伝本は、内容的にいうと冷泉家相伝本は「真名序」をかき、さらには仮名序中の「あさか山かげさへみゆる」の例歌がない等の相違はある。しかしながら奥書1の部分は、語句の二箇所の小異と書写年次を除くとほぼ同じスタイルの定家による奥書が共通して記されている。ただし奥書**2**の部分が相違する。二条家相伝本(貞応二年七月本)は、定家自らが当時二歳の嫡孫為氏の将来の証本を予想し書写したものであろう。これに対して冷泉家相伝本の奥書②は、定家の子為家のものである。為家六十八歳の年次は定家の書写時点から四十年後の文永二年(一二六五)であり、為相はわずか三歳であった。為家(当時は出家して融覚)が鍾愛のあまり、家伝の嘉禄本を幼児為相に与えた結果が明示されていると思われる。

『後撰集』の場合

『後撰集』の定家筆冷泉家相伝本も冷泉家に現存しているといわれている。冷泉家本の近世期における模写本である高松宮本によって、書写・相伝に関する奥書をみると、

1天福二年三月二日庚子、重以家本終書」功、于時頽齢七十三、眼昏手疼、寧成」字哉」　桑門明静

同十四日令読合之、書入落字等訖

2　此本付属大夫為相　頽齢六十八桑門融覚(花押)

とある。明静とは定家の出家後の法名である。なお、この前に、(イ)撰集・撰者の関係、(ロ)御筆宣旨奉行文の二項目の注記奥書があり、後には、(ハ)按察大納言筆証本の事、(ニ)近代説々相異事、(ホ)陽成院の御歌(以上の末に「天福二年四月六日校之」とある)、(ヘ)世間久云伝之説等、四項におよぶ定家の勘注奥書が付けられている。これを基本奥書とする天福本は多く、岸上慎二博士によれば、主なるものでも日本大学図書館蔵為相筆本・書陵部蔵吉田兼右筆本・岸上博士蔵九条稙通筆本等が例示されている。この冷泉家相伝本の奥書2は、古今集冷泉家相伝本(嘉禄二年四月本)の奥書②(『古今集』の項参照)と同文で、為家の書き加えである。しかも両本ともに「頽齢六十八」とあり、同時に為相に相伝したことも判明する(『拾遺集』の項も参照)。

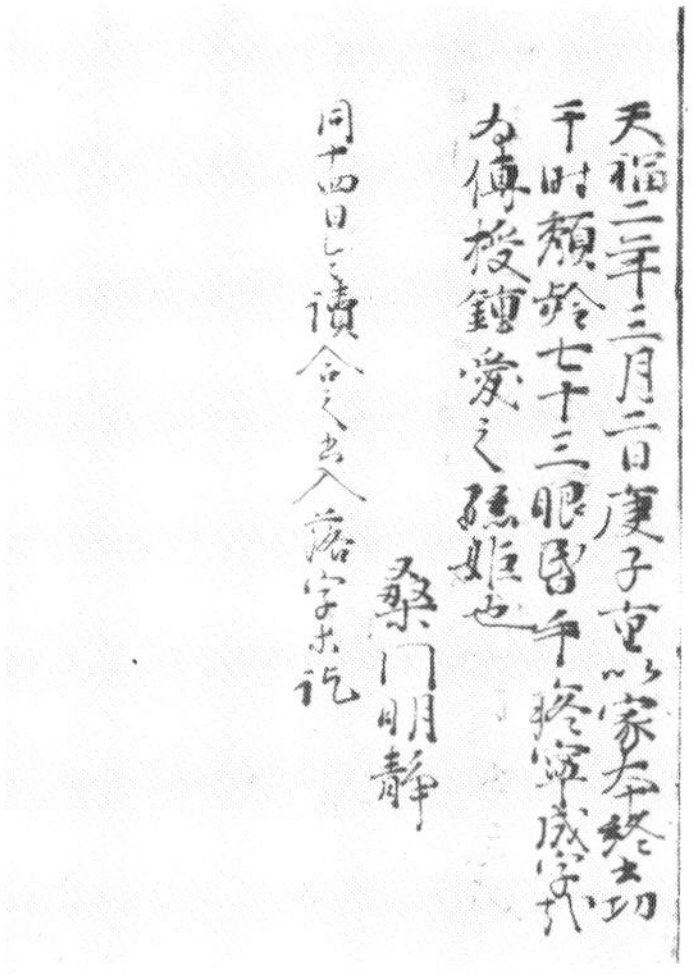

図版125

ところが、宮内庁書陵部に現蔵されている鎌倉期写伝定家筆の天福本後撰集をみると、(イ)・(ロ)の後に、高松宮本1・2に該当する書写・相伝奥書はつぎのように記されている(図版125参照)。

(1)天福二年三月二日庚子、重以家本終書功、」于時頽齢七十三、眼昏手疼、寧成字哉、」為伝授鍾愛之孫姫也」

桑門明静

同十四日令読合之、書入落字等訖

とあり、つづいて(ハ)・(ニ)・(ホ)・(ヘ)と記している(ただし(ニ)の

途中から補写）。すなわち高松宮本奥書2（冷泉家相伝）はなく、そのかわりに、奥書1の記文末尾に「為伝授鍾愛之孫姫也」の相伝記文が、恐らく定家によって書き加えられているのである。

この「鍾愛之孫姫」とは、岩佐美代子氏によれば為家第一女の「後嵯峨院大納言典侍」のことで、天福元年九月十九日に生まれ、祖父定家をはじめ一家をあげての鍾愛のうちに生長したという。宮仕え・結婚を経て夫二条道良に死別し、出家後は御子左家の冷泉邸二条面に住み、その死後、彼女が祖父定家から譲与された歌書類は、父為家の手もとにもどったという。この鍾愛之孫姫の相伝本が、為家を経て嫡流二条家の相伝本になったと推定され、事実、南北朝以降の二条派の転写証本の実態からみても、そのとおりであろうと思われる。

以上のように、同じ天福二年三月二日の定家筆本が、冷泉家と二条家にともに相伝されることは物理的にも不可能なことである。しかしながら事実は、天福二年三月二日定家筆の冷泉家相伝本は冷泉家に現存していることは確認されているし、その転写本も前述した。また(1)の奥書をもつ二条家相伝本にしても伝定家筆本は存在しているし、東常縁筆本以下のような転写本があり、この伝定家筆本が偽作であるとは考えられない。岸上博士によれば、両者には本文の少異はあるが、仮名字形を比較すると、巻十四一〇六一番歌から最後の一四二五番歌に至るまではほとんど同形であり、伝定家筆本が古体を保っていることを認められている。この普通では考えられない矛盾と疑問も、為家とその嫡子為氏、また末子為相との相互関係を念頭に置いて、つぎの『拾遺集』の場合をみてみると、この解決に有力な示唆が与えられると思われるのである。

『拾遺集』の場合

片桐洋一氏によれば、氏が調査された『拾遺集』伝本百余本のうち、そのほとんどすべてが藤原定家が天福元年(一二三三)に書写校訂した定家筆系統本であったという。『拾遺集』の冷泉家相伝の定家筆本も冷泉家に現存することは確認され、高松宮蔵模写本によるとつぎの奥書をもっている。

1天福元年仲秋中旬、以七句有余之」盲目、重以愚本書之、八ケ日終功、」
翌日令読合訖
2
3此本附属大夫為相
頽齢六十八桑門融覚(花押)

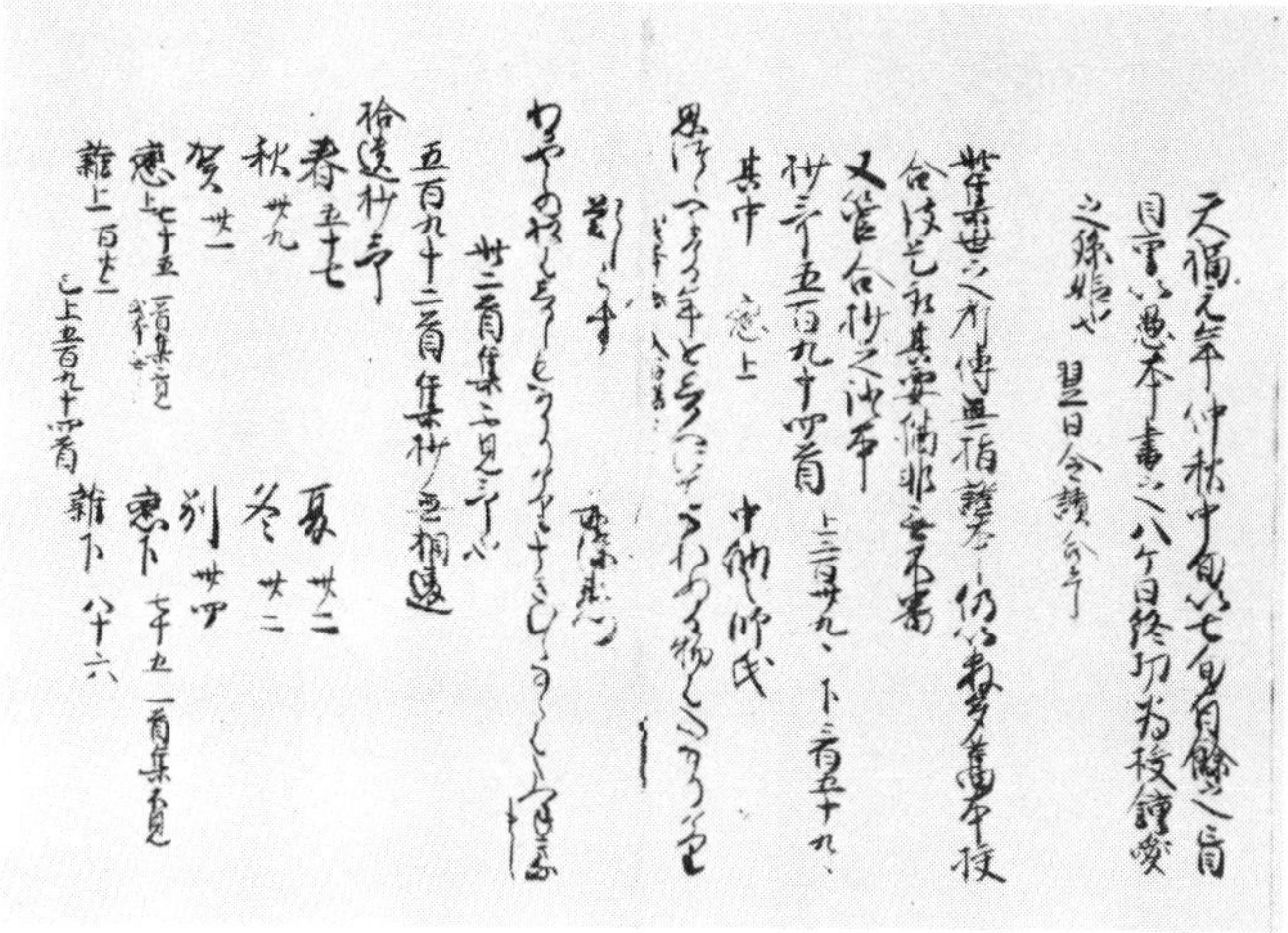

図版126

4此集世之所伝無指証本…(以下略)

このうち1・2・4は定家の奥書であり、3は後に為家が付加したものであることは、古今・後撰両集の冷泉家相伝本と同じである。この三集の為家(融覚)の年齢がいずれも「六十八」であることからして、この冷泉家相伝の「三代集」は、文永二年(一二六五)、当時三歳であった為相(現実には阿仏尼)に同時に与えられたものであろうと思われる。

これに対して、八条宮智仁親王が慶長五年(一六〇〇)に細川幽斎から「古今伝受」をうけた時、当流(二条家流)の証本として贈られた東常縁筆天福本『拾遺集』の奥書には、つぎのように記されている(図版126参照)。

①天福元年仲秋中旬、以七句有余之盲」目、重以愚本書之、
八ケ日終功、為授鍾愛」之孫姫也、
翌日令読合畢
②
③此集世之所伝無指証本…(以下略)

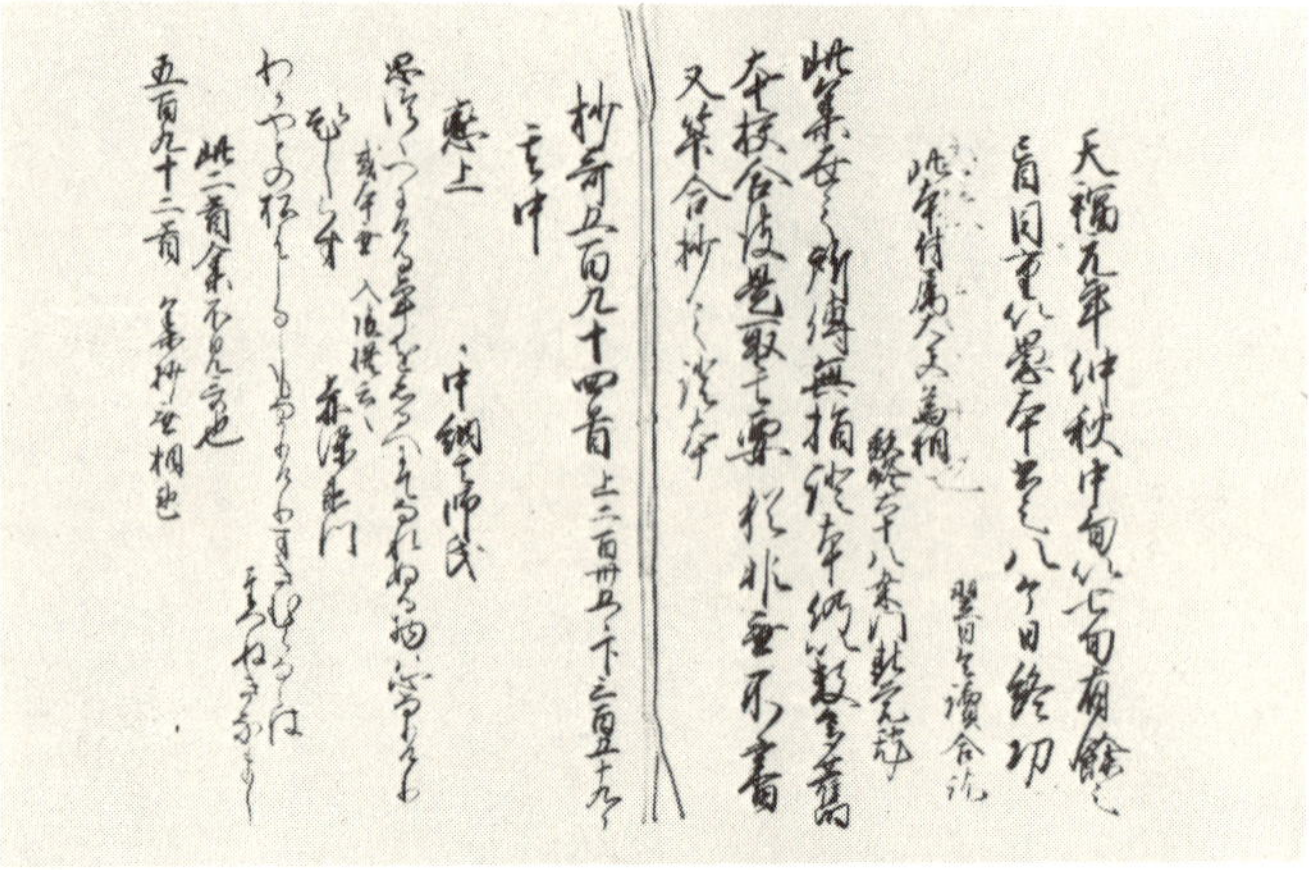

図版 127

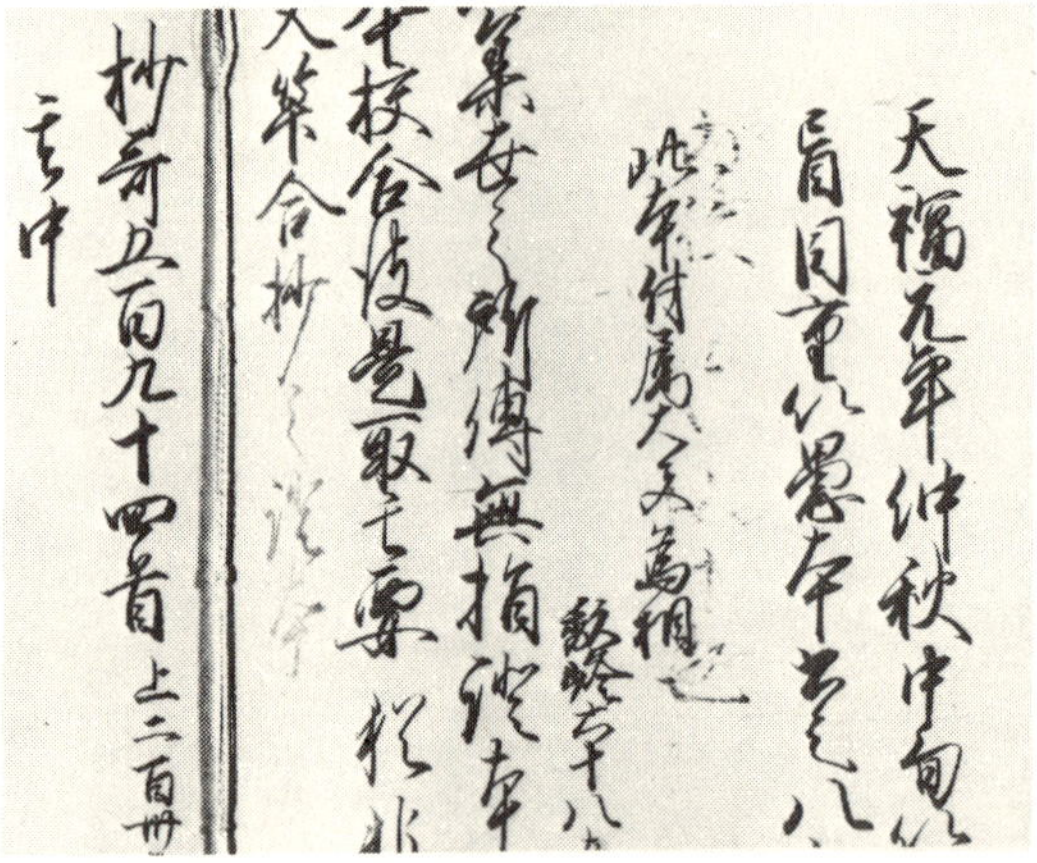

図版 128

これも冷泉家相伝本と全く同じく天福元年仲秋書写本によっていることは明らかである。ただし、冷泉家相伝本にみられる為家の奥書3（相伝奥書）はなく、そのかわりに、奥書①の末尾に、「為授鍾愛之孫姫也」と二条家相伝本を示す記述が書き加えられている。これは全く前述した天福本後撰集と同じケースである。この二条家相伝本の奥書をもつ天福本・『拾遺集』には、日本大学図書館蔵伝二条為明筆本・前田尊経閣蔵浄弁筆本等の有力な転写本が現存している。

一方、冷泉家相伝本の忠実な模写本には、高松宮本のほか、書陵部蔵家仁親王筆本、その祖父本にあたる中院通茂筆本などがある。これらは現在の複製本作成と同じ意図を人の手により達成したもので、親本である冷泉家相伝定家筆天福本を厳密にきわめて忠実に再現している。その奥書をみると（図版127、家仁親王筆本参照）つぎの事実に気がつくのである。すなわち、前述した冷泉家相伝本、(高松宮本による)奥書2の上部の空欄の箇所に、墨書の削りおとした痕跡があり、それにすこし重ねて、為家の相伝奥書(奥書3)が記されている。家仁親王筆本(図版127、該当箇所を拡大した図版128)によりこの痕跡部を見ると「為授□□□□也」と判読でき、□の箇所も読みえないが字画を記している。片桐氏によれば中院通茂臨写本も同様であるといわれ、この削り跡は冷泉家相伝定家筆天福本に存在するものを、忠実に再現したものと思われる。

以上の事実により、この『拾遺集』天福元年定家筆本は、天福元年仲秋中旬の定家書写以後のある時期に(「鍾愛之孫姫」が後嵯峨院大納言典侍であれば天福元年九月十九日生である。恐らくその後に定家が鍾愛のあまり将来の証本として相伝したものであろう)定家により「為授鍾愛之孫姫也」が奥書2の「翌日令読合訖」の上部空白箇所に書き加えられたものと思われる。それ以後、文永二年まではそのままであった。為相への相伝にあたり、為家は父定家筆のその部分を削り取り、新たに奥書を書き加えたものと推定することができる。これを傍証するものとして、二条家相伝本の奥書をもつ前記為明筆本の寛元三年(一二四五)真観〝本奥書〟、また同じくこの奥書をもつ浄弁筆本は為家自身の文応元年(一二六〇)の本奥書をもっている。これに対して、冷泉家相伝本の本奥書をもつ古写本としては、書陵部蔵伝慶融筆本・同正応三年(一二九〇)観慧筆本等が知られており、これらの年次を比較してみると、文永二年(一二六五)の為家による奥書の削除書き入れの事実を示していると思われる。

このように為家は、阿仏尼と為相を溺愛するあまりに、相当量の相伝の証本を冷泉家に伝授したものと思われる。しかしながら嫡流二条家にも、これに匹敵する歌書類は残されたのであろう。この相伝の歌書・文書の有無が、延慶三年(一三一〇)正月勅撰の企てによって生じた為世・為兼の「延慶両卿訴陳状」の論点の一つになっていることも、勅撰撰者の資格と、和歌宗匠家およびその相伝文書・庭訓の口伝等との関係について、興味ひかれる問題を提示している。ところが嫡流二条家は至徳二年(一三八五)為重の横死によって後継者を失い、その後血脈もたえ、家学は頓阿の子孫によって受けつがれたので、その相伝本も四散したものと思われ、詳細はわからない。ともあれ〝家の証本〟の相伝奥書も、このような改変がありうることは十分留意すべきであろう。また、この二条家・冷泉家相伝本ほどでないにしても、所持する伝本の価値を高からしめるため、書写者を削りおとし、あるいはある奥書の丁をそのまま剝離させる例もないわけではない。奥書により本文価値を傍証する場合は、この点に注意すべきであろう。

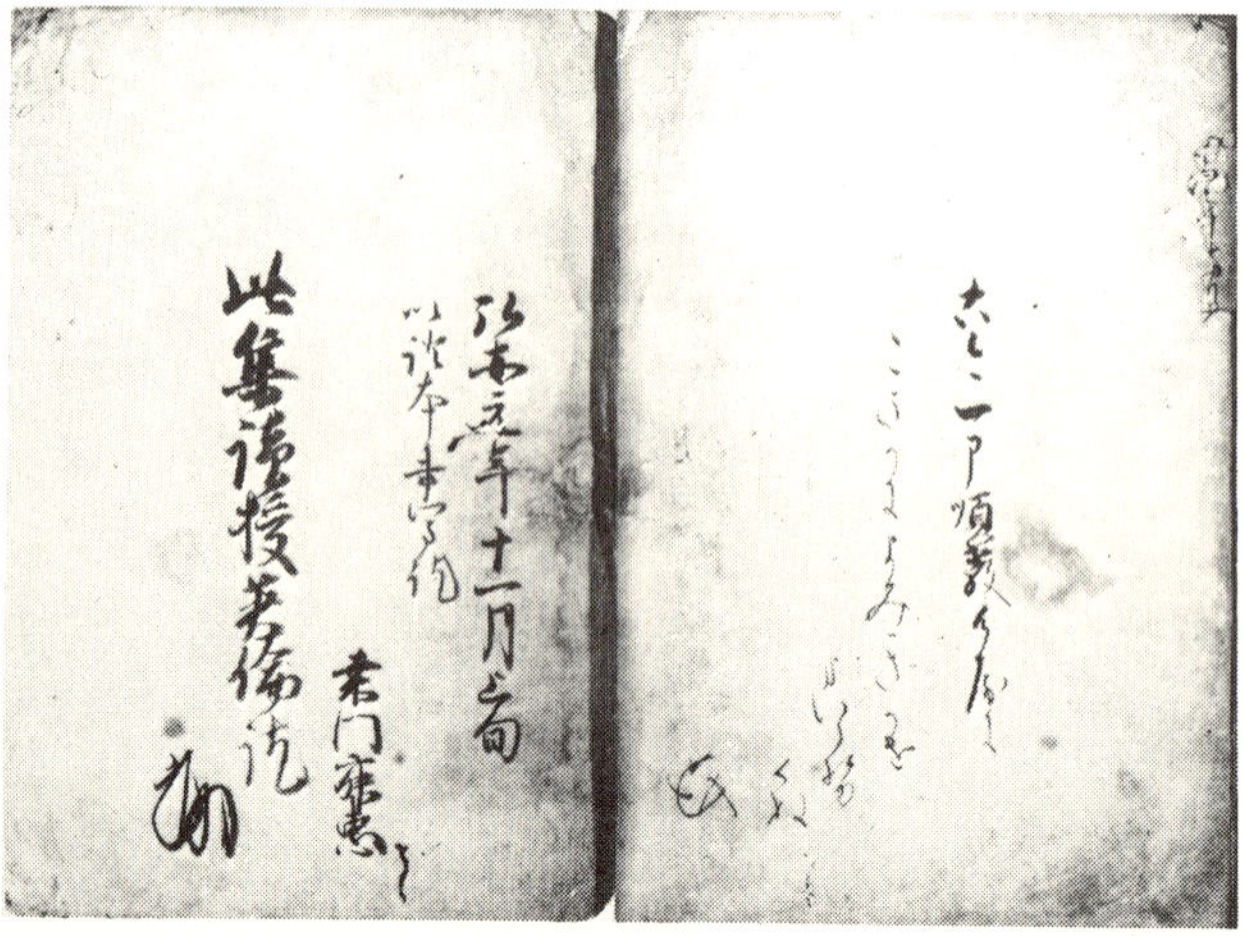
図版 129

69 家説伝受奥書

今までみてきた奥書の記文は、〝家証本〟の相伝奥書を含めて、その伝本の証本性を明らかにし、かつはそれを正当に継承しているという証明のためがほとんどであった。すなわち本文自体に即し、本文のための奥書である。これとはいささか異なる意味の、家説の伝受奥書が鎌倉期より現われているので紹介しよう。書陵部蔵弘安元年寂恵筆『古今集』は、

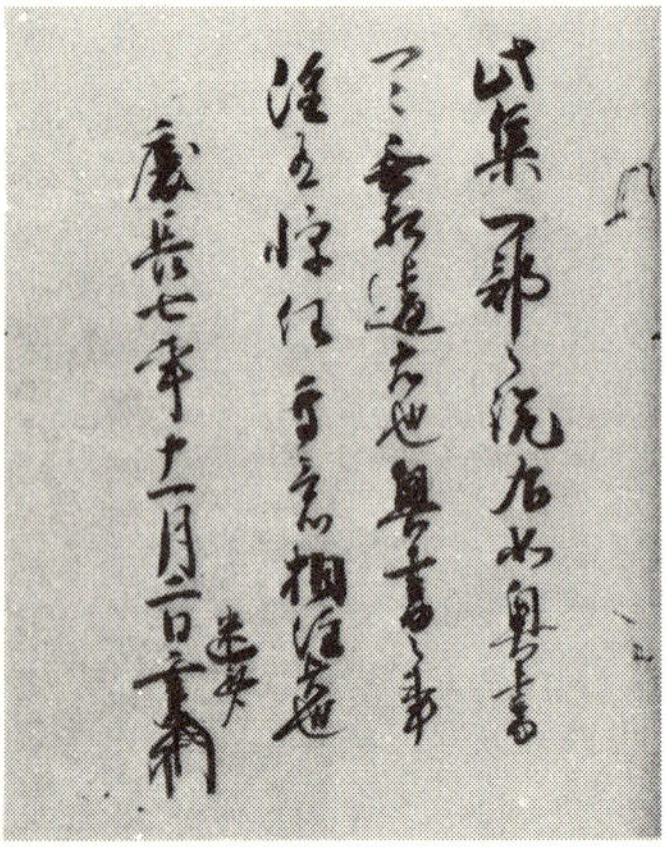
図版 130

仮名序にはじまり巻十までの残欠本であるが、本文には朱筆で合点・声点・濁点をつけ、行間・欄外等に作者略伝・歌詞の出典注解等を「トイフ」「心ナリ」「イフヘキ歟」等の記述のしかたで書き入れている。いわば講説の聞き書き書き入れとみられる墨注記が全文に施されているわけである。その巻末に次の奥書が記されている(図版129参照)。

1古今一部順教御房に」こまかによみきかせ」まいらせ」候ぬ」(花押)」

2　弘安元年十一月上旬」以証本書写訖」

桑門寂恵

3此集読授英倫訖」(花押)

この三項の記文のうち、1と2・3は別筆であり、2・3は本文と同筆と認められる。すなわち、寂恵(鎌倉中期の勅撰歌人)は弘安元年にある証本(本文は定家本、貞応本に近い)により『古今集』を書写し、それをテキストとしてある人から『古今集』の講説をうけた。奥書1は、その師某の講説伝受の加証奥書であり(順教房は寂恵のこと)、今日でいう卒業証書に該当する。奥書2はテキスト書写時の書写奥書であり、講説の可証をうけるため、奥書1箇所は意識的にあけておいたとも見られよう。奥書3は、寂恵が弟子英倫に師説を含めた『古今集』を講説し、自説を書き加えたこの証本を英倫に相伝した加証奥書と解することができる。したがってこの奥書は、時点を隔てて2→1→3の順序で記され、それも1・3は〃古今集講説〃の伝受証明であることがわかる。

歌学家の家説の「師資相承」(師匠からただ一人の弟子〈あるいは血脈の子〉に学説を伝える伝承形式)が、いつごろから、どのような形式で行なわれたのかはわからない。しかしながら前述した『古今集』の定家筆本(冷泉家、二条家相伝本とも)の定家奥書中にも「但任師説」とあり、勅撰集講説は平安末期からすでに行なわれていたのであろう。この点から考えると、この弘安元年写『古今集』にみられる奥書は、古今集講説の伝受形態をあらわす古い資料ということができよう。この古今集講説は、中世末期からは「古今伝受」として内容的にも、形態的にも固定する。古今伝受の内容は形式的には広範囲におよぶが、その骨幹は古今集本文の講説である。受講者（ただ一人）は師匠の講説を聞き書きし(ノートをとる)清書して、その巻末に師説に相違ない旨の証明をうけるわけである。慶長五年三月から細川幽斎の古今伝受をうけた智仁親王の『古今集聞書』清書本巻末の、幽斎の加証奥書はつぎのように書かれている(図版130参照)。

此集一部之説、右如奥書」可無相違者也、奥書之事」雖有憚、任尊意相注者也

慶長七年十一月二日　玄旨《幽斎》(花押)

この記文は、卑官の者から親王あてという特殊な関係から、普通の加証記文とは異なっているが、実態はわかると思われる。また慶長五年の三、四月にかけて行なわれた講釈の証明年次が二年後であるのは、智仁親王の聞書自体が、当座・中書・清書と三回にわたって整備され、しかも他の伝受資料の複写量もおおかったからであろう。古今伝受すべてにわたっての相伝証明は、別につぎのような証明状が総括して出されている。

古今集事

三光院当流相承説之事、不貽面受口決等謹奉授　八条宮訖、

慶長五年七月廿九日　玄旨《幽斎》(花押)

当流とは二条家説のことであり三光院とは三条西実枝である。二条家の家説は血脈は断絶したが、頓阿→尭孝・東常縁・宗祇を経て三条西家等に伝わり、中世以来なお歌学の正流として世人に認識されていたことがわかろう。

これに対して、冷泉家・飛鳥井家等の歌学家はあったが、やはり傍流の扱いをうけていた。また、ほとんどの古典作品が歌学書と考えられていた当時にあって、その伝本について「三条西家本」が大きな評価をうけていたのは、三条西実隆以下歴世個人の学殖もさりながら、このような歌学の当流意識が大きな基盤となっていたもの

と思われる。古典作品の現存伝本の主流を占めているのは中・近世期の写本・刊本である。これらを取り扱う場合は、このような見方も必要ではなかろうか。

三、消息・贈答と詠歌

70　消息・贈答

鎌倉初期すなわち十三世紀はじめに、第八代の勅撰和歌集である『新古今集』が選進された。その巻第十一恋歌一の巻頭から五首目(九九四)に、つぎの一首が収められている。

　　　女につかはしける　　　　　　在原業平朝臣

　かすがのの若紫のすり衣忍ぶの乱れかぎりしられず

この業平の歌の例に見られるように、『新古今集』は、万葉時代から当時にいたるまでの、歌人約四百人の和歌二千首弱を、四季あるいは恋など二十巻に編集収載している。このように、勅撰集はもちろんのこと、私撰集・私家集などの歌集は、一首一首の和歌を特定の目的のもとにあつめ編集したものである。この歌集のもとになる一首一首が、どのように詠まれ、どのように書き留められたかは、特殊の歌会・歌合などから採録したものを除くとほとんどわからない。しかしながら、この歌集のもとになる一首一首が、どのように書き留められ伝えられてきたかを、できるだけ考えてみよう。

はじめに例示した新古今集入集の業平の和歌は、むしろ『伊勢物語』の発端の歌として有名である。『伊勢物語』の冒頭(第一段)は、元服した主人公が、奈良の春日の里に狩に行き、若くて美しい姉妹を垣間見る。そこで、

　おとこの著たりける狩衣の裾を切りて、歌を書きてやる、そのおとこ、しのぶずりの狩衣をなむ著たりける、

　　かすが野の若紫のすり衣しのぶのみだれ限り知られず

となむをいつきていひやりける、

と物語は叙述している。すなわち主人公は、ふところ紙にでもとっさの慕情の歌を書き記し、歌意を託した〝忍摺〟の狩衣の裾を切り、この裂《きれ》に歌を書いた紙をつつんで届けさせたのであろう。〝ふところ紙〟に書いた歌、これは一首の贈歌であり消息(ふみ)でもあり、対者にわたされる。一方の歌作者は、自詠を記憶しておいて、帰宅後覚え書きに書き留めておくものと推定できよう。この『伊勢物語』にはもちろんフィクションがあり、業平の歌がそのような状況で詠まれ、書き届けられたのかどうかはわからない。そこである意味ではドキュメントである『枕草子』『紫式部日記』をおもな資料として、和歌はどのようにして詠まれ書き留められたかをみてみよう。

71 日常の詠歌とその書留め

まず、平安時代の貴族生活のうちにあって、「歌合《うたあわせ》」のような和歌についての特別の催しの時ではなく、日常生活のなかで詠まれた和歌の状況をみてみよう。『紫式部日記』によると、寛弘五年九月十五日に外祖父道長主催で行なわれた敦成親王五夜の産養《うぶやしない》(誕生祝)の記事のなかに、つぎのようにある。

(1)歌どもあり、「女房さかづきなどあるをり、いかがはいふべき」など、くちぐち思ひこころみる、

めづらしき光さしそふさかづきはもちながらこそ千代もめぐらめ

「四条の大納言にさしいでむほど、歌をばさるものにて、こわづかひようのべじ」などささめきあらそふほど…

この例は祝宴に付随した歌会である。盃を回して、盃をとるとともに和歌を詠むわけである。したがって、その場で口頭で詠みあげるので「こわづかひよう」いひ述べなければならないが、書く必要はない(もっとも、この五

夜の歌会は藤原行成が序を作っているので、別に書き留め役がいたらしい）。

これとおなじく、即座の詠吟が、おなじ敦成親王五十日《いか》祝にみられている（『紫式部日記』）。

(2)ふたり（紫式部・宰相）御帳のうしろに居かくれたるを、（道長が）とりはらはせ給ひて、ふたりながらとらへするさせ給へり、「和歌ひとつづつ仕うまつれ、さらばゆるさむ」とのたまはす、いとはしくおそろしければ聞こゆ、

いかにいかがかぞへやるべき八千歳のあまりひさしき君が御代をば

「あはれ、つかうまつれるかな」と、ふたたびばかり誦せさせ給ひて、いと疾うのたまはせたる、

あしたづのよはひしあれば君が代の千歳のかずもかぞへとりてむ

さばかり酔ひ給へる御心地にも……

これは、宴後の偶然な機会による紫式部と道長の、いわば敦成親王祝賀の唱和であって、二人ともに当座の即詠で「くちぐち」に誦せられたものであろう。この(1)・(2)のような例は、非常におおかったと思われる。この場合、和歌は書かれてはいない。しかしながら、後日この日記に記述されているのは、『枕草子』（日本古典文学大系本三一〇段、以下同本の段章による）にみられるように「をかしと思ふ歌を草子などに書きて置きたる」すなわち備忘的な留め書きの草子を、各人が持っていたものと思われる。

また、おなじ『紫式部日記』には、つぎのような例もある。

(3)源氏の物語、御前にあるを、殿の御覧じて、例のすずろごとども出できたるついでに、梅の枝に敷かれたる紙にかかせ給へる、

すきものと名にし立てれば見る人の折らで過ぐるはあらじとぞ思ふ

給はせたれば、

「人にまだ折られぬものを誰かこのすきものぞとは口ならしけむ
めざましう」、と聞こゆ。

これは、道長が紫式部を揶揄した歌を、梅の枝の下敷の紙に書いて式部に渡す、式部は即座に口頭で応酬したとみるべきであろう。道長の書いた下敷の紙は当座の文《ふみ》であり、式部はこの贈歌とともに自詠を、のちに備忘の草子に書きとめたのであろう。さて、(1)・(2)・(3)とも異なった例は、『紫式部日記』のはじめのほうにある。

(4)橋の南なる女郎花のいみじうさかりなるを、一枝折らせ給ひて、几帳のかみよりさしのぞかせ給へり、御さまのいとはづかしげなるに、わが朝がほの思ひしらるれば、「これおそくてはわろからむ」とのたまはするにことつけて、硯のもとによりぬ。

女郎花さかりの色を見るからに露のわきける身こそしらるれ

「あな疾」とほほゑみて、硯召しいづ。

白露はわきてもおかじ女郎花心からにや色のそむらむ

これは、道長が紫式部の部屋に持参した女郎花の一枝についての贈答である。この二人の同座の贈答は、式部が「硯のもとによりぬ」とあるし、道長も「硯召しいづ」とあるので、書いて交換した和歌であることは確かである。

さらに(1)~(4)と異なった例を、おなじ『紫式部日記』から例示してみよう。

(5)小少将の君の、文おこせたる返りごと書くに、時雨の、さとかきくらせば、使もいそぐ、「また空のけしきもうちさわぎてなむ」とて、腰折れたることやかきまぜたりけむ、暗うなりたるに、たちかへり、いたうかすめたる濃染紙に、

雲間なくながむる空もかきくらしいかにしのぶる時雨なるらむ

かきつらむこともおぼえず、

ことわりの時雨の空は雲間あれどながむる袖ぞかわくまもなき

これは、小少将からの文に対して、紫式部が急ぎ返信と歌をつけてやる。それに対して小少将がふたたび式部を慕う和歌を贈ってきた叙述である。この歌は、時雨空によせて、濃く紫に染めた紙に書かれてあったという。この小少将と式部の贈答は、使いが介在しているので場所をへだてていたことになり、当然(1)～(4)の同座の場合と異なり、紙に書かれることが必然的となろう。しかも時季とか折にあわせた〝色紙〟を用いていることも注目されることである。

さて(1)～(5)の例にみたように、同座即吟の場合を除くと、贈られる歌も、答える返し歌もすべて紙に書かれたことがわかる。プライベートな留め書きは綴じ本である〝草子〟と思われるが、この贈答等の歌を書いた紙は、どのような形の、どんな紙であったのであろうか。的確にはわからないと思うが調べてみよう。

72 詠歌の料紙

ふところ紙(懐紙)・畳紙《たとう》

前述した業平の場合のように、別に料紙の準備のない狩の途中で、美しい女性を見そめて恋歌を贈る場合は何に書いたのであろうか。私は〝ふところ紙(懐紙)〟と推定したが、『枕草子』にもつぎの例がある(一〇六段)。

黒戸に主殿司来て、「かうてさぶらふ」といへば、よりたるに「これ公任の宰相殿の」とてあるを、見れば懐紙に、

すこし春あるここちこそすれ

とあるは、げにけふのけしきにいとようあひたるも、これが本はいかでかつくべからんと思ひわづらひぬ、

これは公任以下の公卿が、清少納言を代表とする定子中宮方の女房たちの、機知と歌才をためした風流事であろう。公卿達が思いついて公任が下句で呼びかけたのであるが、急場であったので、自分の持っていたふところ紙を使ったものと思われる。

この〝懐紙〟とはどんな紙であったのであろうか。『枕草子』六三段の記述によると、

> 扇・畳紙など、よべ枕上におきしかど、おのづから引かれ散りにけるをもとむるに、くらければ、いかでかは見えん、いづらいづらとたたきわたし、見出でて、扇ふたふたとつかひ、懐紙さし入れて、

とあり、形態的には紙を縦折りにしまた横折りにしたものを幾枚か重ねたもの、すなわち〝たとう(紙)〟であったことがわかる。これを常時懐中に入れておき、今日のティッシュ・ペーパーのように使用したものであろう。

紙質とか色などについては、『枕草子』三六段につぎのようにみえる。

> みちのくに紙の畳紙のほそやかなるが、花かくれなゐか、すこしにほひたるも、几帳のもとにちりぼひたり、

のように陸奥産紙が普通であったようだ。〝みちのくに紙〟は奥州平泉辺の衣川河岸で漉かれたものと推定され、檀《まゆみ》ないしは楮《こうぞ》を原料とした紙であると思われるが、例文にみるように、感覚的にはこまやかであり、「しろくきよげなるみちのくに紙」(三二一段)「いと白きみちのくに紙」(二九四段)のほか、青系統の縹《はなだ》色《いろ》あるいは紅色の色紙もあったようだ。さらにいえば、「みちのくに紙、ただのも、よき得たる」(二七六段)と、普通品と優良品の二種があったらしく、優良品は「うるはしき紙屋紙、みちのくに紙」(『源氏物語』蓬生)と、国営製紙場の別漉紙と併称されるほどの薄手の上質紙であったらしい。しかしながら「ただの」(普通品)みちのくに紙は、『源氏物語』(末摘花・蓬生・玉鬘・胡蝶・若菜上など)あるいは『讃岐典侍日記』等の叙述を総合してみると、厚肥えたる、ふくだめる厚手の紙であり、吸湿性があるため香などをたきしめるにも適している。しかしながら、長く置くと厚さをまし、黄ばんでくる。また濡らしても丈夫であったので、現在のハンカチーフ的な使い方もできるという、

便利な日常用紙であったらしい。しかしながら一紙の寸法はわからない。

色紙《しきし》

『枕草子』の二三段に、中宮定子の趣向として、あらかじめ墨をすらせ、料紙を準備した上で、女房たちに古歌を書かせる叙述がある。その料紙としては「白き色紙おしたたみて」とあり、和歌を書く料紙としては、白色をふくめての〝色紙〟であったことがわかる。この色については、『枕草子』によると、

香の紙(丁字色、三六段) 青き薄様(八二段) 卯の花の薄様(もえぎ色、九九段) いみじうあかき薄様(一三四段) 胡桃色という色紙の厚肥えたる(一三八段) 浅緑なる薄様(一八四段) 紅梅の薄様(二七八段)

など、紅系色・藍系色・黄系色の濃淡さまざまの色が記述されている。また三巻本枕草子の巻末に追記されている「一本」のなかの章段にも、

薄様色紙は、白き、むらさき、赤き、刈安染、青きもよし、

とあり、主として薄手の紙(薄様《うすよう》)が用いられたと思われる。

しかしながら、前述したように「胡桃色といふ色紙の厚肥えたる」(厚様《あつよう》)も用いられている。これは『枕草子』一三八段によると、時点的には円融院の諒闇明けの年に相当し、人々は喪服をぬいで平服になったばかりのころであり、なかには急に「花の衣」になったのを心象的に不満に思う人もおおかった時期である。届けられたのは藤三位の局であり、雨のはげしい日であったが、物忌《ものいみ》のため二日は見ず、かねて依頼してあった誦経の巻数の知らせと思っていた。物忌のあけた朝、

伏し拝みてあけたれば、胡桃色といふ色紙の厚肥えたるを、あやしと思ひてあけもていけば、法師のいみじげなる手にて、

これをだにかたみと思ふに都には葉がへやしつる椎柴の袖

と書いたり、いとあさましうねたかりけるわざかな、誰がしたるにかあらん、

とつづく。すなわち法師の所為として、また喪服を象徴するものとして胡桃色《くるみいろ》厚様《あつよう》の色紙を意識的に使ったわけであり、もちろん、藤三位がどこかの寺に誦経の依頼をしていたことは承知で贈ったものであろう。胡桃色の厚様紙とは、恐らく〝高麗《こま》の紙〟で写経用紙などに主として使われる。

このように、厚薄の使用わけも、色も、時季・天候・事件など、その折々の状況を十分考えた上で使われたものと思われる。これはつぎの一九二段をみてもあきらかであろう。

いみじう暑き昼中に、…こちたう赤き薄様を、唐撫子のいみじう咲きたるに結びつけて、とり入れたるこそ、書きつらんほどの暑さ、心ざしのほど浅からずおしはかられて…

さてこの〝色紙〟はどのような紙質であったかというと、〝たとう(畳紙)〟の項でのべたように、楮系の〝みちのくに紙〟の優良品も使われたと思われる。また「(女三宮のために源氏君が)紙屋の人を召して、殊に仰言賜ひて、心殊に清らに漉かせ」(『源氏物語』鈴虫)とあるのを見ると、紙屋院特漉の「うるはしき紙」もあったと思われる。また薄様を主体としており、「色合華やかなる」(梅枝)ことから光沢のあることが推定されるので、おそらく雁皮繊維の紙と思われる。この国産の色紙のほか、〝高麗《こま》の紙〟あるいは〝唐《から》の紙〟も使われており、これらの詠歌の料紙は、そのまま既述した35項の〝草子造り〟の料紙ともまったくおなじものであろう。またこれらの〝色紙〟を〝畳紙〟としても使用したことも前述したとおりである。

したがって詠歌の料紙としては、色紙とたとうという名称は、同一基準による分類ではなく、形態と使用上の区分ということになろう。また、これらの料紙の寸法もわからない。しかしながら草子の四半本の大きさとか、使用上の便不便を考え、常識的に推定してみると、現在でいう**A3**判から**B4**判ぐらいの大きさのものと思われる。図版131・132は藤原信実筆『三十六歌仙絵』の複刻本による和歌を書き記す状況である。おそらく白紙の〝た

とう〃と思われるが、鎌倉期では実際にこのようにして書かれていたのであろう。

73 和歌の交換と「ふみ」

以上のべたような料紙に書かれた和歌が、当時の人人に何とよばれ、またどのような形で(すなわち折ったのか、包んだのか、結んだのか)交換されたのか調べてみよう。

まず何と呼ばれたのかはすぐわかる。『枕草子』の九九段と一八四段とをあげてみよう。

(1)いささかなる御文を書きて、投げ賜はせたり、みれば、

「元輔が後といはるる君しもや今宵の歌にはづれてはをる」

とあるを見るに、をかしきことぞたぐひなきや、(九九段)

(2)すなはち、浅緑なる薄様にえんなるふみを、これとて来たる、あけて見れば、

「いかにしていかに知らましいつはりを空にただすの神なかりせば」

となん御けしきは」とあるに、めでたくもくちをしうも思ひみだるるにも、(六四段)

図版 131

図版 132

(1)・(2)ともに「 」内が〝ふみ〟の内容である。(1)は和歌のみで、(2)には短文がついている。この二つはともに〝ふみ〟とよばれている。この当時は、相手に意志を伝えるために書き記したものは、すべて〝ふみ〟とよばれたものであろう。したがって〝ふみ〟の内容も、**1**消息を主体として和歌をそえたもの、**2**和歌に消息をそえたもの、**3**和歌のみのものと三様があったと考えられる。また少なくとも情趣的な宮廷生活の中にあっての私的な消息の交換には、和歌がそえられていない文《ふみ》はなかったのであろうし、更には意向を伝える状況が明らかであり、後述するようにそれを暗示するものが文にそえられるのが普通であったので、むしろ和歌のみ、あるいは歌主体のほうが、みやびであり、いうであり、をかしと感ぜられたものと思われる。

74 文《ふみ》の実態

『枕草子』の「なまめかしきもの」(八九段)に「柳の萌え出でたるに、あをき薄様に書きたる文つけたる」とある。これは文の料紙と、それをつけた柳の若葉との同色配合の感覚美をのべたものであろう。このように日常とりかわされる文(和歌等)は、どのような形態をしていて、どのように届けられたのかをみてみよう。

書き様(散らし書き)

「ふみ」が料紙にどのように書かれたかの詳細はわからない。おそらく、その場の情趣に応じて、様々に書かれたのであろう(立文の項参照)。しかしながら、女性を中心とした和歌およびそれを含む文(消息)は、散らし書きが主であったと思われる。たとえば『源氏物語』乙女によると、源氏の君の手許に、かっての想い人である筑紫の五節から「ふみ」がとどく。その文は歌一首であり、

かけていへば今日のことゝぞ思ほゆる日陰の霜の袖にとけしも

青摺の紙、よく取りあへて、まぎらはし書いたる濃墨、薄墨、草がちに、うちまぜ乱れたるも、「人の程に

つけてはをかし」と御覧ず、

とその書き様を描写している。明らかに散書《ちらしがき》であり、後述する〝結び文〟の『枕草子』の用例をみても、女性中心の私的消息の書き様は、普通は散書様式であったものと推定できる。

さてこの、散書で書いた「ふみ」は、一枚の紙であったかというと、そうではなかったらしい。『和泉式部日記』によると、和泉式部と敦道親王の贈答(消息)はつぎのように記されている。

(式部)しのぶらんものとも知らでおのがたゞ身を知る雨と　おもひけるかな

と書きて、かみのひとへをひき返して

(式部)ふれば世のいとゞうさのみ知らる、にけふのながめに水まさらなん

まちとる岸や」と聞えたるを御覧じて、たちかへり

(宮)　なにせんに身をさへすてんと思ふらんあゆのしたには君のみやふる

誰もうき世をや」とあり、

すなわち、後述する〝立文〟の例にも見られるように、「ふみ」(消息)の書かれた中身は、消息の本体(本紙《ほんし》)と、それに副えられた紙(礼紙《らいし》)の二枚重ねであったことがわかる。この〝礼紙〟は、後代の例にみるように、〝本紙〟の紙背と紙背を合わせて重ねられたのであろう。従って、和泉式部が追て書きしようとした時に、そのままでは礼紙の裏がでているので、「かみのひとへ」(礼紙)を裏がえし、ふたゝび表にしてそこに追記したと考えられよう。

さて、このように書かれた消息は、どのように外装され、相手に届けられるのであろうか。これも文献上の記載によるほかはないが、大体つぎのようなものであった。

包《つつ》み文《ぶみ》

おなじ「なまめかしきもの」の段(『枕草子』)に、つぎのように記されている。

むらさきの紙を包み文にて、房ながき藤につけたる、

当時のむらさき色は、現在の古代紫で藤の花とは同系色である。また〝包み文《つつみぶみ》〟とあるが、平安朝期の消息で実態のままで現存しているものはないので、よくはわからない。おそらく縦横に折られた文の本体を、紫色の薄様紙で包んだもので、紙捻《こより》などで藤の枝に結びつけられたものであろう。

結《むす》び文《ぶみ》

『枕草子』の二九四段につぎのように記されている。

今朝はさしも見えざりつる空の、…雪のかきくらし降るに…いと白きみちのくに紙、白き色紙の結びたる、上に引きわたしける墨のふと凍りにければ、末薄になりたるをあけたれば、いとほそく巻きて結びたる、巻目はこまごまとくぼみたるに、墨のいと黒う、薄く、くだりせばに、裏表かきみだりたるを、うち返しひさしう見るこそ…

すなわち、文の本体は雪の日にちなんで「いと白きみちのくに紙」、これにおそらく同色の丈夫な色紙を細く切って、本体を折りたたんだものに、帯封としてかけ、結んだのであろう。その色紙の結び目に、本体にかけて封じ目の墨をつけている。叙述によると本紙は細く巻いて押してあり、押し目がこまごまとくぼんでおり、それに細かく前後左右にわたって書かれていたわけである。すなわち散らし書きである。この〝結び文〟は、後世の〝腰《こし》文《ぶみ》(切り封じ)〟に似ている。腰文は本紙・礼紙《らいし》(そえた紙)を巻いて押し、表にでた本紙の端の上方を中央辺までほそく切って紐のようにし、これを本体に巻いて帯封とする。その封じ目に墨引きを加えるのである。この切り封じが、平安中期にあったかどうかはわからない。二九四段の記載によると、本体と帯封紙は別紙のように思われる。この〝結び文〟は、「すさまじきもの」(二五段)に、

図版 133

ありつる文、立文をもむすびたるをも、いときたなげにとりなしふくだめて、上にひきたりつる墨などきえて、

とあることにより、正式の書状形式である〝立文〟に対して、前述した〝包み文〟とともに略式なものであろう。したがって、私的な〝ふみ〟は、おそらく〝結び文〟〝包み文〟形式が主として使われたものと思われる。

立文《たてぶみ》

『枕草子』の一三三段に、立(竪)文についてつぎのように記している。

添へたる立文には、解文のやうにて、

進上　餅餤一包

例に依て進上如件

別当　少納言殿

とて、月日書きて、「みまなのなりゆき」とて、

これは行成が清少納言につつみ餅を送り、その反応をみたものであるが、行成は当時の自分の官である弁官と、清少納言の女房名を意識に入れ、公文書の形式をわざと使って〝文〟としたわけであろう。この公文書めかしたものを送る形式に〝立文〟を使っている。このことからみても、立文が正式な書状形式であることがわかろう。この立文とはどんな形態であったかというと、『紫式部日記』に、

白き紙一かさねに立文にしたり、

とある。すなわちなかみは二枚重ねの紙からなり、のちにいう、文を書いてある本紙と、その裏にそえられた白紙の礼紙に相当すると思われる。この二枚を縦にいくつかに折り、その上を更に別紙を縦長に使って（書く場合は横長に使う）包むのであろう（表巻《うわまき》）。表巻は縦長となるから上下が文の本体よりも長くなる。その部分を上下筋違いに左折り右折りにし、さらに裏側に折り込んだものと思われる 。したがって立文を〝ひねり文〟とも称している。図版133は『源氏物語絵巻』の〝ふみ〟を見ている状態である。縦折りにされていること、および原本は濃紫色にえがかれているので色紙であることがわかる。

75　文の交換

以上のべたように、和歌の贈答は、相手と離れている時は〝包み文〟〝結び文〟まれには〝立文〟形態によって届けられたものと思われる。この〝文〟そのものを使いがそのまま持参したかというと、そうではなかったらしい。『枕草子』「すさまじきもの」（二五段）に、

人の国よりおこせたるふみの物なき、京のをもさこそ思ふらめ、

とある。〝文〟は物に付けられたのが常態であったようだ。事実『枕草子』によると、つぎのように文は物につけられている。

あをき紙の松につけたる（八七段、正月初卯）　物の蓋に小山〈雪〉作りて白き紙に歌いみじく書きて（八七段、正月）　柳の萌え出でたるにあをき薄様に書きたる文つけたる（八九段）　むらさきの紙を包み文にて房ながき藤につけたる（八九段、五月）　ありつる花〈卯花〉につけて卯の花の薄様に書きたり（九九段、五月）　白き色紙につつみて梅の花のいみじう咲きたるにつけて↓返りごとをいみじうあかき薄様に…とてめでたき紅梅に

つけて（一三三段）　白き木に立文をつけて（一三八段）　こちたう赤き薄様を唐撫子のいみじう咲きたるに結びつけて（一九二段、いみじう暑き昼中）

これらをみると、季節の植物・花などにつけられており、ふみの料紙もこれと同系色の色紙がえらばれていることがわかる。また返歌の場合は更に趣向を考えたものと思われ、一三三段の例をみると、〝贈〟の場合が白き色紙に梅の花（白梅）であったので、〝答〟はいみじうあかき薄様をめでたき紅梅につけたことでも推定できる。

以上は平安中期における消息・贈答を、『枕草子』『紫式部日記』等から推定したものである。書き留められた和歌の原本は鎌倉期からは現存している。この料紙を大きくわけると、〝懐紙《かいし》〟〝短冊《たんざく》〟〝色紙《しきし》〟〝折紙《おりがみ》〟と様式的に四別できる。これらについて次項から見ていきたいと思う。

一三、歌会と詠歌

76 詠歌様式とその料紙

主として平安中期の場合にしぼったが、贈答歌の、また個人の〝詠歌料紙〟については、前章で推定してみた。本章は、意識した「歌会」、すなわち歌合を含めた詠歌を目的とする集団の場の料紙様式について考えてみよう。

「歌合」については、九世紀後半の『民部卿行平卿家歌合』以下、十巻本・廿巻本類聚歌合等により、現存する本文は数おおい。このうち、遊宴を主体とした行事歌合については、歌合につけられた真名・仮名の歌合日記によって、人員構成はもちろん、風流・次第にわたって、繁簡はともあれ記述されている。このうち、和歌の料紙については、風流に関係する場合におおく記載されている。たとえば「物合」については、『寛平御時菊合』の序によると、

おもしろきところどころの名をつけつゝ、菊には短冊にて結びつけたり、(十巻本)

とあり、菊に結びつけられた〝短冊〟には、菊の名所《などころ》のほかに、和歌も書きつけられていたものと推定できる。

「歌合」の場合は、天徳四年(九六〇)『内裏歌合』の「御記」「殿上日記」「歌合日記」等によると、「左作金山吹花枝其葉書、右書小色紙」とあり、歌をのせる文台の洲浜《すはま》にあわせて、造物《つくりもの》に書いたり、小色紙《こしきし》に書いたりしたらしい。風流をきわめた遊宴歌合では、造花《つくりばな》とか扇とかまたは歌絵《うたえ》の冊子《そうし》などに歌を書いた例もあるが、この前年におこなわれた『天徳三年内裏詩合』の詩料紙は、「即書唐縹色紙」とあり、おおくは〝色紙〟を用いたものと推定されよう。とくに平安後期の文芸的歌合にあっては、詠歌を置く文台は使ったであろうが、装飾的な面

は徐々にのぞかれ、白い色紙とか、清書された巻子本などが左右それぞれに用いられたのであろう。後日判《ごじつばん》の場合は、南北朝室町期の原本にみられるように、作者名を記さない巻子本が判者のもとに届けられたものと思われる。

「歌会」については、延喜二年(九〇二)三月二十日飛香舎《ひぎょうしゃ》藤花宴にみられるように、ほぼ十世紀前後から、季の風物を鑑賞しつつ晴《はれ》(公式)の歌会が開かれたものと思われる。この歌会も、『枕草子』にみられる「夜うちふくる程に、題出して、女房にも歌よませ給ふ、みなけしきばみゆるがしいだすに」(日本古典文学大系本九九段)、あるいは永観・寛和期の『大斎院前の御集』にも、

　十六日御庚申せさせたまふ、月いとをかしくて、よのふくるまゝにみゆ、ふかきよの月といふことをだいにてよませ給、

とある。このように、庚申待ちの夜(寝ないで夜をあかす)とか、つれづれのすさび、嘱目する風物をめでて、後宮などでは当座即詠の歌会もおおかったものと思われる。この当座の歌会には、ありあわせた色紙とか、各自のもつ畳紙を〝料紙〟として用いたものであろう。ところが、天皇・上皇もしくは皇族・摂関などが主催する、兼日兼題の正式な歌会においては、どのような料紙を使用したのかは、ほとんどわからない。しかしながら、保元初年(一一五六)の成立といわれる藤原清輔の『袋草紙』には、料紙は明示していないが、具体的に和歌の書き方が記されているので、これを紹介してみよう。

まず『袋草紙』上巻は「和歌会之次第公私同之」からはじまる。その冒頭に「先懐愚詠参其所、随便着座」とある。つづいて文台が召され、その上に身分の下のものから順次詠歌を置いていくわけである。この詠歌料紙の名称・形態等については明記されていないが、題目読様・位置読様・題目書様・位置書様の各項目を、順次読んでいくと、料紙の大きさ・書き方などがほぼわかってくる。いろいろ故実とか異例とかがあったらしいが、一例として、

天皇主催の秋の夜の歌会(歌会は夜がおおかった)があり、歌題が「叢夜虫《くさむらのよのむし》」であったとする。まず料紙に題を書く。天皇(上皇)主催の御会であるから、

秋夜同詠叢夜虫　応製和歌一首

と記す。女院・皇后宮・諸内親王の場合は〝応令〟であり、親王・公卿家は〝応教〟であるという(なおこの区分は『八雲御抄』になると「禁中、仙洞、応製。院号、后宮、応令。東宮、応令。内親王、応令。摂関、応教大臣已下惣可然家同之」と細分されている)。つづいて詠者の官氏名を記すわけであるが、これも主催者の身位により、また詠者の身分により、記載の方法、披講の際の読み方が異なっている。まず原則としては、『袋草紙』「位署書様」につぎのように記されている。

於公家、仙院、女院同之位官、兼官、臣姓朝臣名上、…於諸家、一官姓名、

すなわち、宮廷・仙洞・女院主催の公式の歌会では、その時点の位官のすべてを記すわけである。たとえば『堀河百首』(『群書類従』巻一六七所収)の作者公実の位署を公式歌会風にすると、

正二位行権大納言兼春宮大夫臣藤原朝臣公実上

となる。「正二位」は位、「行」は官より位が上という意味(正二位は大臣相当位)、「権大納言」は官、「春宮大夫」は兼官、「臣」・姓・朝臣・名・「上」の順に書くことになる。

公式歌会の出詠者の位署は、すべてこのように署名されるが、いざ披講《ひこう》となり詠者名が講師《こうじ》によって読みあげられるときは、フルネームで披露されるのではない。袋草紙「位署読様」によれば、

於公家仙院女院同、之歟　六位官姓名、五位官名、四位官名朝臣、三位以上姓朝臣但四位宰相、准非参議　親王内親王無官可称位歟、三品親王、若一品親、王也

とあり、詠者の位により読み方に差があることがわかる。この位置の披講のしかたは、親王大臣家など、主催者

の身分によっても異なる。さて、和歌書様であるが、

　三行三字書之、但近代不必然、故老書、墨黒顕然可書之、不可執手跡云々、

とあり、平安朝末期には、すでに一首の場合は三行三字に書くことが故実となっていたことがわかる。近代は必ずしもそうではないと清輔は記しているが、この一首(懐紙)の三行三字書きは、中世・近世を通じ、昭和期までの懐紙書様の定形となっている。以上のように、公式歌会の詠草は、歌題・位署・和歌(三行三字)と、少なくとも六行にわたって認められることになる。よほど小字書きでないかぎりは、歌会料紙の寸法は縦横ともに相当長くなければならないわけであろう(ただしこの場合、女性の歌は歌題・名字を書かず、御製は歌題のみで和歌を認めると記している)。

鎌倉期にはいり、順徳天皇の『八雲御抄』巻第二作法部(歌書様)によると、「一首時ハ三行三字吉程也、及五六首ハ二行、三首已上ハ三行」と一枚の歌会料紙の書き方を記し、更にはつぎのように記述している。

　清輔朝臣曰、一首歌ハ三行三字、墨黒に可書、但或三行モ吉程歟、五首已下ハ一枚、及十首バ可続、皆用高檀紙、

料紙について、楮系の〝高檀紙〟を用いることを記し、さらに女歌は「薄様若檀紙」と料紙を規定している。

これらの歌会料紙を、なんと呼んだかというと、鎌倉末期の歌学書『竹園抄』には、懐紙書事という項をたて、

　抑うたは懐紙をよく〳〵心得べし、是一大事なり、上方には四季に四色の紙を用ゐ給ふ也、懐紙をかくも、二条家、六条家にかはりあり、…

と記している。すなわち〝懐紙《かいし》〟とよばれ、すでに歌学家である二条・六条の両家では、その書き方に相違のあることを示している。この懐紙というテクニックは、『吾妻鏡』の延応元年(一二三九)九月三十日に、

　入夜於御所有和歌御会、題行路紅葉…右馬権頭…佐渡判官等献懐紙、

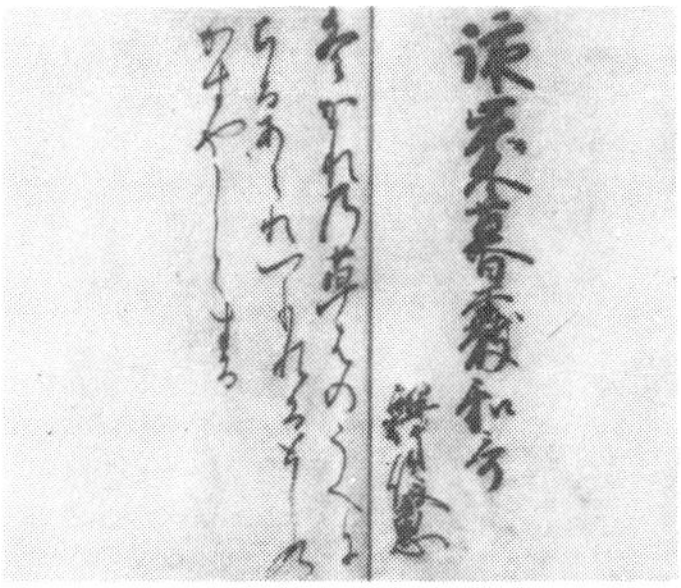

図版 134

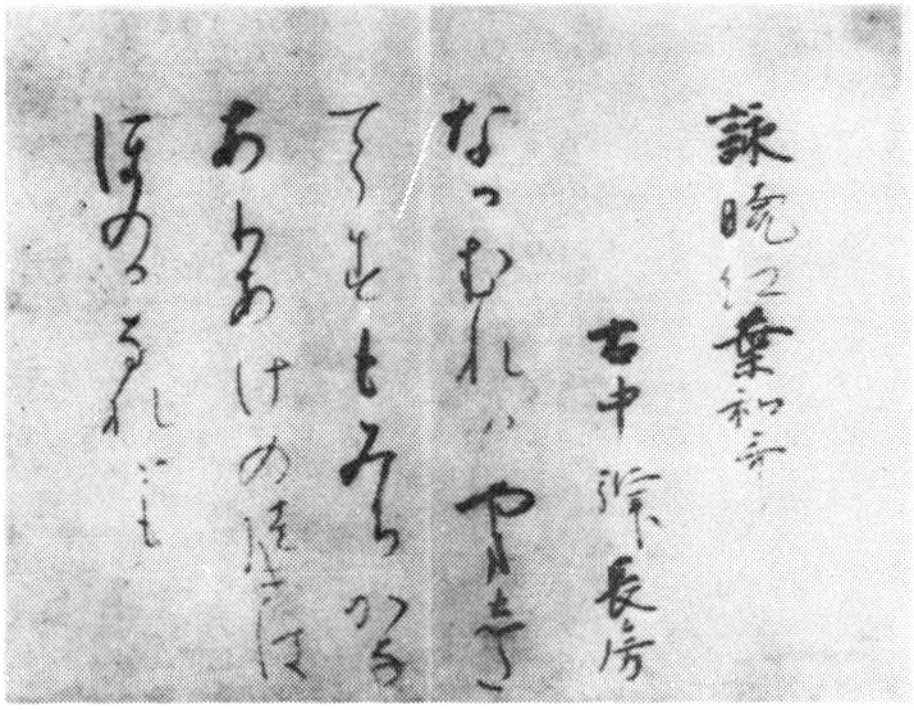

図版 135

とあり、鎌倉時代においては、歌会における料紙様式を一般的に〝懐紙〟と呼んでいたことがわかる。

77 懐《かい》紙《し》

歌会の料紙は、ほぼ鎌倉時代から〝懐紙《かいし》〟と呼ばれたと思われる。これは『袋草紙』にみられるように〝兼日歌会〟(あらかじめ開催日時と歌題が示される歌会)の場合、自詠を懐中にしていくこと、あるいは〝懐中紙〟(懐紙、ふところ紙)である〝たとう(畳紙)〟が当座歌会の料紙に転用されたことなどからのテクニカル・ターム化であろう。したがって、平安時代における〝懐紙《ふところがみ》〟と、この詠歌料紙の〝懐紙《かいし》〟とは意味が異なってくる。

一首懐紙

現存する和歌懐紙のうち、最古に属するものは俊恵(一一一三〜?、源俊頼の子)の懐紙であろう(図版134参照)。

詠歳暮霞和哥」　　釈俊恵
冬かれの草はのうへに」ちるあられつもれるとしの」かすやしらする

と五七・五七・七の二行七字に書かれている。これは正式の歌会詠歌ではなく、おそらく晩年の歌林苑歌会の詠と思われる。『古筆辞典』によると、縦二八・五センチ、横三五センチの素紙とあるが、おそらく楮系の、現在の奉書紙などに相当する紙であろう。このほか〝一首懐紙〟では鎌倉期のものが相当数現存している。図版135はその一例で、

詠暁紅葉和哥」　　　右中源長房

なかむれはやました」てらすもみちかな」ありあけのつきは」ほのかなれとも

と三行七字に書かれている。「右中」は右中弁の略であり、位の記載もない。したがって内々歌会のものであろうが、この懐紙は正治二年(一三〇〇)の水無瀬殿《みなせどの》歌会の詠といわれている。春名好重氏『古筆辞典』の記載により、鎌倉期の〝一首懐紙〟をみてみると、三行三字をふくめて、ほぼ三行ないし四行に認められ、懐紙の大きさは縦二八・五〜三二・七センチ(約九寸〜一尺)、横四一・六〜五七・九センチ(約一・三尺〜一・七尺)の大きさである。ただし幅仕立の時切断される可能性もあるので、当時の正確な寸法はわからない。これらの懐紙類はさまざまの歌会で詠まれたものであろうが、時代が降るに従って、主催者・詠者の身位に従い、書き方から懐紙の大きさにいたるまで、こまかい故実がさだめられ、また、二条・飛鳥井・冷泉等、各歌学家によっても細かい点に差異、たとえば哥・謌・歌の用字の差などがみられてきた。鎌倉期の和歌懐紙の書様などについては、藤原定家の編といわれている『和歌秘抄』(『日本歌学大系』第三巻所収)にくわしい。この『和歌秘抄』の懐紙についての作法が、長く近世期まで、とくに二条家流の基本となったものと思われる。

懐紙の料紙は、公的な歌会では〝高檀紙《たかだんし》〟(厚手の白紙で、縮緬のような横じわのある紙、しわの大小で大高・中高・小高の区別がある)と『八雲御抄《やくもみしょう》』に記されている。現存する室町期以降の懐紙和歌をみてみると、この檀紙もおおく見られ、また、しわのない奉書、厚手の椙原紙《すぎわら》などが用いられている。檀紙のほかは正式な歌会以外の、禁裏・仙洞月次《つきなみ》(月例)歌会、あるいは各家歌会等の詠であろう。これらの懐紙をみると、たしかに身分別に

縦の寸法に大小がある。この身分別の懐紙寸法の差(変わる基準は縦の寸法)が、どの時代まで意識的にさかのぼるのかはわからない(時代により産地により紙の寸法は異なる)。しかしながら室町期から意識されてきたのは事実であろう。『園太暦』(延文二年三月二六日条)によれば公懐紙は縦一尺二寸であったという。『薩戒記』(永享六年四月二五日条)によれば、一首ないし三首和歌の時の懐紙寸法は、公卿一尺三寸、殿上人一尺二寸とある。『二水記』大永五年(一五二五)三月二十四日の条には、

此日初和歌御会幷御遊也、…高檀紙二枚ヲ重テ書之、高サ一尺三寸二分、端作ノハシ三寸五分許ナリ、

とやや具体的にのべている。

これが近世期になるときわめて具体的にきめられてくる。『資慶卿口授』によると、

和歌作法の事、懐紙御製は、大高檀紙の一尺四寸あまり有るを其のまゝにて被遊也、…次大臣公卿参議までは一尺三寸に切る也、尤中高檀紙を用うる也、小高檀紙とは一尺二寸計有るを、普通には公卿殿上人も皆々用うる事なり、武家の人は一尺二寸の内、可然、

と記され、さらには題の書き方、位置の区分、二首から十五首におよぶ書き方紙つぎにいたるまでこまかく規定している。このほか三行三字の和歌書様の字数の配分もきめられたようである。普通は三十六文字を〃九・十・九・三」に配分したらしく、ただ漢字を交える場合の特例として『溪雲問答』(中院通茂述)にはつぎのように記している。

一首懐紙三行三字を九十九三の事、字をまじへて九十九三には不被書候、第二句の中切よき所にて切れ候、たとへば、君が世は千世に、一たびゐるちりの、如是切り候、二行めへ一字二字かけて書き候、あるひは三字も自然には可書事候、はては必ず字にてもかなにても三字に書き候、

時代がくだるほど、最末の三字は真名書きがおおいが、必ずしも故実ではなかったらしい。なお同書によれば、

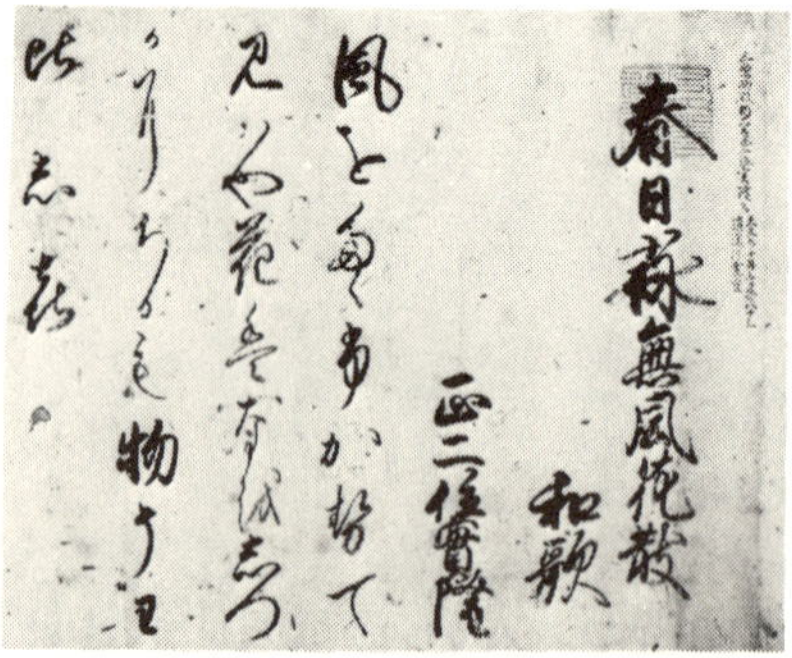

図版 136

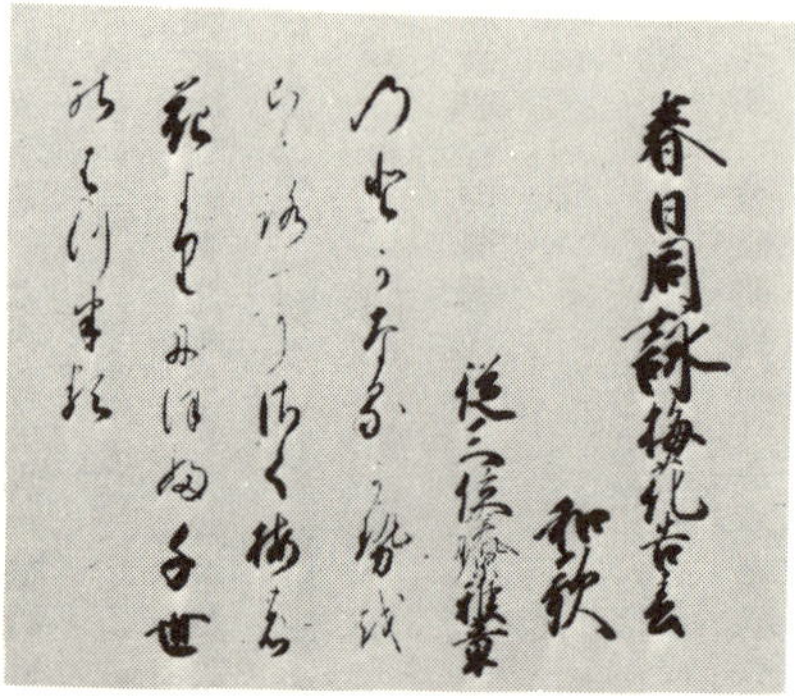

図版 137

〝飛鳥井流〟は三行五字であるといわれるが、事実、飛鳥井家にとっては雅経以来の歌人歌学者といわれる雅章（一六一一〜一六七九）の懐紙は三行五字である（図版137参照）。これを室町期の典型的な一首懐紙である〝二条流〟の三条西実隆（一四五五〜一五三七）の懐紙和歌三行三字（図版136参照）と比較すれば、あきらかにわかろう（ただし両者ともに上下が切断されているので正確な寸法はわからない）。

二首懐紙等

前述したように、『八雲御抄』には「五首以下は一枚、及十首バ可続、皆用高檀紙」とあるが、これは三十首・五十首等の歌会詠をいったものであろう。普通は三首歌会までがおおい。

〝二首懐紙〟すなわち二首歌会詠で有名なのは、後鳥羽上皇が熊野御参詣の途次に催された歌会懐紙であろう。これは「熊野懐紙」と呼ばれる。熊野御幸は譲位されてから隠岐へ遷幸されるまで毎年におよび、おそらく三十回以上にもなる御幸の途次に、当座の歌会を開かれたわけである。現存する熊野懐紙は正治二年（一二〇〇）十二月三日切目王子会以下五ヶ度の懐紙二十九枚が残存している。図版138・139は正治二年十二

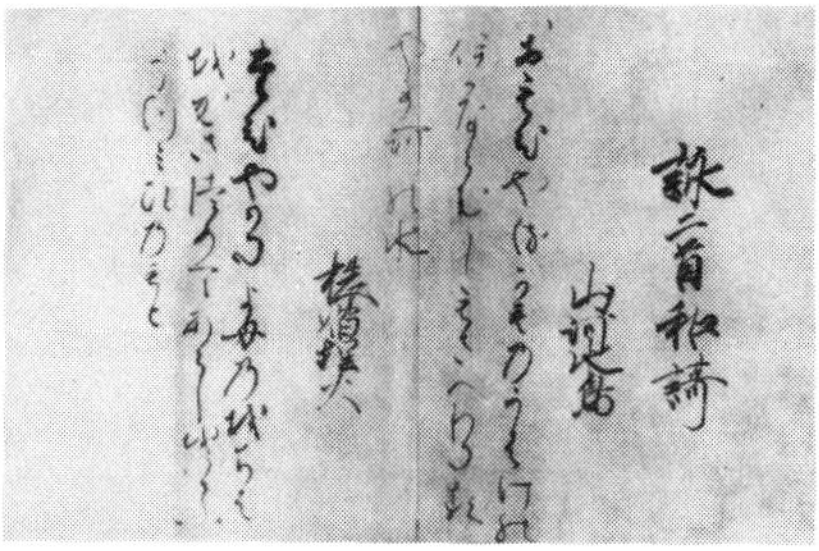

図版 138

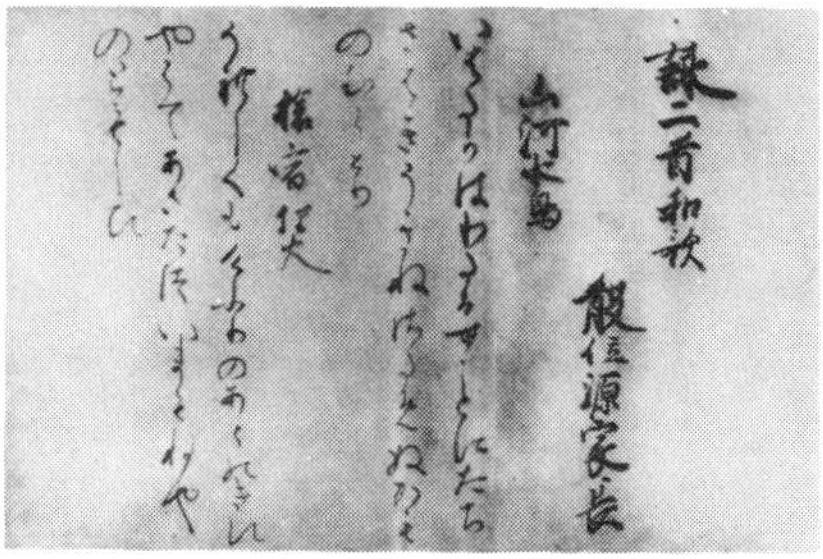

図版 139

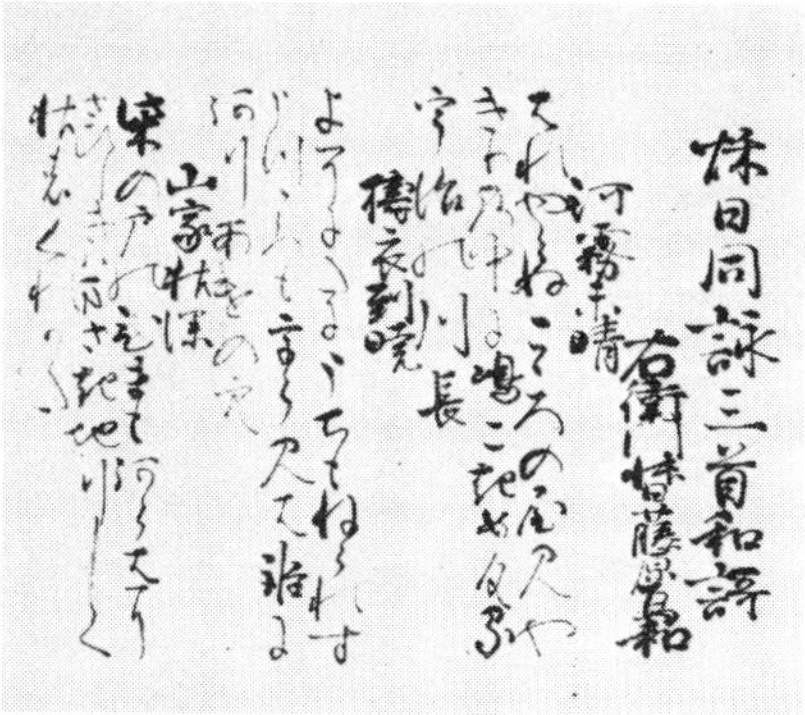

図版 140

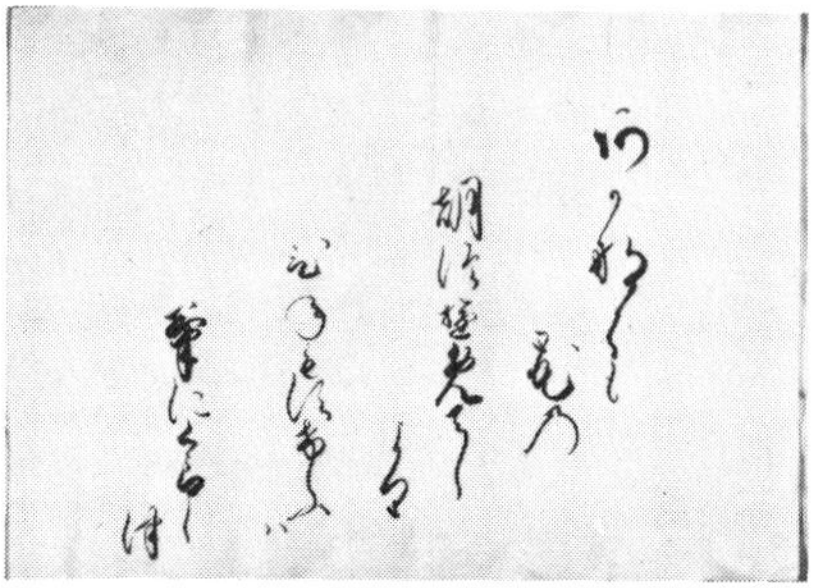

図版 141

月六日滝尻王子会の残存懐紙十枚のうちの二葉である。図版138は後鳥羽上皇の御製で、

詠二首和歌」山河水鳥
おもひやるかものうはけの」いかならむしもさへわたる」やま河の水
旅宿埋火
たひやかたよものをちは」をかきつめてあらしをいとふ」うつみひのもと

と、歌は二行五字ないし二行七字に書かれている。図版139は源家長の詠草で、これは二行五字に書かれている。この二首懐紙の書様については、前述した『和歌秘抄』では、熊野懐紙方式にして、和歌本文を「五七・五七・七」の二行七字書きにしてもよいが、「詠山河水鳥和歌・官名・歌・旅宿埋火・歌」として歌を二行七字書きにするのが常説であると規定し

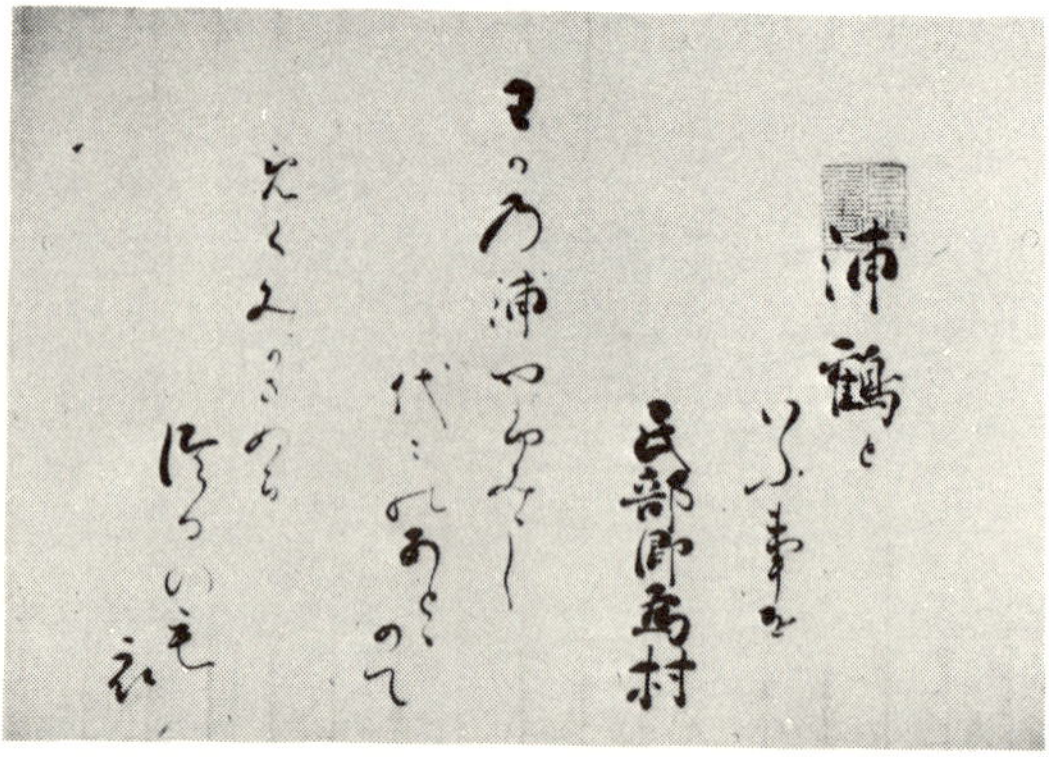
図版142

ている。この法則は室町・江戸とうけつがれている。

〝三首懐紙〟については、『和歌秘抄』に「四五首以上多題、続二枚書之」とあるように、一枚の懐紙としては限界のものであろう。これに対しては同書に、

詠三首和歌 」官名 」題 」五七五 」七七 」題…

と二行書きを常説としている。しかしながら『竹園抄』においては「二行半、常の三首、二首の体なり」と説かれ、これが室町・江戸と踏襲された。ただし二行半ないしは二行七字とされているが、末行に第五句を書く例がおおい。したがって二行五字あるいは四字となる場合もある。図版140は永正十六年(一五一九)九月二十四日月次和歌御会における上冷泉為和(一四八六～一五四九)の三首懐紙である。和歌は五七・五七・七と書かれているが、行数でいえば二行半である。

〝女歌の懐紙〟は別あつかいである。『八雲御抄』作法部に僧侶の署名のしかたにつづいて「女歌ハ薄様若檀紙一重」と料紙も区分している。これによると、いわゆる女房懐紙は、薄様の小ぶりの料紙を使うか、男が礼紙つきの重ね檀紙であるのに対して、礼紙のない本紙一枚のみの檀紙を用いるのが常であったらしい。また披講順も、男は身分の低い者からはじめるが、御製をふくむ主催者の披講は最終とし、僧・女房等は男性のおわりに加えて披講したと記されている(『和歌色葉』など)。「女は名ばかりをかくべし」(『竹園抄』)、「又云、女房懐紙は端作も題も書事なし、ただ歌ばかり書なり」(『井蛙抄』)、「女子懐紙をかくには下をばあけぬ事也、上をばいかにもあけたるがよきなり」(『清巌茶話』)等書き方も男性の場合と異なっている。

これらは、歌会に出席する女性が限られていることも確かであろうが、女性特有のやさしさ・優雅さがもとめられてのゆえであろう。書き方は散らし書きがおおかった。図版141は新朔平門院(仁孝天皇女御)の懐紙である。身分は高いが、小ぶりの(三六・五×四九・五センチ)小高檀紙に散らし書きで書かれている。

なお、以上の歌会詠歌の懐紙のほかに、〝略懐紙〟といわれる書捨《かきすて》懐紙・即興《そっきょう》懐紙がある。これは依頼されて書いたり、折りにふれて当座に書く場合である。これには図版142のように一定の書式はない。

また賀の懐紙には、不・無・悲・憂の変体仮名は使うべきでなく、それぞれ、婦・む・ひ・うの字母を書くべしとか、歌に賀の心が少ないときは、せめて「す↓寿、き↓喜、具↓久、か↓賀」と書け等、また書く場合〝墨継ぎ〟の箇所まで、近世期からはこまかい注意も伝承されている。

懐紙としては、ほかに〝詩懐紙〟〝連歌懐紙〟がある。詩懐紙は和歌に準ずるが、連歌懐紙は、百韻連歌の場合をみると、白紙・雲紙・絵懐紙など四枚を使う。一枚づつ横に二つ折りにし、水引きで右端をとじる。第一紙を初折《しょおり》、以下二の折・三の折・名残《なごり》の折という。初折の表に賦物《ふしもの》(ほぼ歌題にあたる)と八句、その裏および二・三の表裏と名残の表に各十四句、名残の裏には八句を書く。一句は二行書き、名残の裏の余白には、のちに句上《くあげ》(作者別句数)が書きこまれる。この書き方は俳諧でもおなじである。なお近世以降、懐紙を用いて和歌・連歌・俳諧を詠もうとすることを〝懐紙立《かいしだて》〟といった。

78 短《たん》冊《ざく》

現在の一般的な概念では、〝たんざく〟とは、和歌・俳句等を書くまたは書かれている、細長い厚手の紙を意味している。すなわち、詠歌料紙のみを想いうかべるが、この短冊とはもともと普通名詞であった。資料的にたどると、短籍・短策・短尺とも書かれ、音読して〝たんざく〟〝たんじゃく〟ともいわれた。これは、字を書いたり物に結びつけたりするための、細長い料紙の総称である。

『三代実録』によると、清和天皇の貞観期には四月七日に式部・兵部両省の「奏文武官成選擬階簿」が行なわれている。すなわち六位以下の文武官の勤務評定であり、それにともなう功賞の位階昇進を奏上する〝擬階の奏〟である。この「成撰擬階薄」は「成選短冊」（貞観十年〈八六八〉四月十五日の条）と記され、短冊であり、各人別の考課料紙に使われてもいる①。また『続日本紀』聖武天皇天平二年正月辛丑（十六日）の条によれば、

　賜酒食、因令探短籍、書以仁義礼智信五字、随其字而賜物、得仁者絁也、義者糸也、礼者綿也、智者布也、信者段常布也、

とある。すなわち、別々の文字を書いた短冊を一枚一枚ひねって、それを〝くじ〟とし、おのおのが探りとって書かれた文字に該当する品物を賜わる、いわゆる「捻《ひねり》文《ぶみ》」としてもつかわれている②。①に類する用途は、「賑給《しんごう》」（窮民に米塩を賜わる公事）あるいは諸官庁の物品を給与する手形等にも使われ、②は『日本書紀』等によると、もともと吉凶を占う〝籤《くじ》〟にそのもとがあったものと思われる。

和歌の書留め料紙として使われたのは、①②の用途がともに影響しているが、平安後期以来の和歌短冊としては、②の影響が大きいと思われる。①の、縦長の細長い紙に和歌を書かざるを得ない場合としては、「物合」における詠歌料紙があげられよう。仁和四年〈八八八〉から寛平三年〈八九一〉にいたる間の催しとされている、宇多天皇主催『内裏菊合』仮名記によると、

　おもしろきところ〳〵の名をつけつゝ、菊には短冊にて結びつけたり、

とある。菊にその名所《などころ》を短冊に書いてむすびつけたのであろうが、和歌も当然その短冊に記されたものと思われる。「物合」の場合は、主体の物に和歌を結びつけることがおおかったと思われるので、その和歌料紙は、いわゆる〝短冊〟が主体であったのであろう。

さて、②のケースであるが、これは三巻本『枕草子』の第三一四段（日本古典文学大系本による）に示されている。すなわち、ある男の家が外出中に馬寮の秣蔵からの出火で全焼する。たいした家でもないのに夜殿などと大げさな用語を使って女房たちに泣き言をいう。それをからかった処置はつぎのことであった。

みまくさをもやすばかりの春の日に夜殿さへなど残らざらなん

と書きて、「これをとらせ給へ」とて投げやりたれば、わらひののしりて、「このおはする人の、家焼けたなりとて、いとほしがりて賜ふなり」とて、とらせたれば、ひろげて、「これは、何の御短冊にか侍らん、物いくらばかりにか」といへば、「ただ読めかし」といふ、

この短冊にかかれた歌を、女房たちは〝ひねりぶみ〟にしてその男に与えたのであり、男もそれを火事見舞いの給与手形と思ったのであろう。ともかくもこの記載によれば、短冊に和歌が書かれていたことは確かである。

この②〝くじ〟形態の短冊が、詠歌料紙となったことを明らかに示しているのは平安末期からであろう。『袋草紙』上の「探題和歌」のはじめに、つぎのように記している。

探題云、各別題分取詠也、若以札子（孔カ）賦取之時、以探得短冊押紙書和歌、殊不書題目云々、

これによると、〝さぐりだい〟の和歌会のときは、〝孔子《くじ》〟によってとる順番をきめ、あらかじめ題の書かれている短冊を探りとってその題によって詠んだ和歌を、その短冊に書いたものと思われる。探題であるからもちろん当座歌会である。

この探題歌会は、すでに村上朝から行なわれている。『後撰集』巻第十八雑歌四に所収されている（一二六二）、

左大臣の家にて、かれこれ題をさぐりて歌よみけるに、露といふ文字をえ侍りて　藤原忠国

われならぬ草葉も物は思ひけり袖よりほかにおける白露

がそれである。後撰集における左大臣家とは小野宮実頼家を示している。したがってこの探題歌会は天慶・天暦期であろう。また後撰集撰者の一人である源順の家集にも、探題歌会の詠がおさめられている。これらからみて、このころから探題の当座歌会が行なわれはじめたのであろう。ただし、そのころから詠歌料紙として短冊が使われたかどうかはわからない。〝探題和歌〟は、平安初期嵯峨朝ころから行なわれている詩会の賦詩形式である〝探韻(探字)〟の摸倣であろう。おそらく探韻のときも、各人別のあてられるべき字は、短冊にかき、〝ひねりぶみ〟として籤により各人がさぐりとったのであろう。これらから推定すると、「探題」も短冊(細長い小紙片であろう)にかかれたのは、はじめは歌題だけであり、それに直接和歌を書いたのは、早くとも平安末期から――袋草紙の記載も、短冊押紙の解釈によっては、歌題だけかもしれない――であろう。

歌会における短冊

和歌における短冊の関与の状況からみて、詠歌料紙としての短冊は、「物合」を除くとはじめは「探題歌会」において使われたのであろう。探題歌会はその本質上、必然的に当座即題の歌会である。したがって探題歌会に使われた短冊が、探題でない当座歌会に使われるのも自然であろうと思われる。しかしながら、現在確実に資料的根拠のあるはじめての短冊和歌は当座歌会のものではない。

尊経閣文庫に康永三年(一三四四)十月八日に足

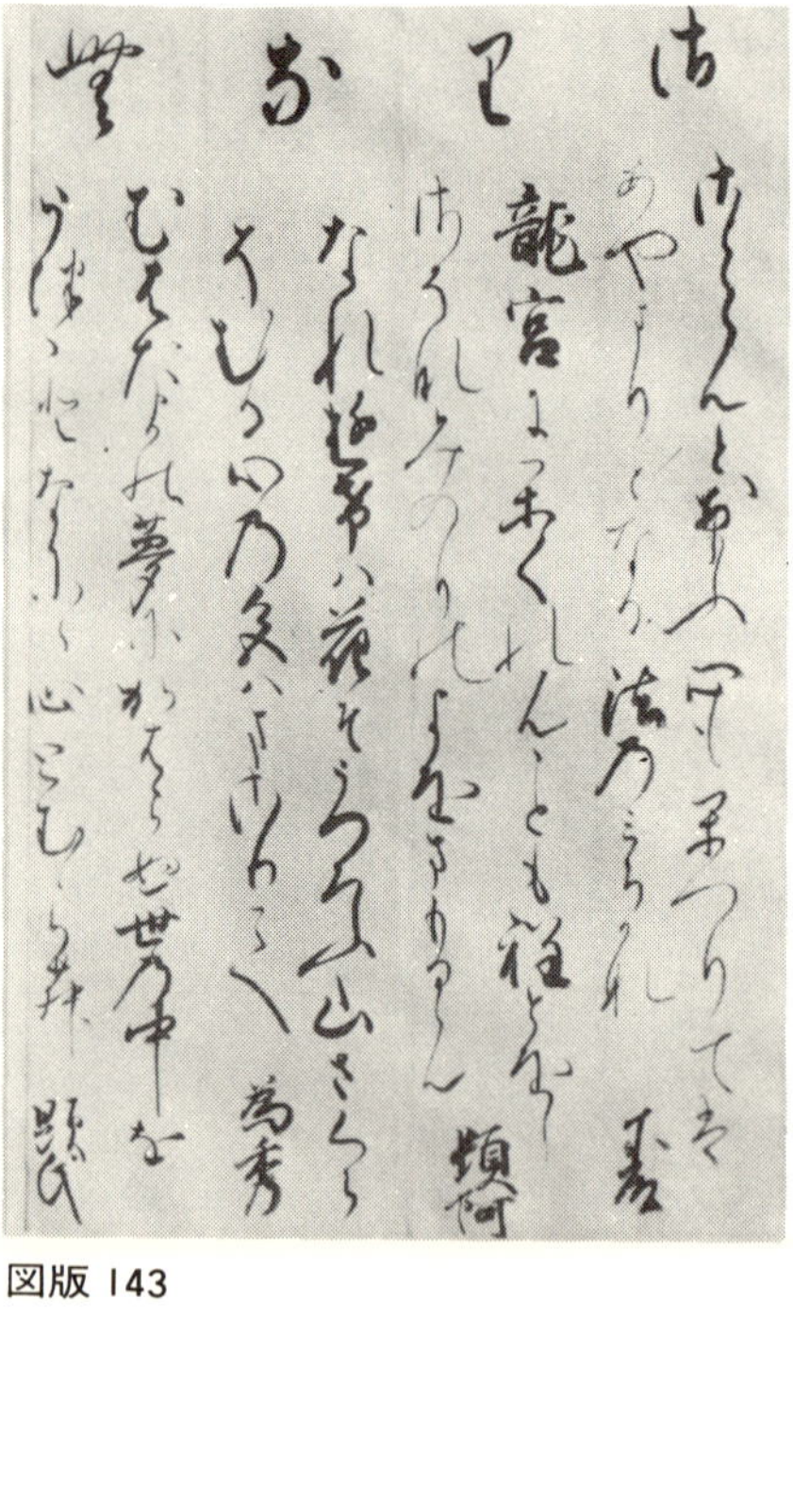
図版 143

利直義の自記した跋文をもつ『宝積経要品』一帖がある。この経帖は、直義が兄将軍尊氏および疎石（夢窓国師）とともに書写して高野山金剛三昧院に奉納したものである。この書写・奉納は直義の霊夢にもとづいている。すなわちその霊夢に従い、「なむさかふつせむしむさり」（南無釈迦仏全身舎利）の十二字を冠字として、光明天皇をはじめ尊氏・為明・兼好など公武僧二十七人に勧進して短冊和歌一二〇首を得、その短冊を十二字の順にくりかえし全部つぎあわせ、その紙背に写経したものである。その一部を複製本により示したのが、図版143である。一二〇首の内訳は、尊氏・直義の十二枚十二首をはじめ一首作者も四人いるので、これは兼題により、しかも発願者、詠歌の得手不得手によって、はじめから短冊をわりあてたものであろう。この短冊和歌は、いわば兼題の冠字法楽歌といえよう。なおこの短冊は、複製本解説によれば「灰汁漉鳥子の種類にて、紙質やゝ堅厚である。これを一折りに四枚づゝ継立てゝ…半面の竪一尺四分、幅三寸五分…」とあるので、後代の短冊に比較すると小ぶりであることがわかる。

また洞院公賢（一二九一～一三六〇）の『園太暦』によれば、尊氏らの法楽冠字短冊和歌の翌年である康永四年三月二日の条に、つぎのような記事がある。

権中納言送消息、此間仙洞六ケ日一度有御続歌事、昨日分短冊五山中花、行路花、寄雲恋、寄水恋、海辺望 被遣之、可詠進云々、神木遷座時分如此事雖斟酌、不候其席如短冊詠進、先公時も常有之、仍状領了、

すなわち光厳院仙洞においての六日目ごとに行なわれた続歌歌会に、不参して短冊和歌のみを送ることを記している。「続歌《つぎうた》」とは、列座の人々がつぎつぎと歌題をわけとって詠む当座歌会である。鎌倉中期ころから「堀河百首題」等の組題によって行なわれ、鎌倉末期以降は公私において盛行した歌会形式である。この続歌歌会の歌題のとり方は、おおく探題によって行なわれたので、詠歌料紙は〝短冊〟であったものと思われる。ところが『園太暦』の記事によれば、公賢はこの当座続歌歌会には出席せず、不参であったが指定された題（兼題）により、詠進し

た短冊のみを当日に届けている。しかも、このようなことは、父、洞院実泰のころから常のことであったと記している。

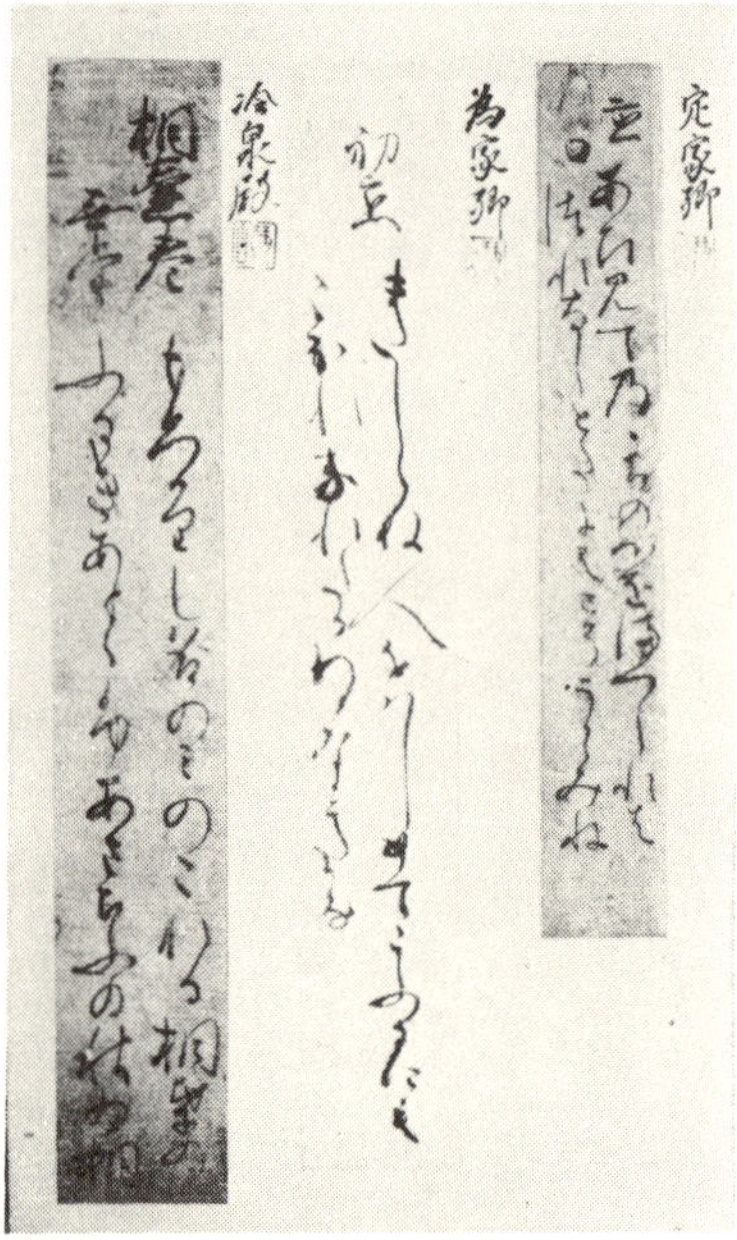

図版 144

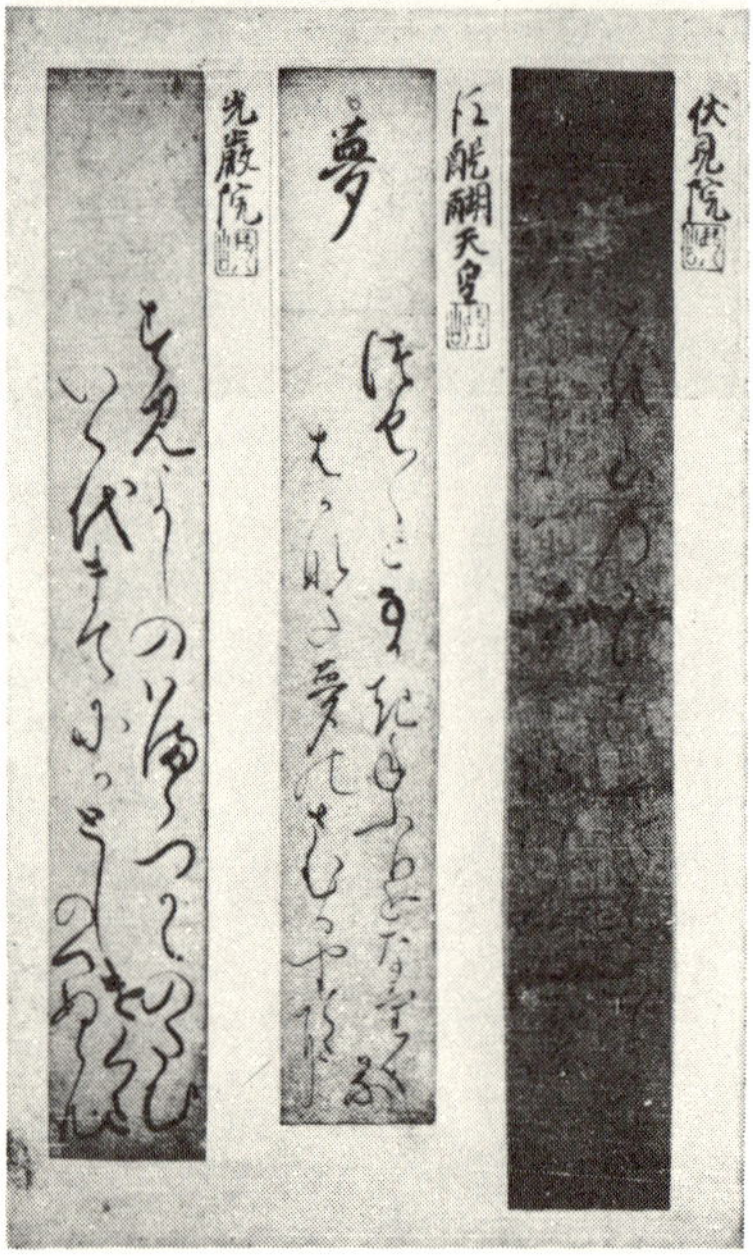

図版 145

以上のように、南北朝のごく初期における、一つは『宝積経要品』紙背に現存する短冊和歌、また一つには記録に明記された短冊の使われた歌会を紹介した。この二ケースともに当座詠歌ではない。しかしながら、前者は冠字和歌であり、後者は続歌歌会のためのものである。この両者ともに、探題に由来するものであることに注意すべきであろう。すなわち、南北朝初期にはすでに、当座歌会の形式の延長されたものには、事実上の兼題歌にも短冊が詠歌料紙として使われている事実である。このことは、それ以前に、公式歌会における兼題料紙の〝懐紙〟に対して、公私の当座歌会においての詠歌料紙として〝短冊〟が一般化されたことを示すものであろう。

現存する短冊和歌

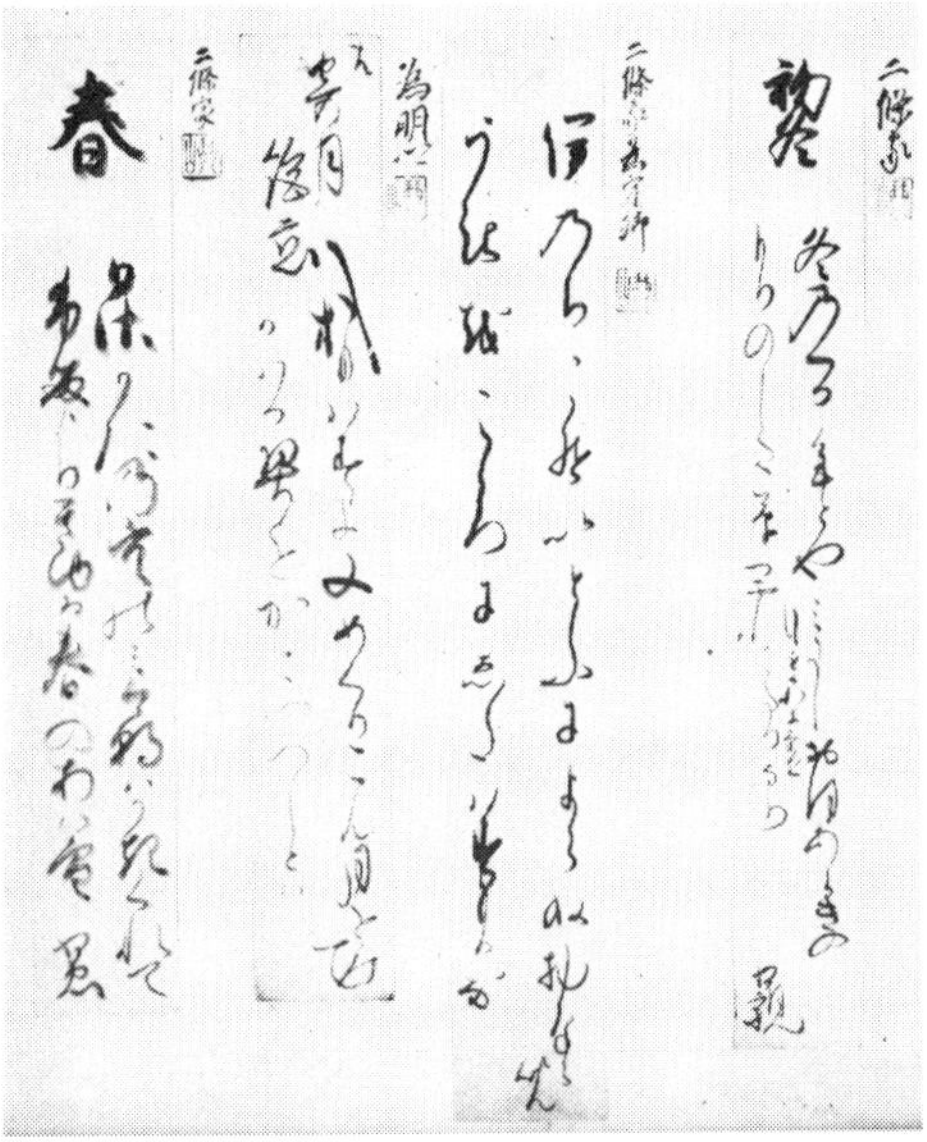

図版 146

前述したように、当座歌会の料紙として短冊が使われたのは、すでに平安末期からその可能性がある。しかしながら公式の詠歌料紙でもなかったものだし、懐紙和歌とちがって平安末期の短冊はもちろん現存してはいない。一方、題をわけとる方法を、主として探題によったと思われる〝続歌〟は、『東鑑』の建長三年(一二五一)二月二十四日の条に、

於前右馬権頭第、当座三百六十首有継歌、

と記されている。鎌倉武士の家においてさえ、当座三百六十首の続歌が催されているわけである。おそらく堂上貴族の間においては、それよりそうとう以前から行なわれていたものと思われる。この続歌歌会には、おそらく詠歌料紙として、主として〝短冊〟が使われたものと推定される。

これらを前提として、現存する短冊和歌を例示してみよう。図版144は、伝定家・伝為家・為相の三葉である。伝定家・伝為家はいずれも署名はなく、古筆家の鑑定であるので真偽はわからない。しかしながら、三葉目の冷泉為相(一二六三〜一三二八)の短冊和歌には「為相」と署名されている。また歌題を見ると「桐壺巻　無常」とある。源氏物語巻名題は、鎌倉中期以降流行した続歌題でもある。この点からみても、この為相の和歌短冊は当座の続歌歌会のものと認めてよいと思われる。これが現存する最古の短冊の一つであろう。図版145は、伏見・後醍醐・光

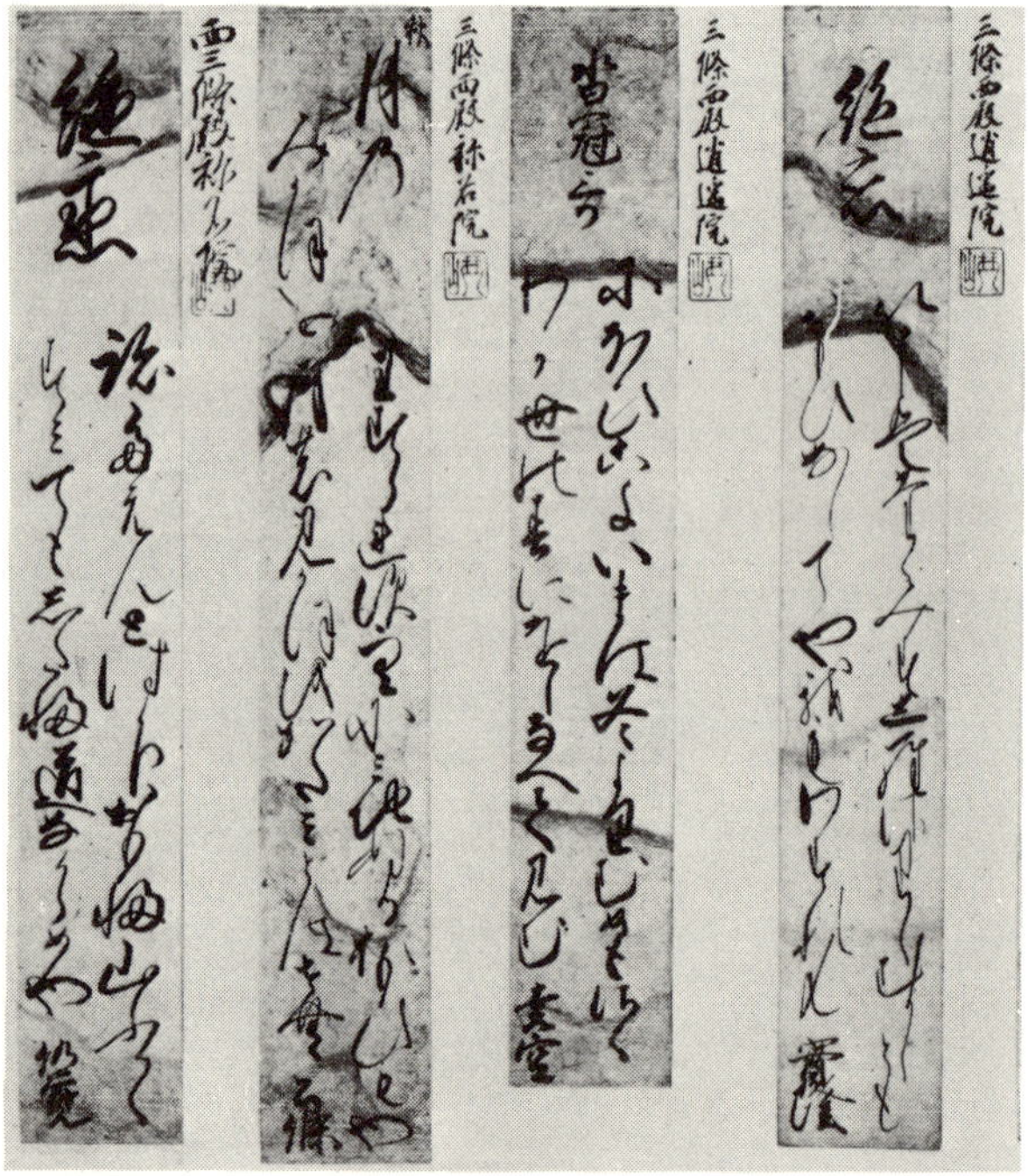

図版 147

巌三天皇の御短冊である。天皇の御詠は、正式歌会の〝懐紙〟の場合も御署名はない。したがって短冊の場合も当然ないものと考えられる。この三葉も古筆家の鑑定であり真偽はわからないが、本物であっても時代的には不審はない。これらが現存する短冊和歌のうち、時代的にさかのぼりうる古いものであろう。

また現在われわれが、「手鑑《てかがみ》」等で比較的たやすくみられる短冊のうち、時代的に古いものはほぼ南北朝時代にはじまる。図版146に例示した短冊四葉がそれであり、右端は御子左為親(?～一三四一)、左端は同為忠(一三〇九～一三七三)のものである。この時代の現存短冊もきわめて少なく、われわれが古書即売展などで実見できるのは、室町期以降の短冊であろう。この期の典型的な短冊和歌と思われるのが、図版147の三条西実隆(一四五五～一五三七)およびその子公条(一四八七～一五六三)の短冊である。

短冊の故実

前述したように、詠歌料紙としての短冊は、主として当座探題の場合に用いられ、鎌倉中期以降に一般化したものと思われる。したがって、正式の詠歌料紙である〝懐紙〟と異なり、はじめは料紙も寸法も書き方も比較的

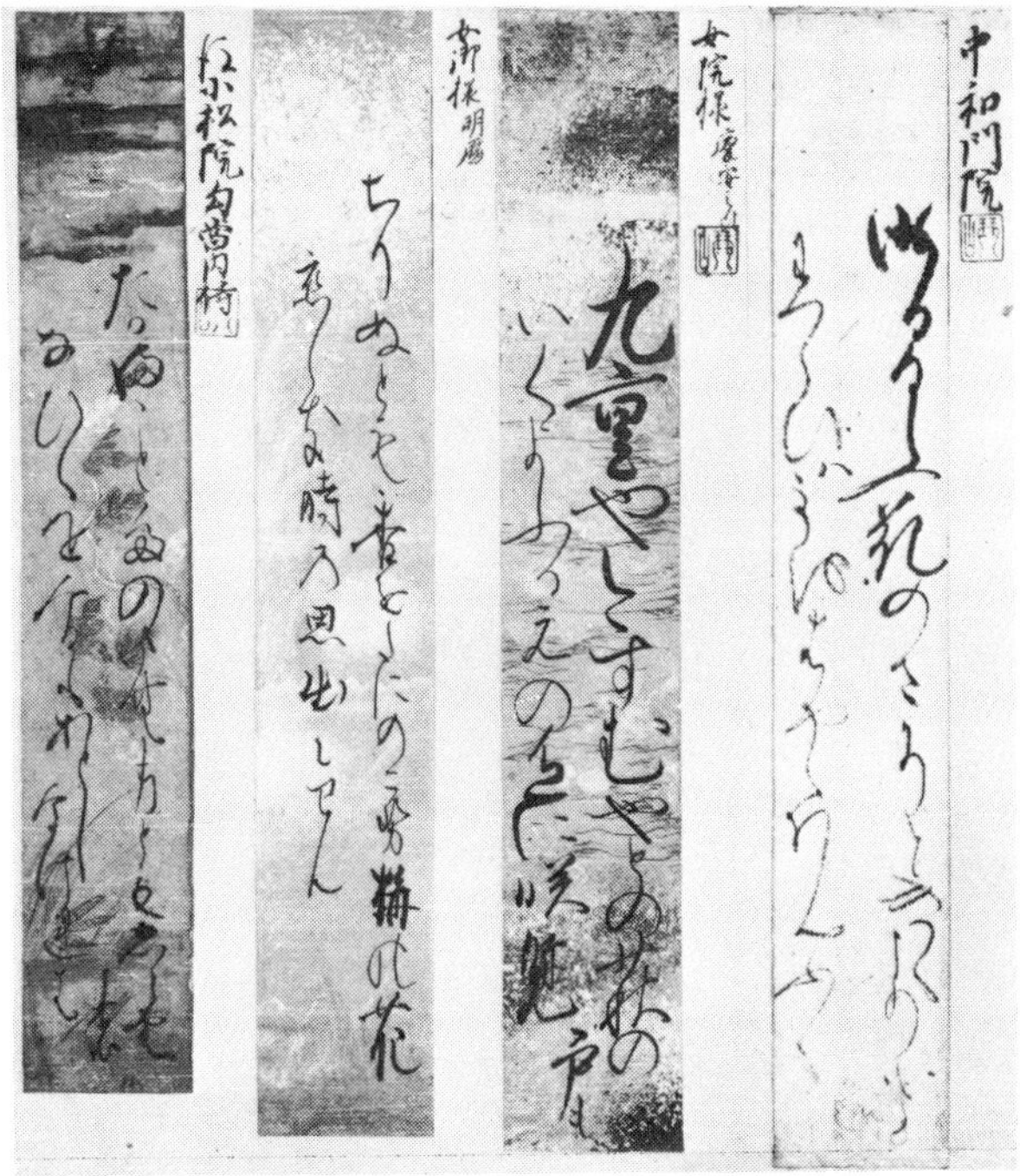

図版 148

自由であったものと思われる。しかしながら、二条・冷泉・飛鳥井家など、中世歌学の家学意識のたかまりとともに、室町期ごろからしだいに規定的なものがきめられ、近世期に入るとしだいに細かい故実が生まれたものと思われる。

用紙　現存する短冊和歌をみてみると、時代の古いものは素紙（白短冊）のものがおおい（図版143〜146参照）。ところが室町期以降になると雲紙《くもがみ》（内曇《うちぐもり》鳥の子紙）が圧倒的におおくなってくる（図版147参照）。さらに近世期にはいると、鳥の子紙に金銀砂子・切箔・ノゲ箔等を散らし、あるいは下絵をかき文様を刷ったもの（図版148参照）、または〝墨流し〟漉きの短冊も使われるようになった。大部分を占めている雲紙とは、上・下に青・紫の雲形の繊維色漉き模様のある鳥の子紙を、縦に切断したものである。飛鳥井雅親（一四一六〜一四九〇）の『和歌道しるべ』（筆のまよひ）によれば、

短冊の事色々いづれも用うべき也…（雲紙の使用法を記す）…白鳥子の用うる事も常の事也。細々の会には引合なども用うる也、又けつこうの時は下絵を用うる事常のこと也、

とあり、室町期から各種の短冊がその場に応じて使われていたことがわかる。

寸法　詠歌短冊の縦・横の寸法は、おそらく室町期にいたるまでは規定がなかったのであろう。ただ『二条家和歌書様並会席作法』によれば、

短冊の題は、嘉暦年中に、二条家為世卿と頓阿法師との相談にて、長サ一尺二寸一分、はゞ一寸八分に定めて、題作者を書付る事になれり、

と記されている。為世・頓阿との相談は根拠はないが、ほぼこのくらいの寸法が基準となり、貴賤を差別せず用いられたものと思われる。しかしながら、近世初期と思われる二条流の『和歌書様の事』によれば、「七曜短尺高下寸法之事並小短冊寸法」と標目してつぎのように細別されている。

御製宸筆之時

竪一尺一寸八分又一尺二寸三分ニモ、幅二寸

御製平人書時

竪一尺一寸六分但五分ニモ、幅一寸九分但八分ニモ

后女官之時

竪一尺一寸二分、幅一寸七分

親王摂家之時

竪一尺二寸、幅一寸九分

大中納言

竪一尺一寸但二分ニモ、幅一寸六分五厘

宰相中将並四品

竪一尺一寸三分、幅一寸七分半

諸大夫幷平人之時

竪一尺一寸五分、幅一寸五分、

右七曜短冊如此　　短冊始の例可受口伝也、雪有

小短冊寸法

竪五寸七分、幅一寸一分如常書御事也、散書調候も有之

とある。しかしながら、文政二年版『千鳥の跡』においても、古短冊の寸法を身分別に調べて、この基準にあてはまっていないことを指摘している。公式な詠歌様式である〝懐紙〟に対しては、〝短冊〟は非公式のものである。したがって、おそらく室町末期ごろから、懐紙に準じて身分別寸法が規定されたのであろう。

雲紙の上下　今川了俊（一三二六〜一四二〇）の『落書露顕』によると、つぎのように記されている。

内曇の短冊の上下の事、両説あるなり、青は空の色なれば上にするなり、紫は土の色なれば、下にすべしといへり、昔文者の玄恵法印といひしもの、申しゝは、紫の色をば空に象るなり、青色は地に象るなりと云々、冷泉家には春と夏とに、青色を上に可用、秋と冬とは紫を上に可用云々、されども本式なることなければ、時によりて出次第に、礼にも可用なりとぞをしへられし、

これによると了俊のころまでは、雲紙の上下の使用法はきまっていなかったものと思われる。ところが前記した雅親の『和歌道しるべ』によると、

青雲紫上下事、大略は青雲上に用うる也、但、紫を上になす事も時々有るべし、紫を賞翫するは藤の宴、萩の宴、又は釈教に上にして用うる事面白き也、

のように、ほぼ近世期にまで通じる雲紙の上下の原則が説かれている。

書き様　短冊の書き方で、最も古く記されているのは了俊の『落書露顕』であろう。これによると〝三折〟の

様式が基準となっている。すなわち、短冊を四等分し、最上の四半分に、歌題を書いて内側に折る。最下の四半分の左側に「名のり」(名)を書くべく内側に折ると記されている。これは当座探題のときの題のふせ方からきていると思われる。『落書露顕』には、四等分した最上の折り目と最下の折り目を内側に折りこみ、さらに中央の中の折り目で折り込む三折法と、上・下の折り目のみを内側に折る二折法を図示し、いずれも「三折にアタリタルナリ」と説明している。『愚秘抄』鵜末にも、探題の場合は「三折に題をば折るべき也」とあり、この〝三折〟が探題歌会の題をわけとる場合の様式であったのであろう。

書き方は、この様式をもとにして自然に固定したものと思われる。すなわち、四半分割りした第二〜四部分に、上・下句にわけて二行書きにしたわけであり、名乗りは実名もしくは法名のみで官位・姓はなく、下句の下、第四の部分に書かれるわけである(各図版参照)。この点でも短冊は公式の詠歌料紙ではない。これが近世期にいたると、和歌の上下句のはじめは「上ノ折リ」(四等分の第一の折り)に相当する所にかけて書くとか(三折半字かかり)、初句(五文字)が仮名のみのときは下句(第四句、二行目のはじめ)のはじめを仮名で書くとか、三字題までは一行で四字題以上は歌題を二行にわる、仮名題は散らし書きとする、またそのわり方の法則とか、歌合・続歌の短冊はやや右をあけて書けとか、きわめて細かい故実が生じてきた。

なお、図版145・148に見るように、天皇の御製短冊および女房の短冊の場合は、歌題・名乗りの署名がない。これは〝懐紙〟の法則を準用したものであろう。なお、女房の歌題は短冊の裏にかくと故実化されている。また、おなじく図版148にみられるように、女房短冊の下句は、上句のほぼ一字下から書きはじめられている。これも『兼載雑談』(兼載〈一四五二〜一五一〇〉)によれば、

短冊を、下句を一字さげて書く事、女房にかぎるなり、但又貴人などは書く事もあるべし、

と記されている。この女房短冊の下句一字下げの書き様は、おそらく女房懐紙の〝散らし書き〟様式を継承する

ものであろう。また、『兼載雑談』のただし書きにみられるように、御製短冊も一字下げの例がおおい(図版145参照)。当座歌会の詠歌料紙に主として用いられた短冊も、時代がくだると非公式歌会の兼題にも用いられるようになった。また歌仙(『三十六歌仙』『百人一首』等)あるいは古歌も鑑賞用に書かれるようになった。この古歌を書く場合は、女房に準じて下句は上句より一字下げて書き、その古歌の作者名また筆者名は書かないことが原則とされている。このほか三段ないし四段の散らし書きも見られ、近代になると、近世初期にさだめられた短冊書法は、ほとんど守られていない。

一四、詠草と色紙

79 詠 草

毎年正月十日前後に、宮中において「歌会始《うたかいはじめ》」がおこなわれる。この詠進歌の「歌題」と「詠進要領」は前年の八月はじめころ、新聞発表によって知ることができる。それによると、この詠進歌の書式は、「用紙は半紙とし、毛筆で自書のこと。」とあり、さらに「半紙を縦に二つ折りにして、右半面にお題と歌、左半面に住所、氏名(本名、ふりがなつき)、生年月日及び職業(具体的に詳しく)を書くこと。」と説明されている。すなわち詠進歌は、半紙二つ折りの表(折り目が左)に、題が一行、歌が二行の計三行に書かれるわけである。これは〝竪詠草《たてえいそう》〟の形式をついだものと思われる。

この竪詠草形式の詠進歌は、その年依嘱された撰者によって予撰される。その結果えらばれた十数首の予撰歌が、「歌会始」当日に、天皇の御前で披講されるわけである。この披講されるときの詠歌料紙は、詠進されたままの〝竪詠草〟ではない。御製をはじめとして、披講される歌はすべて〝懐紙〟に書き改められたものである。すなわち、公式の歌会で披講される歌は、必ず懐紙に認められるという、平安朝以来の伝統は継承されているわけである。このことは、反面において竪詠草の和歌料紙としての本質的な役割をも示しているものと思われる。

80 竪詠草《たてえいそう》

〝詠草〟とは本来、歌の草稿を意味する。したがって、前章項で述べた、披講された〝懐紙〟〝短冊〟あるいは後述する、鑑賞用の〝色紙〟などは、正確にいえば詠草料紙ではなく、個々の懐紙和歌・短冊和歌というべきであろう。

これらの歌会料紙である懐紙・短冊に対して、〝竪詠草〟は本来的には文字どおりの詠草、すなわち歌稿を意味したものと思われる。この竪詠草は、はじめは「詠進《えいしん》」のときのみ用いられたものと推定される。詠進とは、もともと天皇・上皇もしくは神に対して和歌を奉ることであろう。したがって、天皇・上皇に歌を奉るのは禁裏・仙洞の「公宴《こうえん》御会《ごかい》」の場合である。公宴御会は、正月御会始(鎌倉末期にすでにあった。毎年恒例としては室町中期から)にはじまり、三月三日・七夕・重陽などに行なわれ、さらには聖廟・水無瀬等への「法楽《ほうらく》御会」、室町中期以降は月ごとの「月次《つきなみ》御会」が催された。これらの公宴御会は、和歌のみではなく、詩・管絃もあわせ行なわれることもあった(詩・歌・管絃がそろうと三席御会という)。またこの御会は、必ずしも和歌堪能のもののみを集めるわけではなく、官位的に殿上人以上のものに限定されたと思われる。したがって兼題であり、天皇の御前で披講される前に、和歌宗匠(おそらくは題者)によって内見が行なわれ、その結果により懐紙に書かれ披講されたものと推定される。

公宴歌会の、この内見用の詠進歌稿が〝竪詠草〟のはじめであったものと思われる。詠進歌であるから、普通の歌稿よりも公式に準じたものと考えられるが、詠進歌であるゆえに詠者の手もとにもなく、また正式の歌会料紙ではないから、宮中・仙洞にも留め置かれなかったのであろう。また、詠草(歌稿)であったので、その名目も書き方も、和歌作法書にも見うけられない。ただ、近世中期になると、

詠草懐紙ともに、はし作に常季の詞書くべし、(『資慶卿口授』)

詠草を小懐紙と申し候や、この名目不存候、(『渓雲問答』)

等の説明が出てくる。この「詠草」とは、おそらく〝竪詠草〟を意味すると思われる。近世末期の和歌書法書で

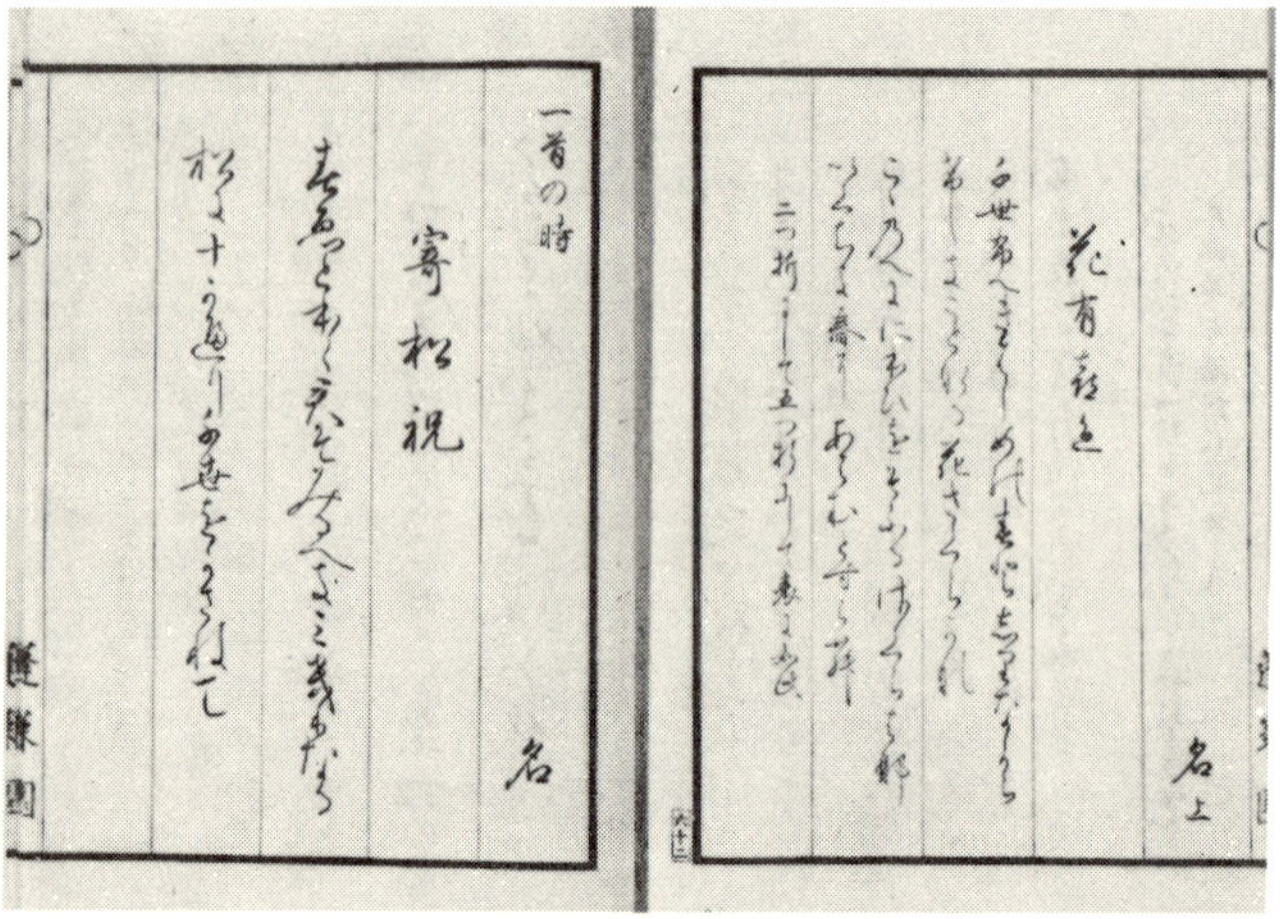

図版 149

ある版本(文政二年跋)『千鳥のあと』によると、
　詠草は竪詠草本儀なり、料紙は杉原を用ゆべし
とある。近世初期以来の歌稿は、後述する〝横詠草〟が圧倒的に用いられたので、それと区分する説明である。これによると、杉原紙一枚を縦に二つ折りとし、さらにそれを縦に五等分折りする。その表の第一行下に「名」、第二行上に「歌題」、第三行に歌の「上句」、第四行に「下句」を書く(図版149左参照)。二首以上の場合は、一行に一首(上下句別二行書)書くわけである(図版149右参照)。本来、公宴歌会は兼題一首が普通である。したがって和歌宗匠に内見を乞う場合も、一題二、三首が最多数と思われ、表だけですむものであろう。また、紙を縦に二折りしたのは、礼紙《らいし》(重ね紙)の形態をあらわしたものと考えられ、裏には書くべきものではなかったのであろう。このことは、前述した『渓雲問答』の「詠草を小懐紙と申し」という記述にもあらわされている。しかしながら、近世末期には、歌数のおい場合は裏まで書かれたらしい。

　さて、この竪詠草で現存しているものはほとんどない。また、東山御文庫・宮内庁書陵部・高松宮家等、皇室・宮家・公卿家の歴世の詠草が伝存している文庫の詠草等をみると、懐紙・短冊・色紙、あるいは近世期以後の折紙詠草等は多量に伝存しているが、竪詠草であると確認されるものはほとんどない。しかしながら、公宴歌会あるいは兼題歌会のときに、懐紙なり短冊なりに自歌を書くまでの過程に、推敲のため、または師匠に添削を乞うための、文字どおりの〝詠草〟（歌稿）は当然あったわけである。この歌稿としては、鎌倉末期ころのものから現存している。これらの歌稿は、奉書なり檀紙・杉原紙なりの、一枚あるいは数枚の和紙に書かれ、それを自ら訂正し、または師匠の添削をうけている（図版150参照）。しかし、これらの歌稿には特別の形式があったとは考えられない。ところが近世期に入ると、いわゆる折紙の〝横詠草〟が圧倒的におおくなる。これらから考えると〝竪詠草〟は、古くとも室町中期以後に発生したものであり五折り書きの様式が規定化されたのは、室町末期以後のことであろうと思われる。このようにして竪詠草は、正式な歌会料紙でもなく、また純然たる個人の歌稿でもない、いわば、中間的な準公式詠進歌稿が本質であったため、現在伝存していないのであろう。

81 横詠草（折紙《おりがみ》詠草）

近世初期になると、和紙の全紙を横に二つ折りにし（竪詠草と全く逆）、それをさらに縦に三つ折りか四つ折りにした歌稿（詠草）がおおくなる。料紙は小奉書・杉原紙あるいは美濃紙・大半紙等種々である。すなわち〝折紙〟の形式である。

「折紙《おりがみ》」とは、文書形式の一つである。平安末期から全紙を横に半折して、進上目録・人名控・行事の次第書きあるいは書状として公私の文書に用いられた。この文書としての折紙は、武家が実権をとってからは、ますますさかんに使われ、室町中末期・江戸期を通じて、公式の書状あるいは鑑定家の出す証明状等にもつかわれた。〝横詠草〟すなわ

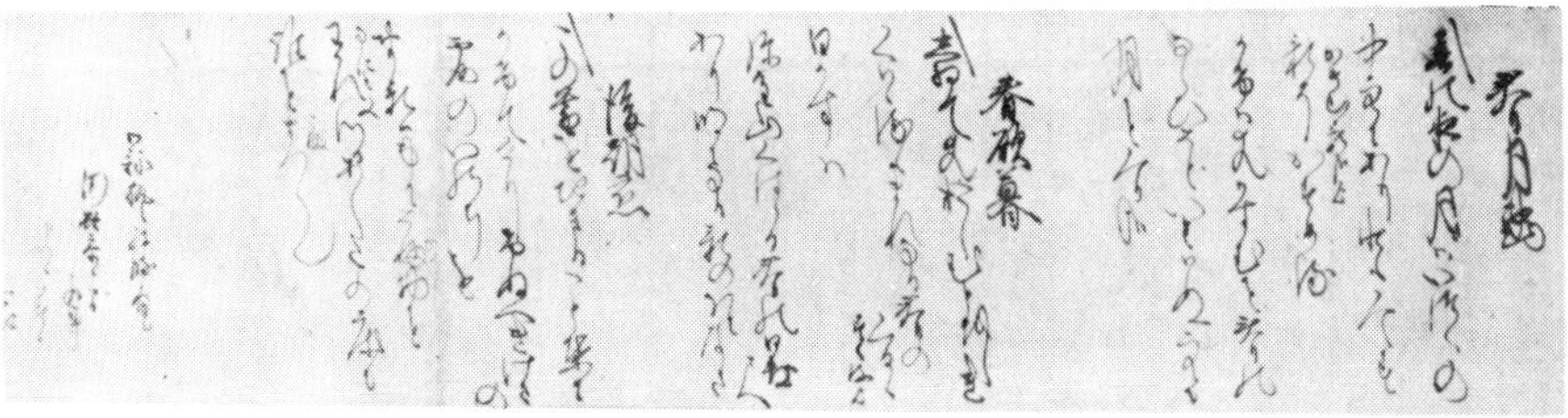

図版150

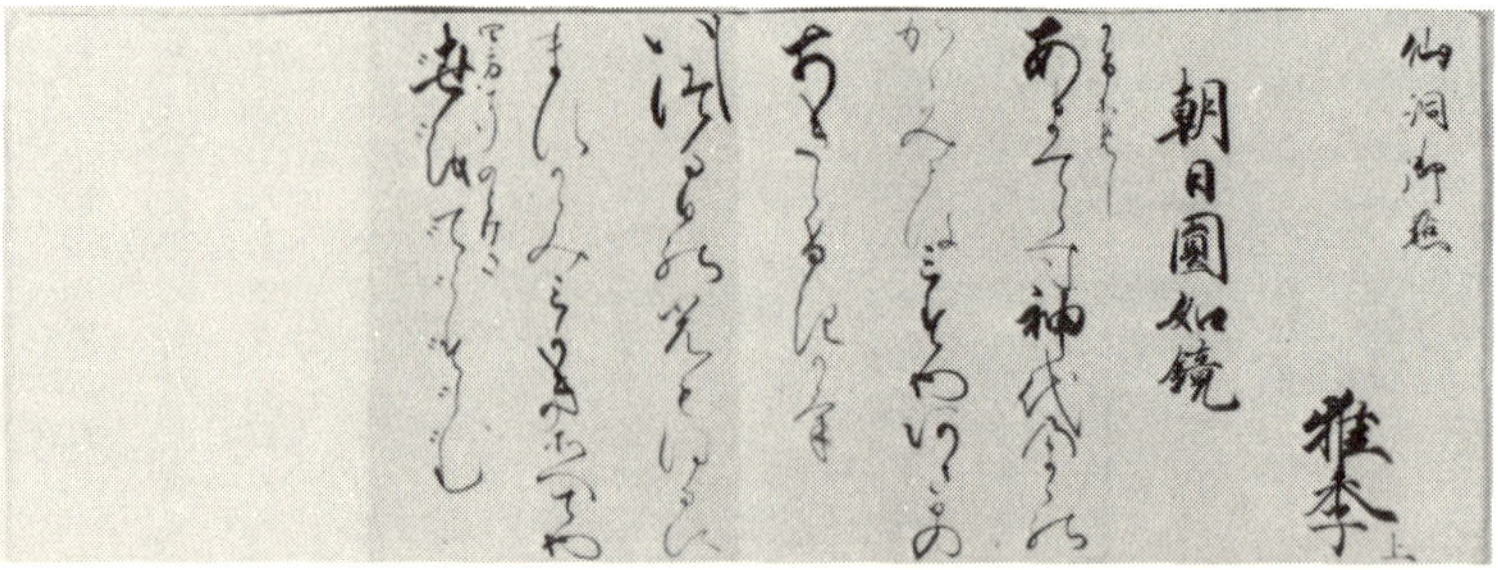

図版 151

ち〝折紙詠草〟は、これらからの転用と思われ、はじめはもっぱら宗匠に合点添削を乞うための、書状形式の依頼状から出たものであろうか。

詠草紙としての横詠草と思われるものは、烏丸光栄（一六八九〜一七四八）の『聴玉集』につぎのように見えている。当座会における次第を記したところであるが、

1又短冊を取りて詠草紙のあはひにはさみおく事もあれど…さて上座より詠草紙を取りて段々下へまはすなり、紙は二つに折りてあるを中より取りて、折るにはちうにて折るなり…

2詠草紙を弐枚づゝ取るは、壱枚にはとやかく案じたる通りをしたゝめて、それをいろ〳〵改めてさてのこる一枚にとくと認る事也、

当座会であるから〝竪詠草〟ではないと思われる。1によると清書料紙である〝短冊〟とともに詠草紙をとる。その詠草紙は横に二つ折りにしてあるが、縦に折る場合は各人が持って空間で折るのだと説明しているのであろう。2によると当座会の詠草紙を二枚づつとるのは、一枚は推敲訂正用、一枚は確定稿用で、宗匠が同座して居れば、その確定稿に添削してもらい、これを短冊に清書したものと思われる。またこの詠草紙は奉書であると記されている。

これが、前述した近世末期の『千鳥のあと』の「詠草書躰」によると、

折詠草には、三折四折の二式あり、大かたは四折を用べし、書法は竪詠草二行書、折詠草二行七字たるべし、

或云折詠草は二枚かさねにすべし、一枚は草案に用ひ、一枚は宗匠に奉り点を請ふ、宗匠合点して後懐紙又

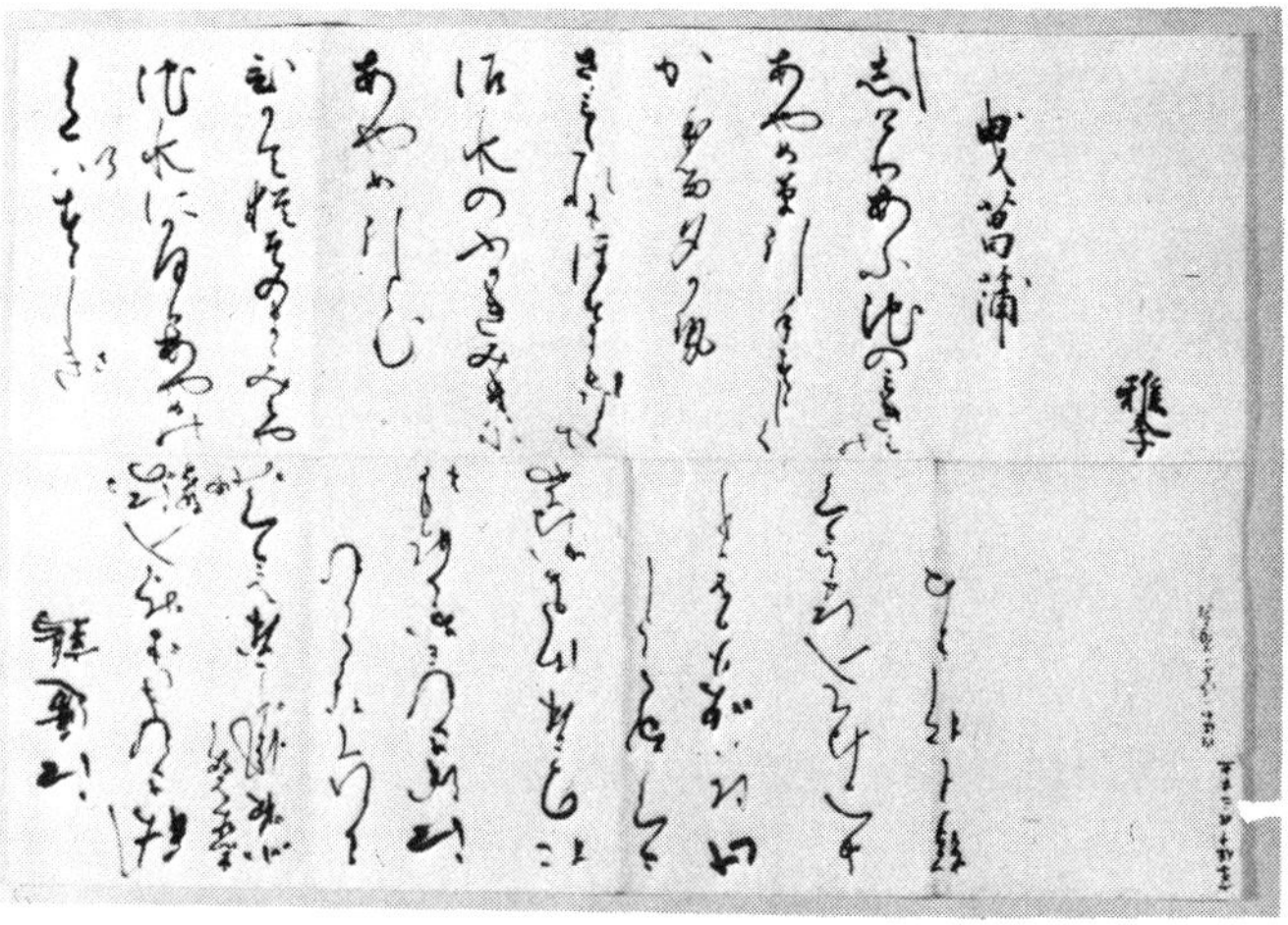
図版 152

は短冊に書べし、

と細かに記され、料紙は杉原紙とされている。これによると〃横詠草〃は、縦に三分折りと四分折りがあったことがわかる。この記載のとおり、現存する折紙詠草はほとんど四折りである(図版151参照、料紙は奉書)。これは三折りは二条流、四折りは冷泉流であり、近世堂上歌壇における宗匠としての冷泉二家の勢力が強かったため、四折りが一般化したといわれている。また、懐紙の詠草紙としても使われているので、公宴御会の兼題詠草紙として竪詠草にかわって使われたのであろう。これらの〃横詠草〃の一般化は、当座歌会の料紙としても用いられるようになった。なお、和歌は二行七字に書くとあるが、四折りの場合、第一面には「名」と「題」、第二面に初句・二句(一行)、三句・四句(一行)、五句(一行)と三行書きに書かれているのが普通である(図版151参照)。また、二首以上書く場合は、第三面以下に同じ形式で書き、題が二題以上のときは、二題目は一面三行書きの一行に書かれる。また、表四面以上にわたる場合は、裏に書くが、裏も表とおなじく折り目を下にして書くので、全紙にひろげた場合は、折り目を界にして裏表の文字は逆に書かれている(図版152参照)。これは他の〃折紙〃にも通じて見られる書き方で、折紙を幅仕立てにした場合、表裏ともに同じ方向になっているのをよく見かけるが、これは横の折り目のところで切りとり、同方向にはり合わせて表装したものである。

以上のように〝横詠草(折紙詠草)〟は、文字どおり歌稿である。したがって現存する横詠草には、大なり小なり自他の添削が施され、またおおくの場合、歌会に提出する歌として、宗匠ないしは添削者の合点(図版151の第二首の鉤点参照)が記されているのが普通である。この〝横詠草〟と、前述した〝竪詠草〟が、近世期に規定化された歌稿料紙である。

82 色紙《しきし》

〝しきし〟とは、『広辞苑』(第二版)によると「和歌・俳句・絵・書などを書く方形の厚紙」と説明されている。これが色紙に対する現在の一般的な通念であろう。しかしながら歴史的にさかのぼってみると、白紙(白き色紙)をも含めた種々の染色紙すなわち〝いろがみ〟を意味した普通名詞であった。この色紙の用途としては、畳紙《たとう》(懐中紙)、調度の装飾紙、あるいは私的な消息料紙、書籍としての巻子・冊子の料紙、歌会・歌合または贈答歌の詠歌料紙としてなど、平安朝期以来ひろく使われたことは、これまでに述べたとおりである。したがって、和歌料紙としても広くつかわれてきたが、用途の一つであって、今日のようにそれだけに固定したものではない。

〝しきし〟が現在のような意味に限定され、また寸法・書法等の規定的なものが生じたのは、室町末期・近世初期ころからと思われる。このことは、〝色紙形《しきしがた》〟ないし色紙形に使われる〝色紙〟が、他の鑑賞用に書かれる同形の色紙をもとり込んで、〝しきし〟というテクニカル・タームを自然形づくったものと思われる。したがって、現在意味する〝しきし〟のもとは〝色紙形〟にあるといえよう。

83 色紙形《しきしがた》

〝色紙形〟とは、有名な道長女彰子の入内関係の記事のなかに明示されている。すなわち『小右記』長保元年

（九九九）十月三十日の条に、

…右大弁行成書屏風色紙形、華山法皇・主人相府・右大将・右衛門督・宰相中将・源宰相和歌、書色紙形…

とある。彰子の入内に際して、道長が権力にまかせて前例をやぶり、法皇以下の公卿に屏風歌を詠ましめ、屏風の色紙形の箇所に、能筆の行成をして清書せしめた記事である。

大和絵屏風の四季絵・月次絵《つきなみえ》あるいは名所絵に対して、絵讃として屏風歌が書かれたことは、すでに九世紀末の光孝朝にはじまるといわれている。その後、延喜後半以降にきわめて流行し、算賀・裳着等の祝賀の進物あるいは日常用の屏風の絵讃の料歌として、有名歌人の屏風歌がもとめられたことは『三十六人家集』等におおくみられている。

この屏風歌が、一面の屏風絵のどこに書かれたのかは正確にはわからない。しかしながら前記した『小右記』の記事、あるいは『大鏡』巻二（実頼）に、

故中関白殿東三条つくらせ給て、御障子に哥・絵どもかゝせ給ひし色紙形を、この大弐（佐理）にかゝせまし給けるを、

または鎌倉初期の釈阿（俊成）九十賀における後京極良経の屏風歌に関する次の記載、

予依仰今日書進色紙形、…屏風遅之間、入夜書了、和歌在別、

等によると、つぎのように推定される。すなわち、屏風・ふすま障子・衝立《ついたて》または扉などに絵が書かれ、その絵に則した絵讃として、有名歌人が歌を詠み、能筆者がそれを絵の一部に書きこむ。その場合、詠歌料紙である〝色紙〟をかたどって、四隅のどこか、あるいは下の部分に〝色紙形〟をえがき、その部分に直接歌を書いたものと考えられる。これが色紙形の本義であると思われる。

しかしながら、屏風等の色紙形のところに直書した例ばかりではない。たとえば『栄花物語』（巻十八たまのうてな）のはじめの部分には、つぎのように記されている。

北南のそばの方、東の端〳〵の扉毎に、絵をか、せ給へり、かみに色紙形をして、ことばをか、せ給へり、

とある。かみが「上」ならば上方であろうが、「紙」ならば貼付したものである。また、近世期以来の狭義の〝しきし〟の書法のはじめに、必ず記されている「定家卿真蹟小倉色紙」(図版153参照)は、定家の『明月記』の文暦二年(一二三五)五月廿七日の記事、

嵯峨中院障子色紙形、故予可書由、雖極見苦事、懃染筆送之、古来人歌各一首、自天智天皇以来及家隆雅経、

の色紙形に該当するといわれている。有名な『百人一首』の原型を示すものであるが、これによると、定家の書いた色紙形は色紙そのもので、これが宇都宮頼綱の嵯峨中院山荘のふすま障子に貼られたことになる。

これらによると、屏風等の絵讃である装飾用の〝色紙形〟とは、本来文字どおり屏風等の絵の部分に、方形の色紙をかたどり直接に書かれており、その部分に和歌が認められた。ところが、色紙そのものに和歌を書き、それを屏風絵等の部分に貼った場合もあったようだ。とくに近世期になると、『類聚名物考』の「屏風に色紙短冊押様事」にみられるように、貼るのが普通となり、画面へ貼る位置も、前後と関連して法則ができ、一枚の色紙を五色のうちの二色づつに配分するということもいわれてきた。これらが総合されて、〝しきし〟を、詩・歌・書・画等を書くための一定した寸法をもつ料紙として固定させ、それがテクニカル・ターム化したものであろう。この固定化の時期は、おそらく〝懐紙〟〝短冊〟等が書法として規定化

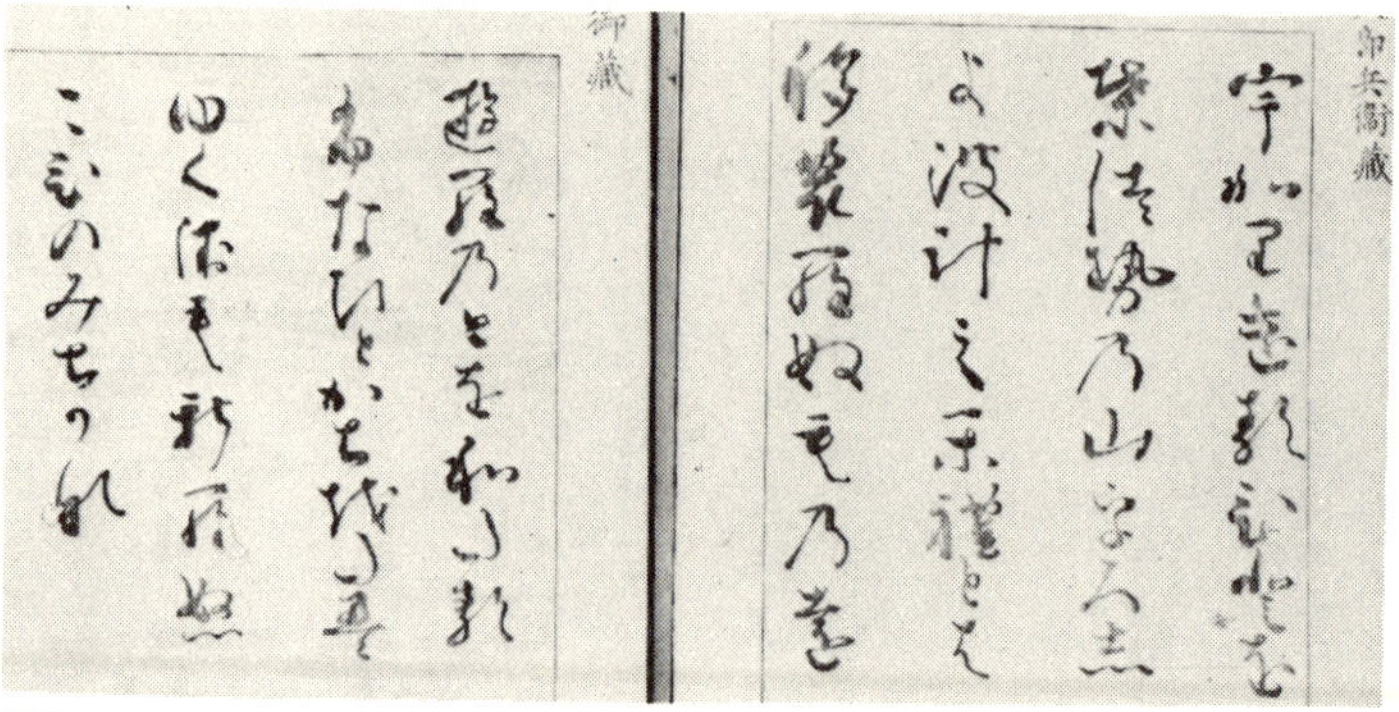

図版 153

された室町末期以降であろうと思われる。なお、〃古筆切《こひつぎれ》〃として「継色紙《つぎしきし》」「寸《すん》松庵《しょうあん》色紙」「升《ます》色紙」等の有名な色紙があるが、これは現状が断簡で、いわゆる色紙形態をしているための命名であって、もともとは巻子本か冊子本形態の歌集であったものである。したがって、これらは本項でとりあげた〃しきし〃ではない。

84 規定化された色紙

近世中期ころの書写と思われる『和歌書様之事』によれば、つぎのように色紙の寸法を細かく規定している。

七曜色紙高下寸法之事

一、御製震筆之時、竪六寸一分に幅五寸
一、御製平人書時、竪六寸一分幅五寸一分
一、后女官之時、竪六寸四分幅五寸五分
一、親王摂家、竪六寸五分幅五寸九分
一、大中納言、竪六寸九分幅六寸
一、宰相中将四品等時、竪六寸八分幅五寸六分
一、諸大夫平人之時、竪七寸八分横七寸五分

大色紙寸法之事

一、三寸六分は地の三十六ぎん、二寸八分は天の廿八宿、これを合六寸四分の長なり

図版154

横幅五寸六分は天の廿八宿を一倍にして用るなり
近代寸法さだまらざる事は、何も伝受なきゆへなり、可秘事とぞ
大色紙竪六寸四分幅五寸六分
一、小色紙竪六寸四分幅五寸三分 近代是を中色紙と云

この寸法のほか、書法として、真(万葉仮名)行草(平がな書体)ちらしの事・二行五字・二行七字・三行・三行三字(真・行・草)・三行五字・三行七字・沓冠折句の書法等にわたって、種々の書法が例示してある。これらは、すべて歌会歌でも詠草でもなく、歌仙等の古歌をはじめとして鑑賞用の名歌が対象である。これらは、定家筆といわれる〝小倉百首色紙形〟など、鎌倉期以降の屏風絵・障子絵等の色紙形を基準として規定化したものと思われる。またその他の「色紙書法」によれば、色紙をはりならべる色の順序は、青・黄・赤・白・紫とするとか、青・赤・黄・白とするとか、書法についてもしだいに細かいきまりが、口伝《くでん》と称してできてくる。しかしながら、これらも近世初期をさかのぼるものはない。

以上のべたように〝しきし〟は、〝懐紙〟〝短冊〟等の歌会・歌合料紙、〝竪詠草〟〝横詠草〟にみられる歌稿料紙とは全く異なる用途の和歌料紙である。はじめから装飾用・鑑賞用の和歌料紙として用いられたわけである。したがって料紙も自由で種々であり、寸法も用途に則して定められ、書法も目的にそって書かれたものと思われる。ただし近世中期ころから、大は縦七寸八分横七寸五分、小は縦六寸一分横五寸にほぼ固定化された。また料紙も鳥の子紙で、内曇(短冊の項参照)・金銀

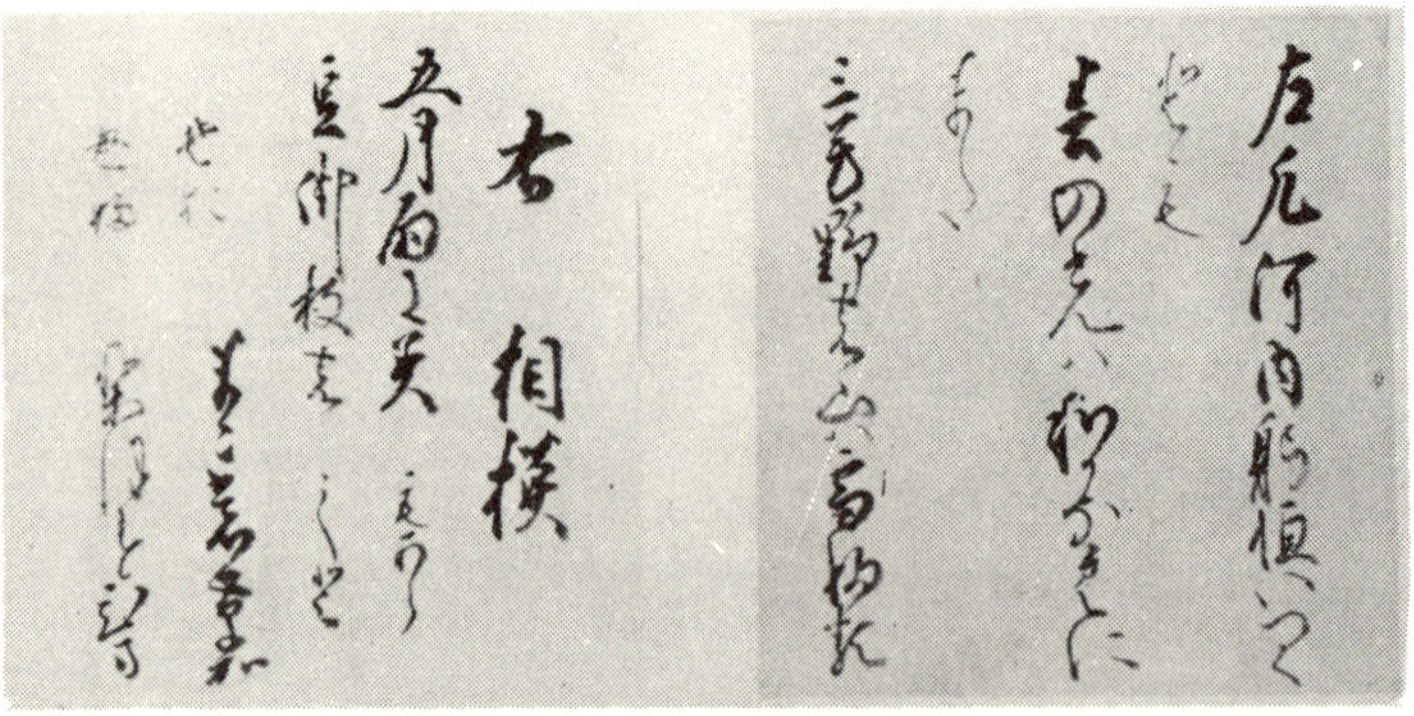
図版 155

砂子散し等がおおく使われている。また近代にいたっては、月次歌会の清書料紙にも使われるようになった。近世初期の〃色紙〃の例として、若干を図版154・155に示したが、多く現存するこの期の〃しきし〃は、料紙も大きさも書法も一定はしていない。

後記

この熟さない名前をつけた小さな本は、昭和四十四年十一月から同四十七年三月まで、「国文学 解釈と鑑賞」誌上に連載したものを基としている。今度、単行本としてまとめるにあたり、いくらかの補筆訂正、また章項わけの整理もおこなった。しかしながら、さて書名をと編集子からもとめられた時、何とも的確に該当する名目が思いうかばず、ついつい連載名を踏襲することにしたわけである。

連載を依頼されたのは、昭和四十三年の秋であったが、その時の至文堂川上編集次長の意図は、国文学科の学生・院生を対象の中心として、古典文学を研究するための書誌・文献的な基礎知識を体系的に述べて欲しい、具体的にいえば、古筆切をふくむ古典作品の現存写本が、どのように原作品と結びつくのか、また広く享受用・教材として使われている活字テキストとこれらとの関係を、できるだけやさしく、わかりやすく書いて欲しいとのことであった。

こんな大それた注文は、文字通り浅学菲才で、しかも書誌学・文献学の専門家でもない私にとって、受けられる筈はない。再三辞退したのだが、おだてられたりすかされたりして、結局は書かされることになってしまった。このように川上氏の注文を承諾したのは、一つの理由があったからである。私事ではあるが、当時、長女が国文学科三年に在学中であった。彼女の口ぶりでは、卒論は王朝作品を選ぶらしいし、大学院までも進みたいらしい。

親娘の対話、とくに専門分野についてはほとんどなかったが、折にふれて知るこの国文学科三年生の、書誌・文献的知識は無にひとしく、活字化されたテキストの基は知らず、その上に胡座をかいているらしい。親の欲目かも知れないが、彼女もそう劣った三年生とも見えない。そこで、こういった学生を身近かにかかえる一研究者として、せめてこの位は知ってほしいと思うことを、書きつづけることは、身の程をわきまえぬ事でもなく、また無駄なことでもあるまいと決心した。

以上が、結果としてこの小さい本を編成した、意図であり目的でもある。したがって、専門書でもなければ研究書でもない。古典文学に興味をもつ方々、また学生諸君が、何かの必要の時のために、書棚の一隅にでも置いていただければ幸いである。〝原典をめざして〟は、古典研究の場合の基本姿勢であることは、誰しもが否定し得ない。しかしながら、本書の記述で明らかのように、その目的の達成は至難事である。しかし将来ともに不可能とは考えたくない。現実のわれわれは、せめて当面する作品本文の性格だけでも明確に位置づけた上で、それを生んだ人なり時代なりを常に念頭に置いて、それらを含んで、その作品を鑑賞し研究すべきなのであろう。これが、連載を書きおえた昭和四十七年春の、いつわらざる感想であったことを改めて記しておきたい。

なお、本書の不充分な箇所は多々あるが、とくに私の未知の分野を補っていただき、連載・本書にわたって分担御執筆いただいた、片桐洋一氏、岸上慎二先生に、厚く感謝申し上げたい。また、老眼の私を見るに見かねて校正の労を進んでとられた同僚の平林盛得氏、本書の出版を強くおすすめ下さり、刊行を実現された笠間書院社長池田猛雄氏の御努力に感謝致したい。ついでになって申しわけないが、定価を安くするために活字を限界まで小さくしましたので、お読み難くなった事に対して、読者の方々に深くおわび申し上げます。

昭和四十九年四月　桜の散るころ

橋本不美男（はしもと ふみお）

1922年8月15日，東京に生まれる
1944年9月30日，日本大学法文学部文学科（国語国文学専攻）卒業。宮内庁書陵部図書調査官，早稲田大学教授を歴任。1991年12月25日逝去。
著書：『院政期の歌壇史研究』『御所本三十六人集』『王朝和歌史の研究』『王朝和歌　資料と論考』等

原典をめざして——古典文学のための書誌

昭和49（1974）年7月20日　第1刷発行
平成2（1990）年3月30日　第5刷発行
平成15（2003）年3月30日新装版　第3刷発行
平成20（2008）年3月30日新装普及版　第1刷発行
平成27（2015）年4月25日新装普及版　第3刷発行

著者　橋本不美男
発行者　池田圭子
写真植字　イイジマ・トレース
印刷　福島いんさつ
製本　笠間製本所
発行所　有限会社 **笠間書院**
〒101-0064
東京都千代田区猿楽町2-2-3
電話03-3295-1331　FAX 03-3294-0996
振替　00110-1-56002
ISBN 978-4-305-60304-3　NDC分類：911.121

＊笠間影印叢刊第四期全26冊＊

桂宮本 蜻蛉日記〈上〉〈中〉〈下〉 宮内庁書陵部蔵　上村悦子編　笠間影印叢刊68・69・70　3冊セット価 三、八〇〇円
B5判〈上〉一七六頁 一、三〇〇円 〈中〉一二三頁 一、四〇〇円 〈下〉一二〇頁 一、四〇〇円

落窪物語〈一〉〈二〉 斑山文庫旧蔵　神作光一編　笠間影印叢刊80・81　2冊セット価 四、四〇〇円
B5判〈一〉一八六頁 二、二〇〇円 〈二〉二〇〇頁 二、二〇〇円

落窪物語〈三〉〈四〉 斑山文庫旧蔵　神作光一編　笠間影印叢刊82・83　2冊セット価 三、六〇〇円
B5判〈三〉一三三頁 一、八〇〇円 〈四〉一三四頁 一、八〇〇円

和泉式部集〈正集〉〈続集〉 水府明徳会彰考館文庫蔵　吉田幸一編　笠間影印叢刊75・76　2冊セット価 三、六〇〇円
B5判（歌番号入）〈正集〉一九四頁 一、九〇〇円 〈続集〉一五〇頁 一、七〇〇円

御所本 十訓抄〈上〉〈中〉〈下〉 宮内庁書陵部蔵　泉 基博編　笠間影印叢刊77・78・79　3冊セット価 四、九四八円
B5判〈上〉一八〇頁 一、七四八円 〈中〉一八四頁 一、六〇〇円 〈下〉一五三頁 一、六〇〇円

御所本 ささめごと〈上〉〈下〉 宮内庁書陵部蔵　木藤才蔵編　笠間影印叢刊66・67　2冊セット価 二、九〇〇円
A5判〈上〉一三六頁 一、六〇〇円 〈下〉一〇六頁 一、三〇〇円

新古今略注 永青文庫蔵 幽斎筆　荒木 尚編　笠間影印叢刊71　二、〇〇〇円
B5変型判一四八頁二、〇〇〇円

寛永版 醒睡笑〈上〉〈中〉〈下〉 酔生書菴蔵　鈴木棠三編　笠間影印叢刊72・73・74　3冊セット価 四、〇〇〇円
B5判〈上〉九〇頁 一、一〇〇円 〈中〉一二三頁 一、三〇〇円 〈下〉八二頁 一、六〇〇円

天和二年刊 荒砥屋版 好色一代男〈一・二〉〈三・四〉 赤木文庫本　前田金五郎編　笠間影印叢刊62・63　2冊セット価 二、四〇〇円
B5判〈一・二〉一〇〇頁 一、二〇〇円 〈三・四〉一〇〇頁 一、二〇〇円

天和二年刊 荒砥屋版 好色一代男〈五・六〉〈七・八〉 赤木文庫本　前田金五郎編　笠間影印叢刊64・65　2冊セット価 二、四〇〇円
B5判〈五・六〉一〇〇頁 一、二〇〇円 〈七・八〉一〇〇頁 一、二〇〇円

鼇頭 奥の細道〈上・下〉 酔生書菴蔵　村松友次編　笠間影印叢刊84　一、二〇〇円
A5判〈上・下〉一三三頁 一、二〇〇円

天明四年版 蕪村句集〈上〉〈下〉 西尾市立図書館岩瀬文庫蔵　村松友次編　笠間影印叢刊85・86

享和元年成 蕪村遺稿 明治三十三年刊 国立国会図書館蔵　村松友次編　笠間影印叢刊87　3冊セット価 四、〇〇〇円

蕪村句集A5判〈上〉七六頁 一、二〇〇円 〈下〉七三頁 一、二〇〇円 蕪村遺稿A5判七六頁 一、六〇〇円